DIX-HUIT HEURES
POUR MOURIR

JEFFERY DEAVER

DIX-HUIT HEURES
POUR MOURIR

roman

Traduit de l'anglais
par Gabrielle Merchez

CALMANN-LÉVY

Titre original américain :
A MAIDEN'S GRAVE
(Première publication : Viking Penguin, New York, 1995)

© Jeffery Deaver, 1995

Pour la traduction française :
© Calmann-Lévy, 1996

ISBN 2-7021-2573-5

À Diana Keene, qui fait partie de ma vie et de mon œuvre, et sait être mon inspiratrice et la meilleure des critiques, avec toute mon affection.

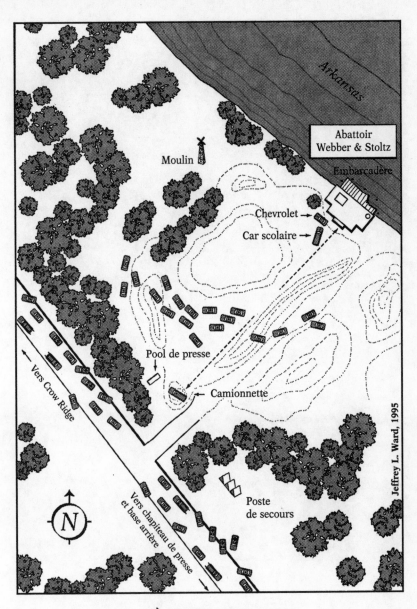

Arkansas

Moulin

Abattoir
Webber & Stoltz

Embarcadère

Chevrolet →

Car scolaire →

Pool de presse

Camionnette →

Vers Crow Ridge

Vers chapiteau de presse
et base arrière

Poste
de secours

N

Jeffrey L. Ward, 1995

LE SIÈGE DE CROW RIDGE
17 juillet

I

LA SALLE D'ABATTAGE

08 : 30

Huit petits oiseaux gris, perchés dans le noir.
Le vent souffle, il est froid et méchant.

Le petit car scolaire jaune franchit le sommet d'une côte escarpée et l'espace d'un instant elle ne vit rien d'autre qu'un immense édredon de blé pâle, s'étendant sur plus de mille kilomètres, qui ondoyait souplement sous le ciel gris. Puis elles plongèrent de l'autre côté et l'horizon disparut.

Perchés sur leur fil, ils déploient leurs ailes
Et s'envolent dans la houle des nuages.

Elle s'interrompit pour poser son regard sur les filles, qui approuvaient de la tête. Elle se rendit compte qu'elle avait gardé les yeux fixés sur la pelisse de blé dense sans prêter attention à son public.

— Tu as le trac ? demanda Shannon.

— Lui demande pas ça, l'avertit Beverly. Ça porte malheur.

Non, expliqua Melanie, elle n'avait pas le trac. Elle reporta son regard vers les champs qui défilaient sous ses yeux.

Trois des filles sommeillaient mais les cinq autres étaient bien réveillées et attendaient la suite du poème de leur professeur. Melanie reprit mais fut interrompue avant d'avoir récité la première ligne.

— Attends... c'est quel genre d'oiseaux ? demanda Kielle avec un froncement de sourcils.

— N'interromps pas. (C'était Susan, dix-sept ans, brillante et volontaire.) Les gens qui coupent la parole sont des philistins.

— Pas moi ! s'insurgea Kielle. C'est quoi ?

— Des débiles.

— C'est quoi, un débile ? interrogea Kielle.

— Laissez-la finir.

13

Melanie continua :

Huit petits oiseaux là-haut dans le ciel,
Ils volent toute la nuit pour trouver le soleil.

— Stop, fit Susan en riant. Hier, ils étaient *cinq*.
— Maintenant, c'est toi qui interromps, remarqua l'intrépide Shannon, vrai garçon manqué de huit ans. Espèce de philadelphien.
— Philistin, corrigea Susan.
La grassouillette Jocylyn hochait la tête avec véhémence comme si elle aussi avait remarqué le lapsus, mais n'osait pas le signaler. Jocylyn, même si elle avait déjà douze ans, était à vrai dire trop craintive pour oser quoi que ce soit.
— Mais vous êtes huit, alors j'ai changé.
— Tu as le droit de faire ça ? s'étonna Beverly. À quatorze ans, c'était la plus âgée des élèves après Susan.
— C'est *mon* poème, répondit Melanie. Je peux y mettre autant d'oiseaux que je veux.
— Combien de gens seront là ? Au spectacle ?
— Cent mille. (Melanie avait l'air tout à fait sincère.)
— Non ! Vraiment ? s'enthousiasma Shannon, tandis que Kielle, du même âge mais beaucoup plus sage, ouvrait de grands yeux.
Le regard de Melanie fut de nouveau attiré par le morne paysage du Kansas sud. La seule touche de couleur venait çà et là d'un silo bleu Harvestore en préfabriqué. C'était en juillet mais le temps était froid et très couvert ; la pluie menaçait. Elles croisèrent de gigantesques moissonneuses-batteuses et des cars remplis d'ouvriers saisonniers. Elles virent propriétaires et métayers au volant de leurs énormes machines agricoles, Deere, Massey ou International Harvester. Melanie les imaginait en train d'observer le ciel avec inquiétude ; c'était l'époque des moissons pour le blé d'hiver, et un orage pouvait anéantir huit mois de dur labeur.
Se détournant de la fenêtre, Melanie, gênée, examina ses ongles, qu'elle limait religieusement tous les soirs. Avec leur couche de vernis pâle, ils ressemblaient à de parfaites écailles de nacre. Puis, levant les mains, elle se remit à réciter plusieurs poèmes, en s'exprimant par signes avec des gestes élégants. Toutes les filles étaient réveillées à présent, quatre qui regardaient par les fenêtres, trois qui suivaient les doigts de Melanie, et la ronde Jocylyn Weiderman attentive au moindre mouvement de son professeur.
Ces champs n'en finissent pas, songea Melanie. Le regard de

Susan suivit celui de Melanie. « Ce sont des oiseaux noirs, signa l'adolescente. Des corbeaux. »

Oui, c'était bien des corbeaux. Pas cinq ni huit, mais un millier, toute une nuée de corbeaux. Ils contemplaient le sol, le car jaune, et le ciel couvert, gris et violet.

Melanie consulta sa montre. Elles n'avaient pas encore rejoint l'autoroute. Il fallait compter trois heures avant d'arriver à Topeka.

Le car plongea vers une nouvelle vallée de blé.

Elle sentit que quelque chose n'allait pas avant même d'avoir perçu le moindre signe. Plus tard, elle en conclurait que ce n'était ni de la télépathie ni de la prémonition ; c'étaient les gros doigts rouges de Mrs. Harstrawn qui s'agitaient nerveusement sur le volant.

Des mains en mouvement.

Puis les yeux de la quadragénaire se plissèrent légèrement. Ses épaules changèrent de position. Sa tête s'inclina d'un millimètre. Les petits détails par lesquels un corps révèle que le cerveau réfléchit.

— Les filles dorment ?

La question était abrupte et les doigts se reposèrent aussitôt sur le volant. Melanie se précipita à l'avant pour indiquer par signes qu'elles ne dormaient pas.

Les jumelles, Anna et Suzie, aussi délicates que des plumes, s'étaient redressées sur leur siège et, penchées en avant, leur souffle sur les larges épaules de l'aînée des professeurs, fixaient la route devant elles. D'un geste, Mrs. Harstrawn les fit reculer.

— Ne regardez pas. Asseyez-vous correctement et regardez de l'autre côté. Obéissez. Tout de suite ! La vitre de gauche.

C'est alors que Melanie vit la voiture. Et le sang. Beaucoup de sang. Elle raccompagna les filles à leurs sièges.

— Ne regardez pas, ordonna Melanie. Son cœur battait à tout rompre ; ses bras pesaient soudain une tonne.

— Et attachez vos ceintures.

Elle avait du mal à tracer les mots dans l'espace.

Jocylyn, Beverly et Emily, dix ans, firent immédiatement ce qui leur était demandé. Shannon grimaça et lorgna du coin de l'œil. Kielle désobéissait ouvertement à Melanie. Susan avait pu voir, fit-elle remarquer. Pourquoi pas elle ?

Des jumelles, c'était Anna qui en était restée clouée sur place, mains sur les genoux et le visage encore plus pâle que d'habitude, dans un contraste frappant avec le hâle noisette de sa sœur. Melanie caressa les cheveux de la fillette. Elle tendit le doigt vers la vitre de gauche du car.

— Regardez le blé, ordonna-t-elle.

— Complètement fascinant, répondit Shannon, sarcastique.

— Les pauvres.

Jocylyn essuyait les grosses larmes qui coulaient sur ses joues.

La Cadillac bordeaux était allée s'écraser contre une rampe d'irrigation en métal. Le capot fumait. Le conducteur était un homme âgé. Il était étalé de tout son long, à moitié sorti de la voiture, la tête sur le bitume. Maintenant Melanie apercevait aussi une deuxième voiture, une Chevrolet grise. La collision avait eu lieu au carrefour. La Cadillac, à l'évidence prioritaire, avait heurté de plein fouet la voiture grise, laquelle avait dû griller un stop. La Chevrolet, après avoir quitté la route, était allée finir sa course dans les grands épis de blé. Il n'y avait personne à l'intérieur ; le capot était tordu et une colonne de vapeur s'élevait du radiateur.

Mrs. Harstrawn arrêta le car en douceur, et approcha la main de la poignée chromée de la porte.

Non ! pensa Melanie. Ne vous arrêtez pas ! Allez jusqu'à une épicerie, un supermarché, une maison. Elles avaient roulé sans voir le moindre commerce pendant des kilomètres, mais il devait sûrement y avoir quelque chose un peu plus loin. Ne vous arrêtez pas. Elle formulait ces mots dans sa tête mais ses mains avaient dû bouger parce que Susan répondit : « Non, il faut s'arrêter. Il est blessé. »

Mais le sang, pensa Melanie. Elles ne doivent pas risquer un contact avec le sang du blessé. Il y avait le sida, et un tas d'autres maladies.

Ces gens avaient besoin d'aide mais il leur fallait une aide *officielle.*

Huit petits oiseaux, perchés dans le noir...

Susan, qui avait huit ans de moins que Melanie, fut la première à sortir du car scolaire pour se ruer vers le blessé, ses longs cheveux noirs dansant autour d'elle dans les rafales du vent.

Puis Mrs. Harstrawn.

Melanie restait en arrière, le regard fixe. Le conducteur était étendu comme une poupée de son, une jambe pliée, comme désarticulée. La tête molle, les mains grasses et pâles.

Elle n'avait encore jamais vu de cadavre.

Mais il n'est pas mort, bien sûr. Non, non, c'est juste une coupure. Rien du tout. Il a simplement perdu connaissance.

L'une après l'autre les petites filles tournèrent leurs regards vers l'accident : Kielle et Shannon les premières, bien entendu —

16

le Duo infernal, les Power Rangers, les Bioman. Puis la fragile Emily dans sa jolie robe, ses mains scellées dans un geste de prière. (Ses parents insistaient pour qu'elle prie tous les soirs afin de recouvrer l'ouïe. Elle s'en était ouverte à Melanie mais à personne d'autre.) Beverly se tenait la poitrine dans un geste instinctif ; elle n'était pas encore en crise.

Melanie descendit du car et s'avança vers la Cadillac. À mi-chemin, elle ralentit le pas. Par contraste avec le ciel gris, le blé grisâtre et la route pâle, le sang était d'un rouge terriblement vif ; il y en avait partout : sur le crâne chauve de l'homme, sur son torse, sur la portière de la voiture, sur le siège de cuir jaune.

La peur fit chavirer son cœur comme sur des montagnes russes.

Mrs. Harstrawn, mère de deux jeunes adolescents, était une femme dépourvue d'humour mais non d'intelligence, une femme digne de confiance, solide comme un roc. Passant la main sous son pull bariolé, elle sortit son chemisier de sa ceinture et en déchira un morceau pour en faire un bandage improvisé qu'elle enroula autour de la tête profondément entaillée de l'homme. Elle s'accroupit et lui murmura quelque chose à l'oreille, puis pressa des deux mains sur sa poitrine et lui souffla dans la bouche.

Ensuite, elle écouta.

Je n'entends pas, se dit Melanie, donc je ne peux pas aider. Il n'y a rien que je puisse faire. Je vais retourner au car. Pour surveiller les filles. Les montagnes russes de sa peur perdaient de la hauteur. Bien, bien.

Susan s'accroupit également, pour éponger une blessure que l'homme portait au cou. D'un air inquiet, elle leva les yeux vers Mrs. Harstrawn. Avec ses doigts rougis de sang, elle signa : « Pourquoi autant de sang ? Regardez son cou. »

Mrs. Harstrawn l'examina. Elle secoua la tête d'un air également inquiet.

— Il a un trou dans le cou, signa le professeur d'un air stupéfait. Comme un impact de balle.

Melanie eut le souffle coupé par ce message. Le fragile petit train des montagnes russes reprit sa descente vertigineuse, laissant l'estomac de Melanie en suspens ailleurs — loin, très loin au-dessus d'elle. Elle se figea sur place.

C'est alors qu'elle aperçut le sac.

À trois mètres de là.

Reconnaissante de tout ce qui pouvait détourner son regard de l'homme blessé, elle se dirigea vers l'objet et l'examina. Le tissu était imprimé au sigle d'un styliste ; en vingt-cinq années d'existence, Melanie Charrol — une fille de la campagne qui gagnait

17

seize mille cinq cents dollars par an, professeur-stagiaire pour les sourds — n'avait encore jamais eu entre les mains un accessoire griffé. Du fait de sa petitesse, le sac prenait un air précieux. Pareil à un bijou étincelant. C'était le genre de sac qu'une femme balançait négligemment par-dessus son épaule en entrant dans son bureau, au sommet d'une des tours de Kansas City, ou même de Manhattan ou Los Angeles. Le genre de sac qu'elle laisserait tomber sur sa table pour en sortir un stylo d'argent et griffonner les quelques mots donnant le signal de l'action à ses secrétaires.

Mais tandis que Melanie regardait fixement le sac, une toute petite pensée se forma dans son esprit, pour grandir de plus en plus et s'imposer avec évidence : Où était la propriétaire du sac ?

À cet instant, l'ombre s'abattit sur elle.

L'homme n'était pas grand, il n'était pas gros non plus, mais avait l'air très solidement bâti : musclé comme le sont les chevaux, à fleur de peau, en courbes nettement dessinées. Melanie resta interloquée, les yeux rivés sur son visage lisse et juvénile. Il avait des cheveux en brosse, brillants de gel, et des vêtements aussi gris que les nuages qui filaient au-dessus de leurs têtes. Son rictus découvrait des dents blanches, et elle ne crut pas un seul instant à ce sourire.

La première impression de Melanie était d'avoir affaire à un renard. Non, finalement, plutôt une fouine ou une belette. Il avait un pistolet glissé dans la ceinture de son pantalon ample. Saisie, elle leva les mains. Non pas à son visage mais devant sa poitrine. « Je vous en prie, ne me faites pas mal », exprima-t-elle instinctivement en langue des signes. Il regarda ses mains qui s'agitaient et éclata de rire.

Du coin de l'œil, elle vit Susan et Mrs. Harstrawn debout plus loin, ne sachant que faire. Un deuxième homme s'approchait d'elles à grands pas ; c'était un colosse. Grand et gros. Lui aussi vêtu de gris délavé. Les cheveux en bataille. Il lui manquait une dent et il avait un sourire vorace. Un ours, se dit-elle automatiquement.

— Allons-y, signa Melanie à l'adresse de Susan. Partons. Tout de suite.

Les yeux sur la carapace jaune du car, elle se mit à marcher vers les sept jeunes frimousses collées aux vitres qui l'observaient d'un air malheureux.

Fouine la saisit par le col. Elle lui tapa sur la main, mais avec précaution, craignant de le frapper, craignant sa colère.

Il cria quelque chose qu'elle ne comprit pas et la secoua. Le sourire de l'homme devint ce qu'il était en réalité : un rictus glacial. Son visage tout entier s'assombrit. De terreur, Melanie se ratatina et laissa retomber sa main.

— Qu'est-ce... ça ? dit Ours. Je crois qu'on... là-dessus.

Melanie n'était pas sourde de naissance. Elle avait commencé à perdre l'ouïe vers huit ans, une fois acquise sa maîtrise du langage. Elle savait lire sur les lèvres mieux que la plupart des filles. Mais la lecture labiale est une technique très aléatoire, beaucoup plus complexe que la simple observation des lèvres. Elle nécessite l'interprétation des mouvements de la bouche, de la langue, des dents, des yeux et des autres parties du corps. Elle n'est véritablement efficace que si l'on connaît la personne dont on cherche à déchiffrer les paroles. Ours sortait d'un univers radicalement différent de celui de Melanie, qui évoluait dans son décor de vieille Angleterre, avec ses tisanes et ses écoles provinciales du Middle-West. Et elle n'avait pas la moindre idée de ce qu'il disait.

Il éclata de rire et cracha un jet blanc. Son regard courut sur le corps de Melanie : ses seins sous le chemisier bordeaux à col montant, sa longue jupe anthracite, son collant noir. Elle croisa les bras d'un air gêné. Ours tourna de nouveau les yeux vers Mrs. Harstrawn et Susan.

Fouine était penché en avant, et parlait — en criant sans doute, comme le font souvent les gens (ce qui n'est pas une mauvaise chose parce qu'ils parlent plus lentement et que le mouvement de leurs lèvres est plus accentué quand ils crient). Il demandait qui était dans le car. Melanie ne broncha pas. Elle en était incapable. Ses doigts moites de sueur étaient crispés sur son biceps.

Ours baissa les yeux vers le visage tuméfié de l'homme blessé et lui donna nonchalamment un petit coup de pied dans la tête, en la regardant ballotter de droite et de gauche. Melanie en resta saisie d'effroi ; la désinvolture du geste, son caractère gratuit, étaient effroyables. Elle se mit à pleurer. Ours poussa Susan et Mrs. Harstrawn devant lui en direction du car.

Melanie jeta un coup d'œil sur Susan et leva brusquement les mains en l'air : « Non, arrête ! »

Mais Susan était déjà lancée.

Son corps superbe et son physique d'athlète.

Ses cinquante kilos de muscles.

Ses mains puissantes.

Au moment où la paume de la jeune fille allait atteindre la figure d'Ours, celui-ci, surpris, rejeta brusquement la tête en arrière et attrapa au vol la main de Susan à quelques centimètres de ses yeux. La surprise devint jeu et il lui tordit le bras jusqu'à ce qu'elle tombe à genoux, puis il la poussa brutalement par terre, salissant son jean noir et son chemisier blanc dans la boue et la poussière. Ours se tourna vers Fouine et lui cria quelque chose.

— Susan, arrête ! insista Melanie.

L'adolescente s'était relevée. Mais cette fois Ours se tenait prêt et se retourna pour la recevoir. Quand il l'empoigna, sa main rencontra ses seins et s'attarda un instant. Soudain, il se lassa du jeu et lui envoya un violent coup de poing dans l'estomac. Elle s'effondra à genoux, se tenant à deux mains et luttant pour retrouver son souffle.

— Non ! lui dit Melanie par signes. Ne te bats pas.

Fouine cria à Ours : « Où... il ? »

Ours fit un geste vers un mur de blé. Il avait une étrange expression — comme s'il désapprouvait quelque chose mais sans trop oser critiquer. Melanie suivit son regard et fouilla des yeux les longs épis de blé. Elle ne voyait pas très distinctement mais, à en juger par les ombres et la silhouette imprécise, il s'agissait vraisemblablement d'un homme, en train de se baisser. Il était petit et sec. Il avait le bras levé, semblait-il, comme pour un salut nazi. Il resta un long moment immobile dans cette position. Audessous de lui, elle crut distinguer une forme humaine, vêtue de vert sombre.

La propriétaire du sac, comprit Melanie en un terrible éclair.

Non, je vous en prie, non...

Le bras de l'homme s'abaissa sans hâte. À travers le blé ondoyant, elle aperçut l'éclat terne du métal dans sa main.

Fouine inclina légèrement la tête ; il avait entendu un bruit soudain. Il grimaça. Un grand sourire éclaira la figure d'Ours. Mrs. Harstrawn porta les mains à ses oreilles, pour les couvrir. Horrifiée. Elle, elle entendait parfaitement bien.

Melanie regardait fixement le blé en pleurant. Elle vit la silhouette floue qui se penchait encore plus bas, au-dessus de la femme. Le mouvement élégant des grands blés qui se balançaient dans le vent violent de juillet. Le geste de l'homme qui levait puis baissait le bras lentement, une fois, deux fois. Son visage qui étudiait le corps étendu devant lui.

Mrs. Harstrawn bravait Fouine d'un air stoïque. « ... nous partir et... rien contre vous. Nous ne ferons... »

Melanie fut réconfortée par l'indignation de sa collègue, par sa colère. Par la ligne décidée de sa mâchoire.

Fouine et Ours ne firent aucun cas d'elle. Ils conduirent Susan, Mrs. Harstrawn et Melanie jusqu'au car.

Dans le véhicule, les fillettes, à l'arrière, étaient blotties les unes contre les autres. Ours poussa Mrs. Harstrawn et Susan à l'intérieur et fit un geste vers sa ceinture, distendue par son pisto-let. Melanie fut la dernière à monter avant Fouine, qui l'envoya d'un geste brusque dans le fond. Elle trébucha et tomba sur la tête des jumelles qui sanglotaient. Elle les serra très fort contre elle puis ouvrit ses bras à Emily et à Shannon.

Dehors... dans les griffes du monde du Dehors.

Melanie jeta un regard sur Fouine et l'aperçut qui disait : « Sourdes comme... toutes. » Ours glissa péniblement son gros torse derrière le volant et démarra le car. Après un coup d'œil dans le rétroviseur, il fronça les sourcils puis fit demi-tour sur les chapeaux de roue.

Dans le lointain, au bout du ruban de bitume, une tache de lumière clignotait. Ours appuya au milieu du volant et Melanie sentit les vibrations du klaxon dans sa poitrine.

Ours dit : « Hé, c'est quoi ce bordel... va falloir... » Puis il tourna la tête et les mots se perdirent.

Fouine cria du côté du blé. Il hocha la tête quand, vraisembla-blement, l'homme lui répondit. Quelques instants plus tard, la Chevrolet grise déboucha en trombe du champ de blé. Terrible-ment cabossée mais encore en état de marche, la voiture continua de rouler sur le bas-côté avant de s'immobiliser. Melanie risqua un coup d'œil sur le siège avant dans l'espoir d'apercevoir l'homme du champ de blé, mais la réverbération était trop forte. On avait l'impression qu'il n'y avait personne au volant.

Alors la voiture accéléra brutalement, faisant chasser l'arrière sur le bitume. Le car la suivit, démarrant en souplesse dans les traînées de fumée bleue des pneus. Ours frappa le volant du plat de la main, se tourna une seconde pour brailler quelques mots à Mélanie — des mots pleins de colère et de méchanceté. Mais elle n'avait aucune idée de ce qu'ils pouvaient être.

Les lumières clignotantes se rapprochaient de plus en plus, rou-ges, bleues, blanches.

Elle se retourna de nouveau vers la voiture de police et sut ce qui allait se passer. Une centaine de voitures de patrouille allaient toutes se rejoindre un peu plus loin. Elles forceraient le car à s'arrêter sur le bas-côté et ces hommes en descendraient. Ils lève-raient les mains et la police les embarquerait. Les élèves et leurs professeurs se rendraient au poste de police du coin où l'on pren-drait leurs dépositions. Elle raterait le spectacle qu'elle devait donner ce soir au théâtre pour les sourds de Topeka — même si elles avaient encore le temps de s'y rendre. De toute façon, après ce qui venait d'arriver, il était hors de question qu'elle monte sur scène pour réciter de la poésie.

Et l'autre raison de son voyage ?

Peut-être était-ce le signe qu'il ne fallait pas qu'elle y aille, que son projet était maudit. C'était un présage.

Elle n'avait plus qu'une seule envie maintenant : rentrer chez elle. Retrouver la maison qu'elle louait, où elle pouvait fermer la porte à clé, et se faire une tasse de thé. Bon, d'accord, un coup de liqueur de mûre. Envoyer un fax à son frère à l'hôpital de Saint-Louis, pour lui raconter cette histoire, et aussi à ses parents. Melanie reprit son tic, entortillant ses cheveux blonds autour de son majeur replié, les autres doigts tendus. Dans cette position, la main signifiait : « briller ».

Puis il y eut une brusque secousse. Ours avait quitté le bitume et suivait la voiture grise sur un chemin de terre. Fouine avait l'air inquiet. Il demanda quelque chose à Ours mais Melanie ne vit pas quoi. Le colosse ne répondit pas et se contenta de cracher par la fenêtre. Un autre virage, puis un autre encore, à travers un paysage plus vallonné. On se rapprochait de la rivière.

Ils passèrent sous un fil chargé d'une centaine d'oiseaux. Des gros. Des corbeaux.

Elle regarda la voiture grise. Elle n'arrivait toujours pas à le voir distinctement — le conducteur, l'homme du champ de blé. D'abord, Melanie crut qu'il avait les cheveux longs, puis un instant plus tard il lui parut chauve ou coiffé en brosse, et l'instant d'après elle pensa qu'il portait un chapeau.

Dérapant dans un virage, la voiture grise tourna soudain à droite et s'engagea en cahotant sur un petit chemin étroit envahi par les mauvaises herbes. Melanie se douta qu'il avait aperçu des dizaines de voitures de police au loin devant lui — les voitures qui fonçaient vers elles pour les délivrer. Elle plissa les yeux pour mieux voir. Non, il n'y avait qu'un sentier plein d'herbes. Le car vira et suivit la Chevrolet. Ours marmonnait, Fouine observait la voiture de police lancée à leur poursuite.

Alors Melanie se retourna et vit où ils se dirigeaient.

Non, se dit-elle.

Oh non, pas ça.

Car elle venait de comprendre que l'espoir de voir ces hommes se rendre au policier qui se rapprochait d'eux à vive allure n'était qu'un rêve. Elle savait où le conducteur de la Chevrolet les conduisait.

L'endroit le plus horrible du monde.

La voiture grise freina brusquement en débouchant dans un

grand champ en friche. Au fond, au bord de la rivière, était tapie une bâtisse industrielle en brique rouge, depuis longtemps désaffectée. Aussi sombre et massive qu'un château fort du Moyen Âge. Le terrain qui s'étendait devant l'usine gardait encore quelques vestiges des enclos d'animaux qui avaient divisé l'endroit autrefois, mais la prairie herbeuse du Kansas, mélange de laîche, de pâturin et d'herbe à bison, avait en grande partie repris ses droits.

La Chevrolet fila droit vers la façade de la bâtisse, le car à sa suite. Les deux véhicules dérapèrent pour s'arrêter brutalement, juste à gauche de la porte.

Melanie jeta un regard furtif sur la brique rouge.

Quand elle avait dix-huit ans, et qu'elle-même était élève de la Laurent Clerc School, un garçon l'avait amenée ici, prétendument pour pique-niquer mais avec l'intention évidente de faire ce que tous les garçons de dix-huit ans sont censés faire — et ce dont Melanie aussi avait envie, croyait-elle alors. Mais, quand ils se furent faufilés à l'intérieur — ils avaient trimbalé une couverture avec eux — et qu'elle avait vu les salles obscures, elle avait paniqué. Elle s'était enfuie, plantant là le garçon décontenancé qu'elle n'avait jamais revu, et la bâtisse non plus.

Mais elle ne l'avait pas oubliée. Un abattoir désaffecté, un lieu de mort. Un endroit dur, tranchant, dangereux.

Et obscur. Par-dessus tout Melanie détestait l'obscurité. (À vingt-cinq ans, elle dormait avec cinq veilleuses dans une maison de six pièces.)

Fouine ouvrit la porte du car d'un geste brusque et en fit brutalement descendre Susan et Mrs. Harstrawn.

La voiture de police — un seul policier à l'intérieur — s'immobilisa à l'entrée du terrain. L'homme en descendit d'un bond, pistolet à la main, mais s'arrêta net quand Ours s'empara de Shannon et lui colla son arme sur la tempe. La petite fille de huit ans le surprit en pivotant sur elle-même pour lui décocher un méchant coup de pied dans le genou. Il grimaça de douleur puis secoua la fillette jusqu'à ce qu'elle cessât de se tortiller. Ours leva les yeux vers le policier à l'autre bout du terrain, et celui-ci remit ostensiblement son arme dans son fourreau puis s'en retourna à sa voiture.

Ours et Fouine poussèrent les filles vers la porte de l'abattoir. Ours martela à coups de pierre la chaîne qui fermait la porte et fit sauter les maillons rouillés. Fouine attrapa plusieurs gros sacs dans le coffre de la voiture grise, où le conducteur était toujours assis, les yeux fixés sur la bâtisse. La réverbération empêchait toujours Melanie d'avoir une vision nette, mais il avait l'air détendu, et contemplait les tourelles et les fenêtres obscures avec curiosité.

Ours ouvrit la porte en tirant violemment dessus, et aidé de Fouine, poussa les filles à l'intérieur. La puanteur de l'endroit évoquait davantage une caverne qu'un bâtiment. Une odeur de saleté, de merde, de moisi et de pourriture écœurante de graisse animale rancie. L'intérieur était un labyrinthe de passerelles, d'enclos, de plans inclinés et d'outillage rouillé. Des fosses entourées de rails de fer et de vieilles machines en pièces. Au plafond pendaient, rangées après rangées, des crochets de boucher rongés par la rouille. Et il faisait aussi sombre que dans le souvenir qu'en gardait Melanie.

Ours entraîna les élèves et les deux professeurs jusqu'à une salle semi-circulaire entièrement carrelée, aveugle et humide. Les murs et le sol de ciment étaient maculés de taches brun foncé. Un plan incliné vétuste, en bois, menait à la partie gauche de la salle. Un convoyeur aérien qui acheminait les crochets de boucher disparaissait sur la droite. Au centre se trouvait une rigole pour vidanger le sang.

C'était la salle où l'on avait égorgé les bêtes.

Le vent souffle, il est froid et méchant.

Kielle agrippa le bras de Melanie et le pressa contre elle. Mrs. Harstrawn et Susan serraient les autres fillettes dans leurs bras, Susan dardant une haine à l'état pur sur celui des hommes qui venait à croiser son regard. Jocylyn sanglotait, tout comme les jumelles. Beverly respirait avec difficulté.

Huit petits oiseaux gris sans nulle part où aller.

Elles se blottirent les unes contre les autres sur le sol froid et humide. Un rat décampa, le poil aussi terne qu'un vieux morceau de viande. Puis la porte se rouvrit. Melanie protégea ses yeux de l'éclat de la lumière.

Il se tenait debout dans l'encadrement de la porte, sous la lumière crue.

Petit et maigre.

Ni chauve ni chevelu, mais avec des mèches hirsutes, d'un blond sale, qui encadraient un visage émacié. Contrairement aux autres, il portait juste un tee-shirt sur lequel était imprimé le nom *L. Handy*. Elle songea tout de suite à l'acteur du Kansas State

Theatre of the Deaf qui avait joué Brutus dans une récente mise en scène de *Jules César*.

Il poussa le battant pour entrer et déposa avec précaution deux lourds sacs de toile par terre. La porte se referma derrière lui, et quand la lumière grisâtre se fut évanouie, elle distingua ses yeux pâles et ses lèvres minces.

Melanie vit Fouine dire : « Pourquoi... venir ici, bordel ? Pas moyen de sortir de là. »

Alors, comme si elle entendait parfaitement, les mots de Brutus résonnèrent clairement dans son esprit, cette voix imaginaire que les sourds entendent parfois — une voix humaine sans véritable sonorité humaine.

— On s'en fout, dit-il lentement. Ouais. On s'en fout totalement.

C'est Melanie qu'il regarda en disant cela, et c'est à elle qu'il offrit un vague sourire avant d'indiquer plusieurs barres de fer rouillées avec lesquelles il ordonna aux deux autres de barricader solidement les portes.

09 : 10

En vingt-trois ans il n'avait jamais manqué un seul anniversaire.

Ça, c'est un mari.

Arthur Potter replia le papier qui enveloppait les roses — des fleurs fluorescentes, orange et jaunes — presque toutes ouvertes, leurs pétales mousseux parfaitement déployés s'épanouissant en corolle. Il les respira. Les fleurs préférées de Marian. Des couleurs électriques. Jamais de blanc ni de rouge.

Le feu passa au vert. Il reposa soigneusement le bouquet sur le siège passager et accéléra pour traverser le carrefour. Sa main s'égara sur son ventre, très comprimé par la ceinture de son pantalon. Il fit la grimace. Sa vieille ceinture lui servait de baromètre : il en était à l'avant-dernier cran. Régime à partir de lundi, se dit-il joyeusement. Il serait de retour dans son secteur, la bonne cuisine de sa cousine digérée depuis longtemps, et pourrait de nouveau être attentif au calcul des lipides.

C'était la faute de Linden. Voyons un peu... hier au soir elle avait servi du corned beef, des pommes de terre et du chou au beurre, du pain irlandais (beurre en option, mais il avait opté pour), des haricots noirs, des tomates grillées, et un gâteau au chocolat avec de la glace à la vanille. Linden était la cousine de Marian, issue de la lignée des McGillis par leur ancêtre Sean dont les deux fils, Eamon et Hardy, avaient traversé l'Atlantique dans l'entrepont et avaient pris femme la même année, leurs épouses respectives donnant chacune naissance à une fille dix et onze mois après les épousailles.

Arthur Potter, enfant unique devenu orphelin à treize ans, fils d'enfants uniques, avait adopté la famille de sa femme avec enthousiasme et longuement étudié la généalogie des McGillis. S'adonnant à une correspondance complexe (écrite à la main sur du beau papier à lettres : il ne possédait pas de traitement de texte), Potter suivait religieusement, presque superstitieusement, les méandres du clan.

La Congress Expressway direction ouest. Puis sud. Mains posées à 13 h 50, épaules en avant, lunettes perchées sur son nez rose et bien en chair, Potter traversait tranquillement les quartiers ouvriers de Chicago, avec leurs lotissements, leurs appartements et leurs rangées de maisons mitoyennes dans la lumière d'été du Middle-West, pâle sous la couverture nuageuse.

La qualité de la lumière d'une ville à l'autre, songea-t-il. Arthur Potter avait fait plusieurs fois le tour du monde et gardait en réserve un gigantesque stock d'idées pour des rubriques de voyage qu'il n'écrirait jamais. Ses notes généalogiques et les mémos de son boulot, qu'il allait bientôt quitter pour prendre sa retraite, constitueraient probablement l'unique héritage littéraire de Potter.

Tourner ici, tourner là. Il conduisait par automatismes, sans grande attention. Impatient par nature, il avait depuis bien longtemps surmonté ce travers, si tant est que ce fût un travers, et ne dépassait jamais les vitesses autorisées.

En tournant sur Austin Avenue dans sa Ford de location, il jeta un coup d'œil dans le rétroviseur et remarqua la voiture.

Les hommes roulaient dans une berline gris-bleu, aussi anonyme que possible. Deux hommes jeunes rasés de frais, à la vie aussi claire que leur conscience, et qui le filaient.

Ils avaient l'étiquette du FBI collée sur le front.

Le cœur de Potter se mit à cogner. « Merde », marmonna-t-il de sa voix grave de baryton. Furieux, il se pinça la joue puis resserra le papier vert autour du bouquet de fleurs comme s'il se préparait à une course-poursuite. Pourtant, quand il eut trouvé la rue qu'il cherchait et pris son virage, il roulait prudemment à une dizaine de kilomètres à l'heure. Le bouquet de sa femme vint rouler contre sa grosse cuisse.

Non, il ne faisait pas d'excès de vitesse. Il avait décrété qu'il s'était trompé, que la voiture était occupée par deux hommes d'affaires partis vendre des ordinateurs ou des imprimantes et qu'elle allait bientôt tourner pour suivre son propre itinéraire.

Et fichez-moi la paix.

Mais la voiture ne fit rien de tel. Les hommes maintenaient une distance neutre, roulant exactement à la même vitesse que la Ford de Potter, une allure d'escargot exaspérante.

Il s'engagea dans l'allée familière et la suivit un bon moment avant de s'immobiliser en douceur. Potter descendit rapidement de voiture, serrant les fleurs contre son cœur, et monta le chemin de sa démarche de canard — d'un air provocateur, espérait-il, mettant les agents au défi de l'arrêter ici.

Comment l'avaient-ils trouvé ?

Lui qui avait été si malin. Garant sa voiture à trois rues de l'appartement de Linden. La priant de ne pas répondre au téléphone et de laisser l'appareil débranché. À cinquante et un ans, la cousine, qui aurait été romanichelle si elle avait pu réagencer ses gènes (si différente de Marian, malgré leur parenté), accepta ses ordres avec enthousiasme. Elle était habituée aux bizarreries de son cousin par alliance. Elle trouvait son comportement étrange, voire inquiétant, et il pouvait difficilement la détromper.

Les agents garèrent leur voiture devant celle de Potter et les deux hommes en descendirent. Il entendit leurs pas crisser derrière lui sur le gravier.

Ils ne se pressaient pas ; ils étaient capables de le dénicher n'importe où, et ils le savaient. Il ne pouvait jamais leur échapper.

Je suis à vous, espèces de présomptueux salauds.

— Monsieur Potter.

Non, non, allez-vous en ! Pas aujourd'hui. Aujourd'hui est un jour spécial. C'est mon anniversaire de mariage. Vingt-trois ans. Quand vous aurez mon âge, vous comprendrez.

Laissez. Moi. Tranquille.

— Monsieur Potter ?

Les deux jeunes gens étaient interchangeables. S'il en ignorait un, il les ignorait tous les deux.

Il traversa la pelouse pour aller vers sa femme. Marian, songea-t-il, excuse-moi. Je suis venu avec des ennuis... et te voilà obligée d'en être témoin. Excuse-moi.

— Laissez-moi tranquille, murmura-t-il.

Et soudain, comme s'ils avaient entendu, les deux hommes

s'arrêtèrent, ces deux silhouettes sombres en complets gris et au teint pâle. Potter s'agenouilla et déposa les fleurs sur la tombe. Il commença à déballer le papier vert, mais il voyait encore les deux hommes du coin de l'œil. Alors il s'arrêta et, plissant les paupières, ferma les yeux et enfouit son visage dans ses mains.

Mais il ne priait pas. Arthur Potter ne priait jamais. Avant, oui. Parfois. Bien que son gagne-pain lui permît d'entretenir en secret quelques superstitions personnelles, il avait cessé de prier treize ans auparavant, le jour où Marian la vivante était devenue Marian la morte, et s'était éteinte devant ses mains jointes alors qu'il se trouvait plongé dans une négociation délicate avec le Dieu en l'existence duquel il avait plus ou moins cru, toute sa vie durant. L'adresse à laquelle il envoyait ses requêtes s'avéra aussi vide qu'une vieille boîte de conserve. Il n'en fut ni surpris ni désenchanté. Il n'empêche qu'il renonça aux prières.

Maintenant, les yeux toujours clos, il intima aux deux interchangeables, d'un revers de main, l'ordre de rester à l'écart.

Et, bien qu'agents fédéraux, ils devaient eux aussi être respectueux des traditions (comme beaucoup de leurs collègues, d'ailleurs), et ils gardèrent leurs distances.

Pas de prières, mais il s'adressait à son épouse, étendue depuis de si longues années à la même place. Il remuait les lèvres. Il recevait des réponses uniquement parce qu'il connaissait la pensée de Marian aussi bien que la sienne. Cependant la présence des deux hommes dans leurs costumes assortis le dérangeait sans cesse. Finalement, il se releva lentement et contempla la fleur de marbre gravée dans le granit ornant la tombe de son épouse. Il avait commandé une rose mais la fleur ressemblait à un chrysanthème. Le graveur était probablement japonais.

Il n'y avait pas lieu de différer plus longtemps.

— Monsieur Potter ?

Avec un soupir, il se détourna de la tombe.

— Je suis McGovern, agent spécial. Et voici mon collègue Crowley.

— Oui.

— Navré de vous déranger, monsieur Potter. On peut vous parler un instant ?

— Nous pourrions peut-être aller jusqu'à la voiture, ajouta McGovern.

— Que se passe-t-il ?

— La voiture. S'il vous plaît. (Il n'y a qu'un agent du FBI pour dire « s'il vous plaît » de cette façon-là.)

Potter marcha entre eux jusqu'au véhicule. C'est seulement arrivé à la voiture qu'il se rendit compte que le vent soufflait sans discontinuer et qu'il faisait incroyablement froid pour un mois de juillet. Il jeta un regard vers la tombe et vit le papier vert battre dans la brise régulière.

— Bon. (Il s'arrêta net, décidé à ne pas faire un pas de plus.)

— Nous sommes désolés d'interrompre vos vacances, monsieur Potter. Nous avons essayé de vous appeler au numéro où vous séjournez. Ça ne répondait pas.

— Il y a une autre équipe là-bas ? demanda Potter, inquiet à l'idée que Linden soit troublée par la visite inopinée d'agents du FBI.

— Il y en avait une, mais nous les avons contactés par radio dès que nous vous avons trouvé.

Potter hocha la tête. Il regarda l'heure à sa montre. Ils avaient prévu du hachis Parmentier pour ce soir. Avec une salade verte. Il était censé ramener de quoi boire. De la bière brune pour lui, de la stout d'avoine pour eux. Ensuite, après le dîner, une partie de cartes avec les voisins, les Holberg. À cœur ou à pique.

— C'est sérieux ? demanda Potter.

— Un incident au Kansas, dit McGovern.

— C'est sérieux, monsieur Potter. Il vous demande de mettre en place une équipe de contrôle des opérations. Un jet de la Dom-Tran vous attend à Glenview. Les détails sont là-dedans.

Potter prit l'enveloppe cachetée des mains du jeune homme, et, baissant les yeux, fut surpris de voir une tache de sang sur son propre pouce — une épine sans doute, en conclut-il, cachée sur la tige d'une rose aux pétales aussi souples qu'une capeline.

Il ouvrit l'enveloppe et parcourut le fax. Il portait la signature hâtive du directeur du FBI.

— Depuis combien de temps il s'est barricadé ?

— L'incident a été signalé pour la première fois vers 8 h 45.

— Il a déjà établi le contact ?

— Pas encore.

— Il est encerclé ?

— Complètement. Par la police d'État du Kansas et une demi-douzaine d'agents de notre agence de Wichita. Ils ne peuvent pas sortir.

Potter boutonna, puis déboutonna sa veste de sport. Il s'aperçut que les agents le considéraient avec une trop grande révérence et cela le rendait nerveux.

— Je veux Henry LeBow comme agent de renseignements et Tobe Geller à la communication. Ça s'écrit avec un « e » mais ça se prononce comme Toby.

— Compris. S'ils ne sont pas libres...

— Personne d'autre. Trouvez-les. Peu importe où ils sont. Qu'ils soient sur le théâtre des opérations dans une demi-heure. Et voyez si Angie Scapello est libre. Elle devrait être au bureau central ou à Quantico. Science comportementale. Affrétez également un jet pour elle.

— Compris.

— Où en est le G.I.L.O. ?

Le Groupe d'intervention pour la libération des otages, qui comptait quarante-huit agents du FBI, constituait la plus importante force d'intervention du pays.

Crowley laissa McGovern transmettre la mauvaise nouvelle.

— Là est le problème, justement. Il y a une équipe déployée à Miami. Une descente de la DEA[1]. Vingt-deux agents sur place. Et la deuxième est à Seattle. Une attaque de banque qui a tourné à la prise d'otages hier soir. Dix-neuf là-bas. On peut monter une troisième équipe en vitesse mais il faudra prélever des agents sur les deux autres. Ça va prendre un moment avant de les rassembler sur le terrain.

— Appelez Quantico, préparez-moi ça. J'appellerai Frank de l'avion. Où est-il ?

— À Seattle, sur les lieux, lui précisa l'agent. Si vous voulez, on peut vous retrouver à l'appartement pour vous laisser le temps de préparer un sac...

— Non. Je file tout de suite à Glenview. Vous avez une sirène et un gyrophare ?

— Affirmatif. Mais l'appartement de votre cousine n'est qu'à quinze minutes d'ici...

— Dites, si un de vous deux pouvait défaire le papier de ces fleurs, là, sur cette tombe, ça me ferait plaisir. Et arrangez-les peut-être un peu, pour être sûr que le vent ne les fasse pas tomber.

— Affirmatif, je m'en occupe, répondit Crowley en vitesse.

Il y avait bien une différence entre eux, après tout : McGovern n'était pas un spécialiste des bouquets, comprit Potter.

— Merci beaucoup.

Potter recommença à descendre le chemin, derrière McGovern. La seule chose qu'il devait acheter en route, c'était du chewing-gum. Ces jets de l'armée grimpaient si vite que ses oreilles montaient en pression comme une cocotte-minute sauf s'il mâchait un

---

1. Drug Enforcement Administration, organisme dépendant du ministère de la Justice chargé de la lutte contre la drogue. *(N.d.T.)*

paquet entier de Wrigley's sitôt que les roues quittaient le bitume. Il avait vraiment horreur de prendre l'avion.

Oh, se dit-il, je suis fatigué. Vraiment crevé.

— À bientôt, Marian, murmura-t-il sans se retourner vers la tombe. À bientôt.

II

LES RÈGLES DE L'ENGAGEMENT

10 : 35

Comme toujours, un petit côté foire.

Arthur Potter se tenait à côté de la plus belle voiture de l'agence régionale du FBI, une Ford Taurus, et parcourait la scène du regard. Voitures de police placées en cercle telles des chariots de pionniers, fourgonnettes de presse, reporters portant leurs volumineuses caméras comme des lance-roquettes. Et partout des camions de pompiers (le siège de Waco était dans tous les esprits).

Trois autres berlines officielles arrivèrent en procession, portant à onze le total des voitures du FBI. La moitié des hommes était en tenue de combat bleu marine, les autres en costume style Brooks Brothers.

Le jet de l'armée qui avait amené Potter, réservé au transport civil officiel, avait atterri à Wichita vingt minutes plus tôt ; de là, Potter avait parcouru en hélicoptère les quelque cent-trente kilomètres qui le séparaient de la toute petite ville de Crow Ridge, au nord-ouest.

Le Kansas était aussi plat qu'il l'avait imaginé, bien que l'itinéraire emprunté par l'hélico eût suivi une large rivière bordée d'arbres, et qu'à cet endroit le terrain fût en grande partie vallonné. C'était le point de rencontre entre les prairies d'herbe moyenne et les prairies d'herbe rase, lui avait expliqué le pilote. À l'ouest, le pays des bisons. Il indiqua un point dans cette direction : Larned, où voilà cent ans on avait aperçu un troupeau de quatre millions de têtes.

À présent, debout dans le vent froid sous un ciel uniformément gris et couvert, Potter était frappé par la tristesse implacable de cet endroit, qu'il aurait aimé échanger sur-le-champ pour être de retour au milieu des lotissements de Chicago, la ville du vent. À une centaine de mètres de là se profilait un bâtiment industriel de brique rouge, semblable à un château, datant probablement d'un siècle. Devant la bâtisse, un mini-car scolaire et une voiture grise cabossée.

— Qu'est-ce que c'est que cette usine ? demanda Potter à Henderson, le responsable du bureau régional du FBI à Wichita.

— Un ancien abattoir, répondit le directeur régional. On faisait remonter les troupeaux du Texas et de l'ouest du Kansas jusqu'ici, on les abattait sur place et puis on acheminait les carcasses par bateau jusqu'à Wichita.

Le vent les fouetta violemment, une gifle suivant l'autre. Surpris, Potter dut reculer d'un pas pour garder l'équilibre.

— Voilà ce qu'ils nous ont prêté, les gars de la police du Kansas. Comme poste de commandement.

D'un signe de tête, l'homme, grand et séduisant, indiqua une camionnette pareille à un fourgon de messageries rapides, peinte d'un vert olive terne. Elle se trouvait sur une butte qui dominait la bâtisse. Ils se dirigèrent vers le véhicule.

— Trop belle cible, critiqua Potter. Un tireur amateur pourrait facilement faire mouche à cent mètres, même avec ce vent.

— Impossible, expliqua Henderson. Elle est blindée. Les vitres font plus de deux centimètres d'épaisseur.

— Sérieux ?

Après un dernier coup d'œil sur la sinistre bâtisse, Potter ouvrit la porte du poste de commandement. À l'intérieur, la camionnette obscurcie était spacieuse. Faiblement éclairée par les lumières jaune pâle du plafond, les moniteurs vidéo et les écrans à cristaux liquides. Potter serra la main d'un jeune policier resté au garde-à-vous jusqu'à ce qu'il eût refermé la porte.

— Votre nom ?

— Derek Elb. Brigadier.

Le brigadier, un rouquin en uniforme impeccablement repassé, expliqua qu'il était là en qualité de technicien du poste de commandement mobile. Il connaissait Henderson et s'était porté volontaire. Potter, jetant un regard désemparé sur l'appareillage complexe de tableaux, d'écrans et de panneaux de commandes, le remercia vivement. Au centre de la camionnette trônait un grand bureau entouré de quatre chaises. Potter s'assit tandis que Derek, tel un vendeur plein d'enthousiasme, lui montrait les dispositifs de surveillance et de communication.

— Nous avons aussi un petit râtelier pour les armes.

— Espérons que nous n'en aurons pas besoin, dit Arthur Potter qui, en trente ans de carrière comme agent fédéral, n'avait jamais eu à se servir de son pistolet dans l'exercice de ses fonctions.

— Vous pouvez recevoir des transmissions satellite ?

— Affirmatif, nous avons une parabole. Tous signaux numériques ou micro-ondes.

Potter nota une série de numéros sur une fiche et la tendit à Derek.

— Appelez-moi ce numéro, demandez Jim Kwo. Dites-lui que vous appelez de ma part et donnez-lui ce code-là.

— Lequel ?

— Celui-là. Dites-lui qu'il nous faut un balayage satellite Sat-Surv connecté sur... (il agita la main vers la rangée de moniteurs) un de ces machins-là. Il coordonnera le côté technique avec vous. Je m'y perds, dans tout ça, franchement. Précisez-lui la latitude et la longitude de l'abattoir.

— Affirmatif, dit Derek, en prenant fébrilement note. (Le septième ciel, pour le technicien qu'il était.) C'est quoi au juste, le SatSurv ?

— Le système de surveillance par satellite de la CIA. Ça nous donnera un balayage visuel et infrarouge du terrain.

— Hé, j'en ai entendu parler, de ce truc. Dans *Popular Science*, je crois bien. (Derek se retourna pour composer le numéro.)

Potter se baissa et régla ses jumelles Leica à travers les vitres épaisses. Il étudia l'abattoir. Une bâtisse décharnée, immobile et nue au milieu de l'herbe jaunie par le soleil, comme une tache de sang séché sur un os décoloré. Ainsi la jugeait Arthur Potter, licencié de littérature anglaise. L'instant d'après, redevenu Arthur Potter, négociateur chevronné du FBI, spécialiste des prises d'otages et directeur adjoint du service des opérations spéciales et de recherche de la Maison, ses yeux vifs notaient les détails significatifs : murs de brique épais, fenêtres étroites, emplacement des lignes électriques, absence de lignes de téléphone, terrain dégagé autour du bâtiment, et aussi bosquets d'arbres, touffes d'herbe et buttes susceptibles d'offrir une protection aux tireurs d'élite — amis aussi bien qu'ennemis.

L'arrière de l'abattoir était accolé à la rivière.

La rivière, songea Potter. Est-ce que nous pouvons nous en servir ?

Et *eux* ?

Le toit était crénelé de garde-fous ; la présence d'un haut conduit de cheminée de petit diamètre ainsi que d'un volumineux monte-charge rendrait l'atterrissage d'un hélicoptère difficile, du moins avec ces rafales de vent. Toutefois, un hélico pouvait se maintenir en vol stationnaire pour permettre à une douzaine d'agents d'intervention de descendre sans trop de problème en rappel sur le bâtiment. Il n'apercevait aucune lucarne.

La Webber & Stoltz Processing Company Inc., société depuis

longtemps défunte, ressemblait avant tout à un crématorium, conclut Potter.

— Pete, t'as un porte-voix ?

— Bien sûr. (Henderson sortit en vitesse et, s'accroupissant, rejoignit sa voiture à petites foulées pour aller chercher l'appareil.)

— Dites, vous n'auriez pas des toilettes ici, par hasard ? demanda Potter à Derek.

— Sûr qu'on a ça, répondit Derek, terriblement fier de la technologie du Kansas. Le policier indiqua une petite porte. Potter disparut pudiquement derrière pour enfiler un gilet pare-balles sous sa belle chemise. Puis il noua sa cravate avec soin avant de remettre sa veste de sport bleu marine. Il remarqua que le cordon de son gilet « de la deuxième vie » était presque trop juste, mais dans l'état d'esprit où il se trouvait actuellement, son poids n'était plus vraiment au centre de ses préoccupations.

Il sortit dans la fraîcheur du matin, prit le mégaphone noir des mains de Henderson et, se baissant à ras de terre, zigzagua à toute vitesse entre les buttes et les voitures de patrouille afin d'ordonner aux policiers, pour la plupart jeunes et pleins d'ardeur, de ne pas dégainer et de rester à couvert. Quand il se trouva à une cinquantaine de mètres de l'abattoir, il se coucha au sommet d'une butte et inspecta la bâtisse à travers ses jumelles. Il ne voyait aucun mouvement à l'intérieur, aucune lumière. Rien. Il remarqua que les fenêtres de la façade n'avaient plus de vitres, mais sans savoir si les hommes barricadés à l'intérieur les avaient cassées afin de mieux ajuster leur tir ou si les collégiens du coin étaient venus s'entraîner là avec des pierres et des 22 long-rifles.

Il mit en marche le porte-voix et, se rappelant de ne pas crier pour éviter de déformer le message, annonça :

— Ici Arthur Potter. Je suis du Federal Bureau of Investigation. J'aimerais discuter avec vous autres, là-dedans. J'ai demandé un téléphone cellulaire à votre intention. Je vous le fais porter dans dix ou quinze minutes. Nous n'avons pas l'intention de donner l'assaut. Vous ne courez aucun danger. Je répète : nous n'avons pas l'intention de donner l'assaut.

Il n'escomptait pas de réponse et n'en reçut aucune. Toujours à croupetons, il se dépêcha de rejoindre la camionnette et demanda à Henderson :

— Qui est le responsable de la région ? Je veux lui parler.

— Lui, là.

Un homme de grande taille aux cheveux couleur sable, vêtu d'un costume bleu pâle, se tenait accroupi au pied d'un arbre. Sa posture était irréprochable.

— Qui est-ce ? demanda Potter en astiquant ses lunettes sur le revers de son col.

— Charles Budd. Capitaine de la police du Kansas. Enquêteur et tacticien expérimenté. Aucune négociation à son actif. États de service nickel.

— Dans la police depuis combien de temps ?

Aux yeux de Potter, Budd avait l'air d'un jeune blanc-bec.

— Huit ans. A grimpé les échelons à toute allure pour prendre du galon.

— Capitaine ? appela Potter.

L'homme tourna son regard bleu vers Potter et vint les rejoindre derrière la camionnette. Ils échangèrent une poignée de main ferme et se présentèrent.

— Salut Peter, fit Budd.

— Bonjour, Charlie.

S'adressant à Potter, il dit :

— Alors c'est vous la grosse légume de Washington, hein ? Ravi de vous rencontrer, agent Potter. Très honoré.

Potter sourit.

— Bon, alors, autant que je puisse dire, voici la situation. (Il pointa le doigt vers l'abattoir.) On a aperçu du mouvement derrière ces deux fenêtres-là. Un truc qui brille, peut-être le canon d'un pistolet. Ou une lunette. Je n'en suis pas sûr. Ensuite ils...

— On verra ça plus tard, capitaine Budd.

— Oh, hé, appelez-moi Charlie, vous voulez bien ?

— Entendu, Charlie. Vous avez combien d'hommes ici ?

— Trente-sept policiers, cinq shérifs adjoints. Plus les gars de Pete. Les vôtres, je veux dire.

Potter en prit note dans un petit carnet noir.

— Parmi les hommes ou les femmes de vos troupes, y en a-t-il qui ont une expérience de la prise d'otages ?

— Dans la brigade d'État ? Il y en a peut-être quelques-uns qu'ont dû intervenir dans les coups classiques d'attaques de banques ou de magasins d'alimentation. Quant aux flics d'ici, j'suis sûr que non. Dans le coin, le gros du boulot se résume aux conduites en état d'ivresse et aux gars des fermes qui s'amusent à la pichenette au couteau le samedi soir.

— Quelle est la hiérarchie ?

— Je suis chef de brigade. J'ai quatre commandants — trois lieutenants et un sergent qui attend ses galons — chargés de surveiller ces trente-sept bonshommes, répartis en groupes plus ou moins égaux. Deux brigades de dix, une de neuf et une de huit. Vous notez tout, je vois ?

Potter sourit une seconde fois.

— Où sont-ils déployés ?

Tel ce général de la guerre de sécession auquel Budd ressemblerait un jour, il désigna les petits groupes de policiers rassemblés sur le terrain.

— Armés ? Les vôtres, j'entends.

— On est équipés de Glocks ici, agent Potter, c'est notre arme de service. Et à nous tous, on a une quinzaine de fusils d'assaut. Calibre douze, canons dix-huit pouces. J'ai six hommes et une femme équipés de M-16, là-bas dans ces arbres et de ce côté. Tous munis de lunettes.

— Lunettes à intensificateur de lumière ?

— Pas par chez nous, répondit-il avec un petit rire.

— Qui est responsable des hommes de la police locale ?

— Ça, c'est le shérif de Crow Ridge. Dean Stillwell. Il est là-bas au fond.

Il désigna un bonhomme dégingandé, aux cheveux en broussaille, en conversation avec l'un de ses adjoints, tête baissée.

Une autre voiture arriva et freina net devant eux. Potter était rudement content de voir qui tenait le volant.

Le petit Henry LeBow descendit de voiture et se coiffa aussitôt d'un chapeau mou en tweed froissé ; son crâne chauve avait plus d'une fois offert une cible luisante au cours des quelque deux cents négociations que Potter et lui avaient menées ensemble. LeBow, petit homme timide et grassouillet, s'avança d'un pas lourd ; cet officier de renseignements, spécialiste de la prise d'otages, était de loin le collaborateur préféré de Potter.

Il ployait sous le poids de deux énormes sacs.

Les deux hommes échangèrent une chaleureuse poignée de main et Potter présenta LeBow à Henderson et à Budd.

— Regarde un peu ce que nous avons là, Henry. Un camping-car pour nous tout seuls.

— Bigre ! Et une rivière pour aller à la pêche. C'est quoi ?

— La rivière ? L'Arkansas, répondit Budd, en accentuant la deuxième syllabe.

— Ça me rappelle ma jeunesse, remarqua LeBow.

À la demande de Potter, Henderson retourna à sa voiture et envoya un message radio à l'agence régionale du FBI à Wichita pour savoir quand Tobe Geller et Angie Scapello allaient arriver. Potter, LeBow et Budd remontèrent dans la camionnette. LeBow serra la main de Derek puis ouvrit ses sacs, dont il extirpa deux portables. Il les alluma, les brancha ensuite sur une prise murale, puis connecta une petite imprimante laser.

— Ligne réservée ? demanda LeBow à Derek.

— Juste là.

LeBow se raccorda dessus et venait à peine de terminer les branchements que l'imprimante se mit à couiner.

— Des gâteries, déjà ? s'étonna Potter.

LeBow lut le fax qui venait d'arriver, en précisant :

— Profils établis par les services pénitentiaires, rapports de probation, feuilles jaunes et inculpations. Très sommaire, Arthur. Brut de décoffrage.

Potter lui remit les documents fournis par les agents de Chicago et le volumineux paquet de notes qu'il avait commencé à rédiger dans l'avion. Sans fioritures, ils décrivaient comment Lou Handy s'était échappé d'une prison fédérale du sud du Kansas avec deux autres détenus, le meurtre d'un couple dans un champ de blé à plusieurs kilomètres de l'abattoir et la prise des otages. L'officier de renseignements étudia les documents impersonnels puis se mit à saisir les données sur l'un de ses ordinateurs.

La porte s'ouvrit sur Peter Henderson. Il annonça que Tobe Geller serait là d'un moment à l'autre et Angie Scapello dans moins d'une heure. Tobe venait par Air Force F-16 de Boston, où il dirigeait un atelier de programmation de profils psychologiques permettant d'établir l'identité des pirates de l'informatique. Il était attendu d'une minute à l'autre. Angie arrivait de Quantico par jet DomTran.

— Angie ? demanda LeBow. Ça me fait plaisir de savoir ça. Très plaisir.

L'agent Scapello ressemblait à Geena Davis et avait d'immenses yeux bruns d'une beauté irrésistible, même sans une ombre de maquillage. Pourtant l'enthousiasme de LeBow ne devait rien au physique de sa collègue et tout au domaine dont elle était spécialiste : la psychologie des otages.

En chemin, Angie devait s'arrêter à la Laurent Clerc School pour recueillir un maximum d'informations sur les otages. Comme Potter la connaissait, elle devait déjà être au téléphone avec l'école, en train d'établir les profils des filles.

LeBow scotcha une grande feuille de papier blanc sur le mur au-dessus du bureau et accrocha un feutre noir au bout d'une ficelle. La feuille était divisée en deux. La moitié gauche était intitulée *Promesses* et la droite *Mensonges*. Sur cette feuille, LeBow inscrirait toutes les offres faites par Potter à Handy et tous les mensonges qu'il lui raconterait. C'était une pratique courante dans les négociations avec les preneurs d'otages. Quant à l'usage de cette grille, c'est Mark Twain qui en a donné la meilleure explication en déclarant que tout bon menteur devait avoir une bonne mémoire.

Étonné, Budd demanda :

— Vous allez vraiment lui mentir ?

LeBow sourit.

— Mais un mensonge, c'est quoi au juste, hein Charlie ? demanda Potter. La vérité, c'est un truc plutôt fuyant. Nos paroles sont-elles toujours honnêtes à cent pour cent ?

Il déchira des pages de son carnet et les tendit à LeBow, qui prit les petits feuillets, avec les fax que l'imprimante continuait de cracher, et se mit tout de suite à taper sur le clavier de l'ordinateur baptisé *Profils*, comme l'indiquait l'inscription sur du chatterton depuis longtemps défraîchi. Le deuxième ordinateur portait l'étiquette *Chronologie* et n'affichait que deux données à l'écran :

8 h 40. Prise des otages.
10 h 50. Équipe d'intervention — Potter, LeBow — en place.

Les écrans à cristaux liquides inondaient le visage rond de l'agent d'une lumière bleue surnaturelle.

S'adressant à Potter, Le Bow grommela :

— J'ai vu la bâtisse. Moche, comme situation. Trop bien protégée pour SatSurv et pas assez de fenêtres pour les infrarouges ou les micros. Sans parler du vent, fichu problème.

Comme dans la plupart des prises d'otages avec siège, la majorité des informations recueillies allaient provenir de sources conventionnelles : otages libérés ou évadés et policiers qui, apportant nourriture et boissons aux ravisseurs, risquaient un coup d'œil à l'intérieur.

LeBow appuya sur les touches de son ordinateur et créa une petite fenêtre sur l'ordinateur de chronologie. Deux chronomètres à affichage digital apparurent. L'un était intitulé *Temps écoulé*, et l'autre : *Délai*.

LeBow régla le chrono de temps écoulé à deux heures, dix minutes et appuya sur un bouton. Les secondes défilèrent. Il jeta un regard sur Potter, le sourcil interrogateur.

— Je sais, Henry.

Si la négociation n'est pas engagée très rapidement au tout début de la prise d'otages, les ravisseurs s'impatientent et commencent à se demander si les négociateurs ne préparent pas un assaut.

— On donne encore quelques minutes à Tobe, ajouta Potter, puis on passe au briefing.

Par la vitre, il contempla les champs qui s'étendaient derrière eux, la grande pelisse d'herbe pâle qui ondulait dans la bise froide. À huit cents mètres de là, les moissonneuses avançaient en douceur par mouvements symétriques.

Potter étudia une carte de la région.

— Toutes ces routes fermées par des barrages ?

— Affirmatif, répondit Budd. Et il n'y a pas d'autre accès.

— Installez-moi une base arrière ici, Charlie, dit-il en désignant un virage à quinze cents mètres au sud de l'abattoir. Je veux une tente de presse à proximité. Invisible depuis le théâtre des opérations. Vous avez un porte-parole ?

— Négatif, dit Budd. En général, quand un incident arrive dans le coin, c'est moi qui fais les déclarations si nécessaire. Je vais pas y couper, j'imagine.

— Non. Je vous veux avec moi. Trouvez-moi quelqu'un d'autre. Un brigadier ou un sergent.

— Écoute, Arthur, il s'agit d'une opération d'envergure fédérale, interrompit Henderson. Je pense que c'est à moi de faire les déclarations.

— Non, je veux quelqu'un de la police d'État et sans trop de galon. Comme ça, la presse n'osera pas bouger de la tente. Ils attendront de voir arriver quelqu'un avec toutes les réponses. Et ils seront moins tentés d'aller fourrer leur nez là où il ne faut pas.

— Euh, je ne vois pas vraiment qui ferait un bon porte-parole, remarqua Budd d'un air dubitatif en regardant par la fenêtre, comme si un policier ressemblant au présentateur-vedette Dan Rather pouvait justement passer par là.

— Pas besoin d'être bon, marmonna Potter. Tout ce qu'il doit faire, c'est dire que je ferai une déclaration plus tard. Point. Rien d'autre. Choisissez quelqu'un qui n'a pas peur de dire : « Sans commentaire. »

— Ils vont pas aimer ça. Les gars et les filles de la presse. C'est vrai quoi, suffit d'un carambolage sur la route 14 et les journalistes du coin déboulent de partout. Pour un truc comme ça, j'parie qu'ils vont même venir de Kansas City.

Le directeur régional Henderson, qui n'était pas un bleu dans le district, éclata de rire.

— Hé Charlie (Potter réprima son sourire), les équipes de CNN et d'ABC sont déjà ici. Avec le *New York Times*, le *Washington Post*, et le *LA Times*. Plus Sky TV d'Europe, la BBC et Reuter. Les autres grosses pointures sont en route. On est en plein dans le grand show médiatique de la semaine. Organisezmoi un périmètre interdit à la presse sur quinze cents mètres tout autour de l'abattoir, des deux côtés de la rivière.

— Quoi ?

— Mettez-moi cinq ou six policiers dans des 4 × 4 et faites-leur patrouiller le secteur. Si vous repérez un journaliste dans la zone — n'importe qui avec un appareil photo — vous me l'arrêtez et vous confisquez son appareil.

— Arrêter un journaliste ? On peut pas faire ça. Si ? J'veux dire, regardez-les, il y en a partout. Non mais, regardez-les.

— Franchement, Arthur, intervint Henderson, tu ne parles pas sérieusement, hein ? Souviens-toi de Waco.

Potter se contenta de sourire d'un air absent. Il réfléchissait, faisait le tri, calculait.

— Et pas d'hélico de presse. Pete, fais-nous venir deux Cobras ici de chez McConnell à Wichita. Mets en place une zone d'interdiction de vol dans un rayon de cinq kilomètres.

— T'es sérieux, Arthur ?

— Le temps passe, dit LeBow. Deux heures dix-sept qu'ils sont barricadés là-dedans.

— Oh, et il nous faut des chambres dans l'hôtel le plus proche, dit Potter à Budd. Ça serait lequel ?

— Le Days Inn. Six kilomètres d'ici. À Crow Ridge. Centre-ville, si on peut appeler ça le centre d'une ville. Combien ?

— Dix.

— O.-K. Pour qui, les chambres ?

— Les parents des otages. Et faites aussi venir un prêtre et un docteur là-bas.

— Peut-être qu'ils devraient être plus près. Si on a besoin d'eux pour parler à leurs gamins, ou...

— Non, mauvaise idée. Et mettez quatre ou cinq policiers en poste là-bas. Il ne faut pas que les familles soient dérangées par les journalistes. Toute personne qui les harcèlera sera...

— Arrêtée, murmura Budd. Oh, punaise.

— Qu'est-ce qui cloche, capitaine ? demanda gaiement LeBow.

— Je les connais, les journalistes, et croyez-moi vous allez en entendre, des paroles décourageantes, avant la fin de cette histoire, c'est moi qui vous l'dis.

Potter éclata de rire. Puis il montra les champs du doigt.

— Regardez-moi ça, Charlie — ces policiers là-bas sont tous à découvert. Je leur ai bien dit de rester planqués. Ils ne font pas attention. Faites-les rester derrière les voitures. Dites-leur qu'Handy a déjà tué des policiers. Au fait, Henry, quel rapport entretient-il avec les armes ?

LeBow tapa sur les touches et, lisant le texte à l'écran, annonça :

— Toutes les inculpations font état d'au moins un chef d'accusation pour usage d'arme. Il a tiré sur quatre personnes, et en a tué deux. Entraînement sur M-16 à Fort Dix, où il n'obtenait jamais moins de dix-huit sur vingt sur cible. Aucune trace de ses scores avec armes blanches.

— Voilà, maintenant vous savez, remarqua Potter à Budd. Dites-leur de rester À COUVERT.

Un faisceau de lumière les balaya. Potter cligna des yeux et vit qu'au loin une moissonneuse venait juste d'allumer ses phares. L'après-midi n'était pas très avancée, mais la couverture nuageuse était oppressante. Il considéra la rangée d'arbres qui bordait les flancs droit et gauche de l'abattoir.

— Autre chose encore, Charlie : que les tireurs embusqués restent en position, mais donnez-leur l'ordre de ne tirer que si les P.O. tentent une sortie.

— Les P.O., ce sont les preneurs d'otages, c'est ça ?

— Même si leur champ est libre. Ces policiers dont vous m'avez parlé, ceux qui ont des fusils, ils font partie de la brigade d'intervention spéciale ?

— Non, répondit-il, juste de sacrés bons tireurs. La fille aussi. Elle a commencé à s'entraîner sur les écureuils quand elle avait...

— Et chargeurs non engagés pour tous, eux compris. J'ai dit tout le monde.

— Quoi ?

— Chargés mais pas engagés.

— Oh, alors là, j'vous garantis rien.

Potter tourna vers lui un regard inquisiteur. Budd s'empressa d'ajouter :

— J'voulais juste dire, sauf les tireurs embusqués ?

— On peut engager la culasse d'un M-16 et tirer en moins d'une seconde.

— Pas s'il faut aussi régler une lunette, impossible. Un P.O. pourrait faire feu trois fois en une seconde. (Les initiales lui empâtaient curieusement la bouche, comme s'il goûtait des huîtres pour la première fois.)

Quel homme zélé et droit et compétent, songea Potter.

Quelle rude journée nous attend.

— Les ravisseurs ne vont pas sortir et tuer un otage sous nos yeux sans que nous ayons eu le temps de réagir. Si nous en arrivons là, c'est qu'on aura droit à une bataille rangée, de toute façon.

— Mais...

— Chargeurs non engagés, répéta Potter d'un ton ferme. Réfléchissez-y, Charlie.

Budd hocha la tête à contrecœur et récapitula sa mission :

— Bon, j'envoie un gus faire une déclaration à la presse — ou ne pas faire de déclaration à la presse, plutôt. Je rassemble les journalistes et les éloigne d'un kilomètre ou deux, je retiens une dizaine de chambres et je dis à tout le monde de rester à couvert. Et je transmets vot'message : pas de chargeur engagé ni verrouillé.

— Bien.

— Punaise, fit Budd en courbant la tête pour sortir de la camionnette. Potter le regarda courir à ras de terre vers un groupe d'hommes de la police d'État. Ils l'écoutèrent, rigolèrent, puis entreprirent de conduire les journalistes hors de la zone.

Cinq minutes plus tard, le capitaine rejoignit le Q.G.

— Voilà, mission accomplie. Ces journalistes étaient à peu près aussi mécontents que je l'avais prévu. J'leur ai dit que c'étaient les ordres d'un « Fed ». Ça vous embête pas que je vous appelle comme ça, j'espère.

— Vous pouvez m'appeler comme bon vous semble, Charlie. Et maintenant, il faut mettre en place un hôpital de campagne.

— Du type évacuation d'urgence ?

— Non, pas d'évacuation. Une équipe de traumatologistes et de spécialistes d'évaluation des blessés. Juste hors du champ de tir de l'abattoir. À une minute d'ici au maximum. Parée pour tout, des brûlures au troisième degré aux blessures par balles et par grenaille. Blocs opératoires complets.

— Compris, chef. Mais, vous savez, on a un grand hôpital qu'est à peine à plus de vingt kilomètres d'ici.

— Peut-être bien, mais pas question que les P.O. entendent ne serait-ce que le bruit d'un hélico d'évacuation. Même chose pour les hélicos de presse et nos Cobra : pas question qu'on les entende.

— Pourquoi ?

— Parce que je ne veux pas leur suggérer la moindre idée qu'ils pourraient ne pas avoir eu tout seuls. Et même s'ils demandent un hélico, je veux pouvoir leur dire qu'il y a trop de vent pour le faire atterrir.

— Entendu.

— Ensuite, revenez ici avec vos commandants. Et avec le shérif Stillwell. Briefing pour tout le monde.

À ce moment précis, la porte s'ouvrit et un séduisant jeune homme, teint hâlé et cheveux noirs frisés, déboula joyeusement dans la camionnette.

Avant même de saluer quiconque, il lança un regard sur les panneaux de contrôle et dit à voix basse : « Excellent. »

— Bienvenue avec nous, Tobe.

— Les filles de Boston sont superbes et elles ont toutes les nichons pointus, figure-toi, Arthur. Y a intérêt que je sois pas venu pour de la foutaise.

Potter lui serra la main, notant au passage que le trou de son oreille percée était particulièrement visible aujourd'hui. Il revoyait Tobe expliquant sa boucle d'oreille à ses supérieurs du FBI en leur racontant qu'il avait dû faire la taupe chez les flics. C'était pure invention ; il aimait simplement les boucles d'oreilles et en avait d'ailleurs toute une collection. Le professeur assistant en informatique auprès de l'American University et de Georgetown, diplômé du MIT, serra la main de tous. Puis, baissant les yeux sur les portables de LeBow, il ricana et marmonna quelque chose sur leur âge préhistorique. Ensuite, il se laissa tomber sur la chaise face au panneau de commandes des communications. Lui et Derek se présentèrent l'un à l'autre pour s'absorber aussitôt dans un monde de signaux analogiques cryptés, sous-structures arborescentes, brouilleur digital pseudo-aléatoire et systèmes à scrutateur automatique de données à protocoles multiples.

— Briefing dans deux minutes, Tobe, lui signala Potter avant d'envoyer Budd à sa mission.

Puis, s'adressant à LeBow, il dit : « Fais-moi voir un peu ce que tu as jusqu'ici. »

LeBow tourna l'ordinateur *Profil* vers Potter.

— Nous n'avons pas beaucoup de temps, précisa l'agent de renseignements.

Mais Potter poursuivit sa lecture, perdu dans les caractères luminescents de l'écran bleu.

Le lièvre, qu'il soit américain ou non, est l'animal le moins combatif qui soit dans la nature.

C'est un animal conçu pour la défense : pelage de camouflage (gris et sable durant la saison chaude, blanc l'hiver), des oreilles qui pivotent comme des antennes pour détecter les bruits menaçants, et des yeux qui lui permettent une vision du terrain sur trois cent soixante degrés. Il possède la dentition tranchante d'un herbivore et ses griffes sont faites pour tirer sur les plantes feuillues et — chez les mâles — agripper les épaules de la femelle lors du processus de reproduction des générations futures.

Mais quand il est acculé, et n'a aucune chance de s'échapper, il est capable d'attaquer avec une férocité surprenante. Les chasseurs ont retrouvé des cadavres de renards et de chats sauvages avec les yeux crevés ou éventrés parce qu'ils avaient eu la mauvaise idée de piéger un lièvre dans une grotte et de l'attaquer avec l'insolence de prédateurs trop sûrs d'eux.

Être pris au piège est ce que nous redoutons le plus, poursuivait Arthur Potter pendant ses cours sur les situations de siège, et les preneurs d'otages sont les plus impitoyables et les plus déterminés des adversaires.

Aujourd'hui, dans la camionnette de commandement installée sur les lieux de la prise d'otages de Crow Ridge, il sautait son introduction habituelle, et expliquait simplement à son auditoire : « Ce que vous devez comprendre avant tout, c'est combien les hommes retranchés là-dedans sont dangereux. »

Potter parcourut le groupe du regard : Henderson, LeBow et Tobe étaient agents fédéraux. Dans les forces d'État, il y avait Budd et son commandant en second Philip Molto, un petit homme taciturne, agent dans la police du Kansas, aux allures de lycéen. C'était l'un des commandants de la brigade d'intervention. Les autres — deux hommes et une femme — avaient la mine grave, et le regard sévère. Ils étaient en tenue de combat des pieds à la tête, et impatients de se battre.

Dean Stillwell, le shérif de Crow Ridge, avait l'air d'un vrai plouc. Ses bras trop longs dépassaient des manches trop courtes de sa veste et sa coupe de cheveux s'inspirait sans doute des premières années des Beatles.

Au commencement de la réunion, Charlie Budd avait présenté Potter.

— Voici Arthur Potter, du Federal Bureau of Investigation. C'est un fameux spécialiste de la prise d'otages et nous avons rudement de la chance de l'avoir avec nous aujourd'hui.

— Merci, capitaine, avait interrompu Potter, inquiet de voir Budd déclencher une salve d'applaudissements.

— Une chose encore, avait reprit le jeune capitaine avant de lancer un coup d'œil sur Potter. J'ai oublié de vous le dire plus tôt. J'ai pris contact avec l'attorney général du Kansas. Et il mobilise le groupe d'intervention d'État pour la libération des otages. C'est donc à nous de...

Impassible, Potter s'avança.

— En fait, Charlie, si vous permettez... (Il fit un signe de tête en direction des agents rassemblés devant lui. Budd s'était tu, un petit sourire aux lèvres.) Il n'y aura pas ici d'intervention du G.I.L.O. d'État. Nous mettons actuellement en place une équipe fédérale d'intervention qui devrait arriver cet après-midi ou en début de soirée.

— Oh, commença Budd. Mais je crois que l'attorney général...

Potter le considéra avec un sourire décidé.

— Je me suis déjà entretenu avec lui et avec le gouverneur dans l'avion qui m'amenait ici.

Budd hocha la tête, souriant toujours, et le négociateur commença son briefing.

Tôt ce matin, expliqua-t-il, trois hommes avaient assassiné un gardien et s'étaient échappés du quartier de haute sécurité du pénitencier fédéral de Callana, situé dans les environs de Winfield, Kansas, non loin de la frontière de l'Oklahoma. Il s'agissait de Louis Jeremiah Handy, Shepard Wilcox et Ray « Sonny » Bonner. En roulant vers le nord, leur voiture était entrée en collision avec une Cadillac. Handy et les autres évadés avaient assassiné le couple qui se trouvait dans la voiture et avait réussi à atteindre l'abattoir avant d'être rejoint par un agent de la police d'État.

— Handy, trente-cinq ans, purgeait une peine de prison à vie pour vol, incendie criminel et meurtre. Il y a sept mois, avec sa petite amie, Wilcox, et un autre malfrat, il a dévalisé la Farmers & Merchants S & L de Wichita. Handy a enfermé deux caissiers dans la chambre forte puis a mis le feu au bâtiment. La banque a entièrement brûlé, et les deux employés ont péri. Au cours de leur fuite, le quatrième malfaiteur a été tué, la petite copine de Handy s'est échappée et Handy et Wilcox ont finalement été arrêtés. Visualisation, Henry ?

Au moyen d'un scanner optique, LeBow avait digitalisé les photos anthropométriques des trois preneurs d'otages pour les réunir sur une feuille de papier avec des vues de face, de profil et de trois quarts, de manière à bien mettre en relief les cicatrices et autres signes particuliers de chacun. Les tirages papier sortaient à présent de son imprimante laser. Il en distribua plusieurs piles aux membres de l'assistance.

— Gardez une feuille pour vous et distribuez les autres aux hommes sous vos ordres, dit Potter. Je veux que toute personne sur le terrain en ait un exemplaire et mémorise bien ces clichés. En cas de reddition, il pourrait y avoir du remue-ménage et nous avons ici trop de policiers en civil pour risquer une méprise sur l'identification des P.O. Je veux que tout le monde sache précisément à quoi ressemblent les méchants.

« En haut, c'est Handy. Le deuxième est Shep Wilcox. Pour Handy, c'est ce qui se rapproche le plus d'un ami. Ils ont travaillé ensemble sur trois ou quatre coups. Le dernier, le gros barbu, c'est Bonner. Handy le connaîtrait depuis quelque temps déjà, mais ils n'ont jamais travaillé ensemble. Bonner est fiché pour vol à main armée mais il était à Callana pour délit de fuite dans un autre État. Il est soupçonné de viol avec récidive bien qu'ils ne l'aient coincé que pour sa dernière agression. Il a poignardé la victime à plusieurs reprises — alors qu'il était en train de la violer. Elle a survécu. Elle avait dix-sept ans et a dû reporter sa onzième opération de chirurgie esthétique pour pouvoir témoigner contre lui. Henry, que peux-tu nous dire des otages ?

— Pas grand-chose, jusqu'ici, dit LeBow. Nous avons un total de dix otages à l'intérieur. Huit élèves et deux professeurs de la Laurent Clerc School for the Deaf d'Hebron, Kansas, à environ vingt-quatre kilomètres à l'ouest d'ici, qui se rendaient à Topeka pour un spectacle du théâtre pour les sourds. Toutes de sexe féminin. Les élèves ont entre sept et dix-sept ans. Je ne vais pas tarder à recevoir davantage de renseignements. Nous sommes sûrs qu'elles sont toutes sourdes à l'exception de l'aînée des professeurs, qui parle et entend normalement.

Potter avait prévu un interprète connaissant le langage des signes, mais il savait malgré tout quels problèmes escompter. Il avait en effet mené plusieurs négociations à l'étranger et également négocié avec des étrangers aux États-Unis. Il connaissait le danger — et le sentiment de frustration — d'avoir à traduire des informations précises et rapides alors que des vies étaient en jeu.

— Bon, dit-il, nous avons formé une équipe de contrôle des opérations composée ainsi : moi-même ; Henry LeBow, mon agent de renseignements et greffier ; Tobe Geller, mon agent de communications ; et le capitaine Budd qui sera mon bras droit, chargé des liaisons avec le Kansas. C'est moi qui dirigerai les opérations. Je vais également nommer un responsable de la sécurité, mais mon choix n'est pas encore arrêté.

« L'équipe de contrôle a deux tâches. La première, essentielle, est d'obtenir la reddition des P.O. et la libération des otages. La seconde, accessoire, est de collaborer à une solution tactique au cas où il s'avérerait nécessaire de donner l'assaut. Il s'agit notamment de recueillir des renseignements pour le groupe d'intervention, de détourner l'attention des P.O., de les manipuler de n'importe quelle manière afin de maintenir le nombre des victimes à un niveau acceptable. »

Dans les prises d'otages, tout le monde veut jouer au héros et faire sortir les méchants les mains en l'air rien qu'en parlementant. Mais même le négociateur le plus pacifiste ne doit pas oublier que parfois la seule solution est d'entrer en crachant le feu. À l'époque où il donnait au FBI un cours de négociation spécifique à la prise d'otages, une des premières remarques que Potter faisait à sa classe était la suivante : « Toute prise d'otage est fondamentalement un homicide en cours. »

Il remarqua l'expression dans le regard des hommes et des femmes réunis devant lui. « Cœur de marbre » était ce qu'on avait dit de plus aimable pour le qualifier, se souvint-il alors.

— Tout ce que vous apprenez sur les ravisseurs, les otages, le bâtiment, la moindre information, aussi insignifiante qu'elle vous paraisse, doit être rapportée immédiatement à l'agent LeBow. Avant moi si nécessaire. Et je dis bien la moindre information. Si vous découvrez qu'un des P.O. a le nez qui coule, ne présumez pas que c'est sans importance. (Potter lança un coup d'œil sur deux jeunes policiers qui échangeaient des regards goguenards. Les fixant droit dans les yeux, l'agent déclara :) Cela pourrait nous donner la possibilité d'introduire un soporifique dans des gouttes contre le rhume, par exemple. Ou nous indiquer une toxicomanie à la cocaïne que nous pourrions utiliser à notre avantage.

Les jeunes gens, qui n'étaient pourtant pas du genre à se repentir, continrent leurs sarcasmes.

— Et maintenant il me faut ce responsable de la sécurité. Le capitaine Budd ici présent me disait qu'il s'en trouvait peut-être parmi vous qui ont une expérience de la prise d'otages. (Il posa son regard sur le petit groupe de jeunes policiers insolents.) Eh bien ?

La femme de la police d'État s'empressa de répondre :

— Oui, moi. J'ai suivi la formation spéciale de la police. Et des cours de techniques de négociation.

— Avez-vous déjà négocié une libération ?

— Non, mais il y a quelques mois, j'ai collaboré avec le négociateur durant l'attaque d'un magasin d'alimentation.

— C'est exact, dit Budd. Sally dirigeait l'équipe d'intervention. Joli boulot, d'ailleurs.

— Nous avons réussi à faire entrer un tireur d'élite à l'intérieur du magasin, par le faux plafond insonorisé, poursuivit la jeune femme. Il tenait tous les malfaiteurs dans sa ligne de mire. Ils se sont rendus avant qu'on ait eu à en abattre un seul.

— Moi aussi j'ai une petite expérience, signala un policier d'environ trente-cinq ans, la main sur la crosse de son automatique de service. Je faisais partie de l'équipe qui a sauvé le caissier pendant l'attaque de la Midwest S & L à Topeka, l'année dernière. On a refroidi les types, fusillés raides, pas une égratignure sur un seul otage.

Un autre policier, militaire de formation, avait fait partie de deux équipes d'assaut qui avaient réussi à libérer des otages.

— On les a sauvés sans tirer un seul coup de feu.

Peter Henderson avait écouté d'un air passablement effaré. Il prit la parole.

— Peut-être que je devrais m'occuper de ça, Art. J'ai suivi la formation classique et la remise à niveau. (Il eut un petit sourire.) Et j'ai lu ton bouquin. Deux fois. Ç'aurait dû être un best-seller. Comme Tom Clancy. (Son visage s'assombrit et il ajouta à voix basse :) Franchement je devrais, je crois. Puisque je suis fédéral, tu vois.

Dean Stillwell releva sa tignasse ébouriffée et jeta un regard sur les policiers équipés de gilets pare-balles et de ceintures de munitions gris foncé. Potter profita de cette diversion pour éviter de répondre à Henderson et demanda à Stillwell :

— Vous vouliez dire quelque chose, shérif ?

— Euh non, pas vraiment.

— Allez-y, l'encouragea Potter.

— Eh ben, j'ai jamais pris de cours, et j'ai pas non plus descendu de — comment que vous les appelez, déjà ? — de preneurs d'otages. De P.O., hé. Mais j'peux dire qu'on s'est farci deux ou trois trucs coton ici dans le coin, à Crow Ridge.

Deux policiers échangèrent un sourire.

— Racontez-moi ça, dit Potter.

— Eh ben, y a eu cette histoire v'là deux mois de ça, avec Abe

Whitman et sa femme, Emma. Là-bas sur Patchin Lane. Juste après Badger Hollow Road.

Les sourires se transformèrent en rires étouffés.

Stillwell rit de bon cœur.

— Sûr que ça paraît comique, j'imagine. Aut'chose que les terroristes que vous voyez tout le temps.

Budd décocha un regard aux policiers qui retrouvèrent aussitôt leur sérieux.

— Que s'est-il passé ? demanda Potter.

Stillwell, les yeux baissés, reprit :

— Ben voilà, Abe est paysan, il élève des cochons, comme son père avant lui, et y a pas meilleur.

À présent Peter Henderson, tout agent spécial qu'il était, avait lui aussi du mal à se contenir. Budd se taisait. D'un geste, Potter encouragea Stillwell à poursuivre et, comme d'habitude, Henry LeBow écoutait, toujours aussi attentif.

— Il en a pris un sacré coup quand le marché du lard de poitrine s'est complètement cassé la gueule l'année dernière.

— Le lard de poitrine ? demanda la femme policier d'un air incrédule.

— Effondré, tout simplement, continua Stillwell sans comprendre, ou sans relever le sarcasme. Et alors voilà-t-y pas que la banque lui demande de rembourser ses emprunts et lui il perd la boule, comme on dit. Il a toujours eu un p'tit grain, mais cette fois il perd complètement les pédales et il s'enferme dans sa grange avec un fusil de chasse et le couteau qu'il utilise pour débiter les cochons qu'il gardait pour sa propre table.

— Il s'est préparé une bonne potée, avec son lard ? demanda un policier.

— Oh, y a pas que le bacon, expliqua Stillwell avec sérieux. C'est bien ça, le cochon. Vous savez tous ce qu'on dit, pas vrai ? « Dans le cochon, tout est bon, même la queue. »

Là, deux policiers décrochèrent. Le négociateur encouragea Stillwell d'un sourire.

— Enfin bref, je reçois un coup de fil comme quoi y a du vilain là-bas dans c'te ferme, alors j'y vais et je trouve Emma devant la grange. Dix ans qu'elle est sa femme. Il l'avait ouverte du bas-ventre jusqu'au milieu des seins avec son couteau et lui avait tranché les deux mains. Abe était enfermé là-dedans avec ses deux garçons, et il disait qu'il allait leur en faire autant. S'agit de Brian, huit ans, et de Stuart, quatre ans. Des gosses gentils comme tout, aussi bien l'un que l'autre.

Le sourire des policiers avait disparu.

— S'apprêtait à trancher les doigts du p'tit Stuart un par un juste quand j'suis arrivé.

— Seigneur, murmura la femme.

— Qu'est-ce vous avez fait, shérif ?

Les épaules osseuses se soulevèrent.

— Rien de bien extraordinaire. En fait, je savais pas vraiment ce qu'y fallait faire. J'lui ai parlé sans arrêt. J'me suis approché mais pas trop près vu que je chasse avec Abe et que c'est une sacrée gâchette. J'me suis mis à croupetons derrière une auge. Et on a parlé, c'est tout. J'le voyais là-dedans dans la grange, à moins de cinquante mètres devant moi. Juste assis là, une main sur le couteau et l'autre sur son gamin.

— Combien de temps avez-vous parlé ?

— Un bon moment.

— Mais encore ?

— Oh, pas loin de dix-huit, vingt heures, je dirais. On avait tous les deux mal à la gorge à force de crier, alors j'ai envoyé un de mes gars chercher deux de ces téléphones cellulaires. (Il rit.) J'ai été obligé de lire les instructions avant d'arriver à faire marcher le mien. J'voulais pas rapprocher la voiture, voyez-vous, ni me servir de la radio ou d'un porte-voix. J'me suis dit que moins il voyait les flics, mieux c'était.

— Vous êtes resté tout le temps avec lui ?

— Sûr. Mouillé pour mouillé, autant se mouiller jusqu'au cou, comme je dis. Enfin, j'me suis éloigné deux fois à cause de, comment dire, de besoins naturels. Et une aut'fois pour chercher une tasse de café. En restant toujours planqué.

— Ça s'est fini comment ?

Nouveau haussement d'épaules.

— Il est sorti. Il s'est rendu.

— Les garçons ? demanda Potter.

— Ils allaient pas trop mal. Sauf qu'ils avaient vu leur mère dans un bel état, pour sûr. Mais y avait pas grand-chose à faire pour ça.

— Laissez-moi vous poser une question, shérif. Est-ce que vous avez pensé une seule seconde à prendre la place des garçons en échange ?

Stillwell eut l'air perplexe.

— Ben non, jamais.

— Pourquoi pas ?

— J'avais idée que ça attirerait son attention sur les gamins. J'voulais lui faire oublier qu'ils étaient là pour qu'il se concentre juste sur nous deux.

— Et vous n'avez jamais essayé de tirer sur lui ? Vous ne l'aviez pas dans votre ligne de tir ?

— Sûr que si. Des dizaines de fois. Mais, je sais pas, j'avais simplement le sentiment que c'était la dernière des choses que je voulais voir arriver — que quelqu'un se fasse blesser. Lui, ou moi, ou les garçons.

— Bonnes réponses, shérif. Vous serez responsable de la sécurité. Vous acceptez ?

— Eh ben, à vos ordres, tout ce que je peux faire pour aider, j'en serai fier.

Potter jeta un regard sur les visages contrariés des officiers de la police d'État.

— Vous et vos hommes serez sous les ordres du shérif Stillwell.

— Dites, attendez voir, commença Budd, mais sans trop savoir comment poursuivre. Le shérif est un type bien. On est copains et tout. Nous aussi on a été chasser ensemble. Mais... comment dire, c'est comme qui dirait un truc technique. C'est qu'il est de la brigade locale, municipale, vous voyez. Et ces gars-là, ils sont presque tous de la police d'État. Vous pouvez pas les mettre sous ses ordres. Y faudrait, je sais pas, moi, une autorisation ou un machin comme ça.

— Eh bien, je l'autorise. À partir de maintenant, considérez le shérif Stillwell comme de la police fédérale, dit Potter avec bon sens. Il vient d'être assermenté.

LeBow leva un regard interrogateur vers Potter, lequel haussa les épaules. Ni l'un ni l'autre ne connaissait de procédure permettant d'assermenter des agents fédéraux sur le terrain.

Le visage de Peter Henderson, seul parmi les personnes réunies pour le briefing, restait encore souriant. S'adressant à lui, Potter dit :

— Toi aussi, Pete. Mis à part les agents chargés de la collecte de renseignements, de la médico-légale ou des liaisons avec le G.I.L.O., je veux tout le monde sous le commandement du shérif Stillwell.

Henderson hocha lentement la tête avant de dire :

— Je pourrais te parler une minute, Art ?

— Nous n'avons pas beaucoup de temps.

— Rien qu'une minute.

Potter savait à quoi s'attendre et jugea essentiel que cela ne se produisît pas devant les autres commandants.

— Sortons un instant, tu veux bien ? proposa-t-il.

Dans l'ombre de la camionnette, Henderson siffla entre ses dents :

— Je regrette, Arthur. Je connais ta réputation mais je refuse de mettre mes troupes sous les ordres du premier pedzouille venu.

— Eh bien, Pete, ma réputation n'a rien à voir là-dedans. C'est mon autorité qui compte.

Une fois encore, Henderson hocha la tête d'un air raisonnable devant cet homme en costume gris et chemise blanche impeccablement empesée qui pouvait lui ouvrir les portes de n'importe quel restaurant dans un rayon de deux kilomètres autour du Capitole.

— Écoute Arthur, je devrais avoir une part plus importante dans cette affaire. C'est vrai quoi, je le connais, ce Handy. Je...

— D'où le connais-tu ? interrompit Potter. C'était nouveau pour lui.

— J'avais des agents sur les lieux quand il a été arrêté. À la S & L. Je l'ai questionné après sa capture. J'ai aidé le procureur général à constituer le dossier. C'est grâce à nos experts qu'on l'a mis sous les verrous.

Handy ayant été pris sur le fait, en présence de témoins oculaires directs, les experts ne pouvaient représenter qu'une simple formalité. Dans l'avion de la DomTran, Potter avait lu l'interrogatoire mené par Henderson, à ce qu'il semblait. Le prisonnier n'avait pratiquement rien dit, à part « Je t'emmerde. »

— Nous te serons reconnaissants pour tout ce que tu peux nous apprendre sur lui, dit Potter. Mais tu n'as pas l'expérience dont nous avons besoin pour assurer le maintien du périmètre de sécurité.

— Mais Stillwell oui ?

— Il a la trempe qu'il faut pour ce poste. Et le discernement. Ce n'est pas un cow-boy.

Ni un bureaucrate, pensa Potter, ce qui n'est pas mieux, sinon pis.

Finalement, Henderson baissa les yeux vers le sol boueux, et dit avec hargne :

— Mon cul, oui, Potter. J'en ai ma claque de rester dans ce trou pourri. Il se passe jamais rien dans ce foutu bled, à part des mecs qui chapardent de la compote de pommes en conserve et des dictaphones sur la base d'aviation militaire. Et des Indiens qui pissent dans les silos de lancement de missiles Minuteman. Je veux ma part de cette opération.

— Tu n'a aucune expérience de la prise d'otages, Pete. J'ai lu ton dossier en venant ici.

— J'ai plus d'expérience de la sécurité que cet espèce de demeuré que tu as choisi. Enfin merde, je suis licencié en droit de l'université de Georgetown.

— Je te confie la responsabilité de la base arrière. Tu vas coordonner l'équipe médicale, les relations avec la presse, la prise en charge des familles des otages, et l'approvisionnement des troupes de sécurité et du G.I.L.O. à leur arrivée.

En silence, Henderson dévisagea son collègue — son aîné de quelques années seulement — avec un air de surprise amusée puis, soudain, de pur mépris confirmé par un brusque signe de tête et un petit sourire glacial.

— Je t'emmerde, Potter. Je connais l'autre face de ta réputation. Tout pour la galerie.

— C'est un job important, la base arrière, poursuivit Potter sans relever la remarque de son collègue. C'est là que tu seras le plus utile.

— Espèce de sale hypocrite... Faut que t'aies la vedette, hein ? T'as la trouille d'en voir un autre qui ait un peu plus de brio, un peu plus de classe, et qui passe mieux à la télé ?

— Tu dois savoir que ce n'est pas cela qui me motive.

— Savoir ? Qu'est-ce que je sais ? Rien, sinon que tu t'amènes ici comme une fleur avec la bénédiction de l'Amiral et qu'on doit t'apporter ton foutu café. Quand la fusillade est terminée — et qu'une bonne dizaine de policiers et un ou deux otages se seront fait tuer, va savoir — tu donnes ta conférence de presse, tu rafles le mérite de tout ce qui a bien marché, et tu nous fait porter le chapeau pour tout ce qui a foiré. Et puis tu disparais. Et qui est-ce qui doit réparer toutes les conneries que t'as faites ? Moi, c'est ça ?

— Bien, si c'est tout ce que...

Henderson boutonna son veston.

— Oh, ce ne sera pas tout. Ne te fais pas de bile là-dessus.

Il s'éloigna à grandes enjambées, sans tenir aucun compte du conseil de Potter, qui lui rappelait de ne pas offrir une trop belle cible aux tireurs embusqués dans l'abattoir.

Arthur Potter remonta dans la camionnette, sous les regards circonspects des policiers. Il se demanda s'ils avaient pu entendre sa conservation avec Henderson.

— Et maintenant, reprit l'agent, passons aux règles de l'engagement.

Potter fouilla dans sa poche pour en sortir un fax.

Dans l'avion, Potter s'était entretenu par réunion-téléphone avec le directeur du FBI, le directeur adjoint du service de la recherche criminelle, et Frank D'Angelo, commandant du G.I.L.O. de la Maison, puis il avait consigné les règles d'engagement fixées pour la prise d'otages de Crow Ridge. Cela l'avait occupé durant une bonne partie du vol ; il en résultait un document de deux pages de texte serré qui envisageait toutes les possibilités et indiquait précisément la ligne de conduite que Potter devait suivre. Les consignes étaient rédigées avec beaucoup de prudence. L'enlisement des négociations avec David Koresh durant le siège de Waco était toujours dans les mémoires.

Potter regarda tout particulièrement Stillwell en déclarant :

— Notre boulot consiste à contenir les P.O. La sécurité est une fonction tactique mais qui reste purement passive. Il n'y aura aucune tentative de libération, quelle qu'elle soit.

— À vos ordres.

— Vous devrez maintenir les preneurs d'otages dans le périmètre que j'aurai décrété actif. Ce pourrait être le bâtiment seul, ce pourrait être une ligne d'une centaine de mètres autour de l'abattoir. Quelle que soit la zone, ils ne doivent pas en franchir la limite vivants. Si l'un d'eux franchit cette limite, qu'il soit ou non accompagné d'un otage, vos troupes ont le feu vert. Vous savez ce que ça veut dire ?

— Ils sont autorisés à faire feu.

— Correct. Et vous tirez pour tuer. Sans chercher à blesser. Pas de menaces. Pas de tirs d'avertissement. Tir mortel sinon rien.

— À vos ordres.

— Pas question de tirer par une fenêtre ou par une porte ouvertes, même si vous voyez qu'un otage est menacé, sans autorisation expresse d'un membre de l'équipe de contrôle des opérations.

Potter remarqua que Budd faisait grise mine en entendant cela.

— Compris, dit Stillwell. (Les commandants hochèrent la tête sans grand enthousiasme.)

— Si on vous tire dessus, vous vous mettez en position défensive et vous attendez le feu vert pour riposter. Si vous-même ou un autre agent êtes personnellement et réellement menacé de mort, vous avez le droit de recourir au coup mortel pour assurer votre protection ou celle de l'autre personne. Mais uniquement si vous êtes convaincu qu'il existe un danger immédiat.

— Danger immédiat, murmura un policier d'un air sarcastique.

Ils s'imaginent que ça va être un jeu d'enfant, se dit Potter. Il jeta un coup d'œil sur l'horloge de l'ordinateur de LeBow.

— Nous allons établir le contact dans cinq minutes environ. Je vais avertir les preneurs de la mise en place du périmètre de sécurité et dès qu'ils en auront été avisés, je vous en ferai part, shérif. À partir de ce moment-là, vous avez ordre de les contenir conformément à mes instructions.

— À vos ordres, répondit le shérif d'un air calme avant de passer la main dans sa tignasse, qu'il embroussailla encore davantage.

— Pour le moment, la zone mortelle concerne n'importe quel espace hors du bâtiment lui-même. Une fois qu'ils auront envoyé quelqu'un pour chercher le téléphone, personne ne met le pied dehors sauf sous un drapeau blanc.

Stillwell hocha la tête. Potter poursuivit :

— Henry vous transmettra les renseignements qui vous seront utiles au plan tactique. Types d'armes, position des ravisseurs et des otages, issues possibles, etc. Il ne devra y avoir aucun contact direct entre vous et les P.O. Et n'écoutez pas mes conversations avec Handy.

— Entendu. Mais pourquoi ?

— Parce que je vais établir un lien avec lui et tenter de me montrer raisonnable. Vous ne pouvez pas vous permettre d'éprouver la moindre sympathie pour lui. Vous devez être capable de le neutraliser instantanément.

— Pas de problème pour moi.

— Bon, je ne veux pas d'accidents, remarqua Potter. Le capitaine Budd a déjà averti les policiers de ne pas engager les chargeurs. C'est juste ? Tireurs d'élite compris ?

Budd confirma d'un signe de tête. Sa bouche se pinça. Potter se demanda si le capitaine était vraiment très contrarié. Et se dit qu'il allait l'être encore plus avant la fin de cette réunion.

— Mes hommes, déclara sèchement un des policiers, n'ont pas la gâchette chatouilleuse.

— Non, pas pour l'instant. Mais plus tard, si. Dans dix heures, vous allez braquer votre arme sur votre propre ombre. Écoutez-moi, Dean, vous allez peut-être apercevoir des reflets à l'intérieur. Vous penserez tout de suite à des fusils à lunette. Mais il s'agira sans doute tout simplement de miroirs, un peu comme des péri-scopes. Les preneurs qui ont fait de la prison connaissent tous la combine. Alors dites bien à vos hommes de ne pas paniquer s'ils voient un éclat de lumière.

— À vos ordres, dit Stillwell lentement, comme un leitmotiv.

— Et maintenant, juste quelques mots pour conclure, dit Potter. En général, les condamnés qui prennent des gens en otages sont les cas les plus faciles à traiter. Ils n'ont rien de commun avec les terroristes. Leur objectif n'est pas de tuer qui que ce soit. C'est de s'évader. Si on leur en donne le temps, ils finissent par comprendre que les otages sont plus un obstacle qu'autre chose, et qu'un otage mort est uniquement source de problèmes. Mais pour analyser ce qui se passe dans la situation actuelle, il faut comprendre qu'ils ne réfléchissent pas de façon rationnelle. Ils sont dopés à l'adrénaline. Ils ont la trouille et ne savent pas où ils en sont.

« C'est à nous de désamorcer la situation. De faire croire à Handy qu'il survivra à l'incident s'il agit rationnellement. Le temps joue en notre faveur. Nous ne fixons pas de délais. Nous avons intérêt à faire durer cette situation au-delà du seuil indivi-duellement supportable. Et plus encore. Et encore plus que ça.

« Quand le G.I.L.O. arrivera sur place, nous pourrons mettre au point une solution tactique, mais cela restera notre dernier re-cours. Tant que Handy continuera à nous parler, il n'y aura au-cune tentative de libération. Nous appellerons cela la méthode porcine de libération des otages. (Il sourit à Stillwell avant de reprendre.) Temporiser, voilà notre credo. Ça fatigue les P.O., ça rend la situation ennuyeuse pour eux, ça les oblige à se rapprocher des otages.

— Le syndrome de Stockholm, dit l'un des commandants.

— Exactement.

— Il s'agit de quoi ? demanda quelqu'un d'autre.

Potter fit un signe de tête à LeBow, qui prit la parole :

— Il s'agit du processus de transfert psychanalytique appliqué à la prise d'otages. L'expression est née au cours de l'attaque d'une banque à Stockholm, il y a une vingtaine d'années. Le cam-brioleur s'était enfermé avec quatre employés dans la chambre forte. Un ancien compagnon de cellule du preneur d'otages les avait rejoints un peu plus tard. Ils sont restés plus de cinq jours ensemble, et quand ils se sont finalement rendus, plusieurs femmes étaient tombées follement amoureuses de leurs ravisseurs. Elles en étaient arrivées à considérer les policiers comme les méchants. Le cambrioleur et son compagnon de cellule avaient eux aussi tissé des liens affectifs très forts avec leurs otages et n'auraient pas songé un seul instant à leur faire du mal.

— Il est temps de s'y mettre, annonça Potter. Shérif, vous procéderez à la mise en place du périmètre de sécurité. Je vais établir le premier contact avec les ravisseurs.

Timidement, Dean Stillwell fit signe aux officiers de la police d'État.

— Si vous voulez bien me suivre dehors, peut-être que nous pouvons réarranger un peu une partie de vos gars. Si vous êtes d'accord. Qu'est-ce que vous en dites ?

— Lard de poitrine.

Ce fut la seule réponse, mais chuchotée tout bas. Potter crut être le seul à l'avoir entendue.

L'eau coulait aussi fort qu'une douche, ruisselant en jet continu à travers les fissures du plafond, très haut au-dessus de leurs têtes ; elle provenait sans doute des flaques d'eau de pluie croupie qui stagnaient sur le toit.

Elle gouttait sur les crochets à viande et les chaînes rongés par la rouille, sur les convoyeurs à bandes et les machines déglinguées, juste de l'autre côté du seuil de la salle d'abattage où Melanie Charrol, assise à même le sol, surveillait les filles. Les jumelles, Anna et Suzie, sept ans, étaient blotties contre elle. Beverly Klemper dégageait les courtes mèches blondes de son visage et respirait avec beaucoup de difficulté. Ses camarades étaient serrées les unes contre les autres dans le fond de la pièce. Emily Stoddard, dix ans, frottait frénétiquement une tache de rouille sur son collant blanc, le visage inondé de larmes.

Melanie jeta un bref regard sur Mrs. Harstrawn et Susan Philips qui, accroupies côte à côte, s'entretenaient par signes brusques. Le visage de l'adolescente, avec son teint pâle encadré par ses cheveux raides, exprimait encore toute sa colère. Ses yeux noirs étaient ceux d'une combattante rebelle, songea Melanie tout à coup. Les élèves étaient au centre de leur conversation.

— J'ai peur qu'elles se mettent à paniquer, expliquait Susan à l'aînée des professeurs. Faut qu'elles restent ensemble. Si une se sauve, ces abrutis vont leur faire mal.

Avec l'audace de ses huit ans, Kielle signa :

— Il FAUT qu'on se sauve ! On est plus nombreuses qu'eux. On peut leur échapper !

Susan et Mrs. Harstrawn l'ignorèrent, et le regard gris de la petite fille flamba de colère.

Pendant ce temps-là, Melanie était à la torture : Je ne sais pas quoi faire. Je ne SAIS pas.

Les hommes ne faisaient guère attention aux filles pour l'instant. Melanie se leva et s'avança jusqu'au seuil de la pièce. Elle les observa tandis qu'ils sortaient des vêtements de leurs sacs de toile. Brutus ôta rapidement son tee-shirt et, après un rapide coup d'œil dans sa direction, s'avança sous le jet, laissant l'eau cascader sur son corps, tête renversée en arrière vers le plafond sale, les yeux clos. Elle vit ses muscles sinueux et son corps glabre, enlaidi par une douzaine de cicatrices rosâtres. Les deux autres hommes le regardèrent d'un air ambigu puis continuèrent de se changer. Lorsqu'ils enlevèrent leurs chemises, elle put lire les noms imprimés sur leurs tee-shirts. Sur celui de Fouine : *S. Wilcox* ; et sur celui d'Ours : *R. Bonner*. Mais, en voyant le corps gras et poilu d'Ours et la minceur de Fouine, ses yeux fuyants, elle s'en tint aux noms d'animaux qui lui étaient instinctivement venus à l'esprit.

Et, à le voir debout sous l'eau qui tombait en cascade, avec son expression de cruauté moqueuse, elle comprit que Brutus était un nom qui lui allait beaucoup mieux que *L. Handy*.

Sortant maintenant de sous la chute d'eau, il se sécha avec son vieux maillot, et passa un tee-shirt neuf en coton vert foncé. Il reprit le pistolet qu'il avait posé sur le fût de pétrole et contempla ses prisonnières, avec ce curieux sourire qui flottait sur ses lèvres. Puis il alla rejoindre les autres hommes. Ils regardèrent prudemment dehors par l'une des fenêtres de façade.

Je ne peux pas croire à ce qui arrive, se dit Melanie. Ce n'est pas possible. Il y avait des gens qui l'attendaient. Ses parents. Danny, qui devait être opéré demain. Elle n'avait jamais manqué d'être au chevet de son frère dans la salle de réveil après chaque opération et, en un an, il en avait subi une demi-douzaine. Elle ressentait le besoin pressant et absurde d'expliquer à ces hommes qu'ils devaient absolument les laisser partir ; elle ne pouvait pas décevoir son frère.

Et puis il y avait son spectacle à Topeka.

Et ses projets pour après, bien entendu.

Va lui dire quelque chose. Maintenant. Va le supplier de relâcher les petites filles. Les jumelles, au moins. Kielle et Shannon. Emily.

Ou Beverly, tourmentée par son asthme.

Vas-y. Fais-le.

Melanie fit un pas en avant puis se retourna. Dans la salle d'abattage, les autres — toutes les neuf — avaient les yeux fixés sur elle.

Susan soutint son regard un moment puis lui fit signe de revenir. Ce qu'elle fit.

— Ne vous inquiétez pas, signa Susan aux filles avant d'attirer contre elle les frêles jumelles aux cheveux noisette. (Et, en souriant :) Ils vont bientôt s'en aller, nous laisser partir. Nous arriverons à Topeka en retard, c'est tout. Qu'est-ce que vous voulez faire après le récital de Melanie ? Racontez-moi. Allez !

Est-ce qu'elle est folle ? songea Melanie. Nous n'allons jamais... Puis elle comprit que Susan cherchait à les détendre. La jeune fille avait raison. La vérité n'avait pas d'importance. Ce qui comptait, c'était de rassurer les filles. De faire en sorte que ces hommes n'aient aucun prétexte pour s'approcher d'elles ; l'image d'Ours agrippant les seins de Susan, ou tenant Shannon serrée contre son corps plein de graisse lui revint avec une netteté saisissante.

Mais personne ne voulait entrer dans le jeu. Jusqu'à ce que Melanie signe :

— Aller dîner au restaurant ?

— Arcade ! signa Shannon brusquement. Mortal Kombat !

Kielle se redressa d'un seul coup.

— Je veux aller dans un vrai restaurant. Je veux un steak à point avec des pommes de terre et de la tarte...

— Une entière ? demanda Susan, feignant la surprise.

Ravalant ses larmes, Melanie n'arrivait pas à penser. Mollement, elle signa :

— Oui. Des tartes entières pour tout le monde !

Les filles lui lancèrent un coup d'œil puis reportèrent aussitôt leur attention vers Susan.

— Attention au mal de ventre, avertit Mrs. Harstrawn en fronçant exagérément les sourcils.

— Non, dit Kielle. Une entière ça fait bourge. (Elle lança un regard indigné à Susan.) Y a que les philistins pour manger une tarte entière. On commandera une part chacune. Et je prendrai du café.

— On n'a pas le droit de boire du café, signa Jocylyn qui avait arrêté de frotter ses yeux pleins de larmes le temps de répondre.

— Moi, j'en prends. Un café noir, signa Shannon, spécialiste du coup de pied en vache.

— Avec de la crème, poursuivit Kielle. Quand ma mère fait du café, elle le verse dans une tasse de verre et elle rajoute la crème après. On dirait des nuages qui tourbillonnent. Je veux prendre un café dans un vrai restaurant.

— Une glace au café peut-être. (Beverly releva les épaules pour aspirer un peu d'air dans ses poumons.)

— Avec du praliné, proposa Susie.

— Avec du praliné et des pépites de chocolat, reprit Anna, sa cadette de quelque trente secondes. Comme chez Friendly's !

Une fois de plus, Melanie ne savait pas quoi dire.

— Mais non, pas un restaurant comme ça. Un vrai restaurant chic. (Kielle ne comprenait pas pourquoi nulle autre qu'elle ne s'enthousiasmait à cette perspective.)

Un immense sourire éclaira le visage de Susan.

— Alors on est toutes d'accord. Restaurant chic. Steak, tarte et café pour tout le monde. Interdit aux philistins !

Soudain Jocylyn éclata en sanglots hystériques et se leva d'un bond. Mrs. Harstrawn bondit à son tour et, prenant la petite boulotte dans ses bras, la serra tout contre elle. Peu à peu la fillette retrouva son calme. Melanie leva les mains pour dire quelque chose d'amusant et de réconfortant. Finalement, elle signa :

— Crème fouettée pour tout le monde avec la tarte.

Susan se tourna vers Melanie :

— Toujours prête à monter sur scène ?

Ce fut au tour de la jeune enseignante de fixer son élève avec de grands yeux, puis elle sourit en hochant la tête.

Mrs. Harstrawn, tout en surveillant anxieusement du coin de l'œil la grande salle où les hommes debout, têtes baissées, étaient en pleine discussion, intervint :

— Peut-être que Melanie veut bien recommencer à réciter ses poèmes.

Melanie opina et son esprit se vida complètement. Elle avait à son répertoire plus d'une vingtaine de poèmes qu'elle avait prévu de réciter. Maintenant elle ne se souvenait de rien, excepté la première strophe de ses *Oiseaux sur le fil*. Melanie leva les mains, et signa :

Huit petits oiseaux gris, perchés dans le noir.
Le vent souffle, il est froid et méchant.

— Joli, hein ? demanda Susan en regardant Jocylyn droit dans les yeux. La fillette s'essuya le visage sur la manche de son chemisier et hocha la tête.

— Moi aussi j'ai écrit des poèmes, signa Kielle avec aplomb. Cinquante. Non, plus. Des poèmes sur Wonder Woman et Spiderman. Et aussi sur les X-Men. Jean Grey et les cyclopes. Même que Shannon les a lus !

Shannon acquiesça. Sur son avant-bras, la fillette portait un faux tatouage d'un autre X-Man, Gambit, dessiné au stylo-feutre.

— Et si tu nous en disais un ? demanda Susan.

Kielle réfléchit une minute avant d'avouer que ses poèmes avaient encore besoin d'être travaillés.

— Pourquoi les oiseaux sont-ils gris dans ton poème ? demanda Beverly à Melanie. Elle avait une façon abrupte de signer, comme si elle devait finir la moindre conversation avant d'être reprise par une de ses violentes crises d'asthme.

— Parce que nous avons tous un peu de gris en nous, répondit Melanie, tout étonnée de voir les filles entrer dans le jeu, oubliant l'horreur qui les entourait.

— Si ça parle de nous, alors j'aimerais mieux être un bel oiseau, remarqua Suzie, et sa jumelle approuva d'un signe de tête.

— Tu aurais pu nous peindre en rouge, suggéra Emily, qui, dans sa robe à fleurs de chez Laura Ashley, était plus féminine que toutes les autres élèves réunies.

Alors Susan — qui connaissait des choses que Melanie elle-même ignorait, Susan, qui allait entrer l'année prochaine au Gallaudet College avec une mention Très Bien — expliqua aux autres filles fascinées que seuls les cardinaux mâles étaient rouges. Les femelles étaient gris-brun.

— Ce sont des cardinaux, alors ? demanda Kielle.

Comme Melanie ne réagissait pas, la petite fille lui tapa sur l'épaule et répéta sa question.

— Oui, répondit Melanie. C'est ça. Ce sont des cardinaux. Vous êtes une nichée de jolis cardinaux.

— Pas d'archevêques ? signa Mrs. Harstrawn en levant les yeux aux ciel. Susan éclata de rire. Jocylyn hocha la tête, contrariée cependant de s'être fait voler un bon mot, une fois de plus.

Shannon, en vrai garçon manqué et fervente lectrice des livres de Christopher Pike, demanda pourquoi Melanie n'avait pas plutôt

choisi des faucons, avec de longs becs argentés et des serres dé-
goulinantes de sang.

— Ça parle de nous, alors ? demanda Kielle. Le poème ?

— Peut-être.

— Mais on est neuf, avec toi, fit remarquer Susan à son professeur avec la logique implacable d'une adolescente. Et dix avec
Mrs. Harstrawn.

— Ah oui, c'est vrai, répondit Melanie. Je peux changer ça.
(Puis elle se dit à elle-même : Fais quelque chose. Crème fouettée
avec la tarte ? Conneries. Prends les rênes !)

Fais quelque chose !

Va parler à Brutus.

Melanie se leva brusquement, s'avança jusqu'au seuil. Passa la
tête. Puis se retourna vers Susan, qui signa :

— Que fais-tu ?

Melanie se tourna de nouveau vers les hommes. En pensant :
Oh, ne comptez pas sur moi, les filles. C'est une erreur. Ce n'est
pas à moi de faire ça. Mrs. Harstrawn est plus âgée. Susan est
plus forte. Quand elle dit quelque chose aux gens — qu'ils soient
sourds ou pas — ils l'écoutent toujours.

Je ne peux pas...

Si, tu peux.

Melanie fit un pas dans la grande salle, et sentit les éclaboussures de l'eau qui gouttait du plafond. Elle esquiva un crochet à
viande qui se balançait et se rapprocha des hommes. Juste les
jumelles. Et Beverly. Qui refuserait de relâcher des gamines de
sept ans ? Qui resterait insensible à une adolescente torturée par
son asthme ?

Ours, levant les yeux, l'aperçut ; il grimaça un sourire. Fouine,
cheveux en brosse, était occupé à mettre des piles dans une télé
portative et ne prêta pas attention à elle. Brutus, qui s'était éloigné
des deux autres, regardait par la fenêtre, l'air absorbé.

Melanie s'immobilisa, se retourna vers la salle d'abattage.
Susan fronçait les sourcils. Une fois encore, elle signa : « Que
fais-tu ? » Melanie crut déceler une critique dans son expression :
elle-même se faisait l'impression d'être une lycéenne.

Tu n'as qu'à lui demander. Écris-le-lui. *Je vous en prie, relâchez les petites.*

Ses mains tremblaient, son cœur était un énorme morceau de
chair à vif. Elle ressentit les vibrations quand Ours cria quelque
chose. Lentement, Brutus se retourna.

Il la regarda, secoua ses cheveux mouillés.

En sentant ses yeux noirs fixés sur elle, Melanie se figea. Elle

66

mima qu'elle voulait écrire. Il se rapprocha d'elle. Elle était pétrifiée. Il lui prit la main, examina ses ongles, une petite bague en argent à son index droit. Relâcha sa main. Plongea ses yeux dans les siens et éclata de rire. Puis il s'en alla rejoindre les deux autres, la laissant seule, lui tournant le dos, comme si elle ne représentait pas la moindre menace, comme si elle était plus jeune que la plus jeune de ses élèves, comme si elle n'existait pas.

Elle se sentit plus désemparée que s'il l'avait giflée.

Trop effrayée pour l'aborder une seconde fois, trop honteuse pour retourner dans la salle d'abattage, Melanie restait plantée là, à contempler par la fenêtre la rangée de voitures de police, les silhouettes accroupies des policiers et les herbes folles courbées sous le vent.

Potter contemplait l'abattoir à travers la vitre blindée de la camionnette.

Ils allaient devoir parler bientôt. Déjà Lou Handy prenait des proportions inquiétantes dans son esprit. Le processus de négociation comporte deux dangers. Le premier, qui est de donner au preneur d'otages une importance démesurée avant d'entamer la négociation, et donc de démarrer sur la défensive — un sentiment que Potter sentait naître en lui. Le second — son propre syndrome de Stockholm — viendrait plus tard. Il s'en occuperait le moment venu. En sachant qu'il n'y échapperait pas.

— Téléphone mobile prêt ?

— Pratiquement. (Tobe était en train de programmer des numéros dans un scanner sur le panneau de commandes.) J'incorpore une pastille omni ?

Les téléphones mobiles, légers et résistants, contiennent un double circuit de transmission permettant de retransmettre au poste de commandement toutes les conversations qui passent par l'appareil ainsi qu'un relevé des numéros appelés. En général, les P.O. ne parlent qu'avec les négociateurs, mais il leur arrive aussi d'appeler des complices ou des amis. Ces conversations peuvent se révéler utiles pour l'équipe de contrôle des opérations soit durant les tractations, soit pour en tirer un avantage tactique.

Le téléphone peut également servir à dissimuler un minuscule microphone omnidirectionnel. Celui-ci permet d'entendre les conversations à proximité, même si le téléphone n'est pas en service. Le rêve de tout négociateur est de savoir exactement ce qui se dit dans l'endroit où les preneurs d'otages sont barricadés. Mais si le microphone est découvert, on court le risque de représailles, et la crédibilité du négociateur, c'est-à-dire son seul véritable atout à ce stade des pourparlers, s'en trouve à coup sûr entamée.

— Henry ? interrogea Potter. Ton avis. Il est capable de le trouver ?

Henry LeBow tapota sur les touches de son ordinateur et fit apparaître le fichier de Handy, lequel s'étoffait rapidement. Le texte défila à l'écran :

— Aucune étude supérieure ; excellents résultats en maths et sciences au lycée. Attends, ah voilà... A suivi des cours d'électronique dans l'armée. Il n'a pas tenu longtemps sous les drapeaux. A blessé son sergent d'un coup de couteau. Ça n'a rien à voir... Non, pour ma part, je ne mettrais pas de micro. Il pourrait le repérer. C'était un as en ingénierie.

— Laisse tomber le micro, Tobe, dit Potter dans un soupir.

— Chiotte.

— Ouais.

Le téléphone sonna et Potter décrocha. L'agent spécial Angie Scapello était arrivée à Wichita et se faisait conduire directement en hélico à la Laurent Clerc School de Hebron. Elle serait là dans une demi-heure avec l'agent de la police d'Hebron qui allait leur servir d'interprète.

Il retransmit l'information à LeBow, qui la mit en mémoire. L'agent de renseignements ajouta :

— Dans dix minutes, j'aurai les graphiques de l'intérieur.

LeBow avait envoyé un brigadier récupérer les plans architecturaux ou techniques de l'abattoir. Ceux-ci seraient transmis au poste de commandement et imprimés grâce au logiciel de dessin assisté par ordinateur.

S'adressant à Budd, Potter dit :

— Charlie, je pense que nous devons les regrouper. Les otages. Les ravisseurs vont demander le courant là-dedans mais je n'ai aucune envie de leur donner. Je veux leur mettre une seule lampe électrique. À piles. Faible puissance. Pour qu'ils soient tous obligés d'être dans la même pièce.

— Et pourquoi ?

— Pour garder preneurs et otages ensemble, intervint LeBow. Obliger Handy à leur parler, à se familiariser avec eux.

— Je sais pas, dit le capitaine. Ces filles sont sourdes. Elles vont avoir la trouille, là-dedans. Si elles se retrouvent dans une pièce qu'est éclairée juste par une lampe, elles vont... euh, elles vont flipper, comme dirait ma fille.

— Nous ne pouvons pas trop nous soucier de leurs émotions,

dit Potter d'un air distrait en regardant LeBow retranscrire des notes sur sa tablette de pierre électronique.

— Je suis pas franchement d'accord avec vous là-dessus, monsieur Potter.

Silence.

Tobe était en train d'assembler le téléphone mobile sans lâcher des yeux les six chaînes de télévision visualisées sur un seul moniteur, dont l'écran avait été miraculeusement divisé par Derek Elb. Toutes les nouvelles régionales ne parlaient que de l'incident. CBS diffusait un reportage spécial, tout comme CNN. Belle plastique et coiffures impeccables, présentateurs et présentatrices parlaient avec fièvre dans leurs micros. Potter remarqua que Tobe s'était fait au panneau de contrôle du poste de commandement comme s'il l'avait conçu lui-même, puis songea que c'était peut-être le cas. Lui et Derek le rouquin étaient très vite devenus amis.

— Pensez-y quand même, insista Budd. C'est un endroit qui vous flanque la pétoche en plein midi. La nuit ? Punaise, ça va être affreux.

— Quoi qu'il arrive, répondit Potter, les prochaines vingt-quatre heures ne vont pas être particulièrement agréables pour ces filles. Il va falloir qu'elles en prennent leur parti. Nous devons les regrouper. Avec une seule lampe, on y arrivera.

Budd grimaça, contrarié.

— Il y a aussi l'aspect pratique. M'est avis que s'il fait trop sombre, elles risquent de paniquer. De chercher à se sauver. Et de se faire blesser.

Potter contempla les murs de brique du vieux bâtiment industriel, d'un rouge aussi sombre que du sang séché.

— Ne me dites pas que vous avez envie qu'elles se fassent tuer, hein ? demanda Budd exaspéré, arrêtant le regard de LeBow, mais pas celui de Potter.

— Si nous leur donnons le courant, dit le négociateur, ils auront l'abattoir tout entier à eux. Handy pourrait les mettre dans dix pièces différentes. (Distraitement, Potter appuya ses mains l'une contre l'autre, en creux, comme pour faire une boule de neige.) Ils doivent impérativement rester ensemble.

— Ce que nous pourrions faire, dit Budd, c'est amener un camion générateur. Leur tirer une ligne. Quatre ou cinq baladeuses — vous savez, ces lampes grillagées à suspendre. Juste assez de courant pour éclairer la grande salle. Et comme ça, si vous donnez l'assaut, on peut couper le jus quand on veut. Ce qui est impossible avec une lampe à piles. Et puis, regardez, va bien falloir qu'on communique avec ces filles à un moment ou à un autre. Faut pas

69

oublier qu'elles sont sourdes. S'il fait sombre, comment va-t-on pouvoir y arriver ?

C'était un bon argument, auquel Potter n'avait pas pensé. En cas d'assaut, il faudrait donner des consignes d'évacuation aux filles en langage des signes.

Potter hocha la tête.

— D'accord.

— Je m'en occupe.

— Déléguez-moi ça, Charlie.

— C'est mon intention.

Tobe appuya sur des boutons. Un sifflement parasite remplit la camionnette.

— Merde, murmura-t-il. Puis, se tournant vers LeBow : y a deux types avec des Grandes Oreilles plus près qu'il faudrait, ajouta-t-il, en faisant allusion aux petits microphones paraboliques capables, dans de bonnes conditions, de détecter un murmure à moins de cent mètres. Aujourd'hui, ils ne servaient à rien.

— Foutu vent, marmonna LeBow.

— Téléphone cellulaire prêt, annonça Tobe en tendant à Potter un petit sac à dos brun-vert. Les deux circuits liaison sont prêts pour réception.

— On va...

Un téléphone sonna. Potter saisit le combiné.

— Ici Potter.

— Agent Potter ? Nous ne nous connaissons pas. (Une belle voix de basse résonnait dans le haut-parleur.) Je suis Roland Marks, l'attorney général adjoint du Kansas.

— Oui ? demanda Potter froidement.

— J'aimerais vous faire part de quelques réflexions, agent Potter.

Potter bouillait d'impatience. Nous n'avons pas le temps pour ce genre de choses, se dit Potter. Ce type ne s'en rend-il pas compte ?

— Je suis très occupé en ce moment.

— Mes réflexions sur la collaboration de la police d'État. Pour ce qu'elles valent.

Potter avait Charlie Budd, il avait ses troupes de sécurité, il avait son poste de commandement. Il n'avait besoin de rien d'autre de la part de l'État du Kansas.

— Le moment est mal choisi, j'en ai peur.

— Est-il vrai qu'ils ont kidnappé huit fillettes ?

— Et deux enseignantes, ajouta Potter avec un soupir. De l'école pour sourds de Hebron. Oui, c'est exact. Nous sommes sur le point d'entrer en contact et notre planning est très serré. Je n'ai pas...

— Combien sont-ils ?

— Je crains de manquer de temps pour discuter de la situation avec vous. Le gouverneur a été informé et vous pouvez appeler notre directeur régional, Peter Henderson. J'imagine que vous le connaissez.

— Je connais Pete. Évidemment. (Sa voix laissait transparaître son peu de confiance dans l'intéressé.) Cela pourrait tourner au drame, agent Potter.

— Justement, monsieur Marks, mon boulot est de veiller à ce qu'il n'en soit pas ainsi. J'espère que vous me laisserez faire.

— Je me disais, un psychologue-conseil ou un prêtre pourrait nous donner un coup de main. À Topeka nous disposons d'un service d'assistance spécialisé. Le top du...

— Je vais raccrocher, annonça Potter d'un ton plutôt gai. Pete Henderson peut vous tenir au courant de l'évolution des opérations.

— Attendez une minute...

Clic.

— Henry, sors-moi des fichiers. Roland Marks, c'est le nom du bonhomme. Attorney général adjoint. Dis-moi s'il est capable de faire des vagues. Regarde s'il est sur une liste électorale quelconque, s'il brigue je ne sais quel poste.

— À mon avis, c'est juste un libéral pétri de bons sentiments, humanitariste et enquiquineur de première, grogna Henry LeBow, qui avait voté démocrate toute sa vie, y compris pour Eugene McCarthy.

— Très bien, déclara Potter en oubliant aussitôt le coup de fil de l'attorney général, allons chercher un volontaire avec un bon lancer. Oh, une dernière chose. (Potter boutonna sa veste marine et désigna Budd. D'un geste, il indiqua la porte.) Charlie, vous voulez bien me suivre dehors un instant ?

Dehors, ils se tinrent dans l'ombre légère de la camionnette.

— Capitaine, dit Potter, vous feriez mieux de me dire ce qui vous turlupine. J'ai marché sur vos plates-bandes tout à l'heure ?

— Du tout, s'entendit-il répondre sur un ton glacial. Vous êtes fédéral. Et moi je suis de l'État du Kansas. Vous passez devant, c'est dans la Constitution. Prééminence, qu'il appellent ça.

— Écoutez, dit Potter d'un ton ferme, nous n'avons pas le temps de prendre des gants. Crachez le morceau tout de suite. Ou gardez-le sur le cœur, peu importe ce que c'est.

— On procède comment ? On enlève nos insignes et on règle ça entre hommes ? dit Budd en riant mais sans grand humour.

Potter ne répondit rien, levant simplement un sourcil.

— D'accord, alors vous me suivez ? Ce qui me turlupine, c'est que je sais que vous êtes censé être un as dans ce genre de truc et que moi, c'est ma toute première négociation. Je vous entends brailler des ordres à droite et à gauche comme si vous saviez exactement quoi faire, mais vous croyez pas avoir oublié de signaler un truc ?

— Quoi ?

— Vous avez même pas dit trois mots sur ces filles séquestrées là-dedans.

— Pour en dire quoi ?

— Vous croyez pas que vous auriez dû rappeler à tout le monde que la priorité numéro un pour nous c'est de les sortir de là vivantes ?

— Oh, fit Potter, l'esprit ailleurs tout en survolant des yeux le champ de bataille. Mais Charlie, ce n'est pas du tout notre priorité numéro un. Les règles de l'engagement sont parfaitement claires. Je suis là pour amener les preneurs à se rendre et, s'ils refusent, pour aider le groupe d'intervention à les neutraliser. Je ferai tout ce qui est en mon pouvoir pour sauver tous ceux qui sont à l'intérieur. C'est bien pourquoi c'est moi, et pas le G.I.L.O., qui dirige les opérations. Mais ces types barricadés là-dedans ne partiront de Crow Ridge que dans des sacs à viande ou les menottes aux mains. Et si cela signifie que ces otages doivent mourir, eh bien elles mourront. Et maintenant, si vous pouviez me trouver ce volontaire — un gars avec un bon bras pour m'envoyer ce téléphone. Et passez-moi aussi ce porte-voix, vous seriez bien aimable.

12 : 00

En suivant un fossé peu profond qui aboutissait finalement contre le flanc sud de l'abattoir, Arthur Potter dit à Henry LeBow :

— Il nous faudra les relevés techniques de toutes les modifications apportées au bâtiment. Y compris ceux de l'Agence de protection de l'environnement. Je veux savoir s'il existe des tunnels.

L'agent de renseignements hocha la tête.

— C'est en cours. Et je fais également vérifier les servitudes.

— Des tunnels ? interrogea Budd.

Potter lui rappela les terroristes assiégés trois ans plus tôt dans le manoir des Vanderbilt à Newport, dans le Rhode Island. Le G.I.L.O. les avait pris complètement par surprise en pénétrant subrepticement par un tunnel, une conduite de vapeur aboutissant au sous-sol du bâtiment. Le richissime homme d'affaires avait tenu à faire installer la chaudière à l'extérieur de la maison afin que ses invités ne soient pas dérangés par le bruit et la fumée. Il était loin de soupçonner que, cent ans plus tard, son sens des bonnes manières allait sauver les vies de quinze touristes israéliens.

L'agent nota que Dean Stillwell avait fait replacer policiers et agents fédéraux dans de bonnes positions défensives tout autour de la bâtisse. À mi-chemin de l'abattoir, Potter s'immobilisa soudain pour regarder la rivière qui étincelait au loin.

S'adressant à Budd, il dit :

— Qu'on interrompe toute circulation fluviale.

— C'est que, hum, c'est l'Arkansas.

— Oui, vous nous l'avez dit.

— Je veux dire, c'est une grande rivière.

— Je vois bien.

— Euh, pourquoi ? Vous pensez qu'il vont avoir des complices qui vont s'amener en radeau ?

— Non. (Dans le silence qui suivit, Potter exhortait Budd à trouver la réponse. Il voulait que le bonhomme se mette enfin à RÉFLÉCHIR.)

— Vous n'avez pas peur qu'ils cherchent à rejoindre une barque à la nage ? Ils se noieraient, pour sûr. Vacherie de courant par ici.

— Ah, mais ils pourraient avoir envie d'essayer. Je veux être sûr qu'ils n'y penseront même pas. Même raison que pour les hélicos.

— Entendu. Je m'en occupe, dit Budd. Seulement, qui est-ce que je dois appeler ? La brigade maritime ? Je crois pas qu'on ait de brigade maritime dans le coin sur les rivières. (Sa perplexité était manifeste.) C'est vrai, qui est-ce que je dois appeler ?

— Je ne sais pas, Charlie. À vous de trouver.

Budd sortit son téléphone portable et appela son bureau pour qu'ils se renseignent sur le service compétent en matière de circulation fluviale. Il termina la conversation par ces mots : « Je ne sais pas. À vous de trouver. »

L'agent spécial Peter Henderson se trouvait sur la base arrière, occupé à mettre en place l'antenne médicale et à coordonner avec les autres policiers et les fédéraux délégués sur les lieux, en particulier les agents du Bureau de répression des fraudes et les marshals, concernés du fait qu'il y avait eu violations multiples de la réglementation sur les armes à feu et évasion d'une prison fédérale. Les paroles amères prononcées par Henderson en le quittant résonnaient encore à l'esprit de Potter : « Oh, ce ne sera pas tout. Ne vous faites pas de bile là-dessus. » S'adressant à LeBow, Potter dit :

— Henry, puisque tu vas consulter le fichier de notre ami Roland Marks, profites-en pour te renseigner sur Henderson.

— Le nôtre, de Henderson ?

— Ouais. Je ne veux pas que ça nuise à la marche des opérations, mais j'ai besoin de savoir s'il est fiché.

— Pas de problème.

— Eh Arthur, fit Budd, je me disais, peut-être qu'on devrait faire venir la mère de ce type ici. La mère de Handy, je veux dire. Ou alors son père, ou son frère ou quelqu'un comme ça.

Ce fut LeBow qui secoua la tête.

— Quoi ? J'ai posé une question idiote ? demanda Budd.

— Juste vu trop de films, capitaine. Un prêtre ou un membre de la famille sont les dernières personnes qu'on veut voir ici.

— Et pourquoi ça ?

— Neuf fois sur dix, c'est en partie à cause de leur famille que ces types-là sont dans la merde. Et j'ai jamais vu de prêtre faire autre chose qu'exaspérer un preneur d'otages, expliqua Potter, en remarquant avec satisfaction que Budd prenait la chose non comme une réprimande mais comme une information, pour la stocker dans un coin de sa cervelle enthousiaste.

— Agent Potter ! (La voix du shérif Dean Stillwell leur parvint apportée par le vent. Il s'avançait vers eux d'un pas décidé en fourrageant dans sa tignasse.) Y a un de mes gars qui va tenter le coup avec ce bigophone. Viens par ici, Stevie.

— Brigadier, dit Potter avec un petit signe de tête. Votre nom ?

— Stephen Oates. On m'appelle Stevie, en général.

Le brigadier était une grande perche qu'on imaginait tout à fait à l'aise en maillot de base-ball rayé, mâchonnant sa chique au poste de lanceur.

— O.-K. Stevie. Enfile-moi ce gilet pare-balles et ce casque. Je vais leur dire que tu arrives. Tu vas ramper jusqu'à cette butte là-bas. Tu vois ? Près de ce vieil enclos à bétail. Tu restes à couvert et tu m'envoies ce sac le plus près possible de la porte d'entrée.

Tobe lui remit le petit sac à dos brun-vert.

— Et si je touche ces rochers là-bas ?

— C'est un téléphone spécial et le sac est rembourré, répondit Potter. Entre nous, si tu touchais ces rochers, tu devrais laisser tomber la police et tenter ta chance dans la marine. Bon allez, annonça-t-il, passons aux choses sérieuses.

Potter empoigna le porte-voix et s'avança à quatre pattes jusqu'au sommet de la butte d'où il avait hélé Handy, à une cinquantaine de mètres des fenêtres obscurcies de l'abattoir. Il se laissa tomber sur le ventre, reprit son souffle et amena le porte-voix devant ses lèvres :

— Ici l'agent Potter. Nous vous faisons porter un téléphone. Un de nos hommes va le lancer le plus près possible de la porte. Il ne s'agit pas d'une ruse. C'est simplement un téléphone cellulaire. Allez-vous laisser notre homme approcher ?

Rien.

— Eh vous là-dedans, vous m'entendez ? Nous voulons vous parler. Allez-vous laisser notre homme approcher ?

Après un silence interminable, un bout de chiffon jaune s'agita à une fenêtre. C'était sans doute une réponse positive ; un refus se serait vraisemblablement traduit par une balle.

— Quand vous sortirez pour prendre le téléphone, personne ne vous tirera dessus. Je vous en donne ma parole.

Deuxième apparition du chiffon jaune.

Potter fit signe à Oates : « Vas-y ».

Le policier se mit en marche vers le petit tertre herbu, en restant le plus possible à ras de terre. N'empêche, remarqua Potter, de l'intérieur un tireur pouvait facilement l'atteindre. Son casque était en Kevlar mais pas la visière intégrale transparente.

Parmi les quatre-vingts personnes qui encerclaient à présent l'abattoir, pas une ne disait mot. On entendait le sifflement du vent, le klaxon d'un camion dans le lointain. De temps à autre, le bruit cadencé des moteurs des grosses moissonneuses-batteuses bourdonnait derrière l'épais rideau de blé. C'était agréable mais aussi déstabilisant. Oates progressait tant bien que mal vers la butte. Il l'atteignit enfin et se coucha, relevant rapidement la tête pour la baisser tout aussi vite. Tout récemment encore, les téléphones mobiles étaient encombrants et reliés au téléphone du négociateur. Aucun policier, pas même le plus costaud, n'était capable de le lancer à plus d'une douzaine de mètres et les fils s'emmêlaient très souvent. La technologie cellulaire avait modernisé les négociations.

Oates avançait par roulés-boulés entre les hautes graminées, tel

75

un cascadeur chevronné. Il s'arrêta un instant derrière une touffe d'herbe à bison et de verges d'or. Puis il reprit sa progression.

Très bien, se dit Potter. Lance-le.

Mais le policier ne lançait pas.

Oates jeta un nouveau coup d'œil sur l'abattoir puis se remit à ramper, franchissant le tertre, passant devant les poteaux de clôture à demi pourris des enclos à bétail, pour se rapprocher d'une bonne vingtaine de mètres encore. À cette distance, même un mauvais tireur aurait pu faire mouche sur n'importe quelle partie de son corps.

— Qu'est-ce qu'il fabrique ? chuchota Potter, énervé.

— Je sais pas, répondit Stillwell. J'ai été très clair sur la marche à suivre. Je sais qu'il se tracasse pas mal pour les filles et qu'il veut tout faire pour le mieux.

— Se faire descendre n'est pas pour le mieux.

Oates continuait d'avancer vers l'abattoir.

Joue pas au héros, Stevie, pensa Potter. Même si ce qui l'inquiétait, ce n'était pas tant que l'homme soit tué ou blessé. Contrairement aux forces de police spéciales et aux agents de renseignements, les flics ne sont pas formés en techniques de contre-interrogatoire. Entre les mains d'un homme comme Lou Handy armé simplement d'un couteau ou d'une épingle de sûreté, Oates cracherait tout ce qu'il savait en moins de deux minutes, révélant la position de chaque policier sur le terrain, que le G.I.L.O. n'était pas attendu avant plusieurs heures, de quels types de fusils les policiers étaient équipés, bref, tout ce qu'Handy pouvait être curieux de savoir.

Lance ce fichu téléphone !

Oates atteignit la seconde butte, releva rapidement la tête pour jeter un regard sur la porte de l'abattoir, puis se baissa de nouveau. N'entendant aucun coup de feu, il plissa les yeux, pris son élan, et lança le téléphone. Celui-ci décrivit un arc de cercle aplati, passa largement au-dessus des rochers qui avaient inquiété le lanceur, et roula avant de s'immobiliser à une dizaine de mètres seulement du portail en brique voûté des établissements Webber & Stoltz.

— Excellent, marmonna Budd, en gratifiant Stillwell d'une tape dans le dos. Le shérif sourit avec une fierté circonspecte.

— Peut-être que c'est un bon présage, suggéra LeBow.

Oates refusait obstinément de tourner le dos aux fenêtres obscures de l'abattoir et recula à pas lents dans les herbes avant de disparaître complètement à la vue.

— Et maintenant, voyons un peu lequel est le plus courageux, grommela Potter.

— Qu'est-ce que vous voulez dire ? demanda Budd.

— Je tiens à savoir qui de ces trois-là est le plus impulsif et a le plus d'estomac.

— Peut-être qu'ils tirent à la courte paille.

— Non. Comme je le sens, il y en a deux qui ne sortiraient pas de là pour tout l'or du monde et le troisième qui meurt d'impatience. Je veux connaître le numéro trois. C'est pour ça que je n'ai pas spécifiquement demandé Handy.

— Je parie que c'est lui, pourtant, remarqua Budd.

Mais il se trompait. La porte s'ouvrit et Shepard Wilcox apparut.

Potter l'observa à travers ses jumelles.

La démarche nonchalante. Parcourant le terrain du regard. Sans se presser, Wilcox se rapprochait du téléphone. La crosse de son pistolet dépassait au milieu de sa ceinture.

— On dirait un Glock, signala Potter.

LeBow nota l'information sur un petit carnet pour la retranscrire plus tard, une fois de retour au poste de commandement. Puis il chuchota :

— Il se prend pour le cow-boy de Marlboro.

— Plutôt sûr de lui, on dirait, ajouta Budd. Mais faut croire qu'il a tous les atouts dans son jeu.

— Il n'en a pas un seul, dit le négociateur à voix basse. Mais il suffirait d'une carte pour vous donner toute la confiance du monde.

Wilcox attrapa la sacoche du téléphone par la bandoulière et contempla une fois de plus la rangée de voitures de police. Il souriait à pleines dents.

Budd se mit à rire.

— On dirait un...

Le craquement d'un coup de feu résonna d'un bout à l'autre du champ et, avec un *plop* étouffé, la balle se ficha en terre à quatre mètres de Wilcox. En une seconde, il avait le pistolet à la main et tirait en direction des arbres d'où le coup était parti.

« Non ! » cria Potter en se levant d'un bond pour s'élancer sur le terrain. Le porte-voix devant la bouche, il se tourna vers les flics cachés derrière les voitures de patrouille, qui avaient tous dégainé leurs pistolets ou épaulé leurs fusils et engagé leur chargeur. « Ne tirez pas ! » Il agitait les bras comme un fou. Wilcox tira deux fois sur Potter. Le premier coup s'évanouit dans le ciel nuageux. Le second fit éclater un rocher à moins d'un mètre des pieds du négociateur.

Stillwell s'égosillait dans son micro : « Pas de riposte ! À tous les commandants d'unités, pas de riposte ! »

Mais quelqu'un riposta.

Un nuage de poussière se souleva autour de Wilcox au moment où il se jeta sur le sol et, d'un tir soigneusement ajusté, fit voler en éclats trois pare-brise de voitures de police avant de recharger. Même dans des conditions délirantes, Wilcox était une fameuse gâchette. D'une fenêtre de l'abattoir venaient les explosions répétées d'un semi-automatique ; les balles sifflaient dans l'air.

Potter restait debout, complètement à découvert, à agiter les mains.

— Halte au feu !

Alors, d'un seul coup, un silence total s'abattit sur le terrain. Le vent tomba un instant et le calme se fit. Le cri rauque d'un oiseau remplit la grisaille de l'après-midi. L'odeur douceâtre de la poudre et du tricinate de mercure, provenant des amorces, épaississait l'air.

Les mains crispées sur le téléphone, Wilcox marchait à reculons vers l'abattoir.

Potter appela Stillwell :

— Trouvez-moi qui a tiré. Celui qui a tiré la première balle — je veux le voir dans la camionnette. Quant aux autres, ceux qui ont suivi le mouvement — qu'ils sortent du terrain et que tout le monde sache pourquoi ils sont renvoyés.

— À vos ordres. (Le shérif s'éloigna à grandes enjambées.)

Potter, toujours debout, tourna ses jumelles vers l'abattoir dans l'espoir d'entrevoir l'intérieur quelques secondes au moment où Wilcox entrerait. En inspectant le rez-de chaussée, il remarqua une jeune femme à la fenêtre, à droite de la porte d'entrée. Elle était blonde et semblait âgée d'une vingtaine d'années. Elle le fixait droit dans les yeux. Son attention fut distraite, et elle tourna un instant la tête vers les entrailles de la bâtisse avant de se retourner vers lui, le regard empli d'effroi. Elle remuait la bouche d'une étrange façon — avec des mouvements exagérés. Elle voulait lui dire quelque chose. Il observa ses lèvres. Il n'arrivait pas à déchiffrer son message.

Se détournant, Potter passa les jumelles à LeBow.

— Henry, vite. Qui est-ce ? T'as une idée ?

LeBow avait mis en mémoire les identités des otages sur lesquelles ils possédaient des renseignements. Mais quand il regarda à son tour, la femme avait disparu. Potter la lui décrivit.

— L'aînée des élèves a dix-sept ans. C'était probablement une des deux enseignantes. La plus jeune, j'imagine. Melanie Charrol. Vingt-cinq ans. Aucune autre information sur elle pour l'instant.

Wilcox pénétra à reculons dans l'abattoir. Potter ne vit rien à l'intérieur, hormis l'obscurité totale. La porte se referma avec un claquement sec. Potter reprit son inspection des fenêtres en espérant apercevoir de nouveau la jeune femme. Mais il ne vit rien. Il imitait silencieusement les mouvements de sa bouche. Lèvres jointes en avant, dents du bas sur la lèvre supérieure ; lèvres à nouveau jointes, mais différemment, comme pour un baiser.

— On devrait appeler, dit LeBow en touchant le coude de Potter.

Potter acquiesça et les deux hommes se hâtèrent en silence vers la camionnette ; Budd les suivit et décocha un regard indigné à l'un des policiers qui avait riposté au tir de Wilcox. Stillwell lui passait un sérieux savon.

Lèvres, dents, lèvres. Que vouliez-vous me dire ? se demandait le négociateur.

— Henry, dit Potter. Note : premier contact avec un otage.

— Contact ?

— Avec Melanie Charrol.

— Quel était le message ?

— Je l'ignore encore. Je l'ai simplement vue remuer les lèvres.

— C'est que...

— Note-le. *Message inconnu.*

— D'ac.

— Et ajoute : *Sujet soustrait à la vue avant que le responsable de l'équipe de contrôle des opérations ait pu répondre.*

— Ce sera fait, répondit le méticuleux Henry LeBow.

Dans la camionnette, Derek demanda ce qui s'était passé mais Potter fit la sourde oreille. Il arracha le téléphone des mains de Tobe Geller et le posa devant lui sur la table, l'entourant de ses mains.

Par la vitre épaisse, il observa le terrain où, après le brusque accès d'activité qui avait suivi l'échange de coups de feu, régnait maintenant un calme plat. Les policiers indisciplinés — trois au total — avaient été mis à pied par Dean Stillwell ; les forces de police et les fédéraux se tenaient prêts, tendus d'appréhension mais aussi de joie à la perspective de se battre. Une joie possible parce que vous êtes à trente contre un, que vous êtes derrière un piquet de sécurité renforcée avec un gilet pare-balles sur le dos, un gros calibre sur la hanche, et que votre petite femme vous attend dans un gentil bungalow avec une bière et un bon ragoût.

Arthur Potter contemplait cette après-midi fraîche et venteuse, une après-midi qui avait un avant-goût d'Halloween au beau milieu de l'été.

Les choses allaient commencer.

Il se détourna de la fenêtre, appuya sur la touche de numérotation rapide du téléphone. Tobe enclencha l'enregistrement. Il pressa une autre touche et la sonnerie grésilla dans un haut-parleur placé au-dessus de leurs têtes.

Le téléphone sonna cinq coups, dix coups, vingt coups.

Potter sentit LeBow tourner la tête vers lui.

Tobe se croisa les doigts.

Et là : *Clic*.

— Liaison établie, chuchota Tobe.

— Ouais ? résonna la voix dans le haut-parleur.

Potter prit une profonde inspiration.

— Lou Handy ?

— Ouais.

— Ici Arthur Potter. Je suis du FBI. J'aimerais discuter avec toi.

— Écoute, Lou, ce coup de feu, c'était une erreur.

— Ah bon, sans blague ?

Potter écoutait très attentivement la voix, où traînait une pointe d'accent, un accent des montagnes, de l'ouest de la Virginie. Il entendit : assurance, dérision, lassitude. Les trois mêlés pour lui faire craindre le pire.

— Nous avions un homme posté dans un arbre. Il a glissé. Le coup est parti accidentellement. Il sera puni.

— Vous allez le flinguer ?

— C'était purement accidentel.

— Drôle de trucs, les accidents, ricana Handy. J'étais à Leavenworth y a quelques années, et le connard qui bossait dans la lingerie est mort étouffé par une demi-douzaine de chaussettes. Ça pouvait être qu'un accident. Il irait pas s'amuser à bouffer des chaussettes exprès. Qui est-ce qui ferait un truc pareil ?

Aussi froid qu'un glaçon, pensa Potter.

— P't-être que c'était le même genre d'accident.

— C'était un accident comme il en arrive tous les jours, un vrai, Lou.

— Me fiche pas mal de savoir. J'vais en descendre une. Am, stram, gram...

— Écoute-moi, Lou...

80

Pas de réponse.

— Je peux t'appeler Lou ?

— Tu nous as encerclés, dis donc, hein ? T'as mis des con-nards dans les arbres avec des fusils même s'ils sont pas foutus de s'asseoir sur une branche sans se casser la gueule. Alors tu peux m'appeler comme ça te chante, bordel.

— Écoute-moi, Lou. On est dans une situation vraiment tendue ici.

— Pas moi, en tout cas. C'est vraiment cool. Tiens, une jolie petite blonde. Plate comme une limande. C'est elle que j'vais prendre, je crois.

Il s'amuse avec nous. Il bluffe, à quatre-vingts pour cent.

— Lou, Wilcox était parfaitement visible. Notre homme se trouvait à soixante-dix mètres seulement, avec un M-16 à lunette. Ces gars-là sont capables de refroidir un bonhomme à neuf cents mètres s'il le faut.

— Mais y a un vent du diable par ici. Peut-être que ton gars a oublié de compenser.

— Si nous avions voulu la mort de ton type, il serait mort.

— Rien à battre. J'arrête pas de t'le dire. Accident ou pas, grogna-t-il, va falloir qu'on vous apprenne les manières, à vous autres.

Le facteur bluff tomba à soixante pour cent.

Reste calme, se conseilla Potter. Du coin de l'œil, il vit le jeune Derek Elb s'essuyer la paume des mains sur son pantalon et se fourrer un chewing-gum dans la bouche. Budd allait et venait de façon exaspérante, les yeux fixés sur la fenêtre.

— Appelons ça juste un malencontreux incident, Lou, et pas-sons à notre discussion.

— Discussion ? (Il avait l'air surpris.) Qu'est-ce qu'on a à dis-cuter ?

— Oh, plein de choses, répondit Potter d'un ton enjoué. Et d'abord, est-ce que tout le monde va bien là-dedans ? Tu n'as rien ? Pas de blessés ?

Son instinct le poussait à s'enquérir plus particulièrement des filles, mais les négociateurs s'efforcent autant que possible de ne jamais parler des otages. Le ravisseur doit être amené à penser que ses prisonniers n'ont aucune valeur d'échange.

— Shep est un peu plus tordu que d'habitude, comme tu peux l'imaginer, mais à part ça tout le monde se porte comme un charme. 'Videmment, faudra reposer la question dans cinq minu-tes. J'en connais une qui sera pas trop en forme.

Potter se demanda : Que voulait-elle me dire ? Il revit le visage de Melanie. Lèvres, dents, lèvres...

— Vous avez besoin de matériel de première urgence ?

— Ouais.

— Quoi ?

— Un hélico d'évacuation.

— C'est peut-être beaucoup demander, Lou. Je pensais plutôt bandages ou morphine, ce genre de choses. Des antiseptiques.

— De la morphine ? Ça nous rendrait pas un peu abrutis, par hasard ? Ça vous plairait, j'parie.

— Oh, on ne vous en donnerait pas assez pour vous abrutir, Lou. Vous n'avez besoin de rien d'autre ?

— Si, justement, j'ai besoin de flinguer quelqu'un, voilà quoi. La petite blonde là. Lui tirer une balle entre ses nichons qu'elle a pas.

— Ça ne ferait de bien à personne, ça, hein ?

Potter réfléchissait : il aime parler. Il est instable mais il aime parler. C'est toujours la première difficulté, celle qui s'avère parfois insurmontable. Les taciturnes sont les plus dangereux. L'agent inclina la tête, prêt à écouter attentivement. Il devait se mettre à penser comme Handy. Trouver ses habitudes de langage, deviner ce que le bonhomme allait dire, et de quelle manière. Potter allait jouer à ce petit jeu toute la nuit au point que finalement, une fois les choses résolues dans un sens ou dans l'autre, une part de lui-même serait réellement devenue Louis Jeremiah Handy.

— C'est quoi ton nom déjà ? demanda Handy.

— Arthur Potter.

— On t'appelle Art ?

— Arthur, en fait.

— T'as pas d'infos sur moi ?

— Un peu. Pas beaucoup.

Potter songea spontanément : *J'ai descendu un gardien en m'évadant.*

— J'me suis fait un gardien quand on s'est évadé. T'étais pas au courant ?

— Si, je savais.

Potter pensa : *Alors la fille avec ses œufs sur le plat j'en ai rien à branler.*

— Alors descendre c'te fille, la petite blonde là, j'en ai rien à foutre.

Potter appuya sur la touche *Secret* du téléphone — un dispositif spécial qui coupait sa voix sans aucun déclic à l'autre bout du fil.

— De qui parle-t-il ? demanda-t-il à LeBow. Laquelle des otages ? Blonde, douze ans ou moins ?

— Je sais pas encore, répondit l'agent de renseignements. On n'arrive pas à voir distinctement à l'intérieur et on manque d'informations.

Dans le combiné, Potter dit :

— Pourquoi voudrais-tu faire du mal à quelqu'un, Lou ?

Il va changer de sujet, supposa Potter.

Mais Handy répliqua :

— Et pourquoi pas ?

En théorie, Potter savait qu'il était censé parler de choses futiles, faire durer la conversation, gagner la confiance de l'homme, le faire rire. La bouffe, le sport, le temps, les conditions à l'intérieur de l'abattoir, les sodas. Il ne fallait jamais parler d'emblée de l'incident lui-même avec les preneurs d'otages. Mais il cherchait à évaluer le risque, à déterminer dans quelle mesure Handy était prêt à exécuter la fille, et le facteur bluff était tombé à trente pour cent ; il ne pouvait pas se permettre de bavarder tranquillement de hamburgers et de base-ball.

— Lou, je ne crois pas que tu aies envie de tuer quelqu'un.

— Et t'expliques ça comment ?

Potter eut un petit rire forcé.

— Eh bien, si tu commences à exécuter les otages, je vais devoir en conclure que tu as de toute façon l'intention de les tuer toutes. Alors il ne me restera plus qu'à envoyer notre groupe d'intervention pour sortir tout le monde de là.

Handy rigolait doucement.

— À supposer que les gars en question se trouvent ici.

Potter et LeBow échangèrent un regard inquiet.

— Oh, ils y sont, dit Potter. D'un signe de tête, il désigna la colonne *Mensonges* du tableau et LeBow nota rapidement : *fait croire à Handy que le G.I.L.O. est en place.*

— Tu me demandes d'attendre avant de la descendre ?

— Je te demande de ne tuer personne.

— Je sais pas. Y faut, y faut pas ? Tu sais comment ça se passe des fois, t'es pas fichu de savoir ce que tu veux. Pizza ou Big Mac ? Pas foutu de décider, bordel.

Le cœur de Potter cafouilla un instant, car il avait l'impression qu'Handy était sincère : qu'il était véritablement incapable de se décider, et que s'il épargnait la vie de cette fille, ce ne serait pas grâce aux propos réfléchis de Potter, mais sur un coup de tête pur et simple.

— Je vais te dire, Lou. Je te présente mes excuses pour le coup de feu. Je te donne ma parole que cela ne se reproduira pas. En échange, est-ce que tu acceptes d'épargner cette fille ?

Il est malin, calculateur, toujours en train de réfléchir, conclut l'agent. Potter ne décelait rien de psychotique chez Handy. Il inscrivit *Q.I. ?* sur une feuille de papier qu'il poussa vers LeBow.

Pas reçu.

Handy se mit à fredonner dans le combiné. C'était une chanson que Potter avait entendue voilà bien longtemps. Il n'arrivait pas à mettre un nom dessus. Alors, dans le haut-parleur, la voix amplifiée de l'homme déclara : « P't-être que j'vais attendre. »

Potter poussa un soupir. LeBow leva les pouces en signe de victoire et Budd sourit.

— Très sympa de ta part, Lou. Vraiment sympa. Vous avez de quoi manger ?

T'es pas vrai, comme mec !

— T'es qui, toi, d'abord tu joues au flic, après tu joues à l'infirmière, et maintenant tu fais le traiteur ?

— Je tiens juste à ce que tout le monde reste parfaitement calme et détendu. On peut vous apporter des sandwiches et de quoi boire si vous voulez. Qu'est-ce que tu en dis ?

— On n'a pas faim.

— La nuit pourrait être longue.

Soit : silence, soit : *Pas si longue que ça.*

— M'est avis que ce sera pas si long. Écoute-moi bien, Art, tu peux m'embobiner en parlant bouffe, médicaments et conneries du genre si ça te fait plaisir. Mais la vérité c'est qu'on va avoir besoin d'un certain nombre de trucs et y a intérêt qu'on nous les donne sans faire chier ou alors je commence à les flinguer. Une par une.

— D'accord, Lou. Dis-moi de quoi il s'agit.

— On va en causer ici entre nous. Et j'te rappelle.

— Dis Lou, c'est qui « on » ?

— Hohé, merde, tu le sais, Art. Y a moi et Shep et mes deux frangins.

LeBow tapota le bras de Potter. Il lui montrait l'écran du doigt. On lisait :

Handy a deux frères. Mandat d'arrêt prononcé contre Robert, vingt-sept ans. LKA, Seattle ; défaut de comparution au procès pour vol qualifié, a pris la fuite pour sortir de la juridiction. L'aîné des trois frères, Rudy, quarante ans, a été tué voilà cinq ans. Atteint de six balles dans la nuque tirées par un agresseur inconnu. Handy soupçonné ; pas d'inculpation.

Potter songea aux lignes délicates de ses arbres généalogiques. À quoi ressemblerait celui de Handy ; quelle était son ascendance ?

— Tes frères, Lou ? interrogea-t-il. C'est bien ça ? Ils sont à l'intérieur avec toi ?

Un silence.

— Avec les quatre cousins de Shep.

— Ça vous fait du monde là-dedans. Qui d'autre encore ?

— Doc Holliday et Bonnie'n'Clyde et Ted Bundy et toute la bande de tarés de Mortal Kombat, et Luke Skywalker.

— Peut-être que c'est nous qui devrions nous rendre, Lou.

Handy se remit à rire. Potter était content de cette ébauche de rapport. Content aussi d'avoir réussi à prononcer le mot magique SE RENDRE, à le planter dans l'esprit de Handy.

Le télécopieur bourdonna et cracha une série de feuilles. LeBow s'en empara aussitôt et les parcourut rapidement, s'arrêta sur l'une d'elles puis griffonna OTAGES dans le haut de la page. Du doigt, il signala le nom d'une fille, suivi par un passage manuscrit. C'étaient les premières informations envoyées par Angie Scapello.

Dans une prise d'otages, la négociation est l'art de tester les limites. Potter prit connaissance du fax et remarqua quelque chose. D'un air détaché, il dit :

— Hé, Lou, j'aimerais te poser une question. Une des filles là-dedans a de sérieux problèmes de santé. Tu accepterais de la relâcher ?

Il était étonnant de constater combien de fois les requêtes directes de ce genre aboutissaient. Poser la question et se taire.

— Vraiment ? (Handy avait un ton compatissant.) Malade, hein ? C'est quoi, son problème ?

— L'asthme. (Peut-être la plaisanterie et leur petite conversation faisaient-elles leur effet sur Handy.)

— C'est laquelle ?

— Quatorze ans, blonde, cheveux courts.

Potter prêta l'oreille aux bruits de fond — rien qu'un silence caverneux —, s'imaginant Handy en train de passer les otages en revue.

— Sans ses médicaments, elle risque de mourir, ajouta Potter. Tu la libères, tu fais ça pour moi, et je m'en souviendrai quand on se mettra à négocier sérieusement. Tiens, allez, tu la libères et on vous branche l'électricité là-dedans. Trois ou quatre lampes.

— Vous allez rétablir le courant ? Handy posa la question si brutalement que Potter en sursauta.

— On s'est renseigné là-dessus. L'endroit est trop vétuste. L'installation n'est pas adaptée au voltage moderne. (Potter désigna la colonne *Mensonges* du tableau et LeBow prit note.) Mais on peut vous tirer une ligne pour vous mettre de la lumière.

— Passe à l'action et on en reparlera après.

L'équilibre des forces penchait insidieusement en faveur de Handy. Il fallait durcir le ton.

— Entendu. Très bien. Mais écoute, Lou, je t'avertis. N'essaye pas de sortir du bâtiment. Nos tireurs d'élite te mettront en joue. À l'intérieur, tu n'as rien à craindre.

Il va se fâcher, anticipa Potter. Une mini-crise de nerfs. Des obscénités ponctuées d'exclamations.

— Oh, j'ai rien à craindre nulle part, murmura Handy dans le combiné. Les balles ne m'atteignent pas. J'ai des remèdes de cheval. Quand est-ce que tu me balances la lumière ?

— Dix minutes, un quart d'heure. Donne-nous Beverly, Lou. Si tu nous la...

Clic.

— Merde, marmonna Potter.

— Un peu impatient là, Arthur, remarqua LeBow.

Potter hocha la tête. Il avait commis l'erreur classique de négocier contre son propre intérêt. Toujours attendre que l'autre camp vous demande quelque chose. En entendant Handy hésiter, il avait tout naturellement forcé la note et fait monter lui-même les enchères. Mais il avait effarouché le vendeur. Tôt ou tard, il devait néanmoins en passer par là. On peut faire pression sur les preneurs d'otages jusqu'à une certaine limite, et pousser la limite un peu plus loin en marchandant. Au fond, la bataille se résumait à découvrir la limite à ne pas franchir en sachant choisir son moment.

Potter appela Stillwell pour lui dire qu'il avait prévenu les ravisseurs de ne pas sortir de l'abattoir.

— Vous avez le feu vert pour les contenir, comme prévu.

— À vos ordres, répondit Stillwell.

— Quelle est l'heure d'arrivée approximative de ce camion générateur ? demanda Potter à Budd.

— Dix minutes, en principe, répondit-il en regardant par la vitre d'un air morose.

— Qu'y a-t-il, Charlie ?

— Oh, rien. Je pensais simplement que c'était bien ce que vous venez de faire là. Le convaincre de pas la tuer.

Potter sentait Budd préoccupé par autre chose. Mais il se contenta de dire :

— Oh, c'est Handy qui a décidé de ne pas tirer. Je n'y suis pour rien. Le problème, c'est que j'ignore encore pourquoi.

Potter attendit cinq minutes avant de presser la touche de numérotation rapide.

Le téléphone sonna un million de fois.

— Tobe, baisse un peu le volume, tu veux ? demanda Potter en indiquant le haut-parleur au-dessus de sa tête.

— Sans problème... O.-K., liaison.

— Ouais ? aboya Handy.

— Lou, vous aurez le courant dans une dizaine de minutes.

Silence.

— Et la fille, Beverly ?

— C'est non, dit-il abruptement, comme surpris que Potter n'ait pas encore compris ça tout seul.

Nouveau silence.

— J'ai cru t'avoir entendu dire que si nous mettions le courant tu...

— Je réfléchirais. C'est tout réfléchi, et c'est non.

Ne jamais se laisser entraîner dans des chamailleries futiles.

— Bon, vous avez eu le temps de penser à ce que vous vouliez, les gars ?

— Je verrai ça plus tard avec toi, Arthur.

— J'espérais que...

Clic.

— Liaison terminée, annonça Tobe.

Stillwell fit entrer le policier, un jeune homme trapu et basané. Il déposa l'arme du délit près de la porte, culasse noire verrouillée, et s'avança vers Potter.

— Mes excuses, agent Potter. J'étais sur cette branche et brusquement y a eu ce coup de vent. J'ai...

— Vous aviez reçu l'ordre de ne pas charger, interrompit sèchement Potter.

Le policier s'agita en lançant des regards furtifs dans la pièce.

— Allez, dit Stillwell qui avait l'air vaguement ridicule avec un volumineux gilet pare-balles sous son costume bon marché. Dites à l'agent Potter ce que vous m'avez raconté.

L'officer de la police d'État décocha un regard glacial à Stillwell, furieux de cette nouvelle hiérarchie. Puis, s'adressant à Potter :

— Je n'ai jamais reçu cet ordre. J'étais chargé et verrouillé dès le départ. C'est la procédure standard pour nous, agent Potter.

Avec une grimace, Stillwell dit :

— J'en prends la responsabilité.

— Oh, punaise... (Charlie Budd s'avança.) Agent Potter, dit-il solennellement au négociateur, je dois vous dire — c'est ma faute. Entièrement ma faute.

Potter leva une main vers lui d'un air interrogateur.

— Je n'ai pas dit aux tireurs de ne pas charger. J'aurais dû, comme vous me l'aviez ordonné. En fait, après réflexion, je me suis dit que je ne voulais pas exposer les policiers sur le terrain. C'est ma faute. Pas celle de cet homme. Dean n'y est pour rien.

Potter resta songeur quelques instants puis, au policier :

— Vous allez quitter votre poste et aider sur la base arrière. Allez vous présenter au directeur régional Henderson.

— Mais j'ai glissé, agent Potter. C'était pas de ma faute. C'était un accident.

— Il n'y a pas d'accidents sur le théâtre de mes opérations, répondit Potter avec froideur.

— Mais...

— Ce sera tout, dit Dean Stillwell. Vous avez entendu votre ordre. Rompez.

L'homme saisit son arme et sortit rageusement de la camionnette.

— Je vais en faire autant, agent Potter, dit Budd. J'suis navré. Vraiment navré. Vous n'avez qu'à prendre Dean pour vous aider. Je...

Potter prit le capitaine à part, et lui dit dans un souffle :

— J'ai besoin de votre aide, Charlie. Quant à ce que vous avez fait, c'était votre initiative personnelle. Et ça, je vous en dispense. Compris ?

— Affirmatif.

— Vous voulez toujours faire partie de l'équipe ?

Budd hocha lentement la tête.

— D'accord, et maintenant filez là-bas pour leur donner l'ordre de ne pas armer.

— Agent Potter...

— Arthur.

— En rentrant chez moi, je vais devoir regarder ma femme dans les yeux en lui disant que j'ai désobéi à un ordre direct d'un agent du FBI.

— Vous êtes mariés depuis quand ?

— Treize ans.

— Ensemble depuis le lycée ?

Budd eut un sourire morose.

— Comment s'appelle-t-elle ?

— Meg. Margaret.

— Des enfants ?

— Deux filles. (Budd avait l'air toujours aussi malheureux.)

— Allez-y maintenant. Faites ce que je vous ai demandé, dit Potter en soutenant son regard.

Le capitaine soupira.

— Entendu, à vos ordres. Ça ne se reproduira pas.

— Restez baissé, dit Potter avec un sourire. Et pas question de déléguer cette mission, Charlie.

— Non. Je vais vérifier tout le monde.

Stillwell observait d'un air compréhensif en regardant Budd sortir tête basse du camion.

Tobe était occupé à empiler des cassettes audio. Toutes les conversations avec les preneurs d'otages allaient être enregistrées. Le magnétophone était un appareil spécial équipé d'un dispositif-retard de deux secondes permettant à une voix électronique d'imprimer sur l'enregistrement un comptage minute par minute sans pour autant bloquer la conversation. Il leva les yeux vers Potter :

— Qui a dit : « J'ai découvert l'ennemi et l'ennemi c'est nous » ? C'était Napoléon ? Ou Eisenhower, ou qui d'autre ?

— Je crois que c'était Pogo, répondit Potter.

— Qui ça ?

— B.D., dit Henry LeBow. Trop jeune pour connaître.

12 : 33

La pièce s'assombrissait.

Ce n'était que le début de l'après-midi mais le ciel s'était chargé de nuages violets et les fenêtres de l'abattoir étaient étroites. Faut du courant et tout de suite, se dit Lou Handy en fouillant des yeux la pénombre de l'abattoir.

L'eau gouttait et les chaînes pendaient dans les recoins sombres du plafond. Des crochets partout et des convoyeurs aériens. Des machines rouillées semblables à des pièces détachées de voitures, les jouets d'un géant qui en aurait eu soudain marre et les aurait balancés par terre.

Un géant, se dit Handy en riant intérieurement. Qu'est-ce que je suis en train de déconner ?

Il fit le tour du rez-de-chaussée. Dingue, comme endroit. C'est comment, de gagner sa croûte en zigouillant des animaux ? Handy avait connu des dizaines de boulots. Des sales boulots, pour la plupart. Personne ne l'avait jamais laissé manier le matériel sophistiqué, ce qui lui aurait permis de doubler, voire tripler, son salaire. Ses emplois se terminaient toujours au bout d'un mois ou deux. Disputes avec le chef de chantier, récriminations, bagarres, soûleries dans les vestiaires. Il n'avait pas de temps à perdre avec les gens qui n'arrivaient pas à comprendre qu'il n'était pas comme tout le monde. Il était quelqu'un de *spécial*. Pas un seul abruti au monde qu'avait pigé ça.

Le plancher était en bois, aussi solide que du béton. Un magnifique assemblage de chêne. Sans être artisan, comme Rudy l'avait été, Handy était néanmoins capable de reconnaître du bon travail. Son frère gagnait sa vie en posant des planchers. Handy en voulut tout à coup à ce connard de Potter. Pour une raison inconnue, l'agent du FBI avait réveillé le souvenir de Rudy. Cela mettait Handy dans une rage folle, et lui donnait envie de se venger.

Il entra dans la pièce où ils avaient rassemblé les otages. C'était une salle semi-circulaire, carrelée et dépourvue de fenêtres. L'endroit où l'on vidangeait le sang. Il se douta qu'un coup de fusil tiré au milieu de la pièce résonnerait si fort qu'on en aurait les tympans éclatés.

Pas trop grave pour c'te bande de nanas, songea-t-il. Il les observa. Ce qui était bizarre, c'était que ces filles étaient vraiment jolies — pas toutes, mais presque. L'aînée surtout, celle avec les cheveux noirs. Celle qui le dévisageait en ce moment avec son air de va-te-faire-foutre. Quel âge elle a, dix-sept, dix-huit ans ? Il lui sourit. Elle le toisa du regard. Handy passa les autres en revue. Ouais, pas mal non plus. Ça le foutait en l'air. C'étaient des espèces de phénomènes, alors normalement elles auraient dû avoir l'air un peu dégoûtant, comme les tarés — c'est vrai, même celles qui sont très jolies, y a toujours un truc qui cloche, qui tombe pas d'aplomb. Mais non, elles paraissaient normales. Mais merde, qu'est-ce qu'elles chialent. Ça alors, ça lui tapait sur les nerfs... ce bruit qu'elles font avec leur gorge. Elles sont sourdes, bordel — elles devraient pas faire chier avec des bruits comme ça !

Tout à coup, en esprit, Lou Handy revit son frère.

Le petit point rouge qui apparaissait dans le sillon, là où le crâne de Rudy se rattachait à sa colonne vertébrale. Puis d'autres points, le minuscule pistolet trépidant entre ses doigts. Le tressaillement des épaules au moment où l'homme se raidit, esquissa une drôle de danse macabre avant de s'écrouler mort.

Handy décida qu'il haïssait Art Potter encore plus qu'il ne l'avait imaginé.

D'un pas tranquille, il rejoignit Wilcox et Bonner, sortit la télécommande du sac de toile et zappa sur la toute petite télévision à piles posée sur un fût de pétrole. Toutes les stations locales ainsi qu'une chaîne nationale diffusaient des reportages sur eux. Un présentateur déclarait que ce serait le quart d'heure de gloire de Lou Handy, ils racontent vraiment n'importe quoi. Les flics tenaient les journalistes très à l'écart, de sorte qu'il ne pouvait rien voir d'utile à l'écran.

Handy baissa le son. Putain d'endroit, pensa-t-il, en jetant un regard circulaire sur la pièce. Il sentait l'odeur des carcasses en décomposition.

Une voix le fit sursauter : « Relâchez-les. Gardez-moi. »

Il repartit sans se presser vers la salle carrelée. S'accroupit et regarda la femme :

— Ton nom ?

— Donna Harstrawn. Je suis leur professeur.

— Tu connais cet espèce de charabia par signes, hein ?

— Oui. (Elle dévisageait Handy avec arrogance.)

— Beurk, fit Handy. Zarbi.

— Je vous en prie, relâchez-les. Gardez-moi.

— La ferme, répondit Handy avant de tourner les talons.

Il regarda dehors. Une haute camionnette de police était stationnée au sommet d'une butte. Il était prêt à parier que c'était là qu'Arthur Potter s'était installé. Il sortit son pistolet de sa poche et visa le carré jaune sur le flanc du véhicule. Il corrigea son tir en tenant compte de la distance et du vent. Baissa son arme.

— Z'auraient pu te rectifier, s'ils avaient voulu, lança-t-il à Wilcox. C'est ce qu'y m'a dit.

Wilcox regardait par la fenêtre, lui aussi.

— Y sont un paquet, remarqua-t-il d'un air rêveur.

Puis il ajouta :

— C'était qui ? Le connard avec qui t'as causé.

— FBI.

— Oh merde, dit Bonner. Tu veux dire qu'on a un Fed. Là-bas dehors ?

— C'est d'une prison fédérale qu'on s'est barrés. Tu crois qu'ils vont nous coller qui aux fesses ?

— Ah ouais, t'as raison, un Fed., répondit Bonner. (Le gros

resta un moment à lorgner l'enseignante, puis la petite fille en collant blanc et robe à fleurs.)

Handy surprit son regard. Ce salaud.

— Pas question, Sonny. Tu la gardes bien gentiment dans ton putain de jean, tu m'entends ? Ou alors tu vas la perdre.

Bonner grogna. Chaque fois qu'on l'accusait de faire précisément ce dont il était coupable, il se mettait systématiquement en boule. Aussi vite qu'un hérisson.

— Va te faire foutre.

— Tiens, j'espère leur avoir fait un nouveau trou de balle, à ces cons, déclara Wilcox de sa voix plus-nonchalante-tu-meurs, une des choses qui plaisait à Handy chez lui.

— Bon, qu'est-ce qu'on a ? demanda Handy.

— Les deux fusils, répondit Wilcox. Et pas loin de quarante balles. Un Smitty et six cartouches seulement. Non, disons cinq. Mais on a les Glock et plein de prunes. Trois cents coups.

Handy arpentait le plancher de l'abattoir, dansant par-dessus les flaques d'eau croupie.

— Elles me tapent sur les nerfs à chialer comme ça, dit-il impatiemment. Ça me prend la tête, bordel. La grosse là, merde. Vise un peu. Et je sais pas ce qui se passe dehors. Trop mielleux, le bonhomme. Je lui fais pas confiance pour deux ronds. Sonny, tu restes avec les filles. Wilcox et moi on va inspecter un peu.

— Et les gaz lacrymogènes ? interrogea Bonner en regardant dehors d'un air perplexe. On aurait dû prendre des masques.

— Ils envoient les gaz au fusil, expliqua Handy. Suffit de pisser sur les cartouches.

— Ça marche ? Pour les éteindre ?

— Hé ouais.

— Ben ça alors.

Handy jeta un coup d'œil dans la salle carrelée. L'aînée des enseignantes le fixait de son œil limoneux. Moitié arrogant, moitié autre chose.

— Ton nom ?

— Donna Harstrawn. Je...

— Dis-moi, Donna, c'est quoi son nom ? demanda-t-il lentement, en désignant la plus âgée des élèves, la jolie brune aux longs cheveux.

Avant que le professeur n'ait eu le temps de répondre, la fille lui fit un geste obscène. Handy se tordit de rire.

Bonner s'avança, le bras levé. « Sale petite garce. »

Donna se précipita à quatre pattes devant la fille, qui dressa ses poings, en grimaçant. Les petites piaillaient, avec leurs sales petits bruits bizarres d'oiseaux effarouchés et la jeune prof, la blonde trouillarde, leva pitoyablement une main implorante.

Handy empoigna Bonner par la main et le repoussa.

— Tu les frappes que si j'te le demande. (Désignant l'adolescente, il demanda au professeur :) Comment elle s'appelle, bordel ?

— Susan. Je vous en prie, est-ce que...

— Et elle, c'est comment ? (Montrant la blonde, la jeune prof.)

— Melanie.

Méé-la-ni-e. Celle qui le faisait vraiment chier. Quand il l'avait trouvée en train de regarder par la fenêtre juste après la fusillade, il l'avait attrapée par le bras et elle avait complètement perdu les pédales, flippé à mort. Il l'avait laissée se balader parce qu'il savait qu'elle ne risquait pas de causer de problème. Au début il la trouvait drôle, avec ses airs de petite souris. Et maintenant ça le rendait fou — cette lueur craintive dans son regard qui lui donnait envie de taper du pied par terre rien que pour la voir sursauter. S'il y avait une chose qui le mettait toujours en rogne, c'était bien une femme qui manquait d'estomac.

Cette petite salope était tout le contraire de Prissy. Oh, comme ça lui ferait plaisir de voir ces deux-là aux prises l'une avec l'autre. Prissy ne manquerait pas de tirer le couteau à cran d'arrêt, qu'elle cachait souvent dans son soutien-gorge, bien au chaud contre son nichon gauche, elle sortirait la lame et la poursuivrait. La p'tite blonde en chierait dans son froc. Elle avait l'air vachement plus jeune que l'autre, la Susan.

En voilà une qui l'intéressait. La bonne vieille Donna avait son regard marronnasse qui ne lui apprenait rien, et la jeune prof avait son regard apeuré qui dissimulait tout. Mais la Miss Ado, là... elle avait des yeux qui en disaient long et se moquait pas mal qu'il puisse le lire. Il comprit qu'elle était plus maline que les deux autres réunies.

Et plus culottée.

Comme Prissy, pensa-t-il, approbateur.

— Susan, prononça-t-il lentement. Je t'aime bien. T'as des couilles. Tu comprends que dalle à ce que je raconte. Mais je t'aime bien.

Se tournant vers la vieille prof, il dit :

— Répète-lui ça.

Après un moment d'hésitation, Donna remua les mains.

Susan décocha à Handy un regard meurtrier et répondit.

— Qu'est-ce qu'elle a dit ? aboya-t-il.

— Elle vous demande de bien vouloir relâcher les petites.

Handy empoigna la femme par les cheveux et tira de toutes ses forces. Nouveaux piaillements d'oiseaux. Melanie secouait la tête, en larmes.

— Qu'est-ce qu'elle a dit, bordel ?

Il tira encore plus fort ; des poignées de mèches teintes s'arrachèrent du cuir chevelu avec un petit bruit sec. Elle gémit de douleur.

— Elle a dit, bafouilla Donna, que vous étiez un connard.

Handy éclata d'un grand rire et, d'un geste brusque, envoya l'enseignante à terre.

— Je vous en prie, implora-t-elle. Relâchez les filles. Gardez-moi. Qu'est-ce que ça peut vous faire d'avoir un otage au lieu de six ?

— Parce que, espèce de connasse, je peux en descendre deux ou trois et il m'en restera encore.

Saisie d'effroi, elle se détourna rapidement, comme si elle venait d'entrer dans une pièce et d'y trouver un homme nu qui la considérait d'un œil lubrique.

Handy s'approcha de Melanie.

— Toi aussi, tu penses que je suis un connard ?

Donna Harstrawn se mit à remuer les mains, mais Melanie avait répondu avant qu'elle ait eu le temps de formuler la question.

— Qu'est-ce qu'elle a dit ?

— Elle a dit : « Pourquoi veux-tu nous faire mal, Brutus ? Nous ne t'avons rien fait. »

— Brutus ?

— C'est comme ça qu'elle vous appelle.

Brutus. Le nom était familier mais il n'arrivait pas à se souvenir où il l'avait entendu. Il fronça les sourcils.

— Dis-lui qu'elle connaît la réponse à sa question de merde.

En sortant de la pièce, Handy cria :

— Hé, Sonny, j'me mets au langage des signes. Vise un peu.

Bonner leva la tête.

Handy leva le majeur en l'air. Les trois hommes éclatèrent de rire puis Handy et Wilcox s'engagèrent dans le couloir qui conduisait dans le fond de l'abattoir. Pendant qu'ils exploraient le labyrinthe de corridors, de salles de boucherie et de transformation, Handy demanda à Wilcox :

— Tu crois qu'il va se tenir ?

— Sonny ? Putain, j'imagine. N'importe quelle autre occasion, il leur sauterait dessus comme un coq. Mais y a rien de tel qu'une centaine de flics armés postés dehors pour te mettre la biroute en berne. Putain, qu'est-ce qu'ils fabriquaient ici ? s'exclama Wilcox en contemplant les machines, les longues tables, les engrenages, les régulateurs et les courroies.

— Qu'est-ce tu crois ?

— J'sais pas.

— C'est un abattoir, bordel.

— « Transformation », ça veut dire ça ?

— On les abat et on les vide. Ouais. Transformation.

Wilcox désigna une vieille machine :

— C'est quoi ?

Handy s'approcha pour l'examiner de plus près. L'air ravi, il dit :

— Merde. C'est une vieille machine à vapeur. Putain, vise-moi ça.

— Ça leur servait à quoi ici ?

— Regarde, expliqua Handy, c'est pour ça que le monde s'est foutu dans la merde jusqu'au cou. À cette époque-là, tu vois, c'était une turbine. (Il lui montrait un vieil axe rouillé hérissé de pales de ventilateur rongées par le temps.) C'est comme ça que les trucs marchaient. Ça tournait et ça faisait avancer des trucs. C'était l'âge de la vapeur et c'était pareil que l'âge du gaz. Et puis on est entré dans l'âge électrique, et on pouvait plus très bien voir comment les trucs fonctionnaient. Genre tu peux voir la vapeur et le feu, mais l'électricité tu vois rien quand ça marche. C'est comme ça qu'on a eu la Deuxième Guerre mondiale. Et maintenant on est dans l'âge *électronique*. C'est des ordinateurs et tout et on est pas foutus de voir comment ça fonctionne. Tu peux regarder un microprocesseur sans y voir que dalle même s'il fait exactement ce qu'il faut. On a complètement perdu le contrôle.

— C'est un sacré bordel.

— Quoi ? La vie ou ce que j'te dis ?

— Je sais pas. Ça m'a l'air d'un foutu bordel. La vie, faut croire.

Ils étaient arrivés dans une grande caverne obscure. Ce devait être l'entrepôt. Ils bloquèrent les portes du fond avec des cordes ou des objets lourds.

— Ils peuvent les faire sauter pour les ouvrir, remarqua Wilcox. Suffirait de deux charges d'explosifs.

— Ils pourraient aussi nous larguer une bombe A sur la tronche. Toute façon les filles y couperaient pas. Si c'est ce qu'ils veulent, c'est ce qu'ils auront.

— Monte-charge ?

— Pas grand-chose à faire contre ça, dit Handy en considérant l'énorme monte-charge. Si ça les amuse de descendre ici en rappel, on peut se faire la première demi-douzaine. Leurs cous, tu sais. Toujours viser le cou.

Wilcox lui lança un coup d'œil avant de demander :

— Alors, qu'est-ce t'as derrière la tête ?

C'est vrai que j'ai c'te drôle de lueur dans les yeux, se dit Handy. Prissy arrête pas de me le répéter. Merde, elle lui manquait. Il avait envie de sentir ses cheveux, d'entendre le cliquetis de son bracelet quand elle changeait de vitesse en voiture, il voulait sentir son corps sous le sien quand ils baisaient chez elle sur le tapis à longs poils de son appartement.

— On n'a qu'à leur en renvoyer une, déclara Handy.

— Une des filles ?

— Ouais.

— Laquelle ?

— Je sais pas. La Susan, peut-être. Elle est bien. Elle me plaît.

— M'est avis que c'est celle qu'a le plus de chances de se faire tringler. Pas une mauvaise idée de la mettre à l'abri de Bonner. Il s'rait en train de la renifler avant le coucher du soleil. Ou l'autre là, Melanie.

— Non, celle-là on la garde. Faut se les garder, les faibles.

— D'accord là-dessus.

— O.-K., va pour Susan. (Il rit.) Y a pas beaucoup de filles qu'osent me regarder dans les yeux en me traitant de connard, j'te le dis, moi.

Melanie serrait Kielle contre elle, le bras autour de ses épaules, étonnamment musclées pour une fillette de huit ans. Elle avança la main pour caresser l'une des jumelles.

Les fillettes étaient prises en sandwich entre elle et Susan, et Melanie devait bien s'avouer que son geste n'était pas uniquement destiné à rassurer les plus jeunes ; elle aussi cherchait un réconfort, celui de la proximité de son élève favorite.

Les mains de Melanie tremblaient encore. Elle avait perdu son sang-froid quand Brutus l'avait agrippée alors qu'elle était à la fenêtre, occupée à envoyer son message au policier debout sur le terrain.

Jetant un regard sur Susan, elle la vit qui considérait Mrs. Harstrawn d'un air courroucé.

— Qu'y a-t-il ? signa Melanie.

— Mon nom. Donner mon nom. Fallait pas faire ça. Pas de coopération.

— Nous sommes obligées, signa l'aînée des enseignantes.

— Faut pas qu'ils se fâchent contre nous, ajouta Melanie.

Susan eut un petit rire moqueur.

— Qu'est-ce que ça change s'ils sont en colère ? Ils nous tueront s'il le faut. Faut pas leur céder. Ce sont des connards. Les pires de l'Autre espèce.

— On ne peut pas... commença Melanie.

Ours tapa du pied. Melanie sentit les vibrations et fit un grand bond. Les lèvres épaisses de l'homme remuaient à toute vitesse et elle ne put rien déchiffrer d'autre à part : « Vos gueules. » Melanie détourna la tête. Elle ne supportait pas de voir le visage de cet homme, ses longs poils noirs qui rebiquaient sur le pourtour de sa barbe, les pores de sa peau grasse.

Son regard revenait sans cesse sur Mrs. Harstrawn. Et sur Emily.

Quand il détourna les yeux, Melanie leva lentement la main et passa de la langue des signes américaine (L.S.A.) à l'anglais signé et au langage orthographique. C'était un mode de communication peu pratique — il lui fallait épeler les mots pour les placer dans l'ordre courant en anglais. Mais cela permettait de réduire les mouvements de mains et d'éviter les gestes amples indispensables pour communiquer en L.S.A.

— Ne les mets pas en colère, conseilla-t-elle à Susan. Ne t'énerve pas.

— Ce sont des connards. (Susan refusait d'abandonner la L.S.A.)

— D'accord. Mais pas besoin de les chercher !

— Ils ne nous feront pas de mal. On ne leur sert à rien une fois mortes.

Exaspérée, Melanie ajouta :

— Ils peuvent nous faire mal sans nous tuer.

Susan grimaça et détourna la tête.

Et alors, que veut-elle qu'on fasse ? s'interrogea Melanie avec colère. Qu'on leur arrache leurs pistolets et qu'on les descende ? Mais en même temps elle pensait : Oh, pourquoi ne suis-je pas comme elle ? Ce regard qu'elle a ! Comme elle est forte ! Elle a huit ans de moins que moi, mais quand je suis avec elle, c'est moi qui ai l'impression d'être une enfant.

Si Melanie était jalouse, c'était peut-être en partie parce que Susan occupait la plus haute position hiérarchique dans la communauté sourde. Elle était sourde de naissance et n'avait jamais appris à parler. Qui plus est, elle revendiquait sa surdité à double titre : elle était née de parents sourds. Militante de la cause dès l'âge de dix-sept ans, admise à l'université de Gallaudet à Washington DC avec une bourse d'études, farouche partisan de la L.S.A. contre l'anglais signé, rejetant activement l'oralisation (une école de pensée qui oblige les sourds à parler), Susan Philips était le type même de la jeune sourde dans le vent, très chic, belle et courageuse. Dans les circonstances présentes, Melanie préférait cent fois avoir une Susan à ses côtés que toute une équipe d'hommes.

Elle sentit une petite main tirer sur son chemisier.

— Ne t'inquiète pas, signa-t-elle à l'intention d'Anna. Les jumelles se tenaient serrées l'une contre l'autre, joue contre joue, leurs très beaux yeux grands ouverts et pleins de larmes. Beverly était assise à l'écart, mains sur les genoux, le regard misérablement fixé à terre, luttant pour respirer.

— On a besoin de Jean Grey et de Cyclops, signa Kielle en faisant allusion à ses deux X-Men favoris. Ils les réduiraient en bouillie.

— Non, c'est Beast qu'il nous faut, répondit Shannon. Tu te souviens ? Celui qui avait une petite amie aveugle ?

Shannon étudiait religieusement l'œuvre de Stan Lee avec la ferme intention de devenir elle aussi dessinatrice de B.D.

— Et Gambit aussi, signa Kielle, en montrant du doigt le tatouage de Shannon.

Les bandes dessinées de Shannon — singulièrement bien réalisées, pensait Melanie, pour une fillette de huit ans — mettaient en scène des personnages handicapés, atteints de cécité ou de surdité par exemple, et qui étaient capables de tourner leur handicap à leur avantage tout en élucidant des crimes et en sauvant des vies. Les deux fillettes — Shannon, longue et brune ; Kielle, trapue et blonde — se plongèrent dans les mérites respectifs des fusils à fibre optique, plasmodes et épées psychiques pour savoir quelles seraient les armes de choix les mieux à même de les tirer de ce mauvais pas.

Emily pleura un moment dans la manche de sa robe à fleurs noires et violettes. Puis elle baissa la tête, en prière. Melanie vit ses deux poings se lever et s'ouvrir, paume vers l'extérieur. En L.S.A., cela signifiait « sacrifice ».

— Ne vous inquiétez pas, répéta Melanie aux fillettes qui la regardaient. Mais personne ne lui prêtait attention. Elles se polarisaient toutes sur Susan, bien que la jeune fille ne leur adressât aucun signe, gardant simplement les yeux rivés sur Ours, debout sur le seuil de la salle d'abattage. Susan était leur point de ralliement. Sa seule présence leur donnait confiance. Melanie luttait pour réprimer ses larmes.

Et il va faire si noir ici ce soir !

Elle avança la tête pour regarder dehors. Elle vit les herbes s'incliner sous le vent. Le vent du Kansas, implacable.

Tout à coup, elle pensa : Et cet homme là-bas dehors ? Le policier ?

Elle avait trouvé si rassurant de le voir ainsi se dresser sur le tertre quand Brutus avait tiré par la fenêtre et qu'Ours, complètement affolé, courait en tous sens, avec son gros ventre qui ballottait, pour ouvrir frénétiquement des cartons de munitions. L'homme se tenait debout au sommet du tertre et agitait les bras pour tenter de ramener le calme et faire cesser la fusillade. Il regardait droit dans sa direction.

Comment allait-elle l'appeler ? Aucun animal ne lui venait à l'esprit. Rien de chatoyant ni d'héroïque en tout cas. Il était vieux — deux fois son âge probablement. Et mal fagoté avec ça. Il portait des verres épais, à ce qu'il semblait, et avait quelques kilos en trop.

Alors elle eut une illumination. De l'Épée.

Voilà comment elle allait l'appeler. En souvenir de Charles Michel de l'Épée, l'abbé du XVIIIe qui avait été l'une des toute premières personnes au monde à se préoccuper sincèrement des sourds, à les traiter comme des êtres intelligents. L'homme qui avait créé la langue des signes française, le précurseur de la L.S.A.

C'était un nom qui collait parfaitement à cet homme, se dit Melanie, qui lisait le français et n'ignorait pas le sens du patronyme lui-même. Son De l'Épée à elle était courageux. Tout comme son homonyme avait bravé l'Église et l'opinion populaire, lesquelles considéraient les sourds comme des demeurés, des monstres, lui aussi bravait Fouine et Brutus.

Et d'ailleurs, elle lui avait bel et bien transmis un message — une prière, d'une certaine façon. Une prière et un avertissement. L'avait-il vue ? Et si oui, avait-il pu comprendre ce qu'elle disait ? Elle ferma les yeux un court instant, concentrant toutes ses pensées sur De l'Épée. Mais elle ne sentait rien d'autre que la température ambiante, qui s'était rafraîchie, sa peur et — à sa grande horreur — la vibration des pas d'un homme, non, de *deux* hommes, qui se rapprochaient lentement sur le plancher de chêne sonore.

Au moment où Brutus et Fouine apparurent sur le seuil, Melanie lança un coup d'œil sur Susan, dont l'expression se durcit de nouveau lorsqu'elle leva les yeux vers leurs ravisseurs.

Moi aussi je vais durcir mes traits.

Elle s'y efforça, mais son visage tremblait et elle se remit à pleurer.

Susan ! Pourquoi ne suis-je pas comme toi ?

Ours rejoignit les autres. Il gesticulait en direction de la pièce principale. La lumière était très faible et la prétendue science de lecture labiale lui donnait à lire un message déformé. Elle crut comprendre qu'il parlait du téléphone.

Brutus répondit : « Et alors, laisse-le sonner ce putain de truc. »

Comme c'est étrange, songea Melanie, son envie de pleurer s'apaisant. Pourquoi, s'interrogea-t-elle encore, suis-je capable de le comprendre si bien, lui ? Pourquoi lui et pas les autres ?

— On va en renvoyer une.

Ours posa une question.

— Miss Ado la Sourdingue, répondit Brutus en désignant Susan d'un signe de tête. Le visage de Mrs. Harstrawn rayonna de soulagement.

Mon Dieu, songea Melanie désespérée, ils vont la laisser partir ! Nous allons rester ici toutes seules sans elle. Sans Susan. Non ! Elle réprima un sanglot.

— Lève-toi ma jolie, dit Brutus. C'est... pour toi. Tu rentres à la maison.

Susan secouait la tête. Elle se tourna vers Mrs. Harstrawn pour signer un message intrépide, avec ses gestes rapides et précis :

— Elle dit qu'elle ne veut pas partir. Elle veut que vous relâchiez les jumelles.

Brutus éclata de rire :

— Elle veut que je...

— Allez... debout, dit Fouine en tirant Susan.

Alors le cœur de Melanie se mit à battre à tout rompre, le visage cuisant de honte, car sa première pensée avait été : Pourquoi l'avoir choisie elle, et pas moi ?

Pardonnez-moi, mon Dieu. Je vous en prie, De l'Épée, pardonnez-moi. Mais l'instant d'après elle répétait cette prière qui la déshonorait. Et encore. Elle ressassait sans arrêt la même chose dans sa tête. Je veux rentrer chez moi. Je veux m'asseoir tranquillement toute seule devant un grand bol de pop-corn, je veux regarder la télé sur Antiope, je veux coller les écouteurs sur mes oreilles pour sentir les vibrations de Beethoven et de Smetana et de Gordon Bok...

Susan se débattait pour échapper à la poigne de Fouine. Elle jeta les jumelles dans sa direction. Mais il repoussa les fillettes et lia brutalement les mains de Susan dans son dos. Brutus regardait fixement dehors par la fenêtre entrouverte.

— Attends une minute, dit Brutus en poussant Susan par terre à côté de la porte. Il lança un coup d'œil en arrière. Sonny, va tenir compagnie à ces dames... ce fusil avec toi.

Susan tourna la tête vers la salle d'abattage.

Sur le visage de la jeune fille, Melanie lut ce message : « Ne t'inquiète pas. Vous vous en sortirez. Je m'en occupe. »

Melanie soutint son regard quelques instants avant de détourner les yeux, de peur que Susan ne lise dans ses pensées et n'y voie l'infamante question : Pourquoi elle et pas moi, pourquoi elle et pas moi, pourquoi elle et pas moi ?

13 : 01

Derrière la vitre jaune pisseux de la camionnette, Arthur Potter contemplait l'abattoir et les champs alentour. Il regardait un policier qui tirait une ligne électrique jusqu'à la porte d'entrée. Cinq ampoules grillagées étaient accrochées à l'extrémité du câble. Le policier recula et Wilcox réapparut, pistolet à la main, pour récupérer la ligne. Contrairement à ce qu'avait espéré Potter, il ne fit pas passer le câble par la porte, laquelle aurait alors dû rester ouverte, mais le guida par une fenêtre. Puis il disparut de nouveau et l'épaisse porte de métal se referma hermétiquement.

— Porte toujours bien fermée, annonça le négociateur d'un air absent, et LeBow pianota.

De nouveaux fax arrivaient. Des renseignements complémentaires sur Handy et sur l'école fréquentée par les filles. LeBow en prit avidement connaissance et entra les informations dans l'ordinateur *Profils*. Les croquis techniques et les plans architecturaux avaient été transmis. Leur utilité avait uniquement une valeur négative : ils confirmaient que l'assaut serait très difficile. Il n'y avait aucun tunnel d'accès à l'abattoir et, à en croire les variantes fournies par les services compétents, et datées de 1938, le toit du bâtiment avait subi d'importantes modifications en vue de créer un quatrième étage, ce qui rendrait très malaisé un assaut par hélicoptère.

Tobe se raidit soudain.

— Ils ont ouvert le boîtier du téléphone, dit-il en fixant intensément une rangée de cadrans.

— Il fonctionne toujours ?

— Pour l'instant.

Ils cherchent des pastilles émettrices.

Le jeune agent se détendit.

— Ça y est, ils l'ont remis. Celui qui a fait ça connaît le matériel.

— Dis-moi qui, Henry ?

— Impossible de savoir pour le moment. Handy, j'imagine. Formation militaire, tu sais.

— Appel, signala Tobe.

Potter leva un sourcil étonné vers LeBow et décrocha le téléphone dès la première sonnerie.

— Allô. C'est toi, Lou ?

— Merci pour les loupiotes. On a vérifié que vous aviez pas planqué de micros... le téléphone aussi. On a trouvé que dalle. Un homme de parole.

L'honneur. Cela signifie quelque chose pour lui, nota Potter, en s'efforçant de comprendre l'incompréhensible.

— Dis, Art, t'es quoi, agent supérieur ? Directeur régional ? C'est comme ça qu'on les appelle, pas vrai ?

Ne jamais laisser croire au preneur d'otages que vous êtes habilité à prendre des décisions importantes par vous-même. Cela vous permet de temporiser pendant que vous faites semblant de consulter vos supérieurs.

— Du tout. Rien qu'un agent spécial comme tant d'autres, mais qui aime bien discuter.

— C'est toi qui le dis.

— Je suis un homme de parole, pas vrai ? dit Potter en jetant un coup d'œil sur la colonne *Mensonges*.

C'est le moment de désamorcer la situation, de le mettre en confiance. La pluie et le beau temps, le sport.

— Alors, Lou, si on parlait bouffe ? On pourrait vous faire griller des hamburgers. Tu les aimes comment ?

Bien saignants, devine Potter.

Mais il se trompe.

— Écoute-moi bien Art. Je veux juste te montrer comme je suis sympa, comme mec. J'en relâche une.

La nouvelle démoralisa Potter au plus haut point. Curieusement, par ce geste de générosité spontanée, Handy les avait mis sur la défensive. Un coup de génie, en terme de stratégie. Potter

102

avait désormais une dette envers lui, et de nouveau il nota une modification dans l'équilibre des forces entre proie et prédateur.

— Je veux que tu piges que j'suis pas foncièrement mauvais.

— Eh bien, Lou, je constate. C'est Beverly ? Celle qui est malade ?

— Ttt-ttt.

Potter et les autres flics tendirent le cou pour regarder dehors. La porte s'ouvrit et ils aperçurent un mince rai de lumière. Puis une vague forme blanche.

Détourne son esprit des otages, se dit Potter.

— Vous avez réfléchi à ce qui vous intéresse ? Il est temps de parler business sérieusement, Lou. Qu'est-ce que tu dirais de...

Un clic, suivi d'un chuintement parasite.

La porte de la camionnette s'ouvrit brusquement. Dean Stillwell passa la tête à l'intérieur.

— Ils en libèrent une, annonça le shérif.

— On sait.

Stillwell s'éclipsa aussitôt.

Potter pivotait sur son siège. Il n'y voyait pas très clair. Les nuages étaient très denses à présent, et les champs assombris, comme si une éclipse venait de jeter une ombre soudaine sur la terre.

— Essayons la vidéo, Tobe.

Un écran s'anima tout à coup, présentant en noir et blanc une image très nette de l'abattoir. La porte était ouverte. Ils avaient les cinq lampes allumées, à ce qu'il semblait.

Tobe régla la réception et l'image se stabilisa.

— Qui, Henry ?

— L'aînée des filles, Susan Phillips. Dix-sept ans.

— Hé, faut croire que ça va être moins compliqué qu'on le pensait, dit Budd en riant. S'il va simplement nous en faire cadeau.

À l'écran, Susan se retournait vers l'intérieur. Une main la poussa dehors. Puis la porte se referma.

— Super ! s'écria LeBow avec enthousiasme, en regardant par la vitre, sa tête tout contre celle de Potter. Dix-sept ans. Et excellente élève. Elle va pouvoir nous en dire des tonnes sur ce qui se passe dedans.

La jeune fille s'éloignait de la bâtisse en ligne droite. À travers ses jumelles, Potter pouvait voir l'expression austère de son visage. Elle avait les mains liées dans le dos mais ne paraissait pas avoir souffert de sa brève captivité.

— Dean, appela Potter dans la radio, envoyez un de vos hommes à sa rencontre.

— À vos ordres. (Le shérif parlait d'une voix normale dans son micro ; il avait enfin compris comment s'en servir.)

Un membre de la police d'État en combinaison pare-balles et casque sortit subrepticement de derrière une voiture de patrouille et s'avança à croupetons vers la fille, qui avait parcouru une vingtaine de mètres.

Le cri d'effroi monta du fond de la gorge d'Arthur Potter.

Comme si son corps avait été plongé tout entier dans une eau glacée, il se mit à frissonner, parfaitement conscient de ce qui se déroulait.

C'était une intuition sans doute, un sentiment glané au cours des centaines de prises d'otages qu'il avait négociées. Le fait qu'aucun ravisseur n'avait jamais spontanément libéré un otage à un stade si précoce. Le fait qu'Handy était un tueur dépourvu de remords.

Il ne savait pas au juste ce qui l'avait alerté, mais l'horreur absolue de ce qui allait se produire lui saisit le cœur. « Non ! » Le négociateur se leva d'un bond, renversant sa chaise avec fracas.

LeBow lui lança un regard :

— Oh non ! Oh bon Dieu, non !

Charlie Budd tournait la tête de droite et de gauche.

— Qu'est-ce qui cloche ? Qu'est-ce qui se passe ? murmura-t-il.

— Il va la tuer, répondit LeBow dans un souffle.

Potter ouvrit brutalement la porte et se rua dehors, son cœur battant la breloque dans sa poitrine. Attrapant au vol un gilet pare-balles qui traînait par terre, il se faufila entre deux voitures et, le souffle court, se précipita à toutes jambes vers la fille en dépassant l'homme que Dean Stillwell avait envoyé à sa rencontre. Sa précipitation suscita un certain malaise parmi les policiers en poste sur le terrain, mais quelques-uns sourirent en voyant le petit homme grassouillet courir en tenant dans une main le lourd gilet pare-balles tout en agitant un Kleenex blanc de l'autre.

Susan se trouvait à une quinzaine de mètres de lui, et avançait dans l'herbe d'un pas régulier. Elle changea légèrement de direction pour que leurs chemins se croisent.

— À terre, couche-toi, criait Potter.

Il lâcha le mouchoir, qui flotta devant lui sur le vent vif, et se mit à gesticuler furieusement en montrant le sol.

À terre ! baisse-toi !

Mais elle n'entendit rien, bien sûr, et fronça simplement les sourcils.

Plusieurs policiers avaient entendu Potter et s'étaient écartés des voitures qui leur servaient de bouclier. Ils portèrent une main hésitante à leurs pistolets. Leurs cris se mêlèrent à d'autres. Une femme policier agitait les bras comme une folle en criant : « Non, non ma jolie ! Baisse-toi, pour l'amour du ciel ! »

Susan n'entendit jamais un seul mot. Elle s'arrêta et regarda attentivement par terre, s'imaginant sans doute que Potter la mettait en garde contre un puisard ou un câble cachés sur lequel elle risquait de trébucher.

À bout de souffle, son vieux cœur à l'agonie, Potter avait réduit la distance à six mètres.

L'agent se trouvait si près que lorsque l'unique balle la frappa en plein milieu du dos, et qu'une fleur d'un rouge sombre s'épanouit au-dessus de son sein droit, il entendit le bruit répugnant de l'impact, suivi par un grognement d'un autre monde qui montait des profondeurs d'une gorge inaccoutumée à parler.

Elle s'immobilisa net, puis s'écroula en tournoyant sur elle-même.

Non, non, non...

Potter se précipita vers la jeune fille et lui entoura la tête du gilet pare-balles. Le policier accourut, et s'accroupit en murmurant : « Mon Dieu, mon Dieu », comme une litanie. Il pointa son pistolet vers la fenêtre.

— Ne tirez pas, ordonna Potter.

— Mais...

— Non !

Potter abandonna le regard terne de Susan pour lever les yeux vers l'abattoir. Juste à gauche de la porte, il vit à la fenêtre le visage mince de Lou Handy. Et derrière celle de droite, à une dizaine de mètres dans la pénombre de l'intérieur, le négociateur discerna le visage hébété de la jeune enseignante, la blonde, celle qui lui avait adressé plus tôt ce message sibyllin, et dont il avait maintenant oublié le nom.

On ressent les bruits.

Le bruit n'est qu'un simple déplacement d'air, une vibration, il vient lécher nos corps comme le font les vagues, il effleure nos fronts comme la main d'un amant, il cingle et sait nous faire pleurer.

Dans sa poitrine, le coup de feu résonnait encore.

Non, pensa Melanie. Non. Ce n'est pas possible.

Cela ne se peut pas...

Mais elle savait ce qu'elle avait vu. Elle ne se fiait pas aux voix mais ses yeux la trompaient rarement.

Susan, sourde entre toutes.

Susan, plus courageuse que je ne le serai jamais.

Susan, qui avait à ses pieds le monde des sourds et le monde des autres.

La jeune fille était sortie dans le monde horrible du dehors et elle en était morte. Elle avait disparu pour toujours. Un tout petit trou lui avait transpercé le dos, en soulevant ses cheveux bruns. L'arrêt brutal sur le chemin pour lequel Melanie avait honteusement prié afin de l'emprunter à sa place.

La respiration de Melanie se fit haletante et sa vision périphérique s'effrita en poussières noires. La pièce bascula et son visage et son cou se couvrirent de sueur. Elle se tourna lentement pour regarder Brutus, qui était en train de glisser son pistolet encore fumant dans sa ceinture. Et ce qu'elle vit la remplit de désespoir. Car elle ne vit ni satisfaction, ni appétit, ni méchanceté. Elle vit simplement qu'il avait agi comme il l'avait prémédité — et qu'il avait déjà oublié la mort de la jeune fille.

Il ralluma la télé et jeta un coup d'œil sur la salle d'abattage. Dans l'ouverture, il vit les sept filles, les unes debout, les autres assises ici et là, les yeux braqués sur Melanie ou sur Mrs. Harstrawn, laquelle s'était effondrée par terre et sanglotait, en s'empoignant les cheveux à pleines mains, le visage aussi grimaçant qu'un hideux masque rouge. L'enseignante avait manifestement entendu le coup de feu et compris ce qu'il signifiait. Les autres, non. Jocylyn décolla les mèches de cheveux noirs plaquées sur ses joues et maladroitement coupées par ses soins. Levant les mains, elle signa plusieurs fois : « Que s'est-il passé ? Que s'est-il passé ? Que s'est-il passé ? »

Il faut que je leur dise, pensa Melanie.

Mais j'en suis incapable.

Beverly, la plus âgée après Susan, avait compris qu'il était arrivé quelque chose d'effroyable, mais sans savoir quoi au juste — ou sans vouloir l'admettre. Elle prit la main grassouillette de Jocylyn dans la sienne et fixa Melanie. Aspirant l'air par petites goulées dans ses poumons malades, elle passa son bras libre autour des inséparables jumelles.

Melanie n'épela pas le nom de Susan. Elle en était incapable, sans savoir pourquoi. Elle eut recours à un « elle » impersonnel, accompagné d'un geste en direction du champ.

— Elle...

Comment dire ça ? Oh, mon Dieu, je n'en ai pas la moindre idée. Elle mit un moment avant de se rappeler le signe pour « tuée ». Le mot était construit en dressant l'index de la main droite sous la paume de la gauche, main arrondie.

Exactement comme une balle qui pénètre dans le corps, songea-t-elle.

Elle n'arrivait pas à le dire. Vit les cheveux de Susan se soulever au moment de l'impact. La vit tournoyer sur elle-même en tombant à terre.

— Elle est morte, signa enfin Melanie.

« Morte » était un geste différent, effectué en retournant la paume de la main droite, tendue à plat, du haut vers le bas, et en faisant simultanément le geste inverse avec la main gauche. C'était sa main droite que Melanie contemplait, en pensant combien le mouvement de cette main ressemblait à celui d'une pelletée de terre sur une tombe.

Les réactions des filles furent différentes mais au fond toutes semblables : les larmes, les cris d'effroi silencieux, les yeux remplis d'horreur.

Les mains tremblantes, Melanie se retourna vers la fenêtre. De l'Épée avait ramassé le corps de Susan et s'en retournait vers le cordon de police. Melanie regardait les bras ballants de son amie, la cascade de cheveux noirs, les pieds — un pied avec une chaussure, l'autre sans.

La belle Susan.

Susan, la personne que je voudrais être si je pouvais être quelqu'un.

En voyant De l'Épée disparaître derrière une voiture de police, le monde de silence de Melanie se fit encore un peu plus silencieux. Et elle pouvait difficilement se permettre une chose pareille.

— Je donne ma démission, agent Potter, dit tout bas Charlie Budd.

Pudiquement, Potter entra dans les toilettes de la camionnette pour enfiler la chemise propre qui était apparue comme par magie dans les mains d'un des hommes de Dean Stillwell. Il laissa tomber sa chemise maculée dans une corbeille à papiers et passa la nouvelle ; la balle qui avait tué Susan l'avait abondamment éclaboussé de sang.

— Tu disais, Charlie ? interrogea Potter d'un air absent en re-

107

venant s'installer à son bureau. Tobe et Derek étaient assis en silence devant leurs consoles. Même Henry LeBow s'était arrêté de taper et regardait fixement par la fenêtre, d'où il ne pouvait rien voir d'autre, de l'angle où il se trouvait, que de lointains champs de blé déformés et colorés en ocre par la vitre épaisse.

Par la vitre d'en face, les lumières de l'ambulance clignotaient en emportant le cadavre de la jeune fille.

— J'abandonne, reprit Budd. Cette mission, et la police. (Sa voix était ferme.) C'est de ma faute. C'est à cause de ce coup de feu il y a une demi-heure. Quand j'ai omis de demander aux tireurs de ne pas engager leur chargeur. Je vais appeler Topeka et demander qu'on me remplace.

Potter se retourna, tout en rentrant la chemise immaculée dans son pantalon.

— Reste, Charlie. J'ai besoin de toi.

— Pas question. J'ai fait une erreur, et j'en assume les conséquences.

— Tu vas sûrement avoir plein d'autres occasions d'assumer tes conneries avant la fin de la nuit, lui expliqua Potter avec calme. Mais ce coup de feu là n'entre pas dans le lot. Ce qu'Handy vient de faire n'a rien à voir avec toi.

— Mais pourquoi alors ? Pourquoi a-t-il fait une chose pareille, bon sang ?

— Parce qu'il nous montre son jeu. Il nous explique qu'il est sérieux. Nous n'arriverons pas à le faire sortir de là à vil prix.

— Et c'est pour ça qu'il abat un otage de sang-froid ?

— C'est le genre de négociations le plus délicat qui soit, Charlie, intervint LeBow. Quand on ouvre le jeu avec un meurtre, la seule manière d'espérer sauver les otages c'est de donner carrément l'assaut.

— On joue gros, marmonna Derek Elb.

On joue notre va-tout, se dit Arthur Potter. Putain, quelle nuit on va passer.

— Appel, annonça Tobe, et une seconde plus tard le téléphone sonna. Le magnétophone se mit automatiquement en route.

Potter décrocha le combiné :

— Lou ? fit-il d'une voix calme.

— Y va falloir que tu comprennes un truc à mon sujet, Art. Ces filles-là, je m'en fous. Pour moi, c'est comme les piafs que je m'amusais à flinguer de la terrasse derrière chez moi. J'suis décidé à sortir d'ici, et si ça veut dire que je dois en déquiller neuf de plus, alors c'est comme ça que ça sera. Tu piges ?

— Oh, je pige, Lou, répondit Potter. Mais il y a autre chose à mettre au clair entre nous. Je suis le seul homme au monde qui soit capable de vous faire sortir de là vivants. Il n'y a personne d'autre. Alors c'est avec moi qu'il faut compter. Et maintenant toi aussi, tu piges ?

— Je te rappelle plus tard avec nos exigences.

13 : 25

L'entreprise était délicate, l'entreprise était risquée, ce n'était pas une histoire de réélection.

C'était une question d'intégrité, une question de vie.

C'est ce que se disait Daniel Tremain en entrant dans la demeure du gouverneur.

Droit comme un I, il traversa la maison, d'une simplicité surprenante, pour arriver dans une grande salle de séjour.

D'intégrité et de vie.

Son Excellence le gouverneur de l'État du Kansas, A.R. Stepps, contemplait le lointain : des champs de céréales identiques à ceux qui avaient financé la création de la compagnie d'assurances paternelle, laquelle avait à son tour permis à Stepps de devenir haut fonctionnaire. Tremain voyait en Stepps le parfait gouverneur : bien introduit, méfiant à l'égard de Washington, exaspéré par la criminalité qui sévissait à Topeka et par les malfaiteurs dont le Missouri se débarrassait en les renvoyant dans sa bonne ville de Kansas City, et néanmoins capable d'en prendre son parti sans voir plus loin que l'horizon limité d'une retraite partagée entre ses heures d'enseignement à l'université de Lawrence et des excursions avec son épouse.

Mais maintenant il y avait Crow Ridge.

Le gouverneur détacha les yeux d'un fax qu'il était en train de lire et inspecta Tremain des pieds à la tête.

Examine-moi si tu veux. Ne te gêne pas. Sa tenue de combat bleue et noire avait assurément quelque chose d'incongru ici, au milieu des lithographies de tableaux de chasse et des meubles anciens en acajou luisants d'encaustique. Les yeux de Stepps revenaient avec une insistance particulière sur le gros pistolet automatique que le policier ajusta en s'asseyant sur une chaise épouvantablement tarabiscotée.

— Il en a exécuté une ?

Tremain hocha la tête, qu'il avait recouverte d'une brosse de cheveux clairsemés. Il remarqua que le cardigan bleu layette du gouverneur avait un minuscule trou au coude, et que l'homme était complètement terrorisé.

— Que s'est-il passé ?

— Prémédité, on dirait. J'attends un rapport complet, mais apparemment rien ne justifiait ce geste. Il l'a envoyée dehors comme s'il la relâchait et lui a tiré une balle dans le dos.

— Oh, Seigneur. Quel âge avait-elle ?

— C'était l'aînée. Une adolescente. Mais quand même...

D'un signe de tête, le gouverneur indiqua un service en argent :

— Café ? Thé ?... Non ? Vous n'êtes encore jamais venu ici, n'est-ce pas ?

— Dans la demeure du gouverneur ? Non, jamais.

Demeure était un bien grand mot cependant ; c'était juste une maison agréable, une maison qui vibrait des échos de la vie d'une famille.

— J'ai besoin d'aide dans cette affaire, commandant. De votre savoir-faire.

— Je ferai tout mon possible, gouverneur.

— Étrange situation. Ces prisonniers se sont évadés d'un pénitencier fédéral... Qu'y a-t-il, commandant ?

— Avec tout le respect que je vous dois, gouverneur, cette prison de Callana m'a tout l'air d'un moulin, dit Tremain qui se rappelait quatre évasions au cours des cinq dernières années.

Le gouverneur commença avec une grande prudence, tel un homme se hasardant sur la glace de novembre.

— Ce sont donc théoriquement des évadés ressortant de la juridiction fédérale, mais ils ont également été condamnés par les tribunaux du Kansas. Ils n'auraient sans doute pas purgé leur peine avant l'an 3000, mais ce sont indiscutablement des criminels au regard de cet État.

— Mais c'est le FBI qui est responsable des opérations.

Tremain avait été tout spécialement avisé par l'attorney général adjoint que ses services ne seraient pas requis dans cette affaire. Le commandant n'était pas un spécialiste des questions hiérarchiques dans le gouvernement de l'État, mais n'importe quel écolier savait que l'attorney général et ses assistants travaillaient pour le gouverneur. Service de l'exécutif.

— Nous devons en référer à eux, naturellement. Et c'est peut-être pour le mieux comme ça.

— Ce Potter est un type bien... dit le gouverneur. Sa voix resta en suspens pour se prolonger sourdement en point d'interrogation.

Dan Tremain faisait carrière dans les forces de l'ordre et, bien avant de savoir plonger par une fenêtre et couvrir deux portes en vis-à-vis au moment de l'assaut, il avait appris à ne jamais rien dire qui pût se retourner ensuite contre lui.

— Fierté du FBI, à ce qu'on m'a dit, remarqua le policier, au cas où un magnétophone enregistrerait dans un coin, même si la chose était peu probable.

— Mais encore ? fit le gouverneur en haussant le sourcil.

— J'ai cru comprendre qu'il adoptait une ligne dure.

— Ce qui signifie ?

Dehors, les moissonneuses poursuivaient leur va-et-vient incessant.

— Qu'il va chercher à user la résistance de Handy pour l'obliger à se rendre.

— Potter finira-t-il par attaquer ? S'il y est contraint ?

— C'est juste un négociateur. Un groupe d'intervention fédéral se met en place. Il devrait être là en début de soirée.

— Et si Handy ne se rend pas, ils entreront pour...

— Pour le neutraliser.

Le visage rond sourit. Le gouverneur considéra un cendrier d'un air nostalgique puis son regard revint sur Tremain.

— Combien de temps attendront-ils pour attaquer, après leur arrivée ?

— La règle est de ne donner l'assaut qu'en dernier recours. Une étude effectuée il y a quelques années montre que quatre-vingt-dix pour cent des otages tués au cours de sièges le sont quand la situation s'enflamme — c'est-à-dire en cas d'assaut. J'allais ajouter autre chose, gouverneur.

— Je vous en prie. Parlez en toute franchise.

Le coin d'une feuille de papier dépassait sous le cardigan du gouverneur. Tremain reconnut son propre curriculum. Il était fier de ses états de service dans la police du Kansas, même s'il se demandait si sa présence ici n'était pas due à la mention de son expérience de « consultant », qui l'avait conduit en Afrique et au Guatemala après son départ des Marines.

— L'étude est assez juste, dans ses grandes lignes. Mais dans la situation actuelle, gouverneur, il faut tenir compte d'un autre facteur. Quand il y a meurtre au début d'une prise d'otages, il est rare que les négociations aboutissent. Le P.O. — le preneur d'otages — n'a pas grand-chose à perdre. On voit parfois se produire une sorte de réaction psychologique, et le ravisseur a une telle impression de puissance qu'il continue de pousser les enchères pour que ses exigences soient tout simplement impossibles à satisfaire, dans le seul but de se donner une raison de tuer les otages.

Le gouverneur hocha la tête.

111

— Quel jugement portez-vous sur Handy ?

— J'ai lu son dossier en venant ici et j'en ai tiré un profil.

— Et alors ?

— Ce n'est pas un psychotique. Mais il est certainement amoral.

Les lèvres minces du gouverneur se pincèrent dans un sourire fugace. Parce que, songea Tremain, je suis une brute mercenaire qui parle d'amoralité ?

— Je crois, poursuivit Tremain tranquillement, qu'il va en tuer d'autres. Toutes peut-être en fin de compte. S'il peut sortir de là et qu'il nous échappe, je pense qu'il les tuera toutes juste pour faire symétrie.

Faire symétrie. Qu'est-ce que vous dites de ça, gouverneur ? Vous n'avez qu'à vous reporter au paragraphe formation de mon C.V. Je suis sorti de Lawrence avec mention. Premier de ma promotion à l'école militaire.

— Encore une chose que nous devons considérer attentivement, reprit le capitaine. Il ne s'est pas donné beaucoup de mal pour échapper au policier qui les a retrouvés ce matin.

— Ah bon ?

— Ce policier était seul face aux trois malfaiteurs, qui étaient armés et avec les otages. À croire que Handy ne cherchait pas tant à s'enfuir qu'à passer du temps...

— À quoi faire ?

— En compagnie des otages. Si vous saisissez ce que je veux dire. Ce sont toutes des filles.

Le gouverneur souleva sa masse de son fauteuil. Il alla se poster devant la fenêtre. Dehors, les moissonneuses-batteuses peignaient la plaine, deux machines disgracieuses en marche l'une vers l'autre. L'homme poussa un profond soupir.

Foutue vie symétriquement amorale, pas vrai, gouverneur ?

— Il n'a rien du preneur d'otages classique, gouverneur. Il y a du sadique chez lui.

— Et vous pensez vraiment qu'il pourrait... faire du mal aux filles ? Vous comprenez ce que je veux dire ?

— Je crois que oui. Pour autant qu'il puisse garder un œil sur la fenêtre en même temps. Et l'un des gars barricadés là-dedans avec lui, Sonny Bonner, il purge une peine pour viol. Enfin, pour enlèvement. Mais c'est le viol qui explique tout.

Sur le bureau du gouverneur trônaient les photographies de ses chères têtes blondes, d'un labrador noir, et un portrait de Jésus-Christ.

— Vous avez une bonne équipe, commandant ? (Il chuchotait à présent.)

— Très, très bonne, gouverneur.

Le gouverneur frotta ses yeux fatigués.

— Êtes-vous capables de les libérer ?

— Oui. Pour connaître les pertes avec exactitude, il faudrait que je dresse un plan provisoire de l'opération tactique avant de faire une évaluation des dégâts.

— Et cela vous prendrait combien de temps ?

— J'ai demandé au lieutenant Carfallo de se procurer les cartes du terrain et les plans architecturaux du bâtiment.

— Et où est-il en ce moment ?

Tremain jeta un coup d'œil à sa montre.

— Dehors, justement, gouverneur.

Le gouverneur plissa de nouveau les yeux.

— Si vous lui demandiez d'entrer ?

Quelques instants plus tard, le lieutenant, un jeune officier petit et râblé, déroulait des cartes et des vieux relevés.

— Lieutenant, aboya Tremain, vos conclusions.

Un doigt court se posa en plusieurs endroits sur les plans architecturaux.

— Entrée possible par ici et par là. Engagement, usage de grenades fulgurantes, mise en place de tirs croisés. Le jeune homme annonçait cela gaiement, et le gouverneur eut l'air de nouveau mal à l'aise. Ce qui n'avait rien d'étonnant. Carfallo était une petite fouine qui vous donnait froid dans le dos. Le lieutenant poursuivit : Six à huit secondes, selon mes estimations, entre l'explosion et le tir.

— Il veut dire, expliqua Tremain, six secondes entre le moment où la porte saute et le moment où nous tenons les trois cibles — euh, où nous tenons les P.O. en joue.

— Et c'est bien ?

— Excellent. Cela signifie que parmi les otages les pertes seraient insignifiantes, voire nulles. Mais évidemment je ne peux pas garantir qu'il n'y en ait aucune.

— Dieu ne nous offre pas de garanties.

— Non, c'est exact.

— Je vous remercie, lieutenant, dit le gouverneur.

— Rompez, fit sèchement Tremain, et le visage du jeune homme se figea alors qu'il tournait les talons avant de disparaître.

— Et Potter dans tout ça ? demanda le gouverneur. C'est lui le responsable des opérations, après tout.

— Et le problème annexe, ajouta Tremain. Il faudra trouver une raison pour donner le feu vert à un assaut.

— Un quelconque prétexte, murmura le gouverneur d'un air rêveur, très imprudemment. Puis il se raidit et tira sur un fil bleu indiscipliné qui pendait à son poignet.

— Mettons qu'il se passe quelque chose qui couperait les communications entre Potter et Handy et les hommes sur le terrain. Et disons qu'un membre de mon équipe ait repéré une activité à haut risque à l'intérieur de l'abattoir, une activité qui mettrait en danger les policiers ou les otages. Une chose à laquelle Potter ne serait pas en mesure de réagir. Il me semble que — bon, même légalement — nous serions parfaitement autorisés à intervenir pour garantir la sûreté des lieux.

— Tout à fait, tout à fait. Vous le seriez, en effet. (Le gouverneur leva un sourcil interrogateur puis, se ravisant, se contenta de frapper le bureau du plat de la main.) Entendu, commandant. Voici mes instructions : vous allez mettre en place à Crow Ridge la brigade d'intervention du Kansas et fournir toute l'assistance nécessaire à l'agent Potter. Si, pour une raison ou pour une autre, l'agent Potter n'est pas en mesure de garder le contrôle de la situation et si les détenus menacent directement qui que ce soit — otages ou policiers ou n'importe qui d'autre — vous êtes autorisés à faire le nécessaire pour neutraliser la situation. Mettez-moi ça sur bande si vous voulez. Qui pourrait s'élever contre la sagesse et la prudence de ces paroles ?

— À vos ordres. (Tremain roula les cartes et les relevés.) Autre chose, gouverneur ?

— Je sais que le temps est précieux, dit le gouverneur calmement, mettant une dernière fois à l'épreuve le cérémonieux commandant, mais pensez-vous que nous pourrions consacrer un moment à la prière ?

— J'en serais honoré, gouverneur.

Alors le soldat prit la main de son souverain et tous deux tombèrent à genoux. Tremain ferma ses yeux d'un bleu perçant. Un torrent de mots inonda la pièce, en un flot rapide et intelligible, comme si ces mots prenaient directement leur source dans le cœur d'un Tout-Puissant terriblement inquiet pour le sort de ces pauvres filles qui s'apprêtaient à mourir dans les couloirs de la Webber & Stoltz Processing Compagny, Inc.

Tu vas bientôt rentrer à la maison, alors.
Melanie regarda la forme affalée par terre et se dit : ce n'est pas possible de pleurer autant que ça. Elle tapota le bras de

Mrs. Harstrawn, ce qui n'eut pour effet que de redoubler ses sanglots.

Elles étaient toujours dans l'infâme trou à rats de la salle d'abattage. Des flaques d'eau sale sur le sol, irisées comme un arc-en-ciel par le pétrole qui s'était renversé. Un carrelage crasseux. Des murs aveugles. Une odeur de moisi et de merde. Et de cadavres d'animaux morts. Des relents de musc et de sang aigre. Cela rappelait à Melanie la salle de douches dans *La Liste de Schindler*.

Son regard revenait toujours sur le centre de la pièce : un grand trou de vidange d'où rayonnaient des caniveaux pareils à des pattes d'araignée. Tous maculés de taches brunes. Du sang, très vieux, tout séché. Elle imagina un jeune veau qui se débattait en meuglant au moment où le couteau lui tranchait la gorge, et le sang qui coulait en tourbillonnant dans la vidange.

Melanie se mit à pleurer et entendit une fois encore la voix de son père lui dire, au printemps dernier : *Tu vas bientôt rentrer à la maison, alors. Tu vas rentrer alors tu vas rentrer...*

Ses pensées s'élancèrent ensuite vers son frère, couché dans un lit d'hôpital à mille kilomètres de là. Il sera au courant maintenant, au courant du meurtre du couple dans la Cadillac, de l'enlèvement. Il doit être affreusement inquiet. Je suis désolée, Danny. Je voudrais tant être près de toi ! Je voudrais, je voudrais...

Du sang qui gicle partout.

Mrs. Harstrawn s'était recroquevillée en tremblant de tout son corps. Son visage avait pris une coloration d'un bleu surprenant, et Melanie oublia un instant Susan et l'horreur de sa mort pour se demander avec anxiété si l'enseignante ne faisait pas une attaque.

— Je vous en prie, signa-t-elle. Les filles ont peur.

Mais la femme ne remarqua rien, à moins qu'elle ne fût incapable de répondre.

Alors tu vas...

Melanie s'essuya le visage et enfouit la tête dans ses bras.

... bientôt rentrer.

Et si elle était rentrée à la maison, comme ses parents le souhaitaient (enfin, son père plutôt, mais ce que son père décidait, c'était ce que ses parents décidaient), elle ne serait pas ici maintenant.

Et les autres non plus.

Et Susan serait encore en vie.

Arrête d'y penser !

Ours passa devant la salle d'abattage et jeta un coup d'œil à l'intérieur. Il porta la main à son sexe, à moitié caché par son ventre, et aboya quelque chose à l'adresse de Shannon. Lui tendant son genou, il lui demanda vraisemblablement si elle n'avait pas encore envie de lui donner un coup de pied, peut-être ? Shannon tenta de lui décocher un regard arrogant, mais baissa les yeux vers son bras et effaça le tatouage pâli du superhéros qu'elle y avait dessiné.

Brutus cria quelque chose et Ours leva la tête. Le gros avait peur de lui, comprit Melanie tout à coup en voyant l'expression de son regard. Il éclata d'un rire lourd, méprisant. Lança un bref regard sur Mrs. Harstrawn. Mais ses yeux s'attardèrent longuement sur les plus jeunes, en particulier sur les jumelles et sur Emily, se posant sur la robe, le collant blanc et les chaussures en vernis noir de la fillette, une tenue achetée tout spécialement en l'honneur du récital de Melanie au Kansas State Theater of the Deaf. Avec quelle insistance il laissait courir son regard sur la petite fille. À contrecœur, il s'en retourna dans la grande pièce.

Fais-les sortir, s'ordonne Melanie. Peu importe comment, mais *fais-les sortir.*

Puis : Mais je ne peux pas. Il me tuerait. Il me violera. Il est cruel, il est le Dehors. Elle pense à Susan et se remet à pleurer. Il avait raison, son père.

Tu vas bientôt rentrer, alors.

Elle serait encore en vie.

Il n'y aurait pas eu de rendez-vous secrets à Topeka après le récital. Pas de mensonges, pas de décisions difficiles.

— Reculez-vous, contre le mur, ordonna-t-elle aux filles. Il fallait qu'elle les tienne à l'écart d'Ours, hors de sa vue. Obéissantes, elles se déplacèrent, toutes les yeux remplis de larmes excepté Shannon. Et Kielle, mais sans insolence ni colère : étrangement éteinte. La fillette inquiétait Melanie. Qu'y avait-il dans son regard ? L'ombre de ce qui avait justement existé dans celui de Susan ? C'était une enfant qui avait l'apparence d'une femme. Mon Dieu, que de pugnacité, de froideur, de haine à l'état pur. Serait-ce la véritable héritière de Susan ? se demanda Melanie.

— Lui c'est Magneto, signa Kielle avec désinvolture, en lançant un coup d'œil en direction de Brutus et en adressant sa remarque à Shannon. C'était là le surnom qu'elle avait donné à Handy. Shannon n'était pas d'accord.

— Non, c'est M. Sinister. Pas partie du clan. Superméchant.

Kielle réfléchit un instant.

— Moi, je crois...

— Oh arrêtez, vous deux ! (Beverly interrompit brusquement leur conversation, à court de souffle, ses mains se soulevant et s'abaissant au rythme de sa poitrine haletante.) Ce n'est pas un jeu idiot.

Melanie approuva. « Pas un mot de plus. » Oh, Mrs. Harstrawn, enrageait silencieusement la jeune femme, je vous en prie... Quelle façon de pleurer ! Visage tantôt rouge, tantôt bleu, le corps tremblant. Je vous en prie, arrêtez ! Ses mains se levèrent : « Je ne peux pas y arriver toute seule. »

Mais Mrs. Harstrawn était réduite à l'impuissance. Allongée sur le sol carrelé de la salle d'abattage, elle ne prononça pas un seul mot.

Melanie leva la tête. Les filles avaient les yeux rivés sur elle. Je dois faire quelque chose, il le faut.

Mais elle ne se souvenait de rien d'autre que des paroles de son père — des paroles qui résonnaient dans son esprit — assis dans son fauteuil à bascule sur la terrasse de sa maison, au printemps dernier. Il lui avait dit : « Tu es ici chez toi, et tu seras toujours bienvenue dans cette maison. Tu vois, tout est une question d'appartenance et de ce que Dieu fait pour être sûr que ceux qui doivent rester chez eux y restent. Eh bien, ta place est ici, à travailler de ton mieux, là où ton, euh, ton problème, disons, ne t'attire pas d'ennuis. La volonté de Dieu. »

(Avec quelle clarté elle avait saisi les mots ce jour-là, y compris les sifflantes redoutables et les dernières syllabes avalées. Aussi clairement qu'elle comprenait Handy — Brutus — aujourd'hui.)

Son père en avait terminé. « Tu vas rentrer à la maison, alors. » Et il se leva pour aller brancher la cuve d'alcali sans lui donner le temps d'écrire un seul mot en réponse.

Soudain Melanie s'aperçut que Beverly dodelinait de la tête. Une vraie crise d'asthme. Le visage de la fillette s'assombrit et elle ferma les yeux d'un air pitoyable, faisant des efforts farouches pour respirer. Melanie caressa ses cheveux moites.

« Fais quelque chose », signa Jocylyn de ses doigts courts et malhabiles.

Les ombres qui s'avançaient jusque dans la pièce, ombres portées des machines et des câbles, se firent très nettes puis se mirent à vaciller. Melanie se leva et entra dans la grande pièce. Elle vit Brutus et Fouine en train de remettre les lumières en place.

Peut-être nous en donnera-t-il une pour notre pièce. S'il vous plaît...

— J'espère qu'il va mourir, je le déteste, signa fougueusement Kielle, boule d'énergie blonde, son visage rond grimaçant de haine tandis qu'elle dévisageait Brutus.

— Ça suffit.

— Je veux qu'il meure !

— Arrête !

Beverly s'allongea par terre.

— Je vous en prie. Aidez-moi.

Dans la pièce du devant, Brutus et Fouine étaient assis côte à côte sous une lampe qui oscillait, jetant des reflets lumineux sur la brosse blond pâle de Fouine. Ils regardaient le petit poste de télé, zappant d'une chaîne à l'autre. Ours, debout devant la fenêtre, était en train de compter. Les voitures de police, devina Melanie.

Elle se dirigea vers Fouine et Brutus. S'immobilisa à quelques mètres d'eux. Brutus parcourut du regard la jupe foncée, le chemisier rouge, le collier en or — un cadeau de Danny, le frère de la jeune femme. Il l'inspectait, avec ce maudit sourire étrange qui flottait sur son visage. Pas comme le faisait Ours, pas ses nichons ni ses jambes. Uniquement son visage et ses oreilles, tout particulièrement. Elle réalisa que c'était de cet œil-là qu'il avait observé le désarroi de Mrs. Harstrawn : comme s'il ajoutait un nouveau spécimen à sa collection de drames.

Elle fit le geste d'écrire quelque chose.

— Explique-moi, dit-il lentement, et d'une voix si forte qu'elle sentit les vibrations stériles la transpercer. Dis-le.

Elle désigna sa gorge.

— Tu peux pas parler non plus ?

Elle ne voulait pas parler. Non. Pourtant ses cordes vocales fonctionnaient parfaitement. Et comme elle était devenue sourde relativement tard, Melanie avait acquis les bases du langage. Mais elle suivait l'exemple de Susan et refusait l'oralité parce que ce n'était pas bien vu. La communauté des sourds n'aimait pas les gens qui jouaient sur les deux tableaux — à la fois dans le monde des sourds et dans celui des autres. Cela faisait cinq ou six ans que Melanie n'avait pas cherché à prononcer une seule parole.

Elle montra Beverly du doigt et inspira profondément. Puis posa la main sur sa poitrine.

— Ouais, celle qu'est malade... C'est quoi, son problème ?

Melanie fit le geste de prendre un médicament.

Brutus secoua la tête.

— Rien à battre. Retourne t'asseoir.

Melanie joignit les mains ; une prière, une supplique. Brutus et Fouine éclatèrent de rire. Brutus cria quelque chose à Ours, et soudain Melanie sentit se rapprocher les vigoureuses vibrations de ses pas. L'instant d'après, un bras lui entourait la poitrine et Ours la traînait sur le plancher. Ses doigts lui pinçaient le bout du sein, fort. D'un geste brusque, elle écarta cette main et de nouveau les larmes lui montèrent aux yeux.

Dans la salle d'abattage, elle se dégagea et s'effondra par terre. Melanie saisit une des lampes posée par terre, et la serra, chaude et huileuse, contre sa poitrine. La lampe lui brûlait les doigts mais elle s'y agrippait comme à une bouée de sauvetage. Ours baissa les yeux et sembla lui poser une question.

Mais comme elle l'avait fait avec son père sur la terrasse de la ferme au printemps dernier, Melanie ne répondit rien. Elle s'évada, tout simplement.

Aux yeux de n'importe quel observateur, elle donnait l'impression de s'être évanouie. Mais en fait, elle n'était pas présente du tout ; elle s'était évadée ailleurs, loin du danger, dans un ailleurs connu d'elle seule.

Quand il recrutait des négociateurs pour une prise d'otages, Arthur Potter se trouvait dans la curieuse position d'avoir à interviewer des clones de lui-même. Des flics quadragénaires, mal fagotés, et plutôt coulants.

À une époque, on avait cru qu'il fallait faire appel à des psychologues pour négocier ; mais s'il est vrai qu'une prise d'otages présente bon nombre de points communs avec une séance de psychothérapie, les psy ne faisaient pas du tout l'affaire. Ils étaient trop portés à l'analyse, se polarisaient beaucoup trop sur le diagnostic. Quand on discute avec un preneur d'otages, il ne s'agit pas tant d'arriver à comprendre où le caser dans la grille psychologique que de réussir à le convaincre de sortir les mains en l'air. Cela exigeait du bon sens, une attention soutenue, un esprit très en éveil, de la patience (bon, Arthur Potter faisait de gros efforts dans ce sens), une perception claire de sa propre personnalité, le don rare de l'éloquence, et celui plus rare encore de l'écoute.

Et, qualité primordiale entre toutes, un négociateur doit savoir maîtriser ses émotions.

Une qualité qui donnait en ce moment beaucoup de fil à retordre à Arthur Potter. Il se débattait pour oublier l'image de Susan Phillips, de sa poitrine qui explosait sous ses yeux, et la sensation du sang tiède qui lui avait éclaboussé le visage. Il avait connu beaucoup de morts dans les nombreuses prises d'otages qu'il avait dirigées. Mais il n'avait encore jamais assisté de si près à un meurtre commis avec un tel sang-froid.

Henderson appela. Les journalistes avaient entendu un coup de feu et piaffaient pour obtenir des informations.

— Dis-leur que je vais faire une déclaration dans la demi-heure. Pas d'indiscrétion, Pete, mais il vient d'en tuer une.

— Oh non, ce n'est pas vrai.

Cependant l'agent n'avait l'air aucunement bouleversé, il semblait plutôt satisfait au fond que Potter se trouve en première ligne dans cette supertragédie en cours.

— Exécutée. Tuée d'une balle dans le dos. Écoute, ça pourrait tourner très mal. Appelle Washington et accélère la mise en place du groupe d'intervention, d'accord ?

— Pourquoi il a fait ça ?

— Aucune raison apparente, répondit Potter, et ils raccrochèrent.

— Henry ? fit Potter à l'adresse de LeBow. J'ai besoin de ton aide. Quels sujets devrions-nous éviter ?

Les négociateurs s'efforcent d'approfondir les liens avec les preneurs d'otages en s'intéressant à des questions d'ordre personnel. En revanche, si on touche un point sensible, on risque de mettre un interlocuteur nerveux hors de lui, et même de le pousser à tuer.

— On a tellement peu d'infos, remarqua l'agent de renseignements. J'éviterais son service militaire, je crois. Et son frère Rudy.

— Ses parents ?

— Rien sur ses rapports avec eux. D'une manière générale, mieux vaut s'abstenir tant que nous n'en savons pas plus.

— Sa petite amie ? Elle s'appelle comment ?

— Priscilla Gunder. Pas de problème là-dessus, apparemment. Se prenaient pour Bonnie et Clyde.

— À moins, souligna Budd, qu'elle l'ait largué quand il s'est fait coffrer.

— Bonne remarque, fit Potter, qui décida de laisser à Handy le soin d'évoquer sa petite amie pour se faire uniquement l'écho de ce qu'il choisissait d'en dire.

— Éviter à tout prix son ex-femme. Ça s'est mal passé, semble-t-il.

— Disons les rapports personnels en général, résuma Potter.

C'était typique des prises d'otages faites par des criminels. Le plus souvent, quand on avait affaire à des déséquilibrés, ils avaient envie de parler de leur ex-femme dont ils étaient toujours amoureux. Potter contempla l'abattoir et annonça :

— Je veux essayer d'en faire sortir une. Laquelle devrions-nous choisir ? Que savons-nous des otages jusqu'ici ?

— Juste quelques renseignements épars. Nous n'aurons rien de solide avant l'arrivée d'Angie.

— Je me disais... commença Budd.

— Oui, vas-y.

— Celle qui a de l'asthme. Vous lui avez déjà demandé, mais il doit avoir eu sa dose de l'entendre siffler comme une forge — si je me trompe pas sur l'asthme. Handy doit être du genre à péter rapidement les plombs pour un truc comme ça, m'est avis. Il doit être mûr pour la flanquer dehors.

— Bien réfléchi, Charlie, dit Potter. Mais en termes de psychologie de la négociation, quand on a essuyé un refus, il faut changer d'objectif ou de personne. Pour le moment, Beverly n'est pas négociable. Ce serait une faiblesse de notre part de chercher à obtenir sa libération, et plus faible encore de sa part de céder alors qu'il a déjà refusé. Henry, qu'est-ce que tu as comme info sur les autres ?

— Eh bien, celle-là, Jocylyn Weiderman. Angie m'a signalé qu'elle avait été suivie plusieurs fois pour dépression. Chiale beaucoup et pique des crises d'hystérie. Y a des chances pour qu'elle panique et cherche à s'enfuir. Et qu'elle se fasse tuer.

— Je suis pour, dit Budd.

— Bien, déclara Potter. Tentons le coup avec elle. Comme il s'apprêtait à prendre le téléphone, Tobe leva la main :

— Appel en cours.

Le téléphone sonna ; le magnétophone se mit à tourner.

— Allo ? fit Potter.

Silence.

— Comment ça va là-bas, Lou ?

— Pas mal.

La vitre épaisse du poste de commandement se trouvait toute proche de lui, mais Potter avait les yeux fixés sur le plan de l'abattoir affiché par LeBow. Un véritable cauchemar pour un groupe d'intervention. L'endroit où Handy se tenait très probablement à l'heure actuelle était une grande pièce d'un seul tenant — un enclos à bétail. Dans le fond du bâtiment, en revanche, il y avait un dédale de pièces sur trois étages : des petits bureaux, des salles d'équarrissage et de conditionnement, des salles de fabrication de saucisses et des aires d'entrepôt, reliées les unes aux autres par d'étroits corridors.

— Vous devez être passablement fatigués, suggéra Potter.

— Écoute, Art. J'vais t'expliquer ce qu'on veut. T'as sûrement un magnéto qui tourne mais tu vas prétendre que c'est pas vrai.

— Sûr, on enregistre le moindre mot. Je ne vais pas te mentir. Tu connais la musique.

121

— Tu sais, j'ai horreur d'entendre ma voix sur bande. À un de mes procès, ils ont passé des aveux qu'avaient été enregistrés. J'ai pas aimé m'entendre. Je sais pas pourquoi j'ai avoué, non plus. Faut croire que j'étais pressé de raconter ce que j'avais fait à cette fille.

Potter, impatient d'en apprendre un maximum sur cet homme, demanda :

— Et qu'est-ce que tu lui as fait exactement, Lou ?

Il anticipa : *C'était vraiment moche. Je crois pas que t'as envie d'entendre ça.*

— Oh, c'était pas agréable, Art. Pas joli du tout. J'étais fier de mon boulot, quand même.

— Salaud, murmura Tobe.

— Personne n'aime s'entendre au magnéto, Lou, continua Potter avec aisance. Une fois par an, j'anime un atelier de formation. C'est enregistré. Je déteste m'entendre.

Ferme ton clapet, Art. Écoute-moi.

— Rien à cirer, Art. Allez, prends ton crayon et écoute. Nous voulons un hélico. Un gros. À huit places.

Neuf otages, trois P.O., et le pilote. Ça en fait cinq qui restent. Qu'advient-il de ces cinq-là ?

LeBow tapait toute la conversation sur son ordinateur. Il avait matelassé les touches avec du coton, si bien que sa frappe était presque silencieuse.

— O.-K., vous voulez un hélicoptère. La police et le FBI n'ont que des deux-places. J'aimerais un peu de temps pour pouvoir...

— Comme je t'ai dit, Art. Rien à cirer. Un hélico et un pilote. Ça, c'est numéro un. Pigé ?

— Parfaitement, Lou. Mais comme je t'ai déjà expliqué, je ne suis qu'un simple agent. Je ne suis pas habilité à réquisitionner un hélico. Il va falloir que je passe un coup de fil à Washington.

— Tu m'écoutes pas, Art. Ça, c'est *ton* problème. J'ai trouvé mon refrain pour la nuit. Rien-à-cirer. L'heure tourne, tu peux appeler l'aéroport qu'est juste à côté ou le Pape dans sa ville sainte, pour moi c'est la même chose.

— Compris. Continue.

— On veut à bouffer.

— Accordé. Quelque chose de spécial ?

— Des McDo'. Plein.

Potter fit signe à Budd, qui décrocha son téléphone et se mit à donner des ordres à voix basse.

— C'est comme si c'était fait.

Mets-toi à sa place. Mets-toi dans sa tête. Il va demander à boire maintenant.

— Plus cent cartouches calibre 12, double zéro, combinaisons pare-balles et masques à gaz.

— Oh, allez, Lou, tu dois bien savoir que c'est impossible.

— Et comment je peux le savoir ?

— Je ne peux pas te donner d'armes, Lou.

— Même si je te donnais une fille ?

— Pas question, Lou. Armes et munitions sont exclus du marché. Je regrette.

— T'aimes bien m'appeler par mon nom, hein, Art. Dis, à supposer qu'on fasse échange, laquelle des filles tu choisirais ? T'en vois une ? Mettons qu'on parle pas fusils ni trucs du genre.

LeBow leva les sourcils et hocha la tête. Budd leva les pouces, en signe de victoire.

Melanie, songea Potter sans réfléchir. Mais il était convaincu que leur évaluation était la bonne et qu'ils devaient tenter le coup avec celle qui courait le plus grand risque — Jocylyn, l'élève à problèmes.

Potter lui expliqua qu'une des filles leur tenait à cœur.

— Décris-la moi.

LeBow fit pivoter l'ordinateur. Potter lut les petits caractères affichés à l'écran avant de préciser :

— Brune, cheveux courts, boulotte. Douze ans. Elle s'appelle Jocylyn.

— Elle ? Cette petite chialeuse à la con ? Tout le temps à geindre comme un cador qui s'est pété la patte. Bon débarras. Merci de l'avoir choisie, Art. C'est elle qui se fait descendre dans cinq minutes, si tu nous donnes pas les fusils et les munitions.

Clic.

14 : 00

Merde, songea Potter, en tapant du poing sur la table.

— Oh, punaise, murmura Budd, suivi de : Misère !

Potter reprit ses jumelles et vit une jeune fille apparaître à la fenêtre de l'abattoir. Elle était boulotte et ses joues rondes luisaient de larmes. Quand le canon du pistolet se posa sur ses cheveux courts, elle ferma les yeux.

— Annonce la couleur, Tobe.

— Quatre minutes trente.

— C'est elle ? demanda Potter à Le Bow dans un souffle. Jocylyn ?

— J'en suis sûr.

— Vous avez noté que les fusils étaient du douze ? demanda Potter calmement.

LeBow répondit par l'affirmative avant d'ajouter :

— Et qu'ils sont peut-être à court de munitions.

Derek leur décocha un rapide coup d'œil, choqué par la froideur de cet échange.

— Bon Dieu, fit Budd d'une voix rauque. Faites quelque chose.

— Quoi ? demanda Potter.

— Eh bien, rappelez-le pour lui dire que lui donnerez les armes.

— Non.

— Quatre minutes.

— Mais il va lui tirer une balle dans la tête.

— Je ne pense pas.

Tirera, tirera pas ? s'interrogeait Potter. Il n'en savait sincèrement rien.

— Regardez-le, dit Budd. Regardez-moi ça ! Cette fille a un pistolet sur la tempe. Je la vois pleurer d'ici.

— Et c'est exactement ce qu'il veut nous montrer. Calme-toi, Charlie. Pas question de négocier des armes ou des tenues pare-balles.

— Mais il va la tuer !

— Trois minutes trente.

— Et si, remarqua Potter en s'efforçant de maîtriser son impatience, il n'a plus aucune munition ? S'il est là-dedans avec deux pistolets vides et un fusil de chasse également vide ?

— Eh bien, peut-être qu'il lui reste une dernière balle et qu'il s'apprête à l'utiliser sur cette fille.

Une prise d'otages est un homicide en cours.

Potter contemplait toujours le visage malheureux de la fillette.

— Nous devons agir comme si nous avions neuf condamnées à mort — les filles qui sont à l'intérieur. Cent cartouches de calibre douze ? Ça pourrait multiplier par deux le nombre de blessés.

— Trois minutes, chanta Tobe.

Dehors, Stillwell se dandinait, mal à l'aise, et ébouriffait sa tignasse. Il tourna la tête vers la camionnette, puis de nouveau vers l'abattoir. Il n'avait pas entendu la conversation mais, comme tous les autres policiers, il voyait bien la pauvre fille derrière la fenêtre.

— Deux minutes trente.

— Donnez-lui des cartouches à blanc. Ou des balles qui vont enrayer les fusils.

— C'est une bonne idée, Charlie. Mais nous n'avons pas ce genre de choses. Il ne va pas gaspiller encore un autre otage si tôt que ça. (Est-ce vrai ? se demanda Potter.)

— Gaspiller un otage ?

La voix d'un autre policier — Derek le technicien — transperça la camionnette. Potter crut entendre l'homme ajouter dans un souffle : « Salaud, va. »

— Deux minutes, annonça Tobe toujours aussi imperturbable.

Potter se pencha en avant pour regarder à travers la vitre. Il vit les policiers derrière la ligne Maginot de leurs voitures, et certains se retournaient d'un air inquiet vers la camionnette.

— Une minute trente.

Que fait Handy ? À quoi pense-t-il ? Je n'arrive pas à voir clair en lui. J'ai besoin de plus de temps. J'ai besoin de lui parler davantage. D'ici une heure, je serai capable de savoir s'il va la tuer ou non. Pour l'instant je ne vois rien, rien qu'un dangereux écran de fumée.

— Une minute, annonça Tobe.

Potter décrocha le combiné. Appuya sur la touche de numérotation rapide.

Clic.

— Liaison.

— Lou.

— J'ai décidé, Art, je veux un cent de cartouches de Glock, en plus.

— Non.

— T'as qu'à m'en mettre cent une. J'vais perdre une balle dans trente secondes. Faut bien que je la remplace.

— Pas de munitions, Lou.

Derek bondit et attrapa Potter par le bras.

— Faites-le. Je vous en supplie !

— Brigadier ! s'écria Budd en se jetant sur l'homme pour le tirer en arrière et le pousser sans ménagement dans un coin.

— Tu te souviens de ce Viet qui s'est fait descendre ? Ç'avait été filmé ? Une balle dans la tête ? Le sang qui giclait en l'air comme d'une fontaine, putain.

— Impossible, Lou. Tu ne saisis pas ? La ligne est mauvaise ou quoi ?

— Vous êtes censé négocier ! murmura Budd. Parlez-lui ! (Il avait l'air de regretter d'avoir écarté Derek Elb, maintenant.)

Potter l'ignora.

— Dix secondes, Arthur, dit Tobe en tripotant nerveusement l'emplacement de sa boucle d'oreille. Il s'était détourné de ses chers écrans et regardait par la fenêtre.

Les secondes passèrent, dix minutes ou une heure. Silence total dans la camionnette, sauf pour le grésillement sur la ligne, un son qui ruisselait à travers les haut-parleurs. Potter s'aperçut qu'il retenait son souffle. Il reprit sa respiration.

— Tu es là, Lou ?

Pas de réponse.

— Lou ?

Soudain le pistolet s'abaissa et une main saisit la fille par le col. Bouche grande ouverte, elle fut happée vers l'intérieur de l'abattoir.

Potter conjectura : *Oh, Art, quoi de neuf, de ton côté ?*

— Hé, Art, comment va ? La voix guillerette d'Handy grésilla dans les haut-parleurs.

— Couci-couça. Et pour toi ?

— Ça baigne. Voilà le marché. J'en descends une par heure jusqu'à ce que l'hélico arrive. À l'heure pile, toutes les heures, à partir de 16 heures.

— Eh bien, Lou, je te dis tout de suite qu'il nous faudra plus de temps que ça pour avoir un gros hélico.

Potter devina : *Rien à branler. Tu vas faire ce que j'te demande.*

Mais d'une voix à la fois menaçante et gouailleuse, Handy répondit :

— Combien de temps en plus ?

— Deux-trois heures. Ou peut-être...

— Putain non. J'te donne jusqu'à 17 heures.

Potter marqua une pause judicieuse.

— Je crois qu'on peut s'arranger avec ça.

Un rire dur. Puis :

— Et encore un truc, Art.

— Quoi donc ?

Un silence, la tension monte. Finalement, Handy grogne :

— Pour les burgers, je veux des frites avec. Plein de frites.

— Accordé. Mais je veux cette fille.

— Oh hé, chuchota Budd, faudrait peut-être pas trop le pousser.

— Laquelle ?

— Jocylyn. Celle que tu viens de mettre à la fenêtre.

— Jocylyn, fit Handy avec une vivacité soudaine qui déconcerta Potter une fois de plus. Marrant tiens, ce nom.

Potter claqua des doigts, en désignant l'ordinateur de LeBow. L'agent de renseignements fit défiler le profil psychologique de Handy, les deux hommes cherchaient une référence à Jocylyn : mère, sœur, officier de probation. Mais ils ne trouvèrent rien.

— Qu'est-ce qu'il y a de marrant, Lou ?

— Y a une dizaine d'années, j'ai tringlé une serveuse qui s'appelait Jocylyn. J'ai eu vachement de plaisir.

Potter sentit un frisson glacé lui parcourir le corps.

— Savoureuse comme tout. C'était avant Prissy, bien sûr.

Potter était attentif au ton de Handy. Il ferma les yeux. Il anticipa : *Elle était otage, elle aussi, cette Jocylyn-là, et je l'ai tuée parce que...* Il n'arrivait pas à deviner la suite.

— Ça fait des années que j'ai pas pensé à elle. Ma Jocylyn aussi, elle était otage, pareil que celle-là. Elle a pas fait ce que je lui ai demandé. Sérieux, elle a refusé net. Alors j'ai dû sortir mon couteau.

Cela aussi fait partie de son jeu, se dit Potter. Parler du couteau en plaisantant. Mais les mots eux-mêmes étaient révélateurs. *Elle a pas fait ce que je lui ai demandé.* Potter nota la phrase et la passa à LeBow pour qu'il l'enregistre.

— Je veux cette fille, Lou, dit Potter.

— Oh, te fais pas de bile. J'suis fidèle à ma Pris, maintenant.

— Dès qu'on a votre repas, on fait échange. Qu'en penses-tu, Lou ?

— Elle est pas bonne à grand-chose, Art. Elle a pissé dans son froc, je crois. Ou alors c'est qu'elle se lave pas très souvent. Même Bonner voudrait pas y toucher. Et c'est un véritable obsédé, ce salaud, je t'apprends rien.

— On s'occupe de votre hélico et votre bouffe va pas tarder. Tu me dois une fille, Lou. Tu en as tué une. Tu as une dette.

Budd et Derek regardaient Potter d'un air totalement incrédule.

— Alors là, dit Handy, ça m'étonnerait.

— Tu ne pourras pas mettre plus de quatre ou cinq otages dans l'hélico. Donne-moi celle-là. (Parfois il faut s'aplatir ; et parfois il faut cogner.) Bon sang, éclata Potter, je le sais, que t'es prêt à les tuer. Tu ne t'es pas gêné pour nous le faire comprendre. Alors laisse-la partir, tu veux ? J'enverrai un policier pour vous apporter à manger ; laisse-le repartir avec la fille.

Un silence.

— C'est vraiment celle-là que tu veux ?

Potter, à lui-même : *En fait, Lou, je les voudrais toutes.*

C'est le moment de plaisanter ? Ou c'est encore trop tôt ?

Il prit le risque :

— Je les voudrais bien toutes, Lou.

Un silence effrayant.

Puis un rire rauque s'échappa du haut-parleur.

— T'es une pointure, Art. O.-K., je la libère. Temps de synchroniser nos Timex, les gars. Le compte à rebours commence. Je te donne la grosse en échange de la bouffe. Quinze minutes. À moins que je change d'avis. Et un gros hélico tout beau à 5 heures de l'aprèm'.

Clic.

— Ça marche ! cria Tobe.

— Bien Arthur, dit Budd en hochant la tête. Joli boulot.

Derek resta renfrogné un moment devant son tableau de commandes, puis il se décida enfin à sourire et s'excusa. Potter, toujours prêt à pardonner la fougue de la jeunesse, serra la main du policier.

Budd souriait, soulagé.

— Wichita est la capitale aéronautique du Middle-West. On peut avoir un hélico ici dans une demi-heure, à l'aise, dit-il.

— Pas question de lui en fournir un, dit Potter. D'un geste, il indiqua le tableau *Promesses/Mensonges*. LeBow inscrivit : *Hélicoptère huit places, prévu avec échéances d'heure en heure. Première échéance à 17 heures.*

— Vous n'allez pas lui en donner un ? souffla Budd.

— Bien sûr que non.

— Mais vous avez menti.

— C'est pour cela qu'on l'a inscrit dans la colonne *Mensonges*.

LeBow, qui avait repris sa frappe, ajouta :

— Nous ne pouvons pas le laisser se déplacer. Surtout en hélico.

— Mais il va en exécuter une autre à 17 heures.

— C'est ce qu'il dit.

— Mais...

— Ça, Charlie, c'est mon boulot, interrompit Potter, qui puisait sa patience Dieu sait où. Et si je suis ici, c'est justement pour l'en dissuader.

Sur ce, il attrapa un pot en inox et se versa une tasse de très mauvais café.

Potter glissa un téléphone cellulaire dans sa poche et sortit un moment, avançant à ras de terre jusqu'au fossé qui le protégeait de l'abattoir.

Budd l'accompagna une partie du chemin. Ayant découvert que la police d'Hutchinson était responsable de la circulation fluviale, le jeune capitaine avait donné l'ordre d'interrompre le trafic, ce qui avait déclenché la fureur de plusieurs affréteurs de péniches commerciales en route pour Wichita.

— Difficile de satisfaire tout le monde, remarqua le négociateur, l'esprit ailleurs.

Le temps fraîchissait encore — curieux mois de juillet en vérité, avec des températures inférieures à quinze degrés — et l'air avait une nette saveur métallique qui provenait sans doute des fumées de diesel des moissonneuses ou batteuses, qu'importe le nom de ces engins. Potter fit signe à Stillwell qui allait et venait entre les policiers, un sourire laconique aux lèvres, en donnant l'ordre à ses troupes de prendre position.

Quittant Budd, Potter monta dans une voiture du FBI pour aller rejoindre la base arrière. Les chaînes de télé et les radios locales de trois États étaient déjà sur place, ainsi que les correspondants ou pigistes des grands journaux et les agences de presse.

Il échangea quelques mots avec Peter Henderson. Celui-ci, quels que soient ses défauts et ses motivations, avait rapidement mis sur pied un service de transport efficace, une base d'approvisionnement, et un chapiteau de presse.

Potter était connu des médias. Dès qu'ils le virent s'éloigner de sa voiture, les journalistes se ruèrent comme des fous vers lui. Ils étaient tels qu'il s'attendait à les trouver : agressifs, dépourvus d'humour, rusés, bornés.

Il monta sur le podium qu'Henderson avait installé, et se tourna vers la masse blanche des lumières vidéo.

— Vers 8 h 30 ce matin, trois criminels évadés ont kidnappé et pris en otage deux enseignantes et huit élèves de la Laurent Clerc School for the Deaf d'Hebron, au Kansas. Les criminels s'étaient évadés quelques heures plus tôt du pénitencier fédéral de Callana.

« Ils sont actuellement retranchés dans un bâtiment industriel désaffecté situé au bord de l'Arkansas, à environ deux kilomètres cinq cents d'ici, aux abords de la ville de Crow Ridge. Ils sont encerclés par plusieurs centaines de représentants des forces des police municipale, fédérale et d'État.

Plus près d'une centaine mais, quand il s'adressait au quatrième pouvoir, Potter préférait déformer la vérité plutôt que risquer de susciter une confiance excessive chez les preneurs d'otages — juste au cas où ils viendraient à entendre un bulletin d'informations.

129

— On compte une mort accidentelle parmi les otages...

À ces mots, les journalistes, scandalisés, se hérissèrent et les mains se dressèrent. Les questions fusaient, rageuses, mais Potter se contenta de dire : « L'identité de la victime et celle des autres otages ne seront pas révélées avant que toutes les familles aient été informées de l'incident. Nous sommes en pleine négociation avec les criminels, qui ont été identifiés comme étant Louis Handy, Shephard Wilcox et Ray "Sonny" Bonner. L'accès au théâtre des opérations sera rigoureusement interdit à la presse durant toute la durée des négociations. Vous recevrez des compléments d'informations à mesure que de nouveaux renseignements nous parviendront. Je n'ai rien d'autre à vous dire à ce stade. »

— Agent Potter...

— Je ne réponds à aucune question pour le moment.

— Agent Potter...

— Agent Potter, s'il vous plaît...

— Pouvez-vous comparer la situation actuelle avec le siège de Koresh à Waco ?

— Il faut absolument lever l'interdiction sur les hélicos de presse. Nos avocats ont déjà contacté le directeur...

Potter sortit du chapiteau de presse au milieu des flashes silencieux des appareils photo et de l'éclat éblouissant des lumières des vidéo caméras. Il avait pratiquement rejoint sa voiture quand il entendit une voix lui dire : « Agent Potter, vous m'accordez une minute ? »

Potter se retourna et vit un homme s'approcher. Il boitait. Il n'avait rien d'un homme de presse typique. Ce n'était pas un play-boy et, malgré sa mine renfrognée, il n'avait pas trop l'air offusqué, ce qui le fit monter — très légèrement — dans l'estime de Potter. Plus âgé que ses confrères, il avait le teint très mat, et un visage creusé de rides profondes. En tout cas, il ressemblait à un vrai journaliste.

— Pas de déclaration à titre individuel, dit le négociateur.

— Je ne vous en demande pas. Je suis Joe Silbert, de la KFAL de Kansas City.

— Enchanté, si vous voulez bien m'excuser...

— Vous êtes un con, Potter, dit Silbert avec plus de lassitude que de colère dans la voix. Personne n'a encore jamais cloué les hélicos de presse au sol.

On joue très gros, pensa l'agent.

— Vous recevrez les nouvelles aussi vite que les autres.

— Un instant. Nous sommes le cadet de vos soucis, je le sais. Vous nous trouvez chiants comme la pluie. Mais nous aussi, nous devons faire notre boulot. C'est un événement de taille. Et vous le savez. On va avoir besoin d'autre chose que de communiqués de presse à la mords-moi-le-nœud ou de non-conférences comme celle qu'on vient d'avoir. L'Amiral va vous tomber sur le poil tellement vite que vous allez regretter de ne plus être à Waco.

Quelque chose dans la manière dont Silbert avait mentionné le rang du directeur du FBI suggérait qu'il le connaissait personnellement.

— Il n'y a rien que je puisse faire. La sécurité sur le théâtre des opérations doit être parfaite.

— Laissez-moi vous dire, si vous étouffez trop de choses, les petits jeunes d'ici vont tenter n'importe quoi pour pénétrer à l'intérieur de votre périmètre. Ils vont utiliser des scanners de décodage pour intercepter les transmissions, ils vont se faire passer pour des policiers...

— Toutes choses interdites.

— Je vous rapporte simplement ce que j'ai entendu dans certaines conversations. Il y a de la grogne dans le secteur. Et je l'aurais vraiment mauvaise de me faire faucher un scoop par un petit merdeux tout frais émoulu de l'école de journalisme.

— J'ai donné des ordres pour qu'on arrête toute personne repérée en vue du bâtiment et n'appartenant pas aux forces de l'ordre. Journalistes compris.

Silbert ouvrit de grands yeux.

— Arnett de CNN avait moins de problèmes à Bagdad. Putain. Je croyais que vous étiez négociateur. Pourquoi refusez-vous de négocier ?

— Je dois retourner à mon poste.

— Écoutez-moi ! Laissez-moi juste vous exposer ma proposition. Je veux organiser un pool de presse. Vous autorisez l'accès à un ou deux journalistes à la fois sur le devant de la scène. Pas de caméras, pas de radios, pas de magnétos. Rien d'autre que des machines à écrire ou des portables. Ou papier et crayon.

— Allons Joe, nous ne pouvons pas courir le risque de voir les preneurs d'otages recueillir des informations sur ce que nous faisons. Vous le savez bien. Ils ont peut-être une radio à l'intérieur.

La voix de Silbert se fit menaçante :

— Je vous préviens, si vous étouffez des infos, on fera travailler notre imagination.

Quelques années plus tôt, une prise d'otages à Miami avait tourné au drame : en entendant, sur leur transistor, un journaliste décrire l'assaut du groupe d'intervention, les ravisseurs s'étaient mis à tirer sur les otages. En réalité, le reporter, réduit à des conjectures, avait simplement imaginé ce qui pouvait arriver.

— C'est une menace, si je comprends bien, dit Potter calmement.

— Les tornades aussi constituent une menace, répondit Silbert. Mais elles font partie des réalités de la vie. Écoutez, Potter, que puis-je faire pour vous convaincre ?

— Rien. Je regrette.

Potter se tourna vers la voiture. Silbert soupira.

— Merde. Et que dites-vous de ça, alors ? Vous pouvez lire les articles avant qu'on les envoie. Vous pouvez les censurer.

C'était une première. Au cours des centaines de prises d'otages que Potter avait négociées, ses relations avec la presse avaient été tantôt bonnes, tantôt mauvaises, à l'image de sa recherche d'un équilibre entre le premier amendement de la Constitution qui garantit la liberté de la presse et la sécurité des otages et des flics. Mais jamais il n'avait rencontré un journaliste qui acceptât de lui laisser lire ses articles en avant-première.

— C'est une restriction préalable, répondit Potter, quatrième de sa promotion en droit.

— Une demi-douzaine de reporters ont déjà parlé de franchir les barrières. Si vous êtes d'accord de nous laisser entrer à deux, ils s'en tiendront là. Ils m'écouteront.

— Et vous voudriez être l'un de ces deux-là.

— Évidemment que je veux en être, quelle question, répondit Silbert avec un petit sourire. En fait, je veux faire partie de la première équipe. Je dois prendre l'antenne dans une heure. Allez, qu'est-ce que vous en pensez ?

Ce qu'il en pensait, vraiment ? Qu'à Waco, c'étaient les relations avec la presse qui avaient causé une bonne partie des difficultés. Qu'il était responsable non seulement de la vie des otages, des policiers et de ses confrères du FBI, mais aussi de l'éthique et de l'image du FBI lui-même, et que ses compétences de négociateur ne lui servaient à rien quand il s'agissait du jeu des pouvoirs. Il n'était pas non plus sans savoir que les informations reçues par les membres du Congrès, les magistrats et la Maison Blanche sur les événements qui se déroulaient ici émaneraient, dans leur quasi-totalité, de CNN et du *Washington Post*.

— D'accord, consentit Potter. Je vous autorise à organiser ça. Vous vous arrangerez avec le capitaine Charlie Budd.

Il consulta sa montre. La nourriture allait arriver. Il fallait qu'il rentre. De retour au poste de commandement, il demanda à Budd de monter une petite tente de presse derrière la camionnette et de voir avec Joe Silbert pour l'organisation du pool.

— Entendu. Où est la bouffe ? interrogea Budd, en scrutant la route d'un air anxieux. C'est bientôt l'heure.

— Oh, fit Potter, nous avons une petite marge. Une fois qu'un preneur a accepté de libérer un otage, on a franchi le plus gros obstacle. Il a déjà renoncé à Jocylyn dans sa tête.

— Vous croyez ?

— Allez me monter cette tente de presse.

En retournant vers la camionnette, Potter se surprit à penser non pas à la nourriture ni aux hélicoptères ni même à Louis Handy, mais à Melanie Charrol. Et pas à propos de l'aide éventuelle qu'elle pouvait lui apporter, d'otage à négociateur, ni de ce qu'elle pouvait représenter comme atout ou comme élément de risque au cas le siège se terminerait par un assaut. Non, il réfléchissait à une information vague, des paroles. Se remémorant les mouvements qu'elle avait faits avec sa bouche en s'adressant à lui derrière la vitre mal éclairée de l'abattoir.

Qu'avait-elle bien pu vouloir dire ?

S'efforçant surtout d'imaginer une conversation avec elle. Voilà un homme qui avait fait son chemin dans le monde en écoutant les paroles des autres, en leur parlant. Et maintenant qu'avait-il en face de lui ? Une sourde-muette.

Lèvres, dents, lèvres.

Il l'imita.

Lèvres, dents...

J'ai trouvé, pensa-t-il tout à coup. Et, dans sa tête, il entendit : « Prenez garde. »

Il fit un essai à voix haute : « Prenez garde. »

Oui, c'était ça. Mais pourquoi une expression si démodée ? Évidemment ! Pour que LUI puisse la lire sur ses lèvres. Cette expression exagérait les mouvements de la bouche. Cela tombait sous le sens. Pas : « Soyez prudent. » Ni : « Faites attention. » Ni : « Il est dangereux. »

Prenez garde.

Il fallait informer Henry LeBow.

Potter se rapprochait de la camionnette et n'était plus qu'à quelques mètres de son but lorsque la limousine apparut silencieusement à ses côtés. L'agent eut l'impression qu'en se glissant en souplesse devant lui, la voiture changeait légèrement de direction, comme pour lui couper la route. La portière s'ouvrit et un grand homme basané en descendit.

— Regardez-moi ce spectacle, lança-il d'une voix tonitruante.

On se croirait le jour J, c'est le débarquement des troupes. Vous contrôlez la situation, Ike ? Vous en êtes sûr ? Tout est parfaitement bien en main ?

Potter s'arrêta pour se tourner vers lui. L'homme se rapprocha et son sourire, si tant est que c'en fût un, s'évanouit aussitôt.

— Agent Potter, nous avons à parler, dit-il.

14 : 20

Mais l'homme ne parla pas tout de suite.

Une rafale de vent froid s'engouffra dans le fossé et, fermant prestement le veston de son complet sombre, il s'avança sur la butte à grandes enjambées, dépassant Potter, et contempla l'abattoir.

L'agent nota la plaque minéralogique, cherchant à deviner avec inquiétude qui pouvait être ce visiteur, et poursuivit son chemin vers la camionnette.

— Je me reculerais, à votre place, dit-il. Vous êtes facilement à portée de fusil.

Dans un même geste, l'homme posa une grande main sur le bras de Potter et lui tendit l'autre. Il se présenta comme étant Roland Marks, l'attorney général adjoint du Kansas.

Oh, lui. Potter se remémora leur conversation téléphonique quelques heures plus tôt. L'homme au teint bistre tourna de nouveau la tête vers l'abattoir ; il offrait toujours une aussi belle cible.

— Je serais prudent à votre place, répéta Potter d'un ton impatient.

— Et alors, ils ont des fusils ? Avec des lunettes laser ? Et des torpilles laser et des photons pulsés sans doute ? Comme dans *Star Trek*, c'est ça ?

Je n'ai pas le temps pour ce genre de bêtises, songea Potter.

L'homme était grand et solidement taillé, avec un nez busqué, et sa présence ici n'était pas sans évoquer le bleu luminescent du plutonium dans un réacteur.

— Un instant je vous prie, dit Potter. Puis il entra dans la camionnette, le sourcil interrogateur.

— Pas plus de bruit qu'une souris, dit Tobe en désignant l'abattoir d'un signe de tête.

— Et la nourriture ?

134

Budd répondit qu'elle allait arriver d'un moment à l'autre.

— Marks est dehors, Henry. Tu as quelque chose sur lui ?

— Il est là ? (LeBow fit la grimace.) J'ai passé quelques coups de fil. C'est un procureur impitoyable. Rapide comme un coup de trique. Spécialisé dans les délits de cols-blancs. Excellent taux de condamnation.

— Du genre « Pas de prisonniers » ?

— Tout juste. Mais ambitieux. Candidat au Congrès, une seule fois. Battu, mais garde encore un œil sur Washington, à ce qu'on dit. À mon avis, il cherche à faire sa pub avec cet événement.

Potter savait depuis longtemps que les prises d'otages sont aussi un théâtre de relations publiques et qu'on y jouait autant avec les carrières qu'avec les vies humaines. Il décida de prendre Marks avec des pincettes.

— Ah, note que j'ai traduit le message transmis par l'otage. « Prenez garde. » Suppose qu'elle parle de Handy.

LeBow soutint son regard quelques instants. Puis il acquiesça d'un petit signe de tête et retourna à son clavier.

Dehors, Potter se tourna vers Marks, l'avocat le plus puissant du Kansas après l'attorney général.

— Que puis-je faire pour vous ?

— Alors c'est vrai ? Ce qu'on dit ? Qu'il en a tué une ?

Potter hocha lentement la tête. L'homme ferma la yeux et soupira. Sa bouche se plissa de chagrin.

— Au nom du ciel, pourquoi faire une chose aussi insensée ?

— Sa façon de nous dire qu'il ne plaisante pas.

— Oh, doux Jésus. (Marks se frotta le visage de ses gros doigts épatés.) L'attorney général et moi-même en avons longuement discuté, agent Potter. Nous sommes sur le gril avec cette sale histoire et j'ai foncé ici pour vous demander si nous pouvons faire quoi que ce soit au niveau de l'État. J'ai entendu parler de vous, Potter. Votre réputation. Tout le monde a entendu parler de vous, agent Potter.

L'agent resta de marbre. Il pensait avoir été suffisamment discourtois au téléphone pour tenir le procureur à distance. Mais, pour Marks, c'était à croire que la conversation n'avait jamais eu lieu.

— Vous jouez à jeu couvert, hein ? Mais vous ne pouvez pas faire autrement, j'imagine. C'est vraiment comme au poker, n'est-ce pas. Quand on joue gros.

Quand on joue son va-tout, se dit Potter pour la deuxième fois de la journée, et il se reprit à souhaiter que cet homme s'en aille.

— Je vous l'ai dit, l'État ne peut m'être d'aucune assistance.

Nous avons la police d'État pour assurer la sécurité et j'ai engagé Charlie Budd comme commandant en second.

— Budd ?

— Vous le connaissez ?

— Bien sûr que oui. C'est un bon policier. Et je connais tous les bons policiers. (Il jeta un regard à la ronde.) Où sont les soldats ?

— Le groupe d'intervention ?

— J'étais persuadé de les trouver déjà plongés en pleine action.

Potter ne savait toujours pas trop de quel côté le vent soufflait à Topeka.

— Je n'utilise pas le G.I.L.O. du Kansas. Le FBI est en train de monter une équipe, ils seront sur place dans les deux-trois heures qui viennent.

— Voilà qui est inquiétant.

— Et pourquoi donc ? demanda Potter innocemment, se figurant que l'homme souhaitait voir la brigade d'intervention d'État s'occuper de la partie stratégique.

— Vous n'envisagez pas de donner l'assaut, j'espère. Pensez au siège de Waco. Des innocents tués. Je n'ai pas envie que ça arrive ici.

— Personne n'en a envie. Nous n'attaquerons qu'en tout dernier ressort.

Marks, abandonnant sa virulence de façade, se fit très sérieux.

— Je sais que c'est vous qui dirigez les opérations, agent Potter. Mais sachez que l'attorney général est favorable à une solution pacifique à tout prix.

Moins de quatre mois d'ici aux grandes élections de novembre, songea Potter.

— Nous espérons que les choses se résoudront de manière pacifique.

— Quelles sont ses exigences ? demanda Marks.

C'est le moment de reprendre les rênes ? Pas encore. Potter se disait qu'un Roland Marks vexé pouvait causer beaucoup de dégâts.

— Rien que du classique. Hélico, bouffe, munitions. Je lui donne à manger, rien d'autre. Je vais tenter de l'amener à se rendre ou du moins obtenir la libération d'un maximum de filles avant l'assaut du G.I.L.O.

Il vit le visage déjà sombre de Marks virer au brun foncé.

— Je ne veux surtout pas qu'il arrive quoi que ce soit à ces petites filles.

— Bien sûr que non. (Potter regarda l'heure à sa montre.)

— Voilà ma suggestion, reprit l'attorney général adjoint. Vous lui donnez un hélico en échange de la libération des filles. Vous posez un de ces petits trucs astucieux genre *Mission impossible* dans la carlingue, et vous les cueillez à l'atterrissage.

— Non.

— Pourquoi pas ?

— Dans toute la mesure du possible, nous évitons toujours de leur fournir un moyen de déplacement.

— Vous ne lisez pas Tom Clancy ? On peut utiliser toutes sortes de pastilles émettrices et de transpondeurs.

— Cela reste encore trop risqué. Pour le moment, le nombre de morts est une donnée connue. En mettant les choses au pire, il peut tuer les neuf otages restants, et peut-être un ou deux des membres du G.I.L.O. (En l'entendant parler ainsi, les yeux de Marks s'agrandirent d'horreur. Potter, de marbre, continua.) S'il sort de là, il pourrait tuer deux fois plus de gens. Si ce n'est trois fois plus, ou même davantage.

— Ce n'est qu'un cambrioleur de banques. Pas vraiment un tueur fou.

Et combien faut-il de cadavres pour mériter l'appellation de tueur fou ? Potter laissa planer son regard par-delà les collines.

Qu'est-ce qu'ils fabriquent avec la bouffe ? se dit Potter avec une impatience grandissante à mesure que les minutes s'écoulaient.

— Alors c'est comme ça que vous considérez ces filles ? questionna Marks, sans grande amabilité. Comme des « pertes » acceptables ?

— Espérons que nous n'en arriverons pas là.

La porte s'ouvrit et Budd passa la tête.

— La bouffe arrive, Arthur. Oh bonjour, monsieur Marks.

— Je vais appeler mon bureau, dit Marks. Mettre le gouverneur au courant.

Quand la limousine eut disparu, Potter demanda à Budd :

— Vous le connaissez ?

— Pas très bien.

— Il a des visées ?

— J'imagine qu'il se voit à Washington d'ici quelques années. Mais dans l'ensemble, c'est un type bien.

— D'après Henry, il y a des chances qu'il se présente aux prochaines élections, à l'automne.

— Ça, j'en sais rien. Mais pour moi, y a pas de politique là-dedans. C'est pour les filles qu'il se fait du mouron. Il est très famille, à ce qu'on dit. Il est père de plusieurs enfants, toutes des filles. Y en a une qu'a de sérieux problèmes de santé, alors ça doit toucher un point sensible chez lui, cette histoire, avec ces filles qui sont sourdes et tout.

Potter avait remarqué l'alliance élimée de Marks.

— Il va être source de problèmes ?

— Je vois pas comment. Il est comme ça, toujours à plaisanter, mais c'est plutôt une façade.

— Ce n'est pas son sens de l'humour qui m'inquiète. Il a des relations ?

— Oh, ben disons, vous savez, fit Budd en haussant les épaules.

— Cela n'ira pas plus loin que moi, Charlie. J'ai besoin de savoir s'il peut nous causer du tort.

— Parce qu'il a dit qu'il allait appeler le gouverneur, c'est ça ? Comme s'ils étaient comme cul et chemise ?

— Et ?

— M'étonnerait même que le bonhomme la prenne, sa communication. Y a républicains et républicains, si vous me suivez.

— Compris, merci.

— Oh, tiens, regardez ce qui nous arrive là.

La voiture de police, cahotant sur le mauvais chemin, s'immobilisa dans un grincement. Mais ce n'étaient pas les Big Mac de Handy. Deux femmes en descendirent. Angie Scapello était vêtue d'un tailleur marine à jupe mi-longue, son arme visible sous l'étoffe légère de sa veste et sa masse de cheveux noirs cascadant sur ses épaules. Elle portait des lunettes de soleil légèrement teintées à monture turquoise. Derrière elle apparut une jeune femme, brune aux cheveux courts, en uniforme de police.

— Angie, dit Potter en lui serrant la main. Je te présente mon bras droit, Charlie Budd. Police du Kansas. Agent spécial Angeline Scapello.

Ils se serrèrent la main et se saluèrent d'un petit signe de tête. Angie présenta la femme qui l'accompagnait.

— Frances Whiting, de la police d'Hebron. Elle sera notre interprète en langue des signes. (La femme échangea une poignée de main avec les hommes et, après un rapide coup d'œil sur l'abattoir, fit la grimace.)

— Allez, entrez, dit Potter avec un signe vers la camionnette.

Henry LeBow était content de toutes les informations qu'Angie avait apportées. Très vite, il se mit à entrer les données en mémoire. Potter ne s'était pas trompé ; dès l'instant où elle avait eu connaissance de la prise d'otages — avant même que le jet de la DomTran ait été approvisionné en carburant — elle avait contacté les responsables de la Laurent Clerc School et commencé à dresser le profil psychologique des otages.

— Parfait, Angie, remarqua LeBow en pianotant comme un fou sur son clavier. Tu es une biographe née.

Elle ouvrit un autre dossier et en présenta le contenu à Potter.

— Tobe, demanda ce dernier, pourrais-tu m'afficher ça ?

Le jeune agent du FBI prit les photographies des filles et les punaisa sur le tableau, juste au-dessus du plan cadastral de l'abattoir. Au bas des clichés, Angie avait inscrit les noms et âges des filles au feutre noir.

Anna Morgan, 7
Suzie Morgan, 7
Shannon Boyle, 8
Kielle Stone, 8
Emily Stoddard, 10
Jocylyn Weiderman, 12
Beverly Klemper, 14

La photo de Susan Phillips resta sur la table.

— Vous faites toujours ça ? D'un geste, Frances indiquait le mur.

Potter, sans quitter les photos des yeux, répondit d'un air absent : « On gagne quand on en sait davantage que l'ennemi. » Il se surprit à regarder les adorables frimousses des jumelles, car c'étaient les plus jeunes. Chaque fois qu'il pensait à des enfants, il les imaginait toujours très jeunes — sans doute parce que Marian et lui n'en avait jamais eus — et l'image de ce fils ou de cette fille qui aurait pu naître se trouvait ainsi figée dans le temps, comme si Potter était un éternel jeune mari et Marian sa jeune épouse de, disons, vingt-cinq ans.

Regardez-les, se dit-il en pensée. REGARDEZ-LES. Comme s'il avait parlé à voix haute, il s'aperçut que tous, à l'exception de Derek et Tobe penchés sur leurs écrans, s'étaient arrêtés pour contempler les photos.

Potter interrogea Angie sur la fillette qui allait être libérée, Jocylyn Weiderman.

De mémoire, Angie répondit :

— Il s'agirait d'une fille à problèmes. Elle est devenue sourde après l'acquisition du langage. On pourrait s'imaginer que cela facilite les choses, et effectivement cela aide dans l'apprentissage des connaissances. Mais psychologiquement, ce qui se passe avec des gens comme ça, c'est qu'ils acceptent très difficilement la culture des Sourds. Tu sais ce que cela veut dire ? Sourds avec une majuscule ?

Potter, l'œil fixé sur l'abattoir dans l'espoir de revoir Melanie, répondit que non.

D'un haussement de sourcils, Angie passa la parole à Frances, qui expliqua :

— Le mot sourd, avec un *s* minuscule, désigne le fait d'être physiquement incapable d'entendre. Avec une majuscule, il est employé par les sourds pour désigner leur communauté, leur culture.

— En termes de statut dans la communauté, reprit Angie, il vaut mieux être né sourd de parents sourds et rejeter toutes les techniques de l'oralité. Ainsi une personne, née de parents entendants, qui n'est pas sourde de naissance et sait parler et lire sur les lèvres, ne bénéficiera pas du même statut. Mais elle sera un cran au-dessus du sourd qui cherche à se faire passer pour un entendant — ce que Jocylyn a essayé de faire.

« Ce qui lui vaut immédiatement un mauvais point.

Elle s'est trouvée rejetée à la fois par le monde des entendants et par celui des sourds. Ajoutez à cela son problème de poids. Et sa maladresse en société. Toutes choses qui en font la candidate idéale pour une crise de nerfs. Si cela arrivait, Handy pourrait croire qu'elle va lui sauter dessus. Et elle en serait peut-être capable.

Potter acquiesça en silence, toujours aussi content d'avoir Angie comme collaboratrice. Psychologue spécialisée, elle aidait les otages non seulement à récupérer mais aussi à se remémorer tout ce qui pourrait s'avérer utile dans de futures prises d'otages, et les préparait également à témoigner au procès de leurs ravisseurs.

Voilà plusieurs années, Potter avait eu l'idée de l'emmener sur le théâtre des opérations pour lui faire analyser les informations rapportées par les otages puis dresser leur profil et celui des ravisseurs eux-mêmes. Et lorsqu'il donnait une conférence sur la stratégie de la négociation, elle partageait souvent la tribune avec lui.

— Alors nous devons tout faire pour qu'elle reste calme, remarqua Potter.

En cas d'échange lors d'une prise d'otages, la panique est communicative et se solde souvent par des morts.

— Pourriez-vous apprendre au policier à lui dire quelque chose ? Quelque chose d'utile ? demanda le négociateur à Frances.

140

L'interprète remua les mains et dit :

— Cela signifie : « Reste calme. » Mais la langue des signes est une technique très longue à acquérir et à mémoriser. Il suffit d'une légère erreur pour changer complètement le sens. Si vous devez communiquer, je vous conseillerais d'utiliser des gestes de tous les jours — pour dire « venir ici », « aller là-bas ».

— Et je lui recommanderais d'avoir le sourire, dit Angie. C'est un langage universel, le sourire. Exactement ce dont cette fille a besoin. Et s'il doit dire quelque chose de plus compliqué, peut-être l'écrire ?

— Bonne idée, approuva Frances.

— Chez les gens qui sont sourds de naissance, la maîtrise de la lecture est parfois retardée. Mais compte tenu que la surdité de Jocylyn est venue après l'apprentissage du langage et que... (Angie reprit vivement ses notes à Henry LeBow, trouva ce qu'elle cherchait) et qu'elle a un Q.I. élevé, elle est parfaitement capable de lire n'importe quelle consigne.

— Hé, Derek, t'as de quoi écrire ?

— J'ai tout ce qu'il faut ici, répondit Elb en exhibant une pile de carnets et une pleine main de gros feutres noirs.

Le négociateur demanda alors à Angie si par hasard elle avait aussi une photo des deux enseignantes.

— Non, je ne... Attendez. Je crois en avoir une de Melanie Charrol. La plus jeune.

Elle a vingt-cinq ans, se rappela Potter à lui-même.

— Nourriture, délai dépassé, annonça Tobe.

— Ah, la voilà, dit Angie en lui tendant une photo.

Prenez garde...

Il fut étonné. La femme était plus belle qu'il ne l'avait imaginée. Contrairement aux autres photos, celle-ci était en couleurs. Elle avait des cheveux blonds ondulés, une frange toute bouclée, la peau lisse et claire, un regard lumineux. La photo tenait moins du cliché d'identité que du portrait de mode. Il y avait quelque chose d'enfantin dans l'expression, sauf dans le regard. Il l'épingla lui-même au mur, à côté de la photo des jumelles.

— Sa famille est dans le coin ? demanda Potter.

Angie consulta ses notes :

— Le doyen de la Laurent Clerc m'a dit que ses parents avaient une ferme non loin de l'école, mais ce week-end ils sont à Saint-Louis. Le frère de Melanie a eu un accident l'année dernière et il doit subir une opération délicate demain. Elle avait pris un jour de congé pour aller le voir.

— Les fermes, murmura Budd. Y a pas d'endroits plus dangereux sur terre. Vous devriez entendre les appels qu'on reçoit.

Un des téléphones du pupitre se mit à sonner, une ligne brouillée, et Tobe appuya sur une touche, parla quelques instants dans son micro.

— C'est la CIA, annonça-t-il à la ronde, avant de reprendre rapidement sa conversation. Il pianota sur plusieurs touches, discuta avec Derek, puis alluma un moniteur. Jim Kwo a enfin obtenu une image satellite, Arthur. Viens voir.

Le moniteur s'anima peu à peu. Sur un fond vert foncé, pareil à un écran radar luminescent, on distinguait des taches d'un vert plus clair, et d'autres jaunes ou orangées. Les contours de l'abattoir apparaissaient faiblement, entourés de petits points rouges.

— Le vert, c'est le sol, expliqua Tobe. Le jaune et l'orange, ce sont les arbres et les sources de chaleur naturelles. Le rouge, les policiers. (L'abattoir était figuré par un rectangle bleu-vert. En façade, on remarquait un très léger changement de couleur, à l'emplacement des portes et des fenêtres.) Ce sont probablement les lampes qui dégagent un peu de chaleur. Ça ne nous apprend pas grand-chose. Sinon qu'il n'y a effectivement personne sur le toit.

— Dis-leur de poursuivre la diffusion.

— Tu sais combien ça coûte, dis ? demanda Tobe.

— Douze mille dollars de l'heure, précisa LeBow en pianotant gaiement. Et maintenant, demande-lui si ça le gêne.

— Garde la liaison, Tobe.

— Entendu. Mais cette année je veux une prime, puisqu'on est si riche.

À cet instant, la porte s'ouvrit et un policier entra, les bras chargés de sacs en papier, et aussitôt la camionnette s'emplit de l'odeur de graisse chaude des hamburgers et des frites. Potter s'assit à sa table, la main sur le téléphone.

Le premier échange allait commencer.

14 : 45

Stevie Oates, encore lui.

— Alors on fait du zèle ? demanda Potter.

— Marre de rester assis sans rien faire, agent Potter.

— Pas de lancer cette fois-ci, sergent. Vous irez jusqu'au bout.

Dean Stillwell était debout près du policier qui se faisait harnacher par deux agents du FBI ; suivant les instructions de Potter, ils lui passaient deux minces combinaisons pare-balles sous son uniforme habituel. Ils se tenaient tous derrière la camionnette. Non loin de là, Charlie Budd dirigeait la mise en place d'énormes spots à halogène orientés sur l'abattoir. Il restait encore de longues heures de lumière en cette saison avant la tombée du jour, mais la couverture nuageuse s'était épaissie et l'impression de crépuscule grandissait de minute en minute.

— Paré, Arthur, annonça Budd.

— Envoie le jus, commanda Potter en détachant un instant les yeux du policier.

Les halogènes s'illuminèrent brusquement, inondant la façade et les côtés de l'abattoir d'une giclée de lumière blanche et crue. Budd fit procéder à quelques réglages et les jets lumineux s'orientèrent sur la porte et les fenêtres de part et d'autre. Le vent soufflait en violentes rafales et les policiers furent obligés d'arrimer les pieds des spots à des sacs de sable.

Tout à coup un bruit étrange retentit sur le terrain.

— Qu'est-ce c'est ? s'interrogea Budd à voix haute.

— Quelqu'un qui rit, répondit Stillwell. Des policiers. Hank, que se passe-t-il là-bas ? demanda le shérif par voie radio. (Il écouta, puis observa l'abattoir à travers ses jumelles.) Regardez à la fenêtre.

Potter, penchant la tête, lorgna sur le côté du camion. Avec les spots allumés, aucun tireur dans l'abattoir ne pouvait espérer faire mouche. Il régla ses Leica sur la fenêtre.

— Très drôle, marmonna-t-il.

Lou Handy avait mis des lunettes de soleil pour se protéger de l'éclat des lumières. Avec des gestes outrés, il s'essuyait le front et grimaçait devant son public hilare.

— Ça suffit, dit Stillwell sévèrement, en s'adressant à ses troupes. C'est pas un show télévisé.

Potter se retourna vers Oates et hocha la tête d'un air approbateur devant la mince combinaison pare-balles.

— Vous aurez un vilain bleu si on vous tire dessus. Mais c'est important de ne pas avoir une apparence menaçante.

Les ravisseurs s'excitent très vite, expliqua Angie, en voyant approcher des policiers cuirassés comme des extraterrestres.

— C'est l'habit qui fait la victoire, dit-elle.

— Difficile d'avoir l'air moins menaçant. J'le sens comme ça, en tout cas. Et mon arme, je la laisse ici ?

— Non. Mais ne la montrez pas, dit Potter. Votre responsabilité première doit être votre propre sécurité. N'oubliez jamais ça. S'il faut choisir entre vous et l'otage, c'est votre vie en premier.

— Euh, je...

— C'est un ordre, dit solennellement Stillwell. Il s'était mis dans la peau d'un responsable de la sécurité comme s'il avait fait ça toute sa vie.

— Avancez lentement, en portant les sacs de chaque côté, bien visibles. Pas de mouvement rapide, quoi qu'il arrive, continua Potter.

— O.-K. Oates enregistrait tout.

Tobe Geller descendit du marchepied de la camionnette, tenant à la main un petit boîtier relié à un fil, lui-même rattaché à son extrémité à une courte tige métallique noire. Il fixa le boîtier dans le dos du policier, sous sa veste. Quant à la tige, il l'accrocha avec des épingles dans ses cheveux.

— Impossible d'utiliser ça avec notre cher Arthur, remarqua Tobe. Faut beaucoup de cheveux.

— Qu'est-ce que c'est ?

— Une caméra vidéo. Et un écouteur.

— Ce petit machin ? Sans blague !

Tobe glissa le fil dans le dos du policier et le brancha sur l'émetteur.

— La réception n'est pas fantastique, dit Potter, mais ça nous aidera quand vous serez de retour.

— Comment ça ?

— Vous m'avez l'air plutôt cool, Stevie, remarqua LeBow. Mais, en mettant les choses au mieux, vous retiendrez quarante pour cent de ce que vous avez vu là-bas.

— Oh, je le mets à cinquante pour cent, dit Potter, si je me trompe pas.

— À lui seul, l'enregistrement ne nous apprendra pas grand-chose, poursuivit l'agent de renseignements, mais il servira à vous rafraîchir la mémoire.

— Pigé. Ces hamburgers sentent drôlement bon, dites-moi, plaisanta Oates, mais à son expression, on devinait que manger était le cadet de ses soucis.

— Angie ? appela Potter.

L'agent du FBI s'approcha du policier ; d'un mouvement de tête, elle rejeta son abondante chevelure noire ébouriffée par le vent.

— Voici une photo de la fille qui va sortir. Elle s'appelle Jocylyn. (Rapidement, elle lui rappela comment s'y prendre avec elle.)

— Ne lui parlez pas, conclut Angie. Elle ne comprendra pas ce que vous dites et elle risque de paniquer à l'idée d'avoir peut-être manqué quelque chose d'important. Et n'oubliez pas de sourire.

— Sourire. Ben tiens. Du gâteau, dit Oates en déglutissant.

— Au fait, vu son poids, elle ne peut pas courir très vite, j'imagine, ajouta Potter en dépliant une carte du terrain. Si elle pouvait se grouiller, je vous dirais de plonger dans ce fossé-là, celui qui est devant l'abattoir, puis de courir à toutes jambes. Vous présenteriez des cibles obliques. Mais les choses étant ce qu'elles sont, je crois que vous allez devoir repartir en marchant en ligne droite.

— Comme la fille qui s'est fait descendre ? demanda LeBow, et sa question les déprima tous.

— Bon, Stevie, reprit Potter, vous allez vous avancer jusqu'à la porte. Mais ne rentrez à l'intérieur sous aucun prétexte.

— Et s'il dit qu'autrement il refuse de la relâcher ?

— Alors vous la laissez. Déposez la nourriture et repartez. Mais je crois qu'il la laissera partir. Rapprochez-vous le plus possible de la porte. Je vous demande de regarder à l'intérieur. Essayez de voir comment ils sont armés, s'il y a des radios, des traces de sang, des otages ou des ravisseurs dont nous ignorons l'existence.

— Comment d'autres auraient pu rentrer ? demanda Budd.

— Ils auraient pu être à l'intérieur et attendre l'arrivée de Handy et des autres.

— Ah, tout juste. (Budd avait l'air découragé.) J'avais pas pensé à ça.

— N'entamez aucun dialogue avec lui, poursuivit Potter, ne discutez pas, ne dites rien sauf pour répondre directement à ses questions.

— Vous croyez qu'il va me demander des trucs ?

Potter échangea un regard avec Angie, qui répondit :

— C'est possible. Il peut avoir envie de vous asticoter un peu. Les lunettes de soleil — il a un petit côté malicieux. Il risque de vouloir vous mettre à l'épreuve. Ne mordez pas à l'hameçon.

Oates hocha la tête sans grande conviction. Potter continua :

— Vos conversations seront sur écoute et je pourrai vous souffler les réponses par l'intermédiaire de votre écouteur.

— Ça va être les cent mètres les plus longs de ma vie, remarqua Oates avec un pâle sourire.

— Il n'y a aucune crainte à avoir, dit Potter. À l'heure actuelle, il est beaucoup plus intéressé par l'idée de se restaurer que par l'envie de tuer quelqu'un.

Cette remarque pleine de bon sens sembla rassurer Oates, mais pour Potter, elle réveillait un lointain souvenir : dans des circonstances similaires, il avait dit à peu près la même chose à un policier qui, un instant plus tard, avait été touché au genou et au poignet par un preneur d'otages, lequel, sur un coup de tête, avait refusé les analgésiques et les bandages qu'on lui apportait.

Potter glissa un spray contre l'asthme dans le sac de hamburgers.

— Ne lui en dites rien. Laissez-le découvrir ça tout seul et décider s'il va ou non le donner à Beverly.

Budd agita les feutres et les blocs-notes fournis par Derek.

— On les rajoute aussi ?

Potter réfléchit. Les blocs-notes et les crayons permettraient aux otages de communiquer avec leurs ravisseurs, ce qui renforcerait leurs liens. Mais il suffisait parfois de petits écarts de programme pour déclencher une réaction violente chez les preneurs d'otages. Le spray constituait un premier écart. Quelle serait la réaction de Handy devant un second ? Il consulta Angie.

— C'est peut-être un sociopathe, dit-elle après un temps de réflexion. Mais, dis-moi, il n'a pas eu de violente manifestation de colère ni d'émotion jusqu'ici ?

— Non. Il est resté plutôt cool.

En fait, il avait été d'un calme terrifiant.

— Pas de problème, dit Angie, ajoutez-les.

— Dean, Charlie, appela Potter, venez par ici une minute. Le shérif et le capitaine se rapprochèrent. Quels sont vos meilleurs fusils ?

— Je dirais Sammy Bullock et — qu'est-ce t'en penses ? Chris Felling ? C'est la Christine. M'est avis qu'elle est meilleure que Sammy. T'en dis quoi, Dean ?

— Que si j'étais un écureuil à quatre cents mètres de Chrissy et que je la voyais épauler sa pétoire, j'me donnerais même pas la peine de détaler. J'dirais adieu à mes p'tites fesses, un point c'est tout.

Potter essuya ses lunettes.

— Dites-lui d'armer, et placez un gars avec des jumelles pour surveiller la porte et les fenêtres. Si Handy ou l'un des autres a l'air de vouloir faire feu, elle a le feu vert pour tirer. Mais qu'elle vise le chambranle ou le rebord de la fenêtre.

— Vous aviez dit qu'il n'y aurait pas de tir d'avertissement, je croyais, remarqua Budd.

— Ça, c'est la règle, répondit Potter d'un air avisé. Et c'est une vérité absolue... à moins d'une exception.

146

— Ah.

— Allez vous occuper de ça, Dean.

— À vos ordres. (Le shérif partit au pas de course, baissé à ras de terre.)

Potter revint vers Oates.

— O.-K., brigadier. Prêt ?

— Je peux vous souhaiter « Bonne chance » ? dit Frances au jeune homme.

— Avec plaisir, répondit Oates d'un air sincère.

Budd tapota son épaule caparaçonnée.

Melanie Charrol connaissait des tas d'histoires de catéchisme.

Autrefois, la vie des sourds était très liée à la religion et, pour beaucoup d'entre eux, cela restait encore vrai aujourd'hui. Les pauvres agneaux de Dieu... encouragez-les d'une petite tape sur la joue et forcez-les à apprendre à parler juste assez pour qu'ils puissent péniblement se débrouiller avec le catéchisme, l'Eucharistie et la confession (en restant entre eux, naturellement, pour ne pas embarrasser l'assemblée des fidèles entendants). Tout homme de cœur et de grande intelligence qu'il fût, l'Abbé de l'Épée n'en pas moins créé la langue des signes française pour s'assurer que les âmes de ses protégés aient accès au paradis.

Sans parler bien sûr des vœux de silence prononcés par les moines et les religieuses, lesquels adoptent « l'infirmité » de ces pauvres gens à titre de pénitence. (En s'imaginant sans doute n'en entendre que mieux la voix de Dieu, même si Melanie aurait pu leur dire que cela ne marchait pas du tout.)

Elle s'adossa au mur carrelé de l'abattoir, l'endroit le plus horrible qui puisse exister dans ce monde du Dehors. Mrs. Harstrawn était couchée sur le côté, à quelques mètres de là, le regard fixé sur le mur. Plus de larmes maintenant — elle n'en avait plus à verser, elle était tarie, vidée. La femme clignait des yeux, elle respirait, mais elle aurait aussi bien pu être dans le coma. Melanie se leva et, faisant un écart, évita une flaque d'eau noire recouverte d'une écume verte où stagnaient les fragments de milliers d'insectes morts.

La religion.

Serrant les sœurs jumelles contre elle, Melanie sentit leur échine délicate à travers l'étoffe bleu pastel de leurs chemisiers identiques de style western. Elle s'assit à côté d'elles, en pensant à une histoire qu'elle avait entendue au catéchisme. Cela se passait dans la Rome antique, et les premiers chrétiens rassemblés

147

dans le Colisée attendaient leur martyr. Ils avaient bien entendu refusé de renier leur foi. Hommes, femmes et enfants agenouillés, priant joyeusement devant les centurions qui venaient les chercher. Aussi sûrement qu'un mélodrame du plus mauvais goût, l'histoire lui avait déchiré le cœur à l'époque, quand elle avait huit ou neuf ans. Et aujourd'hui encore, elle parvenait à l'émouvoir.

Les yeux fixés là-bas sur la lampe, l'esprit tout entier absorbé par la pulsation de l'ampoule jaune qui se dilatait et se contractait tour à tour, elle voyait la lumière se transformer pour devenir le visage de Susan, puis le corps d'une très belle jeune femme déchiquetée par les griffes jaunes des lions.

Huit petits oiseaux gris, perchés dans le noir...

Mais non, il n'en reste plus que sept maintenant.

Jocylyn allait-elle mourir, elle aussi ? Melanie risqua un coup d'œil dans l'autre pièce, et aperçut la fillette debout devant une fenêtre. Elle était secouée de sanglots. Fouine la tenait par le bras. Ils attendaient devant la porte entrouverte.

Un mouvement tout près. Elle tourna la tête — réaction instinctive d'une personne sourde à des mains qui s'agitent. Kielle avait fermé les yeux. Melanie observa le mouvement répétitif de ses mains, sans trop comprendre le message de la fillette, quand d'un seul coup elle réalisa qu'elle faisait appel à Wolverine, une autre héroïne de B.D.

— Fais quelque chose, signa Shannon. Melanie !

Ses petites mains fendaient l'air.

Fais quelque chose. Bon.

Melanie pensa à De l'Épée. Elle espérait que cette pensée lui redonnerait le cœur qui lui manquait. Il n'en fut rien. Elle était toujours aussi impuissante, à regarder fixement Jocylyn qui, se retournant vers la salle d'abattage, surprit le regard de Melanie.

— Ils vont me tuer, signa Jocylyn en sanglotant. Je t'en prie, aide-moi.

Le monde du Dehors...

— Melanie. (Les yeux noirs de Kielle lançaient des éclairs. La fillette venait d'apparaître brusquement à ses côtés.) Fais quelque chose !

— Quoi ? remarqua sèchement Melanie. Dis-moi. Lui tirer dessus ? Me faire pousser des ailes et m'envoler ?

— Alors j'irai, dit Kielle en tournant les talons pour se ruer vers les hommes. Sans réfléchir, Melanie bondit après elle. La petite fille venait juste de franchir le seuil de la salle d'abattage quand Ours se dressa devant elles. Melanie et Kielle s'arrêtèrent net. Melanie passa le bras autour des épaules de la fillette et baissa

148

la tête, les yeux rivés sur le pistolet noir glissé dans la ceinture de l'homme.

Prends son arme. Tue-le. Ne t'inquiète pas du reste. Tu en es capable. Il pense à tout autre chose, ce gros cochon. De l'Épée entendra le coup de feu et accourra pour sauver les filles. Prends son arme. Fais-le. Elle se vit réellement en train d'appuyer sur la détente. Ses mains se mirent à trembler. Elle fixait le pistolet, le plastique noir luisant de sa crosse.

Ours avança la main et lui effleura les cheveux. Du dos de la main, une caresse. Le geste tendre d'un père ou d'un amant.

Le peu de force que Melanie avait en elle s'évanouit instantanément. Ours saisit les deux filles par le col et les traîna sans ménagement dans la salle d'abattage, et Jocylyn disparut à la vue de Melanie.

Je ne peux pas l'entendre crier puisque je suis sourde...

Je ne peux pas l'entendre m'appeler au secours puisque je suis sourde.

Je suis sourde, je suis sourde, je suis sourde...

Ours les poussa brutalement dans le coin et alla s'asseoir dans l'ouverture. Il contempla les prisonnières effrayées.

Je suis déjà morte puisque je suis sourde. Quelle importance ; quelle importance ?

Melanie ferma les yeux, posa lentement ses belles mains sur ses genoux ; puis, libérée de toute entrave, elle s'évada une fois de plus de la salle d'abattage.

— Mets le H.P. en marche, Tobe, ordonna Potter.

Dans la camionnette, Tobe ouvrit une mallette, révélant le Hewlett-Packard Modèle 122 A.S.V., qui n'était pas sans rappeler un moniteur cardiaque. Il brancha l'appareil et l'alluma. Une étroite bande de papier, pareille à un reçu de caisse, sortit de la machine et une grille apparut en vert sur le fond noir de l'écran. Il lança un coup d'œil sur les personnes présentes dans la camionnette. LeBow désigna Potter, puis lui-même, Angie et enfin Budd.

— Dans cet ordre.

Frances et Derek observaient la scène avec curiosité.

— Cinq dollars que tu te trompes, offrit Potter. Moi, Angie, toi et Charlie.

— De quoi vous parlez ? dit Budd avec un petit rire gêné.

— Silence, tout le monde, dit Tobe. Il poussa un micro vers Angie.

— Il court, il court le furet...

— Ça me suffit, interrompit Tobe en tendant le microphone à Potter, qui récita :

— La plume de ma tante...

Henry LeBow se trouva coupé au milieu d'une longue tirade de Shakespeare.

Budd, qui louchait presque à force de fixer ce gêneur de micro, déclara :

— Ce truc-là me fiche le trac.

Les quatres agents du FBI éclatèrent de rire.

— Analyseur de stress vocal — A.S.V., expliqua Tobe à Frances. Ça nous donne petite idée en matière de détection de la vérité, mais ça nous permet surtout d'évaluer le risque.

Il appuya sur une touche et l'écran se divisa en quatre carrés. Des courbes dessinant des pics et des creux d'amplitudes diverses se figèrent devant leurs yeux.

Tobe tapota l'écran et dit :

— Voilà Arthur. Rien ne l'ébranle jamais. En réalité, je parie qu'il pisse régulièrement de trouille, mais jamais personne le croirait à entendre sa voix. Tu te classes deuxième, Angie. Arthur avait raison. Tu remportes la palme du calme. Mais Henry n'est pas loin derrière. (Il rit, en tapotant le dernier carré.) Capitaine Budd, vous êtes un sacré petit nerveux. Je vous conseillerais le yoga et des exercices de respiration.

Budd fronça les sourcils.

— Si vous ne m'aviez pas fourré votre truc sous le nez, je m'en serais mieux tiré. Ou alors fallait me dire tout de suite de quoi il s'agissait. J'ai droit à un autre essai ?

Le négociateur regarda dehors.

— C'est le moment de téléphoner. Allez, Charlie, dites-lui de partir.

— Vas-y, Stevie, dit Budd dans l'émetteur radio. Ils virent le policier traverser le fossé et se diriger vers l'abattoir.

Potter appuya sur la touche de numérotation rapide.

— Liaison.

— Salut, Lou.

— Art. On a la grosse là, fagotée comme une dinde de Noël. On voit ton gars qu'approche. Il a mon milk-shake au chocolat ?

— C'est celui qui vous a lancé le téléphone. Il s'appelle Stevie. Un type bien.

Potter, en son for intérieur : *C'est un de ceux qui nous a tiré dessus tout à l'heure ?*

— P't-être que c'était lui qu'a donné le signal de tirer sur notre Shep, dit Handy.

— Je t'ai déjà dit que c'était un accident, Lou. Dis-moi, comment ça se passe pour tout le monde là-dedans ?

Qu'est-ce que ça peut foutre ?

— Impec. J'viens juste de vérifier.

Bizarre, pensa le négociateur, qui ne s'attendait pas du tout à cette réponse. Dit-il cela pour me rassurer ? Aurait-il peur ? Cherche-t-il à endormir ma vigilance ?

Ou se peut-il que le masque du méchant soit tombé un instant et que le véritable Lou Handy ait vraiment répondu sincèrement à une question sincère ?

— J'ai mis le médicament contre l'asthme dans le sac.

Qu'elle aille se faire voir, rien à branler.

— Oh, pour celle qu'aspire l'air, rigola Handy. Elle fait chier, Art. Comment tu veux qu'on dorme avec cette petite garce qu'arrête pas de s'étouffer ?

— Et aussi du papier et des crayons. Au cas où les filles voudraient te dire quelque chose.

Silence. Potter et LeBow échangèrent un bref regard. Était-il en colère à cause du papier ?

Non, il était tout simplement en train de parler à quelqu'un à l'intérieur.

Retiens son attention, détourne son esprit des otages, de Stevie.

— Et ces lampes, elles marchent ? demanda Potter.

— Parfait. Mais celles que t'as mises dehors nous emmerdent, par contre. Je peux les faire péter ?

— Tu sais combien elles coûtent ? Ça me serait retenu sur mon salaire.

Oates avait parcouru une quinzaine de mètres, et avançait à pas lents et réguliers. Potter lança un coup d'œil sur Tobe, qui acquiesça en silence et appuya sur les touches du H.P.

— Alors comme ça, Lou, t'es un fan de McDonald's ? Les Big Mac, y a rien de meilleur.

— Et comment tu pourrais savoir ça, toi ? demanda Handy, sarcastique. T'as jamais mis les pieds au McDo de ta vie, j'parie.

Angie le félicita, pouce levé, et Potter eut l'air satisfait. C'est toujours bon signe quand le ravisseur s'adresse personnellement au négociateur. Le processus de transfert était engagé.

— Tu as tout faux, Lou. Tu vas avoir exactement ce que j'ai mangé deux soirs de la semaine dernière. Enfin, sans les frites. Mais c'est vrai que j'ai pris un milk-shake. À la vanille.

— J'croyais que les pontes du FBI comme toi se tapaient des repas de luxe tous les soirs. Viande et homard. Champagne. Et après tu t'envoies la jolie poupée qui bosse pour toi.

— Un cheeseburger au bacon, pas moyen d'avoir un verre de vin. Oh, et à la place de la poupée, j'ai repris des frites. Les patates, je résiste pas.

Dans le pâle reflet de la vitre, Potter avait senti le regard de Budd fixé sur lui, un regard légèrement incrédule, lui sembla-t-il.

— Toi aussi t'es gros, comme c'te gamine que je tiens par son petit bras grassouillet ?

— Je pourrais perdre quelques kilos. Peut-être un peu plus.

Oates était à quinze mètres de la porte.

Potter avait envie de sonder Handy pour en savoir davantage sur ce qu'il aimait ou pas. Mais il restait prudent. Il se doutait que cela allait l'énerver. Dans les prises d'otages, une certaine école de pensée préconise de mettre les ravisseurs à cran — en les bombardant de mauvaise musique ou en jouant le chaud et le froid avec le chauffage dans l'endroit où ils sont retranchés. Potter ne croyait pas à cette méthode. Rester ferme, tout en établissant un lien.

Handy restait trop silencieux. Qu'est-ce qui le distrayait ? À quoi pensait-il ? Il faut que je contrôle davantage la situation. Là est le problème, comprit soudain Potter. Je n'arrive pas à lui reprendre le contrôle.

— J'allais te demander, Lou... C'est un drôle de temps pour un mois de juillet. Doit faire froid là-dedans. Tu voudrais qu'on vous mette un peu de chauffage ?

Potter anticipa : *Ben non, y a plein de monde ici pour se tenir chaud.*

Mais Handy répondit lentement :

— Pourquoi pas ? Quel temps il va faire cette nuit ?

Très logique et terre à terre, une fois encore. Et, derrière les mots, l'allusion au fait qu'il se préparait probablement à un long siège. Ce qui pouvait donner à Potter l'occasion de repousser une partie des délais imposés par Handy. Il griffonna ces quelques impressions sur un morceau de papier qu'il poussa vers Henry LeBow afin qu'il saisisse ces données sur son ordinateur.

— Frisquet et ça va souffler, à ce qu'on m'a dit.

— J'vais y réfléchir.

Et écoute-moi cette voix, pensa Potter. Il a l'air tellement raisonnable. Comment dois-je décoder ça ? Tantôt il est pure provocation ; tantôt il parle comme un représentant de commerce. Potter survola du regard le plan de l'abattoir. Douze Post-It jaunes, représentant chacun un ravisseur ou un otage, étaient collés dessus. Potter espérait les voir finalement placés à l'endroit exact où chacun se tenait. Pour le moment, les Post-It étaient tous regroupés dans un coin.

— Lou, tu es là ?

— 'Videmment, j'suis là. Tu veux qu'je sois où, putain ? Sur la I-70, en train de filer sur Denver ?

— Je t'entendais pas respirer.

Dans un souffle à vous glacer les sangs, Handy répondit :

— Normal, j'suis un fantôme.

— Un fantôme, reprit Potter en écho.

— Je me glisse derrière toi, silencieux comme un chat, je te tranche la gorge et je repars avant que ton sang touche terre. Tu me crois dans c'te bâtisse-là, l'abattoir que tu regardes en ce moment. Mais j'y suis pas.

— Et tu es où, alors ?

— Peut-être que je vais te surprendre par-derrière, là, dans ta camionnette. Tu vois, je le sais que t'es dans ce camion là-bas. En train de regarder par la vitre. Peut-être que je suis juste là, sous ta fenêtre. Ou dans c'te grande touffe d'herbe que ton gars traverse, et je vais lui planter mon couteau dans les couilles au passage.

— Et peut-être que je suis dans l'abattoir avec toi, Lou.

Un silence. Il va rire, se dit Potter.

Effectivement, Handy éclata d'un gros rire franc.

— Tu m'as mis beaucoup de frites ?

— Des tonnes. Nature et avec sauce barbecue.

Stevie Oates était arrivé devant la bâtisse.

— Tiens, chic alors... On a de la visite.

— J'ai une image, murmura Tobe.

Il baissa les lumières dans la camionnette. Leurs regards se tournèrent vers l'écran qui retransmettait l'image enregistrée par la caméra placée au-dessus de l'oreille droite de Stevie Oates. La qualité de la transmission était mauvaise. La porte de l'abattoir s'ouvrit un peu et ils ne virent de l'intérieur — tuyauterie, machines, table — que des images déformées par les reflets des lampes. La seule personne visible était Jocylyn, en ombre chinoise, le visage caché dans ses mains.

— Le voilà, votre gars. Stevie ? Je crois bien que j'ai encore jamais descendu personne qui s'appelait Stevie. Il m'a l'air d'en tenir une couche.

Le bout d'un canon, vraisemblablement celui d'un fusil, apparut lentement pour se poser contre la tempe de Jocylyn. Elle laissa tomber ses mains le long de son corps, poings serrés. Ses gémissements leur parvinrent à travers le haut-parleur. Potter pria pour que le tireur de Stillwell sache se retenir.

L'image vidéo vacilla quelques instants.

La silhouette d'un homme obstrua l'ouverture et le fusil se trouva pointé sur Oates. Dans le micro monté au-dessus de l'oreille du policier résonnèrent ces mots : « T'as une arme ? » Une voix qui n'était pas celle de Handy. La voix de Shepard Wilcox, devina Potter ; l'ombre portée de Bonner aurait été nettement plus grande.

Potter baissa les yeux pour s'assurer qu'il ne se trompait pas de touche en balançant la liaison sur l'écouteur d'Oates. Mens. Sois ferme mais correct.

— Non, je n'en ai pas. Voilà ce que vous avez demandé. Votre nourriture. Et maintenant, si vous voulez bien relâcher cette fille... (Le policier parlait sans le moindre tremblement dans la voix.)

— Parfait, Stevie, c'est très bien. Baisse la tête pour indiquer si Jocylyn va bien.

L'image s'inclina légèrement.

— N'oublie pas de lui sourire.

Nouvelle inclinaison.

La voix d'Handy à Oates :

— T'as un micro ou une caméra ? (Une autre silhouette était apparue. C'était Handy.) Tu m'enregistres ?

— À toi de jouer, chuchota Potter. Mais si tu dis oui, l'échange n'aura pas lieu.

— Non, répondit le policier.

— Si tu me mens, t'es un homme mort.

— Je ne mens pas, affirma Oates, sans aucune hésitation.

Bien, bien.

— T'es tout seul ? Y a personne de planqué derrière la porte ?

— Vous ne voyez pas ? Je suis seul. Comment va la fille ?

— Vous ne voyez pas ? ironisa Handy, en reculant derrière Wilcox, en pleine vue. La voilà. À toi de juger.

Pas un seul geste pour la relâcher.

— Relâchez-la, dit Oates.

— Peut-être que tu devrais rentrer pour la prendre.

— Non. Relâchez-la.

— T'as un gilet pare-balles ?

— Ouais, sous ma chemise.

— Tu devrais p't-être me le refiler. Ça nous serait plus utile qu'à toi.

— Et pour quelle raison ? demanda Oates. (Sa voix avait moins d'assurance.)

— C'est que ça va te servir à rien. Je t'explique : si on te tire en pleine figure et qu'on t'enlève ton gilet, tu seras aussi mort que si on t'avait tiré dans le dos quand t'étais en train de repartir. Alors pourquoi pas nous le filer tout de suite ?

S'il leur donne son gilet, ils trouveront la caméra vidéo et l'émetteur-radio. Et ils le tueront sans doute sur-le-champ.

— Dis-lui qu'on avait un marché, souffla Potter.

— Nous avions un marché, dit Oates d'un ton ferme. Voilà la nourriture. Je veux cette fille. Et je la veux tout de suite.

Un silence qui dure une éternité.

— Pose ça par terre, dit finalement Handy.

Sur l'écran, l'image plongea au moment où Oates posait le sac par terre. Le policier avait pourtant relevé la tête pour braquer la caméra dans l'entrebâillement de la porte. Malheureusement, l'image était trop fortement contrastée et, dans la camionnette, les agents ne pouvaient pratiquement rien voir.

— Tiens, crépita la voix de Handy, prends Miss Ouin-Ouin. Et fais-la rentrer à la maison pour qu'elle aille tout répéter à sa maman. (Rires. Handy s'écarta de la porte. Ils le perdirent de vue, ainsi que Wilcox. L'un d'eux ajustait-il son tir ?)

— Salut, ma jolie, dit Oates. T'en fais pas, allez, ça va bien se passer, tu verras.

— Il ne devrait pas lui parler, murmura Angie.

— Allons faire un petit tour tous les deux, hein, tu veux ? Pour voir ton papa et ta maman ?

— Lou, appela Potter dans le combiné, inquiet tout à coup de ne plus voir les ravisseurs.

Pas de réponse. Tout bas, à l'équipe dans la camionnette, il dit : Je n'ai aucune confiance en lui. Bon sang, vraiment aucune confiance.

— Lou ?

— Toujours en ligne, précisa Tobe. Il n'a pas raccroché.

— Ne lui parle pas Stevie, souffla Potter à Oates. Ça pourrait la faire paniquer.

Pour toute réponse, l'image plongea.

— Vas-y. Sors de là à reculons. Très lentement. Ensuite, mets-toi derrière la fille, retourne-toi, et commence tout de suite à marcher. Garde la tête bien droite, pour que ton casque protège ta nuque au maximum. Si on te tire dessus, laisse-toi tomber sur la fille. Je donnerai l'ordre de faire feu pour te couvrir et nous te tirerons de là aussi vite que possible.

Un faible murmure inquiet se fit entendre dans le haut-parleur. Sans autre réponse.

Soudain l'écran vidéo s'affola. Il s'illumina brusquement et les images se mirent à danser en tous sens.

— Non ! fit la voix d'Oates. Puis un grognement sourd suivi d'un gémissement.

— Il est à terre, dit Budd en regardant par la vitre avec ses jumelles. Oh, punaise.

— Bon Dieu ! s'écria Derek Elb en levant les yeux sur le moniteur vidéo.

Ils n'avaient pas entendu de coup de feu, mais Potter était sûr que Wilcox avait abattu la fille d'une balle dans la tête avec un silencieux et qu'il vidait maintenant son chargeur sur Oates. L'écran sautait de manière désordonnée, alternant formes floues et taches de lumière intense.

— Lou ! cria Potter dans le téléphone. Lou, tu es là ?

— Regardez ! s'exclama Budd en pointant le doigt par la fenêtre.

Ce n'était pas ce que Potter avait craint. Jocylyn, manifestement prise de panique, avait bondi en avant. Sous son poids, Oates avait été renversé et était tombé sur le dos. Elle courait à présent à travers les hautes herbes vers la première rangée de voitures de police.

Oates roula sur le côté et, aussitôt debout, s'élança derrière elle.

Potter tripota d'autres touches. « Lou ! » Il tapa sur le pupitre pour activer la liaison radio avec Dean Stillwell, qui surveillait la scène à travers une lunette à intensificateur de lumière, un tireur d'élite à ses côtés.

— Dean ? appela Potter.

— À vos ordres.

— Vous voyez quelque chose à l'intérieur ?

— Pas grand-chose. La porte est ouverte de trente centimètres, pas plus. Y a quelqu'un derrière.

— Les fenêtres ?

— Personne derrière, pour l'instant.

Jocylyn avait beau être grosse, elle sprintait comme une championne olympique, droit vers la camionnette, bras en l'air, bouche grande ouverte. Oates gagnait du terrain sur elle, mais tous deux offraient des cibles parfaites.

— Dites à votre tireur, dit Potter en explorant désespérément les fenêtres de l'abattoir, d'ôter le cran de sûreté.

Faut-il donner l'ordre de tirer ?

— À vos ordres. Attendez. Voilà Wilcox. À l'intérieur, à cinq mètres de la fenêtre. Il a un fusil et il met en joue.

Oh, Seigneur, se dit Potter. Si le tireur d'élite le descend,

Handy n'hésitera pas une seconde à abattre un des otages en représailles.

Tirera, tirera pas ?

Wilcox s'est peut-être simplement affolé, sans savoir ce qui se passe.

— Agent Potter ? demanda Stillwell.

— En joue !

— À vos ordres... Chrissy a Wilcox dans sa mire. Elle le tient. Impossible de le rater, à son avis. Cran de mire au milieu du front.

Oui ? Non ?

— Attendez, dit Potter. Gardez-le en joue.

— À vos ordres.

Jocylyn se trouvait à une trentaine de mètres de l'abattoir. Oates tout près derrière. Cibles parfaites. Une décharge de chevrotine calibre douze, double-zéro, leur arracherait les jambes.

Suant à grosses gouttes, Potter frappa un grand coup sur deux touches. Dans le combiné, il dit :

— Lou, t'es là ?

On entendit un bruit de friture, ou un souffle, ou un battement de cœur irrégulier.

— Dites au tireur de décrocher, ordonna brusquement Potter à Stillwell. Ne tirez pas. Quoi qu'il arrive, ne tirez pas.

— À vos ordres, répondit Stillwell.

Potter se pencha en avant, et sa tête cogna contre le verre froid de la vitre.

En deux bonds, Stevie Oates rattrapa la fille et l'entraîna à terre. Elle battit l'air des bras et des jambes et ils roulèrent ensemble de l'autre côté de la butte, hors de vue de l'abattoir.

Budd poussa un bruyant soupir.

— Dieu soit loué, murmura Frances.

Angie garda le silence mais Potter remarqua qu'elle avait instinctivement porté la main à son arme, doigts crispés sur la crosse.

— Lou, tu es là ? appela-t-il une première fois. Et une deuxième.

Un crépitement, comme si l'on enveloppait le téléphone dans du papier cristal.

— J'peux pas parler, Art, fit Handy la bouche pleine. On mange.

— Lou...

Il y eut un déclic, puis le silence.

Potter s'appuya au dossier de sa chaise et se frotta les yeux.

Frances applaudit, suivie par Derek Elb.

— Félicitations, dit LeBow d'une voix douce. Le premier échange. Une victoire.

Budd était pâle. Lentement, il laissa échapper une grosse bouffée d'air. « Punaise. »

— Bon d'accord, les amis, faudrait pas trop se congratuler, remarqua Potter. Il ne nous reste plus qu'une heure et quarante-cinq minutes avant l'expiration du premier délai pour l'hélicoptère.

De toutes les personnes présentes, seul le jeune Tobe Geller avait l'air troublé.

Arthur Potter, en homme sans enfant, le remarqua tout de suite.

— Qu'y a-t-il, Tobe ?

L'agent du FBI pressa plusieurs touches sur le Hewlett-Packard et indiqua l'écran du doigt.

— Voilà votre courbe A.S.V. durant l'échange, Arthur. Anxiété inférieure à la normale pour un événement légèrement anxiogène.

— Légèrement, marmonna Budd en ouvrant de grands yeux. Heureusement que vous avez pas pris la mienne.

— Et voici la courbe moyenne de Handy sur dix secondes tout au long de l'échange. (Il tapota l'écran. La ligne était presque plate.) Il se tenait dans l'ouverture de la porte avec une douzaine de fusils braqués sur sa poitrine et ce salaud n'était pas plus angoissé que le type qui va commander un café dans un restoroute.

15 : 13

Elle n'avait senti ni le choc sourd des coups de feu, ni la vibration des cris résonner dans sa poitrine.

Merci merci merci.

Jocylyn était hors de danger.

Melanie se pelotonna dans le fond de la salle d'abattage avec les jumelles, leurs longs cheveux noisette, humides de larmes, plaqués sur leurs joues. Elle leva les yeux vers l'ampoule nue qui empêchait — tout juste — les flots déchaînés du Dehors de la précipiter vers la mort.

Elle avait recommencé à entortiller nerveusement une mèche de cheveux autour de son doigt. Le geste de la main pour « briller ». Le mot pour « éclat ».

Le mot pour « lumière ».

L'ombre d'un mouvement la fit sursauter. La silhouette massive et barbue d'Ours, en train de mâchonner un hamburger, s'avança d'un air menaçant vers Fouine pour lui jeter sèchement quelques mots à la figure. Attendit une réponse, n'en obtint pas, et se remit à crier. Melanie n'arrivait pas à déchiffrer un seul mot de leur conversation. Plus les gens s'énervaient, plus leurs paroles se faisaient hachées et rapides, ce qui les rendait incompréhensibles, comme si, dans les moments où il était essentiel de dire les choses clairement, aucune clarté n'était possible.

Passant la main dans sa brosse de cheveux, Fouine gardait son calme et regardait Ours avec un petit sourire en coin. Un vrai cow-boy, ce Fouine, se dit Melanie. Il n'est pas moins cruel que les autres, mais il a du courage et le sens de l'honneur, et si ce sont aussi des qualités chez les méchants, il doit y avoir du bon en lui. Brutus apparut et Ours s'arrêta brusquement de parler, saisit un carton de frites dans sa grosse pogne et s'en repartit vers la pièce du devant. Là, il s'assit et se mit à enfourner la nourriture par poignées dans sa barbe hirsute.

Brutus tenait à la main un hamburger enveloppé dans du papier. Il le lorgnait sans cesse d'un œil amusé, comme s'il n'avait jamais eu de hamburger de sa vie. Il en croqua un petit morceau, qu'il mastiqua avec soin. Puis il alla s'accroupir sur le seuil de la salle d'abattage, et observa les filles et les deux enseignantes. Melanie croisa son regard, et se sentit brûler d'une peur panique. « Hé, miss », fit-il. Elle baissa les yeux très vite, envahie par la nausée.

Elle ressentit un coup sourd et releva la tête, surprise. Il avait frappé le sol tout près d'elle. De sa poche de poitrine, il tira une petite boîte en carton bleu et la lui lança. C'était un spray contre l'asthme. Elle ouvrit lentement la boîte puis passa le spray à Beverly, qui aspira goulûment le médicament.

Melanie se tourna vers Brutus et s'apprêtait à lui dire « merci » en remuant les lèvres, mais il avait tourné la tête et observait de nouveau Mrs. Harstrawn, laquelle s'était remise à sangloter comme une hystérique.

— C'est pas croyable — elle... continuer sans s'arrêter.

Comment puis-je comprendre ses paroles sans le comprendre *lui* ? Regardez-le — accroupi là à regarder pleurer cette pauvre femme. En train de mastiquer tranquillement, avec ce maudit petit sourire aux lèvres. Je n'ai jamais vu personne d'aussi cruel.

Et si je le comprenais, en fait ?

Melanie entend une voix familière. *Tu vas bientôt rentrer à la maison, alors...*

Lève-toi, ordonne-t-elle rageusement en silence à sa collègue.

Arrête de pleurer ! Lève-toi et fais quelque chose ! Aide-nous. C'est toi la responsable, en principe.

Tu vas bientôt...

D'un seul coup, son cœur se glaça et la colère volatilisa sa peur. La colère et... quoi d'autre ? Un feu sournois qui tourbillonnait dans le fond de son âme. Ses yeux croisèrent ceux de Brutus. Il avait cessé de manger et la regardait. Sans que ses paupières aient jamais battu, elle avait l'impression qu'il lui avait fait un clin d'œil — comme s'il savait exactement ce qu'elle pensait de Mrs. Harstrawn et partageait son sentiment. Pour un instant, la malheureuse femme avait été entre eux l'objet d'une plaisanterie impardonnable.

De désespoir, elle sentit sa colère s'évanouir, et la peur la submerger de nouveau.

Arrêtez de me regarder ! le suppliait-elle en silence. Je vous en prie ! Baissant la tête, elle se mit à trembler, en larmes. Puis elle fit la seule chose qui lui était possible : les yeux clos, la tête basse, elle s'évada. L'endroit où elle s'était déjà réfugiée aujourd'hui, fuyant l'abattoir. Son coin secret, son salon de musique.

Une pièce tout en bois sombre, tentures, coussins, atmosphère enfumée. Pas une seule fenêtre. Le monde du Dehors ne pénètre pas ici.

Voici un clavecin fait d'un précieux bois de rose, orné de petites fleurs en filigrane et rehaussé d'incrustations d'ivoire et d'ébène. Voici un piano dont la sonorité ressemble au tintement du cristal. Un berimbau d'Amérique du Sud, un vibraphone doré, une guitare d'avant-guerre.

Voici les murs conçus pour répercuter la voix de Melanie, une voix où se mêlent tous les instruments de l'orchestre. Mezzo-soprani, coloratures et altos.

Un lieu qui n'avait jamais existé et qui n'existerait jamais. Mais c'était là que Melanie trouvait son salut. Quand, à l'école, les railleries dépassaient la mesure, quand elle n'arrivait pas à comprendre ce qu'on lui disait, quand elle songeait à ce monde qu'elle ne pourrait jamais éprouver, son salon de musique était le seul endroit où aller pour se sentir à l'abri, pour trouver un réconfort.

Melanie, confortablement assise sur le canapé dans son refuge secret, décide qu'elle n'a pas envie de rester seule. Elle a besoin de quelqu'un à qui parler. Quelqu'un avec qui partager des mots du langage des hommes. Qui inviter ?

Melanie pense à ses parents. Mais elle ne les a encore jamais conviés ici. Des amis de la Laurent Clerc School, d'Hebron, des voisins, des élèves... Mais quand elle pense à eux, elle pense à Susan. Et puis elle n'ose pas, bien sûr.

Parfois elle invite des musiciens et des compositeurs — des gens qu'elle connaît par ses lectures, même si elle n'a jamais entendu leur musique.

Son frère venait régulièrement.

À dire vrai, Danny fut longtemps le seul à lui rendre visite, car il était manifestement le seul de la famille à ne pas être gêné par son infirmité. Ses parents se mettaient en quatre pour choyer leur fille, la gardant à la maison, ne la laissant jamais sortir seule en ville, râclant les fonds de tiroirs pour lui faire donner des cours particuliers, insistant sur les dangers de « son, euh, disons, son état », en évitant soigneusement toute allusion à sa surdité.

Danny refusait toute concession au caractère timoré de Melanie. Il partait en ville comme un bolide sur sa Honda 350 avec sa sœur à califourchon derrière lui. Elle portait un casque noir décoré d'ailes de feu. Avant que la surdité de Melanie ne soit totale, il l'emmenait au cinéma et exaspérait la salle entière en lui répétant les dialogues d'une voix très forte. Devant leurs parents horrifiés, il se baladait dans la maison avec un casque de mécanicien sur les oreilles juste pour comprendre ce que sa sœur était en train de vivre. Danny poussa même la gentillesse jusqu'à apprendre les rudiments de la langue des signes pour enseigner à sa sœur quelques expressions — que Melanie ne pouvait naturellement pas répéter devant des grandes personnes, mais qui allaient lui valoir un franc succès dans la cour de récréation de la Laurent Clerc School.

Ah, mais Danny...

Depuis cet accident l'année dernière, elle n'avait pas eu le cœur de le réinviter.

Elle essaie encore mais ne parvient pas à l'imaginer ici.

Alors aujourd'hui, quand elle ouvre la porte, c'est pour trouver un quadragénaire aux cheveux grisonnants attifé d'une veste bleu marine mal taillée et avec des lunettes à montures noires. L'homme qui se tenait sur le terrain devant l'abattoir.

De l'Épée.

Qui d'autre que lui ?

— Bonjour, dit-elle d'une voix cristalline.

— Et bonjour à vous. (Elle l'imagine qui lui prend la main pour la lui embrasser, moitié timide, moitié énergique.)

— Vous êtes un policier, n'est-ce pas ? demande-t-elle.

161

— Oui, dit-il.

Elle ne le voit pas aussi distinctement qu'elle le souhaiterait. La puissance du désir est sans limite, contrairement à celle de l'imagination.

— Je sais que ce n'est pas votre nom mais puis-je vous appeler De l'Épée ?

Il accepte volontiers, en gentleman qu'il est.

— Pouvons-nous bavarder un moment ? C'est ce qui me manque le plus, de bavarder.

Quand on a fait l'expérience de la parole, qu'on a bombardé les autres de mots en sentant les leurs résonner dans vos oreilles, s'exprimer en langue des signes est tout autre chose.

— Avec plaisir, bavardons un peu.

— Je veux vous raconter une histoire. Comment j'ai su que j'étais sourde.

— Allez-y... (Il a l'air sincèrement curieux.)

Melanie voulait être musicienne, lui explique-t-elle. Depuis qu'elle avait quatre ou cinq ans. Sans être un petit prodige, elle avait effectivement une justesse d'oreille absolue. Classique, celtique ou country-western, elle aimait tous les genres. Il lui suffisait d'entendre un air une seule fois pour savoir le retrouver de mémoire sur le piano familial.

— Et puis...

— Racontez-moi.

— Quand j'avais huit ans, presque neuf, je suis allée voir Judy Collins en concert.

« Elle chantait a cappella, poursuit Melanie, une chanson que je n'avais encore jamais entendue. Un air obsédant...

« Mon frère avait le programme du concert, et je me suis penchée vers lui pour lui demander le titre de la chanson. *Amère Disgrâce*, me répond-il.

— Inconnue au bataillon, dit De l'Épée.

— J'avais envie de la jouer au piano, reprend Melanie. C'était... c'est difficile à expliquer. Juste un sentiment, quelque chose que je devais faire, absolument. Il fallait que j'apprenne cette chanson. Le lendemain du concert, je demande à mon frère de passer dans un magasin de musique pour m'acheter la partition. Il me demande le titre. Je lui réponds : *Amère Disgrâce*.

« — Où t'as entendu ça ? me dit-il, en me regardant d'un drôle d'œil.

« J'ai ri.

« — Au concert, imbécile. La chanson qu'elle a chantée en dernier. C'est toi qui m'a donné le titre.

162

« Alors ce fut à lui de rire.

« — C'est qui, l'imbécile ? *Amère Disgrâce* ? Qu'est-ce que tu racontes ? C'était *Amazing Grace*, le vieux gospel. C'est ça que je t'ai dit.

« Non ! J'étais sûre d'avoir raison. Sûre et certaine ! Et au même moment, je me revis penchée en avant pour l'entendre et réalisai alors qu'à chaque fois qu'un de nous deux tournait la tête, je n'étais plus vraiment capable d'entendre ce qu'il me disait. Et aussi que je regardais uniquement ses lèvres, jamais ses yeux ni le reste de son visage. Exactement comme je le faisais depuis six ou huit mois avec toutes les personnes à qui je parlais.

« Je courus chez le disquaire de la ville — à plus de deux kilomètres de chez moi. J'étais tellement effondrée, il fallait que je sache. J'étais sûre que mon frère me jouait une farce et je lui en voulais terriblement. Je jurai de prendre ma revanche. Je me précipitai sur la section folk pour parcourir les albums de Judy Collins. C'était vrai... *Amazing Grace*. Deux mois plus tard, on diagnostiqua une perte de cinquante décibels dans une oreille, et de soixante-dix dans l'autre. Aujourd'hui c'est à peu près quatre-vingt-dix dans les deux.

— Je suis vraiment navré, dit De l'Épée. Comment cela est-il arrivé ?

— Une infection. Les poils de mon oreille ont été détruits.

— Et on ne peut rien y faire ?

Elle ne lui répond pas. Au bout d'un moment, elle dit :

— Je crois que vous êtes Sourd.

— Sourd ? Moi ? (Il a un petit sourire gêné.) Mais j'entends bien.

— Oh, on peut être Sourd et entendre.

Il a l'air déconcerté.

— Sourd et entendre, répète-t-elle. Vous voyez, les gens qui entendent, nous les appelons les Autres. Mais parmi les Autres, il y en a qui nous ressemblent davantage.

— Et comment sont-ils, ces gens-là ? lui demande-t-il.

Est-il fier d'en faire partie ? Elle croit que oui.

— Des gens qui vivent selon leur propre cœur, répond Melanie, et pas celui de quelqu'un d'autre.

Elle a honte, l'espace d'un instant, car elle n'est pas sûre de toujours écouter son propre cœur.

Une musique de Mozart se fait entendre. Ou de Bach. Elle n'est pas sûre de savoir lequel. (L'infection n'aurait-elle pas pu attendre un an de plus ? Songez à toute la musique que j'aurais pu écouter en douze mois. Imaginez un peu, son père déversait le sirop de la radio à longueur de journée dans les haut-parleurs de la ferme.)

— J'ai encore autre chose à vous dire. Quelque chose que je n'ai encore jamais dit à personne.

— Je vous écoute, dit-il, aimable.

Mais, une seconde plus tard, il a disparu.

Melanie sursaute.

Le salon de musique s'évanouit et elle se retrouve dans l'abattoir.

Les yeux écarquillés, elle jette un regard affolé autour d'elle, s'attendant à voir Brutus s'approcher. Ou Ours crier, en fonçant sur elle d'un air menaçant.

Mais non, Brutus est parti. Et Ours est assis tout seul dans la pièce d'à-côté, en train de manger, un étrange sourire aux lèvres.

Qu'est-ce qui l'a tirée du salon de musique ?

La vibration d'un son ? La lumière ?

Non, c'était une odeur. Une odeur l'avait arrachée à sa rêverie. Mais l'odeur de quoi ?

Quelque chose qu'elle détectait au milieu des relents de gras, de sueur, de pétrole et d'essence, de métal rouillé, de sang séché et de lard rance, une odeur mêlée à mille autres.

Ah, elle la reconnaissait clairement. Une odeur forte, tenace.

— Les filles, les filles signa-t-elle énergiquement à l'adresse de ses élèves. Je veux vous dire quelque chose.

Ours tourna la tête vers elles. Il remarqua leurs mains en mouvement. Son sourire disparut immédiatement et il se mit lourdement debout. Il avait l'air de crier : « Arrêtez-moi ça ! arrêtez ! »

— Il n'aime pas nous voir signer, expliqua Melanie en vitesse. Faisons semblant de jouer.

Ce que Melanie aimait dans la culture des Sourds, c'était l'amour des mots. La langue des signes américaine était une langue comme une autre. C'était en fait la cinquième langue la plus couramment utilisée aux États-Unis. En L.S.A., les mots et expressions peuvent être décomposés en unités structurelles plus petites (forme de la main, mouvement, position de la main par rapport au corps), tout comme les mots parlés peuvent être séparés en syllabes et phonèmes. Ces gestes se prêtaient à des jeux de mots qui faisaient partie de l'enfance de presque tous les sourds.

Ours s'approcha d'elle d'un air furieux.

— C'est quoi ce bordel... avec...

Les mains de Melanie se mirent à trembler violemment. Elle réussit cependant à écrire dans la poussière du sol : *Jeu. On joue* ensemble. *Regardez. On dessine des formes avec nos mains. Pour faire des trucs.*

— Quel genre de trucs ?

Là, on joue aux animaux.

Elle signa le mot « crétin ». L'index et le majeur tendus en V, dans une forme qui ressemblait vaguement à un lapin.

— Et c'est quoi... là ?

Un lapin, écrivit-elle.

Les jumelles baissèrent la tête en rigolant.

— Lapin... Je vois pas.... un lapin, moi, bordel.

S'il vous plaît, laissez-nous jouer. On fait rien de mal.

L'homme lança un coup d'œil sur Kielle, qui signa : « Gros con. » Puis en souriant, elle écrivit dans la poussière : *C'était un hippopotame.*

— ... complètement givrées, dit Ours en s'en retournant à ses frites et à son Coca.

Les filles attendirent qu'il ait disparu puis levèrent des yeux pleins d'espoir vers Melanie. Kielle, qui ne souriait plus, demanda abruptement :

— Que veux-tu nous dire ?

— Je vais nous faire sortir d'ici, signa Melanie. Tout simplement.

Arthur Potter et Angie Scapello se préparaient à débriefer Jocylyn Weiderman, actuellement entre les mains des médecins, quand ils entendirent le premier coup de feu.

Ce fut un lointain craquement, beaucoup moins alarmant que la voix pressante de Dean Stillwell, qui éclata dans le haut-parleur au-dessus de leurs têtes.

— Arthur, vite, nous avons un problème ! Handy est en train de tirer.

Merde.

— Il y a quelqu'un sur le terrain.

Avant même de regarder dehors, Potter pressa sur la touche de son micro pour ordonner :

— Prévenez vos hommes, pas de riposte.

— À vos ordres.

Potter rejoignit Angie et Charlie Budd devant la vitre jaunâtre de la camionnette.

— Ce petit salaud, murmura Budd.

Un second coup de feu retentit depuis l'intérieur de l'abattoir. La balle vint frapper un des poteaux de clôture pourris de l'enclos

165

en soulevant un nuage d'éclats de bois à deux doigts de l'homme en costume sombre debout à une cinquantaine de mètres devant la camionnette. Un immense mouchoir, certainement un article de luxe, se gonfla dans la main droite de l'indésirable, au bout de son bras levé.

— Oh non, soupira Angie, effarée.

Potter sentit son courage l'abandonner.

— Henry, ton profil de l'attorney général adjoint ne précisait pas que le bonhomme est complètement cinglé.

Handy tira une troisième fois, touchant un rocher juste derrière Roland Marks. L'attorney général adjoint tressaillit et s'immobilisa. Il recommença à agiter son mouchoir. Puis se remit à marcher à pas lents vers l'abattoir.

Potter appuya sur la touche de numérotation rapide. Le téléphone sonnait obstinément et il marmonna : « Allez, Lou. »

Pas de réponse.

La voix de Dean Stillwell résonna dans le haut-parleur :

— Arthur, je suis un peu paumé. J'ai un gars ici qui croit que c'est...

— C'est Roland Marks, Dean. Vous l'entendez dire quelque chose à Handy ?

— On dirait qu'il crie. Impossible d'entendre.

— Tobe, tes « grandes oreilles » sont toujours en place ?

Le jeune agent du FBI parla dans son casque et actionna plusieurs touches. Quelques secondes plus tard, le sifflement lugubre mais impérieux du vent envahit la camionnette. Puis la voix de Marks.

— Lou Handy ! C'est moi, Roland Marks, l'attorney général adjoint de l'État du Kansas.

Dans un craquement énorme, un coup de feu démesurément amplifié éclata dans la camionnette. Tout le monde tressaillit.

— L'autre grande oreille est dirigée sur l'abattoir mais on ne reçoit rien, souffla Tobe.

Évidemment. Parce que Handy ne dit rien. Pourquoi parler quand on peut se faire comprendre avec des balles ?

— Ce n'est pas bon du tout, murmura Angie.

La voix de Marks :

— Lou Handy, ce n'est pas un piège. Je vous demande de relâcher les filles et de me prendre en échange.

— La vache, fit Budd à voix basse. Il ose faire ça ? Il avait l'air à moitié admiratif et Potter dut se retenir pour ne pas rabrouer le capitaine de police.

Un autre coup de feu, plus près. Marks fit un écart en sautillant.

— Pour l'amour du ciel, Handy, lança la voix désespérée. Libérez ces filles !

Et pendant ce temps-là, dans l'abattoir, le téléphone sonnait toujours obstinément.

Potter parla dans le micro-radio :

— Dean, ce n'est pas que ça me fasse plaisir, mais nous devons le stopper. Lancez-lui un appel par mégaphone et essayez de le ramener derrière les barrières de sécurité. S'il refuse, envoyez-lui quelques hommes.

— Handy s'amuse simplement avec lui, remarqua Budd. Il n'est pas vraiment en danger, je crois. Ils auraient pu le descendre sans problème depuis le temps, s'ils avaient voulu.

— Ce n'est pas pour lui que je m'inquiète, rétorqua sèchement Potter.

— Quoi ?

— Ce que nous cherchons, c'est à faire sortir les otages, pas à en faire entrer, précisa Angie.

— Il nous complique la tâche, dit simplement Potter pour expliquer la terrible erreur que Marks commettait.

Avec un ricochet plaintif, une balle fit éclater une grosse pierre juste à côté de la jambe de l'avocat. Marks resta debout. Il se tourna pour écouter Dean Stillwell, dont la voix, captée par « grande oreille », était retransmise dans la camionnette. Potter fut soulagé d'entendre que le shérif n'était pas impressionné par la supériorité hiérarchique du bonhomme.

— Vous là-bas, Marks, mettez-vous à couvert immédiatement sinon je vous arrête. Revenez par ici.

— Nous devons les sauver.

La voix rude de Marks emplit la camionnette. C'était la voix d'un homme déterminé mais terrorisé et, pendant une fraction de seconde, Potter se sentit en sympathie avec lui.

Nouveau coup de feu.

— Pas question. Vous me comprenez ? Je vais devoir procéder à votre arrestation.

Potter appela Stillwell pour le complimenter sur sa façon de faire. « Dites-lui qu'il met les filles en danger en agissant de la sorte. »

Relayant le message, la voix du shérif, mêlée au souffle saccadé du vent, emplit la camionnette.

— Non ! Je leur sauve la vie, cria l'adjoint de l'attorney général en reprenant sa marche.

Potter fit un nouvel essai avec le téléphone. Pas de réponse.

— O.-K., Dean. Allez le chercher. Pas de tir de protection, en aucune circonstance.

— À vos ordres, soupira Stillwell. J'ai des volontaires. J'espère que vous êtes d'accord, j'ai autorisé la grenaille en cas de résistance.

— Donnez-lui-en une dose de ma part, grommela Potter avant de retourner à son poste de surveillance.

Deux policiers casqués, en combinaison blindée, sortirent furtivement de la ligne des arbres pour s'avancer sur le terrain, ramassés sur eux-mêmes.

Handy tira encore plusieurs coups de feu. Il n'avait pas encore remarqué les policiers et visait seulement tout autour de Marks, manquant toujours sa cible d'un cheveu. Mais une balle vint frapper une pierre et, en ricochant, fit éclater le pare-brise d'une voiture de patrouille.

Les deux policiers progressaient à ras de terre, en suivant une ligne perpendiculaire à la façade de l'abattoir. Si Handy voulait devenir méchant et faire couler le sang, leurs hanches et leurs flancs offraient des cibles faciles. Potter fronça les sourcils. Il croyait reconnaître l'un des deux hommes.

— Qui sont ces policiers ? demanda Potter à Stillwell. C'est Stevie Oates que je vois là ?

— Affirmatif.

Potter soupira bruyamment.

— Mais il vient juste de rentrer de mission, Dean. Où a-t-il la tête ?

— C'est que, il voulait vraiment y retourner. Il y tenait dur comme fer.

Potter secoua la tête.

Marks n'était plus qu'à une quarantaine de mètres de l'abattoir maintenant, les deux policiers refermant peu à peu leur marche sur lui dans leur difficile progression à travers les herbes. Marks les aperçut et leur cria de s'en aller.

— Nous avons ordre de vous ramener, fit la voix dans le haut-parleur. (Potter reconnut Oates.)

— Je me fous de vos ordres. Si vous tenez à ces filles, fichez-moi la paix.

Ils entendirent au loin un grand éclat de rire capté par Grande Oreille. « Tir au pigeon », résonna la voix de Handy, portée par le vent. Nouveau coup de feu assourdissant. À deux pas d'un des policiers, une pierre vola en éclats. Les deux hommes s'aplatirent à terre et se mirent à ramper comme des soldats vers l'attorney général adjoint.

— Marks, appela Oates, la respiration haletante. Nous vous ramenons, je vous dis. Vous contrariez une opération fédérale.

Marks fit volte-face.

— Qu'est-ce que vous allez faire pour me stopper, brigadier ? C'est moi qui vous emploie. Ne l'oubliez pas.

— Le shérif Stillwell m'a autorisé à faire usage de toute la force nécessaire pour vous stopper. Et j'y suis décidé.

— Vous avez le vent dans le dos, fiston. Envoyez-moi de la grenaille et c'est vous qui allez en prendre plein la figure.

Handy tira de nouveau. La balle fendit en deux un vieux poteau de clôture à moins de deux mètres de la tête d'Oates. Le criminel, toujours d'humeur badine, éclata d'un rire sonore.

— Vous faites erreur, dit Oates calmement, j'ai ordre de vous tirer une balle dans la jambe pour vous ramener de force.

Potter et LeBow se dévisagèrent, incrédules. D'un pouce vigoureux, le négociateur appuya sur la touche de transmission.

— Rassurez-moi, Dean, il bluffe, n'est-ce pas ?

— Ouaip, répondit Stillwell d'une voix hésitante. Mais... il a l'air rudement décidé. Hein, vous croyez pas ?

Si, Potter le croyait.

— Il en serait capable ? demanda LeBow.

Potter haussa les épaules.

— Il a dégainé, dit Angie.

Oates visait les jambes de Marks d'une main ferme.

Eh bien, voilà qui dégénère en un désastre de grande ampleur, se dit Potter.

— Marks, appela Oates, je ne vous manquerai pas. Je suis excellent tireur et je m'apprête à vous faire tomber.

L'attorney général adjoint hésita. Le vent lui arracha son mouchoir des doigts. Le carré de tissu s'éleva de quelques mètres au-dessus de sa tête.

Un coup de feu.

La balle de Handy traversa le tissu blanc. Après quelques soubresauts, il s'envola, emporté par la brise.

De nouveau, à travers Grande Oreille, le rire lointain de Handy. Marks se retourna vers l'abattoir. Et lança :

— Espèce de salaud, va, Handy. Tu mérites de pourrir en enfer.

Nouvel éclat de rire — ou peut-être n'était-ce que le vent.

Se redressant de toute sa taille, l'attorney général adjoint quitta le terrain. Comme s'il traversait tranquillement son jardin. Potter était satisfait de voir Stevie Oates et son collègue se faire aussi petits que des fox-terriers tout en suivant l'homme sous le couvert du somptueux tapis d'herbe qui ondulait sous le vent.

— Vous auriez pu tout foutre en l'air, dit Arthur Potter d'un ton sec. Qu'est-ce qui vous a pris, bon sang ?

Bien qu'obligé de lever la tête pour regarder Marks dans les yeux — l'homme mesurait largement plus d'un mètre quatre-vingt — il avait néanmoins l'impression de s'adresser à un petit morveux pris la main dans le sac.

L'attorney général adjoint commença d'une voix ferme :

— Je croyais que...

— On ne fait JAMAIS d'échange d'otages. Le but de toute négociation est justement de dévaluer les otages. C'était exactement comme si vous lui aviez dit : « Me voici, je vaux davantage que toutes ces filles réunies. » S'il vous avait pris, vous m'auriez rendu le boulot impossible.

— Je ne vois pas pourquoi, répondit Marks.

— Parce que, dit Angie, un otage comme vous aurait gonflé au centuple son sentiment de puissance et de domination. Il aurait poussé ses exigences sans vouloir en démordre. Nous n'aurions jamais pu trouver un terrain d'entente raisonnable avec lui.

— C'est que je pensais sans arrêt à ces filles là-dedans. À ce qu'elles endurent actuellement.

— Il ne les aurait jamais relâchées.

— Je voulais le convaincre en discutant avec lui.

LeBow leva les yeux au ciel et continua de pianoter en enregistrant l'incident.

— Je ne vous arrête pas cette fois-ci, dit Potter. (Après avoir envisagé cette possibilité, il en avait conclu que les retombées seraient trop douloureuses.) Mais si vous tentez encore quoi que ce soit qui contrarie le déroulement de cette opération, je n'hésiterai pas et je m'assurerai auprès du ministre de la Justice qu'on vous bouclera bel et bien.

À la grande surprise de Potter, Marks ne semblait pas le moins du monde repentant. Le masque d'humour était tombé, soit ; mais il avait l'air surtout agacé que Potter eût contrarié ses propres plans.

— Vous agissez selon les règles, dit-il en pointant brutalement un long index sur Potter, mais les règles ne disent rien d'un psychopathe qui prend son pied en assassinant des enfants.

Le téléphone sonna. LeBow prit l'appel et dit à Potter :

— Jocylyn vient d'être certifiée en bonne santé par les toubibs. Elle va bien. Tu veux la débriefer maintenant ?

— Oui, merci, Henry. Dis-leur de nous l'envoyer. Et Stevie Oates aussi. (Puis, s'adressant à Marks :) Veuillez nous laisser maintenant.

Marks boutonna son veston, brossa la poussière qui avait saupoudré son costume durant le tir d'entraînement de Handy. Il gagna la porte à grandes enjambées et marmonna quelque chose. Potter crut l'entendre dire : « Du sang sur les mains. » Quant au reste de la phrase, il n'en avait pas la moindre idée.

15 : 40

Pendant de précieuses minutes, elle pleura sans aucune retenue.

Angie Scapello et Arthur Potter, assis à côté de Jocylyn, s'efforçaient d'avoir l'air calme et rassurant alors qu'au fond d'eux-mêmes ils brûlaient d'envie d'attraper la fillette par les épaules pour lui faire cracher ce qu'elle savait.

L'impatience, la malédiction d'Arthur Potter.

Il gardait un sourire épinglé sur son visage et hochait la tête d'un air réconfortant tandis que la fillette pleurait toutes les larmes de son corps, sa bouille ronde et rougie dans le creux de ses mains.

La porte s'ouvrit. Stevie Oates entra et ôta son casque. Malgré le froid, ses cheveux étaient humides de sueur. Se détournant de la fillette, Potter s'adressa au policier.

— Vous devriez lever le pied un moment, Stevie.

— Affirmatif, bonne idée. Ces coups de feu, les derniers, faut dire... ils sont pas passés loin.

— Ça vous dégrise aussi sec, hein ?

— Comme vous dites. Sûr que oui.

— Racontez-moi tout ce que vous avez vu quand vous leur avez apporté à manger.

Comme Potter s'y attendait, Oates ne pouvait pas fournir beaucoup de détails sur l'intérieur de l'abattoir, même avec l'aide de la cassette vidéo enregistrée par la caméra perchée au-dessus de son oreille.

— Des remarques sur l'état d'esprit de Handy ?

— Il avait l'air calme. Pas du tout à cran.

171

Comme s'il commandait un café dans un restoroute.

— Des blessés ?

— Pas que j'aie vus.

LeBow enregistrait diligemment ces maigres renseignements. Oates ne se souvenait de rien d'autre. Potter fit remarquer au policier découragé qu'il fallait justement se réjouir de n'avoir vu ni sang ni cadavres. Toutefois, lui-même ne pouvait pas dissimuler son propre découragement ; il savait qu'ils ne tireraient rien d'utile de cette gamine de douze ans, qui continuait à sangloter en tortillant ses courtes mèches de cheveux noirs autour de ses doigts aux ongles rongés.

— Merci, Stevie. C'est tout pour le moment. Oh, une question. Vous allez vraiment tirer dans la jambe de Marks ?

Le visage du jeune homme s'assombrit un instant puis s'éclaira d'un petit sourire circonspect.

— Tout ce que je peux vous dire, agent Potter, c'est que j'aurais pas su avant d'appuyer sur la gâchette. Ou de pas appuyer dessus. C'est selon.

— Allez vous chercher un café, Oates, dit Potter.

— À vos ordres.

Potter et Angie reportèrent leur attention sur Jocylyn. Elle avait les yeux incroyablement rouges et se tenait pelotonnée dans la couverture qu'un des hommes de Stillwell lui avait donnée.

À la longue, la fillette retrouva suffisamment son calme pour que Potter puisse commencer à l'interroger par l'entremise du brigadier Frances Whiting. Le négociateur nota que les mains de Frances remuaient par gestes élégants et concis alors que les mouvements de Jocylyn étaient amples et maladroits, manquant d'aisance ; la même différence, soupçonna-t-il, entre celui qui parle avec facilité et celui qui ne sait pas s'exprimer sans ponctuer son discours de « euh » et de « comment dire ». Il s'interrogea brièvement sur la façon dont Melanie signait. Staccato ? Fluide ?

— Elle ne répond pas à vos questions, dit Frances.

— Que dit-elle ? demanda Angie, son œil vif et noir repérant des figures dans le langage signé.

— Elle réclame ses parents.

— Ils sont au motel ? demanda Potter à Budd.

Le capitaine téléphona avant de lui répondre :

— Ils devraient y être, dans moins d'une heure.

Frances retransmit l'information à Jocylyn. Sans montrer qu'elle avait compris, la fillette fondit de nouveau en larmes.

— Tu t'en sors très bien, dit Angie pour l'encourager.

Le négociateur jeta un coup d'œil à sa montre. Une demi-heure avant l'expiration du délai fixé pour l'hélicoptère.

— Parle-moi des hommes, Jocylyn. Les méchants.

Les mains de Frances dansèrent et la fillette répondit enfin :

— Elle dit qu'ils sont trois. Ces trois-là. (La fillette fit un geste en direction du mur.) Ils transpirent beaucoup et ils sentent mauvais. Celui-là. (Désignant Handy.) Brutus. C'est le chef.

— Brutus ? s'étonna Potter en fronçant les sourcils.

Frances posa la question puis observa une réponse relativement longue, Jocylyn désignant tour à tour chacun des ravisseurs.

— C'est comme ça que Melanie l'appelle, dit-elle. Handy est Brutus. Wilcox, Fouine. Et Bonner, Ours. (Le policier-interprète ajouta :) Le langage des signes est très métaphorique. « Agneau » s'utilise parfois pour dire « doux », par exemple. Les sourds s'expriment souvent en termes poétiques.

— A-t-elle une idée de l'endroit où ils se tiennent dans l'abattoir ? Potter avait posé la question à Frances et Angie lui fit remarquer :

— Adresse-toi directement à elle, Arthur. Ce sera plus rassurant, ça l'aidera à se sentir plus adulte. Et n'oublie pas de sourire.

Il répéta la question, en souriant à la fillette, et Frances traduisit sa réponse pendant que Jocylyn indiquait plusieurs endroits dans la grande pièce du devant avant de pointer son doigt sur les photos de Handy et de Wilcox. Tobe déplaça les deux Post-It marqués à leurs noms. LeBow tapait sur son clavier.

Jocylyn secoua la tête. Elle se leva et les replaça plus précisément. Puis elle signa quelques mots à Frances, qui transmit :

— Ours (Bonner) est dans la pièce avec les autres filles.

Jocylyn plaça le Post-It d'Ours dans une grande salle semicirculaire à environ huit mètres de la façade de l'abattoir. Tobe y positionna tous les repères des otages.

Jocylyn les remit également en place, avec une très grande minutie.

— C'est là que tout le monde est, dit-elle. Précisément.

Le regard de Potter s'attarda sur le repère de Melanie.

Jocylyn essuya quelques larmes, puis signa.

— Elle dit qu'Ours les surveille tout le temps. Surtout les petites.

Bonner. Le violeur.

— Y a-t-il d'autres portes ou fenêtres qui ne figurent pas sur le plan ? demanda Potter.

Jocylyn l'étudia soigneusement. Secoua la tête.

— Tu en es sûre ?

— Oui.

— Tu as vu des pistolets ?

— Ils ont tous des pistolets. (Du doigt, la fillette indiqua la hanche de Tobe.)

— Quel genre ? demanda le jeune agent du FBI.

Jocylyn fronça les sourcils et désigna à nouveau la hanche de Tobe. Celui-ci demanda :

— Je veux dire, ils en ont des comme ça, ou avec un barillet ? (Il se surprit à faire un geste circulaire avec son doigt.) Des revolvers, dit-il lentement.

Jocylyn secoua la tête. Ses mains maladroites reprirent la parole.

— Non, elle dit que ce sont des pistolets automatiques noirs. Pareil que celui-là. (Frances sourit.) Elle demande pourquoi vous ne voulez pas la croire.

— Tu sais ce qu'est un automatique ?

— Elle dit qu'elle regarde la télé.

Potter éclata de rire et pria LeBow de noter que la fillette leur avait confirmé que les trois hommes étaient équipés de Glock ou d'armes similaires.

Jocylyn leur indiqua spontanément qu'ils avaient deux douzaines de cartons de munitions.

— Des cartons ?

— Gros comme ça, dit Frances en voyant la fillette écarter les mains de quinze centimètres. Jaunes et verts.

— Remington, dit LeBow.

— Et des fusils de chasse. Comme ça. Trois. (Jocylyn montra un fusil sur le râtelier d'armes de la camionnette.)

— Des pistolets-mitrailleurs ? (Potter désigna un M-16 posé contre le mur.)

— Non.

— Ils sont vachement bien préparés, murmura Budd.

Potter passa la parole à Angie, qui demanda :

— Y a-t-il des blessés ?

— Non.

— Handy (Brutus) communique-t-il avec un interlocuteur privilégié ? Avec une des enseignantes ou des filles, je veux dire ?

— Non. La plupart du temps il nous regarde, c'est tout.

Ce détail raviva des souvenirs et, avec eux, des larmes.

— Tu t'en sors très bien, ma jolie, dit Angie en pressant l'épaule de la fillette. Est-ce que tu as pu comprendre de quoi les trois hommes parlaient entre eux ?

— Non. Je regrette. Je lis pas bien sur les lèvres.

174

— Et Beverly, elle va bien ?

— Elle respire mal. Mais elle a eu des crises pires que ça. Le plus gros problème, c'est Mrs. Harstrawn.

— Demandez-lui d'expliquer.

Frances observa les mains de Jocylyn et rapporta :

— Il semblerait qu'elle fasse une dépression nerveuse. Elle tenait le coup jusqu'au meurtre de Susan. Maintenant elle ne fait que pleurer, et reste prostrée à terre.

Potter songea : elles ont perdu leur chef. La pire des situations. Elles pourraient paniquer et s'enfuir. À moins que Melanie n'ait repris les rennes.

— Comment va Melanie ?

— Elle reste assise à regarder dans le vide. Parfois elle ferme les yeux. (Se tournant vers Potter, Frances ajouta :) C'est mauvais signe. Les sourds ne ferment jamais les yeux dans une situation de crise. La vue est leur seul système d'alarme.

— Les hommes se disputent-ils entre eux ? demanda Angie.

Jocylyn ne savait pas.

— Est-ce qu'ils ont l'air nerveux ? Content ? Triste ? Effrayé ?

— Ils n'ont pas peur. Ils rient, parfois.

LeBow enregistra cette information dans son ordinateur.

— O.-K., fit Potter. Tu es très courageuse. Tu peux aller à l'hôtel maintenant. Tes parents vont bientôt te rejoindre.

La fillette s'essuya le nez sur sa manche sans faire un geste pour partir.

— C'est tout ce que vous voulez me demander ? traduisit Frances.

— Oui. Tu peux partir.

Mais la gamine se remit à signer.

— Elle demande : « Vous ne voulez pas que je vous parle de la télé ? Et des autres trucs ? »

Tobe, LeBow et Budd tournèrent la tête vers Potter.

— Ils ont un poste de télé là-dedans ? dit-il dans un souffle, l'air effaré.

Frances traduisit et Jocylyn confirma d'un signe de tête.

— Où est-ce qu'ils ont trouvé ça ?

— Dans les sacs avec les pistolets. Ils sont venus avec. C'est une petite télé.

— Ils ont une radio ?

— Je n'en ai pas vu.

— Ils regardent beaucoup la télé ?

Elle hocha la tête.

— Qu'est-ce qu'ils ont apporté d'autre ?

— Elle dit qu'ils ont des outils. Tout neufs. Dans leur emballage plastique.

— Quel genre ?

— Des outils en métal. Des clés. Des pinces. Des tournevis. Un gros marteau chromé.

— Engage-la, Arthur, dit Henry LeBow. Elle vaut mieux que la moitié de nos agents.

— Tu vois encore autre chose, Jocylyn ?

Ses doigts rouges remuèrent.

— Sa maman lui manque.

— Une dernière chose, dit Potter.

Il hésita. Il voulait poser encore une question sur Melanie. Il s'en trouva incapable. À la place, il demanda :

— Il fait froid à l'intérieur ?

— Pas trop.

Potter prit la main potelée et moite de la fillette et la pressa entre les siennes.

— Dites-lui un grand merci, Frances. Elle a fait du bon boulot.

Une fois le message traduit, Jocylyn s'essuya la figure et sourit pour la première fois.

Angie pria Frances de dire à la fillette qu'elle la conduirait au motel dans une minute. Jocylyn sortit pour attendre dehors avec une femme-policier.

LeBow tira sur imprimante la liste de tout ce que les ravisseurs avaient dans l'abattoir. Il la remit à Tobe qui la punaisa à côté du plan.

— C'est comme un jeu vidéo d'aventure, remarqua Tobe. Tu te promènes avec une clé, une épée magique, cinq pierres, et un corbeau en cage.

En riant, Potter se cala lentement au fond de son siège. Il étudia la liste.

— Qu'est-ce que tu en dis, Henry ? Des outils, une télé ?

— Cambriolage de magasin au cours de leur évasion ?

Potter interrogea Budd :

— On vous a signalé un magasin cambriolé entre ici et Winfield, Charlie ?

— C'est pas mon secteur. J'vais vérifier. (Il sortit un instant.)

— C'est la première fois qu'un otage détenu si peu de temps me donne des renseignements si précis, remarqua Potter. Ses pouvoirs d'observation sont remarquables.

— Dieu rétablit l'équilibre, dit Frances.

Potter demanda ensuite à Angie ce qu'elle en pensait.

— Elle est des nôtres, je dirais.

Le syndrome de Stockholm peut en effet amener les otages à donner de fausses informations aux négociateurs et aux équipes d'intervention. Lors d'une négociation menée par Potter — une prise d'otages avec siège d'une semaine — un otage libéré avait posé un mouchoir sur le rebord extérieur de la fenêtre derrière laquelle se cachait Potter afin d'indiquer au criminel barricadé où il devait viser. Un tireur d'élite avait abattu le criminel avant qu'il ait eu le temps de faire feu. Au procès qui s'ensuivit, Potter vint témoigner en faveur de l'otage ; l'inculpée s'en tira avec un sursis.

Le négociateur partageait l'avis d'Angie. Jocylyn n'avait pas été détenue suffisamment longtemps pour que ses sentiments sur Handy et les autres s'en trouvent altérés. Elle n'était qu'une petite fille terrorisée.

— Je vais la conduire au motel, dit Angie. M'assurer qu'elle est bien installée. Et réconforter les autres parents.

— Arthur, appela Henry LeBow, je viens d'avoir des infos sur Henderson.

Au moment où Angie franchissait la porte, Potter lui dit :

— Tant que tu seras là-bas, renseigne-toi sur lui. Il m'inquiète.

— Pete Henderson, c'est bien ça, directeur régional de l'agence de Wichita ?

— Ouaip.

— Pourquoi ?

— Pressentiment.

Potter lui parla de la menace lancée par son collègue. Et ajouta que ce qui le préoccupait plus encore, c'était que Henderson ne lui ait pas dit spontanément qu'il avait interrogé Handy après l'incendie criminel de la S & L.

— C'est probablement parce que ses gars s'y sont pris comme des manches au moment de les pincer ; la petite amie de Handy leur a filé dans les doigts et ça s'est terminé avec deux policiers blessés.

Même chose pour l'interrogatoire qui avait suivi l'arrestation, Potter s'en souvenait à présent, il n'avait débouché que sur les obscénités d'usage proférées par Handy.

— Mais il aurait dû nous dire franchement qu'il avait eu affaire à lui.

— Que veux-tu que je fasse ? demanda Angie.

Potter haussa les épaules :

— Juste vérifier qu'il est pas en train de s'attirer des ennuis.

Elle le regarda, l'air de dire « Oh, ça suffit comme ça. » Peter Henderson, en tant que directeur régional d'une agence du FBI, avait le pouvoir de s'attirer autant d'ennuis qu'il le voulait et ce n'était pas à des sous-fifres comme Angie Scapello d'y changer quoi que ce soit.

— Essaye. S'il te plaît. (Potter lui souffla un baiser.)

LeBow tendit la feuille à Potter, lui précisant avec un ricanement :

— C'est juste des infos style C.V. Mais y a quand même deux ou trois petits trucs qu'il préfère étouffer, je parie.

Potter était intrigué. Il lut. Henderson avait gravi les échelons, travaillant comme enquêteur dans les services de police de Chicago tout en suivant des cours du soir à la faculté de droit. Son diplôme en poche, il était entré au FBI et s'était distingué à Quantico avant de retourner dans le Middle-West, où il sut se faire un nom dans le sud de l'Illinois et à Saint Louis, en particulier grâce à ses enquêtes sur les délits de corruption et d'extorsion de fonds. Bon administrateur, il se coulait dans le moule du FBI, et était manifestement taillé pour une place de directeur régional à Chicago ou Miami, voire dans le district sud de New York. Après quoi, sa carrière était toute tracée pour finir en beauté à Washington.

S'il n'y avait eu le procès.

Potter prit connaissance des articles de presse et, avec le complément d'information fourni par les rapports qu'Henry LeBow avait réussis, Dieu sait comment, à extraire des banques de données du FBI, il comprit pourquoi Henderson avait été relégué dans le Kansas. Six ans plus tôt, une douzaine d'agents noirs avaient engagé des poursuites contre la Maison, qu'ils accusaient de discrimination raciale dans ses méthodes de répartition des missions, de promotions et d'augmentations de salaires. L'agence de Saint Louis faisait partie des secteurs fédéraux incriminés, et Henderson fut prompt à se présenter comme témoin à charge. Trop prompt, aux dires de certains. Dans le grand remaniement escompté à l'issue du procès, on s'attendait à ce que le directeur de l'époque démissionnât pour être remplacé par un jeune directeur adjoint, lequel serait devenu le premier Noir à la tête du FBI. Et Henderson comptait sur lui pour ne pas oublier ceux qui s'étaient montrés fidèles à la cause.

Mais les magouilles de Henderson lui étaient retombées sur le nez. Le procès, en perte de vitesse, s'enlisa dans les tribunaux fédéraux. Une partie des plaignants se retirèrent ; d'autres n'arrivaient simplement pas à fournir la preuve d'une quelconque discrimination. Pour des raisons dictées par l'ambition personnelle, et sans rien d'idéologique, le jeune directeur adjoint noir choisit de rejoindre le Conseil national de sécurité. Le directeur du FBI prit simplement sa retraite, sans le moindre parfum de scandale, et fut remplacé par l'amiral.

Peter Henderson l'opportuniste était administrativement cuit. Il fut expédié au centre géographique du pays. À trente-neuf ans, la carrière de cet agent du FBI était totalement au point mort.

— Des risques ? demanda Potter à LeBow. Il peut nous mettre des bâtons dans les roues ?

— Il n'est pas en position de faire quoi que ce soit, répondit l'agent de renseignements. Pas officiellement.

— Il est prêt à tout.

— J'en suis sûr. J'ai dit : « Pas officiellement. » Faut quand même le tenir à l'œil.

— Bon, dit Potter en étouffant un petit rire, nous avons un attorney général adjoint prêt à se livrer aux ravisseurs et un directeur régional qui veut me livrer, moi, à ces gars-là.

Nous avons trouvé l'ennemi...

Se tournant vers la fenêtre, il songea à Melanie en se remémorant ce que Jocylyn avait dit. *Elle ferme les yeux, c'est tout. Sans rien faire.* Qu'est-ce que cela signifie ? se demanda-t-il.

Tobe interrompit la rêverie de Potter.

— Handy attend un hélico dans une heure et cinq minutes.

— Merci, Tobe, répondit Potter.

Il contempla l'abattoir en pensant : Une clé, une épée magique, cinq pierres, et un corbeau en cage.

— Capitaine.

Charlie Budd s'en retournait vers la camionnette. Il venait de quitter sa voiture banalisée d'où il avait lancé, sur son ordinateur de bord, un appel général sur quatre comtés. Les seuls cambriolages signalés ce jour concernaient un magasin d'alimentation générale, une station-service et une église méthodiste. Dans aucun des trois, le butin prélevé ne correspondait aux armes, télé et outils que les preneurs d'otages avaient apportés avec eux.

— Par ici, capitaine, souffla la voix de l'homme.

Oh, punaise. Quoi encore ? se dit Budd.

Roland Marks était appuyé contre le flanc d'un camion d'approvisionnement, la cigarette aux lèvres. Budd le croyait à une vingtaine de kilomètres de là maintenant, mais l'homme avait l'air fermement résolu à ne pas bouger.

— Vous avez été témoin de cette petite farce, déclara Marks.

Budd, dans un coin de la camionnette, avait assisté au coup de semonce de Potter. Après un coup d'œil alentour, il s'avança dans l'herbe vers l'homme au teint basané, en évitant de se placer sous le vent à cause de la fumée. Il resta silencieux.

— J'adore les après-midi d'été, capitaine. Nostalgie de jeunesse. Je jouais au base-ball tous les jours. Et vous ? Vous m'avez l'air d'un gars qui devait courir comme le vent.

— Course et athlétisme. Surtout le quatre cents et le deux cents mètres.

— Très bien. (La voix de Marks s'assourdit encore ; il parlait plus bas que Budd l'imaginait possible tout en restant audible.) Si vous et moi en avions le loisir, on se ferait des ronds de jambes comme à un dîner-croisière, et vous me comprendriez à demi-mots avant de partir faire votre devoir. Mais nous n'en avons pas le temps.

Je n'ai JAMAIS été taillé pour être capitaine, songea Budd, en revoyant pour la centième fois la balle faucher la jeune Susan Phillips. Il réprima un brusque haut-le-cœur, qu'il transforma en une curieuse petite toux.

— Dites, monsieur l'attorney, j'suis très occupé en ce moment. Faut que je...

— Répondez-moi par oui ou par non. Ai-je surpris quelque chose dans votre regard, tout à l'heure ?

— Je sais pas ce que vous voulez dire.

— Soit, peut-être que ce que j'ai fait n'était pas très orthodoxe. Je n'avais pas les idées très claires. Mais vous n'étiez pas tout à fait sûr non plus que Potter avait raison. Et — non, attendez une minute. Je crois que si nous mettions ça au vote, je recueillerais davantage de voix que lui.

Budd puisa quelque part le courage de répondre et dit :

— Ce n'est pas un sondage de popularité, monsieur l'attorney.

— Oh non, pas du tout. Vous avez entièrement raison. La question est de savoir si ces filles vont avoir la vie sauve, et à mon avis Potter s'en contrefiche.

— Oh non. Ce n'est pas vrai. Et de loin. Il est très concerné.

— Que vois-je dans vos yeux, capitaine ? Exactement ce que j'ai vu dans la camionnette, non ? Vous pétez de trouille pour ces pauvres petites enfermées dans cet abattoir.

La priorité numéro un ce n'est pas de sauver la vie de ces filles...

— Allez, capitaine, poursuivit Marks. Reconnaissez-le.

— C'est un homme bien, dit Budd.

— Je sais que c'est un homme bien. Qu'est-ce que ça change à quoi que ce soit, putain ?

— Il fait du mieux...

— Il est totalement hors de question, dit Marks lentement, que je laisse ces filles mourir là-dedans. Ce que lui est prêt à faire... et ça vous ronge depuis le début. Je me trompe ?

— Euh...

Marks plongea la main dans sa veste et en sortit un portefeuille, qu'il ouvrit d'un coup sec. Une pensée folle traversa l'esprit de Budd : il pensa que Marks allait exhiber sa carte de service officielle. Mais son regard tomba sur un document qui l'ébranla bien davantage. Les photos de trois fillettes sous étui plastique. L'une d'elles avait les sourcils froncés et des traits légèrement difformes. La petite handicapée.

— Vous-même avez des filles, Budd. Je me trompe ?

Le capitaine avala sa salive et tenta de détourner son regard des trois paires d'yeux sombres. Il n'y parvint pas.

— Vous n'avez qu'à imaginer vos petites, les vôtres, enfermées là-dedans. Après, imaginez quelqu'un comme Potter qui vous dit : « Bah, on peut les sacrifier. » Imaginez-vous ça, capitaine.

Budd inspira profondément. Et réussit enfin à détourner les yeux. Le portefeuille se referma avec un claquement.

— Il faut le faire remplacer.

— Quoi ?

— Cet homme est en train de signer leur arrêt de mort. Qu'a-t-il dit pour ce qui est de satisfaire les exigences de Handy ? Allez, Budd. Répondez comme un policier.

Il plongea son regard dans celui de Marks et dit :

— Il a déclaré qu'Handy ne sortirait pas de là sauf menottes aux mains ou les pieds devant.

Et que si ces filles devaient mourir, c'était ainsi.

— Vous trouvez cela acceptable, capitaine ?

— Ce n'est pas à moi de dire si ça l'est ou non.

— « Je ne faisais qu'obéir aux ordres. »

— Ça résume assez bien les choses.

Marks cracha sa cigarette.

— Mais bon sang, capitaine, vous êtes quand même capable d'exercer un jugement moral, non ? Vous n'avez pas de plus nobles aspirations que de servir de factotum à un gros agent du FBI ?

— C'est mon supérieur hiérarchique, répondit Budd avec froideur. C'est un fédéral, et...

— Très bien, capitaine, raccrochez-vous à ces belles paroles, dit Marks vitupérant comme un évangéliste gonflé à bloc. Gardez-les bien au chaud pour les ressortir aux funérailles de ces filles.

181

J'espère qu'elles sauront vous réconforter. (Il toucha l'âme de Budd et retourna le couteau dans la plaie.) Nous avons déjà le sang d'une jeune fille sur les mains.

Il veut dire *vous* avez.

Budd revit Susan Phillips tomber à genoux. Sous la brutalité du choc, sa mâchoire s'était relâchée d'un seul coup, déformant un instant ses traits. Son visage retrouva sa beauté dans la mort.

— Quoi ? murmura Budd en fixant les gros yeux d'insectes des machines en train de moissonner. Que voulez-vous ?

La question semblait puérile et l'emplit de honte, mais c'était plus fort que lui.

— Je veux éjecter Potter. Vous ou moi ou un autre fonctionnaire d'État reprendra les négociations, et ces salauds auront leur foutu hélicoptère en échange des filles. Nous les pisterons quand ils auront atterri et nous leur ferons sauter la cervelle. J'ai déjà vérifié. Nous pouvons avoir un hélico ici dans une demi-heure, équipé d'un micro-émetteur capable de les repérer à cent soixante kilomètres. Ils ne sauront jamais que nous les pistons.

— Mais il affirme qu'Handy est trop dangereux pour qu'on le laisse sortir d'ici.

— Évidemment qu'il est dangereux, dit Marks. Mais une fois dehors, il aura affaire à des professionnels. Des hommes et des femmes qui sont payés pour prendre des risques. Ces filles ne le sont pas, elles.

Marks avait de tout petits yeux et Budd eut l'impression qu'il était au bord des larmes. Il songea à la fille de cet homme, une handicapée mentale trimbalée d'un hôpital à l'autre durant sa brève existence.

Il nota que Marks n'avait pas évoqué les conséquences que sa décision pouvait avoir en termes de carrière. S'il l'avait fait, Budd lui aurait opposé un refus catégorique. Quand il était l'objet de piques aussi facile, le jeune capitaine pouvait être une vraie tête de mule. Il constata alors avec un profond découragement que Marks, l'ayant jaugé sur ce point, avait délibérément évité toute menace. Budd comprit qu'il était déjà au tapis, épaules contre terre, les yeux au plafond. Le compte à rebours avait commencé.

Oh, punaise.

— Mais comment pouvons-nous éjecter Potter ?

Il avait posé la question dans l'espoir de contrer Marks, mais naturellement celui-ci s'y attendait. La petite boîte noire apparut dans la main de l'homme. L'espace d'une seconde, Budd fut assez fou pour croire qu'il s'agissait réellement d'une bombe. Il regardait le magnétophone avec de grands yeux.

— Tout ce que je veux, c'est que vous lui fassiez dire que les otages peuvent être sacrifiés.

— L'enregistrer, c'est ça ?

— Parfaitement.

— Et... et puis quoi ?

— J'ai des amis à la radio de Saint Louis. Ils diffuseront l'enregistrement aux informations. Potter sera obligé de céder la place.

— Ça pourrait mettre un terme à sa carrière.

— Et ça pourrait également en mettre un à la mienne, de faire une chose pareille. Mais je suis prêt à tenter le coup. Bon sang, j'étais prêt à me livrer en échange de ces filles. Vous ne voyez pas Potter en train d'en faire autant.

— Ça, je sais pas.

— Allez, capitaine, sauvons la vie de ces neuf pauvres filles enfermées là-dedans. Qu'en dites-vous ?

Marks fourra le magnéto entre les mains contrites de Budd. Le capitaine considéra l'objet avant de le glisser dans sa poche et de tourner les talons sans un mot. Son seul acte de contestation fut de dire : « Non, vous vous trompez. Il n'y en a plus que huit à l'intérieur. Il en a fait relâcher une. » Mais Marks était déjà trop loin pour l'entendre.

16 : 10

Le capitaine Charles R. Budd se tenait dans un creux de terrain à quelques mètres du poste de commandement.

Il déléguait, soit, mais cherchait surtout à oublier le poids du magnétophone, cinq cents kilos de métal brûlant dans sa poche arrière.

J'y penserai plus tard.

Déléguons.

Phil Molto mettait en place le bureau de presse : une table pliante en aggloméré, une petite machine à écrire portable, du papier et des crayons. Sans être un crack en matière de médias, Budd se doutait qu'une telle installation ne vaudrait par un clou pour les journalistes high-tech d'aujourd'hui. Savaient-ils seulement taper à la machine, tous ces jolis cœurs de la presse ? Ils avaient l'air de grands enfants gâtés.

Cependant, il devinait qu'une telle installation n'était pas tant affaire de journalisme que de politique. Comment Potter savait-il jongler dans des domaines aussi divers ? Vivre à Washington devait sans doute aider. La politique, de quelque côté que l'on se tourne. Le sincère jeune capitaine se sentait complètement dépassé.

Et honteux, qui plus est. Le plastique en fusion du magnétophone lui coulait le long de la jambe.

N'y pense plus. Dans cinquante minutes il sera 17 heures — cinquante minutes d'ici à l'expiration du délai. Il gardait un petit sourire inepte épinglé sur son visage, sans toutefois pouvoir chasser de son esprit l'image de l'adolescente qui s'écroulait, frappée à mort.

Au fond de son cœur, il savait confusément que le sang allait encore couler. Marks avait raison. Dans la camionnette, il avait effectivement pris le parti de l'attorney général adjoint.

Quarante-neuf minutes...

— O.-K., annonça-t-il à son lieutenant. Ça doit suffire. Tu me gardes ce troupeau, Phil. Surveille-les moi bien, qu'ils ne bougent pas. Ils peuvent se balader un peu derrière les lignes et prendre des notes sur ce qu'ils veulent...

Je m'avance pas trop ? se demanda-t-il. Que dirait Potter ?

— ... mais équipe-les de gilets pare-balles et dis-leur de rester à couvert.

Phil Molto le taciturne acquiesça d'un signe de tête.

La première voiture arriva une minute plus tard. Deux hommes en descendirent, brandirent leur carte de presse et, tout en jetant autour d'eux un regard affamé, le plus âgé des deux déclara :

— Je suis Joe Silbert, de la KFAL. Voici Ted Biggins.

Budd s'amusa de leur accoutrement : costume sombre mal taillé et baskets noires.

Silbert regarda la table de presse et éclata de rire. Budd se présenta, et présenta Molto, puis déclara :

— On a fait de notre mieux.

— C'est parfait, capitaine. Enfin, ça vous dérange pas qu'on écrive sur nos tablettes de pierre personnelles, j'espère ?

Biggins souleva un grand portable qu'il posa sur la table.

— Tant qu'on peut jeter un œil sur c'que vous écrivez avant de l'envoyer. (C'étaient les ordres de Potter.)

— Transmettre, dit Silbert. On dit « transmettre », pas « envoyer ». (Budd n'arrivait pas à savoir s'il plaisantait.)

Biggins tripota la machine à écrire.

— C'est quoi ce truc, au juste ?

Les hommes rirent. Budd leur exposa les règles essentielles. Où ils étaient autorisés à aller et où cela leur était interdit.

— Y a deux policiers avec qui vous pouvez parler si ça vous dit. Phil vous les enverra.

— Des gars du groupe d'intervention ?

— Non. Ils sont de la brigade K, à côté.

— On peut leur parler, aux gars du groupe d'intervention ?

En voyant le petit sourire de Budd, Silbert sourit aussi, comme entre conspirateurs, et le journaliste comprit que le capitaine ne laisserait rien filtrer d'une éventuelle présence du G.I.L.O. sur les lieux.

— On va avoir besoin de parler à Potter dans pas longtemps, grommela Silbert. Il compte nous éviter ?

— J'lui ferai savoir où vous êtes, répondit Budd gaiement, en bon Suisse des représentants de l'ordre. D'ici là, c'est Phil qui vous tiendra au courant. Il a les profils des évadés et leurs photos. Et il va vous fournir une combinaison blindée. Oh, je pensais aussi que ça vous dirait peut-être de parler avec des policiers pour avoir le côté vécu. Comment c'est de participer à un siège. Ce genre de choses.

Les journalistes affichaient un air très grave et Budd se demanda encore une fois s'ils se moquaient de lui. Silbert dit :

— En fait, nous, c'est surtout les otages qui nous intéressent. Le sujet, il est là. Vous avez quelqu'un qu'on pourrait interviewer sur elles ?

— J'suis juste là pour organiser le bureau de presse. L'agent Potter va passer vous donner les informations qu'il juge bon de vous donner. (Ai-je formulé ça comme il faut ? se demanda Budd.) Et maintenant, j'ai des choses qui peuvent pas se faire sans moi, alors j'vais vous laisser tranquille.

— Mais moi pas, dit Molto, en se fendant d'un rare sourire.

— Je vous crois sur parole, brigadier.

Avec un bourdonnement, leur ordinateur s'anima.

Ce que Melanie avait senti dans l'air de l'abattoir, ce qui l'avait arrachée à son salon de musique : un mélange de vase, poisson, eau, diesel, méthane, feuilles pourries, écorce d'arbre humide.

La rivière.

La brise chargée d'odeurs de poisson avait été assez forte pour faire osciller la lampe. Ce qui lui indiquait que, dans le fond de l'abattoir, il y avait une porte ouverte. L'idée lui vint que De l'Épée avait peut-être déjà envoyé ses hommes derrière l'abattoir pour trouver par où les filles pouvaient s'échapper. Peut-être même qu'ils étaient déjà en train d'ouvrir un passage pour les délivrer.

Se remémorant leur arrivée devant l'abattoir ce matin, elle se rappela avoir vu des bosquets d'arbres de chaque côté de la bâtisse, un talus boueux qui descendait vers la rivière, laquelle miroitait grise et froide sous la lumière plombée, des poteaux de bois noir, maculés de taches de goudron et de créosote, un ponton dangereusement incliné au-dessus de l'eau, des pneus pourris accrochés là en guise de heurtoirs pour les bateaux.

Les pneus... Voilà ce qui lui avait donné l'idée. Quand elle était petite fille, l'été, tous les jours en fin d'après-midi elle faisait la course avec Danny jusqu'à Seversen Corner, sur les terres de la ferme, sautant par-dessus les ornières creusées par le tracteur, et traversait un brouillard de blé pour descendre à l'étang. Celui-ci s'étendait sur près de quatre mille mètres carrés ; il était entouré de saules, de graminées et de joncs raides remplis de graines pareilles à des billes de polystyrène. Elle courait aussi vite que le vent du Kansas et arrivait toujours la première sur la butte qui surplombait l'étang. De là, elle s'élançait d'un bond dans l'espace pour attraper le pneu-balançoire accroché au-dessus de l'eau et s'envoler sur le miroir de l'étang.

Alors elle lâchait la corde et plongeait dans le ciel et les nuages reflétés sous elle.

Danny lui avait par deux fois appris à nager. La première quand elle avait six ans et que, la prenant par les mains, il l'avait guidée doucement dans l'eau calme mais profonde. La seconde avait été beaucoup plus difficile — elle était devenue sourde et tant de choses lui faisaient peur désormais. Elle avait douze ans alors. Mais le grand garçon blond et maigre, de cinq ans son aîné, refusait de la laisser fuir leur coin de baignade. Il réussit à la convaincre de lâcher enfin le caoutchouc lisse du Goodyear et l'empêcha de paniquer jusqu'à ce que les mouvements qu'elle avait appris des années plus tôt lui reviennent finalement en mémoire.

Nager. La première chose qui lui avait redonné un soupçon de confiance en elle après son plongeon dans la surdité.

Merci, Danny, se dit-elle. Pour le passé et pour aujourd'hui. Parce que c'était ce souvenir qui allait, elle en était sûre, sauver une partie de ses élèves, et peut-être toutes.

La rivière était large à cet endroit. L'eau était passablement agitée et le courant rapide, mais elle se rappela un amas de branches et de détritus échoués contre un arbre déraciné qui traînait dans l'eau à une trentaine de mètres en aval. Melanie s'imagina les filles se coulant silencieusement le long des corridors noirs de l'abattoir, sur le ponton, dans l'eau, puis se laissant emporter par le courant jusqu'à l'arbre, et grimpant à travers les branches pour sortir. Et courir en lieu sûr...

« Ne sous-estime jamais une étendue d'eau, lui avait appris Danny. Même les eaux calmes peuvent être dangereuses. »

Bon, l'Arkansas n'avait rien de calme. Pouvaient-elles y arriver ? Donna Harstrawn sait nager. Kielle et Shannon — en véritables superhéros — nagent avec l'aisance des loutres. (Melanie revoit le corps ramassé de Kielle sauter du plongeoir comme un boulet de canon, tandis que le petit corps flexible de Shannon finit tranquillement ses tours de bassin.) Les jumelles adorent jouer dans l'eau. Mais elles ne savent pas nager. Beverly sait, mais avec son asthme elle ne peut pas. Melanie a des doutes au sujet de la jolie Emily car, à la piscine, la fillette refuse de mettre la tête sous l'eau et reste toujours sagement debout dans le petit bain.

Il faudra qu'elle trouve quelque chose pour celles qui ne savent pas nager, une planche, une bouée. Mais quoi ?

Et comment faire pour les emmener au fond de l'abattoir ?

Elle songea à Danny. Mais Danny n'était pas là pour l'aider. La panique s'insinua en elle.

De l'Épée ?

Elle le joint en pensée mais il se contente de la rassurer en lui murmurant que la police sera là pour recueillir les filles qui s'évadent par la rivière. (Ils y seront, n'est-ce pas ? Oui, elle doit le croire.)

Foutaise, pense Melanie. Je suis toute seule ici.

Alors, tout à coup, l'odeur change.

Elle ouvre les yeux et se retrouve nez à nez avec Brutus, à quelques mètres d'elle. Elle ne sent plus la rivière mais à sa place la viande, l'haleine fétide et la sueur. Il se tient si près qu'elle voit, avec horreur, que les marques sur son cou — qu'elle avait prises pour des taches de rousseur — sont à n'en pas douter les éclaboussures du sang de la propriétaire du sac, celle qu'il a tuée ce matin. Melanie se recroqueville de dégoût.

— Bouge pas, Mistinguett, dit Handy.

Melanie se demande une nouvelle fois : Pourquoi puis-je le comprendre ? *Bouge pas*. Une phrase pratiquement impossible à lire sur les lèvres, et pourtant elle sait sans l'ombre d'un doute que c'est ce qu'il a dit. Brutus lui prend les mains. Elle tente de lui résister mais n'y parvient pas.

— T'étais assise là avec les yeux fermés... mains secouées de spasmes, pareil que les pattes d'un ragondin en train d'crever. Tu parles toute seule ? C'est ça ?

Un mouvement dans le coin. Kielle s'était levée et le dévisageait. La petite fille avait une expression étrangement adulte. Les mâchoires serrées. « Je suis Jubilee ! » signa-t-elle. Son X-Man favori. « Je vais le tuer ! » Melanie n'osait pas répondre mais ses yeux imploraient la fillette de s'asseoir.

Brutus décocha un regard à la petite fille, éclata de rire puis, passant à côté dans la grande pièce, fit signe à Ours de le suivre. Quand il revint quelques instants plus tard, il portait un gros bidon d'essence.

Le visage de Kielle se figea en voyant le bidon rouge.

— Personne bouge, compris.

Brutus regarda Melanie dans les yeux en prononçant ces mots. Puis il posa un lourd récipient en métal, une cuve de dégraissage sans doute, sur une étagère placée au-dessus des filles et versa l'essence dedans. Melanie ressentit le bruit sourd lorsqu'il lança violemment le bidon dans un coin de la pièce. Ensuite il fixa un fil de fer sur le bord du bidon et le tira jusque dans l'autre pièce. Des ombres fantasmagoriques dansaient au sol et sur le mur ; la lumière d'à-côté se faisait de plus en plus intense et Brutus réapparut soudain, balançant une baladeuse à bout de bras. Il dévissa le grillage protecteur et attacha le mécanisme et l'ampoule dénudée à un piton dans le sol, directement en dessous du bidon d'essence.

Ours considérait la technique d'un œil approbateur.

Kielle fit un pas vers Brutus.

— Non, signa Melanie. Recule !

Soudain, Brutus se laissa tomber à genoux et attrapa Kielle par les épaules. Le visage à quelques centimètres de celui de la fillette, il lui dit lentement :

— Écoute-moi bien, petit moineau... problèmes avec toi... essaye de vous sauver la vie, je tire sur ce fil et je vous fais brûler vives.

Il la poussa violemment et Kielle tomba sur une des rigoles de vidange creusées dans le sol.

— Laquelle je prends ? demanda Brutus à Ours.

Le gros les passa en revue. Son regard s'attarda longuement sur Emily. Ours fit un geste en direction de Shannon.

— ... coup de pied. Prends celle-là, mec.

Brutus baissa les yeux vers la fillette, qui rejeta ses longs cheveux bruns en arrière. Comme Kielle, elle soutint bravement son regard. Mais elle finit par baisser la tête, et ses yeux s'emplirent

188

de larmes. Melanie constata alors la différence qui existait entre les deux filles. Shannon Boyle était sacrément douée en dessin mais elle n'était ni Jubilee ni aucune autre héroïne. C'était un petit garçon manqué de huit ans, morte de peur.

— T'aimes balancer des coups de pied, hein ? demanda Brutus. O.-K., allons-y.

Ils l'emmenèrent à côté.

Qu'allaient-ils faire d'elle ? La relâcher, comme Jocylyn ? Melanie se précipita à quatre pattes vers le seuil de la salle d'abattage — s'avançant aussi loin qu'elle l'osait. Passant la tête, elle vit Shannon debout devant l'une des fenêtres crasseuses de l'abattoir. Brutus tira son pistolet de sa poche arrière. En appuya le canon contre la tête de la fillette. Non ! Oh non...

Melanie commença à se relever. Ours tourna brusquement vers elle sa grosse tête en poire et leva son pistolet. Elle retomba, vaincue, sur le carrelage froid, et regarda son élève d'un air désespéré. Shannon ferma les yeux et entortilla ses doigts dans les fils roses et bleus du bracelet brésilien qu'elle avait noué autour de son poignet un mois auparavant. La fillette avait promis de lui en faire un identique, se souvenait à présent Melanie en ravalant ses larmes, mais n'en avait jamais trouvé le temps.

Angie Scapello, qui rentrait de la base arrière, s'arrêta en chemin.

— Hé, capitaine.

S'il n'en avait pas eu la preuve formelle, Charlie Budd n'aurait jamais deviné qu'elle était agent du FBI.

— Salut, fit-il.

Elle marqua un temps d'arrêt pour accorder son pas au sien.

— Vous avez bossé souvent avec Arthur ? lui demanda-t-il de but en blanc, l'air nerveux. Histoire de lui faire la conversation, tout simplement.

— Environ trente ou quarante prises d'otages. Peut-être davantage, je crois.

— Hé, vous avez dû démarrer jeune.

— Je suis plus vieille que j'en ai l'air.

Il trouvait que le mot « vieille » ne lui convenait pas du tout.

— Je cherche pas à vous draguer — j'suis marié. (D'un geste gauche, Budd montra son alliance étincelante, identique à celle de sa femme.) Mais vous avez jamais travaillé comme mannequin ? J'vous demande juste ça parce que Meg, c'est ma femme, elle s'achète des magazines. *Vogue* et *Harper's Bazaar*, vous voyez. Ce genre-là. J'me disais que j'vous avais peut-être vue dans une pub ?

— C'est possible. Je me suis payé mes études en posant pour les magazines. Ça fait déjà un bail. Avant mon diplôme. (Elle rit.) En général, c'était pour des photos de mariée. Me demandez pas pourquoi.

— Vos cheveux, on peut pas rêver mieux avec un voile, suggéra Budd, rougissant aussitôt, car sa remarque ressemblait à une invite.

— Et j'ai tourné dans un film.

— Sans blague ?

— J'étais la doublure d'Isabella Rossellini. Je restais debout dehors dans la neige pendant les longues prises.

— Je me disais qu'il y avait une ressemblance, dit Budd non sans une certaine gêne, car il n'avait aucune idée de qui était cette actrice.

— Vous aussi, vous êtes une célébrité à part entière, si j'ai bien compris ? remarqua-t-elle.

— Moi ? fit Budd en riant.

— Vous avez fait une ascension fulgurante, à ce qu'on raconte.

— Ah bon ?

— Eh bien, vous êtes très jeune pour un capitaine.

— Moi aussi, je suis plus vieux que j'en ai l'air, plaisanta-t-il. Et j'aurai encore pris un fameux coup de vieux avant la fin de la journée. (Il consulta sa montre.) Je ferais bien de rentrer. Il reste pas beaucoup de temps avant l'expiration du premier délai. Comment faites-vous pour rester calme ?

— Tout est question d'habitude, je crois. Et vous alors ? Cette course-poursuite, la fois où vous avez pris ce violeur en chasse à Hamilton ?

— Alors là, comment vous êtes au courant ? (Budd rit. Cela remontait à deux ans. Il avait frôlé le deux cents kilomètres à l'heure. Sur un chemin de terre.) Je m'imaginais pas qu'on parlait de mes, disons, mes exploits dans le *Mensuel national des forces de l'ordre*.

— On entend dire certaines choses. Sur certaines personnes en tout cas.

Son regard brun plongea au fond des yeux verts de Budd, lequel était affreusement gêné et de plus en plus perplexe. Il se frotta la joue avec sa main gauche, juste histoire de lui montrer encore son alliance, puis pensa : Hé, redescends sur terre. Tu crois vraiment qu'elle te fait du gringue ? Jamais de la vie, se dit-il. Elle passe le temps poliment avec un jobard du coin.

190

— Vaudrait mieux que j'aille voir si Arthur a besoin de quelque chose, dit Budd.

Et, sans savoir pourquoi, il lui tendit la main. Geste qu'il re-
gretta aussitôt, mais c'était trop tard ; Angie allongea le bras, prit
sa main dans les siennes et la pressa très fort, en se rapprochant
tout contre lui. Il sentit son parfum. Il trouvait totalement contre
nature qu'un agent du FBI se mette du parfum.

— Je suis vraiment très contente de faire équipe avec vous,
Charlie. Elle le gratifia d'un sourire à tomber raide, un sourire
comme il n'en avait plus vu depuis longtemps — à dire vrai,
depuis que Meg l'avait harponné à un bal d'étudiants, à l'occasion
d'un de ces flirts dont il n'aurait jamais cru capable la présidente
du Club des jeunes méthodistes.

16 : 40

— Vingt minutes d'ici à l'expiration du délai, annonça Tobe
Geller.

Potter hocha la tête. Il pressa la touche de numérotation rapide.
Handy répondit en déclarant :

— J'ai choisi mon prochain petit oiseau, Art.

Détourne la conversation des otages ; fais-lui croire qu'elles
n'ont aucune valeur.

— Lou, dit Potter, on s'occupe de cet hélicoptère. C'est pas si
facile d'en avoir un.

— Un vrai petit zouave, celle-là, Art. La grosse arrêtait pas de
chialer. Putain, je trouvais ça chiant. Celle-là, elle verse une larme
ou deux mais c'est un vrai petit soldat. Elle a un tatouage sur le
bras, merde, tu t'imagines.

Échange des réflexions avec lui. Montre-lui que tu t'intéresses,
cherche à en savoir plus sur lui.

— Tu m'as l'air fatigué, Lou.

— Moi, jamais. Je pète la forme.

— Vraiment ? Je t'aurais cru debout toute la nuit en train de
préparer ta grande évasion.

— Du tout, j'me suis fait mes huit heures. Toute façon, y a
rien de tel qu'une situation sans issue pour me faire carburer à
tout va.

En réalité, il n'avait pas du tout la voix d'un homme fatigué. Il paraissait décontracté, à l'aise. Potter adressa un signe à LeBow mais celui-ci pianotait déjà sur son clavier.

— Alors raconte, Art. Qu'est-ce que ça a de si difficile, un hélico ?

Par la vitre, Potter régla ses jumelles sur le long visage de la fillette aux cheveux bruns. Il avait déjà mémorisé les noms et les visages. Appuyant sur la touche « Secret », il dit à Angie :

— C'est Shannon Boyle. Dis-moi ce que tu sais d'elle. (Puis, dans le combiné :) J'vais t'expliquer pourquoi c'est difficile, Lou, fit sèchement Potter. Ça pousse pas sur les arbres et c'est pas gratuit.

Tu te tracasses pour du fric dans un moment comme ça ?

— Putain, c'est pas le fric qui vous manque, bande de salauds. Avec tout ce que vous nous piquez comme impôts.

— Tu payes des impôts, toi, Lou ?

— On n'achète plus de bombes nucléaires alors t'as qu'à en dépenser un peu pour l'hélico si tu veux sauver des vies ici.

Angie lui tapota l'épaule.

— Une seconde, Lou. Je reçois à l'instant des nouvelles du zinc.

— Elle a huit ans, murmura Angie, sourde de naissance. Pratiquement incapable de lire sur les lèvres. Très forte personnalité. Très indépendante. Elle a manifesté pour revendiquer des sourds aux postes de directeurs dans les écoles spécialisées du Kansas et du Missouri. A signé la pétition en faveur de l'extension du département pour sourds à la Laurent Clerc, et sa signature était la plus grande de toutes. Elle se bagarre à l'école et c'est généralement elle qui gagne.

Potter hocha la tête. S'ils arrivaient à détourner assez longtemps l'attention de Handy, et si elle en avait l'occasion, la fillette pouvait tenter de s'enfuir.

Ou en profiter pour attaquer Handy et se faire tuer du même coup.

Il relâcha la touche « Secret ». Sur un ton exaspéré :

— Écoute, Lou. On parle juste d'un petit retard, c'est tout. Tu veux un gros hélico. Bon, des deux-places, j'en ai à revendre. Mais les gros, c'est dur à trouver.

— Ça, bordel, c'est ton problème, non ? La p'tite Julie là, je lui tire une balle dans, voyons voir, quinze minutes à ma montre.

En général, on dévalue les otages.

Mais parfois, il faut demander grâce.

— Elle s'appelle Shannon, Lou. Elle n'a que huit ans.

— Shannon, répéta Handy d'un air rêveur. T'as pas bien pigé

je crois, Art. Tu veux que j'aie pitié pour une pauv'gamine qu'a un nom. Shannon Shannon Shannon. C'est la consigne, hein, Art ? C'est écrit dans le manuel du parfait agent du FBI ?

Page 45, en fait.

— Sauf que tu vois, tes règles, elles tiennent pas compte d'un type comme moi. Plus je les connais et plus ça me donne envie de les tuer.

Reste sur le fil du rasoir. Houspille, pousse, échange des piques. Il fera marche arrière si tu trouves le ton juste. Voilà les réflexions que se fait Arthur Potter, mais sa main se crispe sur le combiné en disant d'un ton enjoué :

— Je crois pas un mot de tes conneries, Lou. À mon avis, tu t'amuses simplement avec nous.

— À toi de voir.

Une légère tension dans la voix du négociateur :

— J'en ai marre de ce petit jeu à la con. Nous on essaye de travailler avec toi.

— Mon œil, vous voulez me descendre, ouais. T'as pas assez de couilles au cul pour l'admettre ? Si je t'avais dans mon viseur, je te tirerais comme un chevreuil, putain.

— Non, Lou, je ne veux pas te descendre. Je ne veux la mort de personne. Nous avons des tas de problèmes logistiques. Atterrir ici c'est un vrai casse-tête. Sur le devant, le terrain est truffé de poteaux des anciens enclos à bestiaux. Et il y a des arbres partout. Impossible de poser un hélico sur le toit à cause du poids. On...

— Alors comme ça vous avez les plans de l'abattoir ?

Toujours négocier en position de force — en laissant entendre au preneur d'otages qu'on ne perd jamais de vue la solution tactique. (On peut défoncer la porte à tout moment et vous refroidir instantanément, et n'oublie pas que nous sommes vachement plus nombreux que vous.) Avec un rire, Potter répondit :

— Bien sûr que oui. Nous avons des cartes, des relevés, des plans, des graphiques et des photos couleur 20 × 25. T'es une sacrée vedette ici, Lou. C'est pas vraiment une surprise, dis-moi ?

Silence.

Tu as poussé le bouchon trop loin ?

Non, je ne crois pas. Il va rire et répondre d'un air détaché.

Ce fut un gloussement :

— Vous êtes vraiment trop, mes salauds.

— Quant au côté sud, poursuivit Potter, comme si Handy n'avait pas parlé, regarde-le, le terrain. Rien que des creux et des bosses. Poser un hélico à huit places serait passablement dangereux. Et ce vent... c'est un vrai problème. Notre conseiller aéronautique n'est pas sûr de connaître la solution.

Budd, fronçant les sourcils, répéta sans proférer un son : « Conseiller aéronautique ? » Potter haussa les épaules, il venait juste d'inventer la spécialité. Il indiqua la colonne « Mensonges » et Budd prit note avec un soupir.

Des outils en métal, dans leur emballage plastique, tout neufs.

Potter était démangé par l'envie de demander à quoi ils étaient destinés. Mais il ne pouvait pas, naturellement. Il était capital qu'Handy ne se rende pas compte de ce qu'ils savaient sur l'intérieur de l'abattoir. Plus important encore : si Handy soupçonnait que les otages libérés puissent être une source d'informations de premier ordre pour Potter, il réfléchirait à deux fois avant d'en relâcher d'autres.

— Art, lâcha Handy, j'arrête pas de te dire, c'est pas mes oignons. (Mais le ton n'était plus tout à fait aussi désinvolte et il paraissait prendre conscience, en partie du moins, que c'était maintenant son affaire.)

— Allez, Lou. C'est juste une question technique. Je conteste pas l'hélico. Je t'explique que nous avons des problèmes pour en trouver un et que je sais pas vraiment où on peut le poser. Si t'as des idées, je les accepte avec plaisir.

Dans une prise d'otages, la stratégie de la négociation veut que le négociateur s'abstienne de proposer des solutions aux problèmes. Il faut se décharger de ce fardeau sur le ravisseur. Le tenir constamment sur la brèche, dans le doute.

Un soupir écœuré.

— Bordel.

Va-t-il raccrocher ?

Finalement, il dit :

— Et pourquoi pas un hélico à flotteurs ? Tu peux faire ça, non ?

Ne jamais accepter trop vite.

— À flotteurs ? reprit Potter après un silence. Je sais pas. Faudrait étudier ça de près. Pour le poser sur la rivière, tu veux dire ?

— 'Videmment, c'est c'que j'veux dire. T'imaginais quoi, putain, un atterrissage dans les chiottes ?

— Je vais voir ça. S'il y a un petit coin abrité, ça pourrait parfaitement marcher. Mais tu dois nous donner davantage de temps.

Vous n'avez pas davantage de temps.

— Je vous en donne pas plus.

— Non, Lou. Des flotteurs, c'est parfait. Excellente idée. Je vais m'en occuper tout de suite. Mais laisse-moi t'acheter du temps. Dis-moi un truc qui te plairait.

— Un putain d'hélicoptère.

— Tu l'auras. Ça risque seulement de prendre un peu plus longtemps qu'on le souhaitait. Donne-moi autre chose. Ton désir le plus cher. Y a pas un truc qui te ferait plaisir ?

Un silence. Potter imagine : fusils, cassettes porno avec magnétoscope, un copain qui s'est fait la belle, fric, alcool...

— Ouais, y a un truc, Art.

— Quoi donc ?

— Parle-moi de toi.

De but en blanc.

Potter leva les yeux et croisa le regard soucieux d'Angie. Elle secoua la tête, sur ses gardes.

— Quoi ?

— Tu m'as demandé c'que je voulais. J'veux que tu me parles de toi.

On a toujours envie de voir le ravisseur s'intéresser au négociateur, mais il faut généralement des heures, voire des jours, pour établir un rapport sérieux. C'était la deuxième fois en quelques heures qu'Handy avait manifesté un intérêt vis-à-vis de Potter, et l'agent du FBI n'avait encore jamais connu de ravisseur qui pose la question de manière aussi directe. Potter savait qu'il marchait sur des œufs. S'il ne réagissait pas comme Handy le souhaitait, il pouvait aussi bien améliorer leur rapport que creuser le fossé entre eux.

Prenez garde...

— Que veux-tu savoir ?

— Tout c'que t'as envie de me raconter.

— Ma foi, il n'y a rien de très passionnant. Je suis un simple fonctionnaire. (Sa tête était vide, d'un seul coup.)

— Continue, Art. Parle-moi.

Alors, comme si l'on avait appuyé sur un bouton, Arthur Potter se sentit envahi par le désir de déballer sa vie jusque dans le moindre détail, sa solitude, son chagrin... Il voulait que Lou Handy sache tout de lui.

— Eh bien, je suis veuf. Ma femme est morte voilà treize ans, et aujourd'hui c'est notre anniversaire de mariage.

Il se rappela que LeBow lui avait signalé que les choses avaient mal tourné entre Handy et son ex ; il se tourna vers l'agent de renseignements, qui avait déjà affiché à l'écran une partie du profil de Handy. Le criminel, alors âgé de vingt ans, était resté marié deux ans. Sa femme avait demandé le divorce en l'accusant de cruauté mentale et avait obtenu une ordonnance d'emprisonnement du fait des violences répétées qu'il lui infligeait. Immédiatement après, il s'était lancé dans une série de cambriolages avec violences. Potter regrettait d'avoir évoqué le sujet du mariage, mais Handy lui demandait maintenant ce qui était arrivé à sa femme et sa curiosité paraissait sincère.

— Elle avait le cancer. Elle est morte environ deux mois après le premier diagnostic.

— Moi, Art, j'ai jamais été marié. Jamais une femme réussira à me coincer. J'suis libre et indépendant, je vais là où mon cœur et ma queue me mènent. Tu t'es jamais remarié ?

— Non, jamais.

— Qu'est-ce tu fais quand t'as envie de baiser ?

— Tu sais, Lou, j'suis très occupé par mon boulot.

— T'aimes ton boulot, alors ? Ça fait combien de temps que tu fais ça ?

— Je suis dans la Maison depuis que je travaille.

— Depuis que tu travailles ?

Mon Dieu, songea un Potter amusé qui observait la scène de très loin, il se fait l'écho de ce que je dis. Coïncidence ? À moins qu'il ne me manipule comme je devrais le manipuler, lui ?

— C'est le seul boulot que j'aie jamais eu. Je bosse souvent dix-huit heures par jour.

— Comment t'en es venu à ces négociations à la con ?

— Ça m'est tombé dessus. Je voulais être agent du FBI, j'étais attiré par le côté excitant du job. J'étais pas mauvais comme enquêteur mais un peu trop conciliant, je crois. Je voyais toujours les deux faces de l'histoire.

— Oh, t'as raison, dit Handy avec sérieux, c'est pas comme ça qu'on devient un chef. Tu sais pas que les requins, c'est toujours eux qui nagent plus vite ?

— Ça c'est bien vrai, Lou.

— Tu dois rencontrer des fêlés de première.

— Oh, exception faite de la présente compagnie, naturellement.

Pas de rire à l'autre bout de la ligne. Rien que le silence. Potter se sentit froissé que sa plaisanterie soit tombée à plat et se demanda avec inquiétude si Handy n'avait pas décelé chez lui un ton sacarstique qui l'aurait blessé. Il éprouva un vif désir de s'excuser. Mais Handy dit simplement :

— Raconte-moi une histoire de guerre, Art.

Angie se fit de nouveau soucieuse. Potter l'ignora.

— Eh bien, il y a quinze ans, j'ai dirigé les opérations lors

196

d'une prise d'otages à l'ambassade d'Allemagne fédérale de Washington. J'ai parlé pendant dix-huit heures sans interruption. (Il rit.) J'avais des agents qui cavalaient sans arrêt à la bibliothèque pour m'apporter des bouquins de philosophie politique. Hegel, Kant, Nietzsche... En fin de compte, il y en avait tellement à lire que j'ai été obligé de me faire envoyer des fiches de lecture. J'étais installé sur le siège arrière d'une voiture banalisée, en train de parler dans un téléphone de campagne à cet illuminé qui se prenait pour Hitler. Il voulait me dicter une nouvelle version de *Mein Kampf*. Je ne sais toujours pas de quoi nous avons pu parler ensemble tout ce temps.

À dire vrai, l'homme ne prétendait pas être Hitler, mais Potter éprouvait le besoin d'exagérer, pour être sûr d'amuser Handy.

— Putain de comédie, oui.

— Lui c'était un marrant. Son AK-47 était plutôt dégrisant, je dois dire.

— T'es psy ?

— Du tout. Juste un type qui aime parler.

— Tu dois avoir un ego plutôt solide.

— Un ego ?

— Et comment. Faut que t'écoutes un type comme moi qui te dit : « Espèce de sale minable, j'vais te descendre à la première occasion » et que tu lui demandes quand même s'il préfère un Coca light ou un thé glacé avec ses hamburgers.

— Ton thé, tu le prends avec du citron, Lou ?

— Bon. Tu fais rien d'autre ?

— Eh bien, je donne aussi des cours. À l'école de police militaire de Fort McClellan. Dans l'Alabama. Et je suis directeur de formation en stratégie de négociations dans le service spécial d'opérations et de recherche du FBI à Quantico.

C'était maintenant au tour d'Henry LeBow de se tourner vers Potter d'un air exaspéré. L'agent de renseignements n'avait encore jamais entendu son collègue dévoiler tant d'informations personnelles.

Lentement, Handy dit à voix basse :

— Dis-moi un truc, Art. T'as déjà fait quelque chose de mal ?

— Mal ?

— Très mal.

— J'imagine que oui.

— Et tu l'as fait exprès ?

— Exprès ?

— Tu m'écoutes pas ou quoi ? (Irritable maintenant. À se faire trop souvent l'écho du preneur d'otages, on risque de se le mettre à dos.)

— Disons que ce que j'ai pu faire n'était pas franchement délibéré, j'imagine. Je n'ai pas passé assez de temps avec ma femme, et c'était mal. Et puis elle est morte, très vite, comme je t'ai dit, et j'ai compris qu'il y avait un tas de choses que je ne lui avais jamais dites.

— Merde, lâcha Handy avec un rire méprisant. C'est pas mal, ça. Tu sais pas de quoi je parle.

Potter se sentit profondément blessé par cette remarque. Il avait envie de s'écrier : « Si, je sais ! Et je l'ai bien senti, que j'avais fait quelque chose de mal, de très mal. »

— Je te parle de tuer quelqu'un, poursuivit Handy, de bousiller la vie d'un mec, de laisser un veuf ou une veuve, de laisser des enfants se débrouiller tout seuls. Quelque chose de vraiment mal.

— Je n'ai jamais tué personne, Lou. Pas directement.

Tobe le regardait. Angie griffonna un message : *Tu en dis beaucoup, Arthur.*

Il les ignora tous les deux, essuya la sueur de son front, et garda les yeux fixés dehors sur l'abattoir.

— Mais il y a des gens qui sont morts à cause de moi. Négligence. Erreurs. Volonté délibérée parfois. Toi et moi, Lou, on fait le recto et le verso d'un même métier. (Poussé par l'envie irrépressible de se faire comprendre.) Mais tu sais...

— Glisse pas trop vite sur ces saloperies, Art. Dis-moi plutôt si ça te tracasse, certains trucs que t'as faits ?

— Je... je sais pas.

— Et ces gens que tu disais tout à l'heure, ceux qui sont morts ?

Prends-lui le pouls, se dit Potter à lui-même. À quoi pense-t-il ?

Je suis dans le noir. Qui diable y voit quelque chose ?

— Ohé, Art, t'arrête pas. C'était qui ? Des otages que t'as pas pu sauver ? Des flics que t'as envoyés donner l'assaut quand t'aurais pas dû ?

— Oui, c'est exactement ça.

Et aussi des ravisseurs. Mais il n'en dit rien. Ostrella, pense-t-il machinalement, et il revoit son long et beau visage, ses traits serpentins. Sourcils sombres, lèvres pleines. *Son* Ostrella.

— Et ça te tarabuste, hein ?

— Si ça me tarabuste ? Et comment.

— Merde, fit Handy d'un air méprisant. (Potter se sentit de nouveau piqué.) T'as jamais rien fait de mal et toi et moi, on le sait aussi bien l'un que l'autre. Regarde ces deux-là ce matin dans la Cadillac, le couple que j'ai descendu. Tiens, eux ils s'appelaient Ruth et Hank, au fait. Ruthie et Hank. Tu sais pourquoi je les ai tués ?

— Pourquoi, Lou ?

— Même raison que je vais mettre cette gamine — *Shannon* — à la fenêtre dans une minute ou deux pour lui tirer une balle dans la nuque.

Même l'imperturbable Henry LeBow tressaillit. Les mains élégantes de Frances Whiting s'élevèrent à son visage.

— Pourquoi ça ? demanda Potter calmement.

— Parce que j'ai pas eu ce qui m'était dû ! Purement et simplement. Ce matin, dans le champ, ils ont bousillé ma bagnole, y sont rentrés en plein dedans. Et quand j'ai voulu prendre leur caisse, ils ont essayé de se tirer.

Potter avait lu le rapport de la police d'État du Kansas. La voiture de Handy avait apparemment grillé un stop et était entrée en collision avec la Cadillac, laquelle avait priorité. Potter ne mentionna pas ce fait.

— C'est réglo, non ? Y a rien de plus clair, j'veux dire. Fallait qu'ils meurent, et j'aurais fait durer le plaisir encore plus si j'avais eu le temps. Ils voulaient pas me donner ce que j'avais droit.

Quelle froideur et quelle logique dans son raisonnement.

Potter se le rappela à lui-même : pas de jugement de valeur. Mais ne lui donne pas raison pour autant. Les négociateurs restent neutres. (Et il était au désespoir de ne pas ressentir le dégoût qu'il aurait dû éprouver. De constater qu'une petite part de lui-même trouvait raisonnable le discours de Handy.)

— Art, mon vieux, je pige pas. Quand je tue quelqu'un pour une raison ils me considèrent méchant. Quand un flic fait la même chose ils lui filent un salaire et ils le considèrent bon. Pourquoi y a des raisons acceptables et pas d'autres ? On élimine les faibles parce qu'autrement ils vous font couler. Où est le mal à ça ?

Henry LeBow tapait ses notes avec calme. Tobe Geller surveillait ses moniteurs et ses écrans d'un œil tranquille. Charlie Budd était assis dans un coin, les yeux au sol. Angie à ses côtés, très attentive. Et le brigadier Frances Whiting se tenait debout dans un coin, embarrassée d'avoir à la main une tasse de café qui ne lui disait plus rien du tout ; la police d'Hebron, Kansas, n'était pas habituée à se frotter aux Lou Handy de ce monde.

Un rire dans le haut-parleur. Il demanda :

— Reconnais-le, Art... T'as jamais eu envie de faire ça ? Tuer quelqu'un pour une mauvaise raison ?

— Non, jamais.

— Vrai de vrai ? (Il était sceptique.) J'me demande...

Le silence emplit la camionnette. Des gouttes de sueur dégoulinèrent sur le visage de Potter et il s'essuya le front.

Tobe murmura quelque chose à l'oreille de Budd, qui nota sur un bout de papier : *Délai.*

Potter jeta un coup d'œil sur la pendule. Puis, dans le combiné :

— J'aime bien les vestes de sport. En tweed, surtout. Ou en poil de chameau. Mais on est obligé d'être en costume dans la Maison.

— En costard, hein ? Ça cache pas mal de bourrelets, pas vrai ? Quitte pas une seconde, Art.

Sortant de sa rêverie, Potter régla ses jumelles sur la fenêtre de l'abattoir. Un canon de pistolet apparut contre la tête de Shannon et se posa sur ses longs cheveux bruns, tout emmêlés.

— Cet espèce de salaud, murmura Budd. La pauvre petite est terrorisée.

— Oh non. Je vous en prie... dit Frances en se penchant en avant.

Les doigts de Potter manipulèrent des touches.

— Dean ?

— À vos ordres, répondit Stillwell.

— Est-ce qu'un de vos tireurs peut atteindre une cible ?

Un silence.

— Négatif. Ils ne voient rien d'autre que le canon d'un pistolet et le chargeur. Il se tient derrière elle. Impossible de tirer sauf dans le cadre de la fenêtre.

— Hé, Art, demanda Handy, c'est vrai que t'as jamais descendu personne ?

LeBow leva la tête, l'air inquiet. Mais Potter répondit néanmoins :

— Eh non, jamais.

Les mains enfoncées dans les poches, Budd se mit à marcher de long en large. C'était très énervant.

— T'as déjà tiré au pistolet ?

— Bien sûr. Sur le champ de tir, à Quantico. J'ai bien aimé.

— Ah bon ? Tu sais, si ça t'a plu de tirer, ça pourrait te plaire de tirer sur une cible vivante. En chair et en os.

— Sale con de désaxé, marmonna Budd.

Potter fit signe au capitaine de se taire.

— Tu sais quoi, Art ?

— Quoi donc ?

— T'es O.-K. J'te le dis comme j'le pense.

Potter éprouva soudain une satisfaction intense d'avoir gagné l'approbation de cet homme.

C'est vrai, je suis bon, songea-t-il. Il savait que ce qui comptait dans son boulot, c'était de savoir se mettre à la place des autres. Pas la stratégie, ni les paroles, ni le calcul ni même l'intelligence. Mais ce qui ne s'enseigne pas dans les cours de formation. J'ai toujours été bon, se dit-il. Mais quand tu es morte, Marian, je me suis surpassé. Mon cœur n'avait nulle part où aller, alors je me suis donné à des hommes comme Louis Handy.

Et à Ostrella...

Une prise d'otages par des terroristes à Washington, DC. La femme, estonienne, blonde et remarquablement intelligente, sort de l'ambassade soviétique au terme de vingt heures de pourparlers avec Potter. Douze otages libérés, quatre autres encore à l'intérieur. Elle a finalement accepté de se rendre, et sort non pas bras tendus devant elle mais mains sur la tête — en violation du protocole de reddition des otages. Mais Potter sait qu'elle n'est pas dangereuse. Il la connaît aussi bien qu'il connaissait Marian. Il franchit la barricade et s'avance vers elle sans protection aucune, pour l'accueillir, pour la prendre dans ses bras, pour s'assurer qu'au moment de son arrestation les menottes ne la serrent pas trop, que ses droits lui seront lus dans sa langue maternelle. Et se retrouve éclaboussé par le sang de la jeune femme quand le tireur d'élite l'abat d'une balle dans la tête en la voyant sortir le pistolet dissimulé dans son décolleté pour le braquer sur le visage de Potter. (Et la réaction de Potter ? De crier à la jeune femme : « Baisse-toi ! » Et de la prendre dans ses bras pour protéger son nouvel amour, alors que des éclats de son crâne viennent lui mitrailler la peau.)

T'as jamais eu envie de faire quelque chose de mal ?

Prenez...

Si, Lou, ça m'est déjà arrivé. Si tu tiens à savoir.

... garde.

Potter resta quelques instants incapable de parler, de peur d'offenser Handy, de peur qu'il ne raccroche. Presque aussi effrayé par cette possibilité que par le meurtre de la petite.

— Écoute-moi, Lou. Je te le dis en toute bonne foi, on s'occupe de cet hélico et j'aimerais savoir ce que tu veux en échange d'une heure de plus. On essaie de s'entendre, ajouta-t-il. Mets-y un peu du tien.

Un silence, puis la voix pleine d'assurance déclara :

— Il fait soif, ici.

Ah, jouons un peu.

201

— Pepsi light ? demanda le négociateur d'un air espiègle.

— Tu sais bien de quoi je parle.

— Limonade, avec des citrons frais ?

LeBow tapa plusieurs touches et montra l'écran à Potter, qui acquiesça en silence.

— Verre de lait frais ? ricana Handy.

Tout en lisant le profil de Wilcox, Potter remarqua :

— L'alcool serait pas une très bonne idée je crois, Lou. Shep a un petit problème, non ?

Un silence.

— Dites donc les gars, vous en connaissez un rayon sur nous, on dirait.

— C'est pour ça qu'ils me paient mon maigre salaire. Pour savoir tout ce qu'il y a à savoir.

— Bon, marché conclu. Une heure contre de quoi boire.

— Rien de fort. Pas question.

— Va pour la bière. Je préfère, toute façon.

— J'en envoie trois canettes.

— Eh, minute. Une caisse.

— Non. Vous avez droit à trois canettes de bière légère.

Un petit rire méprisant.

— Merde à la bière légère.

— Je peux pas faire mieux.

Frances et Budd étaient collés à la fenêtre, à observer Shannon. La voix de Handy chantonna :

— Celui-là est allé au marché, celui-là est resté à la maison... (en faisant passer le pistolet d'une oreille à l'autre de la fillette.)

Stillwell entra en contact radio pour demander quels ordres donner aux tireurs d'élite. Potter hésita :

— Pas question de faire feu, dit-il. Quoi qu'il arrive.

— Reçu, dit Stillwell.

Ils entendirent gémir la fillette au moment où Handy appuya le pistolet sur son front.

— Je te donne un pack de six, dit Potter, à condition que tu me laisses cette fille.

— Pousse pas trop loin, murmura Budd.

Un silence.

— Donne-moi une bonne raison de faire ça.

LeBow amena le curseur sur un paragraphe de la *Biographie de Louis Handy*, en constante évolution. Potter en prit connaissance, et dit :

— Parce que t'adores la bière.

Handy s'était fait réprimander par un de ses gardiens pour en avoir fabriqué dans la prison. Quelque temps après, ses privilèges avait été suspendus parce qu'il avait introduit clandestinement deux caisses de Budweiser.

— Allez, encouragea Potter, qu'est-ce que ça change ? Il te restera encore plein d'autres otages. (Potter tenta le coup.) En plus, c'est une petite chieuse, non ? C'est sa réputation, à l'école.

Angie rouvrit brusquement les yeux. On court toujours un risque à mentionner les otages, car cela leur donne plus de valeur qu'ils n'en ont déjà aux yeux du ravisseur. En outre il ne faut JAMAIS laisser entendre qu'ils puissent être source d'ennuis ou de danger pour le preneur d'otages.

Un silence.

Et maintenant, amorce-le.

— Quelle marque tu préfères ? demanda l'agent. Miller ? Budd ?

— Mexicaine.

— Gagné, Lou. Un pack de six Corona, tu relâches la petite et nous avons une heure de plus pour l'hélico. Tout le monde est content.

— Je préfère la tuer.

Potter et LeBow échangèrent un regard. Budd se tenait soudain tout près de Potter, les mains dans les poches, à farfouiller nerveusement.

Sans se soucier du jeune capitaine, le négociateur dit à Handy :

— O.-K., Lou, descends-la si c'est comme ça. J'en ai marre de ces conneries.

Du coin de l'œil, il vit Budd amorcer un mouvement et Potter se raidit un instant, pensant que le capitaine allait bondir pour lui arracher le téléphone des mains et accepter tout les exigences de Handy. Mais celui-ci se détourna, les mains toujours enfoncées dans ses poches arrière. Frances dévisageait le négociateur d'un air absolument horrifié.

Potter pressa quelques touches sur le téléphone.

— Dean, il risque de descendre la petite. S'il tire, pas de riposte.

Une hésitation, puis :

— À vos ordres.

Potter avait repris Handy en ligne. L'homme n'avait pas raccroché mais il ne disait rien. La tête de Shannon pivotait de droite et de gauche. Le rectangle du pistolet noir était toujours visible.

Potter sursauta en entendant le rire staccato de Handy éclater dans la camionnette.

— C'est un peu comme au Monopoly, hein ? J'achète, je vends et tout ?

Potter s'efforçait de garder le silence.

— Deux packs de six ou je tire tout de suite, grogna Handy.

— Et tu nous donnes une heure de plus pour l'hélico ? demanda Potter. Mettons 18 h 15.

— Cran de sûreté enlevé, annonça Dean Stillwell.

Potter ferma les yeux.

Pas un seul bruit dans la camionnette. Silence total. Voilà ce que Melanie vit jour après jour, songea Potter.

— Marché conclu, Art, dit Handy. Au fait, t'es un beau salaud en réalité.

Clic.

Potter s'avachit sur sa chaise, ferma les yeux un instant.

— Tu as tout noté, Henry ?

LeBow hocha la tête sans cesser de pianoter. Puis il se leva et commença à détacher le repère de Shannon du plan de l'abattoir.

— Attends, dit Potter. (LeBow suspendit son geste.) Mieux vaut attendre.

— J'vais chercher ces bières, proposa Budd avec un soupir.

En souriant, Potter remarqua :

— Ça chauffe un peu trop pour vous, capitaine ?

— Ouais. Un poil.

— Vous vous y ferez, dit Potter au moment même où Budd remarquait : « Je m'y ferai. » Le capitaine avait un ton moins optimiste que Potter. L'agent du FBI et le policier éclatèrent de rire.

Budd s'apprêtait à décamper comme un lapin quand Angie l'attrapa par le bras.

— Je viens m'occuper de ces bières avec vous, capitaine. Si vous n'y voyez pas d'inconvénient.

— Euh, enfin, oui, pourquoi pas, dit-il d'un air hésitant. Ils sortirent de la camionnette.

— Une heure de plus, dit LeBow en hochant la tête.

Potter pivota sur son siège pour braquer son regard sur la fenêtre de l'abattoir.

— Henry, note-moi ça : *Le négociateur en conclut que le stress et l'anxiété de la phase initiale de la prise d'otages se sont dissipés et que l'individu Handy est calme et raisonne de façon rationnelle.*

— Ça en fait au moins un, remarqua Frances Whiting, dont les mains tremblantes venaient de renverser du café par terre.

204

Derek Elb, le rouquin, se mit galamment à quatre pattes pour nettoyer.

17 : 11

— Que fait-il avec Shannon ? signa Beverly, dont la poitrine se soulevait et s'abaissait au rythme de sa respiration haletante.

Melanie se pencha en avant. Le visage de Shannon ne trahissait aucune émotion. Elle était en train de signer et Melanie reconnut le nom du Professeur X, le créateur des X-Men. Comme Emily, la fillette implorait ses anges gardiens.

Ours et Brutus étaient en pleine conversation et elle voyait remuer leurs lèvres. Ours fit un geste en direction de Shannon et demanda à Brutus :

— Pourquoi... les relâcher ?

— Parce que sinon, répondit Brutus patiemment, ils vont enfoncer cette putain de porte et... nous trouer la peau.

Melanie rejoignit sa place en vitesse et rapporta :

— Elle est juste assise là. Elle va bien. Ils vont la libérer.

Tous les visages s'illuminèrent.

Tous, sauf celui de Mrs. Harstrawn.

Et le visage de Kielle. La jeune Kielle, petit chat blond piqueté de taches de rousseur. La fillette jeta un coup d'œil impatient sur Melanie puis, se détournant, s'accroupit au pied du mur tout proche et reprit son activité. Que fabriquait-elle ? Elle creusait un tunnel pour s'enfuir ? Bon, laissons-la. Ça l'empêchera de faire des bêtises.

— Je crois que je vais vomir, annonça une des jumelles, Suzie.

Anna délivra le même message mais elle répétait généralement tout ce que disait sa sœur.

Melanie leur expliqua qu'elles n'allaient pas être malades. Tout se passerait bien. Très vite, elle repartit s'asseoir à côté d'Emily qui considérait sa robe déchirée avec des yeux pleins de larmes.

— Toi et moi nous irons faire des courses la semaine prochaine, signa Melanie. En acheter une nouvelle.

À ce moment-là, De l'Épée murmura dans son oreille stérile : « Le bidon d'essence », puis disparut aussitôt.

Melanie sentit un frisson d'horreur lui courir jusqu'en bas de l'échine. Le bidon d'essence, bien sûr. Elle tourna la tête. Il était posé à côté d'elle, rouge et jaune, un gros bidon de dix litres. Prudemment elle s'en approcha, revissa le capuchon et ferma la valve. Puis elle explora la salle d'abattage d'un regard circulaire pour trouver ce qu'il lui fallait d'autre.

Oui, voilà.

Melanie se glissa jusqu'au seuil de la salle pour examiner le fond de l'abattoir. Il y avait deux portes — elle les distinguait tout juste dans la pénombre. Laquelle donnait sur la rivière ? se demanda-t-elle. Son regard tomba sur les inscriptions qu'elle avait faites dans la poussière, pour expliquer leur jeu. Plissant les yeux pour mieux voir, elle scruta le sol devant chaque porte : la poussière était beaucoup moins épaisse devant celle de gauche. La réponse était là : la brise qui monte de la rivière souffle par là, chassant la poussière. Une brise assez forte pour qu'avec un peu de chance on trouve une fenêtre ou une porte suffisamment entrouverte pour permettre à une petite fille de s'y faufiler.

Beverly s'étouffait ; elle se mit à pleurer. Couchée sur le côté, elle faisait des efforts désespérés pour respirer. Le médicament n'avait pas eu grand effet. Ours, l'air soucieux, la regarda puis cria quelque chose.

Merde. Melanie s'adressa à Beverly :

— C'est dur, ma jolie, mais tais-toi, s'il te plaît.

— J'ai peur, j'ai peur.

— Je sais. Mais ce ne sera plus...

Oh, mon Dieu. Melanie, relevant la tête, écarquilla les yeux et ses mains s'arrêtèrent de signer en plein milieu de phrase.

Kielle tenait le couteau devant sa poitrine, un vieux couteau à lame recourbée. Voilà ce qu'elle avait repéré sous le tas de détritus ; voilà pourquoi elle creusait.

Melanie frissonna.

— Non ! ordonna-t-elle. Repose-le.

Le regard gris de Kielle parlait de meurtre. Elle glissa le couteau dans sa poche.

— Je vais tuer Mr. Sinister. Tu peux pas m'en empêcher ! Ses mains lacéraient l'air comme si elle poignardait déjà l'homme.

— Non ! Pas possible d'agir comme ça !

— Je suis Jubilee ! Il peut rien faire contre moi !

— C'est un héros de B.D., lancèrent les mains de Melanie, staccato. Pas la réalité !

Kielle ignora sa remarque.

— Jubilation Lee ! Je vais le bombarder de plasmoïdes et le faire exploser ! Il va mourir. Personne peut m'en empêcher. Elle franchit la porte à quatre pattes et disparut derrière le rideau d'eau qui cascadait du plafond.

Les trois criminels étaient maintenant groupés sur le devant de l'immense pièce principale de l'abattoir Webber & Stoltz, à l'origine une suite d'enclos et de passerelles pour les bêtes venues mourir ici. Cet espace servait à présent à entreposer le matériel d'abattage : billots de boucher, couperets de décapitation à travée simple ou triple, machines à éviscérer, hachoirs, immenses cuves de dégraissage.

C'était dans ce sinistre entrepôt que Kielle avait disparu, avec pour intention manifeste de faire le tour par-derrière pour surprendre les hommes sur le devant, là où ils se prélassaient devant la télé.

Non...

Melanie se redressa à demi, regarda Ours — le seul des trois à avoir une vue dégagée sur la salle d'abattage — et se figea sur place. Pour l'instant il ne regardait pas de leur côté, mais il n'avait qu'à tourner la tête de quelques centimètres pour les voir. Affolée, elle fouilla la grande pièce du regard. Du coin de l'œil, elle vit les cheveux blonds de Kielle disparaître derrière un pilier.

Melanie se rapprocha doucement du seuil de la salle, toujours accroupie. Brutus se tenait à la fenêtre, à côté de Shannon, et regardait dehors. Ours esquissa un mouvement vers la salle d'abattage, mais se retourna vers Fouine, que quelque chose faisait rire. Ours, caressant le pistolet qu'il tenait à la main, se renversa en arrière et éclata de rire, en fermant les yeux.

Maintenant. Fais-le.

Je ne peux pas.

Fais-le, pendant qu'il ne peut pas te voir.

Une inspiration profonde. Maintenant. Melanie sort subrepticement de la salle et se glisse à quatre pattes sous une rampe vermoulue, creusée et marquée par les empreintes de milliers de sabots. Elle s'arrête, pour regarder à travers l'eau qui tombe en cascade. Kielle... Où es-tu ? Tu t'imagines que tu peux le poignarder et t'évaporer purement et simplement ? Toi et tes fichues B.D. !

Elle traverse la chute d'eau — une eau glaciale et visqueuse. Frissonnant de dégoût, elle s'avance dans la pièce aux allures de caverne.

Quelle était l'intention de la fillette ? Faire le tour, supposait Melanie, pour le surprendre par-derrière et le poignarder dans le dos. Longeant les machines, les vieilles plaques de métal à moitié rouillées et de bois vermoulu. Les piles de chaînes et de crochets à viande, maculés de sang et hérissés de petits lambeaux de chair durcie, à la pointe acérée. Les cuves étaient dégoûtantes. Il s'en dégageait une odeur qui vous soulevait le cœur et Melanie n'arrivait pas à chasser de son esprit l'image de ces bêtes s'enfonçant peu à peu dans un bain bouillonnant de graisse et de liquides. Elle sentit sa poitrine se soulever, un haut-le-cœur lui monter à la gorge.

Non ! Silence ! Le moindre bruit leur révélera ta présence.

Luttant pour se maîtriser, elle se laissa tomber à genoux pour respirer l'air frais et humide au ras du sol.

Jetant un coup d'œil sous les montants d'un grand couperet, dont la lame triangulaire était piquetée de rouille, elle aperçut dans le fond de la pièce l'ombre de la petite fille qui se faufilait d'un pilier à l'autre.

Melanie s'élança. Elle n'avait pas fait plus de deux pas quand elle sentit un coup lui paralyser l'épaule ; elle venait de heurter un tuyau de fer, long de près de deux mètres, qui reposait contre un poteau. Le tuyau entama une lente chute vers le sol.

Non !

Melanie jeta les bras autour du tuyau. Il ne pesait pas loin de cinquante kilos.

Je ne peux pas le retenir, il va tomber !

Le tuyau se rapprochait de plus en plus vite du sol, entraînant Melanie dans sa chute. Juste au moment où elle allait lâcher prise, elle se laissa tomber par terre, roula sous le métal rouillé et, contractant les muscles de son ventre, reçut le choc de plein fouet. Suffoquant sous la douleur qui lui transperça le corps, elle pria que le vent et la chute d'eau soient assez bruyants pour couvrir le grognement qui lui avait échappé. Elle resta là un long moment, à moitié sonnée.

Finalement, elle réussit à se dégager de sous le tuyau et le fit rouler par terre — silencieusement, espérait-elle.

Oh, Kielle, où es-tu ? Ne comprends-tu pas ? Tu ne peux pas les tuer tous. Ils nous trouveront, ils nous tueront. Ou bien Ours nous emmènera dans le fond de l'abattoir. Tu n'as pas vu ses yeux ? Tu ne sais pas ce qu'il veut ? Non, probablement pas. Tu n'as pas la moindre idée...

Elle risqua un coup d'œil vers la grande pièce. Les hommes étaient presque entièrement absorbés par la télé. De temps à autre, Ours jetait un regard sur la salle d'abattage mais sans avoir l'air de remarquer qu'il manquait deux captives.

Regardant rapidement sous les montants des machines, Melanie entrevit un éclair de cheveux blonds. Elle était là, Kielle, en train de ramper, un grand sourire sur la figure. Persuadée sans doute qu'elle était capable de les tuer tous les trois.

Respirant encore avec difficulté après le coup qu'elle venait de recevoir, Melanie s'engagea tant bien que mal dans un corridor, et se cacha derrière un pilier rouillé. Passant la tête de l'autre côté, elle vit la petite fille blonde à quelques mètres seulement de Brutus, lequel lui tournait le dos, les yeux toujours fixés dehors. Il tenait Shannon négligemment d'une main par le col. Il aurait suffi qu'un seul des trois hommes se lève, s'avance vers la fillette, et baisse les yeux sur l'une des grandes cuves couchées sur le côté, pour repérer Kielle.

Kielle se raidissait. Prête à bondir par-dessus la cuve pour se jeter sur Brutus.

Melanie se dit : Devrais-je simplement la laisser faire ? Quelle est la pire chose qui pourrait arriver ? Elle ferait quelques pas dans leur direction, Ours l'apercevrait et lui prendrait son couteau. Ils la gifleraient une fois ou deux, et la renverraient sans ménagement dans la salle d'abattage.

Pourquoi devrais-je risquer ma vie ? Risquer les mains d'Ours sur mon corps ? Risquer le regard de Brutus ?

Mais, à cet instant, Melanie vit Susan. Elle vit la petite tache apparaître dans son dos et le tourbillon de cheveux noirs s'envoler, tel une volute de fumée.

Elle vit Ours déshabiller du regard le corps de garçon d'Emily, avec un sale petit sourire.

Merde.

Melanie ôta ses chaussures en vitesse, les poussa sous une table métallique. Et se mit à courir. À toute allure, le long de l'étroit corridor, esquivant les grosses pièces de métal, les tiges et les tuyaux accrochés au plafond, sautant par-dessus un billot de boucher à moitié cassé.

Au moment même où Kielle se redressait et s'apprêtait à enjamber la cuve, Melanie la plaqua au sol. Une main autour de sa taille, l'autre en bâillon sur sa bouche. Elles roulèrent violemment par terre et se cognèrent dans le couvercle d'une cuve, qui se referma brutalement.

— Non ! signa la petite fille. Laisse-moi...

Melanie fit alors un geste qu'elle n'avait jamais osé faire de sa vie : elle leva la main, paume grande ouverte, comme pour gifler la fillette. Kielle ouvrit de grands yeux. La jeune femme baissa le bras et jeta un coup d'œil par un interstice entre deux cuves renversées. Brutus s'était retourné, et regardait dans leur direction. Fouine haussait les épaules. « Vent », le vit-elle dire. Sans sourire, Ours s'était mis debout, le pistolet à la main, et s'avançait vers elles.

— À l'intérieur, signa farouchement Melanie, en indiquant une grande cuve d'acier toute proche, couchée sur le côté. La fillette hésita un instant puis elles grimpèrent dedans et refermèrent doucement le couvercle, comme une porte. Les parois étaient recouvertes d'une substance grasse et cireuse qui répugnait Melanie et lui donnait la chair de poule. L'odeur était intolérable et elle lutta une fois de plus pour ne pas vomir.

Une ombre s'abattit sur la cuve et elle sentit la vibration des pas d'Ours qui marchait dans le corridor. Il n'était qu'à cinquante centimètres d'elles.

Mollement, il jeta un regard circulaire avant de s'en retourner vers Shannon et les deux autres.

Kielle se tourna vers son professeur. Dans la pénombre, Melanie arrivait à peine à déchiffrer les signes de la fillette : — Je vais le tuer ! Ne m'en empêche pas, sinon je te tue aussi !

Melanie fut horrifiée de voir la petite fille lever la lame, aussi tranchante qu'un rasoir, pour la pointer sur elle. « Arrête ! » signa Melanie brutalement. Que dois-je faire ? se demanda-t-elle. Des images de Susan lui traversaient l'esprit. Mrs. Harstrawn, son père, son frère.

Et De l'Épée.

Susan, aide-moi.

De l'Épée...

Alors, brusquement, Melanie se dit : Il n'y a plus de Susan. Elle est morte. Morte et déjà froide.

Et Mrs. Harstrawn ne vaut guère mieux.

De l'Épée ? Ce n'est qu'un mensonge. Un visiteur illusoire dans ton petit salon d'illusions. Encore un de tes pitoyables amis imaginaires. Je fais toujours tout de travers ! J'entends de la musique quand il n'y en a pas. Je n'entends rien quand les gens m'adressent la parole à quelques centimètres de moi, j'ai peur quand il me faudrait du courage...

La petite fille avança la main pour ouvrir le couvercle de la cuve.

— Kielle ! signa Melanie avec colère. Jubilee... D'accord, écoute.

La petite la regarda d'un air circonspect, hocha la tête.

— Tu veux vraiment le tuer ?

— Oui ! Les yeux de Kielle lançaient des flammes.

— Entendu. Alors nous allons le faire ensemble. Nous allons le faire comme il faut.

Un sourire hésitant éclaira le visage de Kielle.

— Je vais détourner son attention. Tu te mets derrière le tuyau là. Tu le vois ? Va te cacher là-bas.

— Je dois faire quoi ?

— Attendre mon signal pour sortir. Il sera occupé à me parler, il ne te remarquera pas.

— Et alors ?

— Frappe-le de toutes tes forces dans le dos. Compris ?

— Oui ! La petite fille sourit et son regard, tout à l'heure de braise, était maintenant aussi froid que la pierre. « Je suis Jubilee ! Personne ne peut me retenir ! »

Brutus tournait le dos à la pièce, mais il avait dû voir le reflet de Melanie dans la vitre d'un carreau cassé. Il se retourna :

— Tiens, qu'est-ce qui nous arrive là ?

Melanie s'était glissée hors de la cuve et était revenue par-derrière, vers la salle d'abattage. Maintenant elle marchait vers eux, en souriant à Shannon.

Elle regarda Handy et fit mine d'écrire quelque chose. Il lui tendit un carnet jaune et un stylo. Elle écrivit : *Je vous demande de ne pas lui faire mal.* D'un signe de tête, elle désigna Shannon.

— Lui faire mal ? Je la... partir. Compris ?

Pourquoi pas une autre, celle qui est malade ? écrivit-elle. Donne-lui son nom, pensa Melanie. Peut-être que ça le rendra plus compréhensif. *Beverly*, ajouta-t-elle.

Brutus grimaça un sourire et, avec un signe de tête en direction d'Ours :

— Mon copain... garder les plus mignonnes... encore un peu.

Il dit cela juste pour être cruel, se dit-elle. Puis elle réfléchit : cruel, il l'est, c'est vrai. Mais qu'est-il d'autre encore, quel sentiment est-ce que j'éprouve envers lui ? Quelque chose d'étrange : comme une affinité. Est-ce parce que j'arrive à comprendre ce qu'il dit ? Ou bien est-ce parce qu'il existe une affinité que je le comprends ?

Fouine s'éloigna de la fenêtre en disant :

— ... arrive... deux... packs.

Il fit un clin d'œil et continua de mâchonner son cure-dents. Mais Brutus ne regardait pas par la fenêtre ; il inspectait la pièce d'un air inquisiteur, en louchant.

Que faire pour qu'il n'aperçoive pas Kielle ?

Tenter de le séduire ? se dit-elle brusquement.

Le peu qu'elle savait de l'amour, elle l'avait appris dans les livres, au cinéma, en bavardant entre filles. Melanie avait eu des petits amis, mais elle n'avait jamais couché avec aucun. La peur, toujours... De quoi, elle l'ignorait. Du noir, peut-être. De faire à ce point confiance à quelqu'un d'autre. Bien sûr, il fallait admettre qu'elle n'avait jamais rencontré personne qui veuille faire l'amour avec elle. Oh, des garçons qui avaient envie de baiser, elle en avait connu des tas. Mais c'était très différent. Considérez ces deux expressions : en disant « baiser », on pince les lèvres et on a le visage qui se ferme ; « faire l'amour »... c'était plein de douceur et cela vous épanouissait les traits.

Soudain Brutus éclata de rire et, faisant un pas en avant, la prit par les épaules pour l'attirer à lui. Peut-être était-il beaucoup plus malin qu'il n'en avait l'air. Ou peut-être avait-elle un regard incapable de rien dissimuler ; quoi qu'il en soit, il savait parfaitement ce qu'elle pensait. Il lui caressa les cheveux.

Elle attendait de sentir les mains sur ses seins, entre ses cuisses. Elle se rappela son sentiment d'horreur le jour où un de ses petits amis avait rapidement glissé sa main là-haut. Elle était assise sur ses genoux et s'était levée d'un bond, se cognant la tête sur l'ampoule brûlante du plafonnier.

Puis Brutus tourna la tête et dit quelque chose qu'elle ne put saisir.

Ours et Fouine riaient.

Brutalement, il la repoussa, approcha son visage tout près du sien et dit :

— Pourquoi j'aurais envie de toi ? Une petite chose déglinguée comme toi ? T'as l'air d'un garçon. Y a que les femmes qui m'intéressent. (Ses yeux noirs transperçaient ceux de Melanie et elle éclata en sanglots. D'un air satisfait, il considéra l'effroi et la honte peints sur le visage de la jeune femme.) J'me suis trouvé une femme, une vraie. J'ai Prissy et j'ai besoin de personne d'autre. Elle au moins elle a un corps et des yeux de femme. On baise pendant des heures. T'as un petit copain ?

Melanie était incapable de répondre. Ses bras sans force pendaient le long de son corps. Elle s'efforça de ravaler ses larmes, refusa de les essuyer.

— Prissy est un sacré numéro. Une vraie bombe... Tu crois que j'suis méchant ? Elle est pire. Tu me détestes ? Tu l'aimerais encore moins. Elle, tiens, elle voudrait peut-être te baiser. Elle est un peu portée sur ce genre de truc et ça me plairait de regarder. Si on arrive à se sortir de là, on fera ça ensemble, toi, elle et moi.

Melanie recula d'un pas mais il l'attrapa par le bras. Sa poigne de fer lui coupait la circulation et elle sentait ses doigts picoter douloureusement.

Fouine, une main sur sa brosse de cheveux, criait quelque chose. Brutus se tourna vers la fenêtre, regarda dehors. Melanie perçut une vibration dans l'air. Brutus lança un regard sur le téléphone. Avec un sourire, il lâcha le bras de Melanie et décrocha le combiné.

— Allô...

Parlait-il à De l'Épée ? Que se disaient-ils ?

Derrière les tuyaux à côté de la porte se profilait l'ombre de Kielle. La petite tenait son couteau à la main.

... presque arrivé, lança Fouine, en pointant son arme par la fenêtre.

Brutus inclina la tête et continua de parler dans le combiné, tout en tripotant le pistolet coincé dans sa ceinture. Il avait l'air blasé et raccrocha avec une grimace. Ramassa un pistolet à canon long, fit jouer une glissière, et s'avança sur le seuil de la porte. Il tournait le dos à Kielle, qui se tenait à moins de trois mètres de lui. La fillette avança la tête. La lumière du dehors, un rai de lumière blanche et crue, étincela sur la lame de son couteau.

— Attends, l'avertit Melanie.

Fouine saisit Shannon par le bras et l'entraîna jusqu'à la porte. Brutus fit un pas en arrière, pistolet pointé vers l'extérieur, et Fouine ouvrit lentement la porte.

Une silhouette apparut dans l'entrebâillement — un policier tout en noir. Il tendit deux packs de six bières. Fouine poussa brutalement la fillette dehors.

— Maintenant !

Melanie s'avança à pas lents derrière Brutus. Elle souriait à Kielle, qui plissa le front, perplexe. Alors Melanie se baissa et, d'un geste vif, souleva la fillette de terre en lui arrachant le couteau de la main.

Kielle secouait vigoureusement la tête.

Mais Melanie, pivotant sur elle-même, agit si vite que Brutus en resta cloué par la surprise, ouvrant de grands yeux sans comprendre ce qui se passait. Sans se départir de son sourire, Melanie passa devant lui, tenant fermement dans ses bras la fillette stupéfaite.

Puis elle balança Kielle par la porte sur la poitrine du policier.

Ils restèrent tous quelques secondes sans bouger. Melanie, qui souriait toujours à Fouine, poussa doucement la porte, chassant

213

d'une main nonchalante le flic éberlué comme s'il s'agissait d'une mouche à merde.

— Bordel, lâcha Brutus.

Fouine fit un pas en avant, mais Melanie claqua définitivement la porte qu'elle coinça avec le couteau de Melanie. Fouine tira sur la poignée mais la porte resta obstinément fermée.

Alors Melanie tomba à genoux et se couvrit le visage pour tenter de se protéger du poing osseux de Fouine qui s'abattait sur son cou et sa mâchoire. Il la força à ouvrir les bras, et la frappa violemment au front et sur le menton.

— Petite salope, va !

Les tendons et la mâchoire de Brutus frémissaient de colère.

Il la frappa une première fois avec force et elle s'écroula par terre. Se sauvant à quatre pattes, elle se hissa au rebord de fenêtre pour se relever et, jetant un coup d'œil dehors, vit le policier qui s'en allait avec les deux jeunes X-Men, une sous chaque bras. Courant à petites foulées dans le fossé qui les séparait de l'abattoir.

Elle sentit sur son cou les vibrations d'une voix d'homme qui hurlait de colère. Brutus se précipitait vers la fenêtre, de l'autre côté de la porte. Prenant du recul, il pointa son pistolet dehors.

Melanie se rua sur lui.

Il lui sembla que ses pieds ne touchaient même pas terre. Fouine voulut l'attraper au passage mais réussit seulement à saisir un petit morceau de soie qui se déchira de son col. Fonçant dans l'épaule de Brutus, elle eut la satisfaction de voir sa douleur mêlée de surprise et de peur lorsque dans sa chute il se cogna le flanc contre un billot de boucher. Le pistolet heurta le sol mais aucun coup ne partit.

Melanie regarda de nouveau par la fenêtre et vit les deux filles et le policier disparaître derrière une petite butte. À cet instant, le pistolet de Fouine l'atteignit au-dessus de l'oreille, la première touchée par la surdité, voilà bien des années, et elle s'effondra à genoux. Elle perdit connaissance, moins sous l'effet de la douleur que terrorisée à l'idée que l'obscurité qui la privait maintenant de vision était provoquée par ce coup, et qu'elle allait être non seulement sourde mais aveugle pour le restant de ses jours.

— Hé, Lou, merci pour le bonus.

— C'était pas moi, gronda Handy.

— Ah bon ? Qu'est-ce qui s'est passé ?

— Écoute-moi. Je l'ai mauvaise.

— Et pourquoi ça ?

— Ferme-la et écoute-moi, Art. J'suis pas d'humeur à entendre tes conneries. (Son ton était plus glacial qu'il ne l'avait été de toute la journée.)

— Quarante-cinq minutes pour cet hélicoptère. T'as pas une minute de plus et j'te le dis, mon coco, j'ai la gâchette qui me démange. Tellement que j'espère presque qu'il arrivera pas. Plus question de marchander avec toi.

— La bière est bonne ?

— J'ai déjà choisi la petite peste. Elle a dix ou onze ans. Avec une jolie robe.

— Emily, dit Angie.

— Et j'vais d'abord la laisser à Bonner. T'es au courant pour Bonner, non ? T'as tes putains de dossiers sur nous. Tu dois tout savoir sur son petit problème.

Un négociateur ne juge jamais la situation en fonction de ses propres critères : ni approbation ni critique. Agir ainsi laisserait entendre qu'il existe des normes pour ce qui est acceptable et ce qui ne l'est pas, une attitude susceptible d'agacer le ravisseur ou de lui donner les moyens de justifier sa mauvaise conduite. Même l'emploi de clichés rassurants n'est pas sans danger, car cela peut suggérer qu'on ne prend pas la situation au sérieux.

À contrecœur, Potter se résolut à dire, d'un ton aussi blasé qu'il en était capable :

— Tu n'as pas envie de faire ça, Lou. Tu sais bien que non.

Un rire vicieux crépita dans la camionnette.

— Tout le monde arrête pas de me dire ce que j'ai pas envie de faire. Et ça, je déteste !

— On s'occupe de l'hélico, Lou. Regarde dehors. On a des vents de plus de trente kilomètres heure, un plafond bas, et du brouillard. Tu voulais des flotteurs. Eh bien, ils ne poussent pas sur les arbres.

— T'as des vents de vingt kilomètres heure, un plafond à six cents mètres, et pour le brouillard, mon cul.

La télévision, se rappela Potter, qui s'en voulut d'avoir oublié. Peut-être que Handy regardait le bulletin météo du journal de 17 heures en ce moment même. Une longue minute de silence. Potter, les yeux fixés sur le haut-parleur au-dessus de sa tête, décida qu'ils se polarisaient trop sur l'aspect technique de la négociation. Il était temps d'aborder des sujets plus personnels.

— Lou ?

— Ouais.

— T'as voulu savoir à quoi je ressemblais. Laisse-moi te demander la même chose.

— Putain, t'as des photos là-bas dedans, je parie.

— Que vous apprennent les clichés de police ? demanda Potter en riant.

Quand Handy reprit la parole, sa voix avait retrouvé une grande partie de son calme.

— À quoi je ressemble ? dit-il, songeur. Laisse-moi te raconter une histoire, Art. J'étais dans une émeute en taule, un jour. Les saloperies habituelles dans ce genre de bordel. Je sais pas comment, putain, mais je me retrouve dans la lingerie avec un type que j'avais dans le nez depuis un bon moment. Bon, tu sais où on planque les trucs quand on est à l'ombre, hein ? Alors je chie ma lame de verre, je la déballe, et je commence à lui faire sa fête. Tu sais pourquoi ?

Reprends ses questions et ses commentaires, se dit Arthur Potter le négociateur. Mais Arthur Potter garde le silence.

— Eh ben, le jour où j'ai débarqué il s'est pointé vers moi, avec ses airs de macho à la con, et il m'a dit que j'avais une tête qui lui revenait pas.

— Et c'est pour ça que tu l'as tué. (Sur le ton de la simple constatation.)

— Putain oui, mais attends la suite. Il était là en train de crever, le bide fendu en deux, et j'me penche vers lui. Par curiosité, tu vois. J'me suis penché tout près et je lui ai demandé ce qui lui revenait pas au juste, dans ma tronche. Et tu sais ce qu'il m'a dit ? Il a dit : « T'avais l'air froid comme la mort. » Tu sais quoi, Art ? J'ai regretté de l'avoir tué quand il m'a dit ça. Parfaitement, froid comme la mort.

Ne joue pas à ce jeu-là avec lui, pensa soudain Potter. Tu es en train de tomber sous son influence. Avec une certaine impatience dans la voix, il demanda :

216

— Donne-nous jusqu'à 19 heures, Lou. Tu m'accordes ça, et on aura de bonnes nouvelles pour vous, je crois.

— Je...

— C'est tout. Qu'est-ce que ça change ?

Potter se gardait de prendre un ton implorant. Il donnait l'impression que c'était Handy qui se montrait déraisonnable. C'était risqué mais, si Potter le jugeait correctement, l'homme n'avait aucun respect pour les geigneurs.

Il fut néanmoins très surpris de l'entendre dire :

— D'accord. Merde ! Mais sois sûr d'avoir l'hélico ici, Art. Sinon tu peux dire adieu à la petite en robe.

Clic.

Calmement, Potter demanda à Tobe de régler la pendule sur la nouvelle échéance.

La porte de la camionnette s'ouvrit et un policier passa la tête à l'intérieur.

— Les deux petites sont là, agent Potter. Sous la tente de secours.

— Elles vont bien ?

— Il y en a une qui s'est écorché le coude en tombant. Sinon, elles vont bien.

— Je vais les rejoindre là-bas. Un peu d'air frais me fera pas de mal. Frances, vous pourriez traduire ? Henry, débranche-toi et viens avec nous. Angie aussi.

Dans un bosquet d'arbres, non loin de la camionnette, Potter fit asseoir les fillettes sur des chaises pliantes. Henry LeBow les rejoignit, son portable à la main. Il s'installa et sourit aux gamines, qui écarquillaient les yeux devant le Toshiba.

Potter s'efforça de se rappeler ce que Frances lui avait appris et épela leurs noms en langue des signes. S-H-A-N-N-O-N et K-I-E-L-L-E, faisant s'épanouir un sourire sur le visage de Shannon. Elles avaient le même âge, Potter le savait — huit ans — mais Shannon était plus grande. Kielle cependant, avec son expression fermée et son regard cynique, donnait l'impression d'être beaucoup plus âgée.

— Qu'y a-t-il ? demanda Potter à Kielle.

Le visage de Frances se durcit quand elle reçut la réponse.

— Elle dit qu'elle a essayé de le tuer.

— Qui ?

— Handy, je crois que c'est de lui qu'elle parle. Elle l'appelle Mr. Sinister.

Potter sortit la fiche des fugitifs. Les traits de Kielle se durcirent et elle posa le doigt sur la photo de Handy.

— Elle dit qu'il a tué Susan et qu'elle allait le tuer. Melanie l'a trahie. Melanie est un Judas.

— Pourquoi ? interrogea Angie.

Les mains reprirent brutalement la parole.

— Elle l'a lancée par la porte.

— Melanie a fait ça ?

Potter sentit un frisson lui glacer l'échine. Il savait qu'il faudrait payer cela d'une manière ou d'une autre.

Shannon confirma que les hommes n'avaient pas l'air d'avoir des fusils, uniquement des pistolets — son père était chasseur et elle s'y connaissait un peu en armes. L'asthme de Beverly n'allait pas mieux, bien qu'Handy lui eût donné son médicament. Elle confirma à son tour que « le gros », Bonner, tournait autour des filles et n'arrêtait pas de loucher sur Emily parce que c'était « la plus jolie et qu'elle faisait plus fille ».

Angie demanda avec tact s'il y en avait un qui avait touché l'une d'elles.

Shannon répondit par l'affirmative. Mais Kielle agita la main et signa :

— Pas dans ce sens-là. Mais Ours regarde beaucoup.

Bon, songea Potter, Bonner représente une menace discrète, indépendante de Handy. Et sans doute plus sérieuse. Les criminels poussés par l'instinct sexuel sont toujours plus dangereux.

— Qui t'a choisie pour être relâchée ? demanda Angie à Shannon.

— Lui. (Elle désigna Handy.)

— Celui que Melanie appelle Brutus, juste ?

Shannon hocha la tête.

— Nous, on l'appelle Mr. Sinister. Ou Magneto.

— Pourquoi t'a-t-il choisie, crois-tu ? Vois-tu une raison ?

— C'est Ours qui lui a dit.

Du doigt, Shannon montrait la photo de Bonner. Frances, avec un regard à Angie, précisa :

— Shannon lui avait donné un coup de pied et il était furieux.

— J'ai pas fait exprès. C'est parti tout seul... Et après j'ai eu vraiment peur. J'ai cru que c'était de ma faute s'il voulait nous faire toutes brûler.

— Vous faire brûler ? Qu'est-ce qui pourrait te faire croire ça ?

Shannon leur parla du bidon d'essence installé au-dessus de leurs têtes. Frances pâlit.

— Il n'oserait pas.

— Oh, que si, dit Angie. Le feu. Son nouveau joujou.

— Merde, marmonna Potter.

Cette nouvelle donne éliminait toute possibilité d'intervention du G.I.L.O. Face à l'horreur de la situation, la seule concession de Henry LeBow fut de marquer une pause avant de taper une description du dispositif.

Potter repartit vers la camionnette, demanda à Budd de sortir puis fit signe à Dean Stillwell de le rejoindre. S'adressant aux deux hommes, le négociateur dit :

— Nous avons un piège explosif à l'intérieur...

— Explosif ? s'étonna Budd.

— Armé, continua Potter. Nous ne pouvons pas lui donner la moindre excuse pour le déclencher. Interdiction absolue de faire quoi que ce soit qui puisse être interprété comme une action offensive. Recontrôlez tous vos hommes — pas de chargeurs engagés.

— À vos ordres, dit Stillwell.

Potter demanda alors à Shannon si elle avait autre chose à ajouter sur les hommes et ce qu'ils faisaient à l'intérieur.

— Ils regardent la télé, traduisit Frances. Ils se baladent. Mangent. Bavardent. Ils sont plutôt relax.

Relax. Jocylyn avait dit la même chose. Eh bien, c'était une première pour une prise d'otages.

— Tu as vu les outils qu'ils avaient ?

Shannon hocha la tête.

— Ils s'en sont servis ?

— Non.

— Tu te souviens de leurs outils ?

Elle fit non de la tête.

— Tu peux me dire de quoi ils parlent ? demanda Potter.

— Non, expliqua Frances. Ni l'une ni l'autre ne savent lire sur les lèvres.

— Ils vous surveillent tout le temps ? demanda Angie.

— Presque. Il fait peur. Lui.

Shannon désignait Handy. Kielle avança la main et s'empara de la photo avec hargne. Elle la déchira et s'exprima par signes impétueux.

— Elle dit qu'elle déteste Melanie. Elle aurait pu le tuer. Et maintenant il est toujours vivant pour tuer d'autres gens. Elle dit que cela lui aurait été égal de mourir. Mais Melanie est une lâche et elle la déteste.

Comme il l'avait fait avec Jocylyn, Potter serra chaleureusement la main des filles en les remerciant. Shannon sourit ; Kielle n'en fit rien mais salua l'agent d'une main ferme et pleine d'assurance. Ensuite il envoya les deux fillettes sous escorte policière

219

rejoindre leurs parents au motel de Crow Ridge. Puis, après s'être entretenu quelques minutes avec Angie, il remonta dans la camionnette. Elle le suivit.

Le négociateur se frotta les yeux et, se calant au fond de sa chaise, prit la tasse d'infâme café que Derek avait posée à côté de lui.

— Je pige pas, dit-il à la cantonade.

— Quoi ? demanda Budd.

— Un otage s'est échappé et ça le met en rogne. Jusque-là je comprends. Mais ce qui le fâche, on dirait, ce n'est pas d'avoir perdu une monnaie d'échange. La vraie raison est ailleurs. (Son regard se posa dans le fond de la camionnette.) Angie ? Notre psychologue maison ? Qu'en penses-tu ?

Elle réfléchit quelques instants avant de déclarer :

— À mon avis, le gros problème de Handy c'est de tout contrôler. Il dit avoir tué des gens parce qu'ils ne faisaient pas ce qu'il voulait. C'est la première fois que j'entends ça. Quand l'employée d'un magasin d'alimentation ne lui remet pas l'argent aussi vite qu'il le souhaite, c'est elle qui commet une faute, pas lui. Et c'est ce qui l'autorise à la tuer.

— C'est pour cela qu'il a tué Susan ? demanda Budd.

Potter se leva et se mit à marcher de long en large.

— Ah, excellente question, Charlie.

— Tout à fait d'accord, dit Angie. Une question clé.

— Pourquoi elle ? reprit Potter.

— En fait, dit Budd, le sens de ma question, c'est pourquoi la TUER ? Pourquoi aller jusqu'à cette extrémité ?

— Oh, quand quelqu'un transgresse les règles de Handy, même très légèrement, remarqua Angie, toutes les punitions sont justes. Mort, torture, viol. Dans son univers, le moindre écart de conduite est passible de mort. Mais reprenons plutôt la question d'Arthur. Pourquoi elle, justement ? Pourquoi Susan Phillips ? Là est le point capital. Henry, parle-nous de cette fille.

Les doigts de LeBow pianotèrent. Il lut à l'écran :

— Dix-sept ans. Née de parents sourds. Q.I. de cent quarante-six.

— C'est dur à entendre, marmonna Budd. Potter fit signe à LeBow de poursuivre.

— Première de sa classe à la Laurent Clerc School. Et écoutez-moi ça. Elle est fichée.

— Quoi ?

— Elle faisait partie de la manifestation de l'an dernier à la Topeka School for the Deaf, qui dépend du Hammersmith College. Ils réclamaient un sourd au poste de doyen. Cinquante étudiants furent arrêtés, et Susan a cogné sur un flic. Ils ont abandonné l'accusation de coups et blessures mais elle a été condamnée avec sursis pour violation de propriété privée.

— Participation bénévole au Midwest Bicultural/Bilingual Center, poursuivit LeBow. J'ai là un article — dans les documents qu'Angie a apportés. (Il le parcourut en diagonale.) Apparemment, c'est une association opposée à l'assimilation.

— Le directeur de la Laurent Clerc m'en a parlé, dit Angie. Il s'agit d'un mouvement qui vise à intégrer les sourds dans des écoles ordinaires. La chose est très controversée. Les militants de la communauté des sourds y sont opposés.

— Entendu, dit Potter. Mettons cela de côté pour le moment. Bon, qui a-t-il relâché jusqu'ici ?

— Jocylyn et Shannon, dit Angie.

— Elles ont quelque chose en commun ?

— Pas que je voie, remarqua Budd. En fait, elles me paraissent à l'opposé l'une de l'autre. Jocylyn est une gosse timorée. Shannon est combative. C'est une petite Susan Phillips.

— Angie ? interrogea Potter. Qu'en penses-tu ?

— Toujours une question de contrôle. Susan représentait une menace directe pour lui. C'était quelqu'un qui vous tenait tête. Elle a sans doute bravé de front sa position dominante. Quant à Shannon, en donnant un coup de pied à Bonner... Handy aura ressenti la même menace, mais à un degré moindre. Il n'aura pas éprouvé le besoin de la tuer — de réaffirmer son contrôle de la manière la plus extrême qui soit — mais il voulait s'en débarrasser. Jocylyn ? Tout le temps en train de pleurer. Et de renifler. Elle lui tapait sur les nerfs. Ce qui est aussi une façon d'empiéter sur sa maîtrise des choses.

— Et les adultes alors ? demanda LeBow. Je les imaginerais comme une menace plus grande que les enfants.

— Oh, pas nécessairement, répondit Angie. La plus âgée des deux, Donna Harstrawn, est à moitié dans les vapes, à ce qu'il semble. Aucune menace de ce côté.

— Et Melanie Charrol ?

— Le directeur de l'école m'a dit qu'elle avait la réputation de quelqu'un de très timoré, répondit Angie.

— Mais regarde ce qu'elle vient de faire, remarqua Potter. Mettre Kielle hors de danger.

— Un coup de chance, j'imagine. Sans doute une impulsion. (Elle regarda par la fenêtre.) Un drôle de spécimen, ce Handy.

— Unique, à ma connaissance, dit Potter. Dis donc, Henry,

fais-nous la lecture de ton œuvre. Raconte-nous ce que nous savons de lui jusqu'ici.

LeBow se redressa légèrement et lut d'un air constipé :

— Louis Jeremiah Handy, âgé de trente-cinq ans. Élevé par sa mère. Le père, alcoolique, a été emprisonné quand le bébé avait six mois. La mère buvait aussi. Les services de protection de l'enfance ont étudié plusieurs fois la possibilité d'un placement pour lui et ses frères dans des familles d'accueil, mais rien n'a jamais été fait. Aucune preuve d'abus sexuel ou de mauvais traitements, bien qu'après la libération du père — Lou avait huit ans — l'homme a été arrêté plusieurs fois pour violences contre ses voisins. Le père s'est finalement tiré quand Handy avait treize ans, pour être tué un an plus tard au cours d'une bagarre dans un bar. Sa mère est morte l'année d'après.

Le brigadier Frances Whiting hochait la tête d'un air compatissant.

— Handy a tué sa première victime à l'âge de quinze ans. Il a choisi le couteau alors qu'il avait un pistolet sur lui, à ce qu'on dit, et qu'il aurait pu choisir l'arme la moins cruelle. La victime, un garçon de son âge, a mis longtemps à mourir. Six ans de maison de redressement pour cette affaire, puis libre assez longtemps pour se faire une série de vols de voitures, voies de faits, ébriété sur la voie publique. Soupçonné de plusieurs hold-up et cambriolages de banques. A frôlé la condamnation à deux reprises pour des gros coups mais les témoins ont été tués avant le procès. Impossible de prouver l'existence d'un lien avec lui.

« Ses deux frères ont eu sans arrêt des démêlés avec la justice. L'aîné a été tué il y a cinq ans, comme je l'ai déjà dit. Handy a été soupçonné du meurtre. Quant au plus jeune, on ignore où il se trouve.

En avançant dans sa carrière, précisa LeBow à son auditoire, Handy s'est montré de plus en plus violent. Ce qui augmentait semblait-il, expliqua l'agent de renseignements, c'étaient la gravité et le caractère imprévisible de ses crimes. Dernièrement il avait pris goût à tuer sans raison apparente et, dans le cambriolage qui lui avait valu sa plus récente condamnation, avait provoqué un incendie volontaire.

Potter l'interrompit.

— Explique-nous ce qui s'est passé durant le braquage de Wichita. À la Farmers & Merchants S & L.

Henry LeBow laissa défiler le texte à l'écran avant de poursuivre :

— Handy, Wilcox, un petit arnaqueur du nom de Fred Laskey,

et Priscilla Gunder — la petite amie de Handy — ont cambriolé la Farmers & Merchants S & L de Wichita. Handy a ordonné à une caissière de le conduire à la salle des coffres, mais elle n'allait pas assez vite à son goût. Il s'est mis en colère, l'a rouée de coups, et l'a enfermée avec une collègue à l'intérieur de la chambre forte, puis il est sorti pour chercher un bidon d'essence. Il a arrosé l'intérieur de la banque et a mis le feu. C'est à cause de l'incendie qu'il s'est fait pincer. S'ils s'étaient simplement tirés avec les vingt mille dollars, ils s'en seraient sortis, mais il lui a fallu cinq bonnes minutes de plus pour transformer l'endroit en brasier. Ce qui a donné aux flics et aux hommes de Pete Henderson le temps de rappliquer, en silence.

Le reste du drame se résumait ainsi : une fusillade eut lieu devant la banque. La petite amie réussit à s'enfuir et Handy, Wilcox et Laskey s'échappèrent dans une autre voiture volée mais furent arrêtés par un barrage routier à moins de deux kilomètres de là. Ils descendirent de voiture et s'avancèrent vers les flics. Handy ouvrit le feu avec un pistolet qu'il tenait dissimulé et, tirant à travers le dos de Laskey, le tua sur le coup et blessa deux des policiers qui venaient l'arrêter avant d'être blessé à son tour.

— Aucun sens, dit Budd en secouant la tête. Cet incendie. Faire brûler ces deux femmes.

— Oh non, l'incendie était un moyen pour lui de reprendre le contrôle de la situation, dit Angie.

Potter cita de mémoire : « Ils n'ont pas fait ce que je voulais. Au moment où je le voulais. »

— Eh Arthur, tu vas peut-être te faire une spécialité des types comme Handy, observa Tobe.

Deux ans d'ici à la retraite ; comme si j'avais besoin d'une spécialité, se dit Potter. Et qui inclurait les Lou Handy de ce monde, qui plus est.

Budd soupira.

— Ça va, capitaine ? s'enquit Potter.

— Je ne suis pas sûr d'être vraiment taillé pour ce genre de boulot.

— Ah, vous vous en sortez bien.

Mais bien entendu le jeune capitaine avait raison. Il n'était pas fait pour ce genre de travail ; personne ne l'était.

— Écoutez, Charlie, les gars doivent commencer à avoir des démangeaisons. J'aimerais que vous fassiez la tournée, vous et Dean. Calmez-les. Offrez-leur du café. Et pour l'amour du ciel, dites-leur de rester à couvert. Et vous aussi, planquez-vous.

— Je vous accompagne, Charlie, dit Angie. Si Arthur est d'accord.

— Tu le rejoindras, Angie. J'ai deux mots à te dire.

— Je vous retrouve dehors, lança-t-elle avant de rapprocher sa chaise de Potter.

— Angie, j'ai besoin d'un allié, dit Potter. Quelqu'un à l'intérieur.

Elle lui décocha un coup d'œil.

— Melanie ?

— A-t-elle agi sur un simple coup de tête ? Ou puis-je compter sur son aide ?

Angie réfléchit quelques instants.

— Quand Melanie était en second cycle à la Laurent Clerc, c'était une école oraliste. Il était interdit d'utiliser la langue des signes.

— Vraiment ?

— C'était une école d'approche assimilatrice. Mais Melanie se rendit compte que cela nuisait à son épanouissement — ce que tous les éducateurs sont aujourd'hui amenés à reconnaître. Elle avait mis au point son propre langage des signes, une technique particulièrement subtile fondée uniquement sur les mouvements des doigts, et qui passait inaperçue des enseignants, contrairement à ce qui arrive quand on signe en L.S.A. Son langage s'est répandu dans l'école comme une traînée de poudre.

— Elle a créé un langage ?

— Exactement. Elle a compris que les dix doigts ne suffisaient pas au fonctionnement du vocabulaire et de la syntaxe. Elle a donc eu l'idée géniale d'introduire une variable. Une véritable première dans la langue des signes. Elle s'est servie du rythme, rajoutant une structure temporelle aux formes dessinées par les doigts. Il semblerait qu'elle se soit inspirée des chefs d'orchestre.

Arthur Potter était fasciné ; après tout, il gagnait sa vie grâce au langage.

— A peu près à la même époque, poursuivit Angie, il y avait des manifestations en faveur d'un enseignement prenant en compte l'apprentissage de la L.S.A. Or l'un des arguments avancés par les enseignants sourds pour défendre cette revendication était justement le fait que les élèves étaient très nombreux à utiliser le langage de Melanie. Mais Melanie refusait de se mêler à ces manifestations. Elle niait avoir inventé un langage — comme par peur d'être punie par la direction de l'école. Elle ne voulait rien faire d'autre à part étudier et rentrer chez elle. Très douée, très intelligente. Très angoissée. Elle avait la possibilité d'entrer au Gallaudet College de Washington cet été, avec une bourse d'études. Elle a refusé.

— Pourquoi ?

— Personne n'en sait rien. L'accident de son frère, peut-être.

Potter se rappela que le jeune homme devait être opéré le lendemain. Il se demanda si Henderson avait pris contact avec la famille.

— Être sourd ne va probablement pas sans une certaine frilosité de caractère, dit-il songeur.

— Excusez-moi, agent Potter. (Frances Whiting se pencha en avant.) De même qu'être agent fédéral ne va pas sans une certaine dose de fascisme ?

— Pardon ? fit Potter, clignant des yeux.

Frances haussa les épaules.

— Stéréotypes. Les sourds les subissent depuis toujours. Ce sont les rois des mendiants, ils sont stupides, timorés... Helen Keller a dit que la cécité vous coupait des *choses*, et la surdité des *hommes*. Alors les sourds compensent. Il n'existe pas d'autre caractéristique physique qui ait donné naissance à une culture et une communauté comparables à celles que la surdité a engendrées. Cette communauté est la seule à se vouloir rassembleuse. Et elle est tout sauf timorée.

— Je bats ma coulpe, dit Potter en hochant la tête. Pour toute réponse, le brigadier lui sourit.

Il promena son regard sur le terrain en friche qui s'étendait sous ses yeux. Se tournant vers Angie :

— J'ai le sentiment que je ne peux pas négocier avec Handy au-delà d'un certain point. Mais avec l'aide de quelqu'un à l'intérieur, je pourrais sauver trois ou quatre vies.

— Je ne suis pas sûre que Melanie en soit capable, dit Angie.

— Enregistré, répondit-il. Tu ferais mieux d'aller rejoindre Charlie maintenant. Il doit être en train de se demander ce que tu fabriques.

Angie quitta la camionnette, suivie de Frances qui partait à l'hôtel voir où en étaient les familles des otages. Potter s'appuya au dossier de son siège, contemplant le portrait de Melanie, ses cheveux blonds ondulés.

Comme elle est belle, songea-t-il.

Puis il se redressa, en riant de lui-même.

Un beau visage ? À quoi pensait-il ?

Un négociateur ne doit jamais s'identifier avec les otages. C'est la règle numéro un. Il doit être prêt à les sacrifier si nécessaire. Et cependant, il n'arrivait pas à chasser la jeune femme de son

225

esprit. La situation ne manquait pas de sel, car l'homme qu'il était aujourd'hui pensait rarement aux femmes en termes d'apparence physique. Depuis la mort de Marian, il n'avait eu qu'une seule aventure sentimentale. Avec une charmante femme d'une trentaine d'années. C'était une liaison condamnée d'avance. Maintenant, à soixante ans et plus, Potter croyait possible de revenir à l'amour romantique. Mais à quarante ou cinquante ans, c'était l'échec assuré. Question d'inflexibilité. Et de fierté. Oh, et de doutes, toujours.

Le regard perdu sur l'abattoir, il pensait : Pendant ces quinze dernières années, depuis Marian, les conversations les plus intéressantes que j'aie eues n'ont pas eu lieu avec Linden, ma cousine d'adoption, ni avec les membres de sa famille, ni avec les femmes qui se tenaient pudiquement à mon bras dans les réceptions du District. Non, elles se sont déroulées avec des hommes qui tenaient des pistolets bien huilés braqués sur la tête des otages. Avec des femmes aux cheveux noirs et courts, et aux traits moyen-orientaux en dépit de leurs noms de code très occidentaux. Avec des criminels, des psychopathes et des candidats au suicide. Je me suis déboutonné devant eux et eux devant moi. Oh, bien sûr, ils me mentaient sur leurs tactiques et leurs motivations (de même que moi), mais tous parlaient vrai sur eux-mêmes : leurs espoirs, leurs rêves brisés et ceux qui vivaient encore, leurs familles, leurs enfants, leurs cuisants échecs.

Ils racontaient leur histoire pour la même raison qu'Arthur Potter racontait la sienne. Pour user la résistance de l'autre, pour établir des liens, pour « opérer un transfert de la charge affective » (comme il était dit dans son guide de la négociation appliquée aux prises d'otages, grande diffusion, huitième édition).

Et simplement parce que quelqu'un semblait vouloir écouter.

Melanie... aurons-nous jamais une conversation, elle et moi ?

Il vit Dean Stillwell lui faire signe et s'avança à la rencontre du shérif dans le fossé. Il remarqua les lambeaux de brume qui flottaient autour de la camionnette. Le bulletin météo de Handy n'était pas à jour, finalement. Cela lui donna un léger espoir — sans grand fondement peut-être, mais un espoir quand même. Il leva les yeux vers le ciel de cette fin d'après-midi, traversé de grandes bandes de nuages jaunes et violacés qui filaient à vive allure. Entre deux écharpes vaporeuses, il aperçut la lune, croissant pâle accroché au-dessus de l'abattoir, juste à l'aplomb de la brique rouge sang.

Les douze hommes surgirent tout à coup.

Le vent omniprésent avait couvert le bruit de leur approche et quand l'agent détecta leur présence, lui et le shérif étaient déjà encerclés. Stillwell était en train d'informer Potter sur le débarcadère situé derrière l'abattoir. Après un examen attentif des lieux, le shérif avait conclu que malgré la rapidité du courant, dont Budd les avait déjà avertis, la rivière était une voie d'évasion beaucoup trop tentante. Il avait donc posté des hommes en armes dans une barque amarrée à une vingtaine de mètres de la berge.

Potter vit Dean Stillwell lever les yeux et fixer quelque chose dans son dos. Il se retourna.

L'unité était en tenue de combat noir et bleu marine ; Potter reconnut l'équipement : les gilets tressés de l'American Body Armor, les combinaisons et les cagoules en caoutchouc imperméable, les pistolets mitrailleurs à viseur laser et lumière intégrée. C'était une équipe d'intervention, mais pas la sienne ; Arthur Potter ne voulait pas voir ces hommes à moins de cent cinquante kilomètres de la Webber & Stoltz Processing Company.

— Agent Potter ?

Un petit signe de tête. Sois courtois. Pas de coup de fouet si le fouet n'est pas nécessaire.

Il serra la main de l'homme aux cheveux en brosse âgé d'une quarantaine d'années.

— Je suis Dan Tremain. Commandant de la brigade d'intervention spéciale de la police d'État. (Son regard était très assuré. Et provocateur.) Je crois savoir que vous attendez une unité Delta.

— Le G.I.L.O. du FBI, à vrai dire. Question de juridiction, vous savez.

— Sûr.

Potter le présenta à Stillwell, que Tremain ignora.

— Où en sommes-nous ? demanda Tremain.

— Ils sont encerclés. Un mort.

— J'ai appris, dit Tremain en frottant une chevalière en or gravée d'une croix.

— Nous avons fait sortir trois filles saines et sauves, continua Potter. Il en reste encore quatre et deux enseignantes à l'intérieur.

Les P.O. ont réclamé un hélico, mais pas question de leur en donner un. Ils ont menacé d'exécuter un nouvel otage à 19 heures si nous n'avons pas satisfait leur exigence.

— Et vous n'allez pas leur en donner un ?

— Non.

— Mais que va-t-il se passer ?

— Je vais tenter de le raisonner par la discussion.

— Bon, mais autant nous déployer, non ? C'est vrai, s'il en vient à la tuer, vous allez sûrement vouloir qu'on intervienne.

— Non, répondit Potter, avec un regard du côté de la tente de presse, où Joe Silbert et son assistant pianotaient assidûment sur leur ordinateur. Le journaliste leva les yeux d'un air morne. Potter lui fit un petit signe de tête puis reporta son regard sur Tremain. Le commandant de la police du Kansas dit :

— Vous n'êtes pas en train de dire que vous le laisseriez exécuter la fille, quand même ?

— Espérons que nous n'en arriverons pas là.

Sacrifices acceptables...

Tremain soutint son regard un instant.

— Je pense que nous devrions nous mettre en place. Au cas où.

Potter jeta un coup d'œil sur les hommes, puis fit signe à Tremain de s'éloigner un peu. Ils se placèrent à l'ombre du poste de commandement.

— Si on en vient à donner l'assaut, et j'espère de tout cœur qu'il n'en sera rien, alors ce sera à mon équipe d'intervenir — et à elle seule. Je regrette, commandant, c'est comme ça et pas autrement.

L'affaire allait-elle lui exploser à la figure ? Remonter directement au gouverneur et à l'amiral à Washington ?

Tremain se hérissa mais dit, avec un haussement d'épaules :

— C'est vous qui commandez. Mais ces hommes sont aussi des criminels condamnés par l'État, et la législation du Kansas exige notre présence sur les lieux. Et là aussi, c'est comme ça et pas autrement.

— Je n'ai aucune objection à votre présence, commandant. Et s'ils tentent une sortie en canardant de toutes parts, votre puissance de feu sera la bienvenue, croyez-moi. Mais à une condition : qu'il soit bien clair que c'est moi qui donne les ordres.

Tremain se radoucit.

— Très bien. Faut dire, j'ai prévenu mes hommes que nous allions probablement passer trois heures à boire du café avant de remballer notre matériel et rentrer chez nous.

— Espérons-le pour le bien de tous. Si vous voulez vous joindre à l'équipe de sécurité, voyez avec le shérif Stillwell, c'est lui qui s'en occupe.

Les deux hommes se saluèrent avec froideur et, parmi ceux qui se trouvaient assez près pour entendre, personne ne pouvait croire une seule seconde qu'un commandant de brigade d'intervention accepterait de placer ses hommes sous les ordres d'un petit shérif de province. Potter espérait que cela inciterait Tremain à déguerpir au plus vite.

— Nous allons rester à l'arrière, je crois. Hors de vue. Si vous avez besoin de nous, nous serons dans les parages.

— Comme vous voulez, commandant, dit Potter.

Budd et Angie apparurent, grimpant la butte à grandes enjambées, et s'arrêtèrent net.

— Hé, Dan, fit Budd en reconnaissant Tremain.

— Charlie.

Ils se serrèrent la main. D'un regard, Tremain considéra la crinière et le visage d'Angie, mais c'était une inspection pudique, dictée par la seule curiosité, et quand il baissa les yeux vers la poitrine de la jeune femme, c'était uniquement pour se faire confirmer, à la plaque d'identité accrochée à son cou, son appartenance au FBI.

— Alors les gars, vous avez entendu parler de notre petit problème, c'est ça ? dit Budd.

Tremain éclata de rire :

— Et comment, suffit de regarder la télé pour être au courant. Qui tient le P.C. ?

— Derek Elb.

— Derek le Rouge ? (Tremain rit.) Faut que j'aille lui dire bonjour.

Jovial à présent, Tremain dit à Potter :

— Ce gars-là voulait s'engager dans notre équipe mais dès qu'on a vu sa tignasse, on s'est dit qu'il serait juste un tantinet trop voyant dans la lunette d'un tireur embusqué.

Potter sourit d'un air aimable, content d'avoir évité la confrontation. En général, les négociateurs d'État et les fédéraux s'entendent relativement bien, mais entre négociateurs et unités tactiques d'autres services, les tensions sont inévitables. Comme Potter l'expliquait en cours : « Il y a ceux qui parlent et ceux qui tirent. C'est le jour et la nuit et jamais ça ne changera. »

Tremain monta dans la camionnette. Potter observa la douzaine d'hommes. Sombres, habiles, et manifestement ravis d'être là. Il pensa à Robert Duvall dans *Apocalyse Now* et en conclut que ces

229

hommes aimaient eux aussi l'odeur du napalm au petit déjeuner. Potter termina sa conversation avec Stillwell. Quand il se retourna, il constata avec étonnement qu'il ne restait plus un seul homme de la brigade d'intervention. Et quand il grimpa dans la camionnette, il vit que Tremain était parti, lui aussi.

LeBow saisit l'information fournie par Stillwell dans sa mémoire électronique.

— Délai, Tobe ?

Potter était plongé dans la contemplation du tableau *Promesses /Mensonges*. Le jeune homme jeta un coup d'œil sur la pendule à affichage digital.

— Quarante-cinq minutes, marmonna Tobe, puis s'adressant à LeBow : Dites-lui.

— Me dire quoi ?

— On a fait joujou avec le moniteur à infrarouge. On a entraperçu Handy il y a une minute.

— Qu'est-ce qu'il faisait ?

— Il chargeait les pistolets.

La brigade d'intervention de la police d'État du Kansas, sous la conduite du commandant Daniel Tremain, se faufilait silencieusement à travers un bosquet d'arbres à une centaine de mètres de l'abattoir.

Les arbres, remarqua immédiatement Tremain, n'étaient pas inhabités. Un tireur d'élite de la police d'État et deux ou trois shérifs adjoints y étaient postés. Par gestes, Tremain guida ses hommes entre les arbres pour leur faire suivre un fossé qui les ramènerait sur le flanc de l'abattoir. Ils traversèrent le petit bois sans être repérés. Tremain inspecta les alentours du regard et aperçut, à moins de cinquante mètres en direction de la rivière, un moulin abandonné d'une douzaine de mètres de haut, posé en plein milieu d'un pré. À côté du moulin, deux policiers debout, dos tournés aux hommes de la brigade, et qui surveillaient l'abattoir d'un œil las. Tremain donna aux deux hommes l'ordre de se replier derrière une rangée d'arbres invisible du flanc nord de l'abattoir et du poste de commandement.

Une fois le moulin dépassé, l'équipe suivit un fossé pour revenir sur la bâtisse. Tremain leva la main et les hommes s'immobilisèrent. Il tapota deux fois sur son casque et les hommes réagirent à son signal en mettant leurs radios en marche. Le lieutenant Carfallo déplia la carte d'état-major et les plans d'architecte. Tremain tira de sa poche le croquis de l'intérieur de l'abattoir que Derek le Rouge, Derek le policier, Derek l'espion, lui avait subrepticement passé dans la camionnette. Il signalait la position des otages et des ravisseurs.

Tremain s'en trouva encouragé. Les otages n'avaient pas été placés près des fenêtres ni en boucliers devant les preneurs d'otages. Il n'y avait pas de pièges explosifs. Derek avait indiqué que les hommes barricadés étaient armés de pistolets, mais ne possédaient ni armes automatiques ni gilets pare-balles, casques ou torches électriques. Naturellement, les filles étaient moins loin de leurs ravisseurs que Tremain ne l'eût souhaité, et la pièce dans laquelle elles étaient détenues n'avait pas de porte. Mais la distance entre elles et les trois hommes était quand même d'environ six mètres. Il faudrait cinq bonnes secondes à Handy pour rejoindre les otages, à supposer qu'il ait déjà pris la décision de les exécuter dès l'instant où il entendrait les charges explosives. Dans un assaut, on pouvait généralement compter sur quatre à dix secondes de confusion et d'indécision durant lesquelles les ravisseurs cherchaient à évaluer ce qui se passait avant d'adopter une défense efficace.

— Écoutez-moi. (Tremain posa un doigt sur le plan.) Il y a six otages à l'intérieur. Trois P.O. — en place là, là, et là, mais ils vadrouillent pas mal. Il y en a un qui surveille les filles assez fréquemment. (D'un signe de tête, Tremain désigna un de ses hommes.) Wilson.

— À vos ordres.

— Vous allez vous avancer en suivant le fossé qui longe le côté du bâtiment et vous poster sous une de ces deux fenêtres.

— Mon commandant, vous pouvez leur demander de changer la direction de ce spot ? demanda Joey Wilson en indiquant les halogènes.

— Négatif. Il s'agit d'une opération clandestine et vous ne devez pas révéler votre présence aux troupes amies.

— À vos ordres, aboya le jeune homme, sans faire aucun commentaire.

— La fenêtre du milieu est cachée par cet arbre et par le car scolaire. Je vous conseille de vous poster là.

— À vos ordres.

— Pfenninger.

— Commandant.

— Retourne au poste de commandement et conforme-toi au plan que nous avons établi ensemble. Compris ?

— Affirmatif.

— Le reste de l'équipe va s'avancer jusqu'à ce point-là. Nous

nous mettrons à couvert derrière ces buissons et ces arbres. Harding, tu restes là. Tout le monde à son poste.

Ils se dispersèrent alors dans le crépuscule de l'après-midi, aussi insaisissables que les eaux noires de la rivière.

— J'en fumerais bien une, dit Potter.

— Pas moi, répondit Budd.

— En imagination.

— Comment ça ?

— Sortons une minute, capitaine.

Ils se dirigèrent vers un bosquet d'arbres à quelques mètres du camion, et l'agent du FBI corrigea automatiquement sa posture ; la présence de Charlie Budd vous donnait envie de vous redresser. Potter s'arrêta pour dire quelques mots à Joe Silbert et à l'autre journaliste.

— Nous en avons fait libérer deux autres.

— Deux de plus ? Qui ? Silbert avait l'air de se contenir.

— Pas de noms, dit Potter. Tout ce que je peux dire c'est qu'il s'agit d'élèves. Des fillettes. Elles ont été relâchées saines et sauves. Il reste donc un total de quatre élèves et deux enseignantes à l'intérieur.

— Qu'avez-vous offert en échange ?

— Nous ne pouvons pas divulguer cette information.

Il escomptait que le journaliste lui serait reconnaissant pour ce scoop, mais Silbert grommela :

— Peut pas dire que vous nous facilitiez le boulot, putain.

Potter jeta un coup d'œil sur l'écran du portable. C'était un papier émouvant sur un policier anonyme qui attendait de passer à l'action — l'ennui et la tension d'une prise d'otages. Potter le trouva bon et en fit part au journaliste.

— Oh, renâcla Silbert, ça chanterait comme un poème si j'avais du solide à y mettre. Quand est-ce qu'on peut vous interviewer ?

— Bientôt.

L'agent du FBI et le policier s'éloignèrent d'un pas tranquille sous le couvert des arbres, hors de portée des balles. Potter appela le P.C. pour dire à Tobe où il se trouvait et lui demander de transférer immédiatement tout appel venant de Handy.

— Dites-moi, Charlie, cet attorney général, il est allé atterrir où ?

Budd jeta un regard à la ronde.

— Il a dû rentrer à l'hôtel.

232

Potter secoua la tête.

— Marks veut que Handy l'obtienne, cet hélicoptère. Le gouverneur veut la mort de Handy, il me l'a dit. Le directeur du FBI sera probablement au bout du fil dans une demi-heure — il y a même eu des fois où c'est le président en personne qui m'a appelé. Oh, et vous pouvez me croire sur parole, Charlie, on est en train d'écrire le script en ce moment même, et c'est moi qui passe pour le scélérat, dans cette histoire.

— Vous ? s'étonna Budd, d'un air inexplicablement abattu. Vous serez le héros.

— Oh non, loin s'en faut. Détrompez-vous. Ce sont les armes qui font vendre, pas les mots.

— C'est quoi, cette histoire de cigarettes imaginaires ?

— Quand ma femme a eu le cancer, j'ai arrêté.

— Cancer du poumon ? Pareil que mon oncle.

— Non, du pancréas.

Malheureusement, celui avec lequel Potter avait négocié la guérison de sa femme n'avait pas tenu sa promesse. N'empêche, Potter n'avait jamais recommencé à fumer.

— Alors vous, euh, vous vous imaginez en train de fumer ?

Potter acquiesça en silence.

Budd oublia momentanément son tourment et demanda :

— Quelle marque, celles que vous fumez pas ?

— Camel. Sans filtre.

— Hé, pourquoi pas ? (Ses traits s'affaissèrent et il retrouva son air triste.) J'ai jamais fumé. Peut-être que je vais m'envoyer un Jack Daniel's imaginaire.

— Prenez-en un double pendant que vous y êtes.

Potter tira une grande bouffée de sa cigarette fictive. Ils se tenaient au milieu des catalpas et des toxylons en fleurs et Potter, les yeux baissés, contemplait ce qui avait tout l'air de profonds sillons laissés par des roues de chariots. Il interrogea Budd à leur sujet.

— Ces traces-là ? Authentiques. La piste de Santa Fe, rien de moins.

— Les traces d'origine, les vraies ? Potter était stupéfait.

— On les appelle les empreintes. Elles filent vers l'ouest en traversant la région ici même.

D'un signe de tête, Budd indiqua l'abattoir.

— Si on a construit ça, c'est à cause de la piste de Chisholm. Elle allait du sud au nord et passait en plein par ici, elle aussi, de San Antonio à Abilene — le nôtre, d'Abilene, celui du Kansas.

233

Ils amenaient le bétail jusqu'ici et en vendaient une partie pour la boucherie au marché de Wichita.

— J'ai une autre question, dit Potter après un silence.

— Je suis pas très calé en histoire locale. J'en sais pas beaucoup plus long que ça.

— Avant tout, Charlie, je me demande ce qui vous met si bougrement mal à l'aise.

Budd se désintéressa soudain des empreintes à ses pieds.

— Euh, c'est que je me demande de quoi vous vouliez me parler, au juste.

— Dans moins de trois quarts d'heure, je dois dissuader Handy de tuer une autre fille. Je manque d'idées. J'aimerais connaître votre opinion. Que pensez-vous de lui ?

— Moi ?

— Oui, vous.

— Oh, je sais pas.

— On ne SAIT jamais dans ce métier. Donnez-moi un avis réfléchi. Vous avez vu son profil. Vous avez parlé à Angie... Une sacrée femme, pas vrai ?

— Dites, justement, Arthur... C'est que je suis marié, moi. Elle me baratine vachement. J'ai parlé de Meg une bonne douzaine de fois au moins et elle a pas l'air d'y faire du tout attention.

— Estimez-vous flatté, Charlie. C'est vous qui avez la situation en main.

— Si on veut. (Il se retourna vers la camionnette mais ne vit la belle brune nulle part.)

Potter rit.

— Bon alors, maintenant, dites-moi ce que vous pensez.

Budd se tortilla nerveusement les doigts, en pensant sans doute qu'il vaudrait mieux faire semblant de tenir son verre de whisky. Potter fumait comme il avait appris à faire tant de choses dernièrement — sans passer à l'action, ni même la mimer, mais en se contentant d'imaginer. C'était pour lui une sorte de méditation.

— À bien réfléchir, dit Budd lentement, je crois que Handy doit avoir un plan.

— Pourquoi ?

— Ça correspond plus ou moins à ce qu'Angie disait. Tout ce qu'il fait a une raison. Ce n'est pas un tueur fou qui agit sur un coup de tête.

— Quel genre de plan imaginez-vous ?

— Je ne sais pas au juste. Un truc qui lui fait croire qu'il peut avoir la haute main sur nous.

Budd fourra de nouveau les mains dans ses poches arrière. Le bonhomme est aussi nerveux qu'un gamin de quinze ans à son premier bal, songea Potter.

— Qu'est-ce qui vous fait dire ça ?

— J'en suis pas très sûr. Juste une impression. Peut-être parce qu'il se croit tellement supérieur. Il n'a aucun respect pour nous. Chaque fois qu'il nous parle j'entends tellement de, comment dire, de mépris dans sa voix. Comme si lui savait tout et nous que dalle.

C'était vrai. Potter lui-même l'avait remarqué. Pas une once de désespoir, aucune supplication, aucun propos trahissant la nervosité, aucune provocation de pacotille ; toutes choses qu'on entendait d'habitude chez les preneurs d'otages et qui étaient ici notoirement absentes.

Et, avec cela, la ligne de stress vocal la plus plate que Potter eût jamais vue.

— Une évasion, poursuivit Budd. Je pencherais plutôt pour ça. Peut-être mettre le feu à la bâtisse. (Le capitaine rit.) Qui sait s'il a pas des uniformes de pompiers là-dedans — dans ces sacs qu'il a apportés. Et il profitera de la confusion générale pour nous filer sous le nez.

— Ça s'est déjà vu, dit Potter en hochant la tête.

— Vraiment ? s'étonna Budd, qui n'en revenait pas d'avoir pensé à une telle stratégie et, du même coup, très satisfait de lui.

— En tenue de personnel hospitalier, une fois. Et en uniforme de police une autre. Mais j'avais distribué des circulaires à tous les hommes chargés de la sécurité, comme je l'ai fait tout à l'heure, si bien que les ravisseurs ont été repérés tout de suite. Ici, par contre, je ne sais pas. Je ne crois pas que ce soit son style. Mais vous avez vu juste sur son attitude. La clé se trouve là. Et cela nous indique quelque chose. Si seulement je savais quoi.

Budd s'était remis à farfouiller nerveusement dans ses poches.

— Je me demande, dit Potter d'un air songeur, si ces outils n'auraient pas quelque chose à voir là-dedans. Peut-être qu'ils vont allumer un incendie, et se cacher dans une des machines ou même sous le plancher. Pour sortir de leur cachette quand les secours seront sur place. Nous devons nous assurer que tout le monde, et pas seulement les policiers, possède un exemplaire de cette circulaire.

— Je m'en occupe. (Budd eut un nouveau petit rire nerveux.) Je déléguerai.

Potter s'était considérablement calmé. Il pensa à Marian. Les rares soirs où il était à la maison, ils s'asseyaient pour écouter la radio ensemble en partageant une cigarette et un verre de xérès.

De temps à autre, une fois par semaine, deux peut-être, la cigarette était éteinte avant la fin et ils montaient à l'étage retrouver leur lit d'apparat, renonçant ce soir-là au programme musical.

— Cette histoire de négociation, dit Budd. Ça me laisse plutôt perplexe.

— Comment ça ?

— Eh bien, vous lui parlez pas des trucs dont j'aurais envie de lui parler — de ces exigences, disons, et des otages et tout ça. De choses sérieuses. La plupart du temps vous avez juste l'air de bavarder avec lui.

— Vous avez déjà suivi une thérapie, Charlie ?

Le jeune capitaine sembla ricaner. Il secoua la tête. Les habitants du Kansas n'étaient sans doute pas très chauds pour la psychanalyse. Potter dit :

— Moi, oui. Après la mort de ma femme.

— J'allais vous dire, je suis désolé d'apprendre ce qui s'est passé.

— Vous savez de quoi j'ai parlé à mon analyste ? De généalogie.

— Quoi ?

— C'est mon passe-temps. Les arbres généalogiques, vous savez.

— Vous claquiez votre argent chez un docteur pour lui parler de votre passe-temps ?

— Et j'ai jamais si bien dépensé mon argent. Je me suis mis à sentir ce que le thérapeute ressentait et vice versa. Nous nous sommes rapprochés l'un de l'autre. Et ce que je fais ici — avec Handy — c'est la même chose. On n'appuie pas sur un bouton pour obliger Handy à relâcher les filles. Le médecin non plus n'appuie pas sur un bouton pour vous redonner la santé. L'idée, c'est de créer un rapport entre lui et moi. Il doit se familiariser avec moi, et moi avec lui.

— Hé, comme deux amoureux ?

— On pourrait dire ça, répondit Potter sans sourire. Je veux le faire entrer dans mes pensées — pour qu'il se rende compte que la situation est sans issue. Pour qu'il me donne les filles et soit amené à se rendre, pour qu'il sente que c'est inutile de continuer. Non pas le comprendre intellectuellement, mais le SENTIR. Ça commence à marcher, vous voyez bien. Il nous en a donné deux et n'a tué personne d'autre, même quand l'autre petite lui a faussé compagnie.

Potter tira une dernière bouffée de sa Camel imaginaire. Et

l'écrasa. Il commença à s'imaginer en train de monter l'escalier, la main de Marian dans la sienne. Mais l'image s'effaça vite.

— Et je fais ça pour entrer dans ses pensées. Pour le comprendre.

— Vous devenez ami avec lui, alors ?

— Ami ? Non, ce n'est pas ça. Je dirais plutôt que nous sommes liés.

— Mais, enfin, ça pose pas un problème ? Si vous devez donner l'ordre au G.I.L.O. de le neutraliser, c'est comme si vous prononciez l'arrêt de mort d'un être aimé. Comme si vous le trahissiez.

— Oh oui, fit le négociateur d'une voix douce. Oui, c'est un problème.

Budd vida ses joues gonflées d'air et se remit à observer le travail des moissonneuses.

— Vous avez dit...

— Quoi ?

— Vous avez dit que vous étiez prêt à sacrifier ces filles pour mettre la main sur lui. C'est la vérité ?

Potter le dévisagea un instant tandis que Budd, d'un regard affolé, contemplait les machines imperturbables à des kilomètres de là.

— Oui, c'est vrai. Mon boulot est de stopper Handy. Ce sont mes ordres. Et oui, il faudra peut-être faire des sacrifices.

— Mais il s'agit de petites filles.

Potter eut un sourire lugubre.

— Comment pouvez-vous porter un jugement de valeur ? Nous ne sommes plus à l'époque des femmes et des enfants d'abord. Une vie est une vie. Ces filles ont-elles plus de mérite que la famille que Handy est susceptible d'enlever et d'assassiner l'année prochaine s'il nous échappe aujourd'hui ? Ou que les deux agents de la circulation qu'il va abattre quand il se fera arrêter pour excès de vitesse ? Je dois constamment m'obliger à penser que ces otages sont déjà morts. Si je peux en sauver quelques-uns, tant mieux. Mais si je veux continuer à fonctionner, je ne peux pas considérer les choses autrement.

— Vous êtes bon dans votre job, on dirait.

Potter ne répondit pas.

— Vous croyez qu'il y aura d'autres morts ?

— Oh oui, j'en ai peur. Rien d'autre qu'une opinion réfléchie, mais je pense que oui.

— Les filles ?

Potter ne répondit pas.

237

— Dans l'immédiat, Charlie, notre problème... que peut-on échanger contre une heure de plus ?

Budd haussa les épaules.

— Ni armes ni munitions, juste ?

— Ce n'est pas négociable.

— Eh bien, il pense qu'il va l'avoir, son hélicoptère imaginaire, non ?

— Oui.

— Tant qu'on lui raconte des bobards sur ça, pourquoi pas lui en raconter d'autres ? Comme lui promettre un truc pour aller avec ?

— On peut pas offrir un jouet à un gamin sans les piles pour aller avec, c'est ce que vous voulez dire ?

— Ben oui, je crois.

— Génial, Charlie. Allons en discuter avec Henry.

En montant dans la camionnette, Potter tapa sur l'épaule du policier, et Budd le regarda avec un sourire de chien battu tel que l'agent du FBI n'en avait encore jamais vu de sa vie.

Ils allaient se diviser en trois équipes, Alpha, Bravo et Charlie.

Les officiers du commando d'intervention, sous les ordres de Dan Tremain, étaient regroupés sur la gauche de l'abattoir, le flanc nord-ouest, sous le couvert d'un bosquet d'arbres. Les hommes avaient revêtu leur combinaison d'assaut noire sur leur tenue pare-balles. Cagoules et gants Nomex. Leurs lunettes de protection perchées sur le haut du crâne.

Les équipes Alpha et Bravo comprenaient chacune quatre hommes, deux d'entre eux armés de pistolets rafaleurs MP-5 Heckler & Koch à faisceau d'énergie et halogène, et les deux autres de fusils semi-automatiques H & K Super 90. Les deux officiers de l'équipe Charlie, eux aussi armés de MP-5, étaient également munis des grenades incapacitantes Thunderflash M429 ainsi que de grenades fulgurantes Multistarflash M451.

Deux autres policiers avaient pris leurs positions. Chuck Pfenninger — éclaireur n° 1 — se tenait près de la camionnette de commandement, vêtu de l'uniforme habituel. Joey Wilson — éclaireur n° 2 — en tenue de combat et de camouflage se trouvait sous la fenêtre du milieu, à gauche de l'entrée principale de l'abattoir. Il était dissimulé à la vue du poste de commandement et des policiers déployés sur le terrain par le car scolaire et par un grand ginkgo.

Une dernière fois, Tremain passa mentalement le plan en revue.

Dès que Wilson aurait signalé que les ravisseurs se tenaient aussi loin que possible des otages, Pfenninger ferait sauter le générateur dans la camionnette à l'aide d'une charge explosive L210, couramment appelée mini-Molotov. Il s'agissait d'une petite bombe incendiaire contenue dans une boîte spéciale en aggloméré semblable aux cartons-doses de jus de fruits. La boîte, conçue pour se désintégrer sous la chaleur de l'explosion, était pratiquement indétectable par les experts en balistique. Correctement placée, elle devait permettre de couper toutes les communications et d'isoler ainsi les policiers à l'intérieur de la camionnette. Le véhicule avait été conçu pour traverser les flammes, il était bien isolé et muni d'un système interne d'oxygène. Tant que la portière restait fermée, personne ne risquait rien à l'intérieur.

Tremain prendrait alors officiellement le contrôle de la situation en déclarant « l'état d'urgence. »

Aussitôt, les trois équipes du commando forceraient l'entrée dans l'abattoir. L'équipe Charlie utiliserait des charges explosives de type 521 pour ouvrir un trou dans le toit, par lequel elle lâcherait deux grenades incapacitantes sur les preneurs d'otages. Alpha et Bravo feraient sauter simultanément la porte latérale et celle du débarcadère pour pénétrer dans le bâtiment au moment où Charlie lancerait la deuxième série de grenades — les grenades fulgurantes qui exploseraient dans un immense éclair de lumière aveuglante — avant de descendre en rappel par l'ouverture pratiquée dans le toit. L'équipe Bravo se dirigerait droit sur les otages pendant qu'Alpha et Charlie s'avanceraient sur les ravisseurs, en les neutralisant au premier signe de résistance.

Les hommes attendaient maintenant le retour des trois officiers partis inspecter la porte latérale, le ponton de l'embarcadère et le toit.

Dan Tremain, à plat ventre, immobile, à côté de l'inflexible lieutenant Carfallo, observait l'abattoir qui se dressait au-dessus de leurs têtes tel une forteresse, crénelé et sombre. Le commandant annonça à ses hommes : « Vous procéderez à une pénétration à quatre. Les deux premiers seront les tireurs clés. Pistolets-mitrailleurs devant, semi-automatiques derrière, en protection. Il s'agit d'un assaut avec tir dynamique. Vous poursuivrez tant que toutes les cibles hostiles n'auront pas été correctement maîtrisées et neutralisées et les lieux rendus sûrs. Il y a six otages à l'intérieur, situés là où je vous ai indiqué sur le plan. Tous de sexe féminin, dont quatre fillettes qui risquent de paniquer et s'enfuir. Vous exercerez un contrôle strict de vos armes tout le temps que vous êtes à l'intérieur. Vous me recevez ?

Réponses affirmatives.

Puis vinrent les mauvaises nouvelles.

L'un après l'autre les éclaireurs rentrèrent. L'opération de reconnaissance avait révélé que la porte latérale était nettement plus épaisse que ne l'indiquait le plan : du chêne de près de huit centimètres d'épaisseur recouvert d'une plaque d'acier. Il leur faudrait employer quatre charges explosives. Par mesure de sécurité, l'équipe Alpha devrait se tenir plus loin qu'initialement prévu au moment de l'explosion. Ce qui n'ajouterait pas moins de six secondes au temps calculé pour parvenir jusqu'aux filles.

Il s'avéra en outre que le toit avait subi des modifications qui n'avaient pas été rapportées sur les croquis architecturaux d'origine — des plaques d'acier avaient été boulonnées sur pratiquement toute la surface du toit voilà des années. Pour les percer, les hommes en place sur le toit auraient besoin d'employer de fortes quantités de C4. Et dans un vieux bâtiment comme celui-ci, une telle quantité de charge plastique risquait de faire s'effondrer les solives — voire des pans entiers du toit.

Tremain apprit alors par le troisième éclaireur que la porte de l'embarcadère était bloquée en position entrouverte, laissant seulement un passage d'une vingtaine de centimètres. Il s'agissait d'un immense panneau d'acier, impossible à faire sauter vu sa taille.

Le commandant consulta Carfallo et ils révisèrent leur plan. Ils décidèrent de renoncer au double assaut par le toit et l'embarcadère et de se contenter d'une pénétration à deux équipes par la porte nord. Wilson, debout près de la fenêtre de façade, lancerait une grenade incapacitante, suivie par une grenade fulgurante. Une manœuvre risquée, qui l'exposait à la fois au cordon de sécurité et aux preneurs d'otages ; il pouvait se faire descendre aussi bien par les uns que par les autres. Mais Tremain conclut qu'ils n'avaient pas le choix.

Il lui fallait une heure de plus, décréta-t-il, pour monter une attaque efficace — le temps de découvrir une autre porte ou une fenêtre non barricadées, et d'affaiblir les charnières de la porte blindée afin qu'ils puissent utiliser des charges moins fortes.

Mais il ne disposait pas d'une heure. Il lui restait vingt minutes avant l'expiration du prochain ultimatum.

Avant l'exécution du prochain otage.

Eh bien, dans ces conditions, ce serait un assaut par pénétration unique. Tremain annonça :

— Le mot de code « Pouliche » signifie feu vert. Le mot de code « Étalon » signifie retirez-vous. Confirmez.

Les hommes confirmèrent. Tremain les conduisit dans le fossé qui longeait l'abattoir. Là, ils se plaquèrent contre la terre humide pour se tenir dans une immobilité et un silence absolus, car tels étaient leurs ordres, et dans la vie ces hommes-là respectaient les ordres par-dessus tout.

18 : 40

Joe Silbert avait appris seul à taper à la machine sur une vieille Underwood qui sentait l'huile, l'encre et l'odeur âcre des rognures de gomme qui collaient au chariot.

Les progrès de la technique n'avaient pas changé grand-chose pour lui et il continuait de marteler bruyamment avec deux doigts sur le grand Compaq portable. La lumière orange de l'écran qui les éclairait, lui et son confrère Ted Biggins, leur donnait le teint hâve des hépatiques. Se sachant deux fois plus âgé que Biggins, Silbert supposait qu'il devait avoir l'air deux fois plus malade.

Philip Molto assurait une garde vigilante, conformément aux ordres de l'anxieux capitaine Budd.

— Qu'en dis-tu ? demanda Silbert à Biggins.

Par-dessus l'épaule de son confrère, Biggins jeta un regard sur le texte dense en simple interligne affiché à l'écran et grogna :

— Laisse-moi reprendre, tu veux ? en indiquant l'écran d'un signe de tête.

— Volontiers.

Biggins tapait comme un dieu et ses doigts couraient sur les touches, silencieux et invisibles.

— Hé, je fais ça comme je respire, putain, s'exclama-t-il. Il avait beau n'être qu'un simple technicien, son brushing était impeccable ; le présentateur, en fait, c'était Silbert.

— Hé, brigadier, cria Silbert à l'adresse de Molto, on a bientôt fini. On laisse l'ordinateur ici pour l'équipe de relève. Ils reprendront le papier là où on s'est arrêté.

— Vous faites comme ça, vous autres ?

— C'est un boulot d'équipe, figurez-vous. Vous voulez bien garder l'œil sur l'ordinateur ?

— Entendu, pas de problème. Qu'y a-t-il ?

Silbert fronçait les sourcils, fouillant des yeux le bosquet d'arbres et les buissons de genièvre derrière le cordon de sécurité.

— Vous avez entendu ?

Biggins s'était redressé et regardait autour de lui d'un air inquiet.

— Ouais.

Molto inclina la tête. Des bruits de pas. Une branche qui craque, un frottement.

— Il n'y a personne par là derrière, dit le brigadier, à moitié pour lui-même. Enfin, *en principe*, y a personne.

Silbert avait l'expression circonspecte d'un homme habitué à couvrir des zones de combat. Soudain, son visage s'éclaira d'un petit sourire narquois.

— Cet espèce de salaud. Brigadier, je crois que nous avons un intrus dans le secteur.

Le policier, main sur son pistolet, s'enfonça dans les buissons. Quand il en ressortit, il escortait deux hommes en jogging noir. Leur carte de presse ballottait sur leur poitrine.

— Tiens, regardez-moi qui voilà, dit Silbert. Walter Cronkite et Chet Huntley.

— Si vous les arrêtez, dit Biggins à Molto, laissez tomber la violation de propriété privée. Inculpez-les de connerie au premier degré.

— Vous vous connaissez, vous autres ?

Un des prisonniers grimaça.

— Silbert, t'es un vrai salaud. C'est toi qui nous as donnés ? Et t'as pas intérêt à laisser ce petit merdeux à côté de toi m'adresser la parole.

— Ils sont de la KLTV, précisa Silbert à Molto. Sam Kellog et Tony Bianco. Ils ont oublié qu'on formait un pool de presse, on dirait.

— Je t'emmerde, fit sèchement Bianco.

— T'es pas le seul, Kellog, lâcha Silbert. Moi aussi j'ai dû faire une croix sur mon scoop. T'aurais eu ton tour comme les autres.

— Je suis censé vous arrêter, dit Molto à Kellog et Bianco.

— Foutaises, vous pouvez pas faire ça.

— Je vais y réfléchir en vous ramenant à la tente de presse. Suivez-moi.

— Écoutez, brigadier, dit Kellog, tant qu'on reste ici...

— Comment vous avez fait pour venir jusqu'ici, Kellog ? demanda Biggins. Vous avez rampé ?

— Toi aussi, je t'emmerde.

Molto les embarqua. Dès que la voiture de patrouille eut disparu, Silbert aboya à l'adresse de Biggins :

242

— Maintenant. Vas-y.

Biggins dégrafa les clips et ouvrit le boîtier du moniteur de l'ordinateur. Il en sortit une caméra vidéo Nippona LL3R — le modèle ultra-miniaturisé, qui coûtait la bagatelle de cent trente mille dollars pour un poids de trois kilos cinq cents, équipé d'un émetteur et d'une antenne parabolique pliante de trente centimètres. L'appareil permettait d'obtenir une image prête à diffusion dans une obscurité quasi totale et son zoom était aussi fin que la lunette d'un fusil de tireur d'élite. Il avait un rayon d'action de cinq kilomètres, ce qui était amplement suffisant pour établir la liaison avec le centre de transmission mobile de la KFAL, où les confrères de Silbert (Tony Bianco et Sam Kellog justement, par une coïncidence qui n'avait rien d'étrange) seraient bientôt prêts — s'ils n'avaient pas été effectivement arrêtés — à recevoir leurs images. En cas de violation du premier amendement, d'autres techniciens se tenaient prêts à entrer en action.

Silbert ouvrit son attaché-case et en sortit deux survêtements en nylon noir — identiques à ceux que portaient Kellog et Bianco, à une différence près : derrière, ils portaient l'inscription *U.S. Marshal*. Ils les enfilèrent.

— Attends, dit Silbert.

Se penchant vers l'écran, il effaça entièrement le fichier qu'avait écrit Biggins — et qui comprenait une seule phrase, *le tramway jaune avance lentement dans le brouillard laiteux*, répétée près de trois cents fois. Majuscule F3. Il afficha à l'écran l'histoire banale du flic en planque que Silbert avait enregistrée trois ans plus tôt et qu'il avait ressortie aujourd'hui aussitôt l'ordinateur branché. L'histoire qui avait fait l'admiration de ce crétin d'Arthur Potter.

Les deux hommes se coulèrent dans le fossé situé derrière la camionnette de commandement pour se hâter, à la faveur de l'obscurité, dans la direction qu'avait prise Dan Tremain et son silencieux commando d'intervention.

Le bidon d'essence.

Ce fut la première chose qui lui vint à l'esprit quand elle rouvrit les yeux et promena son regard dans la salle d'abattage.

Emily, à genoux, nettoyait l'œil de Melanie, en bon petit Samaritain. L'œil de la jeune femme était tuméfié, mais encore ouvert. La fillette déchira l'ourlet de sa précieuse robe Laura Ashley pour essuyer encore un peu de sang.

Melanie restait allongée sans bouger ; la terrible douleur qui lui transperçait la tête commençait à se calmer et sa vision s'améliorait. Une des jumelles, Suzie (elle avait *l'impression* que c'était Suzie), lui caressait les cheveux de ses petits doigts parfaits.

Le bidon d'essence. Il était là.

Finalement, Melanie se redressa et se dirigea à quatre pattes vers Beverly.

— Comment te sens-tu ? demanda-t-elle à la fillette.

La sueur plaquait sur le visage de Beverly ses cheveux blonds de page hollandais. Elle hocha la tête, mais sa poitrine se soulevait et s'abaissait de façon toujours aussi alarmante. Elle reprit une bouffée de l'aérosol. Melanie ne l'avait jamais vue si malade. Le médicament restait manifestement sans effet.

Mrs. Harstrawn était toujours prostrée par terre, sur le dos. Elle avait encore pleuré, mais avait désormais retrouvé son calme. Avec des gestes doux, Melanie fit glisser le pull-over bariolé de sa collègue par-dessus ses épaules. Celle-ci murmura quelques mots. Melanie crut qu'elle disait : « Non. J'ai froid. »

— Il le faut, signa Melanie.

Ses doigts dansaient sous le nez de la femme mais celle-ci ne voyait pas le message.

Une minute plus tard, le pull-over de Mrs. Harstrawn était ôté. Melanie jeta un regard circulaire autour d'elle et balança négligemment le chandail contre le mur de la salle, au pied de l'ouverture voûtée qui donnait sur le fond de l'abattoir. Puis elle fila à quatre pattes pour avancer la tête dans la pièce principale. Ours jetait de temps à autre un regard vers elles, mais les autres étaient absorbés par la télévision. Melanie regarda les jumelles et, discrètement, leur indiqua :

— Rapprochez-vous du bidon essence.

Elles échangèrent un regard embarrassé, avec des mouvements de têtes identiques.

— Allez-y. Maintenant !

Ses gestes étaient impérieux : coups secs et précis des doigts perçant l'air.

Les petites se levèrent et se dirigèrent à quatre pattes vers le bidon rouge et jaune.

Quand Suzie se tourna vers elle, Melanie lui fit signe de ramasser le chandail. Il était rouge, blanc et bleu, des couleurs très visibles — l'idée, pas très bonne pour l'instant, devenait excellente sitôt les filles dehors. Mais Suzie ne bougeait pas. Melanie répéta l'ordre. Elles n'avaient pas le temps pour la prudence, expliqua-t-elle.

— Allez-y ! Tout de suite !

Pourquoi hésite-t-elle ? Elle est là les yeux fixés sur moi.

Non, pas sur moi...

C'est alors que l'ombre s'abattit sur elle.

Saisie d'effroi, elle sentit Brutus la prendre par les épaules et la faire pivoter brutalement sur elle-même.

— Tu te prends... héros, hein ? Putain, j'en ai descendu pour bien moins que ça.

Pendant quelques terribles secondes, elle crut que Brutus était réellement capable de lire dans ses pensées, qu'il avait un sixième sens animal et savait ce qu'elle projetait de faire avec le bidon d'essence. Puis elle comprit qu'il parlait de Kielle, quand elle l'avait lancée par la porte. Recevoir un coup de crosse n'était peut-être pas un châtiment suffisant. Il dégaina son pistolet et le lui colla sur la tempe.

Envahie par une rage soudaine qui la choqua elle-même, Melanie repoussa le pistolet, se releva, puis entra dans la grande salle de l'abattoir, en ressentant dans son dos les vibrations des cris de Brutus. Elle les ignora et continua d'avancer vers le fût de pétrole qui faisait office de table. Ours se mit debout et fit un pas vers elle mais elle l'ignora, lui aussi. Elle ramassa le crayon et le papier et repartit vers la salle d'abattage.

Elle écrivit : *Vous vous donnez beaucoup de mal pour prouver que vous êtes un méchant, n'est-ce pas ?* et lui fourra le message sous le nez.

Brutus éclata de rire. Il lui arracha le carnet des mains, et le jeta au loin par terre. Il étudia la jeune femme pendant un long, très long moment, puis, avec un calme étrange, il dit :

— ... tailler une bavette toi et moi. Je cause pas beaucoup... pas des masses de gens avec qui je peux causer. Mais avec toi, oui. Pourquoi c'est comme ça ?... tu peux pas répondre, j'imagine. C'est bien quand une nana peut pas répondre. Prissy, elle sait ce qu'elle veut... et j'approuve. Mais des fois elle est ailleurs, tu vois ?... je pige rien à ce qu'elle me dit. Toi, je te regarde et je te comprends. T'as l'air d'une petite souris, mais peut-être qu'y a autre chose là-dessous. C'est ça, hein ?

Melanie fut horrifiée de découvrir, dans le fond de son cœur, un fragment de plaisir. Cet homme horrible, horrible, lui donnait son approbation. Il a tué Susan, il l'a tuée, il l'a tuée, se répétait-elle. Il me tuerait à l'instant même s'il en avait envie. Tout cela, elle le savait, et pourtant la seule chose qu'elle ressentait sur le moment, c'était son approbation.

Il rangea son pistolet et se mit à jouer avec ses lacets.

— Tu crois que j'suis méchant à cause... à ton amie. Juste,

pour ta façon de penser, j'suis méchant. J'suis pas... un crack et j'ai pas de dons particuliers. Mais méchant, ça je suis. Je dis pas que j'ai pas de cœur ou que j'ai jamais pleuré. J'ai pleuré toute une semaine quand on a flingué mon frangin. Ouais, c'est vrai. (Brutus se tut un instant, découvrant ses dents pointues sur ses lèvres minces.) Tu vois, cet espèce de salaud là-bas... (Il fit un mouvement de tête en direction du téléphone.)

De l'Épée ? Il veut parler de De l'Épée ?

— Lui et moi, on est engagés dans une bataille en ce moment. Et c'est lui qui va perdre... Pourquoi ? Parce que le mal est simple et le bien compliqué. Et c'est toujours ce qui est simple qui l'emporte. Tout se résume à ça, en fin de compte. Ce qui est simple l'emporte toujours. C'est la nature, tout simplement, et tu sais dans quel pétrin les gens se mettent quand ils refusent d'accepter la nature. Regarde les gens comme toi, tous les sourds. Vous serez morts avant les mecs comme moi. Quand j'ai besoin d'un truc, je peux dire : « Donnez-moi ça. » J'ai qu'à ouvrir la bouche pour qu'on fasse ce que je veux. Mais toi, t'es obligée de faire des drôles de trucs avec tes mains. T'es obligée d'écrire. C'est compliqué. T'es anormale... tu vas mourir et moi je vais vivre. C'est la nature.

« Moi, je vais prendre cette gamine là-bas, celle avec la robe à fleurs, et je vais la flinguer dans une dizaine de minutes si... hélico arrive pas. Et ça m'étonnerait qu'il arrive. Pour moi, c'est pas plus compliqué que se gratter là où ça démange ou acheter une limonade quand il fait soif.

Il jeta un regard sur Emily, les coins de sa bouche relevés dans ce vague sourire qui lui était habituel.

Et, dans ce bref regard, Melanie vit soudain beaucoup plus que le regard d'un ravisseur pour sa victime. Elle vit toutes les tracasseries de ses camarades de classe, les efforts laborieux déployés en vain pour comprendre ce qui ne peut se comprendre que grâce au miracle de l'ouïe. Elle vit une existence vide sans personne pour l'aimer. Elle vit la couverture d'une partition intitulée *Amazing Grace* et, à l'intérieur, rien que des pages blanches.

La volonté de Dieu...

Le regard de Brutus...

Alors, en toute logique, elle s'attaqua à ses yeux.

Melanie bondit en avant, ses ongles parfaits lui lacérant le visage.

Il lâcha un cri de surprise étouffé et fit quelques pas hésitants en arrière, cherchant son pistolet. Il le tira de sa ceinture et elle se jeta dessus. L'arme échappa des mains de l'homme et glissa au loin sur le sol. Elle était hors d'elle, enragée, mue par une colère dévastatrice telle qu'elle n'en avait jamais éprouvée. Une colère qui se déversait trop rapidement, qui la déchirait en deux, aussi douloureuse que la fièvre qui lui avait brûlé la peau quand elle avait huit ans et qui l'avait privée de ce qui était simple pour lui rendre la vie si terriblement compliquée.

Ses longs doigts, musclés par tant d'années passées à signer, terminés par des ongles de nacre, se plantaient dans ses joues ; elle le gifla sur le nez, cherchait à lui arracher les yeux. Quand il tomba sur le dos, elle bondit sur son torse, et lui enfonça le genou dans le plexus solaire. L'air fut brutalement chassé de ses poumons, et il suffoqua. Il la frappa une fois dans la poitrine et elle eut un mouvement de recul mais comme il manquait d'élan, le coup fut indolore.

— Nom de Dieu... !

Ses mains sèches et nerveuses se tendirent vers la gorge de Melanie mais elle les écarta d'un geste brutal et parvint à lui saisir la trachée, ses bras puissants repoussant ceux de son adversaire ; il n'arrivait juste pas à l'atteindre. D'où lui venait donc cette force ? se demanda-t-elle, en lui cognant la tête sur le ciment et en voyant sa face virer au bleu.

Peut-être Fouine et Ours étaient-il en train de se ruer vers eux, peut-être braquaient-ils leurs pistolets sur elle. Ou peut-être, parce qu'il n'avait plus d'air dans les poumons, Brutus était-il silencieux, à moins qu'il ne soit trop fier pour appeler à l'aide. Elle ne savait pas — et elle s'en fichait. Rien n'existait pour elle hormis cet homme et sa méchanceté — ni les autres filles, ni Mrs. Harstrawn, ni l'âme de Susan Phillips que Melanie l'agnostique s'imaginait en train de flotter en ce moment au-dessus d'eux, tel un bel ange.

Elle allait le tuer.

Alors, d'un seul coup, il se fit mou comme une poupée de chiffons. Un bout de langue dépassa de ses lèvres pâles. Et elle pensa, Mon Dieu, j'ai réussi ! Folle de joie et de terreur mêlées, elle se redressa et s'assit, jetant un regard sur les jumelles, sur Emily en pleurs, sur Beverly qui haletait.

Quand il releva brusquement le genou, elle n'eut pas le temps d'esquiver le coup qui vint la frapper entre les jambes, lui écrasant les chairs dans une douleur atroce. Elle prit une violente inspiration et se tint le bas-ventre à deux mains quand soudain Brutus lui asséna un coup de poing dans la poitrine, juste sous les côtes. Melanie se recroquevilla de douleur, le souffle coupé.

Il se mit debout sans effort et elle constata qu'à part quelques égratignures sur la joue, il n'avait rien du tout. Il s'était amusé avec elle. Histoire de chahuter.

L'instant d'après, il l'attrapait par les cheveux et la traînait dans la pièce du devant.

Elle lui enfonça les ongles dans la main et il lui gifla violemment le visage. Elle vit une explosion de lumières et ses bras mollirent. Puis elle se retrouva devant la fenêtre de l'abattoir, le regard perdu sur le terrain balayé par le vent et sur les spots éclatants braqués sur la bâtisse.

Elle avait le visage pressé contre la vitre et pensa que le carreau pouvait lui transpercer l'œil en se brisant. Non, non, pas ça, pas cette obscurité-là. Une obscurité permanente. Non, par pitié...

Fouine avança d'un pas mais Brutus le repoussa d'un geste. Il tira son pistolet. Puis il la fit pivoter vers lui pour qu'elle puisse lire ses paroles.

— Si tu pouvais parler comme une personne normale, peut-être que tu trouverais quelque chose à dire pour sauver ta peau. Mais tu peux pas. Non, non. T'es un monstre de la nature et s'ils rappliquent pas avec l'hélico tu ressembleras encore plus à un monstre. Shep, combien de temps encore... ?

Fouine eut l'air d'hésiter avant de dire quelque chose qu'elle ne comprit pas.

— Combien de TEMPS, putain ? La face griffée de Brutus était tordue de rage.

Ayant reçu la réponse, il leva le pistolet à la hauteur de la joue de la jeune femme. Puis, lentement, il l'empoigna par les cheveux et la retourna face aux lumières d'une blancheur aveuglante.

Melanie. Potter aperçut son visage à travers le verre épais de ses jumelles. Melanie était la prochaine victime.

Budd, LeBow et Frances regardaient fixement par la fenêtre. La voix de Stillwell leur parvint par radio pour annoncer :

— Un de mes tireurs d'élite signale qu'Handy saigne. Ça n'a pas l'air sérieux mais il a la figure tailladée.

— Douze minutes avant l'expiration du délai, déclara Tobe. Liaison en cours.

Le téléphone sonna et Potter décrocha aussitôt.

— Lou, que... ?

— J'en ai une nouvelle, Art, dit la voix furieuse de Handy. Elle manque pas de cran. Je voulais lui pardonner de vous avoir refilé la petite emmerdeuse. Mais la salope s'est mis dans la tête de prendre un peu de bon temps. D'aller faire des galipettes dans le foin avec moi.

Reste calme, se dit Potter à lui-même. Il recommence à te faire marcher. Il étouffa sa colère, qui faisait écho à celle de Handy.

— Elle est un peu dérangée, Art. Une de ces gamines sado-maso, on dirait. Elle va apprendre, elle va apprendre. T'as encore dix minutes, Art, pas plus. Si j'entends pas cet hélico au-dessus de nos têtes la mignonne qu'est là va avoir droit à de la chirurgie esthétique au neuf millimètres. Écoute, je le veux, ce putain d'hélicoptère. T'as pigé ?

— Il faut qu'on le fasse venir de Topeka. Il y...

— Merde, t'as un aéroport à moins de cinq bornes d'ici. Pourquoi t'en fais pas venir un de là, bordel ?

— C'est toi qui as dit...

— Dix minutes.

Clic.

Potter ferma les yeux et soupira.

— Angie ?

— Je crois que nous avons un problème, répondit la psychologue. Il a envie de lui faire mal.

C'était un sérieux revers. Avec un Lou Handy bien disposé et maître de lui, Potter aurait probablement pu faire repousser le délai. Un Lou Handy vindicatif, un Lou Handy troublé, furieux n'était pas enclin à leur accorder quoi que ce soit et à présent il était d'humeur à tuer.

Oh, Melanie, pourquoi ne l'as-tu pas simplement laissé tranquille ? (Cependant, quel autre sentiment éprouvait-il ? De la fierté qu'elle ait eu le cran de résister à Handy quand celui-ci voulait la brutaliser pour avoir réussi à sauver Kielle ? De l'admiration ? Quoi d'autre encore ?)

Le beau visage d'Angie était plissé d'inquiétude.

— Qu'y a-t-il ? lui demanda Budd.

— Quand Handy parle de chirurgie esthétique, qu'a-t-il en tête ?

— Il ne veut pas en tuer une autre, pas tout de suite, je crois, dit Potter d'une voix lente. Il s'inquiète d'avoir perdu trop d'otages sans que nous lui ayons rien donné de substantiel. Alors il va la blesser. La rendre aveugle d'un œil, sans doute.

— Seigneur, murmura Budd.

— Arthur, appela Tobe, je reçois des signaux brouillés dans le secteur.

— Quelle fréquence ?

— Quel mégahertz, tu veux dire ?

— Je me fous des chiffres. Ça pourrait venir d'où ?

— Ce n'est pas une fréquence attribuée.

— Deux voies ?

— Ouaip. Et ce sont des rétrosignaux.

Certaines opérations sont tellement secrètes que les radios de la police sont équipées de brouilleurs spécialement coordonnés pour modifier le code toutes les deux ou trois secondes. Derek confirma que les radios de la police du Kansas n'étaient pas munies de ce dispositif.

— Proches de combien ?

— Un rayon de quinze cents mètres maxi.

— Des journalistes ?

— Ils se servent pas de brouilleurs d'habitude, mais ce n'est pas impossible.

Potter ne pouvait pas perdre davantage de temps là-dessus. Il serra les poings puis retourna à son poste d'observation derrière ses Leica. Il vit les cheveux blonds de Melanie, la tache noire du pistolet. S'efforçant de garder une voix calme, il dit :

— Eh bien, Charlie... vous avez eu d'autres idées sur le genre de piles imaginaires qu'il aimerait pour son jouet ?

Budd leva les mains d'un geste impuissant.

— Aucune idée. Je... je sais vraiment pas. (La panique se glissait dans sa voix.) Regardez l'heure !

— Henry ?

LeBow fit défiler lentement à l'écran le profil de Lou Handy, qui formait maintenant un long texte. S'adressant à l'anxieux Charlie Budd, il dit :

— Plus la tâche est urgente, capitaine, et plus il importe de l'exécuter lentement. Voyons un peu, beaucoup de vols d'automobiles dans sa jeunesse. Peut-être qu'il aime les bagnoles. Et si on jouait là-dessus ?

— Non. Charlie a vu juste. Il faut penser à un truc en rapport avec à son évasion.

— À quoi d'autre dépense-t-il son argent ? demanda Angie.

— Pas grand-chose. Jamais rien eu à son nom. Jamais fait de casse dans une bijouterie...

— Ses centres d'intérêt ? s'enquit Potter.

— Les rapports concernant ses périodes de liberté surveillée, dit brusquement Angie. Tu les as là ?

— Je les ai enregistrés au scanner.

— Consulte-les. Regarde s'il a déjà demandé la permission de quitter une juridiction et pour quelle raison.

— Bravo, Angie, dit Potter.

Les touches cliquetèrent.

— O.-K. Oui, deux fois. Il est sorti du Milwaukee, où il vivait après sa libération, pour aller pêcher dans le Minnesota. Là-haut près des International Falls. Et trois fois pour aller au Canada. Rentré chaque fois sans aucun incident. (LeBow plissa les yeux.) La pêche. Ça me rappelle un truc... (Il demanda le menu *Recherche*.) Voilà, le rapport d'un conseiller de prison. Il aime la pêche. C'est un mordu. Il a gagné des points de bonne conduite pour pouvoir aller pêcher la truite sur le domaine du pénitencier d'État de Pennaupsut.

Le Minnesota, songea Potter. L'État où il est né. Le pays aux Mille Lacs. Le Canada.

Budd — dressé de toute sa taille dans sa posture irréprochable — dansait nerveusement d'un pied sur l'autre. « Oh, punaise. » Il consulta sa montre à deux reprises, à cinq secondes d'intervalle.

— Charlie, par pitié.

— Il nous reste sept minutes !

— Je sais. C'est vous qui avez eu le trait de génie. À quoi pensiez-vous ?

— Je n'ai aucune idée de ce que j'ai voulu dire !

Potter avait de nouveau les yeux fixés sur Melanie. Arrête, se commanda-t-il. Oublie-la. D'un seul coup, il se redressa.

— Trouvé. Il aime pêcher et il a un penchant pour le Nord ?

— Juste, fit Budd.

Il voulait dire : Et alors ?

Mais LeBow avait compris. Il hocha la tête.

— Arthur, t'es un vrai poète.

— C'est Charlie qu'il faut remercier. C'est lui qui m'y a fait penser.

Budd avait l'air franchement perplexe.

— Cinq minutes, annonça Tobe.

— Nous allons passer un marché d'évasion bidon, expliqua Potter rapidement, en désignant la colonne *Mensonges* du tableau. LeBow se leva, attrapa le feutre. Potter réfléchit quelques instants : Handy va vouloir vérifier ce que je lui raconte. Il va appeler le siège régional de la Federal Aviation Administration. Où se trouve-t-il, Charlie ?

— Topeka.

Se tournant vers Tobe, Potter dit :

— Que tous les appels au standard de la FAA soient réacheminés immédiatement sur ce poste-là. (Il indiqua un téléphone de table. Ce serait une tâche difficile, Potter le savait, mais sans un

251

mot Tobe se mit au travail en parlant d'une voix pressante dans le micro de son casque.)

— Non, protesta Budd. On n'a pas le temps. Donnons-lui simplement le numéro de ce poste. Comment pourra-t-il savoir que ce n'est pas la FAA ?

— Trop risqué s'il vérifie. Potter décrocha le combiné et appuya sur la touche *bis*. Une voix enthousiaste répondit :

— Yep.

— Lou ?

— Salut, Art. Je tends l'oreille mais en fait d'hélico j'entends que dalle. Tu la vois ma copine là, à la fenêtre ?

— Dis, Lou, fit Potter calmement en regardant dehors. J'ai une proposition à te faire.

— Dix, neuf, huit...

— Écoute...

— Hé, Art, j'viens d'avoir une idée. Peut-être que c'est ta façon à toi de faire quelque chose de mal. Peut-être que t'es un salaud, au fond.

— L'hélico va pas tarder.

— Et la fille qu'est là va pas tarder à pisser le sang. Elle chiale comme une Madeleine, Art. J'en ai ma claque. J'en ai vraiment ma claque de vous autres, putain. Vous me prenez pas au sérieux. Vous faites pas ce que je VEUX, bordel ! enrageait-il.

Angie se pencha en avant. Les lèvres de Charlie Budd remuaient en une prière silencieuse.

— D'accord, Lou, gronda Potter. Je sais que tu vas la tuer. Mais tu sais que je te laisserai faire.

Un grésillement parasite emplit la camionnette.

— Laisse-moi t'expliquer au moins.

— À ma montre je t'écoute encore une minute ou deux.

— Lou, je m'échine là-dessus depuis une heure. J'ai rien voulu dire avant que tout soit en place mais je vais t'expliquer de toute façon. C'est pratiquement fait.

Laisse grandir l'anticipation.

— Alors, quoi ? Dis-moi.

— Donne-moi une heure de plus, ne fais pas de mal à la fille, et tu auras un plan de vol prioritaire autorisé par la FAA pour partir au Canada.

Une longue seconde de silence.

— C'est quoi ces conneries ?

— Tu traiteras directement avec la FAA. On ne saura jamais où tu vas.

— Mais le pilote oui.

— Le pilote aura des menottes, tout comme les otages. Tu te poses où tu veux au Canada, tu sabotes l'hélico et la radio et tu seras parti depuis des heures avant qu'on les retrouve.

Silence.

Potter jette un regard désespéré sur Tobe, sourcils levés. Le jeune homme, suant à grosses gouttes, pousse un long soupir et dit sans proférer un son : « Je m'en occupe. »

— Il y aura des réserves d'eau et de nourriture dans l'hélico. Tu veux des sacs à dos, des chaussures de marche ? Bon sang, Lou, on te donnera même des cannes à pêche. C'est un marché intéressant. Ne lui fais pas mal. Donne-nous une heure de plus et on te garantit le feu vert.

— J'vais réfléchir.

— Je prends le nom du directeur de la FAA et je te rappelle tout de suite.

Clic.

Le flegmatique Tobe fixa ses cadrans inertes puis donna un coup de poing sur la console en explosant : « Qu'est-ce qu'ils branlent avec notre transfert ? »

Potter, croisant les mains, contempla par la vitre l'image floue de Melanie Charrol — des petites taches lumineuses de couleur, pareilles à des pixels sur un écran de télévision.

Le commandant Dan Tremain se pencha en avant et écarta une branche, aussi silencieusement que la neige.

De cet angle, il pouvait juste voir le coin de la fenêtre derrière laquelle la jeune femme se trouvait détenue. Tremain était l'un des meilleurs tireurs de la brigade d'intervention, et il regrettait souvent que sa charge de commandant ne lui permette pas de harnacher un Remington afin de viser et neutraliser une cible distante de sept cents ou neuf cents mètres.

Mais ce soir il s'agissait de donner l'assaut par une porte. Les tireurs d'élite ne seraient d'aucune utilité et, détournant ses pensées de la cible floue à la fenêtre, il se concentra sur la mission en cours.

La montre de Tremain indiquait 19 heures.

— Échéance, annonça-t-il. Éclaireur Un. Au rapport.

— Charge en place dans camion générateur.

— Attendez feu vert.

— Reçu.

— Éclaireur Deux, au rapport.

— Individus tous dans la grande salle, otages non surveillés, exception faite de la femme à la fenêtre.

— Reçu, dit Tremain. Équipes A et B, position ?

— Équipe A à camp de base. Chargeur engagé.

— Équipe B, chargeur engagé.

Tremain coinça son pied contre un rocher et mit lentement un genou au sol. Les yeux rivés sur Handy. Il ressemblait à un sprinter qui attendait le signal du départ — exactement ce qu'il allait être d'ici quelques minutes.

— Ça y est, annonça Tobe. (Avant d'ajouter :) En théorie, du moins.

Potter s'essuya la paume des mains. Il changea le combiné de main, puis rappela Handy pour lui dire qu'ils avaient obtenu l'autorisation de vol pour l'hélicoptère. Il lui donna le numéro du bureau de la FAA.

— C'est quel nom ? grogna Handy. Je dois parler à qui ?

— Don Creswell, dit Potter. C'était le nom du mari de Linden, sa cousine par alliance. LeBow le griffonna dans la colonne *Mensonges*, laquelle était presque pleine.

— On va voir ça, Art. J'te rappelle. La fille bouge pas d'un millimètre et mon pétard non plus tant que j'suis pas satisfait.

Clic.

Potter pivota sur lui-même et considéra l'écran devant Tobe.

— Faut que ça soit toi, Henry, dit-il. Il connaît ma voix.

— J'aurais aimé avoir le temps de me préparer, Arthur, répondit-il en grimaçant.

— Et nous aussi.

Quelques instants plus tard, Tobe annonçait :

— Appel émis de l'abattoir... Pas pour ici... numéros... un, neuf, zéro, trois, cinq, cinq, cinq, un, deux, un, deux. Renseignements téléphoniques de Topeka.

Ils entendirent la voix de Handy demander le numéro du bureau régional de la FAA. L'opératrice le lui donna. Potter poussa un soupir de soulagement. Budd remarqua :

— Vous aviez raison. Il ne vous faisait pas confiance.

— Liaison terminée, souffla Tobe inutilement. Appel de l'abattoir vers Topeka, transfert interurbain sur... (Du doigt, il indiqua le téléphone posé sur le bureau, et celui-ci se mit à sonner.) Lever de rideau.

LeBow inspira profondément et hocha la tête.

— Attendez, fit Budd d'un ton pressant. Il s'attend sûrement à une secrétaire ou une réceptionniste.

— Poisse, lâcha Potter. Évidemment. Angie ?

Elle était la plus proche du téléphone.

Troisième sonnerie. Quatrième.

Avec un brusque signe de tête, elle saisit le combiné.

— Federal Aviation Administration, annonça-t-elle d'une voix enjouée. Je vous écoute.

— J'veux parler à Don Creswell.

— Un instant je vous prie. Vous êtes monsieur ?

Un rire.

— Lou Handy.

Plaquant la main sur le combiné, elle chuchota :

— Pour l'attente, je fais quoi ?

Tobe lui prit le téléphone des mains et tapota dessus avec son ongle, puis le tendit à LeBow. Potter adressa un clin d'œil à Angie.

LeBow prit une profonde inspiration et dit :

— Creswell, j'écoute.

— Salut, Don. Tu me connais pas.

Un bref silence.

— C'est le gars qui m'a valu un appel du FBI ? Louis Handy ?

— Ouais, c'est bien ce gars-là. Dis-moi, il me raconte des conneries, non ? C'est bien ça, hein ?

Le bon gros Henry LeBow répliqua sèchement :

— Eh bien, monsieur, laissez-moi vous dire, c'est encore plus con pour moi. Parce que franchement, c'est un vrai casse-tête vu d'ici. J'ai soixante avions par heure qui traversent notre espace aérien et ça va m'obliger à en dérouter près des trois quarts. Et je parle juste des vols commerciaux. D'abord je lui ai dit pas question, mais ce type est un casse-couilles de première bourre, et un casse-couilles du FBI par-dessus le marché. Il m'a prévenu qu'il me bousillerait royalement la vie si je faisais pas exactement ce que vous vouliez. Alors, ouais, c'est des conneries mais, ouais, j'vais lui donner ce qu'il m'a demandé.

— Et c'est quoi au juste, putain ?

— Il vous a pas expliqué ? Une autorisation M-4, un couloir aérien prioritaire jusque dans l'ouest de l'Ontario.

Beau boulot, Henry, se dit Potter sans quitter des yeux la silhouette de Melanie.

— Une quoi ?

— Il n'y a pas plus haute priorité. C'est réservé à l'avion présidentiel et aux chefs d'État en visite. On appelle ça « l'autorisation pontificale » parce que c'est celle qu'on donne au Pape. Bon, écoutez-moi, peut-être que vous allez vouloir noter ça. Va falloir vous assurer d'une chose, c'est que le pilote déconnecte le transpondeur. Il vous le montrera et libre à vous de le déconnecter ou de le mettre en pièces peu importe ; on ne sera plus en mesure de vous suivre au radar.

— Pas de radar ?

— Ça fait partie de la M-4. C'est pour que les missiles à tête chercheuse puissent pas intercepter le jet d'un dignitaire.

— Le transpondeur. J'ai déjà entendu parler de ces machins-là, je crois. Et on a combien de temps ?

LeBow interrogea Potter du regard, et celui-ci leva huit doigts.

— On peut laisser le couloir ouvert pendant huit heures. Après, il y a trop de trafic commercial et on serait obligés de revoir les règles en matière d'espace aérien.

— Entendu. Allez-y.

— C'est en cours. Ce sera opérationnel dans, voyons voir...

Potter leva deux doigts.

— Disons deux heures.

— Mon cul. Une heure maxi, ou je descends cette jolie petite chose à côté de moi.

— Oh, Seigneur. Vous parlez sérieu... ? Bon, d'accord. Une heure. Mais il me faut une heure pleine. Je vous en prie, monsieur, ne faites de mal à personne.

Le petit ricanement froid de Handy éclata dans le haut-parleur.

— Hé, Don, laisse-moi te poser une question.

— Volontiers.

— T'es à Topeka en ce moment ?

Silence dans la pièce.

Potter détourna la tête de la fenêtre pour fixer LeBow.

— Sûr que oui.

Potter claqua des doigts et pointa l'index sur l'ordinateur de LeBow. L'agent de renseignements écarquilla les yeux et hocha la tête. Le message s'afficha : *Encyclopédie en cours de chargement.* Les mots clignotaient inlassablement.

— Topeka, hein ? fit Handy. Jolie ville ?

En cours de chargement... en cours de chargement...

Allez, se dit Potter au désespoir. Mais allez donc !

— Je m'y plais.

L'écran se vida ; enfin un logo multicolore apparut. LeBow tapait frénétiquement sur son clavier.

— Et ça fait longtemps que t'es là ?

Comme Handy parait calme, songea Potter. Il tient une fille en joue et il est encore capable d'envisager toutes les combines en gardant la tête froide.

— Un an à peu près, improvisa LeBow. Quand on bosse pour l'Oncle Sam, ils vous baladent un peu partout.

Il tapait à toute allure. Ses doigts s'arrêtèrent. Un message d'erreur s'afficha. *Demande de recherche invalidée.*

Plus la tâche est urgente...

Il recommença. Finalement, une carte et un texte apparurent avec, dans un coin de l'écran, une photo en couleurs d'un paysage.

— Ouais, j'imagine. Comme cet agent du FBI qui t'a appelé. Andy Palmer. Il doit se balader un max, lui aussi.

LeBow prit son souffle pour répondre mais Potter griffonna sur une feuille de papier : *Ne réagis pas au nom.*

— Merde, faut croire.

— Il s'appelle bien comme ça, hein ? Andy ?

— Oui, je crois. Je me souviens pas. Il m'a simplement donné le code pour authentifier son appel.

— Vous avez des codes ? Comme pour les espions ?

— Vous savez, monsieur, je ferais mieux de m'occuper de votre projet.

— La rivière, elle s'appelle comment ?

— À Topeka, c'est ça ?

— Ouais.

LeBow se pencha en avant pour lire le petit topo sur la ville.

— Ah oui, la Kaw. La Kansas River. Celle qui coupe la ville en deux ?

— Ouais. Tout juste. J'allais pêcher là-bas. J'avais un oncle qui habitait dans ce vieux quartier. Rupin comme tout, plein de vieilles baraques. Rues pavées, et tout.

Henry LeBow était assis tellement au bord de sa chaise qu'il était près de dégringoler. Il récita fébrilement :

— Oh, Potwin Place. Il a de la chance, votre oncle. Jolies maisons. Mais les rues sont pas pavées, c'est de la brique. (Le crâne chauve de l'agent de renseignements luisait de perles de sueur argentées.)

— C'est quoi ton restaurant préféré là-bas ?

Un silence.

— Denny's. J'ai six gosses.

— Espèce de salaud, grogna Handy.

Clic.

— Liaison terminée, annonça Tobe.

LeBow, les mains tremblantes, regardait le téléphone d'un œil fixe.

— Ça a marché ? demanda Frances dans un souffle.

Personne n'osa émettre d'opinion. Seul Charlie Budd se risqua à parler et ce fut seulement pour dire : « Oh, punaise. »

— Camp de base à Éclaireur Deux.

— Éclaireur Deux, chuchota le lieutenant Joey Wilson, debout juste sous la fenêtre de l'abattoir, dans l'ombre du car scolaire.

— Position des individus ?

L'officier leva très rapidement son visage noirci, jeta un coup d'œil à l'intérieur, puis se baissa de nouveau.

— Deux preneurs d'otages dans la grande salle près de la fenêtre. Handy menace un otage avec un pistolet. Un Glock. Tout contre la tempe. Impossible de dire s'il a ôté le cran d'arrêt. Wilcox n'a pas d'arme à la main mais il a un Glock dans sa ceinture. Bonner a un Mossberg semi-automatique calibre douze. Mais il est à une douzaine de mètres de la salle des otages. Le scénario se présente bien. Exception faite de la fille à la fenêtre.

— Tu peux éliminer Handy ?

— Négatif. Il est caché par des tuyaux. Pas de cible dégagée. Bonner n'arrête pas d'aller et venir. Je peux peut-être l'atteindre. Pas sûr.

— Tiens-toi prêt.

Le délai était largement dépassé maintenant. Handy pouvait abattre la malheureuse d'un moment à l'autre.

— Éclaireur Un ? Au rapport.

— Éclaireur Un. Je suis au générateur. Charge enclenchée.

Seigneur, ne nous laissez pas échouer, pensa Tremain avant de prendre une profonde inspiration.

— Éclaireur Un ? appela Tremain pour joindre Pfenninger qu'il s'imaginait à côté du générateur de la camionnette de commandement, le cordon du détonateur à la main.

— Éclaireur Un j'écoute.

— Mot de code...

— Éclaireur Deux à camp de base ! (La voix énergique de Wilson transperça les ondes aériennes.) Otage en sécurité. Je répète. Éclaireur Deux à camp de base. Individu Handy se retire. Il a rangé son arme. Individu Bonner reconduit la fille dans la pièce avec les autres otages.

Tremain vérifia. Un homme éloignait la fille de la fenêtre.

— Individu Bonner l'a laissée dans la salle des otages pour revenir sur le devant de l'abattoir.

— Mot de code « Étalon », annonça Tremain. Appel à tous les éclaireurs, à toutes les équipes, Étalon, Étalon. Confirmez message.

Tous confirmèrent.

Dan Tremain — commandant en chef de la brigade d'intervention, un homme qui avait la réputation de réfléchir vite — composa une prière silencieuse en hommage à son juste et miséricordieux Seigneur Jésus-Christ, pour le remercier d'avoir épargné la vie de cette fille. Mais avant tout il Le remerciait de lui accorder ce petit supplément de temps pour préparer l'assaut qui allait permettre à Tremain, ainsi qu'Il le lui avait assuré, de libérer les pauvres agneaux de Dieu des mains des Romains barbares.

— Appel en cours, annonça Tobe. C'est lui.

Potter laissa sonner le téléphone deux fois avant de répondre.

— Art ?

— Lou. Creswell vient d'appeler.

— Il pense que t'es un con. Il connaît même pas ton nom, putain.

— J'ai mes ennemis. Et à mon grand regret, j'en ai plus dans le gouvernement qu'à l'extérieur. Alors ?

— Entendu, marché conclu, annonça joyeusement Handy. T'as une heure de plus.

Potter se tut, laissant grandir le silence.

— Art, interrogea Handy d'une voix hésitante, t'es toujours là ?

Un soupir étudié s'échappa des lèvres du négociateur.

— Qu'est-ce qui se passe ? On dirait que ton clebs vient de crever.

— C'est que...

— Vas-y, dis-moi tout.

— Je sais pas comment demander ça. T'as été vraiment sympa d'accepter de nous donner plus de temps. Et...

Teste la qualité de la relation, se disait Potter. Que pense Handy de moi, au juste ? À quel point sommes-nous liés ?

— Allez pose-la, ta question, Art. Lance-toi, putain.

— D'après Creswell, il lui faut au moins jusqu'à 21 h 30 pour préparer correctement le couloir. Il doit coordonner avec les autorités canadiennes. Je lui ai dit de tout boucler en une heure. Mais ils peuvent pas y arriver si vite, à l'en croire. J'ai l'impression de tromper ta confiance...

Et c'était en partie vrai, devant le mensonge si flagrant qu'il racontait, si froidement.

— 21 h 30 ?

Une longue hésitation.

— Merde, je peux tenir jusque-là.

— Vraiment, Lou ? demanda Arthur Potter, surpris. Très gentil de ta part.

— Hé, qu'est-ce que je ferais pas pour mon pote Art.

Profite de sa bonne humeur. Il dit :

— Lou, laisse-moi te poser encore une question.

— Vas-y.

Dois-je pousser les enchères ou pas ?

Angie l'observait. Leurs regards se croisèrent et elle dit sans proférer un son : « Tente le coup. »

— Lou, et si tu la relâchais ? Melanie.

D'accord, Art, j'suis de bonne humeur. J'me tire au Canada, et tu viens d'en gagner une.

La voix de Handy trancha comme une lame de rasoir :

— Putain des fois t'en demande trop, espèce de connard. Et si y en a un dans cette putain de vie avec qui il faut surtout pas faire ça, c'est bien moi.

Le téléphone se tut.

Potter resta déconcerté par ce violent accès de colère. Mais la pièce explosa en rires et en applaudissements. Potter raccrocha et se mit de la partie.

Potter félicita LeBow d'une tape dans le dos.

— Excellent boulot. Puis, tournant les yeux vers Angie : Tous les deux.

— Vous méritez un Oscar pour ce rôle, dit Budd. Parfaitement, je voterais pour vous.

— M-4 ? fit Potter. C'est quoi une priorité M-4 ?

— Doris et moi, on est allés en Angleterre l'année dernière, expliqua LeBow. C'était une autoroute, si je me souviens bien. Ça sonnait bien, non ? (Il était très content de lui.)

— Cette histoire d'interception par missiles radar, remarqua Budd, c'était cool comme idée.

— Pure invention.

— Oh punaise. Il a tout gobé.

Puis ils se rembrunirent en voyant Potter contempler par la vitre l'endroit où les six otages étaient encore détenus, en sécurité pour deux heures au moins — si Handy tenait parole. L'instant d'après, l'équipe tout entière éclatait à nouveau de rire en entendant Tobe Geller, génie de l'électronique et de la science froidement rationnelle, murmurer respectueusement : « Autorisation pontificale » en se signant avec dextérité, en bon catholique qu'il était.

19 : 15

— Eh bien, Charlie, quelles nouvelles du front ?

Budd était dehors, debout dans un creux de terrain près de la camionnette. Il tenait son téléphone cellulaire plaqué de toutes ses forces contre son oreille — comme pour empêcher quiconque de surprendre la conversation. La voix de Roland Marks était plutôt retentissante.

L'attorney général adjoint se trouvait sur la base arrière.

— Laissez-moi vous dire, remarqua Budd, c'est vraiment les montagnes russes ici. Un coup on monte, un coup on descend, vous voyez, quoi. Il fait des trucs vraiment remarquables — l'agent Potter, je veux dire.

— Remarquables ? demanda Marks, sarcastique. Il a ressuscité cette jeune fille, c'est ça ? Un nouveau Lazare, hein ?

— Il en a fait relâcher deux autres saines et sauves et il vient de nous obtenir deux heures de plus. Et il...

— Et mon petit cadeau, vous l'avez ? demanda Marks d'une voix neutre.

La porte de la camionnette s'ouvrit et Angie Scappello descendit.

— Pas encore, dit Budd en décidant que le mensonge était crédible. Bientôt. Faut que j'y aille.

— Je veux cette bande dans l'heure. Mon ami journaliste sera arrivé, d'ici là.

— Entendu, dit-il, parfait. À plus tard.

Il coupa la communication. Et s'adressant à Angie :

— Les patrons. On pourrait s'en passer.

Elle avait deux tasses de café à la main et lui en offrit une.

— Lait, sans sucre. C'est comme ça que vous l'aimez ? dit-elle.

— L'agent LeBow a aussi un fichier sur moi, hein ?

— Vous habitez près d'ici, Charlie ?

— Ma femme et moi avons acheté une maison à une vingtaine de kilomètres.

Voilà qui était bien. Placer Meg une fois de plus.

— J'ai un appartement à Georgetown. Je voyage tellement que je n'ai aucun intérêt à acheter. Et comme je suis toute seule.

— Jamais été mariée ?

— Eh non. Je suis une vieille fille.

— Vieille, allez donc. Vingt-huit ans à tout casser.

Elle rit.

— Vous aimez vivre ici, à la campagne ? lui demanda Angie.

— Et comment. Les filles ont de bonnes écoles — je vous ai montré les photos de ma famille ?

— Oui, absolument, Charlie. Deux fois.

— Elles ont de bonnes écoles et font partie de bonnes équipes. Elles sont passionnées de foot. Et la vie n'est pas chère, en fait. J'ai trente-deux ans et je suis propriétaire de ma maison sur un hectare et demi. Je suis allé une fois à New York et quand je pense à ce que les gens payent là-bas pour un appartement...

— Vous êtes fidèle à votre femme, Charlie ?

Elle tourna vers lui son regard brun, chaleureux.

Il avala une gorgée de café qui ne lui disait rien du tout.

— Oui, parfaitement. Et je voulais justement vous en parler. Je vous trouve très intéressante et ce que vous faites pour nous aider est drôlement utile. Et il faudrait que je sois aveugle pour pas voir comme vous êtes jolie...

— Merci, Charlie.

— Mais je suis même pas infidèle dans ma tête — comme ce président, Jimmy Carter ? Ou quelqu'un d'autre, je sais plus qui. (Il avait préparé son speech et s'en voulait d'avoir à déglutir si souvent.) Meg et moi, on a eu nos problèmes, c'est bien certain. Mais qui n'en a pas ? Les problèmes font partie de la vie de couple et on s'en sort toujours pareil que pour les bons moments, et la vie continue. (Il s'interrompit brusquement, ayant complètement oublié la fin de son discours, qu'il improvisa ainsi :) Alors voilà. J'avais simplement envie de dire ça.

Angie se rapprocha et posa une main sur son bras. Puis elle se dressa sur la pointe des pieds et lui embrassa la joue.

— Je suis très contente que vous m'ayez dit ça, Charlie. J'estime que la fidélité est ce qu'il y a de plus important dans une relation. La loyauté. Et ça ne court pas les rues aujourd'hui.

— Faut croire que non, dit-il après un temps d'hésitation.

— Je vais au motel rendre visite aux filles et à leurs parents. Ça vous plairait de m'accompagner ? (Elle sourit.) En ami et membre de l'équipe de contrôle des opérations ?

— Avec grand plaisir.

Et au grand soulagement de Budd, elle ne glissa pas son bras sous le sien quand ils s'en retournèrent vers la camionnette pour prévenir Potter de leur départ, ni quand ils se dirigèrent vers la voiture de patrouille qui allait les conduire au Days Inn, à quelques kilomètres de là.

Elles étaient assises dans la salle d'abattage, aux portes de l'enfer, et leurs visages ruisselaient de larmes.

Ce qui se déroulait sous leurs yeux — juste à quelques mètres d'elles — dépassait en horreur tout ce qu'elles avaient jamais imaginé. Qu'on en finisse vite, se disait Melanie, dont les doigts composaient spasmodiquement cette prière muette. Pour l'amour de Dieu.

— Ne regardez pas, ordonna-t-elle enfin aux filles.

Mais toutes les filles regardaient — personne ne pouvait détourner les yeux de l'effroyable spectacle.

Ours était assis à califourchon sur Mrs. Harstrawn ; elle, chemisier déboutonné, jupe relevée jusqu'à la taille, comme insensibilisée. Melanie voyait les fesses nues de l'homme se lever et s'abaisser.

Il s'arrêta quelques instants pour se retourner vers la grande salle. Là, Brutus et Fouine étaient assis devant la télévision, en train de boire leur bière. Et de rire. Tout comme le père et le frère de Melanie assis devant la télévision le dimanche, à croire que la petite boîte noire était un objet magique qui leur permettait de se parler.

Melanie se sentit envahie par un calme mortel.

C'est le moment, décida-t-elle. Elles ne pouvaient pas attendre davantage. Sans jamais quitter du regard les paupières closes d'Ours, elle écrivit un mot sur le carnet que Brutus lui avait arraché des mains quelque temps plus tôt. Elle plia la feuille bien serrée et la glissa dans la poche d'Anna. La fillette leva les yeux. Sa jumelle fit de même.

— Allez dans le coin, signa Melanie. Près du bidon d'essence.

Elles ne voulaient pas. Elles étaient terrifiées par Ours, terrifiées de le voir faire une chose si horrible. Mais Melanie s'adressa à elles avec tant de vigueur, son regard exprimait une telle dureté qu'elles s'éloignèrent pas à pas dans l'autre coin de la pièce. Melanie leur redonna l'ordre de prendre le chandail de Mrs. Harstrawn.

— Attache-le autour du bidon. Allez...

263

Soudain Ours, lâchant l'enseignante, bondit pour se planter devant Melanie. Il se baissa, lui toucha les cheveux.

— Arrête avec tes conneries, ça me fout la trouille. Arrête... avec tes mains... foutues conneries. (Il l'imita en train de signer.)

Melanie comprenait sa réaction. Elle n'avait rien d'inhabituel. Ce mode de communication a toujours suscité l'inquiétude. Voilà pourquoi on a tant insisté pour obliger les sourds à parler, leur refusant l'accès à la langue des signes qui était un code, un langage secret, la marque d'une société mystérieuse.

Elle hocha lentement la tête.

D'un pas décidé, Ours retourna à Mrs. Harstrawn, et lui écarta brutalement les jambes. Elle souleva une main en signe de protestation pathétique. Il la repoussa d'une claque.

Ne signe pas...

Comment parler aux filles ? Expliquer aux jumelles ce qu'elles devaient faire ?

Tout à coup elle se rappela son propre argot. Le langage qu'elle avait créé à seize ans, à l'époque où elle risquait de se faire taper sur les doigts par ses professeurs — presque tous de la communauté des Autres — quand elle utilisait la L.S.A. ou l'anglais signé à l'école. C'était un langage simple, dont l'idée lui était venue en regardant Georg Solti diriger un orchestre silencieux. Dans un morceau de musique, le rythme et la mesure comptent tout autant que la mélodie. Gardant les mains tout près du menton, elle parlait à ses camarades de classe en composant formes ET rythme avec ses doigts, auxquels elle mêlait des jeux de physionomie. Elle avait appris à toutes ses élèves les rudiments de ce langage, en comparant les divers types de langue des signes. Toutefois, elle n'était pas certaine que les jumelles s'en souviennent assez pour la comprendre.

Mais elle n'avait pas le choix. Levant les mains, elle remua les doigts en leur imprimant un rythme.

Anna ne saisit pas tout de suite et se mit à répondre en L.S.A.

— Non, ordonna Melanie, renforçant son injonction en fronçant les sourcils. Interdit de signer.

Il était indispensable qu'elle transmette son message, car elle croyait pouvoir sauver les jumelles à tout le moins, et peut-être encore une autre élève — la pauvre Beverly qui s'étouffait, ou Emily, dont Ours avait longtemps lorgné les minces jambes gainées de blanc avant d'attirer Donna Harstrawn à lui.

— Prenez bidon essence, communiqua Melanie, sans trop savoir comment. Attachez chandail autour.

Au bout de quelques instants, les filles comprirent. Elles se penchèrent lentement en avant. Leurs petites mains se mirent à emmailloter le bidon avec le chandail multicolore.

Le bidon était maintenant enveloppé dans le chandail.

— Sortez par porte de derrière. Celle de gauche.

L'ouverture devant laquelle la brise de la rivière avait balayé la poussière.

— Peur.

Melanie inclina la tête mais insista : « Il faut. »

Un léger signe de tête, bouleversant. Suivi d'un autre. À côté de Melanie, Emily s'agitait. Elle était terrorisée. Melanie lui prit la main, derrière leur dos, pour qu'Ours ne les voie pas. Elle épela en signes méthodiques :

— C-e s-e-r-a à t-o-i a-p-r-è-s. N-e t'-i-n-q-u-i-è-t-e p-a-s.

Emily hocha la tête. S'adressant aux jumelles, Melanie dit :

— Suivez odeur rivière. (Elle écarta les narines.) Rivière. Odeur.

Un signe de tête des deux fillettes.

— Accrochez-vous au chandail et sautez dans eau.

Deux têtes qui font non. Énergiquement.

Les yeux de Melanie lancèrent des flammes. « Si ! »

Puis Melanie regarda tour à tour sa collègue et les deux filles, pour leur expliquer en silence ce qui risquait de leur arriver. Et les jumelles comprirent. Anna se mit à pleurnicher.

Melanie ne pouvait pas laisser faire. « Arrête ! dit-elle fermement. Partez. Maintenant. »

Les jumelles se tenaient derrière Ours, qui pour les voir devait obligatoirement se relever et se retourner.

Trop effrayée pour se servir de ses mains, Anna baissa timidement la tête pour s'essuyer le visage sur sa manche. Elles secouèrent la tête pour dire non. Avec un ensemble bouleversant.

Melanie leva la main et s'aventura à épeler à toute vitesse en y mêlant quelques signes. Ours avait les yeux fermés ; il ne remarqua rien.

— Abbé de l'Épée est dehors. Il vous attend.

Elles écarquillèrent les yeux.

De l'Épée ?

Le sauveur des sourds. Une légende. C'était Lancelot, c'était le roi Arthur. Que croyez-vous, c'était Tom Cruise en personne ! Il n'était pas dehors, c'était impossible. Et pourtant Melanie avait une expression tellement sérieuse, elle y mettait tant d'insistance qu'elles finirent par acquiescer.

— Tu dois le trouver. Lui donner message dans ta poche.

— Où il est ? signa Anna.

— Il est assez vieux, costaud. Cheveux gris. Lunettes et veste de sport bleue. Les petites hochèrent la tête avec enthousiasme (même si cela ne ressemblait guère à l'image qu'elles s'étaient faite du légendaire abbé.) Trouve-le et donne-lui le billet.

Ours releva la tête et Melanie continua de lever innocemment la main pour essuyer ses yeux rouges, mais secs, comme si elle avait pleuré. Il baissa de nouveau les yeux et poursuivit sa besogne. Melanie était heureuse de ne pas entendre les grognements de porc qui, elle le savait, s'échappaient de ses grosses lèvres.

— Prêtes ? demanda-t-elle aux filles.

Et elles l'étaient : elles se seraient jetées dans les flammes pour pouvoir rencontrer leur idole. Melanie lança un nouveau coup d'œil sur Ours : son visage dégoulinait de sueur qui tombait en grosses gouttes sur les joues et la poitrine ballottante de la pauvre Mrs. Harstrawn. Il ferma les yeux. Le moment ultime approchait — une chose que Melanie connaissait par ses lectures mais qu'elle ne saisissait pas tout à fait.

— Enlevez chaussures. Et dites à De l'Épée de se méfier.

Anna hocha la tête. « Je t'aime », signa-t-elle. Suzie en fit autant.

Melanie risqua un regard par l'ouverture et vit Brutus et Fouine, à l'autre bout de l'abattoir, en contemplation devant la télévision. Elle inclina la tête à deux reprises. Les fillettes ramassèrent leur bidon de sauvetage et disparurent dans le fond. Melanie observait Ours pour s'assurer que leur passage s'était fait sans bruit. Manifestement oui.

Pour détourner son attention, elle se pencha en avant, affrontant le regard fixe et menaçant du hideux bonhomme, et lentement, précautionneusement, essuya du revers de sa manche le visage de l'enseignante, luisant de la sueur de l'homme. Décontenancé par ce geste, il se fâcha et la repoussa brutalement contre le mur. La tête de Melanie heurta le carrelage avec un bruit sourd. Elle resta assise là jusqu'à ce qu'il en eût terminé ; il était allongé, haletant. Finalement, il roula sur le côté et jeta un coup d'œil furtif dans la salle d'à-côté. Il s'en était tiré sans être repéré. Brutus et Fouine n'avaient rien vu. Il se releva. Remonta la fermeture de son jean crasseux et rabaissa la jupe de Mrs. Harstrawn, reboutonna plus ou moins son chemisier.

Se penchant en avant, Ours amena sa face à quelques centimètres du visage de Melanie. Elle parvint à soutenir son regard — c'était terrifiant mais elle aurait fait n'importe quoi pour l'empêcher d'inspecter la pièce. Il lâcha :

— Tu... mot de... et t'es...

Diffère, temporise. Gagne du temps pour les filles.

Elle fronça les sourcils et secoua la tête.

Il fit une autre tentative, sa bouche crachant les mots.

De nouveau elle secoua la tête, montra son oreille du doigt. Il bouillait de frustration.

Finalement, elle s'écarta et désigna le sol couvert de poussière. Il écrivit : *Dis un seul mot et t'es morte.*

Elle hocha lentement la tête.

Il effaça le message et boutonna sa chemise.

Parfois nous sommes tous, même les Autres, aussi sourds, muets et aveugles que les morts ; nous percevons uniquement ce que nos désirs nous permettent de voir. C'est là un terrible fardeau, et un danger, mais ce peut être aussi, comme maintenant, un petit miracle. Car Ours se leva en vacillant, rentra sa chemise dans son jean, et promena sur la salle d'abattage un regard vitreux plein de satisfaction dans sa face cramoisie. Puis il sortit d'un pas décidé, sans même s'apercevoir qu'à la place des jumelles il ne restait plus que deux paires de chaussures et que les fillettes étaient parties, emportées au fil de l'eau loin de cet endroit maudit.

Pendant un certain nombre d'années, j'étais sourde et rien d'autre.

Je vivais comme une sourde, je mangeais comme une sourde, je respirais comme une sourde.

Melanie parle à De l'Épée.

Elle s'est réfugiée dans son salon de musique parce qu'elle ne supporte pas la pensée d'Anna et Suzie en train de sauter dans les eaux de l'Arkansas, aussi sombres qu'un cercueil. Elles sont mieux là, se dit-elle. Elle se rappelle l'expression d'Ours quand il lorgnait les filles. Quoi qu'il arrive, elles sont mieux là.

De l'Épée change de position dans son fauteuil et demande ce qu'elle veut dire par être sourde et rien d'autre.

— Quand j'étais en avant-dernière année de lycée, le mouvement des Sourds a fait son apparition à la Laurent Clerc. Sourds avec un S majuscule. L'oralité n'avait plus la cote et l'école se mit finalement à enseigner l'anglais signé méthodique. Ce qui est une espèce de compromis à la con. En fin de compte, après mon diplôme de fin d'études, ils ont consenti à adopter la L.S.A. C'est-à-dire la langue des signes américaine.

— Les langues m'intéressent. Expliquez-moi donc. (Est-ce qu'il dirait cela ? C'est MA rêverie ; oui, il le dirait.)

— La L.S.A. est issue de la première école pour sourds, fondée en France aux environs de 1760 par votre homonyme, l'abbé Charles Michel de l'Épée. Il s'apparentait à Rousseau — il était convaincu qu'il existait un langage originel entre les hommes. Un langage pur, absolu et d'une clarté infaillible. Un langage capable d'exprimer sans détours toutes les émotions, et d'une telle transparence qu'on ne pouvait pas l'employer pour mentir ou tromper la confiance de quiconque.

De l'Épée sourit en entendant cela.

— Avec la langue des signes française, oh, les sourds ont acquis une reconnaissance. Laurent Clerc, un des professeurs qui enseignait avec De l'Épée, débarqua en Amérique au début des années 1800. Avec Thomas Gallaudet, un pasteur du Connecticut, il fonda une école pour sourds à Hartford. On y utilisait la langue des signes française, mais elle se mélangea vite avec le langage des signes régional — en particulier avec le dialecte utilisé sur l'île de Martha's Vineyard, où l'on comptait de nombreux cas de surdité héréditaire. Voilà comment la langue des signes américaine s'est développée. Et c'est cela, plus que toute autre chose, qui a permis aux sourds de mener une vie normale. Vous comprenez, toute personne doit élaborer un langage — n'importe quel langage, écrit ou parlé — avant trois ans. Sinon, elle reste fondamentalement arriérée.

De l'Épée la considéra d'un œil un peu narquois.

— J'ai comme l'impression que vous avez répété ce petit discours.

Elle ne peut s'empêcher de rire.

— Dès que la L.S.A. est arrivée à l'école, comme je vous le disais, je me suis mise à vivre pour le mouvement des Sourds. J'ai appris la ligne du Parti. Surtout à cause de Susan Phillips. C'était incroyable. J'étais professeur stagiaire à l'époque. Elle avait remarqué les mouvements de mes yeux quand j'essayais de lire sur les lèvres. Elle s'est avancée vers moi et m'a dit : « Le verbe "entendre" ne signifie qu'une seule chose pour moi. C'est le contraire de ce que je suis. » J'ai eu honte. Plus tard, elle m'a déclaré que l'expression « dur d'oreille » devrait nous mettre en rage parce que c'est une façon de nous définir par rapport à la communauté des Autres. « L'oralité » est pis encore, parce que les sourds qui oralisent veulent faire croire. Ils ne se sont pas encore déclarés. Si quelqu'un oralise, disait Susan, nous devons venir à son secours.

« Je savais de quoi elle parlait car, pendant des années, j'avais moi-même cherché à faire croire. La règle d'or est « Anticipe ». On est constamment en train de penser à ce qui va arriver, de deviner quelles questions on va vous poser, de diriger les autres vers les rues pleines du bruit des voitures ou des chantiers afin d'avoir l'excuse de leur demander de crier ou de répéter ce qu'ils disent.

« Mais après ma rencontre avec Susan j'ai rejeté tout cela. J'étais anti-oralité, anti-assimilation. J'ai enseigné la L.S.A. Je suis devenue poète et j'ai donné des récitals dans des théâtres pour sourds.

— Poète ?

— Je me suis mise à la poésie pour remplacer la musique. J'avais le sentiment que c'était ce que je pouvais espérer de plus approchant.

— À quoi ressemblent les poèmes signés ? demanda-t-il.

Elle expliqua que leurs « rimes » n'étaient pas sonores, mais que la forme de la main figurant le dernier mot du vers avait une ressemblance avec celle des derniers mots des vers précédents. Melanie récita :

> *Huit petits oiseaux gris, perchés dans le noir.*
> *Le vent souffle, il est froid et méchant.*
> *Perchés sur leur fil, ils déploient leurs ailes*
> *Et s'envolent dans la houle des nuages*

Les mots « noir » et « méchant » se forment tous deux avec la main à plat, doigts serrés, paume tournée vers la personne qui signe. « Ailes » et « nuages » se caractérisent par des mouvements analogues qui partent de l'épaule pour s'élever en l'air au-dessus du récitant.

De l'Épée écoute, fasciné. Il la regarde signer plusieurs autres poèmes. Tous les soirs, Melanie enduit ses mains de crème parfumée à l'amande et ses ongles sont aussi lisses et translucides que des pierres polies.

Elle s'arrête au milieu d'un vers.

— Oh, se remémore-t-elle songeuse, j'ai tout fait. L'Association nationale pour les Sourds, le Centre biculturel, l'Association sportive nationale pour les Sourds.

Il hoche la tête. (Elle aimerait l'entendre parler de sa vie. Est-il marié ? — Tout sauf ça ! — A-t-il des enfants ? Est-il plus vieux que je l'imagine, ou plus jeune ?)

— J'avais ma carrière toute tracée. J'allais être la première sourde à être technicienne agricole.

— Technicienne agricole ?

— Interrogez-moi sur la culture du maïs. Sur l'ammoniaque

269

anhydride. Vous voulez en savoir plus sur le blé ? Le blé rouge vient des steppes de Russie. Mais son nom n'a rien de politique — oh non, pas au Kansas, aucun risque. C'est sa couleur. « Vagues de blé couleur d'ambre... » Interrogez-moi sur les avantages de la culture sans labours et sur la manière de remplir les formulaires de demande de nantissement sur des récoltes qui n'existent pas encore. « Tous les produits et servitudes afférents à la susdite propriété... »

Son père, précisa-t-elle, possédait cent cinquante hectares dans le sud du Kansas. C'était un homme maigre affichant une fatigue extrême que beaucoup prenaient pour de la rudesse. Son problème ne venait pas d'un manque de bonne volonté mais d'un manque de talent, que lui appelait chance. Et il admettait — uniquement pour lui-même — qu'il avait besoin d'aide sur beaucoup de plans. Naturellement, il avait placé la majeure partie de son capital dans son fils mais, de nos jours, les fermes sont de grosses affaires. Harold Charrol avait l'intention de confier une participation d'un tiers chacun à son fils Danny et à sa fille Melanie avec l'espoir de regarder ce petit monde prospérer comme une entreprise familiale.

Elle s'était montrée réticente sur ces projets, mais la perspective de travailler avec son frère avait quelque chose de séduisant. Le petit garçon que rien ne démontait jamais était devenu un jeune homme facile à vivre, sans rien du caractère aigri du père. Quand la lame d'une batteuse cassait, Harold accusait le destin en grommelant d'un air sinistre et restait paralysé par la colère à contempler la pièce de bois brisée, alors que Danny était capable de sauter à bas de la cabine pour disparaître un moment et revenir avec un pack de bières et des sandwiches pour un pique-nique improvisé. « On réparera cette saloperie ce soir. Cassons la croûte. »

Pendant quelque temps, elle crut que ce pouvait être une vie agréable. Elle prit des cours de formation agricole et envoya même un article au *Silent News* sur la vie à la ferme et la surdité.

Et puis, l'été dernier, Danny avait eu cet accident et depuis il n'avait plus ni la force ni la volonté de travailler à l'exploitation. Charrol, qui comptait désespérément sur ses héritiers, se tourna vers Melanie. C'était une femme, soit (un handicap sensiblement plus grave que son infirmité), mais du moins était-ce une femme instruite et travailleuse.

Melanie, tel était son projet, deviendrait son associée à part entière. Et pourquoi pas ? Depuis qu'elle avait sept ans, elle montait dans la cabine à air conditionné de l'énorme John Deere, l'aidant à passer les innombrables vitesses. Elle avait chaussé les lunettes de protection, le masque et les gants comme un vrai chirurgien des champs pour remplir la cuve d'ammoniaque, elle avait assisté à ses réunions avec United Produce, et elle l'avait accompagné en voiture jusqu'aux arrêts en bordure de route, connus des seuls initiés, où se cachaient les travailleurs clandestins à la recherche d'un emploi de journalier pendant les moissons.

Tout est une question d'appartenance et de ce que Dieu fait pour que ceux qui doivent rester chez eux y restent. Eh bien, ta place est ici, à travailler de ton mieux là où ton, euh, ton problème, disons, ne t'attire pas d'ennuis. La volonté de Dieu... Tu vas bientôt rentrer à la maison, alors.

Dis-lui, pense Melanie.

Oui ! Tu ne le diras peut-être jamais à personne d'autre, mais dis-le à De l'Épée.

— Il y a quelque chose, commence-t-elle, que j'aimerais vous dire.

Son visage placide la contemple.

— C'est une confession.

— Vous êtes trop jeune pour avoir quoi que ce soit à confesser.

— Après le récital de poésie de Topeka, je n'allais pas rentrer tout de suite à l'école. J'allais rendre visite à mon frère à Saint-Louis. Il est à l'hôpital. Il doit se faire opérer demain.

De l'Épée hoche la tête.

— Mais avant d'aller le voir, j'avais autre chose à faire à Topeka. J'avais rendez-vous avec quelqu'un.

— Racontez-moi.

Doit-elle avouer ? Oui ou non ?

Elle décide que oui. Il le faut. Mais juste au moment où elle s'apprête à parler, quelque chose l'en empêche.

L'odeur de la rivière ?

Le bruit sourd de pas qui se rapprochent.

Brutus ?

Affolée, elle ouvrit les yeux. Non, il n'y avait rien. Le calme régnait dans l'abattoir. Aucun de leurs trois ravisseurs n'était près d'elles. Elle ferma les yeux et revint à grand-peine dans son salon de musique. Mais De l'Épée était parti.

— Où êtes-vous ? cria Melanie.

Mais elle s'aperçut que ses lèvres avaient beau remuer, elle n'entendait plus les mots.

Non ! Je ne veux pas partir. Revenez, je vous en prie...

Alors Melanie comprit que ce n'était pas la brise de la rivière qui les avait chassés de sa pièce ; c'était elle, et elle seule. Elle

271

était redevenue aussi timorée qu'avant, honteuse, et incapable d'avouer.

Même à l'homme qui paraissait entièrement disposé à écouter tout ce qu'elle avait à dire, y compris les plus grosses sottises, y compris les pensées les plus noires.

Ils surprirent une lueur à une cinquantaine de mètres.

Joe Silbert et Ted Biggins traversaient le champ en silence sur le flanc gauche de l'abattoir. Silbert pointa le doigt vers la lumière, un bref éclat renvoyé par des jumelles ou un quelconque outil accroché à la ceinture d'un des membres du commando d'intervention, un reflet des éblouissants spots halogène.

Biggins grommela que les lumières étaient trop vives. Ça donnerait des taches blanches sur l'image, s'inquiéta-t-il.

— Tu veux quoi, bordel, que j'aille les éteindre ? souffla Silbert.

Il avait une furieuse envie de fumer. Ils continuèrent à travers les bois pour déboucher finalement sur un terrain dégagé. Silbert regarda à travers l'objectif de la caméra, en enclenchant le zoom. Les policiers, ils les voyaient bien, étaient regroupés sur un petit tertre couvert de broussailles qui surplombait l'abattoir. L'un deux, caché derrière le car scolaire, était de fait tout contre la bâtisse, accroupi sous une fenêtre.

— Putain, ils sont bons, murmura Silbert. Une des meilleures équipes que j'aie jamais vues.

— Putain de lumières, marmonna Biggins.

— Traînons pas.

Tout en continuant d'avancer, Silbert cherchait des yeux les patrouilles de police.

— Je croyais qu'ils nous avaient mis des baby-sitters partout.

— Ces lumières sont vraiment chiantes.

— C'est presque trop facile, bougonna Silbert.

— Oh merde alors, fit Biggins en levant la tête.

— Impeccable, dit Silbert dans un souffle, riant tout bas.

Les deux hommes contemplaient le haut du moulin.

— Comme ça on sera au-dessus des lumières, répéta le disque rayé de Biggins.

Douze mètres au-dessus du sol. Ils auraient une vue spectaculaire sur le terrain. Silbert ricana et se mit à grimper. En haut, ils se tenaient sur une plate-forme branlante. Le moulin était abandonné depuis longtemps et avait perdu ses ailes. Avec le vent, l'édifice vacillait.

— Ça va poser un problème ?

Biggins sortit de sa poche un pied télescopique qu'il déploya, en serrant soigneusement les sections entre elles.

— Et alors qu'est-ce que je peux faire d'autre ? Tu crois que j'me balade avec une Steadicam dans ma poche, putain ?

La vue était excellente. Silbert apercevait le commando regroupé sur le flanc gauche de l'abattoir. Avec un respect amer, il songea à l'agent Arthur Potter qui lui avait déclaré les yeux dans les yeux qu'ils ne donneraient pas l'assaut. De toute évidence, les hommes se préparaient à forcer l'entrée d'un moment à l'autre.

Silbert tira de sa poche un petit microphone recouvert de mousse et le garda dans sa main. Puis, de son téléphone cellulaire à fréquence brouillée, il appela le camion de transmission qui se trouvait à l'arrière, près du chapiteau de presse.

— Mon beau salaud, dit-il à Kellog quand celui-ci répondit. J'espérais qu'ils t'auraient flanqué une bonne branlée.

— Ben non. J'ai dit au brigadier qu'ils pouvaient se faire ta femme alors ils m'ont laissé partir.

— Les autres, ils sont bien à la table de presse ?

— Ouaip.

En fait, Silbert n'avait pas pipé mot aux autres journalistes de la mise en place d'un pool de presse. Lui et Biggins, Kellog, Bianco et les deux autres reporters actuellement présents sur le pool, et qui faisaient semblant de taper leurs papiers sur le Compaq désossé, travaillaient tous pour la KFAL de Kansas City.

Biggins brancha le micro sur la caméra et déploya l'antenne parabolique, qu'il fixa sur la rembarde du moulin. Puis il se mit à parler dans le micro : « Un deux trois, un deux trois... »

— Hé Silbert, abrège tes conneries, tu nous les envoies, ces images ?

— Ted te donne le niveau tout de suite.

Silbert fit un signe en direction de l'antenne et Biggins la régla pendant qu'il parlait.

— Je balance sur radio, dit le présentateur avant d'attraper le micro et de fourrer un écouteur dans son oreille gauche.

Un moment plus tard, Kellog annonçait :

— Ah voilà. Cinq sur cinq. Nom de Dieu, on a le visuel. Putain, vous êtes où ? En hélico ?

— Secret de pros, dit Silbert. Interromps l'antenne. Je suis prêt à rouler. Allons-y avant qu'on se fasse descendre.

Il entendit un craquètement parasite puis une publicité pour Toyota se trouva brusquement coupée en plein milieu d'annonce.

— Et maintenant en direct de Crow Ridge, Kansas, annonça la voix de baryton du commentateur. Un reportage de notre envoyé spécial Joe Silbert avec des images exclusives de la scène du kidnapping, où plusieurs élèves et deux professeurs de la Laurent Clerc School for the Deaf sont retenues prisonnières par des criminels évadés. Et maintenant à vous, Joe, je vous passe l'antenne.

— Ron, nous surplombons en ce moment l'abattoir où les filles et leurs professeurs se trouvent détenues. Comme vous pouvez le voir, le bâtiment est littéralement encerclé par des centaines de policiers. La police a installé une série de lampes halogènes de très forte puissance braquées sur les fenêtres de l'abattoir, sans doute pour décourager tout tireur embusqué à l'intérieur.

« Ces lumières et la présence de la police n'ont pourtant pas empêché le meurtre d'un des otages à l'endroit que vous voyez là sous vos yeux, au milieu de votre écran, voici environ six heures. Aux dires d'un policier, la jeune fille avait été relâchée par les fugitifs et marchait pour aller rejoindre sa famille et ses amis quand un seul coup de feu a éclaté et l'a frappée en plein dos. Elle était sourde, comme vous l'avez dit vous-même, Ron, et le policier croit savoir qu'elle aurait utilisé le langage des signes pour lancer un appel à l'aide et un témoignage d'amour à sa famille.

— Joe, connaît-on l'identité de cette fille ?

— Non, Ron, nous l'ignorons. Les autorités mettent beaucoup de temps à divulguer la moindre information.

— Sait-on combien d'otages sont concernés ?

— À l'heure actuelle, il y aurait encore quatre élèves à l'intérieur et deux professeurs.

— Il y en a donc qui sont sortis ?

— C'est exact. Jusqu'ici trois ont été relâchés par les ravisseurs, en échange de certaines exigences. Nous ignorons quelles concessions ont été faites par les autorités.

— Joe, que pouvez-vous nous dire de ces policiers que l'on voit là, sur le côté ?

— Eh bien, Ron, ce sont des membres de la brigade spéciale d'intervention de la police d'État du Kansas. Nous ne savons officiellement rien d'une quelconque tentative d'intervention, mais pour avoir déjà couvert plusieurs situations de ce genre, j'ai le sentiment qu'ils se préparent à donner l'assaut.

— À votre avis Joe, que va-t-il se passer ? En ce qui concerne l'assaut ? Comment va-t-il se dérouler ?

— Difficile à dire sans savoir précisément à quel endroit les otages sont détenus, ni quelle est la puissance de feu des hommes barricadés à l'intérieur, et tout le reste.

— Vous pourriez nous faire part de vos hypothèses ?

— Certainement, Ron, dit Silbert. Avec plaisir.

Et il fit signe à Biggins, en utilisant les gestes qu'ils avaient mis au point entre eux. Le signal signifiait : « Zoome dessus. »

Ils se mirent tout de suite au travail, car ils ne savaient pas combien de temps il restait avant l'expiration du prochain délai.

Le commandant Dan Tremain contacta l'équipe Bravo par radio à fréquence brouillée, et apprit qu'ils avaient découvert une voie de pénétration possible près de l'embarcadère, derrière l'abattoir, mais que cette porte se trouvait en pleine vue d'une barque avec deux policiers en armes. L'embarcation était ancrée à une vingtaine de mètres de la berge.

— Ils nous repéreront si nous nous approchons davantage.

— Pas d'autre accès à cette porte ?

— Négatif, commandant.

Éclaireur Deux, en revanche, avait de bonnes nouvelles. En jetant un coup d'œil à l'intérieur du bâtiment, l'officier Joey Wilson avait rapidement inspecté le mur du fond — la face sud-est — et remarqué un grand panneau de placoplâtre monté à la va-vite juste en face de l'issue de secours que l'équipe Alpha s'apprêtait à forcer. Il se demandait si ce panneau ne dissimulait pas une seconde issue de secours. Le premier examen des murs extérieurs n'en avait pas révélé la présence. Tremain envoya un des hommes de l'équipe de l'embarcadère à l'autre bout du bâtiment. Celui-ci se fraya un chemin jusqu'à l'endroit indiqué par Wilson et rapporta qu'il s'agissait en effet d'une porte, invisible sous le lierre qui la recouvrait.

Tremain ordonna au policier de perforer la porte à l'aide d'un outil Dremel muni d'un silencieux et d'une longue mèche de carottage au titane. L'examen des échantillons prélevés lui révéla que la porte avait moins de trois centimètres d'épaisseur et qu'elle était en outre affaiblie par l'humidité et les galeries creusées par les termites et les capricornes. Il y avait un vide de cinq centimètres entre la porte et le placoplâtre, lequel faisait à peine un centimètre d'épaisseur. L'ensemble était beaucoup moins solide que la porte située à l'autre bout du bâtiment. De faibles charges d'explosif en auraient facilement raison.

Tremain était aux anges. C'était encore une bien meilleure solution que de pénétrer par la porte de l'embarcadère, car l'assaut par deux portes en vis-à-vis autorisait le recours immédiat au tir croisé dynamique. Les ravisseurs n'auraient pas le temps de réagir. Tremain consulta Carfallo et répartit les hommes en deux nouvelles équipes. Bravo se dirigerait vers le flanc sud-est de l'abattoir, en passant sous le ponton. Alpha prendrait position devant la porte nord, plus éloignée de la façade mais plus proche des otages.

En entrant, Alpha se diviserait en deux groupes, trois hommes s'occupant des otages, trois autres s'avançant sur les ravisseurs, tandis que les quatre hommes de l'équipe Bravo pénétreraient par la porte sud pour prendre les P.O. par derrière.

Tremain considéra le plan : fossés profonds pour couvrir leur progression, effet de surprise absolu, grenades incapacitantes et fulgurantes, tir croisé. Le scénario était bon.

— Camp de base à tous, équipes et éclaireurs. À mon top, il restera quarante-cinq minutes avant l'ordre de feu vert. Prêts ? Je compte à partir de cinq... Cinq, quatre, trois, deux, un, top.

Les hommes confirmèrent la synchronisation.

Il allait...

Un message urgent, sur fond de grésillements parasites.

— Responsable Bravo à camp de base. Ça bouge par ici. Du côté du ponton. Quelqu'un qui crapahute.

— Identifiez.

— Impossible. Ils sont en train de passer sous la porte de l'embarcadère. Je ne distingue pas bien. Je vois juste bouger.

— Un P.O. ?

— Impossible de savoir. Le ponton est en miettes avec un tas de bordel dessus.

— Montez vos silencieux.

— À vos ordres.

Les hommes étaient équipés de H & K avec des gros tubes de silencieux. Pendant une ou deux décharges de munition, leurs pistolets-mitrailleurs ne feraient pas plus de bruit qu'un léger crachotement et, avec ce vent, les policiers en planque dans le canot n'entendraient probablement rien du tout.

— Mettez en joue. Tir semi-auto.

— En joue.

— Ça ressemble à quoi, responsable Bravo ?

— Vraiment dur à distinguer, mais il porte une chemise bleu, blanc et rouge. Je peux probablement neutraliser mais impossible d'identifier avec certitude. Je sais pas qui c'est, mais il reste vraiment très près du sol. Avisez.

— Si vous pouvez identifier un ravisseur avec certitude, vous avez le feu vert pour l'éliminer.

— À vos ordres.

— Gardez-le en joue. Et attendez.

Tremain appela Éclaireur Deux, qui risqua un coup d'œil par la fenêtre. Le policier répondit :

— S'il y en a un qui se tire, c'est Bonner. Je le vois nulle part. Rien que Handy et Wilcox.

Bonner. Le violeur. Tremain se ferait un plaisir de faire s'abattre sur lui la vengeance du Seigneur.

— Responsable Bravo. Situation ? Il entre dans l'eau ?

— Un instant, ouais, ça y est. Il vient d'y entrer. Je l'ai perdu. Non, le revoilà. Est-ce que je dois avertir les policiers dans le canot ? Il va passer juste sous leur nez.

Tremain hésitait.

— Camp de base, vous me recevez ?

Si c'était Bonner, il pouvait leur échapper. Mais cela en ferait toujours un de moins à l'intérieur au moment de l'assaut. Si — mais cela paraissait invraisemblable — si c'était un otage, elle risquait la noyade. Le courant était très rapide à cet endroit, et l'eau profonde. Toutefois, pour la sauver, il allait devoir révéler sa présence, en d'autres mots annuler l'opération et mettre en péril la vie des autres otages. Mais non, se dit-il. Impossible que ce soit un otage. Par quel miracle une petite fille pouvait-elle échapper à la vigilance de trois hommes armés ?

— Responsable équipe Bravo, négatif, inutile d'avertir les policiers dans le canot. Je répète, ne pas signaler présence de l'individu.

— Bien reçu, camp de base. Au fait, pas la peine de s'inquiéter pour lui, à mon avis. Il file tout droit au milieu de la rivière. M'étonnerait qu'on le revoie un jour.

III

SACRIFICES ACCEPTABLES

19 : 46

— C'est quoi, ce machin ?

Arnold Shaw, shérif adjoint de Crow Ridge, n'en savait rien et ne voulait pas le savoir.

La trentaine efflanquée, gardien de l'ordre public toute sa courte vie professionnelle, il n'en était pas à sa première sortie en bateau. Il avait lâché des asticots pour appâter le poisson-chat, pêché la perche et le maskinongé à la cuiller. Mais jamais il n'avait été aussi malade que maintenant.

Oh, purée. Une vraie torture.

Avec Buzzy Marboro, ils étaient ancrés à une vingtaine de mètres au large, les yeux collés comme à la Superglu sur l'embarcadère, ainsi que leur boss, Dean Stillwell, leur en avait donné l'ordre. Il y avait un sale vent, même pour le Kansas, et le petit canot tanguait et tournoyait comme une toupie de manège.

— Je vais pas très fort, marmonna Shaw.

— Là, fit Marboro. Regarde.

— Je veux pas regarder.

Mais il regarda quand même, là où Marboro pointait le doigt. À dix mètres en aval, quelque chose s'éloignait à la dérive. Les hommes étaient armés de vieux pistolets Remington fatigués et Marboro visa nonchalamment l'objet informe qui flottait sur l'eau.

Quelques minutes plus tôt, ils avaient entendu un bruit d'éclaboussures du côté du ponton, mais ils avaient eu beau scruter, ils n'avaient pas vu de ravisseur s'enfuir par la rivière.

— Si c'était vraiment quelqu'un qu'avait sauté...

— On l'aurait bien vu, murmura Shaw entre ses dents, par-dessus le vent.

— ... y serait juste par là maint'nant. Juste où est ce machin. Mais qu'est-ce que ça peut bien être ?

Shaw s'efforçait de chasser de son esprit tout souvenir du dîner de la veille — la matelote de thon de sa femme.

281

— J'me sens pas trop dans mon assiette ici, Buzz. T'as quoi dans l'idée, au juste ?

— Je vois une main ! (Marboro se mit debout.)

— Oh non, arrête. On bouge assez comme ça. Pose tes fesses.

Thon et velouté de champignons, petits pois et oignons frits par-dessus le marché.

Oh, purée, je vais pas pouvoir me retenir plus longtemps.

— On dirait une main et regarde-moi ce truc — rouge et blanc, qu'il est — merde, je crois que c'est un des otages qui s'est échappé !

Shaw se retourna pour regarder le détritus qui flottait juste en surface, apparaissant et disparaissant tour à tour au gré des remous de l'eau. Il n'était visible que quelques secondes à la fois. Shaw n'arrivait pas à dire au juste de quoi il s'agissait. Ça ressemblait à une bouée de pêcheur, sauf que c'était rouge et blanc, comme Buzz Marboro l'avait signalé. Et bleu aussi, il le remarquait à présent.

Et ça s'éloignait d'eux, en plein milieu du courant, et rudement vite.

— Tu vois pas de main ? demanda Marboro.

— Non... Attends voir. Dis donc, si, on dirait une main. Plus ou moins.

À contrecœur, et au grand dam de ses boyaux tourneboulés, Arnie Shaw se mit debout. Ce qui lui donna, jugea-t-il, mille fois plus mal au cœur.

— J'arrive pas à voir. Une branche peut-être.

— Je sais pas. Regarde à quelle allure ça file. Il sera à Wichita dans pas longtemps. (Shaw décréta qu'il préférait se faire arracher une dent plutôt que d'avoir le mal de mer. Rectification — deux dents.)

— Peut-être que c'est juste un truc que les ravisseurs ont balancé pour, comment dire, pour détourner notre attention. On se lance après et ils se tirent par la porte de derrière.

— Ou peut-être que c'est simplement des déchets, dit Shaw en se rasseyant. Hé, qu'est-ce qu'on débloque ? Si c'étaient des gentils ils seraient pas passés sous not'nez sans appeler à l'aide. On est en uniforme, merde. Ça se voit qu'on est des adjoints.

— Sûr. À quoi je pense ? dit Marboro en se rasseyant à son tour.

Une paire d'yeux attentifs se braqua de nouveau sur l'arrière de l'abattoir. L'autre paire se ferma lentement, son propriétaire déglutissant dans un effort désespéré pour apaiser son estomac.

— Je vais mourir, murmura Shaw.

282

Dix secondes plus tard précisément, la paire d'yeux se rouvrit :

— Oh, foutue vacherie, lâcha Shaw d'une voix lente. Il se redressa.

— Toi aussi, tu viens juste de te rappeler ? dit Marboro en hochant la tête.

Et de fait, Shaw venait juste de se rappeler : les otages étaient sourdes et muettes et donc incapables d'appeler à l'aide pour sauver leurs âmes, même si elles passaient tout près du canot.

Ce qui expliquait son air épouvanté, en partie du moins. L'autre partie, c'était que Shaw savait pertinemment que si lui-même avait été champion de natation aux finales interscolaires du Kansas trois ans de suite, Buzz Marboro, quant à lui, ne faisait pas plus de dix mètres en nageant comme un chien.

Après une profonde inspiration — moins pour se préparer à un plongeon imminent que pour refouler les remous de son estomac — Shaw se délesta de ses armes, de son gilet pare-balles, de son casque et de ses bottes. Une dernière inspiration. Il plongea tête la première dans les eaux troubles et turbulentes et s'élança comme une flèche vers l'objet flottant que le courant sournois emportait rapidement vers le sud-est.

Arthur Potter contemplait la fenêtre où il avait vu Melanie pour la première fois.

Puis celle où elle avait failli être abattue sous ses yeux.

— J'ai l'impression que nous allons nous retrouver le dos au mur, annonça-t-il avec lenteur. Avec un peu de chance, nous pourrons peut-être en faire relâcher une ou deux de plus, mais c'est tout. Après il va falloir l'amener à se rendre ou sinon envoyer le G.I.L.O. Quelqu'un peut me donner la météo ?

Potter espérait une tempête d'enfer qui justifierait un délai supplémentaire pour trouver un hélicoptère.

Derek Elb tourna un bouton et la chaîne Météo apparut instantanément. Potter apprit que le temps ne changerait guère durant la nuit : vent et éclaircies. Pas de pluie. Vents soufflant du nord-ouest à vingt-cinq, trente kilomètres à l'heure.

— Va falloir compter sur le vent comme excuse, dit LeBow. Et même ça, c'est pas gagné d'avance. Vingt-cinq kilomètres heure ? Dans l'armée Handy a probablement pris des Huey capables d'atterrir avec des rafales deux fois plus fortes.

Dean Stillwell lança un appel à Henry LeBow, sa voix laconique s'échappant avec maladresse du haut-parleur au-dessus de leurs têtes.

— Oui ? répondit l'agent de renseignements en se penchant vers son micro.

— L'agent Potter a dit que c'était à vous qu'il fallait transmettre toute information sur les ravisseurs ?

— Exact, dit LeBow.

Potter s'empara du micro et demanda à Stillwell ce qu'il avait découvert.

— Eh bien, un de mes hommes a une bonne vue de l'intérieur, de biais pour ainsi dire. Et il dit qu'Handy et Wilcox font le tour de la baraque, en fouillant soigneusement partout.

— Ils fouillent partout ?

— Ils regardent derrière les tuyaux et les machines. Comme s'ils cherchaient quelque chose.

— Vous avez une idée de quoi ? demanda LeBow.

— Du tout. J'ai pensé qu'ils cherchaient peut-être des coins où se planquer.

Potter adressa un signe de tête à Budd, se rappelant que le capitaine avait eu l'idée que les ravisseurs pouvaient se déguiser en sauveteurs au moment de leur reddition ou de l'assaut du G.I.L.O. En outre, on avait déjà vu des preneurs d'otages laisser une fenêtre de derrière ouverte avant d'aller se cacher dans un réduit ou de se faufiler d'un coin à l'autre pendant un jour ou deux en attendant que la police en conclue qu'ils étaient partis depuis longtemps.

LeBow nota le renseignement et remercia Stillwell.

— Je veux être sûr que tout le monde possède les photos des ravisseurs, dit Potter. Et si on pense à une évasion, il faudra dire à Franck et au G.I.L.O. de passer les lieux au peigne fin.

Il se rassit sur sa chaise, les yeux fixés sur l'abattoir.

— Au fait, reprit la voix de Stillwell par la radio, j'ai commandé à bouffer pour les troupes et Heartland's va venir vous livrer vot'dîner d'un moment à l'autre.

— Merci bien, Dean.

— Heartland's ? Ça marche, dit Derek Elb, l'air particulièrement satisfait.

Potter, lui, n'avait pas l'esprit à manger. Il réfléchissait à un problème autrement plus grave : devait-il ou non rencontrer Handy ? Il sentait les délais se resserrer, avec le sentiment confus que l'homme devenait de plus en plus irritable et qu'il n'allait pas tarder à imposer des délais non négociables. Face à face, Potter serait peut-être mieux à même de vaincre la résistance du criminel que dans des conversations téléphoniques.

Et il se disait aussi : Cela pourrait me donner une chance de voir Melanie.

Cela pourrait me donner une chance de la sauver.

Et pourtant une rencontre entre le ravisseur et le négociateur constituait la forme de négociation la plus dangereuse. Il y avait le risque purement physique, bien entendu : c'est sur le négociateur que les preneurs d'otages focalisent leurs sentiments les plus intenses, tant positifs que négatifs. Il leur arrive souvent de croire, parfois sans en avoir conscience, que tuer le négociateur leur donnera un pouvoir qu'ils n'auraient pas autrement, que les forces de police s'en trouveront totalement désorganisées et que le négociateur sera remplacé par quelqu'un de moins intimidant. Et même s'il n'y a pas violence, le négociateur court le risque de voir son autorité et sa carrure diminuées aux yeux du preneur d'otages, et de perdre ainsi le respect de son adversaire.

Potter s'appuya contre la vitre. De quoi es-tu fait Handy ? Qu'est-ce qui fait tourner la machine ?

Il doit se passer quelque chose dans ce cerveau insensible.

Quand tu parles j'entends le silence.

Quand tu ne dis rien j'entends ta voix.

Quand tu souris je vois... quoi ? Qu'est-ce que je vois, en fait ? Ah, tout le problème est là. Je n'en sais rien.

La porte s'ouvrit brusquement et l'odeur de nourriture envahit l'espace. Un jeune adjoint au shérif de Crow Ridge apportait plusieurs cartons contenant des plats cuisinés et des gobelets de café.

Le policier se mit à sortir les boîtes et l'appétit de Potter revint d'un seul coup. Il s'attendait à une nourriture insipide : sandwiches chauds au rosbif et Jell-O. Mais tout en déballant les plats le policier les nommait un par un.

— Ça c'est des biscottes, de la saucisse, de la tourte au cabri et à l'agneau, du rôti de porc à l'allemande, des pommes de terre à l'aneth.

— Heartland's est un célèbre restaurant mennonite, expliqua Derek Elb. Les gens viennent manger là des quatre coins du Kansas.

Pendant dix minutes ils mangèrent, dans un silence presque total. Potter s'efforçait de retenir les noms des plats pour les répéter à cousine Linden quand il retournerait à Chicago. Elle collectionnait les recettes exotiques. Il finissait juste sa deuxième tasse de café quand, du coin de l'œil, il remarqua que Tobe se raidissait en entendant un communiqué radio.

— Quoi ? disait le jeune agent dans son micro, l'air sidéré. Répétez-moi ça, shérif.

Potter se tourna vers lui.

— Un des hommes de Dean vient de repêcher les sœurs jumelles dans la rivière !

Tout le monde resta sans voix. Puis un tonnerre d'applaudissements éclata dans la camionnette. L'officier de renseignements décolla du tableau les deux Post-It représentant les fillettes et les plaça en marge. Il enleva ensuite leurs photos, qui s'en allèrent rejoindre celles de Jocylyn, de Shannon et de Kielle dans la chemise marquée *Libérations*, avec les biographies des otages.

— On vérifie qu'elles ne souffrent pas d'hypothermie, autrement elles semblent en bonne santé. Elles ressemblent à des rats rescapés de la noyade, à ce qu'il m'a dit, mais on n'est pas censés le leur répéter.

— Appelle l'hôtel, ordonna Potter. Avertis leurs parents.

Tobe, le casque toujours sur les oreilles, éclata de rire. Il leva les yeux :

— Elles arrivent, Arthur. Elles tiennent absolument à te voir.

— Moi ?

— Si c'est toi l'homme d'un certain âge avec des lunettes et une veste de sport foncée. Mais il y a une chose, elles croient que tu t'appelles De l'Épée...

— Qui ça ? demanda Potter en secouant la tête.

Frances eut un petit rire.

— L'abbé de l'Épée. Le premier à avoir créé une langue des signes largement utilisée.

— Et pourquoi m'appelleraient-elles comme ça ?

Frances haussa les épaules.

— Je n'en ai aucune idée. C'est un peu le saint patron des sourds.

Les fillettes arrivèrent cinq minutes plus tard. D'adorables jumelles, enveloppées dans des couvertures bariolées. Elles n'avaient plus du tout l'air de rongeurs détrempés mais de petites filles bouche bée devant Potter, qu'elles dévisageaient sans crainte. Par l'intermédiaire de Frances elles expliquèrent, dans leur langue des signes hésitante, comment Melanie les avait fait sortir de l'abattoir.

— Melanie ? s'étonna Angie avec un signe de tête à Potter. Je me suis trompée. Tu as un allié à l'intérieur, on dirait.

Handy était-il au courant de ce dernier exploit ? se demanda Potter. Combien de faits de résistance allait-il encore tolérer avant de prendre sa vengeance ? Et le coup serait-il mortel la prochaine fois ?

Son cœur se glaça quand il vit les yeux de Frances Whiting s'écarquiller d'horreur. Elle se tourna vers lui.

— Les petites n'ont pas très bien compris ce qui se passait, mais je crois qu'un des trois a violé leur professeur.

— Melanie ? demanda Potter en vitesse.

— Non. Donna Harstrawn.

— Oh, doux Jésus, non, murmura Budd. Et elles ont vu ça, les petites ?

— Bonner ? questionna Angie.

Le visage de Potter ne trahissait rien de son angoisse. Il hocha la tête. Bien sûr, ce ne pouvait être que Bonner. Son regard erra vers les photos de Beverly et d'Emily. Aussi jeunes, aussi féminines l'une que l'autre.

Puis il s'arrêta sur le portrait de Melanie.

Angie demanda aux fillettes si c'était Handy qui avait en fait orienté Bonner sur la femme, où si le grand costaud avait agi de son propre chef.

Frances observa leurs mains qui signaient avant de dire :

— Ours — c'est le nom qu'elles donnent à Bonner — tournait la tête dans tous les sens pendant qu'il faisait ça. Comme s'il avait peur d'être pris. Elles pensent que Brutus — Handy — aurait été furieux s'il l'avait vu.

— Brutus est-il gentil avec vous ? demanda Angie aux deux petites.

— Non. Il est horrible. Il nous regarde toujours avec des yeux méchants, comme un personnage dans les B.D. de Shannon. Il a battu Melanie.

— Elle va bien ?

Une des fillettes hocha la tête.

Angie était atterrée.

— Ça se présente mal, dit-elle en observant le plan de l'abattoir. Otages et ravisseurs ne sont pas si éloignés les uns des autres, mais je ne vois pas l'ombre d'un rapprochement se produire avec Handy, à l'évidence.

Plus j'en sais sur elles et plus ça me donne envie de les tuer.

Potter posa des questions sur les armes, les outils, la télé. Mais les petites filles ne pouvaient rien lui apprendre de neuf. Alors l'une d'elles lui tendit un petit papier. Il était tout mouillé, mais les lettres, écrites avec un des feutres indélébiles fournis par Derek, étaient encore lisibles.

— C'est de Melanie, annonça-t-il avant de lire à voix haute :

« Cher De l'Épée,
J'ai tant de choses à vous écrire. Mais pas le temps. Faites très
attention à Handy. Il est malfaisant, au-delà de tout ce qu'on peut
imaginer. Il est bon que vous sachiez : Handy et Wilcox sont amis.
Handy déteste Ours (le gros). Ours est gourmand.

LeBow réclama le billet pour pouvoir transcrire le message sur l'ordinateur.

— Il tombe en morceaux, lui répondit Potter. Et il le relut à voix haute pendant que l'agent de renseignements tapait.

Une des jumelles s'avança et signa timidement. Potter sourit en interrogeant Frances du coin de l'œil.

— Elles aimeraient votre autographe, expliqua-t-elle.

— Le mien ?

Avec un ensemble parfait, les petites hochèrent la tête. Potter tira un stylo de la poche de sa chemise, le stylo-plume en argent qu'il avait toujours sur lui.

— Ce qu'elles attendent, reprit Frances, c'est Abbé de l'Épée.

— Ah, oui. Naturellement. Et c'est ce qu'elles auront. Un autographe chacune.

Les fillettes considérèrent les deux bouts de papier qu'elles tenaient avec grand respect en s'éloignant. L'une d'elles s'arrêta et signa quelque chose à Frances. Celle-ci traduisit : « Melanie a dit autre chose. Elle vous fait dire qu'il faut vous méfier. »

Prenez garde...

— Montrez-moi comment dire : « Merci. Vous êtes très courageuses. »

Frances s'exécuta, et Potter mima les mots avec des gestes hésitants. Le visage des fillettes s'éclaira d'un sourire identique puis, prenant Frances par la main, elles se laissèrent escorter vers un policier qui devait les conduire au motel.

Budd s'assit à côté de Potter.

— Pourquoi Melanie veut-elle nous faire savoir ça ? demanda-t-il en désignant le message. Que Bonner est gourmand, que les deux autres sont amis ?

— Parce qu'elle pense que nous pouvons en tirer quelque chose, répondit Angie.

— Et quoi donc ?

Potter baissa les yeux vers le bout de papier détrempé. Il était signé : *Bien à vous, Melanie C.*, ce qui expliquait pourquoi il n'avait pas voulu le montrer à Henry LeBow. À présent il repliait le papier, qu'il rangea humide dans sa poche.

— Sors-moi le fichier Bonner, ordonna Potter.

Il lut directement à l'écran. Ray « Sonny » Bonner avait mené une existence stérile. Il avait fait de la prison pour délits d'ordre sexuel et petits vols, violences familiales et troubles de l'ordre public. Obsédé, et loin d'être une lumière. Et mouchard, qui plus est ; dix ans plus tôt, il avait témoigné contre son complice dans un procès pour vol.

Potter et Angie échangèrent un regard. Ils se sourirent.

— Parfait.

La décision était prise. Potter ne rencontrerait pas Handy face à face. Une nouvelle stratégie s'ouvrait à eux. Plus risquée, certes. Mais sans doute meilleure.

Charlie Budd se rendit soudain compte qu'Angie et Potter étaient tous deux en train de l'observer, très attentivement.

— Et toi Henry, qu'en penses-tu ? demanda Potter.

— Dites... commença Budd, mal à l'aise.

— Je le trouve parfait, proposa LeBow. Sérieux, droit. Et superbe voix de baryton.

— Vous avez un joli numéro à faire, Charlie, annonça Potter.

— Moi ? fit le jeune capitaine d'un air abattu. Qu'est-ce que vous entendez par là, au juste ?

— C'est vous qui reprenez la négociation.

— QUOI ?

— Et j'aimerais que vous suggériez à Handy de se rendre.

— À vos ordres, répondit Budd à Potter.

Il ajouta.

— Vous plaisantez.

— Vous êtes parfait, Charlie, dit Angie.

— J'ai déjà évoqué le sujet avec lui, dit Potter. Maintenant le moment est venu de parler de reddition comme d'une réelle possibilité. Naturellement, il va dire non. Mais il gardera cette option en tête. Il se mettra à soupeser les différentes possibilités.

— Ça va être un peu plus compliqué que ça quand même, remarqua LeBow, les yeux comme toujours rivés sur son écran.

— Nous faisons monter les enchères, dit Potter en commençant à griffonner des notes sur un carnet jaune.

— Vous savez, je crois pas que ce soit vraiment dans mes cordes.

— Vous n'avez jamais fait de théâtre ? demanda Angie.

— Je me déguise en Père Noël pour mes gosses et ceux de mon frère. Point. Jamais monté sur les planches, jamais eu envie.

— Je vous donnerai le script.

Potter réfléchit un instant, puis arracha les deux premières feuilles du carnet et se remit à écrire, une série de notes très détaillées : deux pages d'écriture très serrée.

— Voilà le canevas. À vous d'improviser là-dessus. Vous n'avez pas de mal à le lire ?

Budd parcourut les feuillets en diagonale.

— Pas de problème, seulement j'ai pas l'impression d'être prêt. Faudrait que je m'entraîne un peu.

— Pas le temps, lui répliqua Potter. Laissez-moi juste vous donner deux ou trois tuyaux en matière de négociation.

— Vous êtes vraiment sérieux alors, hein ?

— Écoutez, Charlie. Concentrez-vous. Il faut que vous fassiez tomber rapidement ses défenses pour lui faire avaler ça. (Il tapota la feuille jaune.)

Le visage de Budd retrouva son calme. Se penchant en avant, il s'accouda sur le bureau où trônait le téléphone.

— Bon, je veux que vous repreniez ce qu'il dit. Mettons qu'il demande une glace, vous lui dites : « Une glace, sans problème. » Il vous annonce qu'il est furieux. Vous dites : « Furieux, comment ça ? » C'est une façon de montrer que vous vous intéressez à ce qu'il raconte sans formuler de jugement. Ça le mine tout en lui donnant à réfléchir. Mais faites-le à bon escient. Et surtout pas systématiquement sinon il va se rebiffer.

Budd acquiesça. Il transpirait comme un bœuf.

— Montrez-vous compréhensif sans pour autant sympathiser avec lui, suggéra Angie.

— Entendu, reprit Potter. Lui, c'est l'ennemi. Nous ne cautionnons pas la violence, et par conséquent ce qu'il fait est mal. Mais ça ne doit pas vous empêcher de lui montrer que vous comprenez les raisons des sentiments qui l'animent. Pigé ? Pas de discours décousu. Vous serez très conscient de votre voix et de la rapidité de votre débit. Je vous le dis tout de suite, vous irez beaucoup trop vite. Faites un effort délibéré pour parler lentement et distinctement. Vous aurez l'impression de parler sous l'eau.

— Si vous lui posez une question et qu'il ne répond pas, laissez simplement le silence s'installer. Ne vous laissez pas démonter par les pauses dans la conversation, dit Angie.

— Ne le laissez pas vous manipuler. Il le fera aussi bien intentionnellement qu'inconsciemment — par toutes sortes de moyens : menaces, élocution accélérée, délire, et silence. Gardez toujours votre objectif à l'esprit. (De nouveau Potter tapota la feuille jaune, avec une certaine solennité cette fois.) Et surtout, ne vous laissez pas atteindre. Laissez-le tempêter et vous dire des horreurs sans en être ébranlé. Laissez-le rire de vous. Laissez-le vous insulter. Ça vous coule dessus. Vous êtes au-dessus de tout ça. (Potter se pencha en avant pour chuchoter :) Il se peut qu'il vous dise qu'il va les tuer toutes. Il ira peut-être jusqu'à tirer un coup de feu pour vous faire croire qu'il a descendu quelqu'un. Il peut vous raconter qu'il va les torturer ou les violer. Ne vous laissez pas émouvoir.

— Qu'est-ce que je dois dire ? demanda Budd d'un air effaré. S'il me dit ça, qu'est-ce que je réponds ?

— Le mieux c'est de ne rien dire du tout. Si vous vous sentez obligé de répondre, dites-lui simplement que ce n'est pas dans l'intérêt d'une solution d'agir ainsi.

— Oh, punaise.

Potter consulta sa montre.

— Allez, passons à l'action. Prêt ? demanda Potter.

Le jeune capitaine hocha la tête.

— Appuyez sur la touche un.

— Quoi ?

— C'est sur numérotation rapide, expliqua Tobe. Appuyez sur le un.

— Et après je lui parle, c'est tout ?

— Vous comprenez le script ? s'enquit Potter.

Budd hocha la tête. Potter montra le téléphone du doigt.

— Oh, punaise.

Il avança la main vers le téléphone, composa le numéro.

— Liaison, souffla Tobe.

— Hé, Art. Alors, comment va ? La voix de Handy leur parvenait par les haut-parleurs au-dessus de leurs têtes. Le ton semblait narquois.

— Ici Charlie Budd. C'est bien Lou Handy ?

— T'es qui bordel ?

Les yeux de Budd ne quittaient pas la feuille posée devant lui.

— Je suis du bureau du procureur général.

— Rien à battre.

— J'aimerais vous parler quelques minutes.

— Où est Art ?

— Il n'est pas là.

— Putain, c'est quoi ce souk ?

Budd avala sa salive. Allez, Charlie, se dit Potter. Pas le temps d'avoir le trac. Il tapota la feuille sous le nez de Budd.

— Quel souk ? reprit le capitaine en écho. Qu'est-ce que vous voulez dire ?

— Y a qu'à lui que je veux parler.

— À qui ?

— Art Potter. À qui d'autre tu crois, bordel ?

Budd prit une profonde inspiration.

— Eh bien, pourquoi vous faites pas la causette avec moi ? J'suis pas si mauvais bougre.

— Procureur général ?

— Tout juste. J'aimerais vous parler de reddition.

Pas si vite, écrivit Potter.

— Oh, un véreux avec un sens de l'humour. Eh, va te faire foutre.

Les traits de Budd se détendaient.

— Dis, qu'est-ce que tu as contre les avocats ?

— Rien, j'les adore.

— Eh Lou, je peux te raconter une blague ?

Potter et LeBow échangèrent un regard interrogateur.

— Vas-y, Charlie.

— C'est une femme qui va voir son gynéco et qui veut savoir si elle peut tomber enceinte en se faisant sodomiser. Bien sûr que oui, répond le docteur, d'où croyez-vous que sortent les avocats ?

Handy se tordit de rire. Le visage de Budd vira au cramoisi.

En vingt ans de négociations, Potter n'avait jamais échangé une seule blague avec un ravisseur. Il était peut-être temps de revoir son manuel.

— Arthur est parti te dénicher un hélicoptère et je sais pas trop quoi. Une histoire de flotteurs. Tu ne vas pas tarder à l'avoir.

— Putain je veux, il a intérêt d'être là dans une heure et vingt minutes.

— Moi, tout ce que je sais, Lou, c'est qu'il fait de son mieux. Mais écoute un peu, même si tu l'as, cet hélico, ils finiront bien par te retrouver tôt ou tard. (Budd fixait la feuille devant lui.) Et sitôt qu'on aura découvert qui tu es, et que tu as tué une fille d'une balle dans le dos, pas besoin de te faire un dessin. Ils te pisteront et puis un jour, par hasard, tu monteras dans un wagon à bestiaux et t'auras un accident.

— C'est une menace ?

— Ouh là, non. J'essaye de sauver ta peau. Je dis simplement les choses comme elles sont. Et tu le sais pertinemment.

— Y a jamais personne qui va me trouver. Alors remballe ta reddition à la con. Je vais pas me rendre. Avant que ça arrive, faudra venir me chercher ici, bande de connards. Et vous me trouverez assis sur les cadavres de six otages.

Potter pointa le doigt sur la photo des jumelles. LeBow plissa le front. Comment se faisait-il qu'Handy ne sache pas qu'elles s'étaient enfuies ?

— Écoute, Lou, poursuivit Budd, nous pouvons te proposer un marché.

— Un marché ? Quel genre de marché ?

— Une immunité. Pas totale, mais...

— T'es au courant de c'que j'ai fait dans le secteur ?

— Ce que tu as fait ? (Une vraie reprise de pro, songea Potter.)

— Je m'en suis descendu quelques-uns aujourd'hui. C'est pas d'immunité qu'il faut parler, c'est de... putain, on appelle ça comment ce qu'ils vous donnent, les prêtres ?

Budd leva les yeux vers Potter, qui souffla : « Absolution. »

— L'absolution.

— Alors j'y crois pas, Charlie l'enculé d'avocat. Je crois que c'est un hélicoptère qu'il me faut ou alors je sens que je vais lâcher mon pote Bonner sur une fille ou deux. Tu le connais, Bonner ? Il a la trique vingt-quatre heures sur vingt-quatre. Remettez-moi ça. Jamais connu aucun mec comme lui. T'aurais dû le voir en taule. Un gamin se fait pincer pour vol de voiture et hop, t'as le Bonner qui rapplique avant que les empreintes digitales soient sèches et qui dit : « Penche-toi, mon mignon. Écarte-les. »

Devant l'expression angoissée de Budd, Potter posa fermement la main sur le bras du capitaine. Il redonna une chiquenaude sur la feuille jaune.

— Où est Art ? demanda soudain Handy. Il me plaît mieux que toi.

— Il s'occupe de ton hélicoptère, comme je t'ai dit.

— Ma tête à couper qu'il écoute tout ce qu'on raconte en ce moment sur le haut-parleur. Il est tout près, hein ? Je parie qu'il pourrait te la fourrer dans la bouche sans qu'aucun de vous deux bouge d'un millimètre. Hé, Charlie, t'es pédé ? On dirait bien, à t'entendre.

Budd resserra la main autour du combiné.

— L'agent Potter fait son possible pour obtenir ce que tu as demandé.

Ils sont morts parce qu'ils m'ont pas donné ce que je voulais.
Potter approuva d'un signe de tête.

— Je veux cet hélico sinon Bonner s'envoie une fille.

— Pas besoin de faire ça, Lou. Allez. On travaille tous ensemble ici, non ?

— Tiens, j'avais pas remarqué que j'étais dans ton camp la dernière fois, Charlie.

Budd épongea la sueur de son front. Potter, qui se faisait l'im-

293

pression d'un chef d'orchestre, faisait des signes à Budd en pointant le doigt sur un passage de la feuille jaune.

— Mon camp ? reprit Budd. Hé dis donc, Lou, il y a erreur. Je suis bien dans ton camp. Et je veux te proposer un marché. À toi et à Wilcox.

Potter posa un doigt sur ses lèvres, pour indiquer à Budd de marquer une pause. Le capitaine déglutit. Angie lui tendit un verre d'eau. Il le but d'un trait, et lui adressa un sourire mélancolique.

Handy gardait le silence.

Budd s'apprêtait à parler ; Potter secoua la tête.

Finalement, Handy répéta :

— Moi et Shep ?

— Parfaitement.

D'un ton circonspect :

— Quel genre de marché ?

Budd jeta un coup d'œil sur la feuille.

— On s'en tiendra à la perpétuité. Pas de condamnation à mort.

— Pour nous deux ?

Potter décela un doute dans la voix de Handy. Magnifique, se dit-il. Pour la première fois de la soirée il n'est pas sûr de ce qui se passe. Se tournant vers Budd, il leva le pouce en signe de victoire.

— Juste toi et Wilcox, dit-il fermement.

— Et Bonner alors ?

Potter leva les mains en les faisant osciller, pour marquer l'incertitude.

— Eh bien, je m'adresse juste à vous deux.

— Et pourquoi tu parles pas de Bonner ?

Potter fronça les sourcils d'un air fâché. Budd hocha la tête puis répliqua d'un ton hargneux :

— Parce que j'ai pas envie de parler de Bonner. Le marché s'adresse à toi et à Wilcox.

— T'es un sale con, Charlie.

— Un sale con ?

— Tu me dis pas tout.

Potter mit un doigt sur ses lèvres.

Silence.

Parfait, songea Potter. Il s'en tire comme un chef. Finalement, il donna le signal à Budd.

— Mais si, je te dis tout. (Budd abandonna la feuille jaune pour porter son regard dehors sur l'abattoir.) Et je te le dis pas seulement dans ton intérêt mais dans celui de tout le monde. Tu devrais te rendre, Handy. Même si t'arrives à t'échapper d'ici avec ton hélicoptère, tu seras l'homme le plus recherché d'Amérique du Nord. Ta vie sera un véritable enfer et si tu te fais prendre tu ne couperas pas à la condamnation à mort. Tu le sais bien. Les restrictions de juridiction ne s'appliquent pas aux meurtres.

— Et Bonner, je lui dis quoi alors ?

Potter leva un poing furibond.

— Je me fous pas mal de ce que tu peux lui dire, le rembarra Budd. Il est pas compris dans le...

— Pourquoi pas ?

Hésite, écrivit Potter.

Handy brisa l'interminable silence.

— Qu'est-ce que tu magouilles derrière mon dos, putain ?

— Le marché t'intéresse oui ou non ? Toi et Wilcox. Ça vous sauvera de l'injection mortelle.

— Je veux un putain d'hélicoptère et c'est ce que je vais avoir. Tu peux le dire à Art. Allez tous vous faire foutre.

— Non, attends...

Clic.

Budd ferma les yeux et reposa le téléphone sur la table. Ses mains tremblaient violemment.

— Excellent, Charlie, dit Potter en lui tapotant le dos.

— Joli boulot, dit Angie avec un clin d'œil.

Budd leva la tête, déconcerté.

— Excellent ? Ça l'a mis en rogne. Il m'a raccroché au nez.

— Non, il est juste à point, comme on le veut.

LeBow enregistra l'incident dans le fichier et nota l'heure. Dans la colonne *Mensonges* du tableau, il inscrivit : *Remise de peine proposée par « le procureur général Budd » pour Handy et Wilcox. Perpétuité au lieu de condamnation à mort.*

— Vous croyez ? dit Budd en se levant.

— Vous avez semé les graines. Il faudra voir si elles prennent.

Potter surprit le regard d'Angie et gravement ils échangèrent un coup d'œil. Le négociateur prit soin de détourner les yeux avant que Budd s'en aperçoive.

20 : 16

— Cinq minutes ; compte à rebours commencé.

Dan Tremain avait appelé le gouverneur et ils avaient décidé ensemble que l'opération de secours aurait bien lieu comme prévu. Sur la fréquence brouillée, il lança un appel radio à ses hommes.

Éclaireur Un, Chuck Pfenninger, était en place près de la camionnette de commandement, et Éclaireur Deux, Joey Wilson, dissimulé derrière le car scolaire, se tenait prêt à balancer les grenades incapacitantes par la fenêtre du devant. Les équipes Alpha et Bravo, pour leur part, étaient prêtes à forcer l'entrée par les portes nord-ouest et sud-est conformément au plan.

Tremain était très confiant. Même si les preneurs d'otages pouvaient prévoir un assaut par la seule issue de secours clairement signalée, ils ne s'attendraient jamais à une pénétration en force par la porte sud-est dont ils ignoraient l'existence.

Dans cinq minutes tout serait terminé.

Lou Handy, tête baissée, considérait le téléphone et pour la première fois de la journée le doute s'insinua en lui.

Fils de pute.

— Où il est ? dit-il avec hargne en fouillant la pièce des yeux.

— Bonner ? À côté avec les filles, répondit Wilcox. Ou en train de bouffer. Je sais pas. Qu'est-ce qu'y a ?

— Il se passe un truc bizarre. (Handy arpentait la pièce.) Je me demande s'il nous a pas doublés. (Il rapporta à Wilcox la proposition du procureur général.)

— Ils nous proposent un marché, à nous ?

— Tu parles d'un marché. Perpette à Leavensworth.

— C'est toujours mieux que cette charmante seringue. Le pire, c'est qu'on se pisse dessus. Tu savais ? Et on peut rien faire pour s'arrêter. Moi j'te le dis, je reste pas, j'ai pas envie de pisser dans mon froc devant tout le monde.

— Hé, mon pote. (Handy inclina la tête, et posa sur son complice un regard désinvolte.) On va se sortir de là. J'te le garantis.

— D'accord, sûr.

— Je crois que ce salaud est en cheville avec eux depuis le début.

— Pourquoi ? demanda Wilcox.

— Et pourquoi tu crois, putain ? Le fric. Réduire son temps à l'ombre.

Wilcox jeta un regard dans le fond obscur de l'abattoir.

— Sonny est un connard mais il ferait pas ça.

— Ça lui est déjà arrivé avant.

— Quoi ?

— De balancer. Un type qu'avait fait un coup avec lui.

— Et tu le savais ? demanda Wilcox, sidéré.

— Sûr, que je savais, rétorqua Handy furieux. On avait besoin de lui.

Mais comment Bonner avait-il pu joindre les fédéraux ? À compter du moment où ils s'étaient évadés, le gros pouvait rendre compte de son temps pratiquement à la minute près.

Encore que... pas tout son temps, se rappelait maintenant Handy. C'était Bonner qui était allé chercher la voiture. Après leur sortie de prison, Bonner était resté absent une demi-heure le temps de ramener la bagnole. Handy se souvenait avoir pensé que ça lui prenait un joli moment et s'être dit : S'il se tire sans nous, il va mourir à tout petit feu, putain.

Parti une demi-heure pour aller chercher une bagnole huit blocs plus loin. Largement le temps d'appeler les fédéraux.

— Mais il a qu'une courte peine à tirer, remarqua Wilcox. Bonner avait été condamné à quatre ans pour délit de fuite.

— Justement, rétorqua Handy, c'est avec ces mecs-là qu'il s'entendent. Les fédéraux rognent jamais plus de deux ans sur les peines.

De plus, Bonner avait une bonne raison d'agir ainsi : parmi les prisonniers, c'étaient les violeurs qui se réveillaient le plus souvent avec des éclats de verre enfoncés dans la gorge, ou le ventre tranché par un couvercle de boîte de conserve — sans parler de ceux qui ne se réveillaient jamais.

Perplexe, Wilcox jeta un coup d'œil vers le fond mal éclairé de l'abattoir.

— Qu'est-ce tu penses ?

— J'pense qu'on devrait lui parler.

Ils traversèrent la pièce, enjambant les plans inclinés vermoulus foulés autrefois par le bétail, longeant les longues tables où les bêtes avaient été débitées, passant à côté des couperets rouillés. Les deux hommes se tenaient sur le seuil de la salle d'abattage. Bonner n'était pas là. Ils l'entendirent à quelques mètres de là, en train de pisser copieusement dans un puits ou une pompe de vidange.

Handy contempla la salle : l'aînée des deux femmes, couchée par terre, recroquevillée en boule. La fille qui suffoquait et celle qui était jolie. Et puis Melanie, qui soutenait son regard avec des yeux qui se voulaient pleins de défi mais qui étaient tout simplement remplis de crainte. Et là, d'un seul coup, il remarqua quelque chose.

— Où sont passées les petites ? dit Handy d'une voix basse.

Son regard se posa sur deux paires de chaussures vernies noires, vides.

— Fils de pute, lâcha Wilcox avant de se précipiter dans le corridor en suivant les petites traces de pieds dans la poussière.

Melanie passa ses bras autour de la petite asthmatique et se rencogna contre le mur. À cet instant, Bonner apparut et s'arrêta sur le seuil.

— Salut mon pote. (Il cligna des yeux, mal à l'aise, en regardant le visage de Handy.)

— Où elles sont, gros con ?

— Qui ça ?

— Les petites. Les jumelles.

— Je... (Bonner faisait marche arrière.) Je les ai pas lâchées des yeux. Pas un instant. J'te jure.

— Pas un instant ?

— J'suis parti pisser c'est tout. Écoute, Lou. Elles doivent être ici quelque part. On va les trouver. (Le gros bonhomme avalait avec peine.)

Handy dardait un regard furieux sur Bonner, lequel fit un pas vers Melanie en hurlant :

— Où elles sont putain ?

Il tira son pistolet de sa poche et se dirigea vers elle.

— Lou ! appela Wilcox depuis la grande pièce. Bon Dieu de merde.

— Quoi ? hurla Handy en pivotant sur lui-même. Qu'est-ce qu'y a bordel ?

— Là on est vraiment dans la merde. Viens voir.

Handy courut rejoindre Wilcox, qui pointait le doigt sur la télé.

— Putain de merde. Potter, ce salaud de menteur.

À l'écran : un bulletin d'informations, qui diffusait une image parfaite de la façade et de la face latérale de l'abattoir. Les reporters s'étaient faufilés à travers le cordon de police et avaient installé la caméra en hauteur, non loin de là — probablement sur le vieux moulin qui se dressait juste au nord. La caméra tremblait un peu mais il n'y avait aucun doute, ils voyaient là un putain d'officier du G.I.L.O. sous une fenêtre du devant — juste à quelques mètres de l'endroit où Handy et Wilcox se tenaient actuellement.

— Y en a d'autres, là ? s'écria Wilcox.

Il montrait des bosses visibles dans un fossé au nord de l'abattoir.

— Pas impossible. Bordel, oui. Doit y en avoir une douzaine.

Le présentateur déclarait : « Un assaut serait imminent... »

298

Handy leva les yeux vers l'issue de secours sur le côté nord de l'abattoir. Ils l'avaient barricadée mais il savait qu'avec des explosifs elle ne résisterait pas plus de quelques secondes. Il cria à Bonner :

— Va chercher le pistolet à grenaille, on est bon pour une fusillade.

— Chiotte.

Bonner fit coulisser la glissière du Mossberg, et la relâcha d'un coup sec.

— Le toit ? interrogea Wilcox.

C'étaient les deux seules voies par lesquelles une équipe d'intervention pouvait pénétrer rapidement : la porte latérale et le toit. La porte de chargement était beaucoup trop éloignée. Mais, en examinant le plafond, il remarqua un entrelacs dense de tuyaux, de bouches de ventilation et de convoyeurs. Même s'ils réussissaient à faire sauter le toit, il leur faudrait couper à travers ce réseau de tuyauteries.

Handy balaya du regard l'étendue de terrain devant l'abattoir. À l'exception de l'officier posté sous la fenêtre — et masqué à la vue des cordons de police par le car scolaire —, aucun autre flic ne s'approchait de ce côté, semblait-il.

— Ils vont passer par cette porte-là, sur le côté.

Handy s'approcha lentement de la fenêtre sous laquelle planquait le policier. D'un geste, il désigna le pistolet de Wilcox. Avec un rictus, le petit homme maigre sortit son arme de sa ceinture, fit coulisser le chargeur, engageant la cartouche.

— Mets-toi derrière lui, chuchota Handy. L'autre fenêtre. Attire son attention.

Wilcox hocha la tête et, s'accroupissant, se dirigea à quatre pattes vers l'autre fenêtre. Handy s'accroupit aussi — et s'avança jusqu'à la fenêtre ouverte au pied de laquelle était posté le policier. Wilcox plaça sa bouche tout contre la fente d'un carreau cassé et imita le gloussement d'un dindon sauvage. Handy ne put retenir un sourire.

Quand Wilcox gloussa une seconde fois, Handy jeta un rapide coup d'œil dehors. Il vit le policier, à cinquante centimètres seulement, tourner la tête vers le bruit sans comprendre. Handy passa le bras par la fenêtre, saisit le policier par le casque et, par brusques secousses, le souleva de terre. L'homme lâcha sa mitraillette, qui resta suspendue à son épaule par une bandoulière de cuir, et attrapa Handy par les poignets en se débattant avec fureur, à demi étranglé par la courroie de son casque. Wilcox bondit aux côtés de Handy et, joignant leurs forces, ils hissèrent le policier à l'intérieur.

Profitant de ce que Handy l'immobilisait dans une double clé, Wilcox lui envoya un coup de pied dans les parties et lui arracha son fusil mitrailleur, son pistolet et ses grenades. L'homme, recroquevillé de douleur, tomba à terre.

— Espèce de salaud, va, enrageait Handy en bourrant l'homme de coups de pied. Fais-moi voir ta tronche !

D'un geste brusque, il arracha le casque, la cagoule et les lunettes du policier. Il se pencha tout contre son visage. Puis il tira son couteau de sa poche et, d'un déclic, fit jouer la lame et la posa sur la joue du jeune homme.

— Me tirer dans le dos ? C'est ça que t'appelles avoir des couilles ? Surprendre un type par-derrière comme un putain de sale nègre !

Le policier se débattait. Handy lui balafra la joue d'un trait, faisant apparaître une traînée de sang le long de la mâchoire de sa victime. Puis il lui asséna un coup de poing en pleine face, puis un autre, une douzaine à la suite, recula d'un pas et, se retournant brusquement, lui balança un grand coup de pied dans le ventre et les parties.

— Hé, Lou, vas-y dou...

— Qu'il aille se faire foutre ! Il allait me tirer dans le dos ! Il allait me tirer dans le dos, putain ! C'est ça que t'appelles être un homme ? C'est ça ton idée de l'honneur ?

— Va te faire foutre aussi, dit le policier d'une voix entrecoupée avant de rouler sur le sol, impuissant.

Handy le retourna, le frappa violemment dans les reins, et lui attacha les mains avec ses menottes de service.

— Où sont les autres ? Handy piqua la lame dans la cuisse du policier, une entaille peu profonde. Dis-le moi ! enrageait-il. Il enfonça la lame un peu plus loin. L'homme hurla.

Handy approcha son visage tout près, à quelques centimètres de celui du policier.

— Tout droit en enfer, Handy. C'est là qu'est ta place.

Le couteau pénétra plus profondément. Un autre hurlement. Handy avança la main pour toucher un petit morceau de chair à vif. La chair se colla à son doigt, qu'il porta à sa langue. Enfonça encore un peu la lame dans la cuisse. Nouveaux hurlements.

Voyons un peu quand ce gars va craquer.

— Oh bon Dieu ! gémit l'homme.

Finira bien par craquer tôt ou tard. Suffit de monter toujours plus haut avec ce petit bout d'acier trempé pour voir quand il va se mettre à couiner. Lentement Handy glissa la lame sous les chairs et remonta petit à petit vers l'entrecuisse.

— Je SAIS pas où sont les autres ! Je suis qu'un éclaireur, merde.

Brusquement, Handy en eut assez du couteau et recommença à bourrer l'homme de coups de poing, plus furieux que jamais.

— Combien ils sont ? Par où ils rentrent ?

Le policier lui cracha sur la jambe.

Et soudain Handy se retrouva des années en arrière, et revit le sourire méprisant de Rudy — enfin, c'était sans doute du mépris. Le revit qui s'éloignait. Les deux cents dollars de Handy dans le portefeuille de son frère — il croyait qu'ils y étaient, et c'était sans doute le cas. Revit Rudy qui s'éloignait comme si Handy n'était qu'un petit merdeux. La colère lui transperça le corps comme une lame au graphite entaillant le ventre encore chaud d'un homme.

— Dis-moi ! hurla-t-il.

Son poing se leva encore et encore pour s'écraser sur le visage du policier. Finalement, il se redressa.

— Qu'il aille se faire foutre. Et tous les autres avec.

Handy se rua vers la salle d'abattage et renversa le bidon d'essence. Le liquide se répandit dans la salle, éclaboussant femmes et fillettes. Melanie la froussarde de mes deux les entraîna dans un coin mais il réussit quand même à les asperger.

Handy tenait le fusil-mitrailleur du policier pointé sur la porte latérale.

— Shep, ils vont débouler par ici. Dès qu'ils entrent j'en fauche un ou deux dans les jambes. Tu me balances ça (indiquant la grenade d'un signe de tête) dans la pièce, pour foutre le feu à l'essence. Je veux qu'il reste deux ou trois flics de vivants pour raconter à tout le monde ce qu'est arrivé à ces filles. Comment c'était de les voir cramer.

— O.-K. mon pote. Pigé.

Wilcox dégoupilla la grenade noire et lisse et, la main sur le détonateur, vint se placer sur le seuil de la salle d'abattage. Handy fit jouer la culasse du H & K et braqua le canon sur la porte.

— Arthur, ça bouge près de la fenêtre, annonça Dean Stillwell par radio. La deuxième à gauche après la porte.

Potter confirma l'appel et regarda par la vitre avec ses jumelles. Le car scolaire et un arbre lui bouchaient la vue.

— Qu'est-ce que c'était, Dean ?

— D'après un de mes hommes, on aurait dit quelqu'un qui passait par la fenêtre.

— Un des ravisseurs ?

— Non, je voulais dire qui ENTRAIT par la fenêtre.

— Qui entrait ? Vous avez confirmation ?

— Affirmatif, un autre policier m'a dit l'avoir vu aussi.

— Eh bien...

— Oh, nom d'un chien, murmura Tobe. Arthur, regarde.

— Qui sont ces types ? dit sèchement Angie. Mais bon sang, qui sont ces types-là ?

Potter se retourna pour jeter un coup d'œil sur le moniteur de télé que sa collègue regardait. Il mit un instant avant de réaliser qu'il s'agissait d'un bulletin télévisé — le moniteur qui avait été réglé sur la chaîne météo. Horrifié, il comprit qu'il assistait à un assaut lancé contre l'abattoir.

— Attendez une minute, dit Budd. Qu'est-ce qui se passe ?

— ... reportage exclusif. Il semblerait qu'un des policiers postés à l'extérieur de l'abattoir vienne juste d'être pris en otage à son tour.

— Où est la caméra ? s'interrogea un LeBow abasourdi.

— Pas le temps de s'inquiéter de ça pour le moment, répondit Potter.

Une pensée lui traversa spontanément l'esprit : Serait-ce la revanche de Henderson ?

— Tremain, s'écria LeBow. C'est Tremain.

— Putain, lâcha ce bon catholique de Tobe. C'étaient ça les messages brouillés qu'on captait. Il a monté une opération.

— Le piège explosif à l'intérieur ! Tremain n'est pas au courant.

— Un piège ? interrogea Derek d'un air inquiet.

Potter leva les yeux, scandalisé. Il mesura instantanément l'ampleur de la trahison. Derek Elb avait fourni des renseignements à la brigade d'intervention de la police d'État. Pas d'autre explication possible.

— Tremain est sur quelle fréquence ? cria-t-il, en sautant pardessus la table pour saisir le jeune policier par le col.

Derek secouait la tête.

— Dis-lui, nom de Dieu ! cria Budd à son tour.

— Impossible. Fréquence bloquée. Pas moyen de forcer l'accès.

— Je peux le décoder, dit Tobe.

— Non, c'est sur rétrosignaux, ça te prendra une heure. Désolé, je ne savais pas... je ne savais rien d'un piège.

Potter se rappela qu'ils avaient eu vent de la bombe alors qu'ils se trouvaient dehors — sous la tente médicale.

Budd fulminait.

— Enfin brigadier, il a bricolé une bombe incendiaire là-dedans.

— Oh misère, non, murmura Derek.

Potter s'empara du téléphone. Composa le numéro. Pas de réponse.

— Allez, Lou. Allez !... Tobe, on est toujours sur SatSurv ?

— Ouaip.

Il pressa sur une touche. Un écran s'anima soudain. C'était fondamentalement la même image du terrain, en vert et bleu, que celle qu'ils avaient déjà vue, exception faite de dix petits points rouges regroupés de chaque côté de l'abattoir.

— Ils sont dans ces fossés-là. Probablement prêts à entrer par les portes ou les fenêtres nord-ouest et sud-est. Tire-moi ça en accéléré.

— Comme si c'était fait. En noir et blanc, ça sort plus vite.

— Vite !

La machine se mit à bourdonner et Potter plaqua le combiné contre son oreille, attentif à la sonnerie qui résonnait imperturbablement dans le vide, à l'autre bout.

— Lou, Lou, allez... Réponds !

Il reposa brutalement le téléphone.

— Henry, ton avis, ils vont procéder comment ?

LeBow bondit de sa chaise pour étudier la feuille que la machine venait de cracher.

— Faire sauter cette porte-là, celle de gauche. Mais aucune idée de ce qu'ils préparent du côté droit. Il n'y a pas de porte. Impossible d'utiliser des explosifs pour ouvrir une brèche dans un mur porteur. (Il désigna le plan de l'abattoir épinglé au mur.) Regardez-moi ça. Ces pointillés. C'était peut-être bien une porte avant. Tremain a dû la découvrir. Ils vont pénétrer des deux côtés.

— En file indienne ?

— Deux par deux mais l'un derrière l'autre, ouais. Peuvent pas faire autrement.

— C'est...

L'explosion fut très sourde. D'un seul coup la camionnette se retrouva plongée dans le noir. Frances poussa un petit cri bref. Seuls une lueur jaune irréelle, qui émanait des vitres épaisses, et le bleu des deux écrans d'ordinateur de LeBow éclairaient l'intérieur où flottait une odeur âcre.

— Plus de courant, annonça Tobe. On ne...

— Arthur ! Le doigt sur la vitre, LeBow montrait les flammes qui léchaient le flanc de la camionnette.

— Qu'est-ce qui s'est passé ? Nom de Dieu, c'est Handy qui nous a touchés ?

Potter se précipita sur la porte. Il l'ouvrit d'un coup sec et, poussant un cri, bondit en arrière pour échapper aux langues de feu et à la chaleur de fournaise qui envahirent le véhicule. Claqua la porte.

— On ne peut pas remettre le jus, dit Tobe. Le générateur de secours a sauté aussi.

— J'ai combien de temps ? tonna-t-il en s'adressant à Tobe.

— Je...

— Réponds-moi ou je te fais coffrer dans l'heure. Combien de temps entre la coupure de courant et le moment où ils attaquent ?

— Quatre minutes, souffla Derek. Agent Potter, j'ai juste fait ce que je...

— Non, Arthur, s'écria Angie, n'ouvre pas !

Potter ouvrit la porte d'un seul coup. Ses manches prirent feu et il recula précipitamment. Dehors, ils ne voyaient rien d'autre qu'un océan de flammes. Puis la fumée noire d'huile et de caoutchouc brûlés s'engouffra à l'intérieur, et tous se jetèrent au sol en quête d'air.

Déconnectant son brouilleur, Tremain lança un appel :

— Agent Potter, agent Potter ! Ici le commandant Tremain. Répondez s'il vous plaît. Pas de blessés ?

Tremain regardait l'incendie sur la butte. Un spectacle alarmant, flammes orange et fumée noire, tourbillonnant comme une tornade. Il connaissait la camionnette à fond, pour l'avoir souvent utilisée lui-même, et savait qu'il n'y avait aucun danger pour les occupants tant qu'ils n'ouvraient pas la porte. N'empêche, l'incendie faisait vraiment rage.

Pas le temps de s'appesantir là-dessus pour l'instant. Il lança un nouvel appel :

— Agent Potter... Derek ? Poste de commandement, vous êtes là ? Répondez s'il vous plaît.

— Ici le shérif Stillwell. Qui est en ligne ?

— Commandant Dan Tremain, police d'État. Que se passe-t-il ?

— La camionnette est en feu, commandant. On ne sait pas. Peut-être qu'Handy a fait mouche.

Merci shérif, pensa Tremain. Les conversations étaient enregistrées au siège de la police d'État. La remarque de Stillwell suffirait largement à justifier l'intervention de Tremain.

— Pas de blessés ? demanda le commandant de la brigade d'intervention.

— Impossible de s'approcher du véhicule. On ne sait...

Tremain interrompit la transmission et, passant sur la fréquence brouillée, donna l'ordre :

— Équipe Alpha, équipe Bravo. Code Pouliche. Je répète, code Pouliche. Armez les explosifs. Soixante secondes avant la détonation.

— Alpha. Paré.

— Bravo. Paré.

— Feu vert, annonça Tremain avant de baisser la tête.

Arthur Potter, sept kilos de trop et médiocre sportif, se jeta en boule sur le sol pour rouler juste par-delà les flammes que deux policiers s'efforçaient sans grand résultat d'asperger avec leurs extincteurs.

Heurtant le sol, il contempla avec effarement ses manches en feu. Un des policiers s'exclama et lui balança du dioxyde de carbone. Le jet glacial lui piqua les mains encore plus vivement que la brûlure, mais en voyant les cloques apparaître sur sa peau, il savait à quelle douleur atroce il lui fallait s'attendre plus tard.

S'il vivait jusque-là.

Pas le temps, pas le temps du tout...

Il se remit debout, dédaignant les flammèches qui consumaient encore sa veste, la douleur qui lui brûlait la chair. Il se mit à courir à petites foulées, tout en enclenchant son porte-voix.

Potter traversa le terrain accidenté, se faufila entre les voitures de police, et courut droit vers l'abattoir. D'une voix essoufflée, il cria :

— Lou Handy, écoute-moi ! Écoute. C'est moi, Arthur Potter. Tu m'entends ?

Cinquante mètres, quarante.

Pas de réponse. Les hommes de Tremain allaient forcer l'entrée d'une minute à l'autre.

— Lou, tu vas te faire attaquer. C'est une opération illicite. Je n'y suis pour rien. Je répète : c'est une erreur. Les policiers sont dans les fossés nord et sud de l'abattoir. Tu peux mettre en place un tir croisé par les deux fenêtres de ces côtés-là. Tu m'entends, Lou ?

Le souffle court, il avait du mal à lancer un nouvel appel. Une douleur lui transperça la poitrine et l'obligea à ralentir.

Cible idéale, debout au sommet d'une butte — à l'endroit même où Susan Phillips avait été touchée dans le dos —, il se mit à crier :

— Ils s'apprêtent à faire sauter les portes latérales mais tu peux les stopper avant qu'ils entrent. Mets-toi en position de tir croisé aux fenêtres sud-est et nord-ouest. Il y a une porte sur le côté sud que tu n'as pas remarquée. Elle est camouflée mais elle est là. Ils vont pénétrer par là aussi, Lou. Écoute-moi. Il faut que tu vises leurs jambes. Ils portent des combinaisons pare-balles. Vise leurs jambes ! Prends des pistolets. Vise leurs jambes.

Aucun mouvement dans l'abattoir.

Oh, par pitié...

— Lou !

Silence. Rien que le vent impérieux.

Alors, il remarqua un mouvement dans le fossé, sur le flanc nord de l'abattoir. Un casque qui se dressait au-dessus d'une touffe d'herbe à bisons. L'éclat d'une paire de jumelles qui se tournait dans sa direction.

Et si c'était la lunette télescopique d'un H & K MP-5 ?

— Lou, tu m'entends ? appela Potter une fois de plus. C'est une opération illicite. Mets en place un tir croisé sur les portes nord et sud. Celle du sud doit être couverte par du placo ou je sais quoi.

Rien... silence.

Répondez, par pitié...

Pour l'amour du ciel, répondez-moi. N'importe qui !

À cet instant : un mouvement. Potter tourna les yeux dans cette direction — au nord de l'abattoir.

Au sommet d'une butte, à quelque soixante-dix mètres de là, un homme en noir, debout, déhanché, un H & K en bandoulière au côté, le regard fixé sur Potter. Puis, un à un, les hommes dissimulés dans les fossés de part et d'autre de l'abattoir se dressèrent pour s'éloigner furtivement. Les têtes casquées surgirent pour se retirer dans les buissons. La brigade d'intervention décrochait.

De l'abattoir ne venait rien d'autre que le silence. Mais Arthur Potter en avait quand même gros sur le cœur. Car il savait qu'il y aurait des représailles. Pour amoral et cruel que fût Handy, il n'en avait pas moins constamment tenu parole. Le monde de Handy obéissait sans doute à une justice de sa propre conception, une justice malfaisante, mais une justice quand même. Et c'étaient les bons qui venaient de violer leur promesse.

Potter, LeBow et Budd se tenaient à l'écart, bras croisés, pendant que Tobe tirait frénétiquement des fils, coupait, raccordait.

Potter, voyant Derek Elb se faire embarquer par deux agents de Pete Henderson, demanda à Tobe : « Sabotage ? »

Tobe — presque aussi bon en balistique qu'en électronique — ne pouvait pas l'affirmer.

— Ça ressemble à un simple feu d'essence. On tirait beaucoup de jus du générateur. Mais quelqu'un aurait pu nous coller un L210 et on ne serait pas plus avancé pour autant. De toute façon, je n'ai pas le temps de me pencher là-dessus pour le moment. (Et il mettait à nu, joignait et assemblait une douzaine de fils à la fois, semblait-il.)

— Tu sais bien que oui, Arthur, dit LeBow.

Potter en convint, bien sûr. Tremain avait probablement posé un dispositif incendiaire télécommandé dans le générateur de la camionnette.

Incrédule, Budd demanda :

— Il serait capable d'un truc comme ça ? Qu'est-ce que vous allez faire ?

— Pour l'instant, rien, répondit le négociateur. (Dans son cœur, il vivait beaucoup trop dans le passé ; dans son métier, il s'y attardait à peine. Potter n'avait ni le temps ni le goût pour la revanche. Pour l'heure, c'était aux otages qu'il devait penser.) Dépêche-toi de remettre les lignes en état de marche, Tobe.

L'officier Frances Whiting était de retour dans la camionnette. Elle avait été respirer de l'oxygène sous la tente médicale. Son visage portait des traces de fumée et elle éprouvait encore quelques difficultés à respirer, mais sinon rien de grave.

— Ça chauffe un peu plus que vous n'en avez l'habitude à Hebron, hein ? lui demanda Potter.

— À part les verbalisations pour infraction au code de la route, ma dernière arrestation remonte à la présidence de George Bush.

L'odeur de roussi et de caoutchouc brûlé était insoutenable. Potter avait les bras couverts de brûlures. Il n'avait plus un seul poil sur le dos des mains et un de ses poignets portait une trace ardente qui le faisait intensément souffrir. Il devait d'abord reprendre contact avec Handy, pour tenter de minimiser les représailles qui couvaient sans aucun doute dans son esprit.

— O.-K., annonça Tobe. C'est bon.

Le magicien de l'électronique avait tiré une ligne du camion générateur et le poste de commandement était de nouveau en état de marche.

Potter s'apprêtait à demander à Budd de caler la porte en position ouverte pour aérer un peu quand il s'aperçut qu'il n'y avait plus de porte. Elle avait entièrement brûlé. Il s'assit au bureau, attrapa le téléphone, et composa le numéro.

Le bruit électronique d'une sonnerie de téléphone envahit la camionnette.

Pas de réponse.

Derrière eux, Henry LeBow avait recommencé à pianoter sur son clavier. Plus que toute autre chose, le tapotement assourdi des touches redonna confiance à Potter.

Réponds, Lou. Allez. Nous avons traversé trop de choses ensemble pour tout laisser tomber maintenant. Il y a trop de passé, nous sommes devenus trop proches...

Décroche ce téléphone, bon sang !

Un grand couinement dehors, si proche que la première réaction de Potter fut de penser à une nouvelle explosion. Quelques soubresauts, puis la limousine de Roland Marks s'immobilisa et il sauta de voiture, en jetant un rapide coup d'œil sur la camionnette calcinée.

— J'ai vu les nouvelles ! cria-t-il à la cantonade. Qu'est-ce qui s'est passé bon Dieu ?

— Tremain est coupable d'insubordination, déclara Potter en rappuyant sur la touche *bis* tout en considérant froidement l'attorney du coin de l'œil.

— Il a fait QUOI ?

LeBow expliqua.

— On n'avait aucune idée, remarqua Budd.

— Je veux parler à ce gars-là, ah ça oui, et comment, grommela Marks. Où donc... ?

Un mouvement vif se fit alors du côté de la porte et Potter fut bousculé. Il tomba lourdement sur le dos, avec un grognement.

— Espèce de salaud ! s'écria Tremain. Espèce de salaud de mes deux !

— Commandant ! rugit Marks.

Budd et Tobe empoignèrent le commandant de la brigade d'intervention par les bras, et le tirèrent en arrière. Potter se releva lentement. Il porta la main à sa tête, là où il s'était cogné. Pas de sang. Puis il fit signe aux deux hommes de relâcher Tremain. Ils s'exécutèrent à contrecœur.

— Il tient un de mes hommes, Potter. Grâce à vous, espèce de sale Judas.

Budd se raidit et fit un pas en avant. Potter le calma d'un geste et rajusta sa cravate, non sans un coup d'œil sur le dos de ses mains. De grosses cloques s'étaient formées et la douleur était tout à fait étonnante.

— Tobe, dit-il avec calme, passe-nous la bande, tu veux bien ? La bande de la KFAL.

Le magnétoscope ronronna et un moniteur s'anima soudain. Le logo rouge et bleu d'une chaîne de télé apparut dans le bas de l'écran, à côté du titre : *De Joe Silbert... un reportage en direct.*

— Oh, vraiment génial, fit Marks, acerbe, sans quitter l'écran des yeux.

— Il tient un de vos hommes, dit Potter, parce que vous avez renvoyé les policiers qui empêchaient les journalistes de s'approcher du site.

— Quoi ?

Tremain regardait le bulletin télévisé avec de grands yeux.

LeBow continuait de taper. Sans lever les yeux, il dit :

— Handy vous a vu vous mettre en place. Il a une télé à l'intérieur.

Tremain ne répondit rien. Potter se demanda s'il était en train de décliner : Nom, rang, numéro de matricule.

— Je m'attendais à mieux de votre part, Dan, remarqua l'attorney général adjoint.

— Le gouverneur... lâcha-t-il soudain avant de se raviser. Et alors, quand même, nous aurions pu sauver ces filles. Elles seraient dehors à l'heure qu'il est. Nous aurions quand même pu les faire sortir saines et sauves !

Pourquoi ne suis-je pas furieux ? s'interrogea Potter. Pourquoi est-ce que je ne me déchaîne pas contre lui, cet homme qui a failli tout ruiner ? Lui qui a failli tuer les filles à l'intérieur, qui a failli tuer Melanie ? Mais pourquoi donc ?

Parce que c'est plus cruel ainsi, comprit Potter d'un seul coup. De lui dire la vérité sans fard et sans émotion.

T'as jamais rien fait de mal, Art ?

— Handy a installé un piège explosif, commandant, expliqua Potter avec le calme d'un majordome révérencieux. Une bombe incendiaire avec un détonateur hypersensible. Ces filles auraient été brûlées vives à l'instant où vous faisiez sauter les portes.

Tremain le regardait d'un œil fixe.

— Non, dit-il dans un souffle. Oh non. Dieu me pardonne. Je ne savais pas. (L'homme tout en muscles avait l'air près de s'évanouir.)

— Liaison, annonça Tobe.

Un instant plus tard le téléphone sonnait. Potter saisit le combiné.

— Lou ?

C'était une belle saloperie, Art. Je croyais que t'étais mon copain.

— Eh bien, Art. C'était un putain de coup bas. Foutu copain que tu fais là.

— Je n'y étais absolument pour rien. (Potter ne quittait pas Tremain du regard.) Nous avons un officier coupable d'insubordination.

— Joli matériel qu'ils ont, ces gars-là. Maintenant on a des grenades et un pistolet mitrailleur.

Potter fit signe à LeBow, lequel prit Tremain à l'écart pour demander au commandant hébété quel genre d'armes le policier capturé avait sur lui.

Une silhouette apparut dans l'encadrement de la porte. Angie. Potter lui fit signe d'entrer.

— Lou, dit le négociateur dans le combiné. Je te présente mes excuses pour ce qui s'est passé. Cela ne se reproduira plus. Je t'en donne ma parole. Tu m'as entendu dehors. Je t'ai donné de bonnes indications tactiques. Tu sais que je n'avais rien à voir dans ce plan-là.

— J'imagine que t'as les gamines à l'heure qu'il est. Les petites.

— Oui, Lou, on les a.

— Ce procureur général, Budd... il nous a monté un coup, dis, Art ?

Une hésitation dans la voix.

— Pas que je sache.

Il va se montrer très raisonnable, anticipa Potter.

Ou piquer sa crise.

— Ah. T'es un battant, Art. Bon, d'accord, je te crois pour cette vacherie d'opération commando. Tu me dis qu'il y avait un dingue de flic qu'a fait des trucs qu'il aurait pas dû faire. Mais t'aurais dû avoir plus d'autorité, Art. C'est comme ça que la loi fonctionne, pas vrai ? T'es responsable des choses que font les gens qui bossent pour toi.

Angie affichait un front soucieux.

— Qu'y a-t-il ? interrogea Budd en voyant l'expression désespérée de la jeune femme. Identique à celle de Potter.

— Quel est le problème ? chuchota Frances Whiting.

Potter attrapa ses Leica, essuya la pellicule de fumée grasse qui s'était déposée sur les verres, et regarda dehors.

Oh, Seigneur, non... À bout d'arguments, Potter dit :

— Lou, je t'assure, c'était une erreur.

— T'as tiré sur Shep et c'était une erreur. Tu me donnes pas mon hélico dans les temps et c'est pas de ta faute... Tu me connais pas encore assez, Art ?

Trop bien, malheureusement.

Potter reposa les jumelles. Se détournant de la fenêtre, il jeta un regard sur les photos épinglées au-dessus du plan de l'abattoir. À qui le tour ? se demanda-t-il.

Emily ?

Donna Harstrawn ?

Beverly ?

Potter se dit tout d'un coup : Melanie. Il va choisir Melanie.

Frances comprit et s'exclama :

— Non, je vous en prie, non. Faites quelque chose !

— Il n'y a absolument rien à faire, murmura Angie.

D'un air profondément malheureux, Tremain appuya son visage contre la vitre et regarda dehors.

La voix de Handy envahit la camionnette. Son ton était raisonnable, mesuré.

— Tu me ressembles beaucoup, Art. T'es loyal. C'est ce que je pense. T'es loyal avec ceux qui font ce qu'ils sont censés faire et t'as pas de temps à perdre avec ceux qui font le contraire. (Un silence.) Tu sais exactement ce que je suis en train de dire, hein, Art ? Je vais laisser le corps dehors. Tu peux venir le chercher. Drapeau blanc.

— Lou, il n'y a vraiment rien que je puisse faire ?

Potter entendit le désespoir dans sa propre voix. Et en fut écœuré. Mais il n'y pouvait rien.

À qui le tour ?

Angie s'était détournée.

Budd secouait la tête avec tristesse. Jusqu'au bouillant Roland Marks qui ne trouvait rien à dire.

— Tobe, appela doucement Potter, baisse le volume s'il te plaît.

Tobe s'exécuta. Mais tous sursautèrent quand même en entendant la déflagration sèche du coup de feu, qui emplit la camionnette telle une retentissante sonnerie métallique.

311

Tout en se dirigeant d'un pas hésitant vers l'abattoir, où le corps était étendu, tache pâle dans la lumière crue des halogènes, il enleva son gilet pare-balles et le laissa tomber par terre. Il en fit autant avec son casque.

Dan Tremain continuait de marcher, les yeux remplis de larmes, sans détacher son regard de ce corps inerte, ce corps ensanglanté, couché par terre comme une poupée de chiffons.

Il franchit la butte et, du coin de l'œil, il vit les policiers sortir de leurs abris. Tous avaient les yeux fixés sur lui ; ils le savaient responsable de ce qui s'était passé, de cette mort injuste. Il gravissait Cavalry Hill.

Cependant, à la fenêtre de l'abattoir : Lou Handy, un fusil pointé droit sur la poitrine de Tremain. Cela ne changeait rien, il ne représentait aucune menace : le commandant avait laissé tomber son ceinturon avec son Glock de service quelques mètres plus tôt. Il continuait d'avancer d'un pas trébuchant, près de tomber, se rattrapant de justesse comme un ivrogne soutenu par un instinct de survie irrépressible. Le visage de Lou Handy intensifiait son désespoir : les yeux injectés de rouge, enfoncés sous l'arcade sourcilière osseuse, la mâchoire étroite, la barbe naissante. Il souriait, un sourire anodin plein de curiosité à la vue de la tristesse qu'exprimait le visage du flic. Un collectionneur tout à sa dégustation.

Tremain contemplait le corps étendu là devant lui. Cinquante mètres, quarante. Trente.

Je suis fou, se dit Tremain. Mais il avançait toujours, le regard fixé sur l'œil noir du canon de fusil.

Vingt mètres. Rouge du sang, pâleur de la peau.

Les lèvres de Handy remuaient mais Tremain n'entendait rien. Peut-être le jugement de Dieu est-il de me rendre aussi sourd que ces pauvres filles.

Dix mètres. Cinq.

Il ralentit le pas. Les policiers, tous debout maintenant, tenaient leurs regards fixés sur lui. Handy pouvait abattre n'importe lequel d'entre eux, et ils pouvaient faire de même avec lui, mais il n'y aurait pas de coup de feu. C'était le soir de Noël durant la Première Guerre mondiale, quand les troupes ennemies chantèrent et réveillonnèrent ensemble. Et s'entraidèrent pour ramasser et enterrer les corps déchiquetés qui gisaient épars sur le no-man's-land.

— Qu'ai-je fait ? murmura-t-il.

Tombant à genoux, il effleura la main refroidie.

Il pleura un moment, puis il prit dans ses bras le cadavre du policier — Joey Wilson, Éclaireur Deux — qu'il souleva sans effort, plongeant son regard de l'autre côté de la fenêtre. Sur le visage de Handy, qui ne souriait plus mais exprimait une étrange curiosité. Tremain grava dans sa mémoire le faciès de renard, la façon dont le bout de sa langue reposait sur la lèvre supérieure. Ils n'étaient qu'à quelques mètres l'un de l'autre.

Tremain fit demi-tour et s'en repartit vers le cordon de police. Dans sa tête une mélodie se mit à flotter, un air vague. Au début, il n'arrivait pas à mettre un nom dessus, puis l'instrument indéterminé devint une cornemuse, un très ancien souvenir, et il reconnut *Amazing Grace*, l'air que l'on jouait traditionnellement aux funérailles des policiers tombés au combat.

20 : 45

Arthur Potter réfléchissait à la nature du silence.

Assis sous la tente de secours. Les yeux au sol tandis que les médecins soignaient les brûlures de ses mains et de ses bras.

Des jours et des semaines de silence. Un silence plus dense que du bois, un silence perpétuel. Est-ce à cela que se résumait la vie quotidienne de Melanie ?

Lui-même avait connu la quiétude. Une maison vide. Les dimanches matin, perturbés seulement par le léger ronronnement des appareils domestiques. Le calme d'un après-midi d'été tout seul sur une terrasse. Mais Potter était un homme qui vivait constamment dans l'expectative et pour lui, le silence représentait, dans les bons jours du moins, l'attente qui précédait un possible nouveau départ dans sa vie — le jour où il rencontrerait une femme comme Marian, le jour où il trouverait quelqu'un d'autre que des preneurs d'otages, des terroristes et des psy avec qui partager ses pensées.

Quelqu'un comme Melanie ? se dit-il songeur.

Non, bien sûr que non.

Il sentit du froid sur le dos de sa main et regarda le docteur appliquer une crème qui effaça presque instantanément toute sensation de brûlure.

Arthur Potter songea à la photographie de Melanie, la vit épinglée au-dessus du plan de l'abattoir. Il songea à sa réaction quand il avait compris, quelques minutes plus tôt, qu'Handy allait exécuter un autre otage. C'était la première personne qui lui était venue à l'esprit.

Il s'étira. Une vertèbre craqua doucement dans son dos et il se réprimanda : Ne sois pas si bête à ton âge...

Cependant, dans un autre coin de son esprit fécond, Arthur Potter le licencié ès lettres se disait : Tant qu'à faire d'être bête, que ce soit en amour. Non pas dans notre carrière, où des vies se jouent ; non pas avec nos dieux ni dans notre soif de beauté et de connaissance. Ni non plus avec nos enfants, tellement pleins de désirs, tellement indécis. Mais en amour. Car l'amour n'est autre qu'une pure folie et nous nous y engageons dans le seul but d'être pris de passion et à moitié fou. Dans les affaires de cœur, le monde se montrera toujours généreux avec nous, et indulgent.

Puis il rit dans son for intérieur et secoua la tête en reprenant conscience de la réalité — à l'exemple de la douleur sourde qui gagnait de nouveau ses bras brûlés. Elle a vingt-cinq ans — moins que deux fois ton âge. Elle est sourde, avec un s majuscule et minuscule. Et, nom de nom, c'est votre anniversaire de mariage aujourd'hui. Vingt-trois ans. Pas un seul de manqué. Assez de bêtises. Retourne au poste de commandement. Remets-toi au travail.

Le médecin lui tapa sur l'épaule. Potter leva la tête, surpris.

— C'est terminé, monsieur.

— Oui, merci.

Il se leva et, d'un pas hésitant, repartit vers la camionnette.

Une silhouette apparut dans l'encadrement de la porte.

Potter leva les yeux sur Peter Henderson. « Pas de mal ? » demanda le directeur régional.

Potter hocha la tête d'un air circonspect. Tremain était sans doute le principal responsable, mais Potter aurait parié une semaine de salaire qu'Henderson avait joué un rôle dans le plan d'assaut. Par ambition ? Désir de se venger de la Maison, qui l'avait trahi ? Ce serait toutefois encore plus difficile à prouver que l'existence de la bombe incendiaire dans le générateur. L'expertise du cœur est toujours problématique.

Henderson considéra les brûlures.

— Tu vas avoir droit à une médaille avec ça.

— Ma première blessure dans l'exercice du devoir, dit Potter avec un sourire.

— Arthur, je voulais simplement m'excuser de m'être emporté tout à l'heure. Il se passe pas grand-chose dans le coin. J'espérais un peu d'action. Tu sais comment c'est.

— Bien sûr, Pete.

— Je regrette le bon vieux temps.

Potter serra la main de l'homme. Ils parlèrent de Joe Silbert et de ses collègues journalistes. Ils avaient pensé soumettre l'affaire au procureur général mais en conclurent qu'aucune charge ne serait probablement retenue contre eux. Il était délicat de les accuser d'entrave à la justice. Potter s'était donc contenté de s'avancer d'un air menaçant vers Silbert, planté au milieu d'un cercle de policiers. Le négociateur s'était déclaré prêt à collaborer par tous les moyens avec la veuve du policier assassiné, laquelle attaquerait sans aucun doute la chaîne de télé et Silbert et Biggins en personne devant la justice, avec des millions de dollars de dommages-intérêts à la clé.

— Je tiens à témoigner en faveur de la plaignante, précisa Potter au journaliste, dont le masque tomba momentanément pour révéler un quadragénaire anxieux aux talents douteux et aux capacités financières réduites.

Le négociateur se calait à présent sur sa chaise et observait l'abattoir par la vitre jaune.

— Combien de minutes avant l'expiration du prochain délai ?

— Quarante-cinq.

— Ça va être un gros morceau, dit Potter avec un soupir. Il va falloir que j'y réfléchisse. Handy est furieux maintenant. La situation lui a complètement échappé.

— Et le pire, dit Angie, c'est que tu l'as aidé à la reprendre en main. Ce qui est en soi une autre perte de contrôle.

— Par conséquent il en veut à tout le monde et à moi en particulier.

— Même s'il n'en a probablement pas conscience, ajouta Angie.

— C'est perdu d'avance.

Potter observait Budd, qui regardait l'abattoir avec une tête d'enterrement.

Le téléphone sonna. Tobe décrocha, souffla la suie du combiné, et répondit.

— Ouais, fit le jeune homme. Je lui dirai. (Il raccrocha.) C'était Roland Marks, Charlie. Il aimerait que vous veniez le voir tout de suite. Il est avec un ami. Quelqu'un qu'il veut vous présenter. C'est très important, m'a-t-il dit.

Le capitaine ne détachait pas son regard du champ de bataille.

— Il est... Où est-il ?

— Là-bas, sur la base arrière.

— Hmm, hmm. D'accord. Dites, Arthur, je peux vous parler une minute ?

— Naturellement.

— Dehors ?

— Vous avez pris goût à la cigarette imaginaire, c'est ça ? demanda Potter.

— Arthur a lancé une mode dans les brigades d'intervention, dit Tobe. Henry a pris goût à la baise imaginaire.

— Tobe ! aboya LeBow tout en tapant avec frénésie.

— C'est pas une critique, Henry, ajouta le jeune agent. Moi je m'inscris aux Alcooliques anonymes imaginaires.

Budd les gratifia d'un pâle sourire avant de sortir avec Potter. La température extérieure avait chuté de dix degrés et le négociateur eut l'impression que le vent s'était renforcé.

— Alors, Charlie, que se passe-t-il ?

Ils s'arrêtèrent de marcher. Les deux hommes contemplèrent la camionnette et l'herbe brûlée tout autour — les ravages causés par l'incendie.

— Arthur, il faut que je vous dise quelque chose. Il plongea la main dans sa poche et en sortit un magnétophone. Les yeux baissés, il le tournait et le retournait dans ses mains.

— Oh, fit l'agent. À propos de ça ?

Potter tenait une petite cassette en l'air.

Fronçant les sourcils, Budd ouvrit le magnétophone. Il y avait bien une cassette à l'intérieur.

— Celle-là est vierge, dit Potter. C'est une cassette spéciale. Impossible d'enregistrer dessus.

Budd appuya sur la touche *Play*. Un sifflement parasite grésilla dans le minuscule haut-parleur.

— J'étais au courant de tout, Charlie.

— Mais...

— Tobe possède des baguettes magiques. Elles détectent les appareils d'enregistrement sur bande. On passe toujours tout au peigne fin pour repérer les micros clandestins. Il m'a prévenu que quelqu'un avait un magnéto. Et en a conclu que ça ne pouvait être que toi.

— Vous saviez ?

Il regarda l'agent avec de grands yeux, puis secoua la tête, dégoûté de lui-même — dégoûté de s'être fait damer le pion par plus malin que lui dans une histoire qu'il ne trouvait pas très maligne au départ.

— Qui était-ce ? demanda Potter. Marks ? Ou bien le gouverneur ?

— Marks. Ces filles... il se fait vraiment un sang d'encre pour elles. Il voulait céder à toutes les exigences de Handy pour pouvoir obtenir leur libération. Après, il aurait suivi leur piste. Grâce à ce dispositif de radiobalisage qu'il avait prévu de mettre dans l'hélico. On aurait pu les pister à plus de cent cinquante kilomètres de distance sans qu'ils s'aperçoivent de rien.

Potter hocha la tête devant le capitaine.

— Je me doutais que c'était un truc comme ça. Un homme disposé à se sacrifier n'hésite jamais à sacrifier quelqu'un d'autre.

— Mais comment avez-vous réussi à échanger les cassettes ? demanda Budd.

Angie Scapello descendit de la camionnette et salua les hommes d'un signe de tête. En arrivant à la hauteur de Budd, elle lui effleura à peine le bras au passage.

— Salut, Charlie.

— Hé, Angie, fit-il sans sourire.

— Dis, quelle heure as-tu ? lui demanda-t-elle.

Il leva son bras gauche.

— Merde, je l'ai perdue. Ma montre. La barbe. Et Meg qui venait de me l'offrir pour mon...

Angie exhibait la Pulsar.

Budd hocha la tête, il venait de tout comprendre.

— J'y suis, dit-il, la tête encore plus basse si tant est que ce fût possible. Oh, punaise.

— J'ai donné des cours sur les techniques des pickpockets dans le service de police de Baltimore, expliqua-t-elle. J'ai subtilisé le magnéto pendant notre promenade — quand nous discutions loyauté — et fait l'échange de cassette.

— Vous êtes fortiche. Je dois le reconnaître. Oh, misère. J'ai semé la pagaille toute la soirée. Je ne sais pas quoi dire. Quelle déception pour vous.

— Vous avez avoué. Vous n'avez causé aucun tort.

— C'était Marks ? interrogea Angie.

— Ouaip. (Budd soupira.) Au début je pensais comme lui — qu'il fallait faire n'importe quoi pour sauver la vie de ces filles. J'ai vidé mon sac avec Arthur ce matin sur le sujet. Mais c'est vous qui aviez raison, une vie est une vie. Peu importe que ce soit une fillette ou un policier. Faut le stopper ici.

— Marks avait des raisons nobles pour agir ainsi, j'en conviens, dit Potter. Mais nous sommes obligés de procéder d'une certaine façon. Sacrifices acceptables. Vous vous souvenez ?

317

Budd ferma les yeux.

— Rendez-vous compte, j'ai failli ruiner votre carrière.

Le négociateur éclata de rire.

— Vous en étiez très loin, capitaine. Croyez-moi, vous étiez le seul à courir un risque. Peu importe à qui vous auriez remis cette cassette, votre carrière dans la police était fichue.

Budd eut l'air complètement décontenancé, puis tendit la main à Potter. Les deux hommes échangèrent une chaleureuse poignée de main, bien que Budd ne serrât pas très fort, soit parce qu'il avait honte, soit par égard pour les gros pansements qui recouvraient les brûlures de l'agent.

Tous trois se turent en voyant Potter lever les yeux vers le ciel.

— Le délai expire quand ?

Budd considéra de nouveau son poignet d'un air absent avant de se rendre compte qu'il tenait sa montre dans la main droite.

— Quarante minutes. Qu'y a-t-il ? Le capitaine leva les yeux vers le même nuage jaunâtre que lorgnait Potter.

— J'ai pas un bon feeling pour celle-là. Cette échéance.

— Et pourquoi ?

— Juste un sentiment.

— Une intuition, dit Angie. Écoutez-le, Charlie. En général, il a raison.

Budd détourna son regard du ciel pour s'apercevoir que Potter l'observait.

— Désolé, Arthur. J'suis en panne d'idées.

Les yeux de Potter sillonnaient l'herbe noircie par l'incendie et l'ombre de la camionnette.

— Un hélicoptère, lâcha-t-il soudain.

— Quoi ?

Potter se sentait saisi par un vif sentiment d'urgence.

— Trouvez-moi un hélicoptère.

— Mais je croyais qu'on n'allait pas lui en donner.

— J'ai simplement besoin de lui en montrer un. Un gros. Minimum un six-places — voire huit ou dix si vous pouvez m'en trouver un.

— Moi, vous en trouver un ? s'exclama Budd. Où ça ? Comment ?

Une pensée venue d'on ne sait où s'insinua dans l'esprit de Potter.

L'aéroport.

Il y avait un aéroport dans le coin. Potter chercha à se souvenir. D'où tenait-il ça ? Le lui avait-on dit ? Il n'était pas passé devant en voiture. Budd n'en avait pas parlé ; Henderson n'avait rien dit non plus. Où...

C'était Lou Handy. Le ravisseur en avait parlé comme d'une source possible d'approvisionnement. Il avait dû passer devant en venant ici.

Il en parla à Budd.

— Je vois où c'est, dit le capitaine. Ils ont deux-trois hélicos sur le terrain mais je me demande s'il y a seulement un type sur place capable de piloter un de ces engins. Disons que si on en trouvait un à Wichita ils pourraient peut-être arriver ici à temps. Mais merde, ça va nous prendre plus de quarante minutes pour dénicher un pilote.

— Eh bien, Charlie, on a quarante minutes, pas une de plus. Grouillez-vous.

— La vérité...

Melanie pleure.

Et De l'Épée est la seule personne au monde devant laquelle elle ne veut pas pleurer. Pourtant elle pleure. Il se lève de son fauteuil et vient s'asseoir à côté d'elle sur le canapé.

— La vérité, reprend-elle, c'est que je n'aime franchement pas qui je suis, ce que je suis devenue, ce dont je fais partie.

Le moment est venu d'avouer et rien ne pourra la retenir à présent.

— Je vous ai raconté comment je consacrais ma vie à la cause des Sourds. Que je ne vivais plus que pour ça ?

« Miss technicienne agricole de l'année, championne des Sourds.

« Ce n'était pas du tout mon truc. Pas — du — tout. (Elle se fait plus véhémente.) J'en avais tellement ma claque de ce côté exhibitionniste du mouvement. Les luttes de pouvoir pour s'affirmer dans la communauté des Sourds, le préjudice subi par les Sourds — oh, ça existe. Vous seriez surpris. J'en ai asssez de vivre sans ma musique. J'en ai assez de mon père...

— Oui, mais encore ? s'enquiert-il.

— J'en ai assez qu'il l'emploie comme une arme contre moi. Ma surdité.

— Et comment s'y prend-il ?

— Il me rend encore plus craintive que je ne suis déjà ! Pour me retenir à la maison. Vous savez, ce piano dont je vous ai parlé ? Celui sur lequel je voulais jouer *Amazing Grace* ? Ils l'ont vendu quand j'avais neuf ans. Et pourtant j'entendais encore assez bien pour jouer et j'aurais pu jouer deux ans de plus. Ils m'ont dit — enfin, c'est lui, mon père, qui l'a dit — qu'ils ne voulaient pas me voir apprendre à aimer quelque chose dont j'allais être privée de toute façon. (Et elle ajoute :) Mais la vraie raison, c'est qu'il voulait me garder près de lui à la ferme.

Tu vas bientôt rentrer à la maison, alors.

Melanie plonge ses yeux dans ceux de De l'Épée et lui avoue ce qu'elle n'a encore jamais avoué à personne :

— Je ne peux pas le haïr d'avoir voulu me garder à la maison. Mais vendre le piano — ça m'a fait très mal. Même s'il ne m'était plus resté qu'un seul jour pour faire de la musique, c'était mieux que rien. Je ne lui pardonnerai jamais d'avoir fait ça.

— Ils n'avaient pas le droit de faire une chose pareille, reconnaît-il. Mais vous avez réussi à prendre votre liberté. Vous travaillez à l'extérieur, vous êtes indépendante...

Sa voix faiblit.

Et maintenant le plus difficile.

— Qu'y a-t-il ? demande De l'Épée avec douceur.

— Il y a un an, commence-t-elle, je me suis acheté un nouveau sonotone. D'habitude, ces appareils-là ne marchent pas du tout mais avec celui-là je trouvais un léger mieux dans certaines tonalités musicales. Je voulais aller à un récital qui se donnait à Topeka. Voir Kathleen Battle. J'avais lu dans les journaux qu'elle allait chanter des spirituals dans son programme et je me disais...

— Qu'elle chanterait *Amazing Grace* ?

— J'avais envie de savoir si je pouvais l'entendre. J'étais prête à tout pour y aller. Mais je n'avais aucun moyen de m'y rendre. Je ne conduis pas et, en car, il fallait compter des heures. J'ai supplié mon frère de m'emmener. Il avait travaillé toute la journée à la ferme mais il a quand même accepté de me conduire.

Nous sommes arrivés juste à temps pour le concert. Kathleen Battle est apparue sur scène vêtue d'une magnifique robe bleue. Elle a salué le public en souriant... puis elle a commencé à chanter.

— Et alors ?

— Ça ne servait à rien. (Melanie prend une profonde inspiration, se pétrit les doigts.) C'était...

— Qu'est-ce qui vous rend si triste ?

— Le sonotone ne changeait rien du tout. Tout était embrouillé. Je n'entendais pratiquement rien et les seules notes audibles sonnaient faux à mes oreilles. Nous sommes partis à l'entracte. Danny faisait tout son possible pour me remonter le moral. Il...

Elle se tait.

— Ce n'est pas tout, n'est-ce pas ? Vous avez autre chose sur le cœur.

C'est tellement douloureux ! Elle se contente de penser ces mots-là et pourtant, selon les règles équivoques de son salon de musique, De l'Épée les entend très clairement. Il se penche vers elle.

— Qu'est-ce qui est douloureux ? Dites-moi !

Et il y a tant à dire. Elle pourrait employer des milliers de mots pour décrire cette nuit sans jamais parvenir à exprimer l'horreur de ce qu'elle a vécu.

— Allez-y, dit De l'Épée pour l'encourager.

Comme son frère avait coutume de lui dire, et jamais son père : « Vas-y. »

— Nous sommes sortis de la salle de concert pour monter dans la voiture de Danny. Il m'a demandé si j'avais envie de dîner, mais je ne pouvais rien avaler. Je lui ai demandé de me ramener simplement à la maison.

De l'Épée se rapproche d'elle. Leurs genoux se touchent. Il lui effleure le bras.

— Mais encore ?

— Une fois sortis de la ville, nous avons pris la voie rapide. Danny conduisait sa petite Toyota. Il l'a remise en état tout seul. Entièrement. Il est très fort en mécanique. Il est incroyable, vraiment. Nous roulions passablement vite.

Elle s'arrête un instant pour refouler la tristesse qui la submerge. Elle n'y parvient pas mais inspire à fond — en se rappelant le temps où elle devait prendre son souffle avant de dire quelque chose — et trouve la force de poursuivre.

— Nous bavardions dans la voiture.

De l'Épée hoche la tête.

— Ce qui veut dire que nous étions en train de signer. Et donc que nous étions obligés de nous regarder. Il me posait sans cesse des tas de questions pour savoir ce qui me rendait triste, si le sonotone ne marchait pas, si j'étais découragée, si papa recommençait à me tanner pour la ferme ?... Il...

Il lui faut de nouveau reprendre souffle.

— Danny avait les yeux sur moi, et pas sur la route. Oh misère... Il était juste là, devant nous. Je n'ai jamais su d'où il sortait.

— Quoi donc ?

— Un camion. Un gros, qui transportait des tuyaux en métal. Il a dû changer de voie quand Danny regardait ailleurs et... oh,

Seigneur, il ne pouvait plus rien faire. Tous ces tuyaux qui nous fonçaient dessus à mille kilomètres à l'heure...

Le sang. Une mare de sang.

Je sais qu'il a freiné. Je sais qu'il a tenté de braquer. Mais c'était trop tard. Non... Oh, Danny.

Tout ce sang qui gicle. Comme un veau à qui l'on vient de trancher la gorge.

— Il a réussi à se déporter, mais pas suffisamment, et un tuyau est passé à travers le pare-brise. Et il...

De l'Épée lui presse la main dans les siennes.

— Dites-moi, dit-il tout bas.

— Il...

Les mots sont presque impossibles à dire.

— Il lui a sectionné le bras.

Comme le sang qui coule le long des rigoles jusque dans cet horrible trou de vidange au centre de la salle d'abattage.

— Juste au niveau de l'épaule.

Elle sanglote en repensant à tout cela. À tout ce sang. À l'expression de stupeur sur le visage de son frère quand il s'est tourné vers elle et lui a parlé un long moment, pour lui dire des mots qu'elle n'avait pas réussi à déchiffrer alors et que, depuis, elle n'a jamais eu le cœur de lui demander de répéter.

Le sang éclaboussa le plafond de la voiture pour former une flaque sur les genoux du jeune homme, tandis que Melanie tentait désespérément de nouer un garrot autour du moignon de bras en hurlant de toutes ses forces. Elle qui donnait de la voix. Alors que Danny, toujours conscient, hochait frénétiquement la tête sans pouvoir dire un mot.

— Les secours sont arrivés juste quelques minutes plus tard, explique Melanie à De l'Épée, et ils ont réussi à enrayer l'hémorragie. Ils lui ont sauvé la vie. Ils l'ont transporté à l'hôpital et deux heures plus tard les médecins lui avaient recousu le bras. Il a subi des tas d'opérations depuis un an. Il doit se faire opérer demain — mes parents sont là-bas en ce moment. À Saint Louis, auprès de lui. D'après les médecins, il finira par récupérer l'usage de son bras, à cinquante pour cent. Avec un peu de chance. Mais depuis son accident, il se désintéresse complètement de la ferme. Il passe presque tout son temps au lit. À lire, à regarder la télé. C'est à peu près tout. C'est comme si sa vie s'était arrêtée...

— Ce n'est pas de ta faute, dit-il. Tu te sens coupable, n'est-ce pas ?

— Quelques jours après l'accident, mon père m'a appelée pour que je le rejoigne sur la terrasse. Il y a un truc de bizarre chez lui

322

— je lis parfaitement bien sur ses lèvres. (Comme Brutus, pense-t-elle, en le regrettant aussitôt.) Il était assis sur la balancelle et leva la tête pour me dire :

« "J'imagine que tu réalises ce que tu as fait. Tu n'avais pas à pousser Danny à faire une bêtise pareille. Et par pur égoïsme de ta part. Ce qui est arrivé est entièrement de ta faute, il n'y a pas à tortiller là-dessus. C'est pareil que si tu avais mis la moissonneuse en marche quand Danny avait la tête dans le moteur.

« "Dieu t'as faite incomplète et personne n'y est pour rien. C'est dommage mais c'est pas un péché — pour autant que tu comprennes ce que tu as à faire. Reviens à la maison tout de suite et rachète-toi pour le mal que tu as fait. Finis-en avec ta formation de prof, termine ton année. Tu dois bien ça à ton frère. Et à moi surtout.

« "Cette maison est la tienne et tu seras la bienvenue ici. Tu vois, tout est question d'appartenance et de ce que Dieu fait pour que ceux qui doivent rester chez eux y restent. Eh bien, ta place est ici, à travailler de ton mieux là où ton, euh, ton problème, disons, ne t'attire pas d'ennuis. La volonté de Dieu." Puis il s'en est allé épandre de l'ammoniaque en disant : "Tu vas bientôt rentrer à la maison, alors." Ce n'était pas une question. C'était un ordre. Décision prise. Pas de discussion. Il voulait que je rentre en mai dernier. Mais j'ai repoussé l'échéance de quelques mois. Je savais que je finirais par céder. Je cède toujours. Mais je voulais vivre seule encore quelques mois. (Elle hausse les épaules.) Gagner du temps.

— La ferme ne vous fait pas envie ?

— Non ! C'est la musique que je veux. Je veux l'ENTENDRE, pas seulement sentir des vibrations... Je veux entendre mon amant me murmurer des mots doux quand je suis couchée auprès de lui. (Elle n'arrive pas à croire qu'elle est en train de lui parler de ces choses-là, de pensées intimes qu'elle n'a jamais avouées à personne.) Je ne veux plus être vierge. (Maintenant qu'elle a commencé, elle se livre entièrement.) Je déteste la poésie, cela ne m'intéresse pas ! Cela ne m'a jamais intéressée. C'est stupide. Vous savez ce que je venais faire à Topeka ? Après mon récital au théâtre pour sourds ? J'avais un rendez-vous ensuite.

Il la serre alors dans ses bras et elle se blottit contre lui, la tête sur son épaule. C'est une sensation étrange, à double titre : se tenir si proche d'un homme, et communiquer sans le regarder.

— On peut faire ce qui s'appelle un implant cochléaire.

Elle doit s'interrompre un moment avant de pouvoir poursuivre.

— On vous pose un micro-chip dans l'oreille interne. Ce chip

323

est raccordé à une espèce de truc, un processeur vocal qui convertit les sons en impulsions dans le cerveau... Je n'ai jamais osé le dire à Susan. J'ai failli lui en parler une douzaine de fois. Mais elle m'en aurait voulu à mort. L'idée de vouloir remédier à la surdité — cela lui faisait horreur.

— Et ça fonctionne, ces implants ?

— Dans une certaine mesure. J'ai une perte auditive de quatre-vingt-dix pour cent dans les deux oreilles, mais c'est une moyenne. Dans certains registres, j'arrive à discerner des sons, et les implants peuvent en augmenter la puissance. Mais même s'ils s'avèrent inutiles, on peut essayer d'autres choses. Il existe toutes sortes de nouvelles technologies qui, d'ici quatre ou cinq ans, vont pouvoir aider des gens comme moi — les sourds de la rue et les gens ordinaires qui ont envie d'entendre.

Elle pense : Et j'en ai envie. J'ai envie d'entendre... J'ai envie de vous entendre me murmurer des mots doux à l'oreille pendant que nous faisons l'amour.

— Je...

Il parle, ses lèvres remuent, mais sa voix baisse.

Faiblit de plus en plus.

Non ! Parlez-moi, ne vous arrêtez pas. Qu'est-ce qui ne va pas ?

Mais à présent c'est Brutus qui se tient sur le seuil de son salon de musique. Que faites-vous là ? Allez-vous-en ! Sortez ! C'est MA pièce. Je ne veux pas de vous ici !

Il sourit, regarde ses oreilles.

— Monstre de la nature, dit-il.

Puis les voilà de nouveau dans la salle d'abattage. Ce n'était pas à elle que Brutus parlait mais à Ours debout en face de lui, les bras croisés, sur la défensive. Entre les deux hommes, la tension est aussi lourde qu'un rideau de fumée.

— Tu nous as balancés ? demanda Brutus à Ours.

Ours secoua la tête et répondit quelque chose qu'elle ne réussit pas à saisir.

— Ils les ont ramassées dehors, les petites.

Les jumelles ! Elles étaient sauves ! Melanie retransmit la nouvelle à Beverly et à Emily. Le visage de la plus jeune s'éclaira d'un grand sourire, et ses doigts bégayèrent une prière de remerciement.

— Tu les as laissées partir, hein ? demanda Brutus à Ours. T'avais tout manigancé dès le départ.

Ours niait farouchement en secouant la tête. Melanie ne put saisir sa réponse.

— J'ai parlé à... répliqua méchamment Brutus.

— Qui ça ?

— Le procureur général avec qui t'as magouillé.

Le visage d'Ours s'assombrit.

— Jamais de la vie, mec. Jamais de la vie, putain.

Wilcox s'approcha de lui par-derrière et dit quelque chose. Ours pointa un doigt vengeur sur Melanie.

— C'est elle...

Brutus se tourna vers la jeune femme. Elle le regarda d'un œil glacial puis se leva et marcha d'un pas lent sur le carrelage mouillé, suffoquant presque à cause de l'odeur d'essence. Arrivée aux côtés de Donna Harstrawn, elle s'arrêta. Du doigt, elle fit signe à Brutus d'approcher. Les yeux dans les yeux de Brutus, Melanie souleva la jupe de sa collègue. Elle désigna Ours de la tête.

— Espèce de petite salope ! Ours fit un pas en avant mais Brutus l'empoigna par le bras, lui ôta le pistolet de la ceinture et balança l'arme à Fouine.

— Connard, va !

— Et alors ? J'me la suis faite, et après ?

Brutus leva un sourcil puis tira un pistolet de sa poche. Il fit coulisser la glissière qu'il relâcha ensuite avec un bruit sec, puis pressa sur un bouton et sortit le petit tube métallique qui contenait le restant des balles. Il plaça le pistolet dans la main de Melanie. L'arme était froide comme la pierre, elle lui communiquait une puissance effrayante, pareille à de l'électricité pure.

Ours marmonnait quelque chose ; du coin de l'œil, Melanie le vit remuer les lèvres. Mais elle ne pouvait pas détacher son regard du pistolet. Brutus se plaça derrière elle et pointa le canon de l'arme vers la poitrine de l'homme. Il enserra les mains de Melanie dans les siennes. Elle respira son odeur, une odeur aigre de peau mal lavée.

— Allez ! dit Ours avec une expression amère. Arrête de faire le con...

Brutus lui parlait ; elle sentait ses paroles vibrer sur la peau de son visage mais sans pouvoir les comprendre. Elle le sentit grisé, presque excité sexuellement, et éprouva la même sensation — semblable à une fièvre. Ours mit les mains en l'air. Il marmonnait quelque chose. Secouait la tête.

Le pistolet lui brûlait les doigts, radioactif. Ours se déplaça légèrement et Brutus ajusta l'arme pour garder le canon braqué en plein sur sa poitrine. Melanie le revit couché sur le corps de Mrs. Harstrawn. Elle revit son regard posé sur les jambes fluettes des jumelles, sur leur poitrine plate. Appuie sur la gâchette, se dit-elle. Allez, appuie ! Ses mains se mirent à trembler.

De nouveau elle sentit vibrer les paroles de Brutus. En esprit, elle entendit sa voix, une voix étrangement apaisante, une voix fantôme : « Vas-y », disait-il.

Pourquoi le coup ne part-il pas ? Mes doigts ont reçu l'ordre de tirer.

Rien.

Ours pleurait. Des larmes roulaient sur ses grosses joues, dans sa barbe.

La main de Melanie tremblait violemment. La main ferme de Brutus se referma sur la sienne.

Alors le pistolet bondit silencieusement dans sa paume. Melanie eut un mouvement de recul en sentant le souffle chaud du canon la frapper au visage. Un minuscule petit point apparut sur la poitrine d'Ours et, plaquant les mains sur sa blessure, il leva les yeux au ciel puis tomba en arrière.

Non, c'est parti tout seul ! Ce n'est pas moi, je n'ai pas tiré ! Je le JURE !

Elle hurlait ces mots-là dans sa tête, elle les hurlait encore et encore. Et pourtant... pourtant, elle n'était pas certaine. Pas certaine du tout. L'espace d'un instant — avant que l'horreur de l'événement ne l'atteigne de plein fouet — elle était furieuse à l'idée de n'être peut-être pas responsable de la mort de cet homme. Que c'était Brutus, et non pas elle, qui avait appliqué l'ultime gramme de pression.

Brutus recula d'un pas et rechargea le pistolet, fit jouer un levier, et la glissière claqua.

Ours remuait les lèvres, son regard s'obscurcissait. Elle contempla ce visage pitoyable où se lisait toute l'injustice d'un monde qui s'ingéniait à gruger un brave type de sa vie. Melanie ne chercha même pas à déchiffrer ce qu'il disait.

Elle pensa : Il est des moments où c'est une chance d'être sourde.

Handy passa devant Melanie. Il baissa les yeux sur Ours. Lui grommela quelque chose. Il tira une balle dans la jambe de l'homme, qui réagit par une violente détente. Ours avait les traits déformés par la douleur. Puis Handy tira une deuxième balle — dans l'autre jambe. Finalement, il ajusta tranquillement son tir en visant l'énorme panse : l'arme retentit encore une fois. Ours fut parcouru d'un frisson, se raidit, puis ne bougea plus.

Melanie se laissa tomber par terre, et entoura Emily et Beverly de ses bras.

Brutus se pencha vers elle et l'attira tout contre lui. Son visage n'était qu'à quelques centimètres du sien.

— J'ai pas fait ça parce qu'il avait sauté la vieille. J'ai fait ça parce qu'il avait pas fait c'que je lui avais demandé. Il a laissé partir les gamines et il allait nous balancer. Maint'nant tu vas t'asseoir là-bas.

Comment puis-je comprendre ses paroles sans le comprendre, lui ?

Comment ? s'interroge Melanie. Je l'entends tellement bien, aussi clairement que j'entends mon père.

Tu vas bientôt rentrer à la maison, alors...

Comment ? s'interroge-t-elle.

Les yeux de Handy inspectèrent Melanie des pieds à la tête comme s'il connaissait parfaitement la réponse à sa question et attendait simplement que le déclic se fasse en elle. Puis il regarda l'heure à sa montre, se baissa, et empoigna Emily par le bras. Il entraîna ensuite la petite fille, mains jointes en une prière désespérée, dans la grande pièce.

Handy chantait.

Potter avait appelé pour dire :

— Hé Lou, comment ça va là-dedans ? On a cru entendre des coups de feu.

Sur l'air de *Streets of Laredo*, Handy chanta d'une voix frisant l'indécence :

— À ma Timex je vois qu'il te reste quinze minutes...

— Tu m'as l'air d'humeur joyeuse, Lou. Vous ne voulez rien d'autre à manger ?

Sa voix ne laissait rien transparaître de son inquiétude. Y avait-il réellement eu des coups de feu ?

— J'me sens assez gai, je dois dire. Mais j'ai pas envie de parler de mes humeurs. Je trouve ça chiant, pas toi ? Parle-moi de cet hélico de rêve qui vole dans le ciel en ce moment. Dis Art, tu m'en as trouvé un avec des pales en diamant ? Et une poupée avec des nichons énormes qui m'attend dans le cockpit ?

Comment expliquer ces coups de feu ?

Jetant un coup d'œil sur le moniteur qui relayait l'image de la caméra télescopique braquée sur la fenêtre, il vit la jeune Emily Stoddard, ses cheveux blonds bouclés, ses grands yeux, son visage en cœur. La lueur argentée de la lame de Handy posée sur sa joue.

— Il va la balafrer, dit Angie dans un souffle. Pour la première fois de la journée, sa voix était brisée par l'émotion. Parce que, tout comme Potter, elle l'en savait capable.

— Lou on l'a, ton hélico. Il est en route.

Pourquoi ne faiblit-il pas ? se demanda Potter. Après de si longues heures, la plupart des ravisseurs sont à bout de nerfs. Ils sont prêts à n'importe quoi pour conclure un marché.

— Reste en ligne, Lou. Je crois que le pilote m'appelle. Je vais te mettre en attente. Je te reprends tout de suite.

— Pas besoin. Contente-toi de livrer ce zinc dans quatorze minutes.

— Attends un instant.

Potter appuya sur la touche « Secret » pour demander :

— Qu'est-ce que tu en penses, Angie ?

Elle regarda par la fenêtre d'un air songeur. Soudain, elle déclara :

— C'est du sérieux. Il va passer à l'acte. Il en a assez de négocier. Et il nous en veut toujours pour l'assaut.

— Tobe ?

— Ça sonne, mais ça ne répond pas.

— Bon sang ! Il ne garde pas son téléphone dans sa poche ?

— Toujours là, Lou ?

— Le temps passe, Art.

Potter, s'efforçant de prendre un ton distrait, demanda :

— Oh, tiens, Lou, dis-moi. C'était quoi, ces coups de feu ?

Un petit rire étouffé.

— Ça te démange de savoir, hein.

— C'étaient bien des coups de feu ?

— Ch'sais pas. Peut-être que c'était tout dans ta tête. Peut-être que tu te sentais coupable pour ce flic qui s'est fait descendre accidentellement après que t'as accidentellement cherché à m'attaquer. Et tu as eu, comment dire, une hallucination.

— Ça nous a paru bien réel.

— Peut-être que Sonny s'est tué accidentellement en nettoyant son pistolet.

— C'est ce qui est arrivé ?

— Ça serait trop bête, surtout si on comptait sur lui pour être témoin et tout, et l'autre qui s'amuse à nettoyer son Glock sans vérifier s'il reste encore une balle dans le chargeur.

— Il n'y a pas de manigance entre lui et nous, Lou.

— Plus maintenant non, ça risque pas. Je t'en fous mon billet.

LeBow et Angie levèrent les yeux vers Potter.

— Bonner est mort ? demanda le négociateur à Handy.

T'as jamais rien fait de mal, Art ?

328

— Il te reste douze minutes, dit la voix enjouée de Handy.

Clic.

— Je l'ai. Budd, annonça Tobe.

Potter s'empara du téléphone qu'on lui tendait.

— Charlie, c'est vous ?

— Je suis à l'aéroport et ils ont un hélicoptère sur place. Mais impossible de trouver quelqu'un pour le piloter.

— Il doit y avoir quelqu'un.

— Il y a une école sur le terrain — une école d'aviation — avec un type qui vit là-bas derrière, mais ça répond pas chez lui.

— Il me faut un hélico ici dans dix minutes, Charlie. Survolez la rivière et posez-vous dans le grand champ à l'ouest. Celui qui est à un peu plus de cinq cents mètres d'ici. C'est tout ce que vous avez à faire.

— Rien que ça ? Oh, punaise.

— Bonne chance, Charlie, dit Potter. Mais Charlie avait déjà raccroché.

Charlie Budd passa en courant sous le grand hélicoptère Sikorsky. C'était un vieux modèle, un gros, de ceux qui avaient repêché les astronautes dans l'océan durant les vols Gemini et Apollo de la NASA. Il était orange, rouge et blanc, aux couleurs des gardecôtes, même si les insignes avaient été recouverts depuis longtemps.

L'aéroport n'était pas grand. Pas de tour de contrôle, mais une simple manche à air près d'une piste engazonnée. Une demi-douzaine de monomoteurs Piper et de Cessna attendaient au repos, solidement arrimés pour affronter les tornades du Kansas.

Budd cogna à la porte d'une petite cabane située derrière l'unique hangar du terrain. Sur la porte, une pancarte indiquait : *D.D. Pembroke Helicopter School. Leçons, balades. À l'heure et à la journée.*

Mais en dépit de cette affirmation, l'endroit ressemblait surtout à une maison d'habitation. Une pile de lettres était posée sur le paillasson et, par la porte vitrée, Budd apercevait une ampoule jaune allumée, une pile d'affaires sales dans un panier en plastique bleu et, selon toute apparence, un pied d'homme qui dépassait du bout du lit. Un orteil solitaire perçait par le trou de sa chaussette.

— Allez ! fit Budd en tambourinant de toutes ses forces. Police ! Ouvrez !

L'orteil remua — il frémit, décrivit lentement un cercle — puis retomba, inerte.

Nouvelles volée de coups. « Ouvrez ! »

L'orteil était retombé dans un profond sommeil.

La vitre se brisa aisément sous le coude de Budd. Il fit sauter le verrou et poussa la porte. « Hé, monsieur ! »

Un homme d'une soixantaine d'années était couché sur le petit lit, en salopette et tee-shirt. Ses cheveux, pareils à de la paille, étaient ébouriffés en tous sens sur sa tête. Il faisait en ronflant autant de bruit qu'un moteur de Sikorsky.

Budd lui saisit le bras et le secoua violemment.

D.D. Pembroke, si c'était bien lui, entrouvrit une seconde ses yeux humides et rouges, regarda Budd d'un air vacant, et se retourna de l'autre côté. Le ronflement avait cessé, c'était déjà ça.

— Monsieur, je suis de la police d'État. Réveillez-vous ! C'est une urgence ! Nous avons immédiatement besoin de votre hélico.

— Allez-vous-en, grommela Pembroke.

Budd flaira son haleine. Il découvrit la bouteille de bourbon vide blottie au creux du bras de l'homme tel un chaton endormi.

— Merde. Réveillez-vous, monsieur. Nous avons besoin de vous comme pilote.

— Je peux pas voler. Comment voulez-vous que je vole ? Allez-vous-en. (Pembroke restait sans bouger, les yeux toujours clos.) Comment vous avez fait pour rentrer ? demanda-t-il sans une once de curiosité.

Le capitaine le retourna sur le dos et le secoua par les épaules. La bouteille tomba sur le sol de ciment et se cassa.

— C'est vous Pembroke ?

— Ouais. Merde, c'était ma bouteille ?

— Écoutez, c'est une urgence fédérale.

Sur une table crasseuse, pleine de cochonneries, Budd aperçut un bocal de café instantané. Ouvrant le robinet de l'évier taché de rouille, il remplit une tasse sans même attendre que l'eau soit chaude. Il jeta quatre cuillères à soupe de café bien pleines dans l'eau froide et fourra la tasse entre les mains de Pembroke.

— Buvez ça, monsieur. Faut qu'on y aille. J'ai besoin de vous pour m'emmener en hélico jusqu'à l'abattoir à quelques kilomètres d'ici.

Pembroke, les yeux toujours clos, s'assit et renifla la tasse.

— Quel abattoir ? C'est quoi cette saloperie là-dedans ?

— Celui au bord de la rivière.

— Où qu'est ma bouteille ?

— Buvez-moi ça, ça vous réveillera.

Les granules de café ne s'étaient pas dissous ; ils flottaient en surface comme une crème brune et glacée. Pembroke en prit une gorgée, la recracha sur le lit, et envoya balader la tasse à l'autre bout de la pièce. « Beurk ! » Alors seulement il réalisa qu'un homme en costume bleu et gilet pare-balles était penché sur lui.

— Vous êtes qui, bordel ? Où qu'est ma...

— J'ai besoin de votre hélicoptère. Et j'en ai besoin tout de suite. Cas d'urgence fédérale. Vous devez m'emmener jusqu'à cet abattoir près de la rivière.

— Là-bas ? Le vieux zinc ? C'est à cinq bornes d'ici. Vous y serez plus vite en bagnole. À pied, oui, putain ! Nom de Dieu... ma tête. Ooooh.

— J'ai besoin d'un hélico. Et tout de suite. Je suis autorisé à vous payer le prix que vous voulez.

Pembroke s'écroula de nouveau sur le lit. Ses yeux se fermaient sans cesse. Budd se dit que même s'ils réussissaient à décoller, ce serait pour mourir ensemble à la suite d'un accident de pilotage.

— Allons-y. (Le policier le tira par les bretelles de sa salopette.)

— Quand ?

— Tout de suite. À la seconde.

— Je peux pas voler quand je roupille comme ça.

— Bon. Quel est votre tarif ?

— Cent vingt de l'heure.

— Je vous en offre cinq cents.

— Demain. (Il commença de se rallonger, les yeux fermés, en tapotant les draps crasseux pour retrouver sa bouteille.) Foutez-moi le camp d'ici.

— Monsieur. Ouvrez les yeux.

Il les ouvrit.

— Merde, marmonna Pembroke en se trouvant nez à nez avec le canon du pistolet noir automatique.

— Monsieur, fit Budd d'une voix grave et respectueuse, vous allez vous lever pour monter dans cet hélicoptère et nous emmener exactement là où je vous dis. Vous me comprenez ?

Un hochement de tête.

— Vous êtes dégrisé ?

— Tout à fait, dit Pembroke. Il parvint à garder les yeux ouverts deux secondes entières avant de s'écrouler une fois de plus.

Melanie était adossée au mur et caressait les cheveux blonds, humides de sueur, de Beverly, qui suffoquait comme une malheureuse.

La jeune femme se pencha en avant pour jeter un coup d'œil dans l'autre pièce. Emily, en pleurs, était debout à la fenêtre. À cet instant, Brutus se retourna brusquement et, apercevant Melanie, lui fit signe de venir.

N'y va pas, se dit-elle. Résiste-lui.

Elle hésita un moment avant de se lever et de s'avancer vers lui.

J'y vais parce que c'est plus fort que moi.

J'y vais parce qu'il me réclame.

Elle se sentit envahie par un froid glacial qui montait du sol, des chaînes et des crochets de boucher en métal, de la cascade d'eau lisse, des murs humides éclaboussés de taches de moisi et de vieux sang séché.

J'y vais parce que lui et moi venons de tuer un homme ensemble.

J'y vais parce que je peux le comprendre...

Brutus l'attira tout contre lui.

— Tu te crois meilleure que moi, hein ? Tu te crois bonne.

Elle se rendait compte qu'il chuchotait. Les gens changent d'expression quand ils chuchotent. Ils ont l'air de vous dire des vérités incontestables alors qu'en réalité ils se contentent de rendre le mensonge plus convaincant.

Pourquoi nous le vendons ? Chérie, tu sais bien ce qu'a dit le docteur. C'est tes oreilles. T'entends encore un peu, c'est vrai, mais ça va pas durer, rappelle-toi ce qu'ils ont dit. Tu n'as pas vraiment envie d'entreprendre quelque chose que tu vas devoir abandonner dans quelques années. Nous on fait ça pour ton bien.

— Tu vois, si cet hélico arrive pas dans trois minutes, je la balafre. Je la tuerais si j'avais assez d'otages. Mais je peux pas me permettre d'en perdre une autre. Du moins pas tout de suite.

Emily était debout, les mains toujours fermement jointes, le regard fixé au-dehors, le corps secoué par les sanglots.

— Tu vois... (Brutus resserra ses doigts d'acier autour du bras de Melanie.) Si t'étais bonne, mais vraiment bonne, tu dirais : « Laisse-moi prendre sa place. »

Tais-toi !

Il la gifla.

— Non, ferme pas les yeux. Bon, si t'es pas comme qui dirait totalement bonne c'est qu'y a du mauvais en toi. Quelque part. Pour laisser c'te gamine se faire balafrer à ta place. C'est pas comme si t'allais mourir. J'vais pas la tuer. Juste lui faire un peu mal. Histoire d'être sûr que ces connards-là... comprennent que je parle sérieusement. Tu veux pas souffrir un p'tit peu pour ta copine, hein ? T'es... mauvaise. Pareil que moi ?

Elle nia en silence.

Handy tourna brusquement la tête. Fouine aussi. Elle devina que ce devait être la sonnerie du téléphone.

— Réponds pas, dit-il à Fouine. Trop de baratin. J'en ai ma claque... (Il tâta la lame du bout du pouce. Melanie était pétrifiée.) Toi ? Toi au lieu d'elle ? (Il pointait son couteau de l'une à l'autre. En dessinant des huit.)

Qu'aurait fait Susan ?

Melanie hésitait tout en sachant clairement la réponse. Finalement elle hocha la tête.

— Ouais, dit-il en levant les sourcils. T'es sûre ?

— Deux minutes, lança Fouine.

Melanie s'avança puis, serrant contre elle Emily en pleurs, posa sa tête sur la joue de la fillette et l'écarta en douceur de la fenêtre.

Handy se tenait tout près, la tête à quelques centimètres de celle de Melanie, le nez contre son oreille. Elle ne l'entendait pas respirer, bien sûr, mais elle avait l'impression qu'il humait quelque chose : l'odeur de sa peur. Elle avait les yeux rivés sur le couteau. La lame errait au-dessus du corps de la jeune femme : sa joue, son nez, puis ses lèvres, sa gorge. Elle la sentit effleurer un sein et descendre jusqu'à son ventre.

Elle perçut la vibration de sa voix, se tourna pour observer ses lèvres.

— ... je dois choisir ? Ton nichon ? Ce serait pas une grosse perte — t'as pas de copain qui te pelote, hein ? Ton oreille. Hé, ça changerait rien non plus... Tu l'as vu ce film, *Reservoir Dogs* ?

La lame se souleva, glissa sur la joue de Melanie.

— Ton œil, pourquoi pas ? Sourde et aveugle. Un vrai monstre, pour le coup.

Finalement, n'y tenant plus, elle ferma les yeux. Elle chercha à se souvenir de la mélodie de *Amazing Grace* mais n'en trouva plus trace dans sa mémoire.

Rien, rien, tout est silence. La musique, ce peut être des vibrations ou des sons, mais pas les deux à la fois.

Soudain, les mains la repoussèrent brutalement et elle rouvrit les yeux, trébuchant sur le plancher. Brutus riait. Elle comprit que cette petite scène de sacrifice n'avait été qu'un jeu. Une fois de plus, il s'était moqué d'elle.

— Ta, ta, ta, dit-il, j'ai prévu autre chose pour toi, petite souris. T'es un cadeau pour ma Pris.

Il l'abandonna à Fouine, qui la retint d'une main ferme. Elle se débattit mais il la serrait comme dans un étau. Brutus ramena Emily devant la fenêtre. Le regard de la fillette croisa un instant celui de Melanie, et la petite, en pleurs, joignit les mains pour prier.

Melanie luttait en vain contre la poigne de fer de Fouine.

Brutus consulta sa montre.

— C'est l'heure.

Emily sanglotait ; ses doigts joints se crispaient convulsivement en formulant leur fervente prière.

Brutus resserra sa prise sur la tête d'Emily. Éloignant le couteau de quelques centimètres, il pointa la lame droit sur le milieu de l'œil clos de la fillette.

Fouine détourna la tête.

Soudain ses bras tressaillirent sous l'effet de la surprise. Il leva les yeux vers le plafond obscur.

Brutus en fit autant.

Et finalement Melanie le sentit aussi.

Un énorme bruit sourd au-dessus de leurs têtes, pareil à un roulement de timbales. Le bruit se rapprocha pour devenir le bourdonnement continu d'une contrebasse vibrant sous l'archet. Une tonalité insaisissable que Melanie ressentait sur son visage, ses bras, son cou, sa poitrine.

La musique est son ou vibration. Mais pas les deux à la fois.

L'hélicoptère se trouvait au-dessus de leurs têtes.

Brutus se pencha par la fenêtre pour scruter le ciel. D'un geste théâtral, il débloqua le cran d'arrêt de la lame avec ses doigts osseux et referma le couteau avec un claquement sec, ainsi que le supposa Melanie. Il éclata de rire et dit quelque chose à Fouine, des mots qu'à sa grande colère, et sans qu'elle comprît pourquoi, Melanie fut incapable de saisir.

21 : 31

— Vous m'avez l'air un peu vert sur les bords, Charlie.

— Ce pilote, dit Budd à Potter en montant dans la camionnette d'un pas chancelant. Punaise, j'ai cru que je me payais la ferme. Il a complètement raté le champ, il s'est posé au milieu de la route 346, pratiquement sur le toit d'un camion de pompiers. Je m'en serais bien passé, de cette expérience. Après ça, il a dégueulé par la fenêtre et s'est endormi d'un seul coup. J'ai dû éteindre tout un tas de trucs avant que le moteur s'arrête. Ouh, cette odeur, c'est pas fait pour arranger mon estomac.

Le maintien exemplaire du capitaine était pulvérisé ; il s'avachit sur une chaise.

— Eh bien, Charlie, vous avez fait du bon boulot, lui fit remarquer Potter. Handy a accepté de nous accorder un peu plus de temps. Le G.I.L.O. sera là d'un instant à l'autre.

— Et puis quoi ?

— Et puis on verra ce qu'on verra, répondit Potter d'un air songeur.

— Quand je roulais vers l'aéroport, dit Budd, les yeux fixés sur Potter, j'ai capté un message. Il y a eu un coup de feu à l'intérieur ?

LeBow s'arrêta de taper.

— Handy a descendu Bonner, répondit l'agent de renseignements. À ce qu'on croit.

— À mon avis, poursuivit Potter, Handy et Wilcox ont pris notre stratagème un petit peu plus au sérieux que je n'avais prévu — le coup de Bonner qui fait sa cuisine à part. Ils ont cru qu'il les avait balancés.

— On pouvait rien y faire, dit LeBow avec désinvolture. Pas possible de pronostiquer ce genre de truc.

— Ce n'était pas prévisible, récita Tobe comme un cybernaute dans un des romans de science-fiction qui constituaient sa lecture favorite.

Charlie Budd — le faux procureur général, un ingénu dans la police d'État — était le seul honnête homme du groupe, car il gardait le silence. Il avait toujours les yeux fixés sur Potter, et leurs regards se croisèrent. Celui du jeune capitaine disait qu'il comprenait que Potter avait agi en toute connaissance de cause lorsqu'il avait donné le script à Budd ; Potter avait tout du long eu l'intention de fournir à Budd les graines de la méfiance destinées à monter Handy contre Bonner.

Mais on lisait aussi un autre message. Les yeux de Budd disaient : Oh, j'y suis, Potter. Vous vous êtes servi de moi pour tuer un homme. Bon, faut dire ce qui est ; je vous ai espionné, après tout. Mais maintenant nous sommes quittes. Chacun a trompé l'autre, et pour quel résultat ? Eh bien, on a un preneur d'otages en moins, et c'est tant mieux. Mais écoutez-moi bien : c'est fini, je ne vous dois plus rien.

Un téléphone sonna — le portable personnel de Budd. Il prit

335

l'appel. Tout en écoutant, il ponctuait la conversation de plusieurs « hmm » lourds de sens, puis il plaqua la main sur le micro.

— Ça alors, qu'est-ce que vous en dites ? C'est mon chef de service, Ted Franklin. Il m'annonce qu'un policier s'est présenté à McPherson, pas très loin d'ici. Une femme. Elle a négocié la reddition de Handy il y a cinq ans dans le braquage d'une épicerie, un hold-up qui a mal tourné. Il veut savoir s'il doit lui demander de venir ici nous donner un coup de main.

— Handy s'est rendu à elle ?

Budd posa la question et écouta un moment. Puis il dit :

— Oui, il semblerait. Il n'y avait pas d'otages, apparemment. Ils avaient tous réussi à s'enfuir et la brigade d'intervention s'apprêtait à intervenir. Pas franchement le même scénario qu'ici, on dirait.

Potter et LeBow échangèrent un rapide coup d'œil.

— Faites-la venir quand même, dit le négociateur. Qu'elle soit ou non capable de nous apporter une aide immédiate, je vois déjà Henry se lécher les babines à l'idée de recueillir de nouvelles infos sur les méchants.

— Tu l'as dit.

Budd retransmit le message à son commandant, et Potter se trouva un temps ragaillardi à la perspective d'avoir un allié. Il se cala au fond de la chaise et s'interrogea à voix haute :

— Vous voyez le moyen d'en faire relâcher une ou deux de plus avant l'arrivée du G.I.L.O. ?

— Que peut-on lui donner qu'il n'ait pas encore demandé ? Il reste quelque chose ?

LeBow fit défiler son texte à l'écran.

— Il a demandé un moyen de transport, à manger, à boire, des armes, des gilets, l'électricité...

— Rien que du classique. Tout ce que réclame un preneur d'otages.

— Mais pas d'argent, remarqua Budd tout à coup.

Soucieux, Potter passa rapidement en revue la colonne *Promesses* du tableau, où figurait tout ce qu'ils avaient déjà donné à Handy.

— Tu as raison, Charlie.

— Pas d'argent ? s'étonna Angie.

LeBow consulta ses fichiers et confirma qu'Handy n'avait pas une seule fois parlé d'argent. Il demanda au capitaine :

— Qu'est-ce qui vous y a fait penser ?

— J'ai vu ça dans un film, expliqua Budd.

— C'est une prise d'otages de circonstance, suggéra LeBow.

Handy ne cherche pas à se faire du fric. C'est un criminel en fuite.

— C'était aussi le cas de ce type, remarqua Budd. (Potter et Lebow lancèrent un coup d'œil sur le capitaine qui, piquant un fard, ajouta :) Dans le film, s'entend. Je crois que c'était Gene Hackman. Ou peut-être qu'il jouait votre rôle, Arthur. C'est un bon acteur, Hackman.

— Moi je suis de l'avis de Charlie, dit Angie. C'est vrai qu'il y a beaucoup de ravisseurs terroristes qui ne veulent pas d'argent. Mais Handy a un côté mercenaire. La plupart de ses condamnations concernent des vols.

— Essayons de lui en acheter deux, dit Potter. Qu'avons-nous à perdre ? (Se tournant vers Budd :) Vous pouvez mettre la main sur du liquide ?

— À cette heure-ci ?

— Immédiatement.

— Ouh là, sans doute. La direction générale a un fond de caisse. Deux cents dollars, peut-être. Ça irait ?

— Je parle d'environ cent mille dollars en petites coupures, non numérotées. Dans, voyons, vingt minutes.

— Oh, fit Budd. Dans ce cas, non.

— Je vais appeler la DEA. Ils doivent avoir des réserves à Topeka ou à Wichita. On fera un transfert d'agence à agence.

Un signe de tête à Tobe, et celui-ci feuilleta aussitôt un annuaire téléphonique et composa un numéro. LeBow se mit à parler dans son casque avec la même douceur insistante qu'il mettait à effleurer les touches.

Potter décrocha son téléphone et appela Handy.

— Hé, Art.

— Comment va, Lou ? Prêt à partir ?

— Je veux, oui. Direction un petit chalet bien chaud... Ou un hôtel. Ou une île déserte.

— De quel côté, Lou ? Peut-être que je passerai te voir.

Tu manques pas d'humour, Art.

— J'aime les flics qu'ont le sens de l'humour, espèce de vieux saligaud. Où est mon hélico ?

— Aussi près qu'on a pu le poser, Lou. Dans le champ juste derrière les arbres. Ça remuait trop sur la rivière, finalement. Bon, écoute. Tu l'as vu, cet hélico. C'est un six-places. Je sais que tu en voulais un à huit, mais c'est tout ce qu'on a pu dénicher. (Il espérait que l'homme n'avait pas pu le voir de très près ; on pouvait embarquer la moitié de l'équipe des Washington Redskins dans un vieux Sikorsky.) Alors, j'ai une proposition à te faire. Laisse-moi t'acheter deux otages.

— Acheter ?

— Parfaitement. Je suis autorisé à monter à cinquante mille par tête. Il n'y a tout simplement pas assez de place pour vous six plus le pilote. Et pas de galerie pour la gaudriole, figure-toi. Laisse-moi en acheter deux.

Merde, Art, je pourrais en descendre une. Y aurait plus de problème de place, à ce moment-là.

Mais il le dira en riant.

— Hé, j'ai une idée. Au lieu de t'en donner une, j'pourrais la descendre. Comme ça on aurait largement la place. Pour nous et notre gamme de Samsonite.

Le rire ressemblait presque à un caquètement.

— Ah, mais Lou, si tu la tues, tu touches pas un rond. Y aurait de quoi flipper, comme dit mon neveu.

Potter avait répondu d'un ton enjoué, car il sentait que le rapport avait été renoué. Une trame solide. Le négociateur savait que l'homme étudiait sérieusement l'offre.

— Cinquante mille ?

— En liquide. Petites coupures, non numérotées.

Une hésitation.

— D'accord. Mais juste une. Je garde les autres.

— Disons deux. Il t'en reste deux autres. Faut pas être trop gourmand.

C'est marre, Art. File-moi cent mille pour une. J'irai pas plus loin.

— Pas question, dit Handy. Pas plus d'une. Cinquante mille. Tope là.

Potter lança un coup d'œil sur Angie. Elle secoua la tête, perplexe. Handy ne marchandait pas. Après un simulacre de discussion de maquignons, Potter s'était attendu à verser l'intégralité de la somme en échange d'une seule fille.

— Eh bien, d'accord, Lou. J'accepte.

— Juste une chose, Art ?

Il y avait dans la voix de Handy une intonation que Potter n'avait pas encore entendue et qui le troublait. Il n'avait aucune idée de ce qui allait venir. Où s'était-il montré vulnérable ?

— Oui ?

— Faut que tu me dises laquelle.

— Qu'est-ce que tu entends par là, Lou ?

Nouveau petit rire gloussant.

— Pas difficile à comprendre, Art. Laquelle tu veux acheter ?

Tu connais la musique, mon coco. Tu vas voir ton revendeur de bagnoles et tu lui dis : Je prends cette Chevrolet ou cette Ford. T'alignes le fric, tu fais ton choix. Laquelle tu veux ?

Son cœur. C'était là que Potter avait omis de se protéger. Dans son cœur.

Budd et Angie dévisageaient le négociateur.

Tobe restait tête basse, concentré sur les mouvements de ses écrans.

— Eh bien, Lou, voyons...

Potter ne trouvait rien d'autre à dire. Pour la première fois de la journée, l'incertitude s'insinuait dans l'âme de Potter. Et, pis encore, il l'entendait dans sa propre voix. Cela ne POUVAIT pas être. Dans une négociation, l'indécision était fatale. Les ravisseurs la détectaient immédiatement et en retiraient un pouvoir, un pouvoir redoutable. Avec un homme comme Handy, un maniaque de l'autorité, entendre ne fût-ce qu'une seconde d'hésitation dans la voix de Potter pouvait suffire à lui faire croire à son invincibilité.

En tergiversant, Potter eut le sentiment qu'il signait l'arrêt de mort des quatre derniers otages.

— Eh bien, c'est coton, comme question, dit Potter en s'efforçant de plaisanter.

— Je doute pas. En fait, tu m'as l'air salement déboussolé.

— Je veux juste...

— Laisse-moi te donner un coup de main, Art. Faisons le tour des otages d'occase, qu'est-ce t'en penses ? Bon, y a la vieille — la prof. Celle-là, elle a beaucoup roulé. Elle est pas en très bon état. Un vieux clou, une mocheté. C'est la faute à Bonner. Il l'a poussée à fond, je te dis. Le radiateur fuit encore.

— Bon Dieu, murmura Budd.

— Cet espèce de salaud, dit la placide Angie.

Les yeux de Potter restaient rivés sur les fenêtres jaunes, familières, de l'abattoir. Il pensait : Non ! Ne me fais pas ça ! Non !

— Et puis il y a la jolie. La blonde. Melanie.

Pourquoi connaît-il son nom ? se dit Potter. Furieux sans raison. C'est elle qui lui a dit ? Elle lui parle ? Elle est tombée sous son charme ?

— Je l'ai à la bonne. Mais elle est à toi, si tu la veux. Et puis on a cette petite emmerdeuse qui siffle tout le temps. Oh, et en dernier la jolie môme en robe qu'a failli être Miss Cyclope. À toi de choisir.

Potter se surprit à contempler la photo de Melanie. Non, arrête, s'ordonna Potter. Détourne les yeux. Ce qu'il fit. Maintenant, réfléchis ! Laquelle court le plus grand risque ?

339

Laquelle menace le plus son autorité ?

L'aînée des enseignantes ? Non, pas du tout. La petite fille, Emily ? Non, trop frêle et féminine, et trop jeune. Beverly ? Son asthme doit taper sur les nerfs de Handy, comme l'a déjà suggéré Budd.

Et que dire de Melanie ? La remarque de Handy laissait croire que des liens se développaient. Était-ce suffisant pour le faire hésiter à la tuer ? Sans doute pas. Mais c'est une femme. Comment pouvait-il porter son choix sur une adulte plutôt que sur une enfant ?

Melanie, implorait le cœur de Potter au désespoir, je veux te sauver la vie ! Et ce même cœur brûlait de rage pour Handy qui lui avait mis cette décision entre les mains.

Il ouvrit la bouche ; il était incapable de parler.

Budd fronça les sourcils.

— Le temps presse. Il risque de faire machine arrière si nous ne décidons pas tout de suite.

LeBow posa la main sur le bras de Potter, en murmurant :

— T'en fais pas, Arthur. Choisis qui tu veux. Ça n'a vraiment aucune importance.

Mais cela en avait. Dans une prise d'otages, la moindre décision comptait. Il se retrouva une fois de plus en train de contempler le portrait de Melanie. Cheveux blonds, grands yeux.

Prenez garde, De l'Épée.

Potter se redressa sur sa chaise.

— Beverly, lança-t-il brusquement dans le combiné. Celle qui a de l'asthme. (Il ferma les yeux.)

— Hummm. Bien choisi, Art. Ça m'énerve de l'entendre siffler comme ça. J'étais pas loin de me la faire, question de principe, à cause de cette putain de respiration à la con. D'ac-d'ac, tu fais briller le fric et je te l'envoie.

Handy raccrocha.

Tout le monde resta un long moment sans parler.

— Je déteste ce bruit, marmonna finalement Frances. Je ne veux plus jamais entendre un téléphone qu'on raccroche.

Potter s'enfonça dans son siège. LeBow et Tobe l'observaient. Lentement, il le fit pivoter et regarda au-dehors.

Melanie, pardonne-moi.

— Salut, Arthur. C'est pas du gâteau, à ce qu'on raconte.

Frank D'Angelo était un moustachu grand et maigre, aussi calme qu'un étang un jour d'été. Le chef du Groupe d'intervention du FBI avait commandé les opérations de commando au cours des cinquante ou soixante négociations que Potter avait dirigées. Les hommes du commando — prélevés sur les équipes de Floride et de Seattle — venaient d'arriver et se trouvaient rassemblés dans le fossé derrière le poste de commandement.

— La journée a été longue, Frank.

— Il a mis en place un piège explosif ?

— Apparemment. Personnellement, je préférerais le faire sortir sous très haute surveillance pour l'arrêter ou le neutraliser ensuite. Mais ça, c'est ton rayon.

— Combien reste-t-il d'otages ? demanda D'Angelo.

— Quatre, répondit Potter. Nous en faisons libérer une de plus dans une dizaine de minutes.

— Vous allez tenter une offre de reddition ?

En définitive, le but de toute négociation est d'amener les preneurs d'otages à se rendre. Mais si vous leur soumettez la chose juste avant qu'ils ne rejoignent leur hélicoptère ou tout autre moyen de transport, ils risquent d'en conclure, non sans raison, que votre offre de reddition n'est en fait qu'un ultimatum voilé et que vous vous apprêtez à les épingler. En outre, si vous donnez le feu vert à un assaut, il risque d'y avoir des pertes et vous passerez le restant de vos jours à vous demander si vous auriez pu amener les ravisseurs à capituler sans effusion de sang.

Il ne fallait pas non plus oublier le paramètre Judas. La trahison. Potter promettait une chose à Handy et lui fournissait tout autre chose. Avec, au bout du compte, la mort possible — probable — de cet homme. Peu importe le degré de cruauté de Handy, lui et le négociateur étaient en quelque sorte associés, et s'il le trahissait Potter ne l'oublierait pas de sitôt.

— Non, répondit lentement l'agent, aucune offre de reddition. Il l'interprétera comme un ultimatum et se doutera que nous préparons une attaque. Et alors impossible de le faire sortir.

— Que s'est-il passé ici ? D'Angelo montrait les parties incendiées du poste de commandement.

— Je te raconterai plus tard, répondit Potter.

À l'intérieur de la camionnette, D'Angelo, Potter, LeBow et Budd étudièrent les plans de la bâtisse ainsi que les relevés de terrain et les cartes SatSurv.

— C'est là que se tiennent les otages, expliqua Potter. C'était d'actualité il y a une heure. Et, pour autant que nous sachions, la bombe incendiaire est toujours en place.

LeBow retrouva la description de l'engin et la lut à voix haute.

— Et vous êtes certain de pouvoir en faire libérer une de plus ? demanda l'agent tactique.

— Nous l'achetons pour cinquante mille.

— La gamine devrait pouvoir nous dire si la bombe est toujours amorcée, remarqua D'Angelo.

— C'est sans importance, à mon avis, dit Potter en regardant Angie, laquelle approuva d'un signe de tête. Avec ou sans bombe, il piégera les otages. Il lui suffit de très peu de temps, une ou deux secondes, pour les exécuter ou leur balancer une grenade.

— Une grenade ? fit D'Angelo d'un air soucieux. Vous avez la liste de son armement ?

LeBow en avait déjà imprimé une. Le commandant du G.I.L.O. la parcourut des yeux.

— Il a un MP-5 ? Avec lunette et silencieux ?

Il secoua la tête, horrifié.

On frappa sur la carrosserie de la camionnette et un jeune officier apparut dans l'encadrement.

— Mission de reconnaissance accomplie, commandant.

— Je vous écoute.

D'un signe de tête, D'Angelo indiqua le plan

— Cette porte-là est en bois doublée d'acier. On a déjà placé des charges explosives, on dirait.

D'Angelo interrogea Potter du regard.

— La police d'État a fait du zèle. C'est comme ça qu'il a récupéré le Heckler & Kock.

D'Angelo hocha la tête d'un air narquois, en lissant ses belles moustaches.

— Il y a une autre porte sur la façade sud, poursuivit le policier, en bois beaucoup plus mince. Et une porte de chargement derrière, là, près de la rivière. Elle est juste assez entrebâillée pour se glisser dessous à plat ventre, à condition de poser le harnachement. Possible pour deux petits gabarits. À côté il y a une autre porte, plus petite, en acier renforcé, bloquée par la rouille. On a repéré un tuyau d'évacuation là, diamètre soixante, fermé par une grille d'acier. Les fenêtres du deuxième étage sont toutes équipées de barreaux d'un centimètre. Ces trois fenêtres-là ne sont pas visibles depuis la position occupée par les P.O. Le toit est recouvert de plaques d'acier de huit millimètres d'épaisseur et la cage du monte-charge est condamnée. La porte qui donne sur la cage est en métal ; si nous entrons par là, il faut compter entre vingt et trente secondes de latence entre l'explosion et le premier coup de feu.

— C'est long.

— Affirmatif. Si nous optons pour une pénétration à quatre par les deux portes, avec un tir de protection depuis une fenêtre et deux hommes qui entrent par la porte de chargement, j'estime que huit à douze secondes suffiraient pour engager et maîtriser.

— Merci, Tommy, dit D'Angelo à son agent. (S'adressant à Potter, il ajouta :) Pas trop mal s'il n'y avait pas le piège. Quels liens a-t-il développés avec les otages ?

— Pratiquement aucun, avança Angie. Il prétend que plus il connaît quelqu'un, plus il a envie de le tuer.

La moustache de D'Angelo eut droit à un nouveau lissage.

— Bons tireurs ?

— Disons simplement qu'ils gardent la tête froide sous le feu, dit Potter.

— C'est mieux que d'être bon tireur.

— Et ils ont tué des flics, ajouta Budd.

— Aussi bien au cours de fusillades que froidement exécutés, précisa Potter.

— Entendu, articula lentement D'Angelo. Mon sentiment est que nous ne pouvons pas forcer le siège. Pas compte tenu du danger encouru avec la bombe incendiaire et les grenades. Et de son état d'esprit.

— Le faire aller jusqu'à l'hélicoptère ? demanda Potter. Il est posé juste là. (Il tapota la carte.)

D'Angelo observa attentivement la zone figurant le champ sur la carte et hocha la tête.

— Je crois bien. Nous ferons se replier tout le monde hors de vue, et laisserons ravisseurs et otages traverser les bois par là.

— Handy choisira lui-même son itinéraire, interrompit Angie. Ce n'est pas ton avis, Arthur ?

— Tu as raison. Il voudra décider de ça tout seul. Et je doute qu'il choisisse la ligne droite.

D'Angelo et Potter repérèrent quatre itinéraires possibles pour aller de l'abattoir à l'hélico. LeBow les nota sur la carte. D'Angelo précisa :

— Je vais poster des tireurs d'élite dans les arbres, là, là, et là. Placer les hommes à terre le long des quatre itinéraires, sous un épais camouflage. Quand les ravisseurs passeront devant, les tireurs mettront en joue. Alors on incapacitera le groupe avec des grenades. Les agents sauteront sur les otages pour les mettre à l'abri. Les tireurs d'élite élimineront les P.O. au premier geste menaçant. Ça vous semble un bon plan ?

Potter était plongé dans la contemplation de la carte.

Un moment passa.

— Arthur ?

— Oui, ça me paraît bon, Frank. Très bon.

D'Angelo s'éclipsa dehors pour briefer ses hommes.

Potter jeta un regard sur la photo de Melanie, puis il se rassit et retourna à son poste d'observation, à la fenêtre.

— Le plus dur c'est d'attendre, Charlie. Pire que tout.

— Je constate.

— Et encore c'est ce qu'on peut appeler un siège express, remarqua Tobe, sans lever les yeux de ses écrans et de ses cadrans. Ça fait à peine onze heures. C'est rien.

Tout à coup quelqu'un déboula dans la camionnette, si brusquement que tous les policiers rassemblés là portèrent la main à leurs armes, tous hormis Potter.

Roland Marks se dressait dans l'encadrement de la porte.

— Agent Potter, dit-il d'un ton glacial. Dois-je comprendre que vous allez le neutraliser ?

Potter, dédaignant Marks, porta son regard au loin sur un arbre courbé par le vent, qui s'était nettement levé. Cela rendrait plus crédible son mensonge sur la rivière, laquelle était censée être trop agitée pour s'y poser en hélicoptère.

— Oui, c'est exact.

— Eh bien, je parlais à l'instant à votre collègue l'agent D'Angelo. Il m'a confié un fait très troublant.

Décidément, ce Marks était incroyable. En l'espace de quelques heures, il avait manqué par deux fois de faire capoter les négociations et avait failli y laisser la peau. Et le voilà qui revenait à la charge. Potter était à deux doigts de l'arrêter rien que pour se débarrasser de ce casse-pieds.

Potter haussa un sourcil.

— Il y aurait une chance sur deux pour qu'un des otages soit tué.

Potter avait évalué le risque à soixante-quarante en faveur des otages. Mais Marian lui reprochait toujours d'être un incorrigible optimiste. L'agent se leva lentement et franchit la porte calcinée, en faisant signe à l'attorney de le suivre. Il sortit une cassette audio de sa poche, la tint ostensiblement en l'air, puis la rempocha. Le regard de Marks vacilla un instant.

— Vous aviez autre chose à me dire ? demanda Potter.

Le visage de Marks se radoucit d'un coup, mais juste un instant, comme s'il venait de ravaler les excuses qui s'étaient formées dans sa gorge.

— Je ne veux pas qu'il arrive du mal à ces filles, dit-il.

— Moi non plus.

— Pour l'amour du ciel, mettez-le dans un hélico, obtenez la libération des otages. Quand il atterrira, les Canadiens pourront lui tomber dessus comme les légendaires Assyriens.

— Oh, mais il n'a aucune intention d'aller au Canada, répondit Potter impatiemment.

— Je croyais... Mais cette autorisation spéciale que vous avez...

— Handy ne croit pas un mot de cette histoire. Et même s'il y croyait, il sait que nous placerions un second transpondeur dans l'hélico. Son idée, c'est de filer directement sur Busch Stadium. Ou sur n'importe quel stade où il sait par la télé que se joue un grand match ce soir.

— Quoi ?

— Ou peut-être un parking de l'université de Missouri juste à la sortie des cours. Ou McCormick Place. Il atterrira là où il est sûr de trouver une foule immense. Impossible de le coincer avec un scénario comme ça. Ça risquerait de se solder par une centaine de morts.

Marks commençait enfin à comprendre, cela se lisait dans ses yeux. Et sans pouvoir dire si ce qu'il voyait c'était ces vies en danger, ou sa carrière, ou peut-être rien d'autre que l'infortune de sa propre fille, il hocha la tête.

— Bien sûr. C'est vrai, c'est bien le genre à agir de cette façon. Vous avez raison.

Potter choisit de prendre cet aveu pour des excuses et décida de le laisser tranquille.

Tobe passa la tête par l'encadrement.

— Arthur, je viens de recevoir un coup de fil. C'est la détective de la police du Kansas dont Charlie nous a parlé. Sharon Foster. Elle est au bout du fil.

Potter ne croyait pas qu'elle pût leur venir en aide. L'arrivée d'un nouveau négociateur au milieu d'une prise d'otages entraîne souvent des conséquences imprévisibles. Mais une chose pouvait se révéler utile, avait réfléchi Potter : que ce soit une femme. Il avait l'impression que Handy se sentait menacé par les hommes — le seul fait qu'il se soit barricadé avec dix otages de sexe féminin laissait supposer qu'il était susceptible d'écouter une femme sans se mettre sur la défensive.

Dans la camionnette, Potter prit l'appel, appuyé contre la carrosserie :

— Détective Foster ? Ici Arthur Potter. Quel est votre heure d'arrivée approximative ?

La femme répondit qu'elle roulait sous escorte policière et pensait arriver sur le théâtre des opérations vers 22 h 30, 22 h 40. La voix était jeune, détachée, et particulièrement calme pour quelqu'un qui fonçait sans doute à cent soixante kilomètres à l'heure.

— Impatient de vous voir, dit Potter d'un ton un peu bourru avant de raccrocher.

— Bonne chance, dit Marks. Il hésitait, comme s'il se demandait quoi d'autre ajouter. Il trancha pour : « Dieu aie pitié de ces filles », puis sortit de la camionnette.

— La DEA est en route, annonça Tobe. Ils ont l'argent. Ils nous amènent ça par hélicoptère turbo réquisitionné. Toujours eux qu'ont les plus beaux joujoux, ces couillons.

— Hé, fit Budd, ils nous apportent cent mille, juste ?

Potter acquiesça en silence.

— Qu'est-ce qu'on va faire des cinquante mille qu'on lui donne pas ? Ça fait un paquet de fric à garder.

Potter posa un doigt sur ses lèvres.

— On se le partage, Charlie, toi et moi.

Budd en ferma les yeux d'étonnement.

Finalement, Potter lui fit un clin d'œil.

Le capitaine éclata de rire, suivi par Angie et Frances.

Tobe et LeBow étaient plus réservés. Ceux qui connaissaient Arthur Potter savaient qu'il blaguait rarement. Il ne s'y autorisait que dans les moments de tension extrême.

22 : 01

La salle d'abattage était à présent aussi glaciale qu'un congélateur.

Beverly et Emily étaient blotties contre Melanie, et toutes trois regardaient Mrs. Harstrawn, étendue à quelques mètres d'elles : les yeux ouverts, elle respirait, mais autrement elle était aussi morte qu'Ours, dont le cadavre bloquait toujours l'entrée de la pièce en laissant s'échapper trois longs filets de sang noirâtre qui s'écoulaient lentement vers elles.

Beverly, inspirant l'air avec un bruit de râpe qui donnait à croire que ses poumons ne pourraient plus jamais fonctionner normalement, n'arrivait pas à détacher les yeux de ces coulures.

Il se passait quelque chose dans l'autre pièce. Melanie ne distinguait pas très bien, mais il lui semblait que Brutus et Fouine remballaient tout : les fusils, les munitions et le minuscule poste de télé. Ils traversaient la grande pièce, en promenant leurs regards partout. Pourquoi ? On avait l'impression qu'ils regrettaient de quitter cet endroit.

Peut-être allaient-ils renoncer...

Puis elle se dit : Jamais de la vie. Ils vont monter dans cet hélicoptère, nous emmener de force avec eux et prendre la fuite. Nous allons continuer à vivre ce même cauchemar sans fin. Atterrir ailleurs. Et il y aura d'autres otages, d'autres morts. D'autres pièces obscures.

Melanie se surprit une fois de plus à jouer avec ses cheveux, qu'elle tortillait nerveusement autour de son doigt.

Brutus entra dans la pièce d'un pas décidé et observa Mrs. Harstrawn, les yeux baissés sur son front plissé. Il avait ce petit sourire aux lèvres, le sourire que Melanie avait appris à reconnaître et à détester. Il tira Beverly à lui.

— Elle rentre chez elle. Chez elle, dit Brutus en la poussant par l'ouverture de la salle d'abattage. Il se retourna, sortit un couteau de sa poche, l'ouvrit, et coupa le fil électrique relié au bidon d'essence. Puis il ligota les mains de Melanie derrière son dos, et lui attacha les pieds. Il fit de même avec Emily. Brutus se mit à rire.

— Vous ligoter les mains — c'est pareil que vous mettre un bâillon. Qu'est-ce tu dis de ça ?

Bon, se dit-elle. Les jumelles y sont arrivées ; elles aussi. Elles allaient sortir d'ici en suivant l'odeur de la rivière. Melanie tourna le dos à Emily, et lui présenta ses mains attachées. La petite fille comprit et se démena pour défaire les nœuds. Mais c'était inutile ; Emily était en admiration devant les ongles longs mais les siens étaient courts.

Essaie encore, vas-y !

Soudain Melanie frissonna en sentant les ongles d'Emily se planter dans la chair de ses poignets. Les mains de la petite fille s'accrochèrent à ses doigts dans un effort désespéré, et Melanie tressaillit. Quelqu'un avait pris la fillette, et l'entraînait de force.

Que se passe-t-il ?

Inquiète, Melanie se retourna.

Ours !

Le visage écumant de sang et les traits déformés par la rage, il tirait Emily vers le mur. Brutalement, il la poussa contre le carrelage. Elle s'écroula par terre, assommée. Melanie ouvrit la bouche pour crier mais Ours se jeta sur elle, et lui enfonça un vieux chiffon dans la bouche ; sa main pleine de sang s'abattit sur son épaule.

Melanie tomba à la renverse. Ours laissa tomber sa face énorme sur sa poitrine et l'embrassa, un baiser humide et sanglant. Elle sentit son chemisier se mouiller. Il promenait ses yeux troubles sur son corps tandis qu'elle se débattait pour recracher le chiffon. Il tira un couteau de sa poche. L'ouvrit d'une main en se servant de ses dents.

Elle tenta de lui échapper en se tortillant mais il s'accrochait toujours à sa poitrine. Il se dressa sur un coude et roula sur le côté. Elle lui lança un violent coup de pied mais, avec ses chevilles ligotées, elle réussit seulement à lever les jambes de quelques centimètres. Le sang ruisselait à travers le pantalon de l'homme, où il s'était accumulé depuis une heure, et elle sentit le liquide froid et visqueux lui inonder les jambes.

Melanie, sanglotant de terreur, essayait de le repousser mais il s'agrippait au tissu de son chemisier avec l'énergie du désespoir. Il balança sa jambe par-dessus les mollets de la jeune femme, la clouant ainsi au sol.

Je vous en prie, aidez-moi. Au secours. De l'Épée...

À l'aide ! Je vous en prie...

Oh, non... un frisson d'horreur la parcourut. Pas ça. Je vous en prie, non.

De sa main armée, il retroussait la jupe de Melanie au-dessus de sa taille. Baissa brutalement son collant noir. Le couteau remontait le long de sa cuisse vers sa petite culotte rose.

Non ! Elle faisait des efforts désespérés pour se libérer, les oreilles rugissant à force de lutter. Mais il n'y avait pas moyen de lui échapper. Il était allongé sur elle de toute sa masse énorme. La lame déchira une couture de sa culotte.

Le visage figé dans un rictus hideux, il la regardait avec les disques glacés de ses yeux. Le métal trancha l'autre côté de la culotte, qui se détacha.

La vision de Melanie s'obscurcit. Non, ne t'évanouis pas ! Ne perds pas la vue, en plus !

Plaquée au sol par le poids de l'homme. Trop effrayée pour bouger, de toute façon.

Baissant sa main libre vers son entrejambe, Ours ouvrit sa braguette. Il toussa, lui éclaboussant de sang la poitrine et le cou. Au moment où il plongeait la main dans son slip, la lame piqua en avant et elle gémit, s'étouffant à demi sur le chiffon, en sentant le métal froid glisser entre ses cuisses.

Puis la lame se redressa dans sa main.

Il se frottait contre sa jambe, le sang coulait de son sexe secoué de tremblements et ruisselait sur sa cuisse nue. Il fit pression sur la peau de Melanie une fois, deux fois, puis déplaça le poids de son corps pour se hisser un peu plus haut sur elle.

Et puis...

Puis...

Plus rien.

Elle respirait plus vite qu'elle ne s'en croyait capable, sa poitrine tremblait. Ours restait figé, les yeux à quelques centimètres de ceux de Melanie, une main sur ses seins, l'autre tenant la lame, pointe en bas, suspendue entre les jambes de la jeune femme, à quelques millimètres de sa chair.

Elle cracha enfin le chiffon de sa bouche, sentit la puanteur fétide de l'homme, la pénétrante odeur de rouille du sang. Aspira une grande gorgée d'air.

Sentit la lame glacée tressaillir contre sa peau une fois, deux fois, avant de demeurer immobile.

Elle mit une minute entière à comprendre qu'il était mort.

Melanie réprima difficilement sa nausée, certaine qu'elle allait vomir. Mais peu à peu la sensation se dissipa. Ses jambes étaient complètement engourdies ; le poids de l'homme lui avait coupé la circulation. Elle appuya fermement ses mains ligotées sur le sol et poussa. Un immense effort. Mais le sang était glissant, pareil à de la peinture fraîche, et elle parvint à s'écarter un peu de lui. Essaie encore. Et encore. Les jambes de Melanie n'étaient bientôt plus prisonnières.

Un dernier effort...

Ses pieds se libérèrent d'un seul coup pour venir se poser précisément à l'endroit où l'homme tenait le couteau. Contractant ses muscles, Melanie souleva légèrement les pieds et se mit à frotter ses liens sur l'acier de la lame.

Elle jeta un rapide coup d'œil à la porte. Aucun signe de Brutus ni de Fouine. Les muscles de son ventre criaient grâce tandis qu'elle sciait le fil.

Finalement... un claquement sec. Le fil céda. Melanie se remit péniblement debout. Elle donna un coup de pied dans la main gauche d'Ours, puis un autre. Le couteau tomba par terre. Du bout du pied, elle l'envoya à Emily. Lui fit signe de le ramasser. La petite fille se redressa, pleurant en silence. Elle regarda le couteau, qui traînait dans une mare de sang, et secoua la tête. Melanie répliqua par un farouche hochement de tête. Emily ferma les yeux, tourna le dos, et chercha l'arme à tâtons dans la mare rouge et visqueuse. Elle la saisit enfin, non sans frémir, et pointa la lame vers le haut. Melanie se retourna et entreprit de frotter contre la lame les liens qui enserraient ses poignets. Quelques minutes plus tard, elle sentit les fils se rompre. Elle s'empara du couteau pour libérer Emily.

Melanie s'avança subrepticement jusqu'au seuil de la pièce. Brutus et Fouine se tenaient devant les fenêtres, dos à la salle d'abattage. Beverly était debout près de la porte et Melanie vit au-dehors un policier s'avancer, une sacoche à la main. Il s'agissait donc d'un échange. Avec un peu de chance, ils seraient occupés pendant quelques minutes — assez longtemps pour que Melanie et les autres atteignent le ponton.

Melanie se pencha au-dessus de Mrs. Harstrawn, qui baignait à présent dans le sang d'Ours. La femme fixait le plafond.

— Allez, signa Melanie. Debout.

L'enseignante ne bougea pas.

— Tout de suite ! répéta Melanie avec force.

Alors la femme signa des mots que Melanie n'avait encore jamais vu en L.S.A.

— Tue-moi.

— Debout !

— Peux pas. Allez-y.

— Allez. (Les mains de Melanie poignardaient l'air.) *Pas de temps à perdre !*

Elle gifla la femme, tenta de la remettre debout ; Mrs. Harstrawn était un poids mort.

Melanie grimaça de dégoût.

— Allez. Sinon je vous laisse !

L'enseignante secoua la tête et ferma les yeux. Melanie fourra le couteau, toujours ouvert, dans la poche de sa jupe et, tirant Emily par la main, s'éclipsa par l'ouverture. Elles franchirent la porte qui donnait sur l'arrière de l'abattoir pour disparaître dans l'obscurité des couloirs.

Lou Handy considérait les billets, une pile singulièrement mince pour une telle somme d'argent, et dit :

— On aurait dû penser à ça plus tôt. Tout est bon à prendre.

Wilcox regarda par la fenêtre.

— Combien de tireurs ils ont mis sur nous, tu crois ?

— Oh... attends... une centaine, j'dirais. Et vu qu'on a flingué un de leurs guignols, je parie qu'ils en ont un ou deux prêts à faire un carton en prétendant qu'ils ont pas entendu l'interdiction de tirer.

— J'ai toujours pensé que t'aurais fait un bon tireur d'élite, Lou.

— Moi ? Tu rigoles, j'suis trop, comment dire, impatient. J'en ai connu dans le service. Tu sais comment ça se passe la plupart du temps ? Faut rester couché sur le bide pendant deux ou trois jours avant de pouvoir tirer une balle. Sans bouger un muscle. Tu trouves ça marrant ?

Il se revit à l'époque où il était dans l'armée. Une époque qui lui paraissait à la fois plus simple et plus difficile que sa vie de cavale, et pas très différente de la vie de prison.

— Mais ça doit être marrant d'envoyer la sauce, quand même.

— Ça j'en doute pas... Oh, bordel de merde !

Ayant jeté un œil vers le fond de l'abattoir, il venait d'apercevoir les traces de pas ensanglantées qui sortaient de la salle où les filles étaient retenues.

— Merde, lâcha Wilcox.

Lou Handy était un homme animé par des forces positives, c'était sa conviction sincère. Il se mettait rarement en colère et, oui, c'était un meurtrier mais quand il tuait, il le faisait poussé par les circonstances, et presque jamais par rage.

Cependant, quelques rares fois dans sa vie, une violente colère l'enflammait du fond de son âme ; il devenait alors l'homme le plus cruel du monde. D'une cruauté inextinguible.

— Cette salope, dit-il dans un souffle, la voix cassée. Cette putain de salope.

Ils se précipitèrent vers le fond de la salle, là où les traces de pas disparaissaient.

— Reste là, dit Handy.

— Lou...

— Reste là, bordel ! répéta Handy hors de lui. J'vais lui arranger le portrait comme j'aurais dû le faire y a un joli bout de temps.

Il s'enfonça dans les entrailles ténébreuses de l'abattoir, le couteau à la main, presque au ras du sol, lame pointée vers le haut, comme on le lui avait appris, non pas à l'armée, mais dans les rues de Minneapolis.

La vue est un miracle et le plus important de nos cinq sens. Mais nous recueillons tout autant d'informations grâce aux bruits que nous percevons.

En voyant une rivière nous savons ce qu'elle est, mais le bruit de l'eau nous renseigne également sur son caractère : calme ou dangereuse, ou moribonde elle aussi. Pour Melanie Charrol, privée de l'ouïe, l'odorat avait pris le dessus. Les rapides étaient légers et électriques. Les eaux calmes avaient une odeur aigre. Ici, l'Arkansas sentait le mauvais présage : une odeur de pourriture, entêtante et lourde, comme si la rivière servait de tombe à de nombreux poissons nécrophages.

Mais elle disait quand même : Viens, viens à moi, je suis ton moyen d'évasion.

Melanie suivait l'appel avec un instinct infaillible. À travers le labyrinthe de l'abattoir abandonné, elle guidait la petite fille vêtue de sa pitoyable robe Laura Ashley. Les lames du plancher étaient complètement pourries en de nombreux endroits, mais les ampoules nues de la grande pièce brillaient d'un éclat si intense qu'il filtrait encore assez de lumière dans ces profondeurs pour éclairer leur chemin. De temps à autre, Melanie marquait une pause, levait le nez, humait l'air pour s'assurer qu'elles suivaient la bonne direction. Elle repartait alors vers la rivière, se retournant brusquement quand la panique devenait insurmontable.

L'odorat ne remplace pas l'ouïe pour nous avertir du danger.

Mais Brutus et Fouine n'avaient pas encore remarqué leur évasion, semblait-il.

La jeune femme et son élève continuaient d'avancer dans l'obscurité grandissante, leur marche à tâtons ponctuée de pauses fréquentes. Pour Melanie, la seule planche de salut était ces minces rais de lumière vers lesquels elle levait maintenant les yeux. La partie haute des murs s'était effritée, rongée par l'humidité, et c'était par là que leur parvenait cette pâle lueur qui éclairait miraculeusement la noirceur d'enfer de cette partie de l'abattoir.

Soudain elle fut là, devant leurs yeux ! Une porte étroite sous une pancarte marquée *Embarcadère*. Melanie serra plus fort la main d'Emily dans la sienne et tira la petite fille à sa suite. Elles poussèrent la porte et découvrirent une vaste zone de chargement. La salle était presque entièrement vide, sauf pour quelques fûts de pétrole qui avaient l'air de pouvoir encore flotter. Mais il n'y avait qu'un jour d'une trentaine de centimètres sous la grande porte donnant sur l'extérieur — une hauteur suffisante pour leur permettre de se glisser dessous à plat ventre, pas assez cependant pour y faire passer un des fûts.

Elles se dirigèrent vers la porte et se faufilèrent dehors.

Libres, pensa-t-elle, s'enivrant de l'air qu'elle respirait.

L'ironie de la situation la fit rire intérieurement — la voilà qui se réjouissait d'être Dehors, pleurant de gratitude d'avoir échappé à l'effrayant Dedans. Un mouvement la fit sursauter ; elle aperçut un canot non loin de la berge. Avec deux policiers dedans. D'une manière ou d'une autre, ils avaient déjà repéré les filles et ramaient vers le ponton.

Melanie fit pivoter Emily vers elle, signa :

— Attends-les ici. Reste à l'abri, cache-toi derrière ce poteau.

Emily secoua la tête.

— Mais tu ne vas pas...

— J'y retourne. Je ne peux pas la laisser.

— Je t'en supplie. (Le visage de la petite fille ruisselait de larmes. Le vent faisait tournoyer ses cheveux autour de sa tête.) Mais elle ne voulait pas venir.

— Va.

— Viens avec moi. Dieu le veut. C'est Sa volonté, Il me l'a dit.

Melanie sourit, étreignit la petite fille sur son cœur, puis recula d'un pas. Considéra la robe sale et déchirée :

— La semaine prochaine, nous avons rendez-vous. Shopping.

Emily essuya ses larmes et s'avança au bord du ponton. Les policiers étaient très près, l'un souriait à la fillette, l'autre balayait la bâtisse de son fusil noir pointé sur les fenêtres obscures en surplomb.

Melanie leur adressa un bref regard, agita la main, puis se glissa de nouveau sous la porte d'embarcadère. Une fois à l'intérieur, elle tira le couteau d'Ours de la poche de sa jupe tachée de sang puis repartit vers l'abattoir, en suivant d'instinct le même chemin qu'à l'aller.

Les cheveux de sa nuque frémirent tout à coup et elle sentit déferler en elle ce sixième sens que certains sourds affirment posséder. Quand elle leva les yeux, oui, oui, c'était bien lui — Bru-

353

tus, à une quinzaine de mètres d'elle, courbé en deux, se hâtant d'une machine à l'autre. Lui aussi tenait un petit couteau à la main.

Elle frissonna de terreur et s'accroupit derrière une rangée d'armoires métalliques. Elle songea à se cacher à l'intérieur mais s'avisa qu'il ne manquerait pas d'entendre le moindre bruit venant d'elle. Alors le sixième sens revint, comme un coup sur la nuque. Melanie se rendit compte qu'il n'y avait là rien de surnaturel ; c'était la vibration de la voix de Brutus qui criait quelque chose à Fouine.

Que disait-il ?

Quelques secondes plus tard, elle comprit. Les lumières s'éteignirent et elle se retrouva plongée dans l'obscurité la plus totale.

Elle se laissa tomber par terre, paralysée par la terreur. Sourde, et aveugle à présent. Elle resta un moment recroquevillée sur elle-même, souhaitant s'évanouir tant son épouvante était grande. Elle s'aperçut qu'elle avait lâché le couteau. Elle tâtonna le sol pour le retrouver, mais y renonça vite. Elle savait que Brutus aurait entendu le bruit de l'arme heurtant le sol et qu'il se rapprochait sans doute d'elle en ce moment même. Il pouvait faire tomber tout ce qu'il voulait sur son passage, elle n'en saurait jamais rien, alors qu'elle-même était obligée d'avancer avec d'infinies précautions, en enjambant des bouts de bois et de métal, des pièces de machines et des outils sans faire aucun bruit.

Il faut que je...

Non !

Elle sentit quelque chose lui frôler l'épaule.

Elle se retourna, terrorisée, fouettant l'air de la main.

Mais ce n'était qu'un fil qui pendait du plafond.

Où est-il ? Là ? Ou là ?

Pas-un-bruit. C'est la seule chose qui puisse te sauver.

Puis une pensée rassurante : Il peut entendre, c'est vrai, mais il n'y voit pas plus que moi.

Tu veux que je te raconte une blague, Susan ? Qu'est-ce qui est pire qu'un oiseau qui n'entend rien ?

Un renard qui n'y voit pas.

Huit petits oiseaux gris, perchés dans le noir...

Si je ne fais pas le moindre bruit il ne saura jamais où je suis.

La remarquable boussole intérieure dont cette vacherie de destin, par ailleurs d'une injustice flagrante, a doté Melanie lui indique qu'elle va dans la bonne direction, droit vers la salle d'abattage. Et bon sang, oui, elle portera Donna Harstrawn, et sur ses épaules s'il le faut.

Doucement. Un pied devant l'autre.

Sans bruit. Sans aucun bruit.

Ça allait être plus facile qu'il ne pensait.

Lou Handy se présentait sous son plus mauvais jour et il le savait : encore enflammé par l'amertume, assoiffé de vengeance, mais capable de réfléchir posément. C'était dans ces moments-là qu'il tuait et torturait avec le plus grand des plaisirs. Il avait suivi les traces de pas ensanglantées jusqu'à la porte de l'embarcadère par où, avait-il supposé, les deux petites saletés s'étaient échappées. Mais au moment où il s'apprêtait à faire demi-tour, il avait entendu un bruit — un tintement métallique, un frottement. Et en jetant un regard au bout du couloir il l'avait vue, Melanie, la petite souris, en train de repartir vers la grande pièce.

Il s'était rapproché d'elle et qu'avait-il entendu ?

Un bruit mouillé, *floc, floc.*

Le bruit de ses pas. Ses traces de pas ensanglantées. Ce brave vieux Bonner, dégoulinant et obscène jusqu'à son dernier souffle, avait rempli de sang les chaussures de Melanie. À chaque pas, Melanie signalait précisément où elle se trouvait. C'est pour cette raison qu'il avait demandé à Wilcox d'éteindre les lumières.

C'est fou comme il faisait noir ici. Noir d'encre. On se voyait même pas la main. Au début, il était très attentif à ne pas faire de bruit. Puis il s'était dit : Et pourquoi, espèce de con, elle peut pas t'entendre ! Et il s'était précipité à sa poursuite, marquant un temps d'arrêt toutes les deux minutes pour prêter l'oreille au bruit de pas mouillé.

Ah, le voilà.

Impec, ma jolie.

De plus en plus près.

Écoute...

Floc-floc.

Pas plus de dix mètres. Regarde, on y est. La voilà.

Il aperçut une forme floue devant lui, qui se dirigeait vers la grande pièce.

Floc-floc.

Il se rapprocha encore d'elle. Il renversa une table mais elle continuait d'avancer d'un pas imperturbable. Elle était sourde comme un pot, putain. Refermant l'écart qui les séparait, quatre mètres... trois mètres. Plus qu'un mètre.

Juste derrière son dos.

Exactement comme avec Rudy, si proche qu'il sentait l'eau de toilette sur la peau de l'homme, qu'il voyait la poussière de bois sur sa chemise, et sa poche arrière renflée par un portefeuille rempli de billets qui n'auraient jamais dû s'y trouver. « Espèce de salaud », hurla Handy à son frère. Rudy avait ricané, sans s'arrêter de marcher. Et le revolver au bout du poing de Handy s'était mis à tirer. Un petit revolver, calibre 22, chargé de longues dragées. Qui lui marquaient la nuque de petits points rouges et son frère qui esquissa une drôle de danse macabre avant de s'écrouler par terre et de mourir.

Handy était fou de rage contre Art Potter qui, pour la deuxième fois aujourd'hui, réveillait en lui la mémoire de Rudy. Furieux contre Potter, contre le gros Bonner et contre Melanie, cette sale petite souris trouillarde.

Cinquante centimètres derrière elle, à observer ses petits pas craintifs.

Elle avait pas la moindre idée...

Putain c'était le pied, marcher en cadence avec elle. Il y avait tellement de possibilités...

Bonjour, Petite Souris...

Mais il choisit la plus simple. Il se pencha tout près et lui lécha la nuque.

Il crut qu'elle allait se briser les reins en la voyant bondir si vite en arrière, et se retourner à demi pour tomber à la renverse dans une pile de tôles rouillées. Il l'empoigna par les cheveux et entraîna de force la jeune femme qui se tortillait en tous sens sans cesser de trébucher.

— Ohé, Shep, rallume les lumières !

Quelques secondes plus tard la pièce fut inondée d'une pâle lumière et Handy put distinguer l'ouverture qui donnait sur la partie centrale de l'abattoir. Melanie se débattait pour lui faire lâcher prise, mais il la tenait ferme et elle pourrait lutter jusqu'à la fin des temps sans jamais réussir à se dégager.

— Tu fais de drôles de petits bruits. J'aime pas ça. Ferme-la ! Ferme-la bordel !

Il la gifla en pleine figure. Il ne pensait pas qu'elle avait compris ce qu'il disait mais ça la fit taire, en tout cas. Il la traîna à travers la chute d'eau, l'entraîna dans les allées encombrées de vieilles ferrailles.

Droit vers le couperet à décapiter.

C'était un très grand billot de boucher, dans lequel était creusé l'emplacement pour le poitrail du bœuf ou du cochon. Dessus était fixé un cadre dans lequel coulissait une lame triangulaire, actionnée par une longue poignée recouverte de caoutchouc. Une énorme saleté de massicot.

Wilcox observait. Il demanda :

— Tu vas vraiment... ?

— Et alors ? hurla Handy.

— C'est qu'on est si près de s'en sortir, vieux.

Handy ne tint aucun compte de la remarque, ramassa un fil de fer qui traînait par terre et en entoura le poignet droit de Melanie. En fit un garrot très serré. Elle se débattait, le frappa à l'épaule avec son poing gauche. « Sale petit monstre », marmonna-t-il, en lui assénant un violent coup dans le dos. Elle s'effondra par terre, où elle se ratatina en boule en gémissant, les yeux écarquillés d'horreur devant sa main qui virait au bleu.

Handy alluma son briquet Bic et passa lentement la flamme sur la lame du couperet. Elle secouait furieusement la tête, les yeux dilatés.

— T'aurais dû y réfléchir avant de t'attaquer à moi.

Il la releva et la poussa brutalement contre le billot.

Sanglotant, sa main libre battant l'air, la sale petite souris cherchait désespérément à se dégager. Il se doutait que la douleur dans sa main droite, qui avait tourné au violet foncé sous la morsure du fil, devait être à la limite du tolérable. Handy plaqua le pubis de Melanie contre le billot et la projeta en avant, face contre le bois, en lui allongeant le bras droit sous la lame. Puis, d'un coup de pied, il décolla ses jambes du sol. Privée de tout point d'appui, elle se retrouva pendue à la machine, impuissante, jambes ballantes. Handy n'eut aucun mal à lui ligoter la main dans la rainure.

Il hésita un instant et se pencha vers le visage de la jeune femme, attentif au son étouffé qui montait de sa gorge.

— Merde, je déteste ce putain de bruit que vous faites, vous autres. Tiens-la, Shep.

Wilcox eut un moment d'hésitation, puis fit un pas en avant et prit le bras de Melanie entre ses deux mains.

— Pas très envie de voir ça, dit-il d'un air embarrassé avant de détourner la tête.

— Moi, oui, grogna Handy.

Incapable de résister à son impulsion, il approcha sa tête tout contre le visage de Melanie, humant son odeur, s'essuyant la joue sur ses larmes. Il lui caressa les cheveux.

Puis il leva les mains vers le levier. L'actionna plusieurs fois de suite pour le dégripper, abaissant le couperet qui frôlait la chair de la jeune femme avant de remonter. Enfin la lame s'éleva jusqu'en haut. Handy prit la poignée à deux mains.

Le téléphone sonna.

Handy considéra l'appareil.

Une pause. Wilcox relâcha la main de Melanie, s'écarta du billot.

Merde. Handy balançait.

— Va répondre.

— Ouais ? fit Wilcox dans le combiné.

Puis il écouta. Haussant les épaules, il lança un coup d'œil à Handy, qui suspendit son mouvement :

— Dis, mon pote, c'est pour toi.

— Dis à Potter d'aller se faire foutre.

— C'est pas Potter. C'est une fille. Et j'te dis pas, elle a l'air rusé comme un renard.

22 : 58

Potter était assis à la fenêtre et observait à travers ses Leica, tandis que derrière lui la jeune et redoutable détective Sharon Foster, arrivée sur les chapeaux de roues dix minutes plus tôt, faisait les cent pas dans la camionnette tout en jurant comme un charretier contre Lou Handy.

— C'est quoi ces conneries, Lou ? dit-elle méchamment.

Comme beaucoup d'autres femmes dans la police, elle avait ce mordant, cette détermination austère que ni son joli minois ni sa malicieuse queue de cheval ne parvenaient à démentir.

— Ça fait un bail, ma salope. T'es détective maintenant ?

— Ouaip. J'suis montée en grade. (Elle se pencha en avant et, plissant les yeux, scruta l'abattoir par la vitre du poste de commandement.) Et toi, Lou, qu'est-ce t'as foutu de ta vie ? À part en faire un joli merdier ?

— Hé, j'suis drôlement fier de mes exploits.

Par le haut-parleur leur parvenait ce petit ricanement désabusé que Potter connaissait si bien.

— J'ai toujours su que tu étais un emmerdeur de première. On pourrait écrire un bouquin sur toi.

Potter comprenait exactement où Sharon Foster voulait en venir. Ce n'était pas sa façon de faire. Il préférait se montrer plus conciliant. Dur quand il le fallait, tout en évitant les attaques de front qui pouvaient facilement dégénérer en conflits d'émotion.

Arthur n'avait pas eu l'habitude de croiser le fer avec Marian et il ne croisait pas le fer avec ses amis. Mais avec certains terroristes — généralement des criminels bouffis d'arrogance, très sûrs d'eux-mêmes — les piques et le donnant-donnant, bien dans le style de cette jeune femme, s'avéraient parfois efficaces.

Potter gardait les yeux fixés sur l'abattoir, tentant désespérément d'apercevoir Melanie. La dernière des élèves, Emily, avait été récupérée par les adjoints de Stillwell, ceux qui planquaient dans le canot derrière l'abattoir. Par l'intermédiaire de Frances, la petite fille avait expliqué que Melanie l'avait fait sortir avant de repartir chercher Mrs. Harstrawn. Mais près de vingt minutes s'étaient écoulées depuis, et personne n'avait vu les deux derniers otages. Potter présumait qu'Handy avait remis la main sur Melanie. Il était très anxieux de savoir si elle allait bien, mais ne se serait jamais permis d'interrompre un négociateur dans son travail.

— T'es un connard, Lou, poursuivait Sharon Foster. Tu vas peut-être réussir à te tirer dans cet hélico mais ils finiront par te pincer. Le Canada ? Tu seras extradé tellement vite que t'en resteras cul par-dessus tête.

— Faudra d'abord qu'ils me retrouvent.

— Tu t'imagines qu'ils se baladent en uniformes et qu'ils pourchassent les malfrats le sifflet au bec ? T'es un meurtrier, Lou — t'as tué des otages et des flics. Y a pas un représentant de l'ordre au monde qui va décrocher avant de t'avoir mis le grappin dessus.

LeBow et Potter échangèrent un regard. Potter se sentait de plus en plus mal à l'aise. Elle le poussait un peu loin. Potter fronça les sourcils mais soit elle ne le remarqua pas, soit elle n'en tint aucun compte, dédaignant la critique d'un homme plus âgé qu'elle — un agent du FBI pour comble. Il se sentait également piqué par la jalousie. Il lui avait fallu des heures pour établir une relation avec Handy ; Potter s'identifiait totalement avec lui. Et voilà que débarquait cette nouvelle petite blonde, cette allumeuse, qui venait lui voler son ami, son camarade.

Potter fit un discret signe de tête en direction de l'ordinateur. LeBow saisit l'allusion et se brancha sur la banque de données des services de la Police nationale. Quelques instants plus tard, il tournait l'écran pour permettre à Potter de lire. Sharon Foster n'était jeune et inexpérimentée qu'en apparence ; en fait, elle avait trente-quatre ans et comptait à son actif une liste de négociations impressionnante. Sur trente prises d'otages ayant tourné au siège, elle avait obtenu vingt-quatre redditions sans effusion de sang.

Les autres avaient mal tourné — le G.I.L.O. avait dû donner l'assaut — mais les terroristes étaient des déséquilibrés. Or, quand on traite avec des malades mentaux, les solutions négociées ont seulement dix pour cent de chances d'aboutir.

— J'aime mieux Art, dit Handy. Il me fait pas chier.

— Je te reconnais bien là, Lou, toujours la solution de facilité.

— Va te faire foutre, aboya Handy.

— Justement, Lou, je me posais la question, ajouta-t-elle, provocante. Je me demandais si tu allais vraiment au Canada.

Maintenant c'était avec D'Angelo que Potter échangeait un coup d'œil. Pour leur plan tactique, il était indispensable que Handy et Wilcox traversent les bois jusqu'à l'hélicoptère. Si Sharon Foster lui donnait à penser qu'ils ne l'avaient pas cru, Handy soupçonnerait un piège et refuserait de sortir.

Potter se leva, fit non. Sharon leva les yeux une seconde puis continua comme si de rien n'était. LeBow et Angie furent scandalisés par ce manque de respect. Potter se rassit, davantage gêné que blessé.

— 'Videmment, je vais au Canada. Même que j'ai droit à une priorité spéciale. C'est moi qu'ai eu c'te putain de FAA au bout du fil.

Comme s'il n'avait rien dit, elle reprit de sa voix râpeuse aux accents du Sud :

— T'es un tueur de flics, Lou. Tu te poses n'importe où ici aux États-Unis, avec ou sans otages, t'es un homme mort. Tous les flics du pays connaissent ta gueule. Pareil pour Wilcox. Et tu peux me croire, ils tireront d'abord et après, mais seulement après, ils liront tes droits à ton cadavre troué de balles. Et je te le garantis, Lou, l'ambulance qui va te conduire à l'hôpital pénitentiaire va faire durer le plaisir un joli moment avant d'arriver.

Potter en avait assez entendu de sa tactique de brute. Il était sûr qu'elle allait faire rentrer Handy tout au fond de son trou. Il avança la main vers l'épaule de la détective. Mais suspendit son mouvement en entendant Handy répondre :

— Personne peut me pincer. Tu rencontreras jamais pire que moi. J'suis froid comme la mort.

Ce n'étaient pas les paroles de Handy qui avaient fait hésiter Potter, mais le ton de sa voix. La voix d'un gamin qui a peur. Presque pathétique. Même si sa méthode n'avait rien d'orthodoxe, Sharon Foster avait néanmoins su toucher quelque chose chez Handy. Elle se tourna vers le négociateur.

— Je peux lui proposer de se rendre ?

LeBow, Budd et D'Angelo braquèrent tous leurs regards sur Potter.

Que se passait-il dans la tête de Handy ? se demandait-il. Prenait-il soudain conscience du fait que la situation était sans issue ? Un journaliste aurait-il réussi à annoncer sur les ondes que le groupe d'intervention était arrivé et avait encerclé l'abattoir, et Handy l'aurait-il appris par la télévision ?

À moins qu'il n'ait tout simplement fini par se fatiguer.

Cela s'était déjà vu. En un instant, l'énergie s'envole. Parfois, quand les hommes du G.I.L.O. enfoncent la porte, c'est pour trouver des preneurs d'otages, ceux-là mêmes qui se disaient prêts à sortir en crachant le feu, simplement assis par terre et qui les regardent s'avancer sans même avoir encore l'énergie de lever les mains au-dessus de leur tête.

Il y avait toutefois une autre possibilité, une qui était loin de plaire à Potter. C'était que cette jeune femme était tout bonnement meilleure que lui. Arrivée comme une fleur, elle avait su prendre la mesure de Handy, et elle avait vu juste. Il se sentit de nouveau taraudé par la jalousie. Que faire ?

Il repensa tout à coup à Melanie. Quelle était la meilleure solution pour la sauver ?

Potter acquiesça.

— Bien sûr. Allez-y, dit-il à la jeune détective.

— Lou, qu'est-ce qu'il faut pour te faire sortir ?

Potter devina : *Laisse-moi te sauter.*

— Je peux te sauter ?

— Faudrait que tu demandes à mon mari et sa réponse serait non.

Un silence.

— Je veux rien d'autre que la liberté. Et je l'ai déjà.

— Ah bon ? dit Sharon Foster d'une voix douce.

Nouveau silence. Plus long que le premier.

Potter anticipa. *Putain, ouais. Et personne va me la reprendre.*

Mais, en fait, la réponse de Handy était à l'opposé.

— J'ai pas envie... j'ai pas envie de mourir.

— Personne ne veut te descendre, Lou.

— Tout le monde veut ma peau. Et si je rentre, le juge va m'attendre avec la seringue.

— On peut en discuter. (Sa voix était douce, presque maternelle.)

Potter regardait fixement le carré de lumière jaune. Dans un coin de son cœur, il commençait à croire qu'il avait commis de

361

très graves erreurs aujourd'hui. Des erreurs qui avaient coûté des vies. Sharon s'adressa à lui.

— Qui peut garantir que l'État ne requerra pas la peine de mort ?

Potter lui apprit que Roland Marks se trouvait dans les parages, et envoya Budd le chercher. Quelques instants plus tard, Marks montait dans la camionnette et Sharon Foster lui présenta la requête de Handy.

— Il se rendra ?

L'attorney général adjoint dardait un regard glacial sur Potter, qui sentit tous les reproches et le courroux qu'il avait déversés plus tôt sur Marks se retourner contre sa propre personne. Pour la première fois de la journée, Potter se trouva incapable de soutenir le regard de l'attorney.

— Je crois pouvoir le convaincre, dit Sharon.

— Parfaitement. Je lui garantis tout ce qu'il veut. Avec le cachet officiel de la justice. Et le ruban rouge. Je ne peux pas obtenir de remise de peine sur les condamnations antérieures...

— Non. Je suis sûre qu'il le comprend.

— Mais je vous donne ma garantie que nous ne lui planterons pas de petites aiguilles dans le bras.

— Lou. L'attorney général adjoint est à côté de moi. Il garantit de ne pas requérir la peine de mort si tu te rends.

— Ouais ? (Il y eut une pause, le bruit d'une main sur le combiné. Puis :) Pareil pour mon pote Shep ?

Sharon Foster plissa le front. LeBow tourna son ordinateur vers elle ; elle prit connaissance du casier de Wilcox. Puis elle leva les yeux vers l'attorney, qui acquiesça silencieusement.

— Accordé, Lou. Pour vous deux. Et l'autre type avec vous ?

Potter pensa : *Le salopard a eu un p'tit accident.*

— Victime d'un accident, dit Handy avec un grand rire.

La jeune femme leva un sourcil interrogateur vers Potter, qui répondit :

— Présumé mort.

— Entendu, toi et Wilcox, reprit la blonde détective, marché conclu.

Le même marché que Potter lui avait proposé, par l'intermédiaire de Charlie Budd. Pourquoi Handy l'acceptait-il maintenant ? Une seconde plus tard, il eut la réponse.

— Minute papillon, espèce de garce frigide. C'est pas tout.

— J'adore quand tu dis des gros mots, Lou.

— Je veux aussi être sûr de pas remettre les pieds à Callana.

J'ai tué un gardien là-bas. Si j'y retourne ils me transforment en bouillie à tous les coups. Rideau sur la peine fédérale.

Nouveau coup d'œil de Sharon à Potter, qui fit signe à Tobe.

— Appelez le juge, souffla-t-il. Dick Allen.

L'attorney général adjoint de Washington.

— Lou, dit Sharon, on s'occupe de ça tout de suite.

Potter anticipa la réponse : *Je bande comme un âne. Si on baisait ?*

La voix de Handy avait retrouvé sa vivacité ; le petit malin refaisait surface.

— Viens t'asseoir sur ma bite pendant qu'on attend.

— Avec plaisir, Lou, si je savais où tu l'as laissée traîner.

— Au fond de mon slip depuis beaucoup trop longtemps.

— Laisse-la où elle est encore un petit moment, alors.

Potter était en ligne avec Allen, qui l'écouta et consentit à contrecœur à accorder à Handy le droit de purger d'abord sa peine au titre de ses condamnations d'État en échange de sa reddition. Allen renoncerait également aux poursuites fédérales en ce qui concernait son évasion, mais pas le meurtre du gardien. En termes pratiques, cela signifiait qu'Handy ne serait remis aux mains des gardiens de prison fédéraux qu'une bonne cinquantaine d'années après être tranquillement mort de vieillesse.

Sharon retransmit l'information à Handy. Il y eut un long silence. Un moment plus tard, la voix de Handy annonça :

— O.-K., ça marche.

Sharon leva vers Potter un sourcil interrogateur. Celui-ci hocha la tête, muet de stupeur.

— Mais je veux voir ça par écrit, ajouta Handy.

— D'accord, Lou. On peut arranger ça.

Potter était déjà en train de noter les conditions de la reddition. Il remit la feuille à Henry LeBow pour qu'il la tape et l'imprime.

— Eh bien, voilà, fit LeBow, les yeux sur son écran bleu. Un point pour les bons.

Les rires fusèrent. Budd et les autres agents fédéraux exultaient, et Potter avait le visage en feu en les regardant. Il avait beau sourire, il comprenait — mieux qu'aucun autre dans l'équipe de contrôle des opérations — qu'il avait à la fois gagné et perdu. Et ce qui lui avait manqué, il le savait, ce n'était ni la force, ni le courage, ni même l'intelligence, mais le discernement.

Il n'y avait pas pire échec pour un homme.

— Voilà qui est fait, dit LeBow en tendant le document imprimé à Potter. Lui et Marks y apposèrent leur signature, et Stevie Oates fit une dernière course jusqu'à l'abattoir. Il en revint avec un air perplexe et une bouteille de bière Corona à la main, un cadeau de Handy.

— Agent Potter ? (Sharon Foster l'avait manifestement appelé plusieurs fois de suite. Il leva les yeux.) Souhaiteriez-vous coordonner la reddition ?

Il la dévisagea un moment avant de répondre :

— Oui, bien sûr. Tobe, appelle Dean Stillwell. Demande-lui de nous rejoindre ici.

Tobe s'exécuta. Imperturbable, LeBow continuait de saisir l'information sur le fichier de l'incident. La détective Sharon Foster lança à Potter un regard qu'il crut empreint d'indulgence ; c'était un regard plein de condescendance qui le blessa beaucoup plus qu'un méprisant sourire de triomphe. En la regardant, Potter se sentit très vieux, tout à coup — comme si tout ce qu'il avait connu et fait dans sa vie, sa manière d'envisager les choses, les paroles échangées avec des inconnus et des amis, comme si tout cela se trouvait, en un instant, démodé et sans objet.

Pour ne pas dire totalement mensonger.

Il était en tenue de camouflage si bien que personne ne remarqua le corps mince de l'homme couché au pied d'un groupe de bouleaux d'une blancheur intense, à quelques mètres du poste de commandement.

Ses mains étaient crispées sur les jumelles à infrarouge, et la sueur perlait en abondance sur ses paumes.

Dan Tremain était figé dans cette position depuis une heure ; durant ce temps-là, un hélicoptère était arrivé puis reparti, le groupe d'intervention fédéral débarqué sur les lieux s'était regroupé à proximité, et une voiture radio s'était arrêtée dans un crissement de pneus près de la camionnette pour laisser sortir une jeune femme en uniforme de police.

La nouvelle se propageant de policier en policier comme le feu dans un champ de blé, Tremain avait appris qu'Handy avait décidé de se rendre, moyennant l'abandon de la requête de peine de mort.

Mais pour Dan Tremain la chose était inacceptable.

Un de ses hommes, le jeune Joey Wilson, et la malheureuse fille de cet après-midi n'étaient pas morts pour que Lou Handy puisse vivre peut-être assez longtemps pour recommencer à tuer, et à coup sûr savourer avec une joie perverse le souvenir des atrocités qu'il avait commises au cours de sa stérile existence.

Il est des sacrifices nécessaires. Et qui est mieux placé qu'un soldat pour donner sa vie au nom de la justice ?

— Reddition dans dix minutes, annonça une voix derrière lui.

Tremain aurait été incapable de dire si c'était la voix d'un policier ou celle d'un ange annonciateur descendu exprès du Paradis pour délivrer ce message. Toujours est-il que l'officier hocha la tête et se mit lentement debout. Dressé de toute sa taille, il essuya ses larmes, rajusta son uniforme, se recoiffa d'un geste. Lui qui n'avait jamais été coquet, il avait décidé qu'il se devait d'avoir l'air fort, résolu et fier au moment de terminer sa carrière de la manière spectaculaire qu'il avait prévue.

23 : 18

Dans une prise d'otages, la reddition est la phase la plus critique.

C'est là en effet que les pertes en vies humaines sont les plus lourdes, beaucoup plus que durant n'importe quelle autre phase, exception faite de l'assaut. Dans le cas présent, on se trouvait confronté à un problème particulièrement délicat, puisque, Potter le savait, la reddition et l'instinct de vengeance de Handy étaient fondés sur un même principe : la perte de contrôle.

Une fois de plus, poussé par son impatience naturelle, Potter avait envie d'en finir au plus vite, de voir Handy sous les verrous. Mais il devait se réfréner. Ayant rassemblé l'équipe de contrôle des opérations dans la camionnette, il suivait la procédure de reddition à la lettre.

Son tout premier geste fut de serrer la main de Dean Stillwell.

— Dean, c'est maintenant à Frank et au groupe d'intervention du FBI de prendre la direction des opérations et d'assurer la sécurité. Vous avez fait du bon boulot. C'est juste que Frank et moi avons une longue expérience de ce genre de choses.

— Aucun problème, Arthur. J'suis fier d'avoir pu vous donner un coup de main.

Au grand embarras de Potter, Stillwell lui adressa un salut très militaire, que l'agent lui retourna sans enthousiasme.

Tandis que Potter étudiait le déroulement des opérations, Budd, LeBow et D'Angelo étaient tous trois penchés sur les cartes d'état-major et le plan de l'abattoir. Angie, qui n'avait aucune expérience tactique et ne pouvait donc pas faire grand-chose d'utile pour D'Angelo et le G.I.L.O., partit accompagner Emily et Beverly au motel. Tendue, la jeune détective Sharon Foster attendait dehors, et fumait — des Camel, bien réelles. Frances était restée dans la camionnette, où elle patientait sagement.

— Nous allons tous être à cran et à moitié dingues, dit Potter. Nos troupes ET les ravisseurs. Nous sommes tous fatigués et il faut s'attendre à bon nombre de négligences. C'est pour cela que tout doit être orchestré jusque dans les moindres détails. (Il se tut brusquement pour contempler les yeux jaunes et carrés de la bâtisse.)

— Arthur ? interrogea LeBow.

Sous-entendu : On perd du temps.

— Oui, d'accord.

Ils se penchèrent ensemble sur la carte et le négociateur commença à donner des ordres. Il avait l'impression d'avoir complètement perdu sa voix et constata avec étonnement que les hommes rassemblés autour de lui hochaient gravement la tête, comme attentifs à des paroles que lui-même entendait à peine.

Vingt minutes plus tard, Potter, à plat ventre dans une touffe de graminées odorantes, appuya sur la touche de numérotation rapide quand soudain il se dit que quelque chose ne tournait décidément pas rond. Que Handy leur tendait un piège.

Il repensa à la remarque de Budd quelques heures plus tôt, suggérant qu'Handy avait une idée derrière la tête, un plan audacieux et spectaculaire : une évasion qui sait, une folle tentative.

Une intuition. Écoute-la. En général, il ne se trompe pas.

Et maintenant le sentiment était indéniable.

Le déclic d'un téléphone qu'on décroche.

— Lou. (Potter entamait ce qui était sans doute leur dernière conversation téléphonique.)

— On se la joue comment, Art ?

— Je veux juste te rappeler deux-trois principes de base. (Potter se trouvait à moins de cinquante mètres de l'entrée de l'abattoir. Frank D'Angelo et Charlie Budd étaient à côté de lui. LeBow et Tobe étaient restés au poste de commandement.) L'aînée des femmes est consciente ? L'enseignante ?

— Dans les vapes. J'tai dit, Art. Elle a passé une mauvaise nuit. Bonner est... enfin, ÉTAIT un sacré morceau. Dans tous les sens, je veux dire.

Potter s'aperçut que sa voix tremblait en demandant :

— Et l'autre, la plus jeune ?

— La blonde ? La petite souris ? (Il y eut un silence puis Handy le gratifia de son fameux petit rire moqueur.) Pourquoi tu la trouves si intéressante, Art ? J'ai comme le souvenir que t'as demandé plusieurs fois après elle.

— Je veux savoir comment vont nos derniers otages.

— Mais naturellement. (Nouveau rire de Handy.) Eh bien, elle a probablement connu des nuits meilleures, elle aussi.

— Qu'est-ce que tu veux dire au juste, Lou ? demanda Potter d'un ton détaché. (Quelle terrible vengeance lui avait-il fait subir ?)

— Elle est beaucoup trop jeune pour un vieux chnoque comme toi, Art.

Et merde, pensa Potter, furieux. Handy voyait beaucoup trop clair en lui. L'agent se força à chasser Melanie de son esprit pour revenir au chapitre 9 de son manuel, intitulé « La phase de reddition ». Potter et D'Angelo avaient décidé d'envoyer des « tunneliers » — des poissons pilotes — sous la porte de l'embarcadère afin de prendre le contrôle de l'intérieur et protéger les otages, pour faire ensuite sortir les ravisseurs par le devant.

— Entendu, Lou, reprit Potter. À mon signal, vous déposerez vos armes et vous sortirez, les bras écartés sur le côté. Pas de mains sur la tête.

— Comme le Christ sur sa croix.

Le vent s'était nettement renforcé, faisant ployer les jeunes arbres et couchant les touffes de joncs, d'armoise et de carottes sauvages en soulevant des nuages de poussière. De quoi compliquer sérieusement la tâche des tireurs d'élite.

— Dis-moi la vérité. Bonner est mort ou seulement blessé ?

Potter était passé voir Beverly, la petite asthmatique, sous l'une des tentes de secours ; il avait appris que le gros bonhomme avait été blessé par balle. Mais la fillette avait expliqué qu'elle avait fait de son mieux pour détourner ses regards de lui. Elle ne pouvait pas jurer qu'il était vraiment mort.

— Fatigué de parler, Art. Moi et Shep on va bavarder un instant et puis on jette l'éponge. Hé, Art ?

— Oui, Lou ?

— Tu te mets devant. Là où je peux te voir. Sinon je sors pas.

Je le ferai, se dit Potter sans réfléchir. Tout ce que tu veux.

— J'y serai, Lou.

— En plein devant.

— Accordé. (Un silence.) Bon, Lou, laisse-moi t'expliquer exactement...

— Salut, Art. C'était sympa.

Clic.

Potter se retrouva la main crispée sur le téléphone bien après que la voix de Handy eut laissé place au grésillement parasite. Une pensée surgie de nulle part se forma dans son esprit : L'homme est résolu à se suicider. La situation est sans issue : évasion impossible, poursuite acharnée, avec au bout du compte une peine de prison intolérable. Il va tirer sa révérence en un éclair.

Ostrella, mon amour...

Ultime forme de pouvoir.

D'Angelo interrompit ses réflexions en disant :

— Nous agirons comme si Bonner était vivant et armé tant que nous n'avons pas confirmation du contraire.

Potter approuva en silence, appuya sur la touche de fin de communication, et rangea le téléphone dans sa poche.

— Orchestre-moi ça très soigneusement, Frank. Je crois qu'il risque de se faire coffrer en crachant le feu.

— Tu crois ? chuchota Budd, comme si Handy pouvait entendre tout ce qu'ils disaient.

— Rien qu'une intuition. Mais tenez-en compte.

D'Angelo hocha la tête. Au téléphone, il fit doubler le nombre de tireurs d'élite postés dans les arbres, et ajouter des artificiers à l'équipe initiale de nettoyage. Quand ils furent en place, il demanda :

— Alors, Arthur, on y va ?

Potter l'y autorisa d'un signe de tête. D'Angelo prononça quelques mots dans son casque et quatre hommes du G.I.L.O. se coulèrent le long de la façade de l'abattoir. Deux s'immobilisèrent sous les fenêtres ouvertes, et les deux autres disparurent dans les zones d'ombre de part et d'autre de la porte. Les hommes postés près des fenêtres avaient les épaules protégées par des filets de camouflage.

Le commandant du groupe appela ensuite les deux éclaireurs qui s'étaient introduits dans le bâtiment et retransmit le rapport à Potter :

— Deux otages, vivantes à ce qu'il semble, couchées par terre dans la salle que tu as indiquée. Blessées, mais gravité impossible à évaluer. Bonner paraît mort. (La voix impassible se fit inquiète.) Bon Dieu, il y a du sang partout.

Le sang de qui ? se demanda Potter.

— Handy et Wilcox sont-ils armés ?

— Pas d'armes à la main mais ils portent des chemises très amples. Possible qu'elles soient cachées dessous.

Blessées mais gravité impossible à évaluer.

— Ils avaient des outils, fit remarquer Potter à D'Angelo. Peut-être qu'ils ont aussi apporté de l'adhésif et qu'ils ont scotché leurs armes à l'intérieur de leurs chemises.

Le commandant du G.I.L.O. hocha la tête.

Du sang partout...

Sharon Foster rejoignit les hommes sur la butte. Elle avait enfilé un volumineux gilet pare-balles.

Comment cela allait-il finir ? se demanda Potter. Il écouta le sifflement lugubre du vent. Ressentit une envie irrépressible de s'entretenir une dernière fois avec Handy. Appuya sur la touche de numérotation rapide de son téléphone mobile.

Une dizaine de sonneries, une vingtaine. Pas de réponse.

D'Angelo et LeBow le dévisageaient. Il raccrocha.

À l'intérieur de l'abattoir, les lumières s'éteignirent. Budd se raidit ; Potter lui fit signe de se détendre. Les ravisseurs se plongent souvent dans le noir au moment de partir, car bien qu'ils abandonnent la partie, ils craignent d'offrir une cible en contre-jour.

Dans le ciel balayé par le vent, le croissant de lune avait suivi sa course. Le négociateur éprouve souvent un sentiment de familiarité, voire de bien-être troublant, dans le cadre où il vient de passer des heures, et parfois des jours entiers. Ce soir, pourtant, en promenant son regard sur la brique rouge et noire, Potter ne pensait à rien d'autre qu'aux mots de Handy : « Froid comme la mort. »

La porte s'entrouvrit lentement, resta bloquée à mi-course, puis s'ouvrit en grand.

Aucun mouvement.

Qu'en sera-t-il ? se demanda Potter. Bon ou mauvais ? Calme ou violence ?

Ah, ma belle Ostrella.

Durant les redditions, il avait tout vu : les terroristes s'effondrer par terre en pleurant comme de jeunes enfants. Des criminels sans armes piquer un sprint vers la liberté. Des armes dissimulées. La jeune Syrienne sortant sans hâte d'un consulat israélien, les bras correctement tendus devant elle, en lui souriant gentiment juste avant que les grenades cachées dans son soutien-gorge ne la déchiquettent, elle et les trois agents qui l'escortaient.

Prenez garde.

Pour la troisième ou la quatrième fois seulement de toute sa carrière, Potter tira son arme de son holster, la posa sur sa hanche matelassée, fit maladroitement coulisser la glissière automatique, engageant la cartouche. Il replaça ensuite l'arme dans son étui, sans mettre le cran de sûreté.

— Pourquoi ne se passe-t-il rien ? murmura Budd, exaspéré.

Potter réprima une urgente et inexplicable envie de rire.

— Art ? La voix de Handy, sortie des entrailles de l'abattoir, flotta jusqu'à eux, un son doux, entrecoupé par le vent.

— Oui ? interrogea Potter dans son porte-voix.

— T'es où putain ? Je te vois pas.

Potter dit avec un coup d'œil à Budd :

— C'est dans ces moments-là que je mérite mon salaire.

Il se redressa en vacillant, essuya ses lunettes sur le revers de sa veste. Sharon Foster lui demanda s'il tenait vraiment à y aller. Il lui décocha un bref regard, puis s'éloigna d'un pas malhabile et enjamba une vieille clôture en bois. À une trentaine de mètres de l'entrée de l'abattoir, il s'immobilisa.

— Me voilà, Lou. Allez, sors.

Et ils sortirent.

Handy le premier. Suivi de Wilcox.

La première chose qu'il remarqua c'était qu'ils tenaient leurs armes derrière leurs têtes.

Ne t'en fais pas, Ostrella. Sors comme tu veux. Reviens. Tout ira bien.

— Lou, tends les bras devant toi !

— Hé, Art, pas de panique, lança Handy. Fais gaffe à pas te payer une crise cardiaque, putain.

Il clignait des yeux sous l'éclat aveuglant des spots puissants. L'air amusé, regardant tout autour de lui.

— Lou, une douzaine de tireurs d'élite te tiennent en joue…

— Rien qu'une douzaine ? Merde ! Je croyais valoir plus que ça.

— Tends tes bras devant toi sinon ils vont tirer.

Handy s'arrêta de marcher. Se tourna vers Wilcox. Un sourire illumina leurs visages.

Potter porta la main à la crosse de son pistolet.

Lentement les prisonniers tendirent les bras.

— Je me fais l'effet d'une putain de danseuse, Art.

— C'est parfait, Lou.

— Facile à dire pour toi.

— Écartez-vous l'un de l'autre, ordonna Potter. Faites environ trois mètres. Puis couchez-vous face contre terre.

Ils s'éloignèrent de l'abattoir, plus qu'il ne leur avait été demandé, puis se laissèrent tomber à genoux et s'allongèrent sur le ventre. Les deux agents du G.I.L.O. postés près de la porte tenaient leurs fusils-mitrailleurs pointés sur le dos des fugitifs, mais sans rester devant l'ouverture, au cas où Bonner ne serait pas mort ou qu'il y ait eu d'autres terroristes dont les otages eux-mêmes auraient ignoré l'existence.

Les deux agents en poste aux fenêtres grimpèrent à l'intérieur, suivis de deux autres hommes qui sortirent précipitamment des zones d'ombre pour s'engouffrer par la porte. Les faisceaux des puissantes torches électriques fixées sur leurs fusils trouaient l'obscurité de l'abattoir.

Prévenus de la présence d'un dispositif incendiaire mis en place par Handy, ils avançaient très lentement, à la recherche de détonateurs. Jamais de sa vie Potter n'avait connu une telle angoisse, il en était persuadé. Il s'attendait à voir l'intérieur de la bâtisse exploser d'un moment à l'autre dans un bouquet de flammes orange.

Dehors, deux autres agents du G.I.L.O. s'étaient approchés pour couvrir leurs deux collègues, lesquels s'avançaient à présent vers Handy et Wilcox.

Les deux criminels dissimulaient-ils sur eux des grenades dégoupillées ?

Des couteaux ?

Ce n'est qu'après qu'ils eurent été menottés et fouillés qu'Arthur Potter réalisa que la prise d'otages était terminée. Il s'en était tiré, sain et sauf.

Et une fois de plus il s'était trompé sur les intentions de Handy.

Potter revint vers Budd, D'Angelo et Foster. Demanda au commandant du G.I.L.O. d'entrer en contact radio avec les agents chargés d'embarquer les deux repris de justice afin de leur transmettre des consignes précises sur la manière de traiter les deux hommes. Potter n'avait pas oublié que Wilcox était la tête brûlée de l'équipe, le plus impulsif des trois. Il avait donné l'ordre de lui passer les chaînes autour de la taille, en plus des menottes, mais de n'en rien faire pour Handy. Potter savait que Lou serait davantage prêt à coopérer s'il gardait une petite part de contrôle.

D'autres agents sortirent silencieusement de l'ombre pour couvrir les deux hommes. Ils les remirent debout et procédèrent à une nouvelle fouille, plus approfondie, avant de les entraîner rapidement vers un creux de terrain, les éloignant en vitesse de l'abattoir.

Alors les lumières se rallumèrent à l'intérieur.

Un long, très long, silence, qui ne dura sans doute que quelques secondes.

Mais où est-elle ?

— Allez-y, dit D'Angelo dans son micro. (Il prêta l'oreille une minute avant de retransmettre à Potter :) Plus de danger. Pas d'autres terroristes. Pas de piège. Il y avait un dispositif dans la pièce mais il a été démonté.

Les autres se remirent sur pieds, eux aussi, et regardèrent Handy approcher lentement d'eux.

— Et les otages ? demanda Potter d'un ton pressant.

D'Angelo écouta. Il annonça à voix haute :

— Bonner est mort.

Oui, oui, mais encore ?

— Et ils ont trouvé deux otages de sexe féminin. Une, de race blanche, fin trentaine. Consciente mais discours incohérent.

Mais nom d'un chien, et l'autre alors...

— La deuxième, race blanche, vingt-cinq ans. Consciente également. (D'Angelo grimaça.) Gravement blessée, à ce qu'il dit.

Non. Oh, Seigneur.

— Quoi ? s'écria Potter. Que lui est-il arrivé ? (Le négociateur sortit sa propre radio et se brancha sur le canal.) Comment va-t-elle ? La jeune femme ?

Depuis l'abattoir, l'agent du G.I.L.O. répondit :

— Handy a dû vraiment lui faire sa fête, Mr. Potter.

— Précisez, bon sang ! s'écria Potter, furieux.

Budd et D'Angelo le dévisageaient d'un air stupéfait. Handy s'approchait, flanqué par deux agents. Potter se trouva incapable de le regarder. Depuis l'intérieur, l'agent annonça par radio :

— Eh bien, agent Potter, ses blessures n'ont pas l'air trop graves, mais sûr qu'il a dû la battre comme plâtre. Elle entend pas un mot de ce qu'on lui dit.

La reddition s'était déroulée si vite qu'il avait omis d'avertir les hommes du groupe d'intervention que Melanie était sourde.

D'Angelo lui parla, et Charlie Budd aussi, mais Potter n'entendit rien tant il riait fort, d'un rire hystérique de forcené. Sharon Foster et les policiers qui se trouvaient à proximité le considérèrent d'un air gêné. Potter se douta qu'il devait ressembler au vieil homme fou qu'il était, mais il n'en avait cure.

— Lou.

— Art, je t'imaginais pas du tout comme ça. C'est vrai que t'as quelques kilos à perdre.

Handy se tenait derrière la camionnette, mains menottées derrière le dos. Sharon Foster était tout près, et observait les prisonniers. En voyant Handy la déshabiller du regard en souriant, elle le toisa à son tour. Potter savait qu'après une négociation difficile, surtout quand il y avait eu meurtre, on avait envie d'insulter ou de rabaisser son ennemi. Potter, quant à lui, réprimait cette envie mais Sharon était plus jeune et plus émotive. Elle considéra Handy avec une moue dédaigneuse, puis tourna les talons. Le détenu éclata de rire et se retourna vers Potter.

— Ta photo ne t'avantage pas, remarqua le négociateur.

— Toujours pareil avec ces saloperies.

Comme d'habitude après une reddition, le preneur d'otages paraissait minuscule à côté de l'image que Potter s'en était faite. Handy avait des traits durs et serrés dans un visage mince et pâle, creusé de rides. Potter avait beau connaître son poids et sa taille, il n'en était pas moins étonné de le trouver si diminué.

Potter parcourait la foule des yeux pour trouver Melanie. Policiers, pompiers, personnel médical, et les troupes de Stillwell, à présent dispersées, s'activaient autour de l'abattoir. La voiture et le car scolaire ainsi que la bâtisse elle-même faisaient désormais partie des lieux du crime et puisque, comme convenu, l'opération relevait techniquement de la juridiction du Kansas, c'était Budd qui avait officiellement arrêté Handy et Wilcox, et s'efforçait de préserver le périmètre en vue de l'examen par les équipes de la police scientifique.

Mais où est-elle ?

Un petit incident éclata quand Potter inculpa Handy d'infractions fédérales. Le regard de Handy se glaça.

— C'est quoi ces conneries ?

— Je me contente de protéger nos droits, dit Potter.

Le directeur régional Henderson expliqua qu'il s'agissait d'un simple détail technique, et Roland Marks confirma lui aussi que tout le monde respecterait l'engagement écrit. L'espace d'un instant, Potter craignit le pire, croyant que Marks allait balancer son poing dans la figure de Handy. L'attorney général adjoint grommela : « Saleté d'assassin d'enfants », avant de s'en aller d'un pas furibond. Handy éclata de rire dans son dos.

Shep Wilcox, tout sourire, jetait des regards alentour, apparemment déçu de ne voir aucun journaliste.

L'aînée des enseignantes, Donna Harstrawn, arriva sur un brancard. Potter s'avança et emboîta le pas à l'équipe médicale. Du regard, il interrogea l'un des auxiliaires médicaux.

— Elle va s'en tirer, dit tout bas le jeune homme. Physiquement, j'entends.

— Votre mari et vos enfants vous attendent au motel, dit Potter à la pauvre femme.

— C'était... commença-t-elle avant de retomber dans le silence. (Secouant la tête :) Je ne veux voir personne pour le moment. S'il vous plaît. Non... Plus jamais je... (Ses mots se diluèrent, incompréhensibles.)

Potter lui pressa le bras puis s'arrêta de marcher pour les suivre des yeux tandis qu'ils l'emportaient jusqu'à l'ambulance qui attendait en haut de la butte.

Il se retourna vers l'abattoir au moment même où Melanie Charrol en sortait sous escorte. Ses cheveux blonds en bataille. Elle aussi — tout comme Handy — paraissait moins grande que Potter ne se l'était imaginée. Il avança d'un pas puis marqua un temps d'arrêt. Melanie ne l'avait pas vu ; elle marchait rapidement, les yeux sur Donna Harstrawn. Elle était habillée de couleurs sombres : jupe grise, collant noir, chemisier bordeaux, et néanmoins Potter eut l'impression que ses vêtements étaient trempés de sang.

— Qu'est-ce que c'est que tout ce sang sur elle ? demanda-t-il à l'un des membres du G.I.L.O. qui avaient pénétré dans l'abattoir.

— Ce n'est pas le sien, entendit-il répondre. Celui de Bonner, probablement. Le bonhomme s'est vidé comme un cerf qu'on éventre. Vous voulez la débriefer ?

Potter hésita.

— Plus tard, dit-il.

Mais, dans sa tête, cela ressemblait davantage à une question dont il ignorait la réponse.

La détective Sharon Foster s'avança vers lui d'un pas décidé et lui serra la main.

— Bonsoir, agent Potter.

— Merci pour tout, dit-il d'une voix neutre.

— Jeu d'enfant. (Elle pointa sur lui un doigt aux ongles ras.) Hé, super, cette reddition. Comme sur des roulettes.

Puis elle fit prestement demi-tour et repartit vers sa voiture, laissant Potter seul. Son visage lui cuisait autant que celui d'un bleu vertement rabroué durant l'entraînement par un sergent à la dent dure.

Angie Scapello était revenue en vitesse du motel pour récupérer ses affaires et prendre congé de Potter et des autres. Elle avait encore du pain sur la planche au Days Inn, où elle devait poursuivre l'interrogatoire des otages et s'assurer que les filles et leurs familles possédaient les noms de thérapeutes spécialisés.

Budd et D'Angelo profitèrent de la voiture d'Angie pour se faire conduire à la base arrière. Potter et deux policiers ramenèrent les ravisseurs jusqu'à la camionnette. Des voitures de patrouille attendaient à proximité pour les emmener au bureau central de la police d'État, à une quinzaine de kilomètres de là.

— Z'avez pris feu, on dirait, remarqua Handy en examinant la tôle carbonisée. Vous allez pas me coller ça sur le dos, j'espère ?

Sans détourner son regard du détenu, Potter nota du coin de l'œil un homme qui émergeait de l'obscurité d'un fossé. Comme des dizaines de policiers patrouillaient dans le secteur, il n'y prêta guère attention. Il y avait cependant quelque chose de déterminé dans la démarche de l'homme, il fonçait trop droit pour passer simplement là par hasard. Il se dirigeait directement sur Potter.

— Danger ! s'écria Potter au moment où Dan Tremain, à six mètres de là, leva son arme.

Wilcox et le policier affecté à sa garde plongèrent à terre, tout comme le deuxième policier servant d'escorte. Seuls Handy et Potter restèrent debout. Aisément à portée de tir.

Handy, sourire aux lèvres, se tourna pour faire face à Tremain. Potter dégaina son pistolet, le pointa sur le commandant de la brigade d'intervention, et se plaça devant Handy.

— Non, commandant, dit l'agent avec fermeté.

— Poussez-vous de là, Potter.

— Vous avez déjà assez d'ennuis comme ça.

Le pistolet explosa dans la main de Tremain. Potter sentit la balle filer à deux doigts de sa tête. Il entendit rire Handy.

— Sortez-vous de là !

— Vas-y, chuchota Handy à l'oreille de Potter. Appuie sur la gâchette. Déboulonne-moi cet enfoiré.

— La ferme ! aboya l'agent.

Autour d'eux, quatre ou cinq policiers avaient dégainé leur arme de service et tenaient Tremain en joue. Personne ne savait quoi faire.

Ou n'avait envie de faire ce qu'il savait être son devoir.

— Il est à moi, dit Tremain.

— C'est légal, souffla Handy. Tue-le, Art. T'en as envie de toute façon. Tu sais bien que c'est vrai.

— Silence ! hurla Potter.

Et pourtant, tout à coup, il comprit qu'Handy avait raison. Oui, il en avait envie. Et, qui plus est, il avait l'impression d'en avoir la permission — tuer l'homme qui avait failli faire mourir carbonisée sa chère Melanie.

— Vas-y, insistait Handy. T'en meurs d'envie.

375

— Tu n'en retireras rien d'autre que de la souffrance, Dan, dit Potter d'une voix lente, sans écouter son prisonnier. Tu n'as pas envie de faire ça.

— Et voilà, Art, tu recommences. Toujours à dire aux autres ce qu'ils ont envie de faire. Je vais te dire ce que toi, tu veux. Tu veux le descendre, ce con. Un peu plus et il la faisait mourir, ta p'tite chérie. C'est ta nana, hein, Art ? Me-la-nie ?

— Ferme ta gueule !

— Vas-y, Art ! Descends-le !

Tremain tira un second coup. Potter sursauta en sentant la balle siffler à son oreille avant de s'écraser dans la brique de l'abattoir.

Le commandant reprit son arme en main, cherchant une cible.

Alors Arthur Potter écarta les bras, protégeant l'homme qui était son prisonnier. Et aussi, oui, Charlie, qui était son ami.

— Fais quelque chose de mal, murmura Handy d'une voix suave, rassurante. Juste un petit pas de côté. Laisse-le me tuer. Ou alors descends-le.

— Tu vas... ? dit Potter en se retournant.

Plusieurs agents du FBI avaient dégainé leur pistolet et criaient à Tremain de lâcher son arme. Les hommes de la police d'État soutenaient silencieusement le commandant.

Potter songea : Handy a bel et bien failli tuer Melanie.

Juste un petit pas de côté.

Et Tremain a failli la tuer, lui aussi.

Tire. Vas-y.

— Tu sais, Art, s'il en avait fait à sa tête, ta p'tite copine serait couverte de brûlures au troisième degré en ce moment. Ses cheveux et ses nichons complètement cramés. Même toi t'aurais pas envie de baiser comme...

Potter pivota sur lui-même, son poing fendit l'air. Et s'écrasa sur la mâchoire de Handy. Le prisonnier vacilla sous le choc et se retrouva à terre. Tremain, qui n'était plus qu'à trois mètres maintenant, visait la poitrine de l'homme.

— Lâche ce pistolet, ordonna Potter en faisant volte-face et s'avançant vers le commandant. Lâche ça, Dan. Ta vie n'est pas encore terminée. Mais si tu tires, elle est foutue. Pense à ta famille. (Il se rappelait la bague qu'il avait vue au doigt de Tremain. Et ajouta d'une voix douce :) Dieu ne veut pas que tu bousilles ta vie à cause d'un moins que rien comme Handy.

Le pistolet trembla, tomba à terre.

Sans un autre regard sur Potter ou sur Handy, Tremain s'approcha de Charlie Budd et offrit ses mains tendues aux menottes. Budd considéra son collègue des pieds à la tête, s'apprêtait à dire quelque chose, mais choisit de n'en rien faire.

En se remettant debout avec difficulté, Handy déclara :

— T'as loupé une bonne occase, Art. C'est pas souvent qu'on peut dégommer quelqu'un et...

Potter l'avait attrapé par les cheveux, et le canon du pistolet caressa la mâchoire mal rasée de l'homme.

— Pas un mot de plus.

Handy se rebiffa, le souffle rauque. Son premier mouvement fut de tourner la tête, vraiment effrayé. Mais rien qu'un instant. La seconde d'après, il éclatait de rire.

— T'es un sacré numéro, Art. Sans déconner. Allez, finissons-en. Inculpe-moi, coco.

Minuit

Arthur Potter était seul.

Il regarda ses mains et s'aperçut qu'elles tremblaient. Jusqu'à l'incident avec Tremain, elles étaient restées aussi fermes que le roc. Il avala un Valium imaginaire mais sans aucun effet. Au bout d'un moment, il se rendit compte que finalement son malaise était moins dû au contrecoup de l'épreuve de force qu'à un sentiment de déception accablant. Il aurait voulu parler avec Handy. En savoir davantage sur lui, sur ce qui faisait tourner la mécanique.

Pourquoi avait-il tué Susan, au fond ? À quoi pensait-il ? Que s'était-il passé dans cette pièce, dans la salle d'abattage ?

Et que pense-t-il de moi ?

Il avait l'impression de regarder les policiers embarquer une partie de lui-même. Il contemplait l'arrière de la tête de Handy, ses cheveux en broussaille. L'homme se tourna de profil, un petit sourire de hyène aux lèvres. Du coin de l'œil, Potter aperçut l'angle aigu de la mâchoire.

Prenez garde.

Le pistolet. Il venait de s'en souvenir. Il dégagea la cartouche et la replaça dans le chargeur avant de rengainer son arme. Quand il releva les yeux, les deux voitures de police avaient disparu, emportant Wilcox et Handy. Pour le moment, il semblait que la camaraderie perverse née entre le négociateur et le preneur d'otages ne s'évanouirait jamais. Une part de lui-même avait le cœur gros de voir partir cet homme.

Potter considéra tout le travail qui restait encore à accomplir. Il devait rédiger un rapport IR-1002. Il y aurait un débriefing ce soir au téléphone avec le directeur des opérations du District et un autre de vive voix avec l'amiral en personne lorsque celui-ci aurait lu le compte rendu de l'incident. Ce serait une bonne idée de commencer à préparer sa présentation des faits. Le directeur aimait les rapports aussi succincts que des flash d'informations, mais, dans la réalité, les incidents avaient rarement la courtoisie de se plier aisément à ce cadre. Potter était passé à la conférence de presse donnée par Peter Henderson, mais se contenta de répondre à quelques questions avant de s'éclipser, laissant au directeur régional du FBI le soin de s'attribuer autant de mérite qu'il le souhaitait et de faire porter le chapeau à qui bon lui semblait. Potter s'en moquait.

Il lui faudrait également trouver moyen de rendre compte de la malheureuse tentative d'assaut effectuée par le commandant de la brigade d'intervention d'État. Potter savait que Tremain ne se serait jamais lancé dans une telle opération sans être cautionné en haut lieu — par le gouverneur lui-même, qui sait. Mais si tel était le cas, le chef de l'exécutif du Kansas aurait déjà pris ses distances avec le commandant. Il se pouvait même qu'il soit en train de préparer une subtile manœuvre offensive de son propre cru : la crucifixion publique d'un certain Arthur Potter, par exemple. L'agent allait devoir préparer sa défense.

Et puis il y avait l'autre question : devait-il rester ici quelques jours ? Rentrer à Chicago ? Regagner Washington ?

Debout à quelques pas de la camionnette noircie, délaissé par les policiers qui quittaient le terrain en masse, il attendait de voir Melanie. Il laissa son regard planer sur l'abattoir, en se demandant ce qu'il allait pouvoir lui dire. Il remarqua Frances Whiting adossée à sa voiture, l'air aussi épuisé que lui. Il la rejoignit.

— Un peu de temps pour me donner une leçon ? lui demanda-t-il.

— Et comment.

Dix minutes plus tard, ils se dirigeaient ensemble vers la tente de secours.

Là, ils trouvèrent Melanie assise sur une table d'examen. Un infirmier lui avait bandé le cou et les épaules. Pour lui faciliter la tâche sans doute, elle avait noué ses cheveux en tresse souple.

Potter fit un pas vers elle et — contrairement à ce qu'il s'était répété, et même ordonné, de ne pas faire — s'adressa directement à l'infirmier qui lui passait de la Bétadine sur la jambe et non à la jeune femme en personne : « Elle va bien ? »

Melanie hocha la tête. Elle le fixait avec un sourire éclatant. Le seul moment où elle détacha quelques secondes les yeux des siens, ce fut pour regarder ses lèvres quand il parla.

— Ce n'est pas son sang, précisa l'infirmier.

— Celui d'Ours ? demanda Potter.

Melanie riait en acquiesçant d'un signe de tête. Le sourire ne s'effaçait pas de son visage, mais il remarqua son regard creux. L'infirmier lui donna une pilule, qu'elle prit en avalant deux verres d'eau coup sur coup.

— Je vous laisse seuls quelques minutes, dit le jeune homme.

Il sortit et Frances entra. Les deux femmes échangèrent une série de signes rapides et brusques, et Frances expliqua :

— Elle demande des nouvelles des autres filles. Je lui donne un petit topo.

Melanie se retourna vers Potter, les yeux fixés sur lui. Il soutint son regard. La jeune femme était encore secouée mais, malgré les bandages et le sang, aussi belle qu'il l'avait imaginée. Des yeux bleu-gris superbes.

Il leva les mains pour lui dire en langue des signes ce que Frances venait de lui apprendre, mais sa mémoire, d'ordinaire prodigieuse, lui fit complètement défaut. Devant cette défaillance, il secoua la tête. Melanie le regardait, tête penchée, dans l'expectative.

Potter dressa un doigt en l'air. Attendez. Il leva de nouveau les mains et resta tout aussi pétrifié. Alors Frances fit quelques signes et la mémoire lui revint.

— Je suis Arthur Potter, signa-t-il. C'est un plaisir de vous rencontrer.

— Non, vous êtes Charles Michel de l'Épée, dit Frances en traduisant les signes de Melanie.

— Je ne suis pas si vieux que ça, quand même. (Il parlait à présent en souriant.) Le brigadier Whiting m'a dit qu'il était né au XVIIIe siècle. Comment vous sentez-vous ?

Elle comprit sans l'aide de la traduction. Melanie indiqua ses vêtements d'un geste, plissa le front pour mimer la colère, puis signa. Frances traduisit :

— Ma jupe et mon chemisier sont foutus. Vous n'auriez pas pu nous faire sortir un peu plus tôt ?

— Les producteurs du meilleur film de la semaine n'aiment que les fins à vous faire dresser les cheveux sur la tête.

Comme avec Handy, il se sentait dépassé ; il avait des milliers de questions à lui poser. Et aucune ne trouvait le chemin de son cerveau à son larynx.

Il se rapprocha encore d'elle. Ils restèrent tous deux un moment sans bouger.

Potter se rappela une autre phrase en L.S.A. — des mots que Frances lui avait appris plus tôt dans la soirée. « Vous êtes très courageuse », signa-t-il.

Melanie eut l'air contente. Frances la regarda signer mais ensuite elle secoua la tête, l'air perplexe. Melanie répéta sa phrase. Se tournant vers Potter, Frances dit :

— Je ne comprends pas le sens de ses paroles. Voilà ce qu'elle a dit : « Si vous n'aviez pas été avec moi, je n'y serais pas arrivée. »

Mais lui comprit.

Melanie plongea ses yeux dans ceux de Potter. Il s'efforça de croire que Marian l'avait regardé ainsi, afin de pouvoir enraciner cette sensation dans un sentiment nostalgique, et qu'on en parle plus. Mais il n'y parvint pas. Ce regard, tout comme la sensation qu'elle faisait naître, tout comme cette jeune femme, était un modèle unique.

Potter se souvint de la toute dernière expression que Frances lui avait apprise. Après un instant d'hésitation, il signa impulsivement les mots. Ce faisant, il eut l'impression de sentir les gestes de ses mains avec une clarté absolue, comme si elles seules étaient capables d'exprimer ce qu'il voulait dire.

— J'ai envie de vous revoir, signa Potter. Demain peut-être ?

Elle marqua une pause d'une longueur infinie puis hocha la tête, avec un sourire.

Brusquement, elle tendit les bras vers lui et ses mains se refermèrent sur son bras. Il pressa une main bandée sur l'épaule de la jeune femme. Ils restèrent un moment dans cette étreinte équivoque, puis, approchant les doigts des cheveux de Melanie, il lui effleura la nuque. Elle pencha la tête et lui ses lèvres, qui frôlèrent la lourde tresse blonde. Il sentit alors l'odeur animale de cuir chevelu, de sueur, de parfum intime, du sang. Les odeurs mêlées des amants qui s'unissent. Et fut incapable de l'embrasser.

Comme elle est jeune ! En formulant cette pensée, son désir de l'enlacer disparut en un éclair et son rêve d'homme mûr — un rêve jamais exprimé, à peine formé — s'envola comme un brin de paille chassé par une moissonneuse.

Il sut qu'il lui fallait partir.

Il sut qu'il ne la reverrait plus jamais.

Il se dégagea brusquement et elle leva les yeux vers lui, ne sachant que penser.

— Je dois aller voir l'attorney général, dit-il sèchement.

Melanie hocha la tête et lui offrit sa main. Il se méprit sur son geste et crut qu'elle s'apprêtait à signer. Il baissa les yeux, dans l'expectative. Alors elle allongea un peu plus le bras et lui serra chaleureusement le bout des doigts. Ils rirent tous deux de cette méprise. Soudain, elle le tira vers elle, et l'embrassa sur la joue.

Il se dirigea vers la porte, s'arrêta, se retourna.

— « Prenez garde. » C'est bien ce que vous m'avez dit, n'est-ce pas ?

Melanie acquiesça d'un signe de tête, son regard redevenu creux. Creux et triste. Frances traduisit sa réponse : « Je voulais que vous sachiez combien il était dangereux. Je voulais vous avertir d'être prudent. »

Puis elle sourit et signa autre chose. Potter éclata de rire en entendant la traduction : « Vous me devez une jupe et un chemisier neufs. Et je compte être remboursée. Vous avez intérêt à ne pas oublier. Je suis une sourde engagée. Pauvre de vous. »

Potter repartit tranquillement vers la camionnette, remercia Tobe Geller et Henry LeBow, qui rentraient chez eux à bord d'un vol commercial. Une voiture de police les emporta en un clin d'œil. Il serra une nouvelle fois la main de Dean Stillwell, animé par le désir ridicule de lui offrir un cadeau, n'importe lequel, un ruban, une médaille. Le shérif, rejetant sa touffe de cheveux en arrière, eut la présence d'esprit de donner l'ordre à ses hommes — troupes fédérales et d'État — de marcher avec précaution, leur rappelant qu'ils se trouvaient sur les lieux d'un crime et qu'il y avait encore des preuves à recueillir.

Potter se tenait sous l'un des spots halogène, les yeux sur la silhouette lugubre de l'abattoir.

— Bonne nuit, dit une voix traînante derrière son dos.

Le négociateur se tourna vers Stevie Oates. Il lui serra la main.

— Sans vous, on y serait pas arrivés, Stevie.

Le jeune policier était plus doué pour esquiver les balles que pour les échanges de compliments. Il baissa les yeux vers le sol.

— Ouais, ben, vous savez.

— Juste un conseil.

— Oui, j'vous écoute ?

— Ne faites pas tant de zèle pour vous porter volontaire.

— À vos ordres. (Le policier grimaça un sourire.) J'y penserai.

Potter tomba alors sur Charlie Budd et lui demanda de le conduire à l'aéroport.

— Vous ne restez pas un moment ? demanda le jeune capitaine.

— Non, je dois partir.

Ils grimpèrent dans la voiture banalisée de Budd et s'éloignèrent à toute vitesse. Du coin de l'œil, Potter aperçut une dernière fois l'abattoir ; sous la lumière crue des projecteurs, la bâtisse terne, rouge et blanche, avait l'apparence d'un os sanglant mis à nu. Avec un frisson, il détourna son regard.

À mi-chemin de l'aéroport, Budd dit :

— Je te remercie de la chance que tu m'as offerte.

— Tu as eu la gentillesse de m'avouer quelque chose, Charlie...

— Après t'avoir presque coincé au tournant.

— ... alors je ferais mieux de t'avouer un truc à mon tour.

Le capitaine ébouriffa sa tignasse mordorée, ce qui lui donna l'air de sortir tout droit du salon de coiffure de Dean Stillwell. Son geste voulait dire : Vas-y, je peux encaisser.

— Je t'ai gardé avec moi comme assistant parce que j'avais besoin de faire comprendre à tout le monde qu'il s'agissait d'une opération fédérale et que les services d'État venaient en second. Je t'avais mis en laisse. Intelligent comme tu es, tu as certainement compris la manœuvre.

— Ouaip. J'avais pas l'impression que t'avais vraiment besoin d'un larbin de luxe comme moi. Pour commander des frites, de la bière et des hélicoptères. C'est un des trucs qui m'a poussé à fourrer ce magnéto dans ma poche. Mais quand j'ai vu ta façon de me parler, ton attitude avec moi, ça m'a donné envie de le ressortir.

— Eh bien, tu as le droit d'être bon et furieux. Mais je tenais juste à te dire que tu t'en es sorti beaucoup mieux que je ne l'escomptais. Tu t'es vraiment intégré à l'équipe. Et la manière dont tu as conduit tout seul cette petite séance — du grand art. Je te prends quand tu veux pour négocier avec moi.

— Oh punaise, pas pour tout l'or du monde. J'vais te dire, Arthur : je les chasse jusqu'au terrier et tu les fais sortir du trou.

— Bonne idée, Charlie, dit Potter en riant.

Ils conduisirent en silence à travers des kilomètres et des kilomètres de blé. Les épis balayés par le vent frissonnaient sous la lune, comme la fourrure soyeuse d'un animal impatient de courir.

— J'ai comme l'impression, dit Budd lentement, que tu penses avoir commis une erreur ce soir.

Potter ne répondit rien, le regard perdu sur les gros yeux d'insecte des moissonneuses.

— Tu te dis que si tu avais eu la même idée que cette détective Foster, tu aurais pu les faire sortir plus tôt. Et même peut-être évité la mort de cette fille, et celle de Joey Wilson.

— Ça m'a traversé l'esprit, effectivement, répondit Potter au bout d'une minute.

Oh, comme nous détestons être démasqués, mis à jour. Qu'y a-t-il de si admirable à vouloir rester mystérieux pour tous sauf pour nous-mêmes ?

— Mais tu as su leur garder la vie sauve au-delà de trois ou quatre échéances, poursuivit Budd.

— Cette fille pourtant, Susan...

— Mais il l'a tuée avant même que tu aies commencé à négocier. Tu n'aurais rien pu dire pour la sauver. Et d'ailleurs, Handy n'a pas manqué d'occasions de demander ce que Sharon lui a proposé, et il n'en a jamais rien fait. Pas une seule fois.

C'était vrai. Et pourtant, s'il y avait une chose que Potter savait sur son métier, c'était que, dans une prise d'otages, le négociateur est le seul maître après Dieu et qu'il porte la responsabilité de toute mort sur ses épaules, et uniquement les siennes. Et il en avait retiré un enseignement qui lui avait permis de se blinder le cœur pendant toutes ces années, à savoir que certaines morts pèsent tout bonnement moins lourd que d'autres.

Cinq kilomètres plus loin, Potter s'aperçut qu'à force de contempler la blancheur lunaire du blé il en était hypnotisé. Budd avait repris la parole. Le sujet était domestique, l'homme parlait de sa femme et de ses filles.

Potter détourna son regard des champs qui défilaient à toute vitesse pour écouter ce que le capitaine lui racontait.

Une fois dans le petit jet, Arthur Potter glissa deux tablettes de chewing-gum dans sa bouche et agita la main en signe d'adieu à Charlie Budd, lequel lui faisait signe à son tour ; mais comme l'intérieur de l'avion était très mal éclairé, Potter doutait que le capitaine l'ait vu.

Alors il s'enfonça dans la mousse beige du siège. Il songea à la flasque de whisky qui se trouvait dans sa valise, mais se rendit compte qu'il n'était décidément pas d'humeur.

Ça te la coupe, hein, Marian ? Pas de petit verre pour moi ce soir et je suis pas en service. Qu'est-ce que tu dis de ça ?

Il avisa un téléphone sur un panneau de commande et se dit qu'il devrait appeler sa cousine Linden pour la prévenir de ne pas compter sur lui. Peut-être valait-il mieux attendre d'avoir décollé.

Il demanderait à parler à Sean ; le gamin serait ravi de savoir qu'oncle Arthur lui parlait à vingt mille pieds au-dessus du sol. Il laissa son regard flotter sur les constellations de lumières colorées qui délimitaient les pistes et les voies réservées aux taxis. Potter sortit de sa poche le billet encore humide que Melanie lui avait écrit. Le lut. Puis le chiffonna en boule, et le fourra dans le vide-poches du siège devant lui.

Après une soudaine et violente poussée, il fut surpris de sentir l'avion filer droit vers le ciel, pratiquement sans avoir pris d'élan.

Le négociateur ferma les yeux et se cala au fond du siège moelleux.

Au même instant, le jet fit une brusque embardée. La manœuvre fut si brutale qu'Arthur Potter sut tout à coup qu'il allait mourir. Il envisagea la chose très calmement. Il rouvrit d'un seul coup les yeux et crut voir distinctement le visage de sa femme se dessiner dans le halo blanchâtre entourant la lune. Il comprit ce qui les avait unis tous les deux, lui et Marian, car toutes ces années les liaient encore l'un à l'autre, avec la même force, et elle l'entraînait dans la mort.

Il referma les yeux. Et se sentit tout à fait serein.

Mais non, il n'était pas destiné à mourir, pas tout de suite.

En effet, tandis que l'avion terminait son virage sur l'aile et entamait sa descente vers l'aéroport, sortant son train d'atterrissage et ses aérofreins pour glisser de plus en plus bas vers le plat paysage du Kansas, Potter, le téléphone plaqué contre son oreille, écoutait Peter Henderson lui raconter d'une voix lugubre et tremblante qu'une demi-heure plus tôt la vraie détective Sharon Foster avait été retrouvée morte, à moitié nue, non loin de chez elle, et qu'il y avait de fortes chances pour que la femme qui avait usurpé son identité sur le théâtre des opérations soit la petite amie de Lou Handy.

Les quatre policiers qui formaient l'escorte de Handy et Wilcox étaient morts, tout comme Wilcox lui-même — tous tués dans une violente fusillade à huit kilomètres de l'abattoir.

Quant à Handy et à la femme — ils avaient disparu sans laisser de traces.

IV

REQUIEM

01 : 01

Tout en suivant la route qui filait à travers champs sous la pâle lueur de la lune, le couple dans la Nissan réfléchissait à la soirée qu'ils venaient de passer chez leur fille, à Enid, une soirée tout aussi déplaisante qu'ils l'avaient prévue.

Mais quand ils ouvraient la bouche, ce n'était pas pour parler de la sordide caravane où vivaient les enfants, ni du petit-fils, un bébé jamais lavé, ni du numéro de passe-passe du gendre aux cheveux en queue-de-rat qui disparaissait dans la cour remplie d'immondices pour s'enfiler du whisky en douce. Non, ils parlaient seulement de la pluie et du beau temps, et des curieux panneaux croisés en chemin.

— Y va pleuvoir cet automne. On est bons pour les inondations.

— Possible.

— Une histoire de truites dans le Minnesota. J'ai lu ça.

— Des truites ?

— À cause des grosses pluies. Plus que huit bornes jusqu'à Stuckey. Hé, regarde. Tu veux t'arrêter ?

Harriet, leur fille, leur avait préparé un dîner qui ne méritait que le qualificatif d'immangeable.

— Pourquoi pas. Juste un café. Regarde-moi ce vent — ouh là là ! J'espère que t'as bien fermé les fenêtres à la maison. Et p't-être une part de gâteau.

— Oui, j'lai fait. Tiens, fit le mari. Qu'est-ce qu'y se passe ici ?

— Comment ça ?

— Y me font signe de m'arrêter. Une voiture de police.

— Range-toi !

— C'est c'que je fais, dit-il d'un air irrité. Pas la peine de brûler la gomme. Je me range.

— Qu'est-ce t'as fait ?

— Rien du tout. J'étais à quatre-vingt-douze dans une zone limitée à quatre-vingt-dix ; c'est pas un délit dans aucun code.

— Allez, mets-toi sur le bas-côté.

— Je fais que ça. Tu veux bien te calmer ? Là, contente ?

— Hé, regarde, remarqua la femme tout étonnée, c'est une femme policier qu'est au volant !

— C'est pas nouveau. Tu sais ça. Tu regardes *Cops*. À ton avis, je sors ou c'est eux qui vont venir ?

— P't-être bien, dit la femme, que tu ferais mieux d'aller les voir. Fais un effort. Comme ça, si t'es limite pour une amende, t'as une chance qu'ils t'en collent pas une.

— Bonne idée. Mais je sais toujours pas c'que j'ai fait.

Et, avec un sourire de boy-scout un jour de Mardi-Gras, le mari sortit de la Nissan pour se diriger vers la voiture de police, plongeant dans sa poche pour en tirer son portefeuille.

Lou Handy, au volant de la voiture de police, s'enfonça dans le champ de blé en ouvrant une grande trouée dans les hautes tiges, perdu dans le souvenir d'un autre champ — celui du matin, près du carrefour où la Cadillac les avait percutés.

Il se rappela le gris du ciel au-dessus de leurs têtes. La sensation du couteau mince au creux de sa main. Le visage poudré de la femme, les coulées noires de son maquillage, les gouttelettes de sang qui l'éclaboussèrent quand il plongea la lame dans ses chairs tendres. L'expression de son regard, le chagrin et le désespoir. Son cri étrange et étouffé, un grognement. Des bruits d'animal.

Elle était morte exactement comme le couple de la Nissan venait de mourir, ce couple maintenant couché dans le coffre de la voiture qu'il conduisait. Merde, il fallait qu'ils meurent, ces deux couples. Ils avaient quelque chose dont LUI avait besoin. Leurs voitures. La Cadillac et la Nissan. Hier après-midi, Hank et Ruth avaient bousillé sa Chevrolet. Et ce soir, eh bien, lui et Pris ne pouvaient vraiment pas rester dans une voiture de police volée. C'était impensable. Il leur fallait une nouvelle voiture. Coûte que coûte.

Et quand Lou Handy récoltait son dû, quand il avait satisfait son envie, il était l'homme le plus comblé du monde.

Ce soir, il gara la voiture, qui empestait la cordite et le sang, dans le champ à cinquante mètres de la route. Elle serait découverte au matin, mais ça n'avait aucune importance. Dans quelques heures, lui et Pris auraient quitté le Kansas et voleraient au-dessus de la frontière séparant le Texas du Mexique, à cent pieds en l'air, direction San Hidalgo.

Ouh là, accroche-toi... Merde, ça soufflait fort, le vent ballottait la voiture et projetait les tiges de blé sur le pare-brise avec un claquement sec de petit plomb.

Handy descendit et, en trottinant, rejoignit la route où Pris l'attendait au volant de la Nissan. Elle avait abandonné son uniforme de police pour enfiler un pull et un jean ; Handy avait plus que tout envie de lui baisser son Levi's et son slip en nylon, cette lingerie bon marché qu'elle affectionnait, pour la baiser ici même sur le capot de la petite voiture japonaise. La queue de cheval de Pris dans sa main droite comme il aimait le faire.

Mais il sauta sur le siège passager et lui fit signe de partir. Elle balança sa cigarette par la vitre et lança le moteur. La voiture bondit en avant, fit un demi-tour serré, et accéléra à cent à l'heure.

Fonçant dans la direction d'où elle était venue. Droit au nord.

Cela paraissait fou, évidemment. Mais Handy se targuait d'être aussi frappadingue qu'un homme puisse être tout en tirant toujours son épingle du jeu. En réalité, leur destination était parfaitement logique — parce que l'endroit où ils allaient était le dernier endroit où quiconque songerait à les chercher.

De toute façon, se dit-il, on s'en fout que ça soit dingue ou pas. Sa décision était prise. Il avait à faire là-bas. Lou Handy allait récupérer son dû.

Le testament de Heiligenstadt, écrit en 1802 par Beethoven à l'intention de ses frères, rend compte du désespoir du compositeur devant la lente évolution de sa surdité, qui serait totale une quinzaine d'années plus tard.

Melanie Charrol savait cela, car Beethoven n'était pas seulement son guide spirituel et son modèle, mais aussi un habitué de son salon de musique. Là, il entendait aussi bien qu'elle, et qui s'en étonnera ? Ils avaient eu une foule de conversations fascinantes sur la théorie et la composition musicales. Ils avaient déploré ensemble le fait que la musique contemporaine tourne le dos à la mélodie et à l'harmonie. Elle appelait cela « la drogue musicale », une expression que Ludwig approuvait de tout cœur.

Assise à présent dans la salle de séjour de sa maison, elle respirait profondément en pensant au grand compositeur et en se demandant si elle avait trop bu.

Au bar du motel de Crow Ridge, elle avait avalé deux cognacs en compagnie de Frances Whiting et de quelques parents des otages. Frances avait appelé les parents de Melanie à Saint Louis pour leur annoncer que leur fille allait bien. Ils allaient rentrer demain, sitôt après l'opération de Danny, et faire halte à Hebron pour lui rendre visite — une nouvelle qui, pour une raison inconnue, avait contrarié Melanie. Avait-elle envie de les voir ou non ? Au lieu de répondre, elle commanda un autre cognac.

Puis Melanie était allée dire au revoir aux filles et à leurs parents.

Les jumelles dormaient, Kielle était réveillée mais la boudait royalement. Mais enfin, le peu que Melanie savait des enfants, c'était que leur humeur était aussi instable que le temps ; demain ou après-demain, la petite fille passerait voir Melanie dans son bureau et s'allongerait de tout son long sur sa table de travail pour lui montrer fièrement son dernier album de X-Men ou la nouvelle carte des Power Rangers. Emily, vêtue comme il fallait s'y attendre d'une chemise de nuit à fanfreluches ridiculement féminine, dormait à poings fermés. C'étaient Shannon, Beverly et Jocylyn qui accaparaient toute l'attention. Pour le moment, chouchoutées, objets de toutes les sollicitudes, elles étaient gaies et pleines d'arrogance, et à leurs gestes Melanie pouvait voir que les filles se remémoraient certaines scènes de la soirée avec des détails qu'elle-même trouvait intolérables. Elles s'étaient baptisées « Les dix de Crow Ridge » et parlaient de se faire imprimer des tee-shirts. La réalité les atteindrait plus tard, lorsque l'absence de Susan commencerait de se faire sentir. Mais, pour le moment, pourquoi pas ? D'ailleurs, peu importe les doutes qu'elle avait partagés avec De l'Épée à propos du mouvement des Sourds, une chose était sûre, les membres de cette communauté avaient du ressort.

Melanie souhaita bonne nuit à tous, et refusa une douzaine d'invitations à dormir sur place. Jamais encore elle n'avait signé « Non, merci » autant de fois que ce soir-là.

Maintenant, dans sa maison, toutes les fenêtres étaient closes, et les portes aussi. Elle fit brûler de l'encens, se servit un autre cordial — un alcool de mûre, remède de sa grand-mère contre les crampes — et, assise dans son fauteuil en cuir, elle pensait à De l'Épée... enfin, à Arthur Potter. Tout en frottant l'entaille laissée par le fil de Brutus sur son poignet droit. Son casque Koss vissé sur les oreilles, elle écoutait le quatrième concerto pour piano de Beethoven avec le volume à fond, au point que le témoin était bloqué dans le rouge. C'était un morceau magnifique. Composé durant ce que les musicologues nomment « la deuxième période », celle qui produisit la symphonie dite « Héroïque », à une époque où le compositeur était tourmenté par les premières atteintes de la surdité.

Pour l'heure, en écoutant ce concerto, Melanie se demandait si Beethoven l'avait écrit en anticipant les années à venir, qui allaient voir sa surdité s'aggraver, et s'il y avait intégré certains accords, une certaine dynamique, afin qu'un vieil homme sourd puisse encore saisir ne fût-ce que l'âme du morceau. Car, bien que certains passages fussent pour elle totalement inaudibles (aussi légers et délicats que la fumée, s'imaginait-elle), les basses insistantes traduisaient le caractère passionné de la musique, les deux mains courant sur les notes avec force, le thème plongeant en spirale tel un faucon qui s'abat sur sa proie, les timbales et les cordes de l'orchestre reprenant inlassablement ce qui donnait au concerto son caractère optimiste. L'impression d'un galop.

Grâce aux vibrations et à quelques notes, et en suivant la partition des yeux, elle s'imaginait presque intégralement le concerto. Et elle songea alors, comme à chaque fois, qu'elle aurait donné son âme pour être capable de l'entendre réellement en entier.

Rien qu'une fois avant de mourir.

Ce fut durant le deuxième mouvement qu'elle jeta un coup d'œil dehors et vit une voiture ralentir soudain en passant devant chez elle. La rue étant peu fréquentée, elle trouva la chose étrange. C'était une impasse, elle connaissait tous ceux qui habitaient là et leurs voitures. Et celle-là ne lui était pas familière.

Elle enleva son casque et s'approcha de la fenêtre. Elle vit que la voiture, avec ses deux occupants, s'était garée devant la maison des Albertson. Cela aussi, c'était étrange, car elle était sûre que la famille était absente pour le week-end. Elle plissa les yeux pour observer la voiture. Les deux occupants, qu'elle ne distinguait pas clairement, juste leurs silhouettes, sortirent et franchirent le portail des Albertson pour disparaître derrière la haute haie qui bordait la propriété du couple, directement en face de la maison de Melanie. Alors elle se rappela que la famille avait plusieurs chats. C'étaient sans doute des amis qui venaient nourrir les animaux pendant l'absence du couple. Elle retourna s'asseoir et remit sur casque sur ses oreilles.

Oui, oui...

La musique, même le peu qu'elle pouvait en entendre, était pour elle un incroyable réconfort. Davantage que le cognac, davantage que la présence amicale des parents de ses élèves, davantage que ses réflexions sur l'étrange et étrangement séduisant Arthur Potter ; elle la transportait loin, comme par magie, loin de l'horreur de cette journée venteuse de juillet.

Melanie ferma les yeux.

01 : 20

Le capitaine Charlie Budd avait considérablement vieilli au cours des douze dernières heures.

Potter l'observait dans la lumière fluorescente peu flatteuse qui éclairait le bureau exigu du shérif de Crow Ridge, un local situé dans une galerie marchande proche du quartier des affaires. Budd avait perdu son air de jeunot et accusait facilement dix années d'expérience en plus. Et comme tous ceux rassemblés là ce soir, son visage exprimait le dégoût.

Et le doute, aussi. Car ils ne savaient pas s'ils avaient été trahis, et si oui, par qui. Budd et Potter étaient assis de l'autre côté du bureau face à Dean Stillwell, lequel, penché sur son téléphone, hochait gravement la tête. Il tendit le combiné à Budd.

Tobe et Henry LeBow venaient d'arriver de l'aéroport après une course folle. Les ordinateurs de LeBow étaient déjà chargés ; ils semblaient un prolongement de son corps. Le jet de la Dom-Tran à bord duquel se trouvait Angie avait fait brusquement demi-tour quelque part au-dessus de Nashville et était attendu à Crow Ridge dans la demi-heure.

— Bon, fit Budd en raccrochant. Voilà les détails. Et ils n'ont rien de plaisant.

Les deux voitures de patrouille avec Handy et Wilcox à bord avaient quitté l'abattoir pour se diriger vers le Q.G. de la section C de Clements, à une quinzaine de kilomètres au sud. Entre Crow Ridge et le bureau de police, la voiture de tête, conduite par la femme présumée être Priscilla Gunder, freina si brutalement qu'elle laissa sur la chaussée des traces de pneus de plusieurs mètres et envoya la deuxième voiture, qui la suivait, sur le bas-côté. La femme aurait tiré son pistolet et abattu le policier à côté d'elle ainsi que son collègue assis à l'arrière, les tuant tous les deux sur le coup.

D'après les enquêteurs dépêchés sur les lieux, Wilcox, à bord de la deuxième voiture, avait probablement défait ses menottes avec la clé que Gunder lui avait glissée en douce et se serait emparé du pistolet du policier assis à côté de lui. Mais comme il était également enchaîné, conformément aux consignes données par Potter au moment de la reddition, il lui avait fallu plus longtemps que prévu pour s'échapper. Il avait abattu son garde mais le chauffeur, bondissant de la voiture, avait eu le temps de tirer une fois sur Wilcox avant que Handy, ou sa petite amie, ne l'abatte d'une balle dans le dos.

— Wilcox n'a pas été tué instantanément, poursuivit Budd en se passant la main dans les cheveux, un geste que vous inspirait la présence de Stillwell. Il est parvenu tant bien que mal à se sortir du véhicule et s'est traîné jusqu'à la première voiture de patrouille. Quelqu'un — les enquêteurs pensent à Handy — l'a achevé d'une balle dans le front.

Dans sa tête, Potter entendit : Tu tues les gens quand ils font pas ce qu'ils sont censés faire. Tu élimines les faibles parce qu'autrement ils te font couler. Où est le mal à ça ?

— Qu'est devenue la détective Sharon Foster ? demanda Potter.

— On l'a retrouvée morte à côté d'une voiture volée à environ quinze cents mètres de chez elle. À en croire son mari, elle est partie une dizaine de minutes après avoir reçu un coup de fil l'informant de la prise d'otages. Ils pensent que Priscilla Gunder a dû lui faire signe de s'arrêter près de la route, lui a pris son uniforme, l'a tuée et lui a volé sa voiture radio. D'après les premières analyses du médecin-légiste, certaines empreintes relevées seraient celles de Priscilla Gunder.

— Quoi d'autre, Charlie ? Raconte-nous. (Car Potter avait remarqué l'expression de son visage.)

Budd hésita.

— Quand la vraie Sharon Foster s'est retrouvée en slip et soutien-gorge, la copine de Handy l'a bâillonnée et lui a passé les menottes. Et puis elle s'est servi de son couteau. Elle n'était pas obligée. Mais elle l'a fait quand même. Ça n'avait rien de plaisant, ce qu'elle a fait. Sa victime a mis un bon moment à mourir.

— Et elle a débarqué sur le théâtre des opérations, lâcha Potter d'un air furieux, pour nous souffler Handy sous le nez.

— Quelle direction ont-ils prise ? interrogea LeBow. Toujours cap au sud ?

— Personne n'en a la moindre idée, répondit Budd.

— Ils sont dans une voiture de patrouille, remarqua Stillwell. Ça devrait pas être trop dur à repérer.

— On a des hélicos en train de fouiller le secteur, dit Budd. Six en l'air.

— Oh, il a déjà changé de voiture, gronda Potter. Concentrez-vous sur les déclarations de vol de véhicule dans le secteur sud du Kansas. Tout ce qui a été signalé.

— Le bloc-moteur de la voiture de patrouille va rester chaud pendant trois heures environ, remarqua Tobe. Les hélicos sont équipés de caméras infrarouge ?

— Il y en a trois qui en ont, oui, dit Budd.

— Quel itinéraire leur permettrait de s'éloigner le plus possible durant ce laps de temps ? demanda Potter d'un air songeur. Il doit savoir qu'on ne va pas tarder à lui courir après.

Dans ce bureau pourtant triste et fonctionnel, cinq plantes au feuillage d'un rouge éclatant trônaient sur une console ; jamais Potter n'avait vu des plantes d'intérieur si florissantes. Stillwell dansait d'un pied sur l'autre à côté d'une carte des quatre comtés épinglée au mur.

— Il pourrait rejoindre la 35 — c'est la voie express, direction nord-est. Ou alors la 81 pour rejoindre la I-70.

— Et pourquoi pas, demanda Budd, la 81 tout du long jusqu'au Nebraska, et là il prend la 29 ?

— Ouaip, reprit Stillwell. Sacré bout de route, mais il se retrouverait à Winnipeg. En fin de compte.

— Et si cette histoire de Canada n'était qu'un écran de fumée ? se demanda Tobe.

— Je ne sais pas, dit Potter, qui se faisait l'impression de débouler au milieu d'une partie d'échecs avec un adversaire qui pouvait aussi bien être un grand champion qu'un profane ignorant jusqu'au déplacement des pièces. Il se leva pour s'étirer, ce qui n'était pas commode vu l'exiguïté de la pièce.

— La seule façon de le retrouver, coup de chance mis à part, c'est de réussir à comprendre comment il s'y est pris, reprit-il. Henry ? Quelle est la chronologie des faits ?

LeBow appuya sur des touches. Il récita :

— À 21 h 33, le capitaine Budd a déclaré avoir reçu un coup de téléphone de son chef de service à propos d'une détective qui avait obtenu la reddition de Handy il y a quelques années. Elle se trouvait à McPherson, Kansas. Le commandant voulait savoir s'il devait envoyer cette femme sur le théâtre des opérations. Le capitaine Budd consulta l'agent Potter et décision fut prise de la faire venir sur les lieux.

« À 21 h 49, une femme se présentant comme la détective Sharon Foster, en uniforme de la police d'État du Kansas, est arrivée sur le théâtre des opérations et a entamé les négociations avec le dénommé Handy.

— Charlie, demanda Potter, qui était le chef de service ?

— Ted Franklin, là-bas, à la section B. (Il avait déjà le combiné dans la main et composait le numéro.)

394

— Commandant Franklin s'il vous plaît... c'est une urgence... Ted ? Ici Charlie Budd... Du tout, aucune nouvelle. Je vais te mettre sur haut-parleur. (Un déclic, suivi d'un grésillement parasite qui emplit la pièce.) Ted, j'ai la moitié du FBI à côté de moi. L'agent Arthur Potter dirige les opérations.

— Messieurs, bonjour, salua la voix électronique de Franklin.

— Bonsoir, commandant, dit Potter. Nous cherchons à reprendre point par point ce qui s'est passé ici. Vous vous rappelez qui vous a appelé ce soir à propos de Sharon Foster ?

— J'arrête pas de me creuser la cervelle pour essayer de m'en souvenir. Un policier ou un autre. Franchement parlé, je faisais pas tant attention à qui c'était mais plutôt à ce qu'il avait à dire.

— Un « lui », vous dites ?

— Affirmatif. C'était un homme.

— Et il vous a parlé de la détective Foster ?

— Exact.

— Vous la connaissiez avant ?

— J'en avais entendu parler. Elle avait le vent en poupe. Bonnes négociations à son actif.

— Et vous l'avez appelée après le coup de fil de ce policier, demanda Potter.

— Non, j'ai d'abord appelé Charlie à Crow Ridge pour voir si c'était d'accord avec vous autres. Et après je l'ai appelée.

— Donc, remarqua Stillwell, quelqu'un a intercepté votre appel à Sharon Foster pour la coincer juste au moment où elle sortait de chez elle.

— Mais comment ? s'étonna Budd. Son mari a dit qu'elle était partie dix minutes après avoir reçu l'appel. Comment la copine de Handy aurait-elle pu arriver à temps ?

— Tobe ? interrogea Potter. Y a-t-il moyen de vérifier si la ligne était sur écoute ?

— Commandant Franklin, demanda Tobe, on a vérifié que votre bureau n'était pas truffé de pastilles ?

Un petit rire.

— Ben non. Pas celles que vous pensez.

— On pourrait faire un balayage, dit Tobe à Potter, pour voir s'il y en a. Mais ça nous dirait juste oui ou non. Aucun moyen de savoir qui a reçu la transmission ni quand.

Mais non, se disait Potter. Budd avait raison. Ce n'était tout simplement pas possible pour Priscilla Gunder d'être arrivée chez Sharon Foster après le coup de fil de Franklin. LeBow parla au nom de tous :

— Ça ne ressemble vraiment pas à une écoute. Et d'ailleurs,

qui aurait pu savoir qu'il fallait placer la pastille dans le bureau du commandant Franklin ?

— Ça m'a tout l'air d'avoir été combiné d'avance, dit Stillwell.

Potter en convint.

— Commandant Franklin, le policier qui vous a appelé n'était pas plus policier qu'évêque. C'était le complice de Handy. Et la petite amie attendait sans doute devant la maison de la détective Foster depuis le début, pendant que lui — Dieu sait qui est-ce — vous appelait au téléphone.

— Autrement dit, ce quelqu'un devait être au courant des activités de la vraie Sharon Foster, remarqua Budd. Savoir qu'Handy s'était rendu à elle. Qui pourrait en savoir autant sur son compte ?

Il y eut un long silence. Tous les cerveaux rassemblés dans la pièce cogitaient : quels étaient les moyens d'avoir accès aux négociations conduites par la police ? Les médias, les banques de données informatiques, les sources internes du service.

LeBow et Budd s'exclamèrent en cœur : « Handy ! »

Potter venait d'arriver à la même conclusion. Il hocha la tête.

— Qui d'autre en saurait davantage qu'Handy en personne ? Revenons en arrière. Il est coincé dans l'abattoir. Il se doute qu'il ne va pas obtenir son hélicoptère ou, si oui, que nous allons le traquer jusqu'au bout du monde — avec ou sans autorisation spéciale M-4 — alors il prend contact avec son complice pour lui parler de Foster. Le complice appelle la petite amie et ensemble ils combinent l'évasion. Mais Handy n'a pas pu se servir du téléphone cellulaire. Nous l'aurions entendu. (Potter ferma les yeux et passa en revue les événements de la journée.) Tobe, ces transmissions brouillées que tu trouvais bizarres... On a cru qu'elles provenaient de Tremain et du G.I.L.O. du Kansas. Pouvaient-elles venir d'ailleurs ?

Le jeune homme tira sur le lobe percé de son oreille puis fouilla dans une pochette en plastique pour en sortir plusieurs disquettes informatiques. Il les tendit à LeBow, qui en chargea une dans son portable. Tobe se pencha vers son collègue et pianota sur quelques touches. À l'écran apparut la représentation graphique de deux sinusoïdes qui ondulaient lentement en se chevauchant.

— Il y en a deux ! s'exclama-t-il, ses yeux de scientifique étincelant devant cette découverte. Deux fréquences distinctes. (Il releva la tête.) Toutes les deux réservées aux forces de l'ordre. Et avec cryptage par rétrosignaux.

— Toutes les deux de Tremain ? s'interrogea Potter à voix haute.

Ted Franklin demanda à en connaître les fréquences.

— Quatre cent trente-sept mégahertz et quatre cent quatre-vingt point quatre.

— Non, répondit Ted Franklin. La première est attribuée au G.I.L.O. La seconde ne correspond pas à un signal de la police d'État. J'ignore à qui elle appartient.

— Alors Handy avait un autre téléphone dans l'abattoir ? demanda Potter.

— Non, pas un téléphone, répondit Tobe. Plutôt une radio. Et quatre cent quatre-vingt correspond à une fréquence souvent attribuée aux opérations fédérales, tu sais Arthur.

— Tu en es sûr ? (Potter réfléchit un instant, puis ajouta :) Mais on n'a pas trouvé de radio sur place, si j'ai bonne mémoire ?

Budd fouilla dans un attaché-case noir. Il en sortit la feuille d'inventaire où figuraient tous les indices retrouvés sur les lieux du crime ainsi que les noms des divers dépositaires.

— Pas de radio.

— Il aurait pu la planquer, j'imagine. Ce sont pas les recoins qui manquent dans un endroit comme ça. (Potter se fit songeur.) Est-il possible de localiser les transmissions ?

— Pas maintenant. Faudrait trianguler sur un signal en temps réel, répondit Tobe comme si Potter lui avait demandé s'il pouvait neiger en juillet.

— Commandant Franklin, demanda l'agent, vous avez reçu un appel téléphonique, c'est bien ça ? De ce supposé policier ? Ce n'était pas un appel radio ?

— Communication par câbles souterrains, à coup sûr. Et sans relais radio. Ça se remarque toujours.

Potter se tut et observa une des plantes. Était-ce un bégonia ? Un fuchsia ? Marian aimait jardiner.

— Donc Handy a établi un contact radio avec Mr. X, lequel a téléphoné au commandant Franklin. Puis X a appelé la petite amie de Handy pour lui donner le feu vert d'intercepter Sharon Foster. Tobe ?

Les yeux du jeune agent étincelaient ; il avait compris. Claquant des doigts, il se redressa :

— Tu y es, Arthur, dit-il en devançant la requête que Potter s'apprêtait à lui faire. Relevé de tous les appels reçus dans votre bureau, commandant Franklin. Pas d'objection ?

— Sûrement pas. Je veux le pincer autant que vous, ce gars.

— Vous avez une ligne directe ? demanda Tobe.

— Oui, mais la moitié de mes appels passent par le standard. Et quand je prends la ligne je ne sais pas d'où vient l'appel.

— On va les localiser un par un, dit Tobe patiemment, sans se démonter.

Qui est le complice de Handy ? se demandait Potter.

— Henry ? interrogea Tobe. Une demande de mandat, s'il te plaît.

LeBow en tira une sur l'ordinateur de Stillwell et la remit à Potter qui appela à l'écran le *Répertoire des juges fédéraux*. Potter contacta un juge qui siégeait au tribunal d'instance du Kansas. Il lui exposa l'affaire. Étant donné l'heure, le juge, qui était chez lui, accepta de signer le mandat à l'énoncé des preuves qui venaient de lui être présentées. Il avait vu CNN et n'ignorait rien de l'incident.

En qualité de membre du barreau du district de Columbia et de l'Illinois, Potter signa la demande de mandat. Tobe la faxa au juge, lequel la signa et la renvoya immédiatement. LeBow consulta ensuite le *Répertoire des entreprises* et trouva le nom du conseiller juridique de la Midwestern Bell. Le mandat fut notifié par télécopie au domicile de l'avocat. Un entretien téléphonique et cinq minutes plus tard, les fichiers demandés se retrouvèrent prosaïquement dans l'ordinateur de LeBow.

— O.-K., commandant Franklin, dit LeBow en faisant défiler l'écran, vous avez reçu aujourd'hui soixante-dix-sept appels à votre Q.G., trente-six sur votre ligne directe.

— Vous êtes un homme occupé, dit Potter.

— Hé. La famille peut en témoigner.

Potter lui demanda quand il avait reçu l'appel concernant Foster.

— Vers 21 h 30.

— Prends une fourchette de vingt minutes.

Les touches cliquetèrent.

— Ça nous ramène à seize au total, dit LeBow. Ça devient jouable.

— Si Handy avait une radio, remarqua Budd, quelle serait la portée d'un poste comme ça ?

— Excellente question, Charlie, dit Tobe. Cela va réduire encore les possibilités. Si c'est du matériel de police réglementaire, je dirais cinq kilomètres. Notre Mr. X n'aurait pas dû être loin du théâtre des opérations.

Potter se pencha vers l'écran.

— Je ne connais pas ces villes, à part Crow Ridge, et aucun appel venant de là ne figure sur la liste, commandant. Charlie, viens voir. Dis-nous ce qui se trouve près d'ici.

— Hysford est à environ vingt-cinq kilomètres. Billings, beaucoup trop loin.

— Ça, c'est la patronne, remarqua spontanément le commandant Franklin.

— Et celui-là ? Un appel de trois minutes de Townsend à votre bureau, à 21 h 26. Ça correspond à peu près la durée de votre conversation avec le policier, commandant Franklin ?

— Oui, à peu près.

— Où se trouve Townsend ?

— Tout à côté de Crow Ridge, dit Budd. C'est déjà une grande ville.

— Tu peux nous trouver l'adresse ? demanda Budd à Tobe.

Les fichiers transmis par la compagnie de télécommunications ne comportaient pas d'adresse, mais un seul coup de fil au centre informatique de la Midwestern Bell précisa qu'il s'agissait d'une cabine téléphonique.

— Entre la route 236 et la Roosevelt Highway.

— C'est le carrefour principal, précisa Stillwell d'un air découragé. Restaurants, hôtels, stations-service. Et cette voie sert de bretelle pour deux « interstates ». Ça pourrait être n'importe quel péquin en route pour Dieu sait où.

Potter regardait fixement les cinq plantes rouges. Soudain, il releva la tête et tendit la main vers le téléphone. Mais son geste avait quelque chose d'étrange : il l'interrompit brusquement, décontenancé, comme s'il venait de commettre un terrible impair dans une soirée officielle. Sa main glissa sur le combiné.

— Henry, Tobe, venez avec moi. Toi aussi, Charlie. Dean, vous voulez bien rester là pour garder le ranch ?

— Et comment, à vos ordres.

— Où allons-nous ? demanda Charlie.

— Bavarder avec quelqu'un qui connaît Handy mieux que nous.

02 : 00

Il se demandait comment s'y prendre pour annoncer leur présence.

Il y avait un bouton sur le chambranle de la porte d'entrée, comme partout ailleurs. Potter leva les yeux vers Budd, qui haussa les épaules et appuya sur le bouton.

— J'ai cru entendre du bruit à l'intérieur. Une sonnette. Quel intérêt ?

Potter aussi avait entendu quelque chose. Mais il avait également remarqué une lumière rouge qui clignotait à l'intérieur, à travers un voilage.

Pas de réponse.

Où était-elle ?

Potter s'apprêtait à appeler : « Melanie ? » S'avisant que cela ne servirait à rien, il leva le bras pour cogner à la porte. Découragé par son geste, il secoua la tête et laissa retomber sa main. La vue des lumières qui brûlaient dans une maison sans vie l'emplit brusquement d'un sentiment de malaise et il écarta un pan de sa veste pour découvrir le Glock qui reposait contre sa hanche. LeBow le remarqua mais s'abstint de tout commentaire.

— Attendez-moi ici, ordonna Potter aux trois hommes.

À pas lents, il longea la véranda sombre de la maison d'époque victorienne, jetant un coup d'œil à l'intérieur en passant devant les fenêtres. Il s'arrêta net en apercevant des pieds déchaussés, des jambes allongées sur un canapé, immobiles.

Affolé, il fit précipitamment le tour de la véranda. Mais il ne pouvait pas la voir en entier — seulement ses jambes inertes. Il tapa très fort sur la vitre, en criant son nom.

Aucun résultat.

Elle devrait être capable de sentir les vibrations, se dit-il. Et il y avait la lumière rouge, la « sonnette », qui clignotait au-dessus de l'entrée, juste dans son champ de vision.

— Melanie !

Il dégaina son pistolet. Tenta d'ouvrir la fenêtre. Elle était fermée.

Vas-y.

La vitre se brisa sous son coude en projetant des milliers d'éclats de verre sur le plancher. Il passa la main à l'intérieur, ouvrit la fenêtre, et commença de l'enjamber. Et resta pétrifié en voyant ce corps — Melanie en personne — se redresser, l'air terrifié, les yeux écarquillés devant cet intrus qui entrait par la fenêtre. D'un battement de paupières, elle chassa le sommeil et étouffa un cri.

Potter tendit les mains vers elle, comme s'il se rendait, l'horreur peinte sur son visage en pensant à la frayeur qu'il devait lui avoir causée. Mais avant tout, il était décontenancé : Pourquoi diable, se demandait-il, se met-elle un casque stéréo sur les oreilles ?

Melanie Charrol ouvrit la porte et, d'un geste, invita ses visiteurs à entrer.

La première chose qu'Arthur Potter remarqua, ce fut une

400

grande aquarelle d'un violon dans un décor onirique de notes aux couleurs de l'arc-en-ciel.

— Désolé pour la fenêtre, dit-il en articulant. Vous pouvez déduire ça de vos impôts.

Elle sourit.

— Bonsoir, m'dame, dit Charlie Budd.

Potter présenta Tobe Geller et Henry LeBow à Melanie. Par la porte ouverte, elle jeta un regard sur la voiture garée deux maisons plus bas, les deux silhouettes debout derrière une haie en train d'observer la maison. Il vit l'expression de son visage. Et lui dit :

— Ce sont nos hommes.

Melanie plissa le front. Il expliqua :

— Deux policiers. Je les ai envoyés ici un peu plus tôt pour veiller sur vous.

Elle secoua la tête en demandant : « Pourquoi ? »

— Rentrons, dit Potter après une seconde d'hésitation.

Gyrophare allumé, une voiture de la police d'Hebron se gara devant la maison. Angeline Scapello, les traits tirés, en sortit et monta les marches quatre à quatre. Elle salua tout le monde d'un petit signe de tête ; comme ses collègues de l'équipe de contrôle des opérations, elle n'avait pas le cœur à sourire.

Il régnait une ambiance douillette dans la maison de Melanie. De lourdes tentures. Dans l'air, une odeur d'encens. Parfum d'épices. Aux murs, tapissés de papier à rayures vert sapin et or, de vieilles gravures, dont beaucoup de compositeurs classiques. La plus grande représentait Beethoven. La pièce était pleine de petites tables anciennes, de superbes vases d'époque Art Nouveau. Potter songea non sans gêne à son propre appartement de Georgetown, à son intérieur minable. Treize ans qu'il n'avait touché à rien.

Melanie portait un jean et un pull en cachemire noir. Ses cheveux, défaits, retombaient sur ses épaules. Les ecchymoses et les coupures qu'elle portait au visage étaient encore très marquées, tout comme les taches brunes de Betadine. Potter se tourna vers elle, cherchant les mots qui exigeaient des mouvements de lèvres exagérés.

— Lou Handy a pris la fuite.

Elle ne comprit pas tout de suite. Il répéta la phrase et elle ouvrit des yeux horrifiés. Elle se mit à signer puis s'arrêta, découragée, et attrapa un bloc de papier.

LeBow lui toucha le bras.

— Vous savez taper à la machine ? dit-il en mimant la frappe sur un clavier.

Elle hocha la tête. Il ouvrit ses deux ordinateurs, chargea les programmes de traitement de texte, brancha le câble de port externe et plaça les deux machines côte à côte. Il s'assit à l'une, et Melanie à l'autre.

Où est-il parti ? tapa-t-elle.

On ne sait pas, c'est pour ça que nous sommes venus vous voir.

Melanie hocha lentement la tête. *Est-ce qu'il a tué des gens en s'évadant ?* Elle tapait sans regarder le clavier et garda les yeux fixés sur Potter en posant cette question.

Il fit oui de la tête. *Wilcox — celui que vous appelez Fouine — a été tué. Plusieurs policiers aussi.*

Elle hocha de nouveau la tête, le front soucieux, réfléchissant aux conséquences de cette nouvelle.

Potter écrivit : *Je dois vous demander de faire quelque chose que vous n'allez pas aimer.*

Elle lut son message, puis tapa : *Ça ne peut pas être pire que ce que j'ai déjà traversé.* Ses mains dansaient sur les touches, invisibles, pas une seule faute de frappe.

Dieu rétablit l'équilibre.

J'aimerais que vous retourniez à l'abattoir. En imagination.

Ses doigts hésitèrent au-dessus du clavier. Elle n'écrivit rien, se contentant d'un signe de tête.

Il y a des choses qui nous échappent dans cette prise d'otages. Avec votre aide, je crois que nous pouvons deviner où il est allé.

— Henry, dit Potter en se relevant pour arpenter la pièce. (LeBow et Tobe échangèrent un regard.) Sors-moi son profil à l'écran et la chronologie des événements. Que savons-nous de lui ?

LeBow se mit à lire mais Potter l'interrompit :

— Non, essayons simplement de deviner.

— C'est un malin, suggéra Budd. On dirait un plouc mais il manque pas de jugeote.

Potter ajouta : *Il joue au crétin mais c'est un air qu'il se donne, je crois.*

Melanie tapa : *Aucun sens moral.*

Oui.

Dangereux, proposa Budd.

Poussons la réflexion plus loin.

Il est cruel, écrivit Melanie. *La cruauté personnifiée.*

Quel genre de cruauté ?

Un moment de silence. Angie tapa : *Froide comme la mort.*

Potter acquiesça et dit tout haut :

— Bon. Lou Handy est froid et cruel. Pas de passion dans sa cruauté. Gardons cela à l'esprit.

Angie poursuivit : *Pas de sadisme chez lui. Sinon ce serait un passionné. Il ne ressent rien devant la douleur qu'il inflige. S'il a besoin de faire souffrir ou de tuer pour obtenir ce qu'il veut, il n'hésite pas à le faire. Crever les yeux des otages, par exemple — c'est juste un moyen pour lui.*

Potter se pencha en avant pour taper : *Donc, il est calculateur.*

— Et alors ? suggéra Budd.

Potter secoua la tête. *Oui, c'est un calculateur, mais tu as raison, Charlie, quelle conclusion en tirons-nous ?*

Les hommes s'arrêtèrent de parler pendant que les doigts de Melanie dansaient sur le clavier. Potter vint se placer derrière elle, debout tout près en la regardant taper. De sa main, il lui frôla l'épaule et il eut l'impression de la sentir s'abandonner au contact de ses doigts. *Tout ce qu'il fait est intentionnel. Il fait partie de ces rares personnes qui ne se laissent pas entraîner par la vie ; c'est lui qui la dirige,* écrivit-elle.

Angie tapa : *Contrôle, encore et toujours.*

Potter s'aperçut que sa main reposait sur l'épaule de Melanie. Elle inclina la joue et la lui effleura. Peut-être était-ce involontaire quand elle avait tourné la tête. Et peut-être pas.

— Contrôle et calcul, dit Potter. Oui, c'est bien ça. Tape-le pour qu'elle puisse le voir, Henry. Tout ce qu'il a fait aujourd'hui était calculé. Même si cela paraissait être le fruit du hasard. Quand il a tué Susan, c'était pour bien nous faire comprendre qu'il parlait sérieusement. Il a réclamé un hélicoptère à huit places mais il n'a pas eu de mal à relâcher la plupart des otages. Pourquoi ? Pour nous occuper. Pour gagner du temps afin de permettre à son complice et à sa petite amie de tendre un piège à la vraie Sharon Foster. Il a apporté une télé, une radio avec un dispositif de brouillage et des fusils.

Angie se pencha pour taper. *Quel est donc son objectif ?*

— Eh bien, s'évader, dit Budd en riant. Qu'est-ce que ça pourrait être d'autre ? (Se penchant en avant, il tapa avec deux doigts :) *S'évader.*

Non ! écrivit Melanie.

— Juste ! s'écria Potter, le doigt pointé sur la jeune femme en approuvant vigoureusement. S'évader n'était pas du tout son objectif. Comment croire à une chose pareille ? Il s'est quasiment laissé prendre au piège. Il n'avait qu'un seul policier à ses trousses après l'accident avec la Cadillac. À eux trois, ils auraient pu lui tendre une embuscade, lui voler sa voiture, et prendre la fuite. Pour quelle raison pourrait-on vouloir se faire piéger de la sorte ?

— Enfin quoi, dit Budd, un lapin qu'a la trouille ira se fourrer tout droit dans le terrier du renard sans même réfléchir. (Scrupuleusement, il retranscrivit à la machine, une lettre après l'autre.)

Mais il réfléchit, sûr et certain, écrivit Melanie. *N'oublions surtout pas ça. Et il n'a pas la trouille.*

Pas la trouille du tout, confirma Angie. *Rappelez-vous l'analyse de stress vocal.*

Potter adressa un petit signe de tête approbateur à Melanie et, avec un sourire, pressa de nouveau la main sur son épaule. *Aussi calme qu'un type qui commande un café dans un restoroute.*

Melanie tapa : *Je l'ai appelé Brutus. Mais en fait il ressemble à un furet.*

Eh bien, reprit Budd, *si c'est un furet, il se terre uniquement s'il sait qu'il ne va pas être pris au piège. S'il a une issue de secours.*

Melanie répondit : *Quand il est entré dans l'abattoir, Ours lui a fait remarquer qu'il n'y avait pas d'issue. Et Brutus a répondu : « On s'en fout. On s'en fout complètement. »*

Potter réfléchit à voix haute :

— Il aurait pu s'enfuir, mais non, il a pris le risque de faire un détour par l'abattoir et d'être pris au piège. Cependant ce n'était pas un si grand risque car il savait qu'il pouvait sortir de là. Il avait des fusils, et une radio pour appeler son complice et préparer un plan d'évasion. Peut-être qu'il avait déjà pensé à remplacer Sharon Foster par sa petite amie.

Il tapa : *Melanie, raconte-nous exactement ce qui s'est passé quand ils vous ont emmenées.*

Nous avons trouvé la voiture accidentée. Il était en train de tuer ce couple. Sans se presser, répondit-elle.

Il était sûr de lui ?

Parfaitement. Il prenait tranquillement son temps, tapa Melanie, le visage sombre.

Potter déplia une carte. *Par où êtes-vous passés ?*

Je ne connais pas les routes, répondit Melanie. *On est passés devant un émetteur radio, une ferme avec beaucoup de vaches.* (Plissant le front, elle réfléchit un moment puis traça l'itinéraire sur la carte.) *Peut-être par là.*

La prison se trouve au sud de l'abattoir, à cent cinquante kilomètres à peu près, écrivit Potter. *Les trois hommes sont remontés au nord jusqu'ici, ont eu l'accident avec la Cadillac à cet endroit-là, se sont emparés du car et ont fait une grande boucle par là...*

Il indiquait un chemin qui menait Handy assez loin de l'abattoir avant de revenir sur ses pas.

Non, tapa Melanie. *Nous sommes allés directement à l'abattoir. C'est justement un truc qui m'a paru étrange. Il avait l'air de savoir où se trouvait la bâtisse.*

Mais s'il s'est rendu directement là, répondit Potter, *quand êtes-vous passés devant l'aéroport ?*

Nous ne sommes pas passés devant, précisa-t-elle.

Alors il en connaissait l'existence avant. Quand il m'a demandé un hélicoptère, il savait qu'il y avait un aéroport à trois ou quatre kilomètres. Comment le savait-il ?

Il avait déjà prévu de partir de là, tapa Budd.

Mais, sous les doigts de LeBow, les mots sortaient aussi vite que de sa bouche, *s'il ne lui restait plus que quelques kilomètres à faire avant l'aéroport et s'il avait un avion ou un hélicoptère qui l'attendait, pourquoi s'embêter à passer par l'abattoir ?*

— Pourquoi ? marmonna Potter. Henry, fais le point sur ce que nous savons. Commençons par ce qu'il avait apporté avec lui.

Vous possédez une clé, une épée magique, cinq pierres, et un corbeau en cage.

Il est arrivé dans l'abattoir avec les otages, des fusils, un bidon d'essence, des munitions, une télé, la radio, un jeu d'outils...

— Oui, les outils, dit Potter en voyant les mots à l'écran. (Se tournant vers Melanie :) Vous l'avez vu s'en servir ?

Non, répondit Melanie. *Mais je suis restée presque tout le temps dans la salle d'abattage. Vers la fin, je me souviens les avoir vus se promener un peu partout en examinant les machines et les installations. J'ai pensé qu'il faisait un tour nostalgique du propriétaire, mais peut-être qu'ils cherchaient quelque chose, finalement.*

Potter claqua des doigts.

— Dean nous a signalé à peu près la même chose.

LeBow passa en revue la chronologie des événements. Il lut : 19 h 56. Le shérif Stillwell signale qu'un de ses hommes a remarqué Handy et Wilcox en train de fouiller les lieux, inspectant les portes et les installations. Raison inconnue.

— D'accord. Bien. Gardons les outils sous le coude un instant. Ils font partie des objets qu'il avait avec lui en arrivant. Que lui avons-nous DONNÉ ?

— Juste à manger, et de la bière, dit Budd. Oh, et l'argent.

— L'argent ! s'écria Potter. L'argent qu'il n'a pas réclamé au départ.

Et il n'a jamais cherché à faire monter les enchères au-delà de cinquante mille. Pourquoi pas ? interrogea Angie.

Il n'y a qu'une seule raison pour qu'un homme ne veuille pas d'argent, tapa LeBow. *Il en a plus qu'il n'en faut.*

Potter hochait la tête avec enthousiasme.

Il y a de l'argent caché dans la bâtisse. Cela faisait partie de son plan depuis le début : faire halte à l'abattoir pour le prendre.

Et voilà pourquoi il avait des outils : pour sortir le fric de sa cachette, écrivit laborieusement Budd. Potter acquiesça.

— D'où vient cet argent ? s'interrogea Tobe.

— Il cambriole les banques, remarqua Budd avec un petit sourire en coin. C'est une possibilité.

— Henry, dit Potter, branche-toi sur le Lexis/Nexis et voyons un peu ce qu'on trouve sur son tout dernier cambriolage. Celui de l'incendie criminel.

En moins de cinq minutes, LeBow était en ligne avec une banque de données fournissant des compte rendus de presse et résuma :

— On a retrouvé Handy avec vingt mille dollars volés durant le casse de la Farmers & Merchants à Wichita.

— Est-ce qu'il avait déjà mis le feu à quoi que ce soit avant ?

LeBow passa en revue les divers articles de presse et les seize pages de son profil de Louis J. Handy.

— Pas d'autre incendie criminel.

Alors pourquoi cet incendie ? écrivit Potter.

Il agit toujours avec calcul, rappela Angie.

Melanie hocha la tête avec véhémence puis frissonna et ferma les yeux. Potter se demanda quel effroyable souvenir était venu interrompre ses pensées. L'agent et Budd échangèrent un regard, deux paires de sourcils circonflexes. Puis :

— Ouaip, Charlie. Tout juste.

Potter se pencha vers le clavier : *Il n'était pas du tout venu cambrioler la banque. Il était là pour la faire brûler.*

LeBow relisait le profil :

— Et quand ils se sont retrouvés coincés par la police, il a abattu son complice d'une balle dans le dos. Sans doute pour que personne ne sache jamais ce qu'il était réellement venu faire.

Mais pour quelle raison l'a-t-il fait ? tapa Budd.

Il était à la solde de quelqu'un ? C'était Potter qui avait posé la question.

— Évidemment, fit LeBow.

— Et la personne en question, reprit Potter, lui a donné un paquet de fric. Beaucoup plus que cinquante mille. C'est pour cela qu'il n'a pas pensé à nous demander de liquide. Il était déjà riche. Henry, rentre dans la banque de données de la Corporation Trust et sors-moi les statuts de la société.

Quelques instants plus tard les statuts de la banque, le règlement administratif et la liste des détenteurs de portefeuilles défilaient à l'écran.

— Information strictement confidentielle, accès au public restreint. Ah, nous y voilà : Clifton Burbank, Stanley L. Poole, Cynthia G. Grolsch, Herman Gallagher. Mais nous savons que les administrateurs sont aussi directeurs. Les codes postaux sont proches les uns des autres. Tous près de Wichita. Burban et Gallagher habitent en ville. Poole est à Augusta, Ms. Grolsch à Derby.

Potter ne reconnaissait aucun nom mais n'importe lequel pouvait avoir un lien avec Handy. Tout comme le pouvait un caissier véreux, par exemple, un employé qui se serait fait virer, ou une ancienne maîtresse plaquée par l'un des administrateurs. Toutefois, Arthur Potter préférait avoir l'embarras du choix.

— Charlie, combien d'hôtels à proximité de cette cabine téléphonique d'où ce Mr. X a appelé Ted Franklin ? À Townsend.

— Punaise, y en a un paquet. Quatre ou cinq au bas mot. Le Holiday Inn, un Ramada, un Hilton, je crois, et deux-trois du coin. Le Townsend Motor Lodge. Peut-être un ou deux de plus.

Potter demanda à Tobe de commencer à passer quelques coups de fil.

— Renseigne-toi pour savoir si un des administrateurs a réservé aujourd'hui dans l'un de ces hôtels ou s'ils ont un client qui vient de ces villes-là.

Cinq minutes plus tard, ils avaient une réponse. Tobe fit claquer ses doigts. Tous levèrent les yeux vers lui, sauf Melanie.

— Quelqu'un de Derby, Kansas. Là où habite Cynthia Grolsch.

— La coïncidence est trop grande, marmonna Potter en décrochant le téléphone.

Il s'annonça, et parla un petit moment avec l'employé. Finalement, secouant la tête d'un air lugubre, il demanda : « Quelle chambre ? » Sur un petit carnet, il griffonna *Holiday Inn, ch. 611*. Puis, à son interlocuteur : « Non. Et pas un mot de cet appel. » Il raccrocha, tapota le carnet. « C'est peut-être notre Judas. Allons faire un brin de causette avec lui, Charlie. »

Melanie jeta un coup d'œil sur la feuille de papier. Ses traits se figèrent.

Qui ? Qui est-ce ? Ses yeux lançaient des éclairs. Elle se leva d'un bond, décrocha rapidement une veste en cuir au porte-manteau.

— Laissez-les s'occuper de ça, dit Angie.

Melanie se retourna vers Potter, le regard fulgurant. Elle tapa : *Qui est-ce ?*

— Je vous en prie, dit Potter en la prenant par les épaules. Je ne veux pas qu'il vous arrive du mal.

Lentement elle hocha la tête, ôta sa veste, qu'elle jeta négligemment par-dessus son épaule. Elle ressemblait à une aviatrice des années trente.

— Henry, Angie, Tobe, vous restez ici, dit Potter. Handy sait où est Melanie. Il pourrait revenir. (Puis, s'adressant à elle :) Je ne serai pas long. (Il se précipita vers la porte :) Allons-y, Charlie.

Quand ils furent partis, Melanie sourit aux agents restés avec elle. Elle écrivit : *Thé ? café ?*

— Pas pour moi, répondit Tobe.

— Non, merci. Une partie de solitaire ? dit LeBow en chargeant le jeu dans l'ordinateur.

Elle secoua la tête. *Je vais aller prendre une douche. Rude journée.*

— Compris.

Melanie disparut et quelques minutes plus tard ils entendirent l'eau couler dans la salle de bains.

Angie commença à rédiger son compte rendu de l'incident tandis que Tobe sélectionnait « Doom II » sur son portable et se mettait à jouer. Un quart d'heure plus tard, il s'était fait atomiser par les aliens. Il se leva pour s'étirer. Jetant un regard par-dessus l'épaule de Henry LeBow, il lui suggéra de déplacer la reine rouge, conseil qui reçut un accueil glacial, puis se mit à arpenter la pièce. Un coup d'œil sur le buffet, où il avait posé les clés de la voiture de service. Elles n'y étaient plus. Il s'avança vers le devant de la maison et jeta un regard sur la rue déserte. Pour quelle raison, se demanda-t-il, Potter et Budd ont-ils pris deux voitures pour se rendre au Holiday Inn ?

Mais sa soif de vengeance était insatiable. Ce n'était pas un petit détail anodin qui allait l'inquiéter et l'empêcher de retourner à son ordinateur, où il s'apprêtait à sortir victorieux des ruines de la forteresse maudite.

02 : 35

Le Holiday Inn avait organisé une Soirée hawaïenne.

Les haut-parleurs déversaient encore les accents lancinants des guitares électriques, et des colliers de fleurs en plastique pendouillaient au cou des veilleurs de nuit.

L'agent Arthur Potter et le capitaine Charlie Budd se faufilèrent entre deux palmiers factices et prirent l'ascenseur pour monter au sixième.

Pour changer un peu, c'était à Budd d'être parfaitement confiant dans son rôle de représentant de l'ordre public et à Potter de se sentir mal à l'aise. La dernière fois que l'agent du FBI avait participé à une descente de police, c'était à l'occasion de l'arrestation d'un malfrat que l'on avait trouvé vêtu d'un costume de dandy couleur turquoise et d'une chemise en polyester à impressions florales argent, un accoutrement qui, par datation au carbone 14, devait faire remonter la capture aux environs de 1977.

Potter se souvenait qu'il ne devait pas se tenir devant la porte. Quoi d'autre ? Il fut rassuré après un regard sur Budd, qui portait à la ceinture un étui à menottes en cuir noir brillant. Potter, pour sa part, n'avait jamais menotté un vrai suspect — uniquement des volontaires lors des exercices de libération d'otages effectués sur le terrain d'entraînement de Quantico.

— Je m'en remets à toi pour ce coup-là, Charlie.

— Euh, pas de problème, Arthur, dit Budd en levant des sourcils étonnés.

— Mais je suis là pour te seconder.

— Ah. Tant mieux.

Les deux hommes tirèrent leurs armes de leur holster. Potter engagea son chargeur — la deuxième fois en une nuit.

Devant la chambre 611, ils s'immobilisèrent, échangèrent un regard. Le négociateur donna le signal.

Budd frappa à porte, amicalement. Cinq petits coups rapides.

— Ouais ? fit une voix bourrue. C'est pour quoi ? Qui est là ?

— C'est Charlie Budd. Vous pouvez m'ouvrir une minute ? On vient de trouver un truc intéressant.

— Charlie ? Que se passe-t-il ?

La chaîne de sécurité tomba, un verrou cliqueta, et quand Roland Marks ouvrit la porte, il se trouva nez à nez avec les gueules de deux pistolets automatiques identiques : l'un ferme, l'autre tremblant, et crans de sûreté enlevés.

— Oui, Cynthia fait partie du conseil d'administration de la S & L. C'est un poste honorifique. En réalité, c'est moi qui prends les décisions. Nous l'avons laissé à son nom de jeune fille. Elle n'est coupable de rien.

L'attorney général adjoint pouvait élever toutes sortes de protestations, ce serait au jury de décider du sort de son épouse.

Pas de raillerie. Marks jouait franc jeu à présent. Il avait les yeux rouges et humides, et Potter, qui ne ressentait que du mépris, n'avait aucun mal à soutenir son regard.

L'attorney avait eu lecture de ses droits. Tout était fini et il le savait. Il décida donc de coopérer. Sa déposition était enregistrée par un petit magnétophone, celui-là même qu'il avait glissé dans la main de Budd en début de soirée.

— Et que faisiez-vous au juste dans cet établissement de crédit ? demanda Potter.

— Je souscrivais des emprunts bidons à mon nom. Enfin, au nom de personnes et de sociétés fictives. Pour les passer par profits et pertes et empocher l'argent. (Il haussa les épaules, comme pour dire : C'est évident, non ?)

Marks, procureur spécialisé dans les délits de cols blancs, avait été à bonne école avec ses suspects : il avait saigné les actionnaires de la banque de Wichita et les contribuables pour près de cinq millions de dollars — une somme dont il ne restait pratiquement plus rien, à ce qu'il semblait.

— Je pensais qu'avec la reprise du marché immobilier, poursuivit-il, une partie des investissements légitimes réalisés par la banque seraient payants et qu'ainsi nous pourrions couvrir le déficit. Mais après avoir examiné les livres de comptes, j'ai compris que nous n'y arriverions jamais.

« La Resolution Trust Corporation, l'agence gouvernementale chargée de reprendre les établissements bancaires en difficulté, était sur le point de nous saisir.

— Alors vous avez engagé Handy pour mettre le feu à la banque, dit Budd. Pour détruire toutes les archives.

— Comment le connaissiez-vous ? demanda l'agent.

Budd devança Marks.

— Vous avez poursuivi Handy il y a quatre ans, c'est ça ? Le

410

casse du magasin d'alimentation — la prise d'otages avec siège, celle où Sharon Foster a réussi à obtenir sa reddition.

L'attorney général adjoint hocha la tête.

— Oh oui, je me suis souvenu de lui. Qui pourrait l'oublier ? Ce fumier, et intelligent avec ça. Il a assuré sa propre défense et a failli m'embobiner. J'ai dû pas mal me décarcasser pour le trouver afin de faire le coup de la S & L, croyez-moi. Me renseigner auprès de son agent de probation, et certains de mes indics dans la rue. Lui offrir deux cent mille dollars pour mettre le feu à la banque sous couvert d'un cambriolage. Seulement il s'est fait pincer. Alors je n'avais plus le choix ; j'ai dû passer un marché avec lui. Fallait que je l'aide à s'évader, sinon il aurait vendu la mèche sur mon compte. Ça m'a coûté trois cent mille de plus.

— Comment l'avez-vous fait sortir ? Callana est une prison à sécurité maximale.

— Soudoyé deux gardiens ; leur collaboration contre leur salaire annuel en liquide.

— Le gardien abattu par Handy, il en était ?

Marks acquiesça en silence.

— Ça te faisait des économies, pas vrai ? remarqua Charlie Budd d'un ton amer.

— Tu lui as laissé une voiture avec les fusils, la radio à cryptage et la télé, continua Potter. Et les outils pour sortir l'argent de l'abattoir où tu l'avais caché.

— Enfin merde, on avait pas franchement envie de laisser tout ce fric dans la voiture. Trop risqué. Alors je l'ai enfermé dans un vieux tuyau d'évacuation sous la fenêtre du devant.

— Quel était le plan d'évasion ? demanda Potter.

— Au départ, j'avais prévu un avion privé qui l'aurait emmené loin de Crow Ridge, lui et ses potes, il devait partir du petit aéroport juste à côté. Mais il n'est jamais arrivé jusque-là. Il a eu l'accident avec la Cadillac, et il a perdu près d'une demi-heure.

— Pourquoi a-t-il embarqué les filles ?

— Il avait besoin d'elles. Avec le retard qu'il avait pris, il savait qu'il n'avait pas le temps à la fois de prendre l'argent ET de rejoindre l'aéroport — avec les flics à ses trousses. Mais il ne voulait pas partir sans l'argent. Lou s'était dit qu'avec les otages à l'intérieur et moi qui me démenais pour le faire sortir, peu importait combien il y avait de flics autour de l'abattoir. Il finirait par sortir tôt ou tard. Une fois à l'intérieur, il m'a contacté par radio et j'ai accepté de convaincre le FBI de lui donner un hélicoptère. Ça n'a pas marché, mais alors je me suis souvenu de la négociation que Sharon Foster avait menée avec lui voilà quelques années. J'ai trouvé où elle était en poste et j'ai appelé Pris Gunder — la petite amie de Handy — pour lui dire de se rendre chez Sharon Foster. Puis j'ai appelé Ted Franklin en me faisant passer pour un policier.

— Alors votre bouleversante proposition de vous livrer comme otage à la place des filles... c'était de la comédie, demanda Potter.

— Je voulais les faire relâcher, sincèrement. Je ne souhaitais la mort de personne. Bien sûr que non !

Bien sûr, songea Potter avec cynisme.

— Et où se trouve Handy à l'heure qu'il est ?

— Je n'en ai aucune idée. Une fois sorti de l'abattoir, c'était terminé. J'avais fait tout ce qui avait été convenu. Je lui ai dit qu'il était seul.

Potter secoua la tête. Budd demanda d'un ton glacial :

— Dites-moi, Marks, quel effet ça fait d'avoir assassiné ces policiers ?

— Non ! Il m'avait promis qu'il ne tuerait personne ! Sa copine allait simplement menotter Sharon Foster. Il...

— Et les autres ? Ceux de l'escorte ?

Marks fixa le capitaine une minute puis, aucun mensonge crédible ne lui venant à l'esprit, répondit dans un souffle :

— Cela ne devait pas se passer comme ça. Vraiment pas.

— Appelle-moi des baby-sitters, dit Potter. Mais avant que Budd en ait eu le temps, le téléphone sonna.

— Allô ? (Il écouta un moment. Écarquilla les yeux.) Où ça ? Entendu, on arrive.

Potter leva un sourcil interrogateur.

— Ils ont trouvé l'autre voiture radio, celle que Handy et sa petite amie ont prise. Il file vers le sud, apparemment. Direction Oklahoma. La voiture était à une trentaine de kilomètres du poste de police. Il y avait un homme et une femme dans le coffre. Morts. Handy et la fille ont dû piquer leur bagnole. Pas d'identification sur eux, et par conséquent on ne connaît encore ni la marque ni l'immatriculation. (Budd se rapprocha de l'attorney général adjoint. Le capitaine rugit :) La seule bonne nouvelle c'est qu'Handy était pressé. Ils sont morts rapidement.

Marks laissa échapper un grognement de douleur quand Budd, le faisant pivoter, le plaqua brutalement contre le mur. Potter ne chercha pas à intervenir. Budd ficela les poignets du procureur avec des liens en plastique avant de lui menotter la main droite au montant du lit.

— Ça serre trop, gémit Marks.

Budd le poussa violemment sur le lit.

— Allons-y, Arthur. Il a une sacrée avance sur nous. Punaise, il pourrait être presque arrivé au Texas à l'heure qu'il est.

Elle était plongée dans le monde du Dehors.

Et pourtant ce n'était pas aussi difficile qu'elle l'avait imaginé.

Oh, le conducteur avait dû klaxonner furieusement après elle quand elle avait franchi la ligne blanche quelques instants plus tôt, elle s'en doutait. Mais, tout bien considéré, elle se débrouillait pas mal. Melanie Charrol n'avait encore jamais conduit une voiture. Beaucoup de sourds conduisaient, naturellement, même s'ils n'étaient pas censés le faire, mais Melanie avait toujours eu trop peur. Ce n'était pas la peur d'avoir un accident qui la retenait. Ce qui la terrorisait, en fait, c'était de commettre une erreur qui la mettrait dans l'embarras. Comme se tromper de file. Ou s'arrêter trop loin du feu rouge, ou trop près. Les gens se rassembleraient autour de la voiture pour se moquer d'elle.

Mais à présent elle suivait tranquillement la Route 677, comme une pro. Si elle n'avait plus l'oreille d'une musicienne, elle avait en revanche des mains de pianiste, sensibles et puissantes. Et ces mains-là avaient vite appris à manier le volant avec doigté, et elle roulait à vive allure vers sa destination.

Lou Handy avait eu un objectif ; eh bien, elle aussi, elle en avait un.

Le mal est simple et le bien compliqué. Et ce qui est simple l'emporte toujours. Tout se résume à ça, en fin de compte. Ce qui est simple l'emporte toujours... la nature est faite comme ça, et tu sais dans quel pétrin les gens se fourrent en refusant d'accepter la nature.

À travers la nuit, soixante-cinq à l'heure, quatre-vingt, cent.

Elle jeta un coup d'œil sur le tableau de bord. Elle ne comprenait pas à quoi servaient bon nombre des écrans et des commandes. Mais elle reconnut la radio. Elle tripota plusieurs boutons jusqu'à ce que le poste s'allume : 103.4. Les yeux alternativement sur la route et la radio, elle finit par trouver le volume et enfonça la touche jusqu'à ce que l'indicateur lumineux reste bloqué sur la puissance maximum. Elle n'entendait rien au début, mais après avoir augmenté les basses, elle perçut des bruits sourds et de temps à autre le glissement des notes. Le registre des graves, le registre de Beethoven. Dans cette gamme-là, elle n'était pas complètement sourde.

Peut-être était-ce sa *9ᵉ Symphonie*, le mouvement entraînant de *L'Hymne à la joie*. C'était sans doute une trop grande coïnci-

413

dence, vu sa mission du moment, et sur 103.4 c'était probablement du rap ou du hard rock. Quoi qu'il en soit, elle se sentait traversée par un rythme d'une force irrésistible. Cela lui suffisait.

Voilà !

Elle freina brutalement et s'arrêta dans un crissement de pneus sur le parking désert de la quincaillerie. La vitrine contenait exactement les articles qu'elle cherchait.

La brique vola et traversa la vitre sans aucune difficulté, déclenchant à n'en pas douter une sonnette d'alarme, mais comme elle ne l'entendait pas, elle n'éprouva aucun besoin de se dépêcher. Melanie se pencha en avant pour choisir le couteau qui lui paraissait le plus tranchant dans la collection exposée, un couteau de boucher de vingt-cinq centimètres, des coutelleries de Chicago. Elle regagna la voiture d'un pas tranquille, laissa tomber le long couteau sur le siège passager, puis repartit à vive allure.

En poussant le moteur à fond jusqu'à cent-dix dans la voiture ballottée par les violentes rafales d'un vent silencieux, Melanie songeait à Susan Phillips. Elle qui allait dormir pour toujours dans une tombe aussi silencieuse que l'avait été sa vie.

Amère Disgrâce.

Oh, Susan, Susan... Je ne suis pas toi. J'en suis incapable et je ne veux même pas t'en demander pardon, bien que j'aie cherché à le faire, autrefois. Après les événements d'aujourd'hui, je sais que je ne peux pas passer ma vie à écouter de la musique imaginaire. Je sais que, si tu étais encore en vie maintenant, tu m'en voudrais terriblement. Mais j'ai envie d'ENTENDRE les mots, j'ai envie d'ENTENDRE les torrents de voyelles et de consonnes, d'EN-TENDRE ma musique.

Tu étais Sourde entre toutes, Susan. Cela te donnait ta force, même si tu en es morte. J'ai eu la vie sauve parce que je suis faible. Mais je ne peux plus être faible désormais. Je suis des Autres, et je n'y peux rien.

Brusquement, Melanie réalise avec horreur pourquoi elle était capable de si bien comprendre ce salaud de Handy. Parce qu'elle est pareille que lui. Elle ressent exactement les mêmes sentiments que lui.

Oh, j'ai envie de faire mal, j'ai envie de leur rendre la monnaie de leur pièce : le destin, pour m'avoir privée de ma musique. Mon père, avec ses manigances pour m'empêcher de jouer. Brutus et l'homme qui l'a engagé, pour nous avoir kidnappées, s'être joués de nous, nous avoir causé tant de mal, nous tous — les élèves, Mrs. Harstrawn, ce pauvre policier. Et Susan, bien sûr.

414

Melanie filait dans la nuit, une main élégante sur le volant, l'autre caressant avec sensualité le manche en bois du couteau.

Grâce sans pareille, quel chant plein de douceur...

La voiture tanguait violemment sous les assauts répétés du vent, et, là-haut, des nuages noirs couraient dans le ciel glacé à plus de mille kilomètres heure.

A su de mon âme effacer la douleur.
Moi qui cherchais, mon chemin j'ai trouvé,
Moi qui étais aveugle, la vue j'ai recouvrée.

Melanie reposa le couteau sur le siège et empoigna le volant à deux mains, attentive au rythme puissant des basses qui résonnaient dans sa poitrine.
Tu vas bientôt rentrer à la maison, alors.
Jamais.

Ils étaient à cinq kilomètres de Crow Ridge, et filaient vers le sud, quand Budd se redressa tout à coup, dans une posture encore plus parfaite que d'habitude. Il tourna brusquement la tête vers Potter.
— Arthur !
L'agent du FBI grimaça.
— Mais bien sûr ! Oh, merde !
La voiture dérapa avant de s'arrêter sur la grande route pour finir sa course en travers de la chaussée, bloquant les deux voies.
— Qu'y a-t-il, Charlie ? Où ça ?
— Cinq cents mètres par là, cria Budd en pointant le doigt à droite. Ce carrefour qu'on vient juste de traverser. C'est un raccourci. On tombera juste dessus.
Arthur Potter, d'habitude un conducteur d'une prudence exaspérante, fit demi-tour sur les chapeaux de roues et contrôla *in extremis* son dérapage dément dans un nuage de gomme, juste au bord d'un fossé d'irrigation.
— Oh, punaise, marmonna Budd qui se désolait non pas de la conduite insensée de Potter mais de sa propre stupidité. Mais comment n'y ai-je pas pensé plus tôt !
Potter aussi était furieux contre lui-même. Il avait compris exactement où se trouvait Handy. Pas du tout en route vers le sud mais en train filer pour récupérer son argent. La police avait net-

toyé l'abattoir et récolté toutes les autres preuves. Mais la brigade criminelle n'avait pu mettre la main ni sur la radio ni sur les billets. Ils étaient toujours là, dans leur cachette. Des centaines de milliers de dollars.

Tout en conduisant, penché sur le volant, Potter demanda à Budd d'appeler Tobe chez Melanie. La liaison établie, il prit le téléphone des mains du capitaine.

— Où sont Frank et le G.I.L.O. ?

— Reste en ligne, répondit Tobe. Je me renseigne. (Quelques instants plus tard, il reprenait la communication.) Ils vont atterrir en Virginie d'un moment à l'autre.

— La barbe, soupira Potter. Bon, appelle Ted Franklin et Dean Stillwell, et dis-leur d'envoyer des hommes à l'abattoir. Handy est en route. À moins qu'il n'y soit déjà. Mais il est absolument indispensable de ne pas l'effaroucher. C'est peut-être notre seule chance de le pincer. Dis-leur d'arriver sans bruit et tous feux éteints, sans sirène non plus, et de se garer à huit cents mètres au moins sur les routes secondaires. N'oublie pas de leur rappeler qu'Handy est armé et extrêmement dangereux. Et dis-leur que nous serons à l'intérieur. Charlie et moi.

— Où es-tu en ce moment ?

— Une seconde. (Potter demanda à Budd, qui lui précisa où ils se trouvaient.) Charlie me dit qu'on est sur Hitchcock Road, tout près de la 345. On y sera dans deux minutes.

Un silence.

— Charlie Budd est avec toi ? demanda Tobe d'une voix hésitante.

— Bien sûr que oui. Tu nous as vu partir ensemble.

— Mais vous avez pris les deux voitures.

— Non. Juste la mienne.

Nouveau silence.

— Reste en ligne, Arthur.

Inquiet, Potter se tourna vers Budd.

— Il se passe des choses bizarres. Chez Melanie.

Dépêche-toi, Tobe. Parle-moi.

Quelques instants plus tard, le jeune agent reprenait la ligne :

— Elle est partie, Arthur. Melanie. Elle a laissé couler la douche et elle a pris l'autre voiture.

Un frisson lui glaça l'échine.

— Elle est partie au Holiday Inn tuer Marks.

— QUOI ? hurla Budd.

— Elle ne connaît pas son nom. Mais elle connaît le numéro de sa chambre. Elle l'a vu quand je l'ai noté.

— Et moi qui l'ai laissé ficelé là-haut sans garde. J'ai oublié d'appeler.

Potter se rappela l'expression de son regard, le feu glacé. Il demanda à Tobe :

— Est-ce qu'elle a emporté une arme ? Il y en avait une dans la voiture ?

Tobe demanda quelque chose à LeBow.

— Non, on a chacun la nôtre. Rien dans la voiture.

— Eh bien, envoie-moi des policiers à l'hôtel, et vite.

Il la voyait se jetant sur Marks comme une furie, malgré les policiers. Si elle était armée d'un pistolet ou d'un couteau, ils n'hésiteraient pas à la tuer.

— O.-K. Arthur, dit Tobe. On s'en occupe.

À ce moment-là, le paysage maussade prit un petit air familier — une impression de déjà-vu d'un cauchemar obsédant. Quelques instants plus tard, l'abattoir se dressa devant eux. Le champ de bataille était jonché de gobelets en plastique et creusé d'empreintes — laissées par les voitures de police, et non par les chariots des pionniers. Le terrain était désert. Potter replia l'antenne du téléphone et le rendit à Budd. Il coupa le moteur et laissa la voiture rouler silencieusement sur les cinquante derniers mètres.

— Et Melanie alors ? chuchota Budd.

Ils n'avaient pas le temps de penser à elle maintenant. L'agent du FBI posa un doigt sur ses lèvres et désigna la porte d'un geste. Les deux hommes sortirent dans le vent déchaîné.

Ils avançaient le long du fossé que Stevie Oates avait franchi en portant Shannon et Kielle sous ses bras comme des sacs de blé.

— Par la porte de devant ? souffla Budd.

Potter hocha la tête. La porte était grande ouverte, ils pourraient entrer sans risquer de faire grincer les charnières. De toute façon, les fenêtres se trouvaient à un mètre cinquante au-dessus du sol. Budd aurait pu grimper par là, mais Potter, déjà à bout de forces et à court de souffle, savait qu'il en aurait été incapable.

Ils restèrent immobiles de longues minutes mais ne virent aucun signe de Handy. Pas de voitures en vue, pas de phares dans le lointain, pas de torche électrique. Et pas un bruit à part le sifflement de ce vent inouï.

D'un signe de tête, Potter indiqua la porte d'entrée.

Dos courbés, ils coururent d'une butte à l'autre jusqu'à la façade de l'abattoir, la brique rouge et blanche, sang et os. Ils marquèrent un temps d'arrêt près de l'endroit où le cadavre de l'homme de Tremain avait été jeté.

La gaine près de la fenêtre, se rappela Potter. Bourrée avec un demi-million de dollars, l'appât qui ramène Handy dans nos filets.

Ils s'immobilisèrent de chaque côté de la porte.

Ce n'est pas moi, se dit soudain Potter. Je ne suis pas taillé pour ce genre de choses. Je suis un homme de paroles, pas un soldat. Non que j'aie peur. Mais je ne suis pas dans mon élément.

Je n'ai pas peur, pas peur...

Pourtant si, il avait peur.

Et pourquoi ? Parce que, pense-t-il, pour la première fois depuis des années, il y a quelqu'un d'autre dans sa vie. D'une certaine manière, l'existence a pris davantage de valeur à ses yeux au cours des douze heures qui viennent de s'écouler. Oui, j'ai envie de bavarder avec elle, avec Melanie. J'ai envie de lui raconter des tas de choses, envie d'entendre comment s'est passée sa journée. Et, oui, oui, j'ai envie de la prendre par la main pour monter dans la chambre après le dîner, de sentir le souffle de son haleine contre mon oreille, de sentir les mouvements de son corps sous le mien. J'en ai envie ! Je...

Budd lui tapa sur l'épaule. Potter acquiesça et, pistolets braqués devant eux, ils pénétrèrent dans l'abattoir.

Comme dans une caverne.

Plongés dans les ténèbres. Le vent rugissait si fort à travers les trous et les murs disjoints de la vieille bâtisse que les deux hommes n'entendaient pratiquement rien d'autre. Instinctivement, ils se glissèrent derrière une grande structure, sorte de gaine métallique. Et ils attendirent. Petit à petit, les yeux de Potter s'accoutumèrent à l'obscurité d'encre. Il parvenait juste à distinguer les deux carrés légèrement plus clairs des fenêtres à droite de la porte. Près de la première, sortant du plancher, il remarqua une courte gaine d'environ soixante centimètres de diamètre, coudée en L comme une prise d'air de navire. Potter la montra du doigt et Budd, plissant les paupières, acquiesça en silence.

Ils s'avancèrent, tels des aveugles, et Potter prit la mesure de ce que Melanie avait enduré ici. Le vent le rendait sourd, l'obscurité aveugle. Et le froid émoussait son sens du toucher et son odorat.

Ils marquèrent un temps d'arrêt, et Potter sentit la panique lui courir tout le long de l'échine comme un filet d'eau glacée. À un moment, il se pétrifia en voyant Budd lever une main inquiète et s'accroupir soudain. Potter avait lui aussi aperçu l'ombre se projeter devant eux, mais ce n'était qu'une plaque de métal ployant sous le vent.

418

Ils étaient maintenant à moins de cinq mètres de la gaine. Potter s'arrêta, tourna lentement la tête pour jeter un regard derrière lui. N'entendit rien d'autre que le bruit du vent. Se retourna.

Ils reprenaient leur progression quand Budd lui tapa sur l'épaule. Le capitaine chuchota :

— Attention de ne pas glisser. Quelque chose s'est renversé. De l'huile, on dirait.

Potter baissa les yeux au sol. Et vit, autour de la gaine, des taches d'un liquide argenté, davantage semblable à du mercure qu'à de l'eau ou de l'huile. Il se baissa, avança un doigt.

Et toucha du métal froid.

Pas de l'huile.

Des écrous en acier.

La plaque de protection de la gaine avait été enlevée.

Handy était déjà passé par...

Le coup de feu retentit à moins de trois mètres d'eux. Un claquement assourdissant, qui résonna douloureusement à leurs oreilles sur le carrelage, le métal, et la brique humide mise à nu.

Potter et Budd firent volte-face.

Rien, l'obscurité totale. Le glissement fugitif d'une ombre au moment où les nuages obscurcirent la lune.

Puis la voix étranglée de Charlie Budd qui dit dans un souffle :

— Désolé, Arthur.

— Quoi ?

— Je... je regrette. Je suis touché.

Le coup l'avait atteint dans le dos. Il tomba à genoux et Potter vit que la balle était ressortie par le bas-ventre, déchiquetant les chairs. Budd s'écroula sur le sol, roulant sur le côté.

D'instinct, l'agent fit un pas en avant. Attention, se rappela-t-il à lui-même, en se tournant vers l'endroit d'où le coup était parti. Protège-toi d'abord.

Le tuyau frappa Potter en plein sur l'épaule, lui coupant la respiration. Il s'effondra par terre et sentit la main musculeuse lui arracher son pistolet.

— Z'êtes seuls ? Juste vous deux ? La voix de Handy était un murmure.

Potter était incapable de parler. Handy lui tordit le bras derrière le dos, lui recourba brutalement le petit doigt. Une douleur fulgurante transperça la main de Potter et éclata dans sa mâchoire et dans sa tête.

— Oui, oui. Juste nous deux.

Avec un grognement, Handy fit rouler Potter sur le dos et lui ligota les mains sur le ventre avec un fil de fer qui lui entailla les poignets.

— Tu n'as aucune chance de... commença Potter.

Puis un mouvement flou, et Handy se trouva projeté violemment sur la gaine qui avait servi de cachette à l'argent. Avec un bruit creux et sonore, sa tête vint heurter le métal.

Charlie Budd, le visage dégoulinant d'une sueur aussi abondante que le sang qui coulait de sa blessure, s'élança de nouveau et asséna un violent coup de poing dans les reins de Handy. Sifflant de douleur, le fugitif bascula en avant.

Tandis que Potter cherchait vainement à se relever, Budd tâtonnait dans le noir pour retrouver son arme de service. Il se sentait au bord de l'évanouissement et chancela, faisant un brusque écart. Se ressaisit un instant avant de s'effondrer en titubant contre un gros billot de boucher taché de sang.

Handy lui bondit dessus, rugissant de rage, attrapant Budd par le cou pour l'entraîner à terre. Le criminel avait eu mal, soit, mais il avait encore toutes ses forces ; Budd perdait les siennes de seconde en seconde.

— Oh, punaise, fit Budd en toussant. Je peux pas...

Handy l'empoigna par les cheveux.

— Allez, mon pote. C'est juste le premier round.

— Va te faire foutre, murmura le policier.

— Bien envoyé, petit. (Handy passa les bras autour de Budd et le remit sur ses pieds.) Le gong a pas encore sonné. Allez. Le public en redemande.

Le policier, perdant son sang, le regard troublé, se détacha de son adversaire et commença à fouetter l'air pour atteindre le visage émacié de Handy. Un coup le frappa avec une force surprenante et le criminel, surpris, recula. Mais une fois dissipée la douleur initiale, Handy éclata de rire.

— Allez, fit-il railleur. Allez, Sugar Ray...

Quand Budd l'atteignit pour la dernière fois, Handy se rapprocha de lui et lui envoya une volée de coups en pleine figure. Budd tomba à genoux.

— Hé, K.-O.

— Laisse-le... tranquille, lança Potter.

Handy tira le pistolet de sa ceinture.

— Non ! s'écria l'agent.

— Arthur...

Se tournant vers Potter, Handy déclara :

— Il a du bol que je règle ça comme ça. Si j'avais plus de temps, il le sentirait passer. Et pas qu'un peu.

— Écoute-moi, lui dit Potter, désespéré.

— Chuut, murmura Handy.

Le vent s'amplifia, gémissement lugubre.

Les trois coups de feu se succédèrent rapidement, bientôt remplacés par la voix de Potter qui se lamentait :

— Oh Charlie, non, non, non...

03 : 00

À travers les cascades d'eau sale, le long des couloirs empruntés par le bétail condamné...

Et sans cesse le vent qui hurlait autour d'eux, et sifflait à travers les fissures et les vitres cassées comme le signal d'un remorqueur à vapeur.

Potter sentait ses poignets brûler sous la morsure du lien d'acier. Il songea aux mains de Melanie. À ses ongles parfaits. Il songea au miel de ses cheveux. Il éprouva un intense regret de ne pas l'avoir embrassée ce soir. Du bout de sa langue, il poussa une dent, ébranlée pendant sa chute, la délogea de son perchoir instable et la cracha par terre. Sa bouche s'emplit de sang et il cracha encore ; le sang gicla sur le sol.

— Pauvre crétin, va, fit Handy avec une intense satisfaction dans la voix. T'as pas pigé, hein, Art ? T'as pas pigé, putain.

Devant eux, une vague lueur. Enfin, plutôt une obscurité légèrement moins opaque. Au-dehors, la faible lumière des étoiles et du croissant de lune.

— Tu n'avais pas besoin de le tuer, s'entendit dire l'agent.

— Par ici. Passe là. (Handy le poussa dans un couloir couvert de moisissures.) Dis Art, ça fait combien d'années que t'es dans la branche ?

Potter ne répondit pas.

— Probablement vingt, vingt-cinq ans, je dirais. Et je parie que t'as pratiquement toujours fait c'que t'as fait aujourd'hui : bavarder avec des connards comme moi.

Handy, bien que de petite taille, avait une poigne d'acier. Potter sentait sa circulation se couper ; il en avait des fourmillements dans les doigts.

Ils traversèrent une douzaine de salles, noires et nauséabondes.

Handy poussa le négociateur par une ouverture sombre. Ils se retrouvèrent dehors, ballottés par les rafales du vent.

— Ouh là, ça va secouer ce soir.

Handy entraîna Potter vers un bosquet d'arbres. L'agent aperçut la forme d'une voiture. Les blocs-moteurs mettent trois heures à refroidir. S'il avait eu des jumelles à infrarouge, ils l'auraient repérée.

Et Charlie Budd serait toujours en vie...

— Vingt-cinq ans, cria Handy par-dessus le vent. T'as toujours été de l'autre côté du cordon de police. Côté sécurité. Tu t'es déjà demandé quel effet ça te ferait d'être otage ? Putain d'expérience, ça, hein ? Allez, Art, grouille-toi. Je veux te présenter Prissy. C'est une féroce, tu vas voir.

« Oui mon vieux, à toi de faire l'otage. Tu sais, les gens font pas assez d'expériences. Y en a pas beaucoup qu'ont descendu quelqu'un. Y en a pas beaucoup qu'ont déboulé dans une banque un flingue à la main. Y en a pas beaucoup qu'ont regardé une fille sans dire un seul mot en la fixant sans arrêt jusqu'à ce qu'elle se mette en enlever ses fringues en chialant comme un chien battu. Parce qu'elle s'imaginait que c'est ce que tu voulais.

« Et y en a pas beaucoup qui sont restés tout près pour voir mourir quelqu'un. Pour les toucher au moment où ça arrive, j'veux dire. Au moment où la dernière cellule de son corps arrête de s'agiter. Moi j'ai fait tout ça. Tu peux même pas imaginer le sentiment qu'on a dans ces moments-là. Ce que moi j'ai ressenti. Ça, c'est de l'expérience, Art.

« T'as essayé de me stopper. T'aurais pas dû. J'vais te tuer, tu t'en doutes. Mais pas tout de suite. Je t'emmène avec nous. Et tu pourras rien dire pour m'en empêcher. Tu peux pas m'offrir un pack de bières, tu peux pas m'offrir une priorité M-4 à la con pour le Canada. Quand on sera loin et à l'abri, tout ce que je veux c'est te voir mort. Et si ça foire, je veux te voir mort tout pareil.

Handy tressaillit brusquement de rage, et saisit Potter par les revers de sa veste.

— Fallait pas essayer de me stopper !

Il y eut un froissement de papier dans la poche de Potter. Handy sourit.

— Tiens, qu'est-ce qu'on a là ?

Non ! se dit Potter, en tentant de se dégager. Mais Handy plongea la main à l'intérieur de la veste et retira la photo de la poche.

— Hé, c'est quoi ça ?

La photo de Melanie Charrol. Celle qui avait été épinglée sur le tableau, dans la camionnette.

— Ta p'tite amie, hein, Art ?

— Il n'y a pas un pays au monde où tu pourras être en sécurité.

Handy ne releva pas.

— On va partir un moment, Prissy et moi. Mais j'vais la garder, cette photo. Et on reviendra rendre visite à la demoiselle. Melanie, c'est une sacrée nana. Elle m'a clouée par terre, elle m'a carrément coupé le souffle. C'est elle ça — tu les vois, ces égratignures ? Et elle a balancé la gamine par la porte avant que j'aie pu dire ouf. Et l'autre là, la jolie petite que Sonny reluquait tout le temps, elle l'a fait sortir aussi. Oh, t'inquiète pour Melanie, elle l'aura, la monnaie de sa pièce. (Comme s'il révélait un secret de fabrication, Handy ajouta :) Un homme peut pas se laisser marcher dessus. Surtout par une femme. Dans un mois, ou peut-être deux. Elle nous retrouvera dans son lit, Prissy et moi, en train de l'attendre. Et elle pourra même pas crier au secours.

— Tu serais dingue de revenir ici. Tous les flics du Kansas connaissent ton portrait.

— C'est mon dû ! C'est mon dû, bordel ! fulmina Handy.

Fourrant la photo dans sa poche, il entraîna brutalement Potter.

L'aéroport, c'est là qu'ils l'emmenaient — « *Ça va secouer, ce soir.* » Ils le tueraient dès qu'ils se sauraient en sécurité. Peut-être le jetteraient-ils de l'avion, à trois mille pieds au-dessus d'un champ de blé.

— La voilà, ma Prissy. (D'un signe de tête, Handy désigna la Nissan garée au milieu des arbres.) C'est quelqu'un, tu sais, Art. Une fois j'ai été blessé, une balle dans le bras, et ce flic de merde, celui qui m'avait touché, il allait se retourner contre Prissy. Elle avait son flingue à la main mais il aurait pu l'allonger avant même qu'elle lève son arme. Alors elle, tu crois quoi ? elle se met à déboutonner son chemisier, tranquille à l'aise, en souriant tout le temps. J'te jure. Il voulait la descendre, ce mec ! Mais il a pas pu se décider. Dès qu'il a baissé les yeux sur ses nichons, elle a levé son Glock et l'a fauché sans hésiter, pan, pan, pan. Trois balles en pleine poitrine. Puis elle s'est approchée pour lui en coller une dans la tête, au cas où il aurait eu un gilet pare-balles. Tu crois qu'elle pourrait être aussi cool, ta copine ? Alors là, Art, j'te parie que non.

Handy s'arrêta, obligea Potter à s'immobiliser puis, jetant un regard à la ronde, huma l'air en plissant le front. Melanie l'avait surnommé Brutus et donné aux deux autres des noms d'animaux, mais le négociateur savait qu'Handy possédait un instinct plus animal que Wilcox ou Bonner.

Il tourna les yeux vers la voiture.

Potter pouvait voir la portière ouverte côté conducteur et, à l'intérieur, la femme, celle qui avait usurpé l'identité de Sharon

Foster, en train de regarder par le pare-brise. Ses cheveux blonds étaient tirés en queue de cheval, comme tout à l'heure. Mais elle avait changé de tenue. Elle ne portait plus d'uniforme, mais un pantalon et un col roulé de couleur sombre.

— Prissy ? chuchota Handy.

Elle ne réagit pas.

— Prissy ? élevant la voix. Prissy ? Crescendo.

Handy bouscula Potter et le renversa. Impuissant, l'agent roula sur l'herbe et vit Handy se ruer vers la conductrice et la prendre dans ses bras.

Le criminel hurla, un cri d'horreur mêlé de rage.

Potter plissa les yeux pour mieux voir. Non, pas un col roulé, rien d'un vêtement. La femme avait la gorge tranchée d'une veine jugulaire à l'autre. En fait de pull-over sombre, c'était son sang qui lui inondait les épaules, les bras et la poitrine. En manière d'appel à l'aide, elle avait simplement levé une main ensanglantée vers le pare-brise en gesticulant frénétiquement, laissant sur le verre poussiéreux les traces peintes de sa terreur.

— Non, non ! Handy la serrait contre son cœur, se balançant comme un fou d'avant en arrière.

Potter roula sur le côté et tenta maladroitement de s'enfuir. Il avait à peine fait trois pas quand il entendit le craquement des broussailles et un bruit de pas précipités. Il reçut un violent coup de botte dans les côtes. Potter se laissa tomber par terre, levant ses mains ligotées pour se protéger le visage.

— T'as fait ça ! Tu l'as prise en traître ! T'as osé faire ça, espèce de salaud !

Potter se recroquevilla dans un effort pour parer les coups vicieux qui pleuvaient sur lui.

Handy recula d'un pas et leva son pistolet.

Potter ferma les yeux et baissa les mains.

Il s'efforça d'imaginer Marian, mais son esprit restait vide. Seule Melanie habitait ses pensées alors que, pour la seconde fois ce soir, il se préparait à mourir.

Arthur Potter prit brusquement conscience du vent qui soufflait autour de lui. Le vent hurlait, sifflait, tourbillonnait en formant des mots. Mais des mots qui n'appartenaient pas au monde terrestre : des syllabes étranges qui montaient du tréfonds de quelque génie malfaisant imitant le langage des malheureux humains. Il ne parvenait pas à leur donner un sens au début, une phrase répétée jusqu'à la folie, expression de haine et de fureur à l'état pur. Puis le hurlement prit corps et, pendant qu'Handy tournoyait autour de lui, Potter entendit les mots inlassablement répétés : « Je te hais je te hais je te hais... »

Le couteau s'enfonça profondément dans l'épaule de Handy, et il hurla de douleur quand les mains vigoureuses de Melanie Charrol retirèrent la longue lame pour la plonger de nouveau dans sa chair — le bras droit, cette fois. Le pistolet tomba à terre. Potter se jeta en avant et le ramassa en vitesse.

Handy s'élança pour frapper Melanie au visage mais elle recula d'un bond avec aisance, le couteau toujours pointé en avant. Handy s'écroula sur les genoux, les yeux fermés, la main crispée sur son bras d'où le sang ruisselait jusqu'à son index, tendu devant lui comme le doigt de Dieu dans la chapelle Sixtine.

Potter se releva avec difficulté et, passant derrière Handy, vint se placer aux côtés de Melanie. Apercevant ses mains, elle défit les liens qui les entravaient. La jeune femme était secouée de violents tremblements. Comme Budd et lui, elle en était arrivée à la même conclusion : qu'Handy reviendrait ici chercher son argent. Ce n'était pas Marks qui l'intéressait.

— Vas-y, fais-le, dit Handy avec fiel en s'adressant à Potter, comme si lui-même était la malheureuse victime des événements de ce soir.

Le Glock pesait lourd entre ses mains, et Potter baissa les yeux vers le visage de Handy, creusé par la haine. L'agent du FBI ne disait rien, ne faisait rien.

T'as déjà fait quelque chose de mal ?

Alors, tout à coup, Arthur Potter comprit à quel point il était différent de Handy, et l'avait toujours été. Durant les prises d'otages, le négociateur ressemblait à un acteur : il devenait quelqu'un d'autre pendant quelque temps, quelqu'un qui lui inspirait de la méfiance, de la peur, et parfois le plus profond mépris. Mais heureusement, en contrepartie de ce talent, il possédait aussi la mystérieuse capacité de se dépouiller de son rôle, de redevenir lui-même.

Et ce fut Melanie Charrol qui s'avança et enfonça le long couteau entre les côtes de Handy, jusqu'à la garde.

Le petit homme sec s'étouffa, cracha le sang, et s'effondra sur le dos, frissonnant de tout son corps. Lentement, Melanie retira le couteau.

Potter lui prit l'arme des mains, en essuya le manche sur sa veste de sport puis la laissa tomber par terre. En retrait, il regarda Melanie s'accroupir près de Handy, dont le corps nerveux était secoué par les derniers soubresauts de la vie. Elle se pencha au-dessus de lui, tête basse, les yeux fixés sur lui. Dans l'obscurité de la nuit, Potter ne distinguait pas bien son expression, mais il crut apercevoir un vague sourire sur son visage, un sourire de curiosité.

Et il décela autre chose aussi. Dans l'attitude de la jeune femme, dans l'inclinaison de sa tête près de celle de Handy, il lui sembla qu'elle humait la douleur de l'homme comme un parfum d'épices brûlant dans sa maison.

Lou Handy remua les lèvres. Un son mouillé s'en échappa, un râle, mais si faible qu'Arthur Potter l'entendit à peine plus que Melanie. Alors l'homme fut secoué par un violent frisson, puis par un autre, avant de demeurer finalement immobile. Potter aida la jeune femme à se relever.

Le bras passé autour de ses épaules, Potter marcha avec elle dans la nuit tandis qu'autour d'eux les jeunes arbres et les graminées ployaient sous le souffle vigoureux du vent. À cinquante mètres sur la route, ils trouvèrent la voiture de service que Melanie avait réquisitionnée pour venir ici.

Elle se tourna vers lui, remontant la fermeture Éclair de son blouson en cuir brun avachi.

Il la prit par les épaules, sentit sur sa main les cheveux de la jeune femme fouettés par le vent. Des dizaines de questions lui traversaient l'esprit. Il voulait lui demander comment elle se sentait, quel sentiment elle éprouvait, lui expliquer ce qu'il comptait dire aux policiers, lui avouer combien de fois il avait pensé à elle durant la prise d'otages.

Mais il se tut. La lune avait disparu derrière un fragment de nuage noir et il faisait très sombre ; de toute façon, se dit-il, elle ne pouvait pas voir ses lèvres. Potter l'attira soudain à lui et l'embrassa sur la bouche, rapidement, prêt à s'éloigner à la moindre hésitation. Mais il n'en sentit aucune et la tint serrée sur son cœur, reposant son visage sur la peau fraîche et parfumée de son cou. Ils demeurèrent un long moment dans cette étreinte. Quand il se détacha d'elle, la lune avait reparu et une lumière blafarde éclairait faiblement leurs visages. Mais il garda le silence et l'aida simplement à s'installer au volant.

Melanie mit le moteur en route et, tournant la tête, lâcha le volant pour s'adresser à lui en langue des signes.

Pourquoi ferait-elle une chose pareille ? se demanda-t-il. Que peut-elle vouloir dire ?

Avant qu'il ait eu le temps de la retenir, de lui demander d'écrire les mots, elle engagea la vitesse et s'éloigna vers le chemin de terre, en cahotant doucement sur les inégalités du terrain. La voiture vira brusquement puis disparut derrière une rangée d'arbres. Les feux stop s'allumèrent une fois, puis plus rien.

D'un pas lourd, il repartit vers la Nissan. Là, il effaça toutes les empreintes digitales, excepté les siennes, et arrangea le couteau ensanglanté, les pistolets, et les deux cadavres afin que la scène du crime raconte une histoire plausible, bien que mensongère.

Mais un mensonge c'est quoi au juste, hein, Charlie ? La vérité, c'est un truc plutôt fuyant. Nos paroles sont-elles toujours sincères à cent pour cent ?

Il examinait son travail d'artiste quand, soudain, il comprit ce que Melanie lui avait dit quelques instants plus tôt. Les mots faisaient partie de son maigre vocabulaire, et d'ailleurs il les avait employés ce soir pour s'adresser à la jeune femme. « J'ai envie de vous revoir. » Ne se trompait-il pas ? Levant les mains, il se répéta la phrase. Par gestes maladroits au début, puis avec l'aisance d'un pro. Oui, c'était bien ça.

Arthur Potter aperçut au loin une voiture qui s'approchait. Relevant son col pour se protéger du souffle implacable du vent, il s'assit sur le sol caillouteux, et attendit.

REMERCIEMENTS

Je tiens à remercier tout spécialement Pamela Dorman, des éditions Viking, pour la ténacité et la patience (sans parler du cran pur et simple) dont elle fait preuve avec les auteurs pour les exhorter au niveau d'excellence qu'elle-même sait atteindre. J'exprime également ma plus vive reconnaissance à Deborah Schneider, mon amie et le meilleur agent littéraire du monde. Sans oublier toute l'équipe des éditions Viking/NAL, en particulier Barbara Grossman, Elaine Koster, Michaela Hamilton, Joe Pittman, Cathy Hemming, Matthew Bradley (qui a remporté cent fois la palme du publicitaire le plus combattif), et Susan Hans O'Connor. Ces remerciements ne seraient pas complets si j'omettais la merveilleuse équipe de Curtis Brown à Londres, plus spécialement Diana Mackay et Vivienne Schuster, et, chez Hodder-Headline, l'excellente maison qui me publie en Grande-Bretagne, Carolyn Mays, mon éditeur, ainsi que Sue Fletcher et Peter Lavery. Merci également à Cathy Gleason chez Gelfman-Schneider, à ma grand-mère, Ethel Rider, et à ma sœur, la romancière Julie Reece Deaver que je salue toutes deux au passage, ainsi qu'à Tracey, Kerry, David, Taylor, Lisa (expert en X-Man), Casey, Chris, Bryan l'Aîné et Bryan le Jeune.

L'Homme qui racontait des histoires, 1983
Les Sirènes du golf, 1984
La Cellule de verre, 1984-1991
Carol (Les Eaux dérobées), 1985-1990
Une créature de rêve, 1986
L'Art du suspense. Mode d'emploi, 1987
Catastrophes, 1988
Les Cadavres exquis, 1990
Ripley entre deux eaux, 1992
Small g, 1995
On ne peut compter sur personne (nouvelles), 1996

KENNEY Charles
Le Code Hammourabi, 1996

RENDELL Ruth
Un enfant pour un autre, 1986
L'Homme à la tortue, 1987
Vera va mourir, 1987
L'Été de Trapellune, 1988
La Gueule du loup, 1989
La Maison aux escaliers, 1989
L'Arbre à fièvre (nouvelles), 1991
La Demoiselle d'honneur, 1991
Volets clos (nouvelles), 1992
Fausse Route, 1993
Plumes de sang (nouvelles), 1993
Le Journal d'Asta, 1994
L'Oiseau crocodile, 1995
Une mort obsédante, 1996
En toute honnêteté (nouvelles), 1996

VINE Barbara
Ravissements, 1991
Le Tapis du roi Salomon, 1992

Achevé d'imprimer en septembre 1996
sur les presses de Brodard et Taupin
à La Flèche
pour le compte des Éditions Calmann-Lévy
3, rue Auber, Paris 9ᵉ

N° d'impression : 6492Q-5
Dépôt légal : octobre 1996
N° d'éditeur : 12286/01